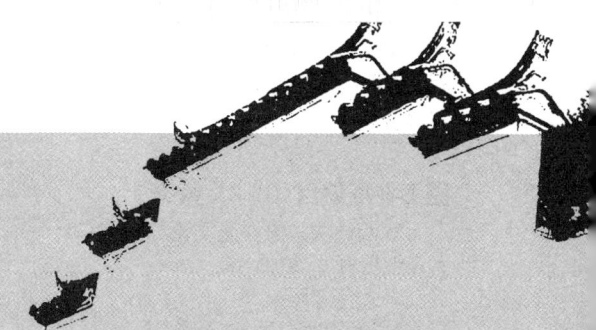

江西诗法与宋金元文论

曾 平 ◎ 著

JIANGXI SHIFA YU
SONGJINYUAN WENLUN

四川大学出版社

项目策划：袁　捷
责任编辑：袁　捷
责任校对：高庆梅
封面设计：墨创文化
责任印制：王　炜

图书在版编目（CIP）数据

江西诗法与宋金元文论 / 曾平著. — 成都：四川大学出版社，2020.10
（大学文库）
ISBN 978-7-5690-3912-2

Ⅰ. ①江… Ⅱ. ①曾… Ⅲ. ①古典诗歌－诗歌创作－创作方法－研究－江西②古典文学－文学理论－中国－辽宋金元时代 Ⅳ. ①I207.21②I206.2

中国版本图书馆CIP数据核字（2020）第203013号

书　　名	江西诗法与宋金元文论
著　　者	曾　平
出　　版	四川大学出版社
地　　址	成都市一环路南一段24号（610065）
发　　行	四川大学出版社
书　　号	ISBN 978-7-5690-3912-2
印前制作	石　慧
印　　刷	四川五洲彩印有限责任公司
成品尺寸	148mm×210mm
印　　张	14.25
字　　数	394千字
版　　次	2020年10月第1版
印　　次	2020年10月第1次印刷
定　　价	78.00元

◆版权所有 ◆侵权必究

扫码加入读者圈

四川大学出版社
微信公众号

◆ 读者邮购本书，请与本社发行科联系。
　电话：(028)85408408/(028)85401670/
　(028)86408023　邮政编码：610065
◆ 本社图书如有印装质量问题，请寄回出版社调换。
◆ 网址：http://press.scu.edu.cn

目 录

绪 论 ………………………………………………… (1)

第一章 江西诗法形成的历史背景 ……………………… (59)
  第一节 从"三不朽"到"诗缘情而绮靡" ………… (66)
  第二节 儒学复古思潮与宋代理学的兴起 ………… (103)
  第三节 两宋文人的参禅之风 ……………………… (127)
  第四节 从唐音到宋调 ……………………………… (139)

第二章 黄庭坚与江西诗法的初步形成 ………………… (157)
  第一节 诗法与学问 ………………………………… (157)
  第二节 创新别途:"破体"与"以故为新,
         以俗为雅" ………………………………… (178)
  第三节 诗学与儒学、禅学的融合 ………………… (198)

第三章 江西诗派后学对江西诗法的发展与修正 ……… (222)
  第一节 北宋后期江西诗派诗话对黄庭坚诗论的
         继承发展 …………………………………… (223)
  第二节 吕本中对江西诗法的补充与修正 ………… (248)
  第三节 杨万里对江西诗法的承续与变革 ………… (273)

第四章　江西诗法在宋代文坛激起的反响 …………（294）
第一节　张戒《岁寒堂诗话》与江西诗法 …………（296）
第二节　严羽诗论与江西诗法 ……………………（320）
第三节　江西诗法对宋代词论的影响 ………………（344）

第五章　金元文论与江西诗法 ……………………（374）
第一节　王若虚对黄庭坚及江西诗法的批判 ………（374）
第二节　元好问对苏黄诗风及江西诗法的反思 ……（399）
第三节　方回对江西诗派、江西诗法的体系重构与理论总结 ………………………………………（421）

参考文献 …………………………………………（445）

后　记 ……………………………………………（449）

绪　　论

作为苏门四学士之一的黄庭坚，开创了两宋时期最有影响力的诗歌流派"江西诗派"。与此同时，他也是与"宋调"高度匹配的"江西诗法"的开创者。"江西诗法"是宋代诗学与禅学、理学融合后的产物，不仅整合了诗教传统与审美追求，也整合了形而上层面的诗道与形而下层面的诗技，甚至也试图整合创作者的儒士、诗家、学者、参禅者的不同身份，充分体现了宋代文化的整合趋势。经过陈师道、范温、吕本中、杨万里、陆游、姜夔等江西诗派后学的不断补充修正，"江西诗法"的内容日益丰富完善，成为推动宋诗新变的重要力量，对宋代诗学包括宋代词学均产生了持久的影响。"江西诗法"从诞生之初开始，在受到热烈追捧的同时，又广受诟病，成为宋金元文论无法绕开的话题。江西诗法形成的历史文化背景及江西诗法的形成演变过程，尤其是江西诗法与宋金元文论之间的复杂关系，是本书探讨的重点。

一

唐代诗歌已经达到中国古典诗歌的最高峰，宋代诗歌要想有所超越，难乎其难。其实，这一难题，在盛唐之后就已隐约出现。诗歌中的盛唐气象，在安史之乱后已无法维系。中唐士人发起广泛的儒学复兴运动，不仅希望以此从思想上、政治上改变大唐的衰颓之势，也试图以此开辟文学更新之路。从诗歌创作而言,杜甫诗歌虽然也是盛唐气象的代表,但已埋下了唐音向宋调转折的伏笔。杜甫的诗论并不多,却透露了与李白"清水出芙蓉,天然去雕饰"之论的不同趣味。我们注意到杜甫诗论有几个特点:一是强调广泛学习前人的创作经验,所谓"转益多师是吾师",将继承视作创新的前提;二是特别注重学问,这既是学习前人艺术技巧的必经之路,又是增加诗人学养的重要方式,而强调"读书破万卷,下笔如有神"①,则为"以才学为诗"的宋调做了理论铺垫;三是主张苦吟,所谓"为人性僻耽佳句,语不惊人死不休"②,强调对作品应该进行反复锤炼斟酌,以人工之极达天工之妙;四是由艺入道,强调一切技艺层面的追求都以"别裁伪体亲风雅"为前提,不能偏离风雅传统、儒家诗教。

自孔子以来,儒家虽然承认诗歌抒情言志的功能和强烈的艺术感染力,但并不认为诗歌的审美价值具有独立意义。孔子云:"文胜质则史,质胜文则野,文质彬彬,然后君子。"③ 虽然是在讲文、质关系,但也可以理解为儒家对诗歌的审美功能与教化作用之关系的理解。自孔子之后,《荀子·乐论》《礼记·乐记》《毛诗大序》,都在强调利用中正平和的诗歌音乐以节制情感,达到以道制欲的效果,实现化成天下的教化目的。自汉武帝"罢黜百家,独尊儒术"以来,儒家诗教深刻塑造了历代诗人对于诗歌创作的看法,诗歌的审美追求变成了实现儒家诗教的手段与工具。换言之,儒家将诗歌放置于政治教化的框架中来确认其价值与意义,落在这一框架之外的审美功能、抒情功能并未获得真正

---

① [唐]杜甫著,[清]杨伦笺注:《杜诗镜铨》卷一《奉赠韦左丞丈二十二韵》,上海:上海古籍出版社,1980年,第24-25页。

② [唐]杜甫著,[清]杨伦笺注:《杜诗镜铨》卷八《江上值水如海势聊短述》,上海:上海古籍出版社,1980年,第345页。

③ [宋]朱熹:《论语集注·雍也第六》,济南:齐鲁书社,1992年,第55-56页。

的合法性。甚至在这一框架之内，审美与教化，道与艺，文与质，也有层级、主次之分：审美服从于教化，艺服从于道，文服从于质。尽管儒家主张"文质彬彬，然后君子"，但法家、墨家"为文害质"的观点对中国文论仍然影响深远，以至于审美与教化、艺与道、文与质，在许多论者眼里变成了二元对立的关系，强调一端就意味着必须以忽略、压抑甚至牺牲另一端为代价。

魏晋南北朝时期，从曹丕的《典论·论文》、陆机的《文赋》再到刘勰的《文心雕龙》、钟嵘的《诗品序》以及颜之推的《颜氏家训·文章》篇，均试图平衡审美与教化、道与艺、文与质的关系，但这种整合倾向却在隋唐时期受到激烈批评，认为是偏离了儒家诗教的根本方向。对六朝诗歌的否定，从梁代裴子野的《雕虫论》就开始了，认为诗歌的审美追求，完全悖离了儒家诗教传统，不具备合法性。到了隋代，儒学大家王通明确提出诗歌应该"上明三纲，下达五常"①，追求声律、辞采之美的南朝诗歌在诗教传统中根本没有立足之地。与之相呼应，李谔《上隋高祖革文华书》亦云：

> 臣闻古先哲王之化民也，必变其视听，防其嗜欲，塞其邪放之心，示以淳和之路。五教六行，为训民之本；《诗》《书》《礼》《易》，为道义之门。故能家复孝慈，人知礼让。正俗调风，莫大于此。……
>
> 降及后代，风教渐落。魏之三祖，更尚文词，忽君人之大道，好雕虫之小艺。下之从上，有同影响，竞骋文华，遂成风俗。江左齐、梁，其弊弥甚，贵贱贤愚，唯务吟咏。……至如羲皇、舜、禹之典，伊、傅、周、孔之说，不复关心，何尝入耳！以傲诞为清虚，以缘情为勋绩，指儒素为古拙，

---

① ［隋］王通著，［宋］阮逸注，秦跃宇点校：《文中子中说》卷二《天地篇》，南京：凤凰出版社，2017年，第11页。

> 用词赋为君子。故文笔日繁，其政日乱。良由弃大圣之轨模，构无用以为用也。①

这种指责非常严重，将六朝政治的混乱衰败，归咎于"竞骋文华"，并得出"文笔日繁，其政日乱"的结论，将文章的审美追求与政治教化、圣人之道视作水火不容的二元对立关系。既然如此，为了以儒家之道化成天下，革去文华就成为必然的选择。在这一逻辑支配下，"开皇四年，普诏天下，公私文翰，并宜实录。其年九月，泗州刺史司马幼之文表华艳，付所司治罪。自是公卿大臣，咸知正路，莫不钻仰坟索，弃绝华绮"②。

到了唐代，对南朝文学尤其是齐梁诗风的大规模批判，成为唐代诗歌确立自己方向的前奏。王勃《上吏部裴侍郎启》云：

> 自微言既绝，斯文不振，屈宋导浇源于前，枚马张淫风于后；谈人主者以宫室苑囿为雄，叙名流者以沉酗骄奢为达。故魏文用之而中国衰，宋武贵之而江东乱；虽沈谢争骛，适先兆齐梁之危；徐庾并驰，不能免周陈之祸。③

陈子昂《修竹篇序》亦云：

> 文章道弊五百年矣。汉、魏风骨，晋、宋莫传，然而文献有可征者。仆尝暇时观齐、梁间诗，彩丽竞繁，而兴寄都绝，每以永叹。思古人常恐逶迤颓靡，风雅不作，以耿耿也。④

---

① 郭绍虞主编：《中国历代文论选》第二册，上海：上海古籍出版社，2001年，第5页。
② 郭绍虞主编：《中国历代文论选》第二册，上海：上海古籍出版社，2001年，第6页。
③ 郭绍虞主编：《中国历代文论选》第二册，上海：上海古籍出版社，2001年，第8页。
④ ［唐］陈子昂撰，徐鹏校点：《陈子昂集》卷一《修竹篇序》，上海：上海古籍出版社，2013年，第16页。

卢藏用《右拾遗陈子昂文集序》表达了类似观点：

> 孔子殁二百岁而骚人作，于是婉丽浮侈之法行焉。……宋、齐已来，盖憔悴逶迤，陵颓流靡，至于徐、庾，天之将丧斯文也。后进之士，若上官仪者，继踵而生，于是风雅之道扫地尽矣。①

从王勃、陈子昂、卢藏用等人对历代文学尤其是齐梁诗风的评价中，我们可以看到一个共同逻辑，即审美追求会严重危害风雅传统、圣人之道及国家运势，雕章琢句、彩丽竞繁、婉丽浮侈之风，不仅与儒家诗教势不两立，甚至会直接促成天下大乱与国家败亡，是标准的亡国之音。纠偏之方，当然是回归风雅传统，回归经学时代的儒家诗学立场，重新确立道对艺、质对文、诗教对审美的绝对主导地位。不过，按照这一逻辑，以上这些诗人应该彻底放弃审美追求，使诗歌创作完全服务于"上明三纲，下达五常"的诗教目标，但为什么实际情况却大相径庭呢？服膺儒家之道的历代诗人，为什么极少真正会放弃吐纳珠玉之辞的冲动呢？这就涉及中国文人另一重深刻的需要，即以立言的方式实现个体生命在精神层面的不朽。

二

"三不朽"是儒家思想的重要内容，它要解决的是个体生命如何面对死亡的问题。人类是唯一意识到自己必死无疑的物种。如何应对死亡恐惧，是所有类型的人类文明不得不面对的难题。

---

① ［唐］卢藏用撰：《右拾遗陈子昂文集序》，［唐］陈子昂撰，徐鹏校点：《陈子昂集》卷首，上海：上海古籍出版社，2013年，目录页第5页。

面对这一有关人类命运的千古难题,儒家提出了"三不朽"的解决方案。《左传·襄公二十四年》云:

> 太上有立德,其次有立功,其次有立言,虽久不废,此之谓不朽。①

孔颖达疏:"立德,谓创制垂法,博施济众","立功,谓拯厄除难,功济于时","立言,谓言得其要,理足可传。"② 从孔颖达对"三不朽"的注疏,我们可以看到,通过立德、立功的方式实现不朽的难度,远远高于立言以不朽。对于中国历代读书人而言,"三不朽"中,最有希望、最能把握的还是"立言"以不朽。正如曹丕在《典论·论文》中所云:

> 盖文章,经国之大业,不朽之盛事。年寿有时而尽,荣乐止乎其身,二者必至之常期,未若文章之无穷。是以古之作者,寄身于翰墨,见意于篇籍,不假良史之辞,不托飞驰之势,而声名自传于后。③

在曹丕看来,个体生命要追求精神层面的不朽,最可靠的方式就是立言:"不假良史之辞,不托飞驰之势",单单借助翰墨篇籍,即可使"声名自传于后",成就"不朽之盛事"。但什么样的"言"才可实现这一目标呢?如果"言"缺乏文采、美感,立言不朽的目标同样会落空。因此,如果希望通过"立言"以"不朽",审美追求就是不可或缺的一环。

---

① [清] 阮元校刻:《十三经注疏·春秋左传正义》卷三十五,北京:中华书局,1980 年,第 1979 页。
② [清] 阮元校刻:《十三经注疏·春秋左传正义》卷三十五,北京:中华书局,1980 年,第 1979 页。
③ [梁] 萧统编,[唐] 李善注:《文选》卷五十二,北京:中华书局,1977 年,第 720 页。

"三不朽"之间虽然存在等级层次的差别,却相互关联。儒家文论以"明道、征圣、宗经"为旨归,《毛诗序》将诗歌功能锁定为"经夫妇,成孝敬,厚人伦,美教化,移风俗"[①],就是力图将"立言"与"立德""立功"相勾连,即立言的内容只有与儒家之道与政治事功关联,立言不朽的目标才有望达成。孔子奉行的写作原则是"述而不作,信而好古",反对创新,提倡复古。文坛历久不衰的复古风气,绝非单纯好古使然,而是在儒家思想的影响下,文人士大夫普遍认为,天道难寻,唯圣人有能力洞察天地玄机,普通人只能通过"征圣"而"明道",而在圣人已逝的情形下,后学只好通过圣人留下的经典追根溯源,通过"宗经"而"征圣"最终达到"明道"的目的。对于写作者而言,要想"立言不朽","言"的内容必须与"明道"相关,而要与"明道"相关,"宗经"必不可少,"宗经"的外在表现自然是好古、复古。正是因为对类似于"童子雕虫篆刻"的"辞人之赋"能否达到立言不朽的目标深感怀疑,扬雄才由辞赋大家一变而为经学大师。扬雄后期追求立言不朽的路径是复古,即通过模仿儒家经典的写作方式,最大限度地接近儒家之道,追随孔子成为儒家经典与儒家之道的阐发者。这种追求立言不朽的路径,强调的是写作者的文字与圣人经典、圣人之道最大限度融合。借助这种与神圣事物的融合,渺小有限的个体生命,也与儒家之道一样获得了超越于肉体生命的永恒性。

不过,从汉代开始,就有人强烈质疑通过复古模拟儒家经典的方式达到立言不朽的可能性。作为儒家经典之一的《周易》,最为核心的观念之一便是强调万事万物随时处于变化发展之中。《礼记·大学》亦云:

---

① [清]阮元校刻:《十三经注疏·毛诗正义》卷一,北京:中华书局,1980年,第270页。

> 汤之盘铭曰:"苟日新,日日新,又日新。"《康诰》曰:"作新民。"《诗》曰:"周维旧邦,其命惟新。"①

这些看法均为中国文论强调新变、反对复古提供了思想资源。司马迁《报任安书》云:

> 所以隐忍苟活,函粪土之中而不辞者,恨私心有所不尽,鄙没世而文采不表于后也。古者富贵而名摩灭,不可胜记,唯俶傥非常之人称焉。……《诗》三百篇,大氐贤圣发愤之所为作也。此人皆意有所郁结,不得通其道,故述往事,思来者。及如左丘明无目,孙子断足,终不可用,退论书策以舒其愤,思垂空文以自见。仆窃不逊,近自托于无能之辞,网罗天下放失旧闻,考之行事,稽其成败兴坏之理,凡百三十篇,亦欲以究天人之际,通古今之变,成一家之言。②

司马迁虽然效法孔子作《春秋》之意作《史记》,但他更关心的是以写作疏通个人内心的郁结之情,以文章赢得身后之名。在司马迁看来,要想实现立言不朽的目标,"成一家之言"即追求文章独一无二的创新价值,非常关键。如果不能"成一家之言"而是一味好古模拟,个体生命的独特价值即"俶傥非常之人"无可替代的独特性便得不到呈现。而通过复古,创作类似于赝品的"言"去追求个体精神生命的不朽,当然只能是缘木求鱼的徒劳。按照这一思路,如果试图立言以不朽,不仅应该追求文采,更应该追求创新。东汉学者王充在《论衡·超奇》中把读

---

① [清]阮元校刻:《十三经注疏·礼记正义》卷六十,北京:中华书局,1980年,第1673页。

② [汉]班固撰,[唐]颜师古注:《汉书》卷六十二,北京:中华书局,1962年,第2733–2735页。

书人分成四等：

> 故夫能说一经者为儒生；博览古今者为通人；采撷传书，以上书奏记者为文人；能精思著文，连结篇章者为鸿儒。故儒生过俗人，通人胜儒生，文人逾通人，鸿儒超文人。故夫鸿儒，所谓超而又超者也。①

王充最为推崇的显然是能够"精思著文，连结篇章"的鸿儒，因为只有鸿儒能够"成一家之言"，有望实现读书人"立言不朽"的梦想。王充继承并进一步发挥了司马迁"成一家之言"的观点，再三强调独创的意义，反对复古。在《论衡·自纪》篇中，王充说：

> 饰貌以强类者失形，调辞以务似者失情。百夫之子，不同父母；殊类而生，不必相似；各以所禀，自为佳好。……美色不同面，皆佳于目；悲音不共声，皆快于耳。酒醴异气，饮之皆醉；百谷殊味，食之皆饱。谓文当与前合，是谓舜眉当复八采，禹目当复重瞳。②

到了魏晋南北朝时期，"诗"与政治教化、王道事功的关系日渐疏远，诗人想要名垂青史，不得不另辟蹊径。到三国时期曹丕的《典论·论文》，"诗言志"一变而为"诗赋欲丽"。晋代陆机的《文赋》，则进一步主张"诗缘情而绮靡"。南朝文论，花了大量功夫讨论声律、对偶、用典、镕裁、夸饰等文学技巧的问题。这一时期，对诗歌审美价值的追求，第一次获得了充分的合法性。可以说，正是由于六朝诗人对诗歌艺术技巧的不懈追求和

---

① ［汉］王充著，张宗祥校注，郑绍昌标点：《论衡校注》卷十三《超奇篇》，上海：上海古籍出版社，2013年，第278页。
② ［汉］王充著，张宗祥校注，郑绍昌标点：《论衡校注》卷三十《自纪篇》，上海：上海古籍出版社，2013年，第582页。

深入探索，唐代近体诗的成熟与繁荣才得以可能。这种探索一直延续到唐代，出现了大量有关如何用韵、如何调声、如何对仗的诗格类著作。这些诗格类著作主要是为了应付唐代以诗赋取士的科举考试，在后代的文学理论家们看来，未免流于细碎，属于形而下的"诗技""诗艺"，不值一提。但有唐以来，诗格类著作却层出不穷。日本学者遍照金刚中唐时期到大唐游学，所抄录的《文镜秘府》，收入的多为诗格类著作，大谈四声八病、格律对偶、取境立意、布置安排等创作技巧层面的内容，极少言及诗教。作为远道而来的日本留学生，遍照金刚所见应该多为市面上流行的普通读物，由此可以反推诗格类著作在当时的风行，大约是唐代普通士子为应付科考的必备书籍。在唐代，掌握作诗技巧，不仅是立言不朽的前提，也是博取功名、登上"立德""立功"舞台的敲门砖。

三

与唐代大量出现探讨诗歌技法的诗格类著作形成强烈反差的是，唐代诗歌走出自己的道路正是从批判六朝诗风尤其是齐梁诗风开始的。唐太宗李世民，特别注重总结前朝覆亡教训，以避免重蹈覆辙。他组织朝中重臣广修前代史，包含了以史为鉴的深意。对于万象更新的大唐王朝而言，重建儒学的统治地位，恢复诗教传统，是重建稳定的政治文化秩序、道德伦理秩序的着力点。在这种时代风气熏染之下，我们看到，从初唐四杰到陈子昂、卢藏用、李白等人，都对偏重审美追求而放弃了诗教传统的齐梁诗风进行了猛烈批判。换言之，在日益稳定强盛的大唐王朝，要实现"立言"不朽的目标，"言"就必须与"立功""立德"相联系。否则，如果和齐梁诗歌一样，虽"彩丽竞繁，而兴寄都绝"，仅仅停留在吟风弄月、追求审美愉悦的诗艺层面，也就失去了以此赢得身前身后名的资格。李白《古风》其一云：

> 大雅久不作，吾衰竟谁陈？
> …………
>
> 自从建安来，绮丽不足珍。
> 圣代复元古，垂衣贵清真。
> 群才属休明，乘运共跃鳞。
> 文质相炳焕，众星罗秋旻。
> 我志在删述，垂辉映千春。
> 希圣如有立，绝笔于获麟。①

李白哪里仅仅是要做一个诗人，他分明是以孔子删诗、述圣之业自我期许，希望集立德、立功、立言"三不朽"于一身。从初唐四杰开始，唐代诗人大多充满了建功立业的豪情壮志，反映到诗学思想上，也就不再甘心仅仅以吟风弄月、雕章琢句为能事。唐代边塞诗的繁荣，表达的正是诗人们"立功"不朽的渴望。

唐代诗论对齐梁诗风的批判，实质上是否定了仅仅通过"诗赋欲丽""诗缘情而绮靡"来实现"立言不朽"的思路。但否定了这一思路，是否意味着重新回归经学时代的诗学传统呢？杜甫的诗论提供了全新的视角，即审美追求与诗教传统完全可以合而为一，所谓"别裁伪体亲风雅，转益多师是吾师"②。在不偏离风雅传统的前提之下，反复锤炼并不断提升诗艺、诗技，不仅合法，而且必要。杜甫之所以成为诗圣，就是因为他既能博采众长，又能自成一家，并为后学开出无数作诗门径。尤其难得的是，他将审美追求与风教传统、诗人本色与儒者气象完美地整合

---

① 詹锳主编：《李白全集校注汇释集评》卷二《古风》，天津：百花文艺出版社，1996年，第20-24页。
② ［唐］杜甫著，［清］杨伦笺注：《杜诗镜铨》卷九《戏为六绝句》，上海：上海古籍出版社，1980年，第399页。

为一,从审美与诗教两个方面同时着力,大大提高了通过诗歌创作而实现"立言不朽"的可能性。

虽然杜甫诗论结束了道与艺、教化与审美的长期分裂,但杜甫之后的唐代诗论,常常偏于一端:或以儒家诗教传统为尺度,否定一切与诗教无关的审美追求,最突出的例子就是白居易有关讽谕诗的理论及皮日休对乐府诗的看法;或基本只关注诗歌的审美价值和艺术技巧,几乎不涉及政治教化,如皎然的《诗式》,韩愈对雄奇险怪诗风的推崇,司空图追求"韵外之致""味外之旨"的诗之"全美",等等。安史之乱后,以大历十才子包括皎然等诗僧为首的一部分中唐诗人,追求诗歌空灵之境和清雅之美,诗歌内容远离现实政治;另一部分诗人,则力主回归风雅传统,对唐代诗人远离政治教化、比兴美刺的审美追求进行了激烈批评。

以诗教传统为唯一尺度对历代诗歌进行评价,在白居易这里可谓登峰造极。在《与元九书》中,白居易说:

> 泊周衰秦兴,采诗官废,上不以诗补察时政,下不以歌泄导人情。乃至于谄成之风动,救失之道缺。于时六义始刓矣。①

在白居易眼中,早在周衰秦兴之时,诗歌就已经开始偏离风雅传统。对于六朝诗歌,白居易的评价更低,哪怕是谢灵运、陶渊明也入不了他的法眼:

> 晋、宋以还,得者盖寡。以康乐之奥博,多溺于山水;以渊明之高古,偏放于田园。江、鲍之流,又狭于此。如梁鸿《五噫》之例者,百无一二焉。于时六义寖微矣,陵夷矣。②

---

① [唐]白居易著,顾学颉校点:《白居易集》卷四十五《与元九书》,北京:中华书局,1985年,第960-961页。
② [唐]白居易著,顾学颉校点:《白居易集》卷四十五《与元九书》,北京:中华书局,1985年,第961页。

绪 论

梁、陈诗歌就更不用提了,完全是风雅扫地:

> 至于梁、陈间,率不过嘲风雪、弄花草而已。噫!风雪花草之物,《三百篇》中岂舍之乎?顾所用何如耳。……然则"余霞散成绮,澄江净如练","离花先委露,别叶乍辞风"之什,丽则丽矣,吾不知其所讽焉。故仆所谓嘲风雪、弄花草而已。于时六义尽去矣。①

以比兴美刺、风教传统为唯一标准对唐代诗歌进行评价,结果也极不乐观:

> 唐兴二百年,其间诗人不可胜数。所可举者,陈子昂有《感遇诗》二十首,鲍防有《感兴诗》十五首。又诗之豪者,世称李、杜。李之作,才矣奇矣,人不逮矣,索其风雅比兴,十无一焉。杜诗最多,可传者千余首,至于贯穿今古,觙缕格律,尽工尽善,又过于李。然撮其《新安》《石壕》《潼关吏》,《芦子关》《花门》之章,"朱门酒肉臭,路有冻死骨"之句,亦不过三四十首。杜尚如此,况不逮杜者乎!②

基于这一悲观的结论,白居易说:

> 仆常痛诗道崩坏,忽忽愤发,或食辍哺、夜辍寝,不量才力,欲扶起之。③

白居易要扶起的是怎样的"诗道"呢?其实就是儒家诗教。这

---

① [唐]白居易著,顾学颉校点:《白居易集》卷四十五《与元九书》,北京:中华书局,1985年,第961页。
② [唐]白居易著,顾学颉校点:《白居易集》卷四十五《与元九书》,北京:中华书局,1985年,第961-962页。
③ [唐]白居易著,顾学颉校点:《白居易集》卷四十五《与元九书》,北京:中华书局,1985年,第962页。

时候，白居易的身份哪里是诗人，分明是政治家，是士大夫。他是从有利于化成天下、扶危济困的政治事功角度来看待诗歌的功用与价值。在《与元九书》中，他又说：

> 身是谏官，手请谏纸，启奏之外，有可以救济人病，裨补时阙，而难于指言者，辄咏歌之，欲稍稍递进闻于上。上以广宸聪，副忧勤；次以酬恩奖，塞言责；下以复吾平生之志。①

在这种语境下，白居易对立言不朽的追求，实质上是通过使"立言"成为"立功"的附庸即诗歌在政治事功中占据一个工具位置而达成的。其《新乐府序》云：

> 篇无定句，句无定字；系于意，不系于文。首句标其目，卒章显其志，《诗三百》之义也。其辞质而径，欲见之者易谕也；其言直而切，欲闻之者深诫也；其事核而实，使采之者传信也；其体顺而肆，可以播于乐章歌曲也。总而言之，为君、为臣、为民、为物、为事而作，不为文而作也。②

白居易之所以自觉追求这种悖离一般文人士大夫审美趣味的诗歌风格，是因为他写作新乐府的目的并不在诗歌本身，而是直指政治事功，即"为君、为臣、为民、为物、为事而作，不为文而作也"。这是典型的为政治事功、诗教传统牺牲审美追求的例子。

这层意思，白居易在《策林六十九"采诗以补察时政"》中说得更加透彻：

---

① ［唐］白居易著，顾学颉校点：《白居易集》卷四十五《与元九书》，北京：中华书局，1985年，第962页。

② ［唐］白居易著，顾学颉校点：《白居易集》卷三《新乐府序》，北京：中华书局，1985年，第52页。

> 臣闻：圣王酌人之言，补己之过，所以立理本、导化源也，将在乎选观风之使，建采诗之官，俾乎歌咏之声，讽刺之兴，日采于下，岁献于上者也。所谓"言之者无罪，闻之者足以自诫"。……故国风之盛衰，由斯而见也；王政之得失，由斯而闻也；人情之哀乐，由斯而知也。然后君臣亲览而斟酌焉，政之废者修之，阙者补之；人之忧者乐之，劳者逸之。……故政有毫发之善，下必知也；教有锱铢之失，上必闻也。则上之诚明何忧乎不下达？下之利病何患乎不上知？上下交和，内外胥悦。若此而不臻至理，不致升平，自开辟以来，未之闻也。①

这俨然就是汉儒将诗歌视作政治教化工具的思路。白居易发表这番见解时的身份认同也是士大夫而不是文人，是朝堂之上负责拾遗补阙的谏官而非以文字立身的骚人墨客。白居易自己也明言，他写作以新乐府为代表的讽谕诗时，心目中所想象的读者是圣上，是君主，希望以此促成政治更新与改良。换言之，白居易此番貌似偏激狭隘的诗论主张，其实是从立功、立德的层面来看待诗歌的功用与价值，当然只能将其视作政治事功、王道教化的附庸与工具。

白居易和元稹最受欢迎的并非是两人着力甚巨的讽谕诗，而是将杜甫诗歌铺陈始终、排比声韵、风调清深的一面发挥到极致的"元和体"诗歌。元、白的这类诗歌擅长表现都市风情、男欢女爱与文人士大夫的日常生活，写尽"心中事、眼前景"，情韵婉然，声调谐美，圆转流畅，颇受社会各个阶层的喜爱，一时风靡天下，为白居易赢得巨大名声。对这类白居易声称最不看重、严重偏离儒家诗教的作品，白居易表现了自相矛盾的态度：

---

① [唐]白居易著，顾学颉校点：《白居易集》卷六十五《策林六十九》，北京：中华书局，1985年，第1370页。

自长安抵江西，三四千里，凡乡校、佛寺、逆旅、行舟之中往往有题仆诗者，士庶、僧徒、孀妇、处女之口每每有咏仆诗者。此诚雕虫之技，不足为多，然今时俗所重，正在此耳。虽前贤如渊、云者，前辈如李、杜者，亦未能忘情于其间哉！①

这段话的字里行间，充满了好名之情。受儒家思想影响，中国历代读书人大多将立德、立功之业凌驾于立言之上，"立言不朽"成了退而求其次的选择。白居易写作以新乐府为代表的讽谕诗，并非着眼于"立言不朽"，而是将其视作立德、立功的助力与手段。当立德、立功之梦化为泡影后，白居易和元稹写作讽谕诗的热情也一落千丈，转而将更多功夫花在创作广受欢迎的元和体诗歌上。"诗到元和体变新"，才真正表达了白居易、元稹对"立言不朽"的孜孜以求。

作为唐代古文运动的领袖人物，韩愈和白居易有着相似的复杂性。苏轼在《潮州韩文公庙碑》一文中评价韩愈说：

文起八代之衰，道济天下之溺；忠犯人主之怒，而勇夺三军之帅。②

一方面，韩愈以儒家之道的传承者、捍卫者自居，力排佛老，主张文以明道，谆谆告诫后学"根之茂者其实遂，膏之沃者其光晔，仁义之人，其言蔼如"③，但另一方面，却又推崇雄奇险怪的文风、诗风，迫切希望通过"非常之文"赢得身后长久之名，

---

① ［唐］白居易著，顾学颉校点：《白居易集》卷四十五《与元九书》，北京：中华书局，1985年，第963-964页。
② 陶秋英编选，虞行校订：《宋金元文论选》，北京：人民文学出版社，1984年，第157页。
③ ［唐］韩愈撰，马其昶校注：《韩昌黎文集校注》卷三《答李翊书》，上海：上海古籍出版社，1986年，第169页。

实现"立言不朽"的目标。在《答刘正夫书》中,韩愈的好名之情溢于言表:

> 夫百物朝夕所见者,人皆不注视也;及睹其异者,则共观而言之。夫文岂异于是乎?汉朝人莫不能为文,独司马相如、太史公、刘向、扬雄为之最。然则用功深者,其收名也远,若皆与世沉浮,不自树立,虽不为当时所怪,亦必无后世之传也。①

韩愈《荐士》云:

> 国朝盛文章,子昂始高蹈。勃兴得李杜,万类困陵暴。……有穷者孟郊,受材实雄骜。冥观洞古今,象外逐幽好。横空盘硬语,妥帖力排奡。②

《调张籍》云:

> 想当施手时,巨刃磨天扬。
> 垠崖划崩豁,乾坤摆雷硠。
> …………
> 仙官敕六丁,雷电下取将。
> 流落人间者,太山一豪芒。
> 我愿生两翅,捕逐出八荒。
> 精诚忽交通,百怪入我肠。
> 刺手拔鲸牙,举瓢酌天浆。③

---

① [唐]韩愈撰,马其昶校注:《韩昌黎文集校注》卷三《答刘正夫书》,上海:上海古籍出版社,1986年,第207页。
② 郭绍虞主编:《中国历代文论选》第二册,上海:上海古籍出版社,2001年,第129页。
③ 郭绍虞主编:《中国历代文论选》第二册,上海:上海古籍出版社,2001年,第131页。

《醉赠张秘书》云：

> 险语破鬼胆，高词媲皇坟。①

均可明显看出韩愈对于险怪雄奇风格的追求。

韩愈的逻辑和白居易其实非常类似：立德、立功的价值高于立言。对读书人而言，最正大的方式是以"立言"辅翼"立德""立功"，将其变成"立德""立功"的载体。但若想单纯借助"立言"追求不朽，那么一定是非常之言、卓尔不凡之文，否则"立言不朽"的目标便毫无达成的希望。因此，韩愈一方面重道，重政治事功，另一方面又极端重视文学创新并尚奇好怪，强调"惟陈言之务去"，其实正是从立德、立功、立言三个方面齐头并进，其最终目的都在于追求"不朽"。

韩愈两个最为重要的弟子皇甫湜和李翱，各自选择了韩愈追求不朽的不同路径：李翱重在文以明道，皇甫湜则发挥了韩愈"尚奇好怪"的一面。李翱于《答朱载言书》一文道出他学习古文的真正目的：

> 吾所以不协于时而学古文者，悦古人之行也；悦古人之行者，爱古人之道也。故学其言，不可以不行其行；行其行，不可以不重其道；重其道，不可以不循其礼。②

学习古文不过是手段，最终目标是行古人之行，重古人之道，循古人之礼。这就为北宋道学家文论埋下了伏笔。皇甫湜《答李生第一书》云：

> 夫意新则异于常，异于常则怪矣；词高则出于众，出于

---

① 郭绍虞主编：《中国历代文论选》第二册，上海：上海古籍出版社，2001年，第133页。

② 郭绍虞主编：《中国历代文论选》第二册，上海：上海古籍出版社，2001年，第166页。

众则奇矣。虎豹之文不得不炳于犬羊,鸾凤之音不得不锵于乌鹊,金玉之光不得不炫于瓦石,非有意先之也,乃自然也。必崔嵬然后为岳,必滔天然后为海。明堂之栋,必挠云霓;骊龙之珠,必锢深泉。足下以少年气盛,故当以出拔为意。①

皇甫湜论文以奇异非常、炫人眼目为能事,认为杰出之才必然表现为"非常之文",而只有"非常之文"才有可能引人注目,在"立言"层面成就一番王霸之业。皇甫湜激励后学要"自尽其才","当以出拔为意",即要有意追求文章的杰出卓越、非同凡响,正是"有意为文"的典型。皇甫湜将奇异、非常之文视作赢得不朽声名的关键,显然偏离了以"明道、圣征、宗经"为基本宗旨的儒学文艺观,因此遭遇了李生的质疑。

韩愈、白居易对"立言"不朽的追求是从两个方面同时着力:一是试图使"立言"在政治事功、王道教化的框架中获得工具意义,通过主动服务于更为宏大的"立德""立功"之业而成就"不朽之盛事";二是立足于"立言"本身,通过"言"的卓尔不凡、超拔出群或独特新颖、广受欢迎赢得身前身后之名,以此实现不朽。皇甫湜选择的显然是第二条"立言不朽"的方式,因此特别重视"文"本身的辨识度,害怕平凡之文无法获得关注,在时间的长河中无法幸存下来,立言不朽之梦也就化为了泡影。

到了晚唐的孙樵,大体继承了皇甫湜的文学主张。中唐时期的儒学复古思潮,到晚唐已经衰歇。在藩镇割据、党争不断、中央集权严重被削弱的晚唐,儒学对整个社会的维系、整合作用也迅速衰落,读书人在政治上正常的上升空间与上升渠道均不能得

---

① 郭绍虞主编:《中国历代文论选》第二册,上海:上海古籍出版社,2001年,第172页。

到有效的制度保障。每当社会动荡、礼崩乐坏之时，儒学维系世道人心的作用常常会严重受损，体现在文学思想上，也每每会偏离正统儒学的轨道。晚唐文论、诗论一方面有"空言明道"的特点，另一方面，刻意为文的倾向也日益突出。孙樵《与王霖秀才书》云：

> 鸾凤之音必倾听，雷霆之声必骇心。龙章虎皮，是何等物？日月五星，是何等象？储思必深，摛辞必高，道人之所不道，到人之所不到，趋怪走奇，中病归正。以之明道，则显而微；以之扬名，则久而传。……樵尝得为文真诀于来无择，来无择得之于皇甫持正，皇甫持正得之于韩吏部退之。①

乍一看，孙樵也提到文以明道，但纵观全文，他重点关注的其实是以文扬名的问题。曹丕《典论·论文》在谈及文章功用时，虽然将"经国之大业"置于"不朽之盛事"之前，后面的文字却只字不提"经国之大业"，而是全部在谈如何借助文章实现个体生命的"不朽之盛事"。与曹丕类似，孙樵此处真正关注的也不是"文以明道"而是"以文扬名"、以文不朽的问题。而这一思路，正是来自于韩愈提供的"为文真诀"。

四

北宋古文运动的展开是从对韩愈的再发现开始的。无论是柳开还是石介，都将韩愈视为道统、文统共同的承继者，在他们眼里，道统与文统是合而为一的。柳开《应责》云：

---

① 郭绍虞主编：《中国历代文论选》第二册，上海：上海古籍出版社，2001年，第178页。

绪 论

> 吾之道，孔子、孟轲、扬雄、韩愈之道；吾之文，孔子、孟轲、扬雄、韩愈之文也。①

石介梳理出的道统与文统则是周公、孔子、孟轲、扬雄、文中子、韩吏部等一脉相承的道与文。随着宋代文化的发展，道学家的文论与政治家、古文家的文论日益分途，道统与文统也不再合一，但三派古文理论都关注文与道的关系，都强调文以明道，似乎难以区分。不过，如果我们明白道学家、政治家、古文家分别是从立德、立功、立言三个不同层面追求不朽，三方文论之间的微妙差别与联系，也就容易理解了。

宋初诗坛，笼罩在唐代诗歌的影响之下。对于宋诗而言，要在唐代诗歌的巅峰之后走出自己独特的道路，殊非易事。宋初最有影响的诗歌流派是西昆体，代表人物为杨亿、钱惟演、刘筠等馆阁大臣。他们在奉旨编撰大型类书《册府元龟》之暇，相互探讨、切磋诗艺，以李商隐诗歌为学习典范，创作了大量对仗严整、声调铿锵、用典繁密且辞藻华美、意象幽丽之作。这些诗歌编撰为《西昆酬唱集》之后，西昆体居然风靡天下，从者如云。西昆体诗人毫不掩饰对于诗歌技巧的热衷，《西昆酬唱集》几乎就是一部以李商隐诗歌为模仿对象、专注于练习诗歌技巧的习作集，纯粹表现了个人化的审美趣味，并无以此追求"立言不朽"的野心，自然与立德、立功也扯不上多大关系。问题出在这种刻意追求艺术技巧、暗中偏离诗教传统的西昆体诗歌居然风行天下，这在石介看来未免是咄咄怪事。石介《怪说（中）》对杨亿为代表的西昆派进行了极其猛烈的攻击，其列出的主要罪状就是以浮华侈丽之言损害了儒家之道：

---

① 陶秋英编选，虞行校订：《宋金元文论选》，北京：人民文学出版社，1984年，第8页。

> 今杨亿穷妍极态，缀风月，弄花草，淫巧侈丽，浮华篡组；刊锼圣人之经，破碎圣人之言，离析圣人之意，蠹伤圣人之道。使天下不为《书》之《典》《谟》《禹贡》《洪范》，《诗》之雅颂，《春秋》之经，《易》之繇、爻、十翼；而为杨亿之穷妍极态，缀风月，弄花草，淫巧侈丽，浮华篡组。其为怪大矣！①

石介的偏颇显而易见，但他对于杨亿及西昆体诗歌的看法却开了道学家诗论的先声。石介将诗歌视作明圣人之道的工具，并将审美追求与儒家诗教视作水火不容、此消彼长的对立面，两者根本无法共存。

其实，不仅石介以道学家的偏激口吻否定了西昆派的创作道路，作为真正开宋诗风气之先的梅尧臣也有意提倡回归风雅传统并推崇平淡诗风以矫正宋初诗坛吟风弄月、追求华丽的倾向。刘克庄《后村诗话》说：

> 本朝诗惟宛陵为开山祖师。宛陵出，然后桑濮之哇淫稍熄，风雅之气脉复续，其功不在欧、尹之下。②

梅尧臣《答韩三子华韩五持国韩六玉汝见赠述诗》云：

> 圣人于诗言，曾不专其中。
> 因事有所激，因物兴以通。
> 自下而磨上，是之谓国风。
> 雅章及颂篇，刺美亦道同。
> 不独识鸟兽，而为文字工。

---

① 陶秋英编选，虞行校订：《宋金元文论选》，北京：人民文学出版社，1984年，第69-70页。

② 吴文治主编：《宋诗话全编》第八册，南京：凤凰出版社，1998年，第8369页。

> 屈原作《离骚》，自哀其志穷。
> 愤世嫉邪意，寄在草木虫。
> 迩来道颇丧，有作皆言空。
> 烟云写形象，葩卉咏青红。
> 人事极谀诒，引古称辨雄。
> 经营唯切偶，荣利因被蒙。
> 遂使世上人，只曰一艺充。
> 以巧比戏弈，以声喻鸣桐。
> 嗟嗟一何陋，甘用无言终！①

虽然主张回归风雅比兴传统，反对将诗歌创作仅仅视作与下棋无异的一门技艺，但梅尧臣绝非石介，不会止步于回归诗教传统而就此满足。作为一位诗人，梅尧臣对宋诗如何在唐音之后别开生面、另辟蹊径有诸多独特的探索与思考。在《依韵和晏相公》一诗中，梅尧臣说：

> 因吟适情性，稍欲到平淡。
> 苦辞未圆熟，刺口剧菱芡。②

《读邵不疑学士诗卷杜挺之忽来因出示之且伏高致辄书一时之语以奉呈》云：

> 作诗无古今，唯造平淡难。③

欧阳修在《六一诗话》中对梅尧臣的诗歌风格做了准确评

---

① 郭绍虞主编：《中国历代文论选》第二册，上海：上海古籍出版社，2001年，第237页。
② 郭绍虞主编：《中国历代文论选》第二册，上海：上海古籍出版社，2001年，第242页。
③ 郭绍虞主编：《中国历代文论选》第二册，上海：上海古籍出版社，2001年，第242页。

价，强调的也是梅诗深远闲淡、古硬耐嚼、老有余态的一面，这正是宋调有别于唐音的特色所在：

> 圣俞覃思精微，以深远闲淡为意。……余尝于《水谷夜行》诗略道其一二云："……梅翁事清切，石齿漱寒濑。作诗三十年，视我犹后辈。文词愈精新，心意虽老大。有如妖韶女，老自有余态。近诗尤古硬，咀嚼苦难嘬。又如食橄榄，真味久愈在。"①

从《六一诗话》转述的一段梅尧臣有关诗歌创作的言论中，我们不难看到，反对将写诗仅仅视作技艺的梅尧臣，其实对诗歌之美颇有追求，并深谙艺术创作的个中三昧：

> 圣俞尝语余曰："诗家虽率意，而造语亦难，若意新语工，得前人所未道者，斯为善也。必能状难写之景，如在目前，含不尽之意，见于言外，然后为至矣。"②

梅尧臣说这段话时，立场既非志在"立功"的士大夫，亦非志在"立德"的道学家，而是以诗家的身份在谈论诗歌创作的甘苦。其中有几点值得注意：其一，梅尧臣首先说到"诗家虽率意"，包含反对刻意为文之意，这也是宋人论文的普遍风气；其二，梅尧臣对于意新语工的重视，即一重立意新颖，二重语言工致，尤其强调"得前人所未道者"，这一要求包含着在唐音之外另寻新路、别开生面的野心；其三，对于何为好诗，梅尧臣提出的两条标准均是从艺术层面着眼，只涉及审美追求，不涉及儒家诗教。总之，作为开宋调先声的梅尧臣，已经为江西诗派及江西诗法的出现做了充分铺垫。欧阳修本人的诗风与梅尧臣相去甚

---

① ［清］何文焕辑：《历代诗话》，北京：中华书局，1981年，第267－268页。

② ［清］何文焕辑：《历代诗话》，北京：中华书局，1981年，第267页。

远,以温丽深稳、丰神俊朗、意脉流畅见长。欧阳修之所以对"咀嚼苦难嗢"的梅翁诗青睐有加,恐怕正是隐约感觉到古淡的梅诗预示了宋诗发展的独特方向。

　　作为元祐党人师长辈的文坛领袖欧阳修,在他的文章中屡屡表达对于儒家"三不朽"之说的强烈认同。其《杂说》一文认为人之精气思虑发而为事业文章,足以彪炳百世而不朽;《苏氏文集序》则坚信,诗人苏舜钦必能借文章而不朽;《岘山亭记》对杜预、羊祜之于后世之名的热切关注表达了理解,认为羊、杜二人各以立德、立功实现了不朽;《鸣蝉赋》发挥了韩愈"不平则鸣"的观点,进一步强调以文字而鸣对于实现个人不朽的意义;在早年所作《祭石曼卿文》中,欧阳修同样表达了对"立言不朽"的强烈追求;《河南府司录张君墓表》断言,只有依托文字方可超越生死,获得精神生命的永恒。在《送徐无党南归序》中,欧阳修认为立德之于不朽的意义更在立言之上。按照这一思路,"立功"难期,可遇而不可求,所可把握者唯在"立德"与"立言";相比于"立言","立德"只要努力践行即有所得,相对而言更易把握;而想要"立言"不朽,则取决于作者的才能与"言"的质量,难度要大得多。正因如此,宋代文人一方面强调"立言"必须与"立德"紧密关联,所谓"夫文,传道而明心也"①,所谓"大抵道胜者文不难而自至也"②,但对于"言"本身的独创性与审美价值却仍然有着极高要求。就诗歌创作而言,欧阳修常以散文手法安排长篇古体诗的结构、章法、句法,以议论、说理入诗的倾向十分明显,诗歌兼具唐音的

---

① [宋]王禹偁:《答张扶书》,陶秋英编选,虞行校订:《宋金元文论选》,北京:人民文学出版社,1984年,第19页。
② [宋]欧阳修:《答吴充秀才书》,陶秋英编选,虞行校订:《宋金元文论选》,北京:人民文学出版社,1984年,第78页。

丰神情韵与宋调的筋骨思致,是唐音向宋调过渡的关键人物。《六一诗话》是中国文论史上第一部以"诗话"命名的诗论著作,尽管多言文坛掌故以"资闲谈",但也表达了欧阳修对宋诗如何在唐诗的高峰之后另辟新路的思考,为江西诗法的出现做好了理论铺垫。

五

到江西诗派的开创者黄庭坚在文坛崭露头角之时,北宋文学已进入全面繁荣期。黄庭坚是苏门四学士之一,诗歌风格虽与苏轼大相径庭,但两人以才学为诗、以议论为诗的倾向却是一致的,以至于后来的诗论家们多以苏黄诗风作为宋调的代表。

苏轼受父亲苏洵影响,论文、论诗均主自然天成,反对刻意为文。苏洵《仲兄字文甫说》一文认为,天下之至文应该是风水相遭、自然成文的结果:

> 洵读《易》至《涣》之六四曰:"涣其群元吉。"曰:嗟夫,群者,圣人所欲涣以混一天下者也。盖余仲兄名涣,而字公群,则是以圣人之欲解散涤荡者以自命也,而可乎?他日以告,兄曰:子可无为我易之。洵曰:唯。既而曰:请以文甫易之。……故曰:"风行水上,涣。"此亦天下之至文也。然而此二物者,岂有求乎文哉?无意乎相求,不期而相遭,而文生焉。是其为文也,非水之文也,非风之文也。二物者非能为文,而不能不为文也。物之相使而文出于其间也,故此天下之至文也。①

---

① 陶秋英编选,虞行校订:《宋金元文论选》,北京:人民文学出版社,1984年,第111页。

这里有两点值得注意：一是苏洵以风、水相遭，比喻内在之心与外在事物之间相激相荡、相遇相感而产生创作冲动的过程，即对文学创作而言，心与物是缺一不可的；其二，苏洵特别强调这一过程是自然而然发生的，不能勉强也无法勉强，同时，苏洵强调，只有这种自然而然产生的文，方能成为天下之至文。

"感物而动"乃文艺创作的源头，是两汉以来中国文论的基本观点之一。《礼记·乐记》云：

> 音之起，由人心生也。人心之动，物使之然也。感于物而动，故形于声；声相应，故生变；变成方，谓之音；比音而乐之，及干戚羽旄，谓之乐。乐者，音之所由生也，其本在人心之感于物也。①

班固《汉书·艺文志》亦云："自孝武立乐府而采歌谣，于是有代、赵之讴，秦、楚之风，皆感于哀乐，缘事而发"②，强调的也是外在之事触发了创作冲动。被誉为"太康之英"的晋代文学大家陆机在《文赋》中说："伫中区以玄览，颐情志于典坟。遵四时以叹逝，瞻万物而思纷；悲落叶于劲秋，喜柔条于芳春。"③ 陆机已经认识到创作冲动来自于两个方面：一是感于物，二是本于学。但《文赋》更强调的还是"感于物"的层面，而且小序中将"意不称物"视作文学构思的核心问题，实则更看重"感于物"对文学创作的意义。

---

① ［清］阮元校刻：《十三经注疏·礼记正义》卷三十七，北京：中华书局，1980年，第1527页。

② ［汉］班固撰，［唐］颜师古注：《汉书》卷三十，北京：中华书局，1962年，第1756页。

③ ［晋］陆机著，金涛声点校：《陆机集》，北京：中华书局，1982年，第1页。

刘勰《文心雕龙·神思》云:"故思理为妙,神与物游。"①《文心雕龙·物色》则云:

> 春秋代序,阴阳惨舒,物色之动,心亦摇焉。盖阳气萌而玄驹步,阴律凝而丹鸟羞,微虫犹或入感,四时之动物深矣。若夫珪璋挺其惠心,英华秀其清气,物色相召,人谁获安?是以献岁发春,悦豫之情畅;滔滔孟夏,郁陶之心凝;天高气清,阴沉之志远;霰雪无垠,矜肃之虑深;岁有其物,物有其容;情以物迁,辞以情发。……是以诗人感物,联类不穷,流连万象之际,沉吟视听之区。写气图貌,既随物以宛转;属采附声,亦与心而徘徊。②

刘勰不仅认为感物而动引发创作冲动,而且将艺术构思与艺术创作视作心物激荡互动的过程,所谓"随物以宛转""与心而徘徊""情以物迁,辞以情发"。钟嵘《诗品序》亦云:

> 若乃春风春鸟,秋月秋蝉,夏云暑雨,冬月祁寒,斯四时之感诸诗者也。嘉会寄诗以亲,离群托诗以怨。至于楚臣去境,汉妾辞宫。或骨横朔野,魂逐飞蓬。或负戈外戍,杀气雄边。塞客衣单,孀闺泪尽。或士有解佩出朝,一去忘反。女有扬蛾入宠,再盼倾国。凡斯种种,感荡心灵,非陈诗何以展其义?非长歌何以骋其情?③

钟嵘强调诗歌创作是感物而动的结果,而外在之物,既包括天地

---

① [梁]刘勰著,范文澜注:《文心雕龙注》,北京:人民文学出版社,2006年,第493页。
② [梁]刘勰著,范文澜注:《文心雕龙注》,北京:人民文学出版社,2006年,第693页。
③ [清]何文焕辑:《历代诗话》,北京:中华书局,1981年,第3页。

万物及四季更迭的自然律动，更包括诗人的个人际遇与命运。

苏洵"风水相遭，自然成文"的观点，实则包含着对"感物说"的继承与发展，重视的是内在之心与外在之物的不期而遇、相激相荡，即文学创作是天人凑泊的结果。因此，文学创作的重点在于天与人的关系、心与物的关系。而宋调有别于唐音之处，一个重要的方面就是"以故为新"，即在"感物而动"之外，将诗人与文化传统之间的碰撞对话视作创作灵感的另一条重要来源。这一创作思路，与感物而动、天人凑泊的思路实相去甚远。

苏轼《江行唱和集序》云：

> 夫昔之为文者，非能为之为工，乃不能不为之为工也。山川之有云雾，草木之有华实，充满勃郁而见于外，夫虽欲无有，其可得耶！自闻家君之论文，以为古之圣人有所不能自己而作者，故轼与弟辙为文至多，而未尝敢有作文之意。①

天人凑泊之境，可遇不可求，而且一旦有作文之意，这一理想境界就去之弥远了。按照这一逻辑，文人士子想把文章写好，能够努力的只有文外功夫。因此，苏辙在《上枢密韩太尉书》中说：

> 辙生好为文，思之至深。以为文者，气之所形。然文不可以学而能，气可以养而致。孟子曰："我善养吾浩然之气。"今观其文章，宽厚宏博，充乎天地之间，称其气之小大。太史公行天下，周览四海名山大川，与燕、赵间豪俊交游，故其文疏荡，颇有奇气。此二子者，岂尝执笔学为如此之文哉？其气充乎其中，而溢乎其貌，动乎其言，而见乎其

---

① 陶秋英编选，虞行校订：《宋金元文论选》，北京：人民文学出版社，1984年，第167页。

文，而不自知也。①

苏辙认为"文不可以学而能，气可以养而致"，要想把文章写好，靠的不是打磨锤炼写作技巧这样的文内功夫，而是治心养气、人生阅历这样的文外力道。

既不敢有作文之意，又重视文章的艺术价值，苏轼只好努力在自由与法度之间寻找微妙的平衡。苏轼《答谢民师书》云：

> 所示书教及诗赋杂文观之熟矣，大略如行云流水，初无定质，但常行于所当行，常止于所不可不止，文理自然，姿态横生。孔子曰："言之不文，行而不远。"又曰："辞达而已矣。"夫言止于达意，即疑若不文，是大不然。求物之妙，如系风捕影，能使是物了然于心者，盖千万人而不一遇也，而况能使了然于口与手者乎？是之谓辞达。辞至于能达，则文不可胜用矣。②

苏轼重申了他对"如行云流水"一般自由畅达的文风的推崇，但从他对孔子"辞达"说的重新诠释中，仍可以看到苏轼对心物契合及语言表达技巧的高度重视。换言之，苏轼虽反对刻意为文并崇尚自然天成之美，但并不否定文章的法度技巧。相反，苏轼在这篇书信中要求创作者应熟练掌握艺术规律，才可达到"文不可胜用"的自由境界。其《书黄子思诗集后》云：

> 予尝论书，以谓钟、王之迹，萧散简远，妙在笔画之外。至唐颜、柳，始集古今笔法而尽发之，极书之变，天下翕然以为宗师。而钟、王之法益微。至于诗亦然。苏、李之

---

① 陶秋英编选，虞行校订：《宋金元文论选》，北京：人民文学出版社，1984 年，第 179 页。

② 陶秋英编选，虞行校订：《宋金元文论选》，北京：人民文学出版社，1984 年，第 163 页。

绪 论

天成，曹、刘之自得，陶、谢之超然，盖亦至矣。而李太白、杜子美以英玮绝世之姿，凌跨百代，古今诗人尽废；然魏、晋以来，高风绝尘，亦少衰矣。①

从这段文字中，我们可以体会到苏轼试图平衡自由与法度、惨淡经营与自然天成的苦心。在他看来，李、杜诗歌与法度俱备的颜、柳书法一样，虽然凌跨百代，却也少了天成自得的高风绝尘。这背后的逻辑是：艺术法度的完备森严，一方面催生了艺术创作的极盛局面，但同时又为盛极而衰埋下了伏笔。

周紫芝《竹坡诗话》记载了有关苏轼论诗的另一个掌故，表达了类似的诗学思想：

有明上人者，作诗甚艰，求捷法于东坡，作两颂以与之。其一云："字字觅奇险，节节累枝叶。咬嚼三十年，转更无交涉。"其一云："冲口出常言，法度法前轨。人言非妙处，妙处在于是。"乃知作诗到平淡处，要似非力所能。东坡尝有书与其侄云："大凡为文，当使气象峥嵘，五色绚烂，渐老渐熟，乃造平淡。"余以不但为文，作诗者尤当取法于此。②

在苏轼看来，掌握艺术规律、磨炼艺术技巧，对于文学创作而言是不可或缺的环节，但法度不能变成束缚作者创造天分和自由表达的枷锁，更不能变成损害自然天成之美的死法、格套。无论是对天成、自得之境的推崇，还是将"绚烂之极归于平淡"视作文学创作的最高境界，都暗含着苏轼对于刻意为文、固守成法、

---

① 陶秋英编选，虞行校订：《宋金元文论选》，北京：人民文学出版社，1984 年，第 170 页。
② ［清］何文焕辑：《历代诗话》，北京：中华书局，1981 年，第 348 页。

重视人工雕琢的创作态度的批评与否定。"气象峥嵘""五色绚烂"是人工之极的炫技阶段,"渐老渐熟,乃造平淡"是洗尽铅华、臻于化境的炉火纯青阶段。

苏轼也强调读书,强调学问,比如他在评论孟浩然的诗歌时,认为孟浩然虽然才高韵远,但由于读书不多,如大内造酒高手缺乏造酒材料,因此无法充分施展才能。苏轼所言诗材,是指胸中学问、书卷,以才学为诗的倾向非常明显。虽然强调学问与书卷,可在创作过程中,苏轼更看重的还是酣畅淋漓、奔放畅达的自由表达。换言之,苏轼不仅重视学问书卷,同时,仍然与前代文论家一样重视心对外在之物、自然天道的洞察把握。《送参寥师》云:

> 欲令诗语妙,无厌空且静。
> 静故了群动,空故纳万境。
> 阅世走人间,观身卧云岭。
> 咸酸杂众好,中有至味永。①

无论是"了群动",还是"纳万境",抑或是"阅世走人间",苏轼强调的都是诗人对于天地万物、大千世界的切身感受与深入洞察,是内在之心对外在之物的如实映照,这显然都不属于诗内功夫与纸上学问。

黄庭坚的诗歌是在学杜的基础上自成一家。黄庭坚与苏轼的区别,在某种程度上,正是杜甫与李白的区别。虽然都强调读书穷理,都有以议论为诗、以才学为诗的倾向,但苏轼更看重自然天成、奔放酣畅的文学表达,而黄庭坚则极其看重法度绳墨,并有意追求生新瘦硬、奇崛古淡之美。苏轼的创作,更多时候是任

---

① 郭绍虞主编:《中国历代文论选》第二册,上海:上海古籍出版社,2001年,第310页。

由自己的天性随意挥洒；黄庭坚的创作，则处处希望与古人争胜，在与文学传统的对话中重构并改写传统，所谓"以故为新"已不仅仅如苏轼一样只是典故运用的原则，而是泛化为一般意义上的创作宗旨，即在故纸堆中寻出一条宋诗新变之路。和汉儒的皓首穷经不同，黄庭坚开启的江西诗派，以自己的性情胸襟为熔炉，试图将历朝历代涉及经史子集、囊括儒道释典的各类故纸都化作诗材，并有意采用拗字、拗律和跳跃性极大的章法结构方式，并打破诗、词、文之间的文体界限，在破坏与整合中创造出有别于唐音的宋调，而这一切都与诗人的学者化关系甚大。黄庭坚虽然和同时代很多诗人一样学杜，但他却是以西昆功夫学杜，即从重视学问书卷、重视技巧法度这一层面去学习杜诗。以杨亿、刘筠、钱惟演等人为代表的西昆派诗人对北宋初年的诗坛曾经产生了持久的影响，石介《怪说》一文对西昆体诗歌极尽攻击之能事，认为它是对圣人之道的严重蠹害，且完全背叛了儒家诗教的传统。杨亿等人是政声卓著、颇有令名的馆阁大臣，将其视作风雅罪人，实难服众。苏轼就曾批评石介对西昆派诗人尤其是对杨亿的攻击大谬不然，而西昆派诗人虽酷爱李商隐且多不喜杜甫，但他们却开了宋诗大量用典、大掉书袋、以学问为诗、追求技巧、重视法度的倾向。李商隐本人就是学杜有得的典范，由西昆派学李商隐过渡到宗杜，其实只有一步之遥。表面上看，山谷诗的奇崛瘦硬与西昆体的华丽雍容有着天壤之别，但黄庭坚与西昆派诗人宗义山的方式一样，正是从大量用典、大掉书袋、重视才学与诗歌创作技巧的角度来宗杜。可以说，正是西昆派诗人开启了宋诗以才学为诗、以文字为诗的先河，并直接启发了黄庭坚宗杜的方式。

黄庭坚《答洪驹父书》云：

  寄诗语意老重，数过读，不能去手，继以叹息，少加意读书,古人不难到也。诸文亦皆好,但少古人绳墨耳,可更熟读司马子长、韩退之文章。

凡作一文,皆须有宗有趣,终始关键,有开有阖;如四渎虽纳百川,或汇而为广泽,汪洋千里,要自发源注海耳。

老夫绍圣以前,不知作文章斧斤,取旧所作读之,皆可笑。……东坡文章妙天下,其短处在好骂,慎勿袭其轨也。……所寄《释权》一篇,词笔纵横,极见日新之效。更须治经,深其渊源,乃可到古人耳。青琐祭文,语意甚工,但用字时有未安处。自作语最难,老杜作诗,退之作文,无一字无来处,盖后人读书少,故谓韩、杜自作此语耳。古之能为文章者,真能陶冶万物,虽取古人之陈言入于翰墨,如灵丹一粒,点铁成金也。①

在这篇书信中,黄庭坚反复强调法度、绳墨、斧斤对诗文创作的意义,而要想深入领悟诗法、文法的真髓,必须熟读杜诗韩文等前人经典,同时还要"治经"以深其渊源,方能达到古人的境界。和杜甫一样,黄庭坚并没有将道与艺、诗教与诗法、学古与创新视作二元对立的关系,而是试图将其整合为不可分割的整体,对"治经"穷理的重视则与黄庭坚深受理学思想影响有关。黄庭坚批评东坡文章好骂,固然有全身远祸的现实考虑,但也反映了他力主回归儒家温柔敦厚的诗教传统这一既定思路。黄庭坚不仅名列理学家李常的门下,而且也被禅宗黄龙派正式尊为本派禅师,对理学与禅学均有深入的研习与体认,绝非只是有所涉猎而已。就宋代文人士大夫群体看,儒禅双修的情况颇为普遍。即使是宋代理学家的思维方式与论学讲道所运用的理论术语,也深受禅门影响。可以说,儒、道、释三教合流的文化整合倾向,到

---

① 陶秋英编选,虞行校订:《宋金元文论选》,北京:人民文学出版社,1984年,第187-188页。

宋代已成为大势所趋。有宋一代，文学领域的情况也与此类似，以文为诗、以诗为词、以词为诗、以文为词等种种破体现象不断涌现，以打破文体疆域、整合不同文体的方式开辟出了新的文学空间、新的创作路径。至于"点铁成金"，看上去只是袭用前人的现成字句，但这一创作手法的关键还是以诗人的胸襟见识与生命体验为熔炉，借助"古人之陈言"这一粒灵丹，将天地万物（即所谓"铁"）陶铸、冶炼、点化为诗人自己的精彩篇章（即所谓"金"）。借助"点铁成金"这一创作手法，"以故为新"的诗学观念便有了落实的可能。

相比苏轼，黄庭坚更强调法度与自由、渐修与顿悟的合一，具体而言，黄庭坚对读书和法度的强调远远超过了苏轼。和苏轼一样，黄庭坚所追求的最高目标是超越于法度之上、随心所欲不逾矩之境，但黄庭坚强调要达到这一文学创作上的自由境界，必须以读书穷理、掌握文法诗法、反复锤炼写作技巧为前提、为阶梯，遍参诸方的渐修功夫是通向豁然开朗的顿悟之境不可省略的一环。不过，如果单单停留在锤炼技巧和谨守法度的层面，再完善的文法、诗法都极有可能变成死法，这虽然成为江西末流的致命弊端，却绝非黄庭坚的初衷所在。在《答洪驹父书》结尾部分，黄庭坚说：

> 文章最为儒者末事，然索学之，又不可不知其曲折，幸熟思之。至于推之使高，如泰山之崇崛，如垂天之云；作之使雄壮，如沧江八月之涛，海运吞舟之鱼，又不可守绳墨令俭陋也。[①]

在黄庭坚看来，最好的文章，有排山倒海、席卷一切的雄壮气度

[①] 陶秋英编选，虞行校订：《宋金元文论选》，北京：人民文学出版社，1984年，第188页。

与阔大格局,根本不可能为绳墨法度所束缚。需要注意的是,黄庭坚此处认为"文章最为儒者末事",这与儒家"三不朽"将"立言"置于"立德""立功"之下的思路完全契合。黄庭坚的自我身份认同,并非诗家、文人,而是"儒者",念兹在兹的还是立德、立功以不朽,但在北宋党争如此激烈的时局中,"立功"的希望非常渺茫,稍微能够凭借自己的努力把握的还是"立德"的"内圣"功夫与"立言"的纸上事业。因此,我们看到,声称"文章最为儒者末事"的黄庭坚,实则非常看重文章之事。

杜甫《偶题》云:

> 文章千古事,得失寸心知。
> 作者皆殊列,名声岂浪垂?①

杜甫毫不掩饰自己以文章博得千古声名之心。对于汉代以来深受儒家思想影响的读书人而言,最高理想是以立德、立功、立言三种方式实现个体精神生命的不朽。虽然建功立业的雄心壮志和成为一代圣贤的远大抱负,对于"儒者"的吸引力均远远大于"立言",但事实上,文人真正可以着力之处往往只剩下"立言"。因此,一方面,历代文人似乎都不甘心仅仅被视作文人,经常对雕章琢句的纸上功夫表现出不屑之情,将文章写作视为末技,对"立德""立功"之事念念不忘;另一方面,又往往耽于文学创作不能自拔,以期成就名山事业、不朽盛事。苏轼云:

> 顷岁,孙莘老识欧阳文忠公,尝乘间以文字问之。云:"无它术,唯勤读书而多为之,自工。世人患,作文字少,

---

① [唐]杜甫著,[清]杨伦笺注:《杜诗镜铨》卷十五《偶题》,上海:上海古籍出版社,1980年,第713页。

又懒读书，每一篇出，即求过人，如此少有至者。疵病不必待人指摘，多作自能见之。"此公以其尝试者告人，故尤有味。①

苏轼虽然是在转述欧阳修的观点，但也说明他对读书与文章锤炼功夫的高度重视。不过，苏轼对于"求物之妙"即洞察天地万物之道的兴趣绝不在纸上功夫之下，而且他重视书卷和技巧锤炼，并非是为了刻意求奇求新，而是试图将胸中才学、书卷变成作家自由挥洒、畅达抒写的助力。苏轼《题柳子厚诗》云：

> 诗须要有为而作，用事当以故为新，以俗为雅。好奇务新，乃诗之病。②

主张诗歌"有为而作"，隐含着将"立言"与政治事功挂钩之意，实则是反对为文而文、刻意为文；主张用事要"以故为新，以俗为雅"，却又强调"好奇务新，乃诗之病"，则是力图在艺术创新和崇尚自然平淡的审美趣味之间达成平衡。基于这一逻辑，苏轼对黄庭坚诗歌的评价便颇耐人寻味：

> 鲁直诗文如蝤蛑瑶柱，格韵高绝，盘飧尽废。然不可多食，多食则发风动气。③

一方面，苏轼高度评价山谷诗文"格韵高绝"，远超众作，但另一方面又认为它们不适合家常日用，多食有害。这里隐含着对黄庭坚在文学创作上刻意求新务奇的批评。

---

① ［宋］苏轼：《记欧阳公论文》，陶秋英编选，虞行校订：《宋金元文论选》，北京：人民文学出版社，1984年，第174页。

② ［宋］苏轼：《题柳子厚诗》，陶秋英编选，虞行校订：《宋金元文论选》，北京：人民文学出版社，1984年，第175页。

③ ［宋］苏轼：《书黄鲁直诗后》，陶秋英编选，虞行校订：《宋金元文论选》，北京：人民文学出版社，1984年，第174页。

在《答毛滂书》中，苏轼说：

> 世间唯名实不可欺，文章如金玉，各有定价，先后相汲引，因其言以信于世，则有之矣。①

以金玉文章博取不朽声名之意，溢于言表。什么样的文章才算是金玉之文呢？苏轼《上梅直讲书》云：

> 执事名满天下，而位不过五品，其容色温然而不怒，其文章宽厚敦朴而无怨言。此必有所乐乎斯道也，轼愿与闻焉。②

此段文字，苏轼又把"立德"的内圣功夫与文章品质联系起来了。其《答王庠书》则云：

> 西汉以来，以文设科而文始衰。自贾谊、司马迁，其文已不逮先秦古书，况其下者。文章犹尔，况所谓道德者乎！若所论周勃则恐不然。平、勃未尝一日忘汉，陆贾为之谋至矣；彼视禄、产犹几上肉，但将相和调，则大计自定。若如君言，先事经营，则吕后觉悟，诛两人而汉亡矣。某少时好议论古人，既老，往往悔其言之过，故乐以此告君也。儒者之病，多空文而少实用，贾谊、陆贽之学，殆不传于世。③

在苏轼看来，文章著述，若与"立德""立功"之业无涉，那么也就无关宏旨，"立言不朽"的追求仍会落空。三者若分层级，苏轼显然更看重"立德"与"立功"。

---

① ［宋］苏轼：《答毛滂书》，陶秋英编选，虞行校订：《宋金元文论选》，北京：人民文学出版社，1984年，第176页。

② ［宋］苏轼：《上梅直讲书》，陶秋英编选，虞行校订：《宋金元文论选》，北京：人民文学出版社，1984年，第176页。

③ ［宋］苏轼：《答王庠书》，陶秋英编选，虞行校订：《宋金元文论选》，北京：人民文学出版社，1984年，第176页。

绪 论

作为苏门四学士之首的黄庭坚,显然也是将"立德"的内圣功夫放在"立言"的追求之上,所以才会有"文章最为儒者末事"之说。不过,哪怕是"立德""立功"之业,仍然需要借助著述文章加以记载、表彰方可彪炳后世。在苏、黄看来,"三不朽"之业虽然有层级高低之分,却是相互支撑、相互关联的整体,不可截然剥离,这也是宋代许多文人的共识。而要实现"立言不朽"的目标,除了"立言"必须与"立德""立功"之业有关涉之外,还必须锤炼技巧、重视法度,丝毫马虎懈怠不得。因此有人评价以黄庭坚为代表的江西诗派相当于诗人中的法家,重视法度,寡情少恩。但江西诗法真正的旨趣,绝非只是法度森严、烹字炼句,而是追求超越于法度之上、由技入道的自然化境。黄庭坚《赠高子勉》之一云:

> 妙在和光同尘,事须钩深入神。
> 听它下虎口著,我不为牛后人。①

《赠高子勉》之二云:

> 拾遗句中有眼,彭泽意在无弦。②

《与王观复书三首之一》云:

> 好作奇语,自是文章病,但当以理为主,理得而辞顺,文章自然出群拔萃。观杜子美到夔州后诗,韩退之自潮州还朝后文章,皆不烦绳削而自合矣。……文章盖自建安以来好作奇语,故其气象衰苶,其病至今犹在。唯陈伯玉、韩退之、李习之,近世欧阳永叔、王介甫、苏子瞻、秦少游乃无

---

① [宋]黄庭坚著,[宋]任渊、史容、史季温注:《山谷诗集注》卷十六,上海:上海古籍出版社,2003年,第396页。
② [宋]黄庭坚著,[宋]任渊、史容、史季温注:《山谷诗集注》卷十六,上海:上海古籍出版社,2003年,第396页。

此病耳。①

黄庭坚反对"好作奇语",认为会严重损害文章的气象,将"不烦绳削而自合"的自由境界悬为文学创作的最高格。但黄庭坚不得不面临一个问题,即写作者如何走出"意翻空而易奇,文征实而难工"的困境。要走出这一困境,就无法越过重视法度、锤炼技巧的环节。换言之,想要达到顿悟之境,必须借助渐修功夫。

黄庭坚最为重视的渐修功夫,就是读书穷理,似乎文学创作中遇到的所有难题,都可以通过"读书精博"加以解决。《与王观复书三首之二》云:

> 所寄诗多佳句,犹恨雕琢功多耳。但熟观杜子美到夔州后古律诗,便得句法简易,而大巧出焉。平淡而山高水深,似欲不可企及,文章成就,更无斧凿痕,乃为佳作耳。②

和苏洵、苏轼、苏辙在推崇"风水相遭、自然成文"之时对感物而动、江山之助及人生阅历触发创作冲动的强调有别,黄庭坚理想中的大巧自然、简易平淡而山高水深之境,仍然离不开"熟观杜子美到夔州后古律诗"的渐修功夫,仍需通过反复阅读前贤诗作并与前代诗人深度对话方可达成。黄庭坚《大雅堂记》云:

> 子美诗妙处,乃在无意于文,夫无意而意已至,非广之以《国风》《雅》《颂》,深之以《离骚》《九歌》,安能咀嚼其意味,闯然入其门耶?③

---

① 郭绍虞主编:《中国历代文论选》第二册,上海:上海古籍出版社,2001年,第322页。

② 郭绍虞主编:《中国历代文论选》第二册,上海:上海古籍出版社,2001年,第324页。

③ 郭绍虞主编:《中国历代文论选》第二册,上海:上海古籍出版社,2001年,第325页。

黄庭坚反对"好作奇语",反对刻意为文,崇尚"无意于文"的自然化境,可有趣的是,达成这些不同层级目标的路径,均为读书精博。

黄庭坚非常清醒地认识到,他是在一个漫长的诗歌传统中进行创作,要想在这一巨大的文学传统中确立自身的独特性以实现立言不朽的目标,尤其是在唐代诗歌的高峰之后要别开生面,绝非易事。完全绕开传统另辟蹊径,实际上根本不可能。以苏、黄为代表的宋代诗人不再仅仅强调诗歌言志、缘情的本质,也不再仅仅将"感物而动"视作创作冲动的来源,而是力求"以故为新",从庞大的文化传统中寻找诗歌创新的生长点。他们以一己之胸襟、气度、性情为熔炉,将前人书卷统统化作诗材,在与前贤、传统的对话、碰撞中,翻陈出新,老树着新花,成就了有别于诗人之诗的学人之诗。江西诗法中的点铁成金、换骨法与夺胎法,均是通过重新诠释传统、拼贴传统、嫁接传统、剪辑组合传统而实现"以故为新"的抱负,在唐音之外另辟诗国。

六

在黄庭坚生前,就有一群诗人集结在他周围,形成了论诗宗旨相似、诗歌风味相近的诗人群体。这群诗人主要以黄庭坚的外甥徐俯和洪刍、洪炎、苏坚、苏庠等人为中坚,他们于北宋、南宋之交,组织了规模庞大、结构松散、持续时间极长的豫章诗社,向子諲、张元幹、潘锌、汪藻、吕本中等人成为诗社后期的重要成员。吕本中因此撰写了《江西诗社宗派图》,以学杜、学黄为宗旨的有宋一代最大的诗歌流派算是正式有了自己的名称。未入豫章诗社,但率先以学杜、学黄为宗旨的大诗人陈师道算是黄庭坚、苏轼的同辈人,他在所撰《后山诗话》中,即对江西诗法进行了丰富、补充与修正。他主张诗歌创作"宁拙毋巧,宁朴毋华,宁粗毋弱,宁僻毋俗"①,和黄庭坚一样努力避免诗歌风格的俗滥卑弱,追求格高、瘦硬、拙朴、自然真率之美,批评山谷诗过于求奇,强调"换骨"是功夫到家后自然达成的境界,发挥了黄庭坚以禅论诗及重视诗人修养、人格完善的诗学倾向。此后,徐俯论诗说"中的",韩驹论诗说"饱参",吕本中论诗说"活法",均借禅说诗,看似各有侧重,实则都将"悟入"视作领悟诗歌创作个中三昧的关键,以此修正江西诗法过于重视押韵用事、烹字炼句、开阖布置、书卷学问的偏颇,防止江西诗法沦为束缚诗人创作个性和自由的死法。

早在北宋后期,就已出现了大量受黄庭坚诗学主张影响的诗话著作,比如陈师道的《后山诗话》,范温的《潜溪诗眼》,王直方的《王直方诗话》,潘淳的《潘子真诗话》,洪驹父的《洪驹父诗话》等等。这些诗话均宗杜、宗黄,重视字法、句法、句律、章法、诗眼和命意之法等诗歌创作的技法,且热衷于探究、考证诗人用字、用典的来历,对"点铁成金""换骨法""夺胎法"等典型的江西诗法多有阐发,体现了江西诗派的论诗旨趣。到南宋时期,又出现了吕本中的《紫微诗话》《童蒙诗训》,葛立方的《韵语阳秋》,许𫖮的《彦周诗话》,朱弁的《风月堂诗话》,周紫芝的《竹坡诗话》,吴可的《藏海诗话》,张表臣的《珊瑚钩诗话》,曾季狸的《艇斋诗话》,杨万里的《诚斋诗话》和周必大的《二老堂诗话》等典型的江西派诗话。这些诗话以尊杜宗黄为共同特征,重视读书穷理并主张将胸中书卷化作诗材,但又反对堆砌典故,认为雕琢求奇会损害诗歌的自然天成,对诗歌创作有害无益。尊杜宗黄,是江西派诗话最为显著的标志。吴可《藏海诗话》称:

---

① [清] 何文焕辑:《历代诗话》,北京:中华书局,1981 年,第 311 页。

> 学诗当以杜为体,以苏黄为用,拂拭之则自然波峻,读之铿锵。①

刘克庄的《江西诗派小序》则称:

> 豫章稍后出,会萃百家句律之长,究极历代体制之变,蒐猎奇书,穿穴异闻,作为古律,自成一家,虽只字半句不轻出,遂为本朝诗家宗祖,在禅学中比得达磨,不易之论也。②

江西诗派后学一方面对江西诗法大加阐发与表彰,另一方面又不断对其进行补充与修正。黄庭坚提出的江西诗法,服务于宋代诗人在唐音之外别创宋调的雄心。在江西诗法中,"以故为新,以俗为雅"是两条主要的创新路径,而"点铁成金""夺胎法""换骨法"则是实现"以故为新"的具体手段。"以故为新"既然建立在对"古人陈言"为代表的文化传统进行全新阐释、化用及重构的基础之上,宋诗因此出现"以才学为诗"的倾向也就成为必然。早在南朝时期,钟嵘《诗品序》就批评了大掉书袋、以卖弄学问为诗的风气,认为诗歌创作应以"吟咏情性"为宗旨,是感物而动、即目会心的产物。将学问书卷、烹字炼句的技巧变成诗歌创新的主要动力,是在"感物而动"的传统创作路径之外另辟蹊径,暗中偏离了"诗言志""诗缘情"的故辙。江西诗派的后学一方面大力肯定江西诗法的价值与意义,另一方面也对江西诗法可能造成的流弊保持警惕。江西诗法暗含的危机包括以下几个方面:其一,因过于重视学问书卷,可能会忽

---

① 丁福保辑:《历代诗话续编》,北京:中华书局,1983年,第331页。

② 丁福保辑:《历代诗话续编》,北京:中华书局,1983年,第478页。

略社会生活、人生阅历、自然万物对于创作的意义;其二,因过于重视锤炼技巧,伤害了诗作的浑然天成气象;其三,因过于强调法度而将法度变成死法,使之成为束缚创作自由的枷锁;其四,因过于重视诗技诗艺,而使诗歌创作偏离了风骚传统。

如何避免江西诗法可能带来的流弊呢?陈师道批评山谷好"奇",即含有以朴拙平淡来矫正江西诗法过于追求生新奇崛的一面;徐俯论诗强调"中的",反对闭门造车、绕道说禅,意在矫正江西诗法过于重视书本和追求跳跃诗意的一面;韩驹以禅论诗的倾向更加突出,论诗重在"饱参",即强调遍参诸方、深入研习前人作品的重要性;吕本中论诗重在"活法",试图在变化莫测与规矩俱备之间寻找平衡,并以苏轼、李白诗歌的奔放不羁、自然天成救济江西末流的僵化偏仄之失。正如江西诗派的诗人在诗歌创作中看重学问一样,他们在表达自己的诗学见解时,也同样有掉书袋、重学问的倾向,不由自主地将其在参禅悟道、读书穷理过程中的所思所得化为诗学主张的血肉。宋代诗人,大多为学问家;宋代诗论家,同样多为学问大家。从江西诗派后学对江西诗法的补充方式看,不仅直接反映了参禅悟道之风对宋代文人的广泛影响,也显明了宋代诗论家的学问家本色。

南渡之后,以杨万里、陆游等人为代表的中兴诗人,对江西诗法进行了集体反思。中兴四大诗人杨万里、陆游、尤袤、范成大等人都是从学习江西诗法入手开始了他们的创作之路。在杨万里、陆游、尤袤包括姜夔的回忆文字中,都有他们如何与江西诗法结缘的记载,但最终因为深感江西诗法的局限性,四人郑重其事地做出告别江西诸君子的决定,走出了一条独具一格、自成一家的诗歌创作之路。杨万里以学习晚唐、《国风》来矫正江西诗法"寡恩少情"的偏颇,他论诗重"活法",而他所谓的"活法",是诗人与自然万象之间相互碰撞、深度呼应、往复激荡的

绪 论

结果。杨万里虽然与吕本中一样强调"活法"并认为"活法"的获得靠的是"悟入",但如何才可"悟入"呢?杨万里给出的方案是取法自然万象,而吕本中认为"悟入"在于"工夫勤惰间",只要诗人平素下的功夫到家了,自然就可以"悟入"。这其实也是欧阳修以来许多宋代诗人的共同看法。黄庭坚虽然大讲诗歌技巧,但我们注意到所有这些技巧的获得都以读书精博、勤学苦练为前提,包括黄庭坚最为推尊的"平淡而山高水深"、大巧若拙、自然天成之境,仍然离不开读书精博、深思苦学的长期功夫与积累。换言之,黄庭坚将艺术法度视作通向创作自由的必由之路,将"遍参诸方"的渐修功夫视作"一朝顿悟正法眼,信手拈来皆成章"的前提条件。陈师道、吕本中、韩驹等人对江西诗法的补充,沿袭了黄庭坚的这一基本思路。杨万里、陆游、尤袤包括姜夔对江西诗法的修正有所不同,他们更强调的是诗外功夫,是自然万象,是人生阅历,以此对江西诗法过于强调学问书卷、纸上功夫的偏颇进行修正。杨万里是在面对生趣盎然、天机自动的自然万象时,顿悟"学即是病";而陆游则是在戎马生涯之中顿悟"诗家三昧",得出"工夫在诗外"的结论。虽然不离江西诗法强调"活法"和"悟入"的本色,但陆游和杨万里显然都把眼光落在了书卷之外的广阔世界之中,将自然万象和人生阅历视作"顿悟"诗法的媒介与跳板。江西诗法,侧重于构建诗人和文化传统之间的关系,而陆游、杨万里则将人与自然、人与社会的关系补充进来,扩大了江西诗法的维度。不过,无论是杨万里还是陆游,直到晚年都对江西诗派尤其是黄庭坚、吕本中、曾几这些前辈评价甚高,对早年潜心学习江西诗法所获得的技巧训练充满感激。姜夔算是杨万里的后学,他学诗也是由江西诗派入手,最终通过告别江西诗派诸君完成了一个诗人的蜕变与成熟。他的《白石道人诗说》力求以晚唐诗歌的情韵,补江西末流的生硬,将自然高妙视作诗歌创作的最高境界,明显是针对江西诗法的刻意求奇而发。不过,姜夔论诗仍然继承了江西诗法的衣钵,重视句法,重视开阖布置,尤其重视变幻莫测地运用法度的"活法"。

作为宋代理学集大成者的朱熹,自然对江西诗派在诗歌创作上孜孜以求、一意标新颇为不屑,但他的《清邃阁诗话》在从艺术层面评价宋代诗人的创作时,却每每以江西诗法为尺度,如他对陈与义诗歌的批评,用的就是江西诗法提供的"句法"标准,讥讽陈与义不懂炼字烹句,所作诗歌平铺直叙,完全不成"句法"。

北宋后期及南宋时期的曲子词创作,也深受江西诗法的影响,不仅大量用典,而且讲究篇章布置的曲折跳跃和表情达意的幽深隐晦,大大提高了曲子词的欣赏门槛,促使当初仅为歌儿舞女演唱佐欢之用的曲子词演变为文人雅士的案头清供。与之相应,北宋后期到南宋时期的词论,也重视词的典重高雅之美。无论是李清照还是沈义父,包括范开、刘辰翁等人,他们都赞赏化用前人诗句入词的创作手法,而且主张在曲子词中用典,甚至将经籍、史册、子书、佛经中的典故入词,在他们看来这均是追求词风典雅的合法手段。可以说,自江西诗法风行天下以来,有宋一代,无论是诗论还是词论,无论是认同者还是反对者,均难以摆脱它的影响。

刘克庄在《江西诗派小序》等著述中对黄庭坚评价甚高。虽然他视欧阳修、苏轼等人为一代宗师,但又认为他们是天才型的诗人,后学其实无法得其神髓。刘克庄说:

> 至六一、坡公,巍然为大家数,学者宗焉。然二公亦各极其天才笔力之所至而已,非必锻炼勤苦而成也。①

---

① 丁福保辑:《历代诗话续编》,北京:中华书局,1983年,第478页。

尽管刘克庄和张戒一样将苏、黄并称，但实际上却把两者看成双峰并峙、判然有别的存在，认为东坡诗波澜富而句律疏，山谷诗则锻炼精而性情远，而当时诗坛所盛行的诗风不出苏、黄二体。刘克庄将黄庭坚视作"本朝诗家宗祖"，比之为禅学中的"达磨"，对江西诗派及江西诗法评价甚高，却对"文人之诗"多有批评，认为富有情韵的"诗人之诗"才是诗歌创作的正途。虽然刘克庄的剑锋所指主要是类似于押韵语录的理学家之诗，却也包含着对江西诗法的反省与批判。

和南宋后期诗论家对江西诗派及江西诗法普遍的批评态度不同，刘辰翁对江西诗法风行而导致"文人之诗"盛行的现象有着极为正面的评价，甚至不无偏颇地断定"文人之诗"的价值远远高过"诗人之诗"的价值，算是有宋一代的诗论家对以苏、黄诗风为代表的"宋调"及推动"宋调"风行的"江西诗法"的最高肯定。

七

对苏黄诗风尤其是江西诗法的全面批评，始于张戒的《岁寒堂诗话》。在张戒看来，以苏、黄诗风为代表的宋诗已经走向了悖离风雅传统的歧途：

> 国风、《离骚》固不论，自汉、魏以来，诗妙于子建，成于李、杜，而坏于苏、黄。……子瞻以议论作诗，鲁直又专以补缀奇字，学者未得其所长，而先得其所短，诗人之意扫地矣。[①]

[①] 丁福保辑：《历代诗话续编》，北京：中华书局，1983年，第455页。

江西诗法与宋金元文论

张戒虽然处处是在说苏、黄,但批评的矛头却指向了整个宋代诗风尤其是直接促成宋诗新变的江西诗法,故他又说:

> 诗人之工,特在一时情味,固不可预设法式也。①

说到预设法式,嫌疑最大的当然是以黄庭坚为代表的江西诗派,而江西诗法恰恰成为预设法式的罪证。如何纠正江西诗法影响下宋诗发展的偏颇呢?张戒的主张是回归"诗言志"的传统,让诗歌成为内心汹涌情意的表达,而不是为文造情,将诗歌创作变成大发议论、卖弄才学和技巧的工具。至于诗歌的审美追求,张戒提出的标准是"其情真,其味长,其气胜,视《三百篇》几于无愧"②。张戒引用刘勰与梅尧臣的话来进一步说明自己有关诗歌的审美见解:

> 刘勰云:"情在词外曰隐,状溢目前曰秀。"梅圣俞云:"含不尽之意见于言外,状难写之景如在目前。"③

江西诗法最大的贡献,在于促成了中国古典诗歌在"诗人之诗"的主流之外又形成了"文人之诗""学人之诗"的另一股洪流。张戒的《岁寒堂诗话》第一次对宋调的特征做了较为准确的归纳,但他显然对此持激烈的批评态度,而他提出的矫正方案实质上是从教化与审美两个方面彻底否定了"学人之诗"的合法性,也间接否定了江西诗法的合法性。

到严羽的《沧浪诗话·诗辨》,则对江西诗派与江西诗法进

---

① 丁福保辑:《历代诗话续编》,北京:中华书局,1983年,第453页。

② 丁福保辑:《历代诗话续编》,北京:中华书局,1983年,第450页。

③ 丁福保辑:《历代诗话续编》,北京:中华书局,1983年,第456页。

行了更为全面的理论清算。其《答吴景仙书》云：

> 仆之《诗辨》，乃断千百年公案，诚惊世绝俗之谈，至当归一之论。其间说江西诗病，真取心肝刽子手。①

从这封书信看，严羽诗论确实不是泛泛而谈，而是直指江西诗病，同时，以禅论诗也是严羽的有意追求。《诗辨》以盛唐为法，崇尚李、杜，大讲第一义之悟与透彻之悟，借用了大量禅宗话头论诗，又反复强调入门须正和遍参精研前人作品以炼"识"的重要性，与江西诗派的诗论家们"以禅论诗"的倾向并无多大差别，明显可以看到江西诗法对其诗论主张的影响。那么，严羽何以对其《沧浪诗话·诗辨》如此自负呢？它的惊世绝俗之处到底体现在哪里呢？

在《诗辨》中，有两段话特别值得注意。一是言及妙悟的：

> 大抵禅道惟在妙悟，诗道亦在妙悟。且孟襄阳学力下韩退之远甚，而其诗独出退之之上者，一味妙悟故也。惟悟乃为当行，乃为本色。②

严羽所言"一味妙悟"的典型是孟浩然，而苏轼曾经批评孟诗的缺憾就在于缺少材料，即缺少书卷和学问。严羽认为韩愈的学力远在孟浩然之上，韩诗却远逊于孟诗，原因就在于韩愈"一味妙悟"的能力远不及孟，因此无法做到"当行""本色"。韩愈的诗歌创作也从学杜入手，以才力为诗、以文为诗的倾向已见端倪。严羽此处以"妙悟""当行""本色"来强调诗歌创作有别于研习学问的独特性，批评韩愈、表彰孟浩然，实则是批评以才

---

① [清]何文焕辑：《历代诗话》，北京：中华书局，1981年，第706页。
② [清]何文焕辑：《历代诗话》，北京：中华书局，1981年，第686页。

学、议论、书卷为诗的文人之诗、学人之诗,而推崇"当行""本色"的诗人之诗。严羽所言"第一义之悟",与江西诸君对"悟入"的强调及"悟入"途径的看法并无多大差别,"妙悟"理论才真正开启了对江西诗法的理论批判。

《诗辨》结束部分的那段论述,是严羽诗论的核心所在,的确堪称欲置江西诗法于死地的"真取心肝刽子手":

> 夫诗有别材,非关书也;诗有别趣,非关理也。而古人未尝不读书、不穷理。所谓不涉理路、不落言筌者,上也。诗者,吟咏情性也。盛唐诗人惟在兴趣,羚羊挂角,无迹可求。故其妙处莹彻玲珑,不可凑泊,如空中之音,相中之色,水中之月,镜中之象,言有尽而意无穷。近代诸公作奇特解会,遂以文字为诗,以议论为诗,以才学为诗。以是为诗,夫岂不工,终非古人之诗也。盖于一唱三叹之音,有所歉焉。且其作多务使事,不问兴致;用字必有来历,押韵必有出处,读之终篇,不知着到何在。其末流甚者,叫噪怒张,殊乖忠厚之风,殆以骂詈为诗。诗而至此,可谓一厄也,可谓不幸也。①

严羽所要了断的千古公案到底是什么呢?其实就是试图厘清做学问和诗歌创作之间的界限与区别。从《诗经》变成儒家经典之后,"诗言志"就与政治教化相勾连,而先秦以来"观诗知政""以诗讽谏"的风气,也加深了诗歌创作与政治教化之间的关联度,而《诗经》的研究者们多从经学、史学角度入手,也将《诗经》所开启的风雅传统融入以读书穷理、宗经征圣为职志的儒者习气。可以说,儒家的诗教传统,本身就有混淆学问与诗歌创作的倾向。钟嵘的《诗品序》就曾批评这一倾向说:

---

① [清]何文焕辑:《历代诗话》,北京:中华书局,1981年,第688页。

绪 论

> 故大明、泰始中，文章殆同书钞。近任昉、王元长等，辞不贵奇，竞须新事，尔来作者，寖以成俗。遂乃句无虚语，语无虚字，拘挛补纳，蠹文已甚。①

诗歌创作与做学问是判然有别的两种才能，不可同日而语。关于这一点，颜之推在其《颜氏家训·文章》篇中也做过探讨，他说：

> 学问有利钝，文章有巧拙。钝学累功，不妨精熟；拙文研思，终归蚩鄙。但成学士，自足为人；必乏天才，勿强操笔。②

六朝文论，其实已经试图将做学问的功夫与创作的才能加以区分，也在尝试将诗歌创作锁定在"吟咏情性"的范围，而不是成为卖弄学问的手段。严羽试图了断千百年来做学问与作诗之间的重重纠葛，针对的正是以学问为诗的倾向，是对"文人之诗""学人之诗"的否定。

严羽的矛盾在于，他所猛烈攻击的江西诗派，正是以他极力推尊的杜诗为宗祖，而他所描绘的理想诗境却并非李、杜诗歌的特点所在。我们或许可以因此大胆推论说，严羽真正心仪的诗人并非他意识层面再三推为至尊的李、杜，而是对其诗境、诗韵真正做了一番描声绘影的盛唐山水田园派诗人孟襄阳。在《诗辨》的最后，严羽说：

> 故予不自量度，辄定诗之宗旨，且借禅以为喻，推原汉、魏以来，而截然谓当以盛唐为法，虽获罪于世之君子，

---

① [清]何文焕辑：《历代诗话》，北京：中华书局，1981年，第4页。
② 郭绍虞主编：《中国历代文论选》第一册，上海：上海古籍出版社，2001年，第351页。

不辞也。①

所谓以盛唐为法，到底是以哪派诗人为法呢？江西诗派诗论的重要标志之一就是宗杜，岂不是标准的以盛唐为法吗？其实，严羽所谓的以盛唐为法，恰恰就是旨在以此否定由杜甫开启的学人之诗的道路，回归"吟咏情性""惟在兴趣"的诗人本色。如果按照严羽的这一思路，实质上是接着陆机、钟嵘的话继续说，重视的是诗歌的审美价值与艺术感染力，推崇诗歌的空灵莹彻、浑成自然之美，将诗歌带离政治教化与穷理问学的语境。不过，严羽在批判江西诗病的同时，又深受江西诗法的影响，不仅极力推尊杜甫，又强力延续了江西诗派以禅论诗的癖好，以法度森严的"第一义之悟"解构了反对死守规矩的"一味妙悟"，以杜甫解构了孟襄阳，以遍参精研的学诗门径解构了"诗有别材，非关书也"，以对"识"力的高度重视解构了"诗有别趣，非关理也"。

严羽《沧浪诗话》真正的惊世骇俗之处，其实是他的诗学理想背后包含着对杜甫乃至整个儒家诗学观的否定。不涉理路、不落言筌、无迹可求、莹彻玲珑、不可凑泊的诗境，深深浸透着道家、禅家的趣味。《庄子·天道篇》云：

> 桓公读书于堂上。轮扁斫轮于堂下，释椎凿而上，问桓公曰：敢问公之所读为何言邪？公曰：圣人之言也。曰：圣人在乎？公曰：已死矣。曰：然则君之所读者，古人之糟魄已夫！②

道家认为言不能尽意，因此，好古宗经不过是在拾古人的糟粕而

---

① ［清］何文焕辑：《历代诗话》，北京：中华书局，1981年，第688页。

② ［清］王先谦撰：《庄子集解》卷四《天道》，《庄子集解 庄子集解内篇补正》，北京：中华书局，1987年，第120页。

已,毫无必要;而孔子自称"信而好古,述而不作",认为只有通过宗经征圣方能明道穷理,过去的经典也就成为宝藏并成为价值判断的尺度与标准。受儒家思想影响,中国诗论也一直有好古之风,而严羽将"吟咏情性"视作诗歌创作的宗旨,实则是在强调诗歌必须表现具有当下性、个人性的情感体验,而不是成为炫耀学问、大发议论、穷理明道的工具。《沧浪诗话》不仅是针对江西诗派的流弊而发,也是针对理学家押韵语录式的诗作而发。但相当吊诡的是,严羽纠正江西诗病的方式却极大地借鉴了江西诗法提供的思路,以饱参精研的纸上功夫锻炼识力并悟出诗歌创作的个中三昧,从而扭转江西诗法造成的"以文字为诗,以议论为诗,以才学为诗"的创作倾向。那么,如何判断通过遍参诸方的"第一义之悟""透澈之悟"而创作的诗歌的优劣呢?严羽的检验方法非常简单,即将其放置于古人诗集之中,看是否能够达到以假乱真的地步。如果与古人之诗一般无二,在严羽看来,就是好诗,否则就是劣诗,而这一判断标准鼓励的是摹古仿古,与严羽所言"诗者,吟咏情性也"完全背道而驰。从书卷、学问出走的严羽,所提出的医治江西诗病的方案却与江西诗法殊途同归,仍然回到古人诗卷去寻找诗歌复兴的生路。比起江西诗法所提供的"以故为新,以俗为雅"的创作思路和点铁成金、夺胎换骨的具体点化手法,严羽的"尚古"反倒是对宋诗别开生面、大胆创新的否定,为明代诗歌走向"诗必盛唐"的复古模拟之路做了理论铺垫。

八

江西诗派与江西诗法,也成为金元时期文论家们关注的热点。王若虚的《论诗诗》《滹南诗话》《文辨》均对黄庭坚及江西诗法进行了尖锐批评,褒苏贬黄的倾向非常突出。张戒、严羽等人都是苏、黄并称,将苏、黄诗风视作宋诗新变的典型,而王若虚却将苏轼视作黄庭坚的对立面来看待。与张戒、严羽不同,王若虚并不否定宋诗的新变,他集中火力批评黄庭坚与江西诗派,针对的是江西诗法造成的"经营过深"、"雕琢太甚"、刻意求奇的创作倾向。王若虚并不一味反对"以议论为诗,以才学为诗",也不一味批评在诗歌创作中大量用典,他强调的重点是真实与自得。在王若虚看来,只要是"如肺肝中流出"的自得之作,能如苏轼一样在创作中自由驾驭万千书卷而不是被书卷所驾驭,那么,以学问入诗也无碍。

王若虚论诗论文深受其舅周昂的影响,一方面对文学创作中"雕琢太甚,经营过深"的匠气极其反感,主张诗文创作"以意为主,字语为之役";但另一方面,却又将不少写作套路视作反映了"自然之势"的"笃实之论"。在王若虚看来,只要是有意求巧求奇,就必然流于伪,流于刻意,与贵真、贵自得的旨趣便背道而驰。因此,他在《滹南诗话》中强调:

> 赋诗者茫昧僻远,按题而索之,不知所谓,乃曰格律贵尔。一有不然,则必相嗤点,以为浅易而寻常。不求是而求奇,真伪未知,而先论高下,亦自欺而已矣。[①]

赋诗和作画一样,求真第一,审美追求则在其次。强调诗歌创作的自得、自然,反对求奇求巧,均与王若虚以"求真"作为艺术创作的首要目标息息相关。他之所以尊苏贬黄,就是因为在他看来以黄庭坚为首的江西诗人铺张学问、讲究句法,已落入一心求名争胜的陷阱,远离了诗歌创作贵真实、贵自得的正道。王若虚诗论思想的矛盾在于,一方面他认为江西诗法求巧求奇是诗家

---

① 丁福保辑:《历代诗话续编》,北京:中华书局,1983年,第515页。

一害，另一方面却与江西诗派一样推崇为文、为诗的基本规范：

> 或问文章有体乎？曰：无。又问无体乎？曰：有。然则果何如？曰：定体则无，大体须有。①

这与江西诗人吕本中所主张的"活法"，本质上是一个意思。因此，王若虚看似处处在否定江西诗法，实则不仅受其潜在影响，而且对宋调有别于唐音的独特性也给予了肯定：

> 宋人之诗，虽大体衰于前古，要亦有以自立，不必尽居其后也。遂鄙薄而不道，不已甚乎？少陵以文章为小技，程氏以诗为闲言语，然则凡辞达理顺，无可瑕疵者，皆在所取可也。其余优劣，何足多较哉！②

刻意求奇会妨碍诗歌的自由表达，但跟在他人后面亦步亦趋，不敢自我作古，同样是无法自立、无法自得的表现。

元好问的诗论，也将批评矛头指向江西诗法。不过，与王若虚尊苏贬黄的态度不同，元好问是将苏、黄诗风视作一个整体加以批评的。元好问在《论诗三十首》中处处都在表达对远离古雅之风的诗歌新变的不满，对苏诗"百态新"极尽批评之能事。王若虚拼命强调苏轼与黄庭坚之间的差别，将苏轼与江西诗派、江西诗法说成是判然有别甚至是二元对立的关系，将宋调好的一面均归于苏轼，将他眼中宋调与江西诗法的弊端均归于山谷，也就避免了去舍褒贬之间的矛盾冲突。元好问更多看到了苏、黄之间的相似性，认为江西之弊、宋诗新变的始作俑者绝不仅仅只是黄庭坚，也包括苏轼。因此，在《论诗三十首》中，元好问处

---

① 郭绍虞主编：《中国历代文论选》第二册，上海：上海古籍出版社，2001年，第448页。

② 丁福保辑：《历代诗话续编》，北京：中华书局，1983年，第529页。

处将批判矛头指向苏轼，实则是将苏轼看作了宋调的集大成者，与黄庭坚同为江西诗派、江西诗法的开山宗祖。有趣的是，元好问在批评东坡诗时，竟然也沿袭了苏轼论诗的旨趣。在元好问眼里力求宋诗新变的苏轼，却一再强调艺术法度的完备，艺术创作的新变，会导致古调之亡，法度之坏。换言之，苏轼在理论上常常是反对过于求新、求变、求奇的，将浑然天成的古调视作艺术创作的高格。这一点，黄庭坚在他的诗论中也时有体现。匪夷所思的是，元好问对苏、黄诗风的批评，其逻辑起点正来自于苏、黄本人的诗论。元好问《论诗三十首》采用的正是"以子之矛攻子之盾"的批评策略。

元好问不满于苏、黄，尤其是江西诗派、江西诗法者，是其"以故为新，以俗为雅"，始于学古，终于变古，不能如欧阳修、梅尧臣一样学古而有古风，学唐而有唐韵。苏、黄何尝不学唐人？我们甚至可以说，江西诗法正来自于学杜的心得，深受杜诗创作技巧的启发。元好问不满于苏、黄的根本原因，是他们将学古最终变成了"自出己意"的前奏。同样是重视规矩准绳，元好问的目标是追求诗歌的古雅，而江西诗法却重在"以故为新，以俗为雅"的新变。而无论是求新还是尚俗，在元好问看来都偏离了他所追求的古雅趣味，自然难以容忍。因此，尽管元好问的诗论与黄庭坚诗论包括整个江西诗法多有相通之处，但追求的目标仍然有着本质不同。

宋末元初的诗论家方回，则重新大力表彰江西诗派与江西诗法，将其视作拯救宋末元初诗坛格卑意浅弊病的良方，并提出了著名的一祖三宗说，将杜甫视作江西诗派之祖，将黄庭坚、陈师道、陈与义并列为江西诗派的三宗，在某种程度上弱化了黄庭坚的宗祖地位，而大大提升了陈师道、陈与义在江西诗派中的分量。可以说，为江西诗派与江西诗法张目，成为方回诗论的核心内容。

方回对整个宋代诗歌发展演变的过程进行了全面梳理，认为江西诗派和江西诗法的出现，是宋诗繁荣的标志。宋末江湖诗派与四灵诗派的流行，实则是以晚唐救江西之弊的必然结果。严羽的《沧浪诗话》已经对此进行了批评，认为只有以盛唐为法，才是纠偏起衰的正道。方回为宋末元初诗坛乱象开出的药方是重尊江西，他的理想是以黄庭坚、陈师道的瘦硬老成与梅尧臣的古淡、张耒的清畅、陈与义的恢张悲壮、吕本中的流动圆活、曾几的清劲洁雅相互救济，既不重蹈江西末流的覆辙，又能以此医治宋末以来诗坛的靡弱卑俗之弊。而方回特地将杜甫推尊为江西诗派之祖，也暗含了对江西之弊的补救之意。无论是江西诗派还是江西诗法，虽然既宗杜又宗黄，但宗杜的方式实则由宗黄而来，江西末流甚至只宗黄而忘了宗杜，因此日益偏狭。方回特立杜甫为江西之祖，未尝不是希望以杜诗的细润救治江西的粗硬，以杜诗的博大浩瀚救治江西的叠床架屋。故方回提出"一祖三宗"说，既是对江西诗派与江西诗法的表彰，又包含着对江西诗派与江西诗法的革新之意。

江西诗法中，最为人们津津乐道者是"夺胎法""换骨法"与"点铁成金"等"以故为新"的创作手法。方回在对江西诗法进行阐发的过程中别具只眼，重点关注的并非"夺胎换骨""点铁成金"的常谈，而是江西诗法中有关用事、拗律、句眼、诗眼、变体、章法等具体技巧，绝不避讳从诗技、诗艺的层面来剖析以黄庭坚、陈师道、陈与义为代表的江西诗派的诗作，大大丰富了人们对江西诗法的理解。尤其难得的是，方回看到了黄庭坚诗论的两面性：一方面重视法度，另一方面又追求"平淡而山高水深"的无法之境，而江西后学常常只重法度而无法领会黄庭坚超越法度的更深一层追求。与之前的诗论家不同，方回特别注意到黄庭坚对"格高"的重视，因此提出"诗以格高为第一"作为对江西诗法的重要补充。在《瀛奎律髓》中，方回处处以

"格高"为尺度评论黄庭坚、陈师道、陈与义等江西派诗人的诗作。以筋骨、力道、学问见长的山谷诗、后山诗,完全符合方回"格高"的标准,这其实也是宋调有别于唐音的特征。

无论是严羽还是元好问,对黄庭坚及江西诗派批评最多的,都是他们学唐宗杜而最终自出己意、自成一家,偏离古调而自创新声。相比张戒、严羽包括王若虚、元好问等人对江西诗法促成的宋诗新变局面的保守态度,方回显然更能意识到江西诗法和江西诗派对宋诗兴衰发挥的作用,对黄庭坚的求新求奇和由技进道、追求自然平淡的一面也有更深理解,对宋调有别于唐音的独特价值有充分肯定,显示了方回诗论的开放性。

我们不妨说,方回作为宋末元初的诗论大家,是宋金元时期江西诗法最后的完善者、总结者与修正者。方回在入元之后所编写的大型唐宋律诗评点本《瀛奎律髓》,既是对唐宋律诗发展和宋调形成过程的一次全面回顾,更是重新建构了井然有序的江西诗派体系和完整立体的江西诗法体系。方回提出的"一祖三宗"说及他对"江西诗法"的全面总结提升,得到后世学者的广泛认可,不仅进一步夯实了江西诗派及江西诗法的历史地位,也充分确认了宋调足以与唐音分庭抗礼的独特价值。

"江西诗法"的产生演变过程,充分彰显了宋代文化的包容性、开放性和强大的整合能力。宋代理学、禅学极其发达,儒、道、释呈三教合流之势。在思想融合的大背景之下,宋代诗歌创作与诗学理论也获得了新的灵感和新的发展空间。"江西诗法"力求平衡诗教与审美、继承与创新、诗道与诗技、诗内功夫与诗外功夫,大胆突破诗禅界限、新旧界限、文体界限与雅俗界限,在"诗人之诗"以外另辟"学人之诗"的诗学范式,为有别于唐音的宋调的发展壮大提供了有力的理论支持。

第一章　江西诗法形成的历史背景

江西诗法的出现绝非偶然，不仅有着深厚的历史渊源，也与宋代出现的文化整合倾向有关，同时也是宋代诗人有意走出唐音笼罩而自出己意的产物。

为解决死亡焦虑，儒家提出了"立德""立功""立言""三不朽"的应对方案，"立德"是内圣功夫，"立功"是外王事业，"立言以不朽"相比之下才是普通读书人真正可以努力的目标。不过，什么样的"言"才可能不朽呢？有两条路径，一是与"立德""立功"挂钩的"言"，二是精妙感人之"言"。落实到诗歌层面，一条道路是从孔子、《荀子·乐论》《礼记·乐记》《毛诗大序》包括扬雄的《法言》开端的儒家诗教传统，另一条道路则是由陆机《文赋》所定义的"诗缘情而绮靡"之路。这两条道路本身并不是二元对立的关系，诗教传统包括对诗歌抒情特征和审美价值的肯定，陆机所言"诗缘情而绮靡"也包括对诗教传统的尊重，但在中国古代诗论中，将诗教传统与诗歌的审美追求视作不可调和的对立面者，却比比皆是。江西诗法显然将诗歌的艺术技巧视作关注重心，但又将"立言"之业与"立德""立功"之业紧密勾连，显示了重新整合诗教传统与审美追求的倾向。

江西诗法强调诗技、诗艺的背后，有着回归诗教传统和重视读书穷理、心性修养的一面，这与宋代儒学复古思潮尤其是理学兴起有直接关系。江西诗法的开创人黄庭坚，与当时的理学家过从甚密,且他对继母的孝行被列入二十四孝的最后一孝,其人品行事、道德文章受到理学家朱熹、魏了翁等人的高度评价。江西诗派的重要人物吕本中、曾几均为理学家,其他对江西诗法有重要补充修正的文论家大多也深受儒学复古风气尤其是宋代理学思维方式的影响,即重技绝不废道,重诗歌技巧也极重视人格修养,向往一种由技进道的诗歌创作境界。宋代理学,本来就是文化整合趋势下的产物,不仅将先秦两汉儒学由伦理学、政治学的层次提升到本体论和哲学思辨的高度,而且也借鉴整合了道、释两家的思维方式与思想成果,是儒、道、释三教合流的果实。

江西诗法的产生发展,亦受惠于两宋文人的参禅之风。宋代理学家一方面辟佛反佛,另一方面却又处处受到禅家话头包括禅宗思维方式的深刻影响,而江西诸君子大多不仅深受理学影响,又对参禅论道乐此不疲,黄庭坚甚至被列为禅宗黄龙派的传灯者,实实在在就是禅门中人。以禅论诗,在宋代成为普遍风气。江西诗法中许多重要概念,如夺胎换骨、悟入、饱参、活法等等,均直接借用了禅家语,而借用禅宗思维方式之处(比如大做翻案文章以打破思维壁垒从而造成"以故为新"的创新效果),更是俯拾即是。从某种意义上说,禅宗本身就是将外来宗教本土化的产物,禅宗呵佛骂祖、不死句下的态度,即整合了庄子对待文字的态度。《庄子·知北游》记载了一段东郭子与庄子之间的对话:

> 东郭子问于庄子曰:"所谓道,恶乎在?"庄子曰:"无所不在。"东郭子曰:"期而后可。"庄子曰:"在蝼蚁。"曰:"何其下邪?"曰:"在稊稗。"曰:"何其愈下邪?"曰:"在瓦甓。"曰:"何其愈甚邪?"曰:"在屎溺。"①

---

① [清]王先谦撰:《庄子集解》卷四《知北游》,《庄子集解 庄子集解内篇补正》,北京:中华书局,1987年,第190页。

这段对话，与后来许多禅宗语录及偈语背后的思维方式极其类似。可以说，宋代文人所接触的禅宗，本身就是佛教思想经过道家思想甚至儒家思想改造后的产物。经过本土化之后的禅宗，又反过来成为中国文人精神世界的建构力量。两宋文人参禅论道风气的盛行，使得"以禅论诗"非常流行并成为江西诗派最为重要的论诗旨趣。诗学与禅学，借助江西诗法得以整合。

宋代文化的整合趋势为江西诗法的产生提供了适宜土壤。不过，导致江西诗法产生并日益丰富完善的直接原因，还是宋代文人有意在唐音之外别创宋调的雄心。在唐代诗歌的高峰之后，宋代诗人要想自出机杼、别开生面，最终必须挣脱唐音的影响。借助以书卷为诗，以议论为诗，以才学为诗，宋代诗人成功将"诗人之诗"变成"学人之诗"，实现了从唐音至宋调的质变。在这一过程中，江西诗法发挥了重要作用。

江西诗法的形成，当然与江西诗派的形成息息相关。宋初诗坛，仍然笼罩在唐诗的影响之下，学李商隐，学白居易，学韩愈，学李太白，虽各有成就，但似乎难以在唐诗的高峰之后自立门户。不过，当梅尧臣出现后，宋诗开始初具有别于唐音的独特面目，呈现出平淡古朴、老树着新花的老境之美。尤其是苏轼、黄庭坚、王安石、陈师道等诗人的出现，将宋代诗歌带出唐诗藩篱，形成以才学为诗、以议论为诗、以文字为诗，重视筋骨思力理趣的宋调。刘克庄云：

> 元祐后，诗人迭起，一种则波澜富而句律疏；一种则煅炼精而情性远。要之不出苏、黄二体而已。①

---

① 刘克庄撰、王秀梅点校：《后村诗话·前集》卷二，北京：中华书局，1983年，第26页。

不过，苏轼门下虽有黄庭坚、秦观、晁补之、张耒四学士，但并未形成一个相对统一的诗歌流派。而且，苏轼深受父亲苏洵影响，主张"风水相遭，自然成文"，不喜言规矩法度，故后学无法循级而上，对宋代诗坛产生的实质影响反而不如示人以具体作诗门径的黄庭坚。由于追随者众多，两宋诗坛形成了以黄庭坚为一代宗师的江西诗派，而黄庭坚本人也无可争议地成为宋调最为突出的代表。南宋胡仔编撰的《苕溪渔隐丛话》后集卷三十二云：

> 余读《豫章先生传赞》云："山谷自黔州以后，句法尤高，笔势放纵，实天下之奇作。自宋兴以来，一人而已。"此语盖本吕居仁《江西宗派图叙》。《叙》云："国朝歌诗之作或传者，多依效旧文，未尽所趣，惟豫章始大出而力振之，抑扬反覆，尽兼众体，以此也。"①

朱弁《风月堂诗话》谈及山谷诗时说：

> 用昆体工夫，而造老杜浑成之地。②

《蔡宽夫诗话》云：

> 国初沿袭五代之余，士大夫皆宗白乐天诗，故王黄州主盟一时。祥符、天禧之间，杨文公、刘中山、钱思公专喜李义山，故昆体之作，翕然一变；而文公尤酷嗜唐彦谦诗，至亲书以自随。景祐、庆历后，天下知尚古文，于是李太白、韦苏州诸人，始杂见于世。杜子美最为晚出，三十年来，学诗者非子美不道，虽武夫女子，皆知尊异之。李太白而下，

---

① 胡仔纂集、廖德明校点《苕溪渔隐丛话》后集卷三十二，北京：人民文学出版社，1984年，第245页。

② 傅璇琮：《古典文学研究汇编·黄庭坚和江西诗派卷》，北京：中华书局，1978年，第84页。

第一章 江西诗法形成的历史背景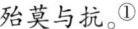

殆莫与抗。①

黄庭坚学杜,主要不是立足于杜甫"未尝一饭忘君"的儒者本色,而是从杜诗的章法、句法、字法、律法、对法、用典技巧等诗歌技法层面入手,采用夺胎换骨、点铁成金等手段推陈出新、别出手眼,创造出生新瘦硬而又浑成自然的独特诗风,这与宋初杨亿、刘筠、钱惟演等西昆派诗人学习李商隐的方式非常类似。不管是黄庭坚指示后学的学杜门径,还是西昆派诗人示范天下的学义山诗手段,其实均将关注重心放在了诗艺、诗技层面,不免让人怀疑是否偏离了以"经夫妇,成孝敬,厚人伦,美教化"为诗歌最高追求的儒家诗教传统。

随着宋代理学的兴起,西昆体遭遇了越来越激烈的批判。宋初道统论的代表人物石介在其《怪说》一文中,对西昆体进行了全面清算,将杨亿为代表的西昆派诗人视作划灭圣人之言、毁弃儒家道统的罪魁祸首,不为西昆留任何余地。他在文章中说:

> 昔杨翰林欲以文章为宗于天下,忧天下未尽信己之道,于是盲天下人目,聋天下人耳。使天下人目盲,不见有周公、孔子、孟轲、扬雄、文中子、吏部之道;使天下人耳聋,不闻有周公、孔子、孟轲、扬雄、文中子、韩吏部之道。……今杨亿穷妍极态,缀风月,弄花草,淫巧侈丽,浮华纂组;刓锼圣人之经,破碎圣人之言,离析圣人之意,蠹伤圣人之道。使天下不为《书》之《典》《谟》《禹贡》《洪范》,《诗》之雅颂,《春秋》之经,《易》之繇、爻、十翼;而为杨亿之穷妍极态,缀风月,弄花草,淫巧侈丽,

---

① 胡仔纂集、廖德明校点:《苕溪渔隐丛话》前集卷二十二,北京:人民文学出版社,1984年,第144-145页。

浮华篡组。其为怪大矣！①

虽然西昆体遭遇全面清算，西昆派诗人主盟诗坛的情形也就此终结，但以西昆功夫宗杜的江西诗法却风靡天下，成为塑造、引领宋代诗风最为重要的力量之一。江西诗法虽然看似与西昆功夫类似，但其实整合了理学与禅宗的旨趣，同时又顾及到了儒家诗教对诗品、人品的要求，并充分满足了渴望立言以不朽的学子们对掌握作诗技巧、文章法度的迫切需求。最为重要的是，正是借助有章可循的江西诗法，宋代诗歌从宗杜出发另辟蹊径，最终完成了从唐音到宋调的全面转折。可以说，江西诗法不仅平衡了时人对诗教与审美、理学与禅宗、尊古与新变的多重需求，而且促成了宋调时代的真正来临。

宋代刻书业的繁荣，为广大士子研习经典、求学问道及大量阅读前人著述创造了极其便利的条件。比起唐代诗人，宋代诗人更有可能实现杜甫所言"读破万卷书，下笔如有神"②的目标，更有条件大掉书袋，更有可能在与前贤往圣广泛的思想对话中产生创作冲动与灵感。严羽《沧浪诗话·诗辨》批评以江西诗派为代表的宋代诗风时说：

  近代诸公乃作奇特解会，遂以文字为诗，以才学为诗，以议论为诗。③

江西诗法如此强调用典，如此推崇翻陈出新、点化前人诗意诗境，如此重视读书穷理，实与宋代刻书业的发达创造了良好的读

---

① 陶秋英编选，虞行校订：《宋金元文论选》，北京：人民文学出版社，1984年，第69-70页。

② ［唐］杜甫著，［清］杨伦笺注：《杜诗镜铨》卷一《奉赠韦左丞丈二十二韵》，1980年，第24-25页。

③ ［清］何文焕辑：《历代诗话》，北京：中华书局，1981年，第688页。

书环境高度相关。在宋代，各类书籍的大量印刷出版，不仅满足了读书人旺盛的求知欲，也使诗家更容易成为胸罗万卷诗书的学者，为"诗人之诗"向"学人之诗"的演变提供了良好条件。

此外，宋代通俗文艺的高度发达也为江西诗法增添了新的内容。黄庭坚主张"以俗为雅"，主张以搬演杂剧的方式谋篇布局，谨严安排，所谓"作诗正如作杂剧，初时布置，临了须打诨，方是出场"[①]，正是试图借鉴杂剧的章法来安排诗歌的章法。江西诗法非常重要的部分是对诗歌章法的探讨，这是之前历代诗论中严重忽略的一环。清代戏剧家李渔撰写的《闲情偶寄》中有关戏曲理论的部分，提出了"结构第一"的主张，认为严谨有序、天衣无缝、曲折跌宕的篇章结构，是决定戏剧创作成败的第一要素。黄庭坚以杂剧的布置手法来处理诗歌章法，形成了意断脉连、大开大合、一波三折的章法特征，造成了山谷诗起伏跌宕、出其不意的戏剧效果。从某种意义上说，江西诗法中有关诗歌章法布置的部分，正是黄庭坚学习杂剧创作手法即有意识地"以俗为雅"的成果。与此同时，苏轼、黄庭坚等人及江西诸君子又时时以日常口语、市井俗语、各地方言包括稗官野史、小说家言入诗，充分体现了"以俗为雅"的创新勇气，打破了诗歌创作的俗套陈规而别开生面，创造了有别于悠悠唐音的独特审美效果。

江西诗法"以俗为雅"的追求，是宋代文化"尚俗"倾向的反映。宋代城市不再实行禁夜制度，作为民众娱乐场所的勾栏瓦肆林立，杂剧、说话、傀儡戏等通俗文艺极其发达。与此同时，随着宋代科举制度的日益完善，天下读书人有了相对公平的上升通道，社会阶层因此保持了一定的流动性，影响所及，文学

---

① 傅璇琮编：《古典文学研究汇编·黄庭坚和江西诗派卷》，北京：中华书局，1978年，第23页。

形式的雅俗之间也在进行相互转换，比如曲子词的雅化，大量运用白话口语写作的禅宗语录、理学家语录的出现，等等。"以俗为雅"，为江西诗法引入了另一条诗歌新变的通道，凸显了宋代诗人开疆拓土的创新勇气。

第一节　从"三不朽"到"诗缘情而绮靡"

中国古代诗学有两种最为基本的追求：一是继承发扬儒家诗教传统，二是重视诗歌的审美价值与抒情功能。中国诗论的发生，一开始就与政治事功、政治怀抱紧密相连。先秦时期的诗论以"观诗知政""以诗讽谏""诗言志"与"赋诗言志"为重点。进入汉代，在《毛诗序》《礼记·乐记》的影响下，又增加了温柔敦厚的诗教内容，进一步夯实了以政治教化、王道事功为核心的诗教传统。不过，从"诗言志"这一中国诗论的开山纲领肇始，虽然更多将"志"锁定为政治怀抱，但也关注到诗歌抒情与审美的一面。到了汉代，儒学独尊的地位使得《诗经》研究者屏蔽了对其抒情功能、审美价值的敏感与重视，汉代四言诗基本质木无文，无甚可观之处，但汉大赋的创作仍然充分满足了文人士大夫对于夸饰铺张之美的追求。随着汉帝国大一统局面的结束，到三国魏晋时期，儒学衰落，玄学兴起，曹丕《典论·论文》所言"诗赋欲丽"，实际上是将审美追求视作了诗赋创作的第一要义。而在谈及文章功用时，曹丕虽将"经国之大业"放在"不朽之盛事"之前，但在具体的大段阐述文字中，却只关注"立言"对于个体生命不朽的意义，而对文章作为"经国之大业"的一面只字未提。最能反映诗学思想从经学时代到玄学时代巨变的是晋代文学大家陆机的

《文赋》。他在定义诗歌这一文体的特征时说："诗缘情而绮靡"①，将抒情功能和审美追求视作诗歌创作的本质。此后，中国诗论总是在诗教传统与审美追求之间反复纠结，很难达成平衡，顾此失彼的现象屡见不鲜。而到了黄庭坚所开创的江西诗法，试图将诗教传统与审美追求加以整合，是其内在的逻辑之一。从某种意义上说，江西诗法的确帮助创作者实现了两者之间的整合。

当然，最先对苏、黄诗风所代表的宋调进行激烈批评的张戒并不这么看，他显然认为黄庭坚最大的问题是以审美追求牺牲了诗教传统，所以认为山谷诗是"邪思之尤者"。张戒《岁寒堂诗话》对黄庭坚的批评之一，就是在诗歌创作中"韵度矜持"，"冶容太甚"，换句话说就是过于重视炼字烹句，雕琢太甚，根本悖离了儒家诗教的传统：

> 自建安七子、六朝、有唐及近世诸人，思无邪者，惟陶渊明、杜子美耳，余皆不免落邪思也。六朝颜、鲍、徐、庾，唐李义山，国朝黄鲁直，乃邪思之尤者。鲁直虽不多说妇人，然其韵度矜持，冶容太甚，读之足以荡人心魄，此正所谓邪思也。鲁直专学子美，然子美诗，读之使人凛然兴起，肃然生敬，《诗序》所谓"经夫妇、成孝敬、厚人伦、美教化、移风俗"者也。岂可与鲁直诗同年而语耶？②

但我以为，黄庭坚所开创的江西诗法正是力求平衡诗教传统与审美追求的产物，在理论上并未落入偏于一端之弊。

---

① ［晋］陆机著，金涛声点校：《陆机集》，北京：中华书局，1982年，第2页。
② 丁福保辑：《历代诗话续编》，北京：中华书局，1983年，第465页。

一

"三不朽"之说见于《左传·襄公二十四年》:"二十四年,春,穆叔如晋。范宣子逆之,问焉,曰:'古人有言曰:死而不朽。何谓也?……'穆叔曰:'……鲁有先大夫曰臧文仲。既没,其言立。其是之谓乎?豹闻之:太上有立德,其次有立功,其次有立言,久而不废,此之谓不朽。'"孔颖达的注疏如此解释"三不朽":"立德,谓创制垂法,博施济众;……立功,谓拯厄除难,功济于时;……立言,谓言得其要,理足可传。"[①]"三不朽",是儒家提供的应对死亡焦虑的三条基本路径,而孔颖达在论及"立言"不朽时,强调的是"言得其要,理足可传",隐约包含着将"立言"视为"立德""立功"辅助工具的意思。对达成"死而不朽"的目标而言,"立言"无论是等级还是效用都在"立德""立功"之下,且需要与"立德""立功"产生关联方有意义。

《尚书·尧典》率先提出"诗言志"这一中国诗论的开山纲领:"诗言志,歌永言,声依永,律和声,八音克谐,无相夺伦,神人以和。"[②]诗歌的功能与价值在一开始就与政治事功、国家祭祀联系在一起。作为儒家学说的创始人,孔子对于诗歌的抒情、审美功能虽然都有认识,但真正看重的还是诗歌之于道德教化、人格修养、政治事功的工具意义。《论语》记载了孔子有关诗歌的许多见解(孔子所言之"诗"特指春秋时

[①] [清]阮元校刻:《十三经注疏·春秋左传正义》卷三十五,北京:中华书局,1980年,第1979页。

[②] 郭绍虞主编:《中国历代文论选》第一册,上海:上海古籍出版社,2001年,第1页。

期作为百科全书的《诗三百》，即汉代被奉为儒家经典的《诗经》）：

> 子贡曰：贫而无谄，富而无骄，何如？子曰：可也。未若贫而乐，富而好礼者也。子贡曰：《诗》云："如切如磋，如琢如磨"，其斯之谓与？子曰：赐也，始可与言《诗》已矣，告诸往而知来者。①
>
> 子曰：兴于诗，立于礼，成于乐。②
>
> 子曰：诵《诗》三百，授之以政，不达；使于四方，不能专对；虽多，亦奚以为？③
>
> 子曰：小子何莫学夫诗？诗可以兴，可以观，可以群，可以怨。迩之事父，远之事君，多识于鸟兽草木之名。④

虽然孔子对诗歌强烈的艺术感染力和审美特征有所认识，但仍将《诗三百》放在政治教化的框架下来确定其意义，诗歌的审美功能在孔子眼里只有工具意义，并不具备独立于道德教化、政治事功的独立价值。孔子诗论的这一基调，决定了儒家诗教对于诗歌创作审美追求的压抑。换言之，诗歌创作虽然可以追求美感，但这一追求必须服务于道德教化、政治事功。如果诗歌与"立德""立功"扯不上关系，那么就是淫哇之声，不仅失去了任何价值，而且应该被放逐，故孔子又说："放郑声，远佞人。郑声淫，

---

① ［宋］朱熹撰：《论语集注·学而第一》，济南：齐鲁书社，1992年，第8页。

② ［宋］朱熹撰：《论语集注·泰伯第八》，济南：齐鲁书社，1992年，第77页。

③ ［宋］朱熹撰：《论语集注·子路第十三》，济南：齐鲁书社，1992年，第129页。

④ ［宋］朱熹撰：《论语集注·阳货第十七》，济南：齐鲁书社，1992年，第177页。

佞人殆。"① 清代学者刘开《读诗说下》云:

夫古圣贤立言,未有不取资于诗者也。道德之精微,天人之相与,彝伦之所以昭,性情之所以著,显而为政事,幽而为鬼神,于诗无不可证,故论学论治,皆莫能外焉。②

到了汉代的《毛诗序》,进一步发展了孔子的诗学主张,并广泛吸取了汉代经生解《诗》的观点,对先秦时期的儒学诗论进行了理论总结。至此,儒家诗教的传统正式形成:

《关雎》,后妃之德也,风之始也,所以讽天下而正夫妇也。故用之乡人焉,用之邦国焉。风,风也,教也;风以动之,教以化之。

诗者,志之所之也。在心为志,发言为诗。情动于中而形于言,言之不足故嗟叹之,嗟叹之不足故永歌之,永歌之不足,不知手之舞之,足之蹈之也。

情发于声,声成文谓之音。治世之音安以乐,其政和;乱世之音怨以怒,其政乖;亡国之音哀以思,其民困。故正得失,动天地,感鬼神,莫近于诗。先王以是经夫妇,成孝敬,厚人伦,美教化,移风俗。

故诗有六义焉:一曰风,二曰赋,三曰比,四曰兴,五曰雅,六曰颂。上以风化下,下以风刺上,主文而谲谏,言之者无罪,闻之者足以戒,故曰风。至于王道衰,礼义废,政教失,国异政,家殊俗,而变风、变雅作矣。国史明乎得失之迹,伤人伦之废,哀刑政之苛,吟咏情性,以风其上,

---

① [宋]朱熹撰:《论语集注·卫灵公第十五》,济南:齐鲁书社,1992年,第157页。
② 郭绍虞主编:《中国历代文论选》第一册,上海:上海古籍出版社,2001年,第25页。

第一章 江西诗法形成的历史背景

达于事变而怀其旧俗者也。故变风发乎情,止乎礼义。发乎情,民之性也;止乎礼义,先王之泽也。是以一国之事,系一人之本,谓之风;言天下之事,形四方之风,谓之雅。雅者,正也,言王政之所由废兴也。政有小大,故有小雅焉,有大雅焉。颂者,美盛德之形容,以其成功告于神明者也。是谓四始,诗之至也。

然则《关雎》《麟趾》之化,王者之风,故系之周公。南,言化自北而南也。《鹊巢》《驺虞》之德,诸侯之风也,先王之所以教,故系之召公。《周南》《召南》,正始之道,王化之基。①

《毛诗序》第一次提出了风、雅、颂、赋、比、兴的"诗之六义"的概念,对诗歌抒情言志的特征及与音乐、舞蹈之间的相互关系有相当深入的认识。但耐人寻味的是,《毛诗序》仅从政治教化的角度解释了风、雅、颂,却对作为《诗经》基本艺术表现手法的赋、比、兴未做任何解读阐发。《毛诗序》关注的重点,是诗歌之于政治教化的意义与功能,将"正得失,动天地,感鬼神,经夫妇,成孝敬,厚人伦,美教化,移风俗"视作诗歌的最高价值。无论是解释风、雅、颂,还是定义变风、变雅,包括对大雅、小雅之别的解读,《毛诗序》无一不是从政治事功、王道教化、国政国运的角度着眼,几乎不涉及对《诗经》艺术手法的探讨。哪怕提到诗歌"吟咏情性"的特征,目的还是为了"以风其上",为讽谏君主服务,以履行实际上属于谏官的政治责任。这让我们不禁联想到白居易在《与元九书》中将自己的讽谕诗视作谏书的情形,此时的白居易不是以诗人而是以谏官的身份在发表对于诗歌的见解。这一论诗传统,正来自于《毛诗

---

① [清]阮元校刻:《十三经注疏·毛诗正义》卷一,北京:中华书局,1980年,第269–273页。

序》。同时,《毛诗序》所言"主文而谲谏""发乎情,止乎礼义",也开启了强调"温柔敦厚"的诗教传统。阮元刻《十三经注疏》本《礼记正义》卷五十云:"温柔敦厚,诗教也。……其为人也,温柔敦厚而不愚,则深于诗者也。"[①] 在《毛诗序》之后,汉代经学家们普遍以美刺释比兴,将"诗之六义"中作为诗艺、诗技部分的赋、比、兴也与政治事功紧密关联起来,进一步淡化了《诗经》的审美价值,努力将其建构为儒家之道的完美载体。

汉代文人对于文章之美的追求,通过汉大赋的创作得以满足。不过,作为汉赋大家的扬雄,到后期却对以铺张辞采为能事的"辞人之赋"极为不屑。其《法言·吾子》云:

>   或问:吾子少而好赋?曰:然。童子雕虫篆刻。俄而曰:壮夫不为也。
>
>   或曰:赋可以讽乎?曰:讽乎!讽则已;不已,吾恐不免于劝也。或曰:雾縠之组丽。曰:女工之蠹矣。……
>
>   或问:景差、唐勒、宋玉、枚乘之赋也益乎?曰:必也淫。淫则奈何?曰:诗人之赋丽以则,辞人之赋丽以淫。如孔氏之门用赋也,则贾谊升堂,相如入室矣;如其不用何?
>
>   …………
>
>   或曰:女有色,书亦有色乎?曰:有。女恶华丹之乱窈窕也,书恶淫辞之淈法度也。
>
>   …………
>
>   或问:君子尚辞乎?曰:君子事之为尚。事胜辞则伉,辞胜事则赋,事辞称则经,足言足容,德之藻矣。
>
>   …………

[①] [清] 阮元校刻:《十三经注疏·礼记正义》卷五十,北京:中华书局,1980年,第1609页。

> 或曰：人各是其所是，而非其所非，将谁使正之？曰：万物纷错，则悬诸天；众言淆乱，则折诸圣。或曰：恶睹乎圣而折诸？曰：在则人，亡则书，其统一也。[①]

扬雄的《法言》进一步夯实了儒家以"明道、征圣、宗经"为核心的文艺观。之所以要悔其少作，就是因为在扬雄看来汉大赋不过是"丽以淫"的辞人之赋，悖离了孔子之道，不合乎以"明道"为作文宗旨的儒家法度。在符合儒家之道的前提下，扬雄充分肯定了文人骚客对文章之美的追求，表彰诗人之赋"丽以则"。但如果对华辞丽藻追逐过度，势必会扰乱、遮蔽、淹没儒家法度，使文章流于烦滥放荡，并随之沦为文字游戏、雕虫小技，丧失了立言不朽的效果。

从孔子开始，儒家文论的特点即为尚文尚用，对于《诗》《书》《礼》《乐》的重视远远超过了道家、墨家、法家。但儒家的尚文，以尚用为前提，服务于"明道、征圣、宗经"的目标。在这篇《法言·吾子》中，扬雄以儒家经典、孔子之道作为衡量一切言说文辞高下优劣的尺度。而汉大赋虽然绚烂繁丽如织锦，却无法实现讽谏君上的初衷，只是博得君王欢心的娱乐品，赋家的身份因此与俳优无异，对于以"立言不朽"为追求的赋家而言无疑是一种变相的羞辱。《法言·吾子》认为，美丽之辞只有与儒家之道相勾连，才具备价值与尊严，否则就是毫无意义甚至有害于儒家法度的淫辞。扬雄追求立言不朽的路径，前期靠的是铺陈辞藻、雕章琢句，后期则大量模仿前贤往圣的著述文章，试图借助于他看来是永恒之道的儒家法度、孔子之道，以复古的方式获得有限肉身的精神不朽。

班固《汉书·艺文志》在谈及春秋秦汉时期的诗赋乐府

[①] 郭绍虞主编：《中国历代文论选》第一册，上海：上海古籍出版社，2001年，第92页。

时,同样是将其置于政治教化的框架之中来审视和确定它们的价值:

> 传曰:"不歌而诵谓之赋,登高能赋,可以为大夫。"言感物造端,材知深美,可与图事,故可以为列大夫也。古者诸侯卿大夫交接邻国,以微言相感,当揖让之时,必称诗以谕其志,盖以别贤不肖而观盛衰焉。故孔子曰:"不学诗,无以言"也。
>
> 春秋之后,周道寖坏,聘问歌咏,不行于列国,学诗之士,逸在布衣,而贤人失志之赋作矣。大儒孙卿及楚臣屈原,离谗忧国,皆作赋以风,咸有恻隐古诗之义。
>
> 其后,宋玉、唐勒;汉兴,枚乘、司马相如,下及扬子云,竞为侈丽闳衍之词,没其风谕之义。是以扬子悔之曰:"诗人之赋丽以则,辞人之赋丽以淫,如孔氏之门用赋也,则贾谊登堂,相如入室矣;如其不用何?"
>
> 自孝武立乐府而采歌谣,于是有代、赵之讴,秦、楚之风,皆感于哀乐,缘事而发,亦可以观风俗,知薄厚云。①

无论是诗赋还是乐府,班固关注的重点都在于它们如何影响并作用于政治事功、王道教化。之所以要对汉大赋进行批评,也在于它无力实现写作者以此讽谕劝诫君上的政治目标。不可否定,班固对汉乐府"感于哀乐,缘事而发"的艺术特征认识相当准确,但班固感兴趣的,却是利用这一特征,更好地"观风俗,知薄厚",还是落脚在了"观诗知政"的政治事功层面。

班固在《两都赋序》中,大大褒扬了一番汉大赋"润色鸿业"的功绩,但仍然不离"依经立论"的思维模式:

---

① [汉]班固撰,[唐]颜师古注:《汉书》卷三十,北京:中华书局,1962年,第1701页。

第一章　江西诗法形成的历史背景

> 或曰:"赋者,古诗之流也。"昔成、康没而颂声寝,王泽竭而诗不作。大汉初定,日不暇给。至于武、宣之世,乃崇礼官,考文章,内设金马石渠之署,外兴乐府协律之事,以兴废继绝,润色鸿业。……故言语侍从之臣,若司马相如、虞丘寿王、东方朔、枚皋、王褒、刘向之属,朝夕论思,日月献纳。而公卿大臣御史大夫倪宽、太常孔臧、太中大夫董仲舒、宗正刘德、太子太傅萧望之等,时时间作。或以抒下情而通讽谕,或以宣上德而尽忠孝,雍容揄扬,著于后嗣,抑雅颂之亚也。①

当从"润色鸿业"的角度进行审视时,班固充分肯定了汉大赋对缘饰政治的功用,尤其赞扬了汉大赋"或以抒下情而通讽谕,或以宣上德而尽忠孝,雍容揄扬,著于后嗣,抑雅颂之亚也"的一面,肯定了它对汉帝国教化事业做出的贡献。之所以班固对汉大赋的评价在《汉书·艺文志》与《两都赋序》中会大相径庭,并非班固"依经立论"的立场有变化,而只是采用了儒家经典不同侧面的观点罢了,认为诗赋歌咏应为王道教化、政治事功服务的基本宗旨并没有改变。

对屈原及其作品的评价,也是汉代文论的热点。司马迁《史记·屈原传》云:

> 屈平正道直行,竭忠尽智以事其君,谗人间之,可谓穷矣。信而见疑,忠而被谤,能无怨乎?屈平之作《离骚》,盖自怨生也。《国风》好色而不淫,《小雅》怨诽而不乱。若《离骚》者,可谓兼之矣。上称帝喾,下道齐桓,中述汤武,以刺世事。明道德之广崇,治乱之条贯,靡不毕见。

---

① [梁]萧统编,[唐]李善注:《文选》卷一《两都赋序》,北京:中华书局,1977年,第21-22页。

> 其文约,其辞微,其志絜,故其称物芳。其行廉,故死而不容自疏。①

司马迁这段对屈原其人其文的评价有些文字直接抄录了淮南王刘安的原话,但也透露了司马迁本人"依经立论"的论文宗旨,且极其关注屈原的政治际遇与政治抱负、政治作为。司马迁甚至对宋玉等辞赋家不敢直谏表示遗憾,实际上是以政治家的标准来要求文人骚客:

> 屈原既死之后,楚有宋玉、唐勒、景差之徒者,皆好辞而以赋见称;然皆祖屈原之从容辞令,终莫敢直谏。②

班固对屈原其人其文的批评,也是"依经立论"的产物。他在《离骚序》中说:

> 且君子道穷,命矣。故潜龙不见是而无闷,《关雎》哀周道而不伤,蘧瑗持可怀之智,宁武保如愚之性,咸以全命避害,不受世患。故《大雅》曰:"既明且哲,以保其身。"斯为贵矣。
>
> 今若屈原,露才扬己,竞乎危国群小之间,以离谗贼。然责数怀王,怨恶椒、兰,愁神苦思,强非其人,忿怼不容,沉江而死,亦贬絜狂狷景行之士。多称昆仑冥婚宓妃虚无之语,皆非法度之政、经义所载。……
>
> 然其文弘博丽雅,为辞赋宗,后世莫不斟酌其英华,则象其从容。自宋玉、唐勒、景差之徒,汉兴,枚乘、司马相如、刘向、扬雄,骋极文辞,好而悲之,自谓不能及也。虽

---

① [汉]司马迁撰,[刘宋]裴骃集解:《史记》卷八十四,北京:中华书局,1959年,第2482页。

② [汉]司马迁撰,[刘宋]裴骃集解:《史记》卷八十四,北京:中华书局,1959年,第2491页。

非明智之器,可谓妙才也。①

班固肯定了屈原作品弘博丽雅、英华纷披的一面,将其推尊为"辞赋宗",却从不善于明哲保身、怨愤君上且在写作中引入大量楚地民间传说、神话巫话等不合儒家经典之处,对屈原其人其文进行了措辞激烈的批评。这一批评,说明班固对屈原作品悖离儒家五经的独创性有充分认识。

先秦儒学具有开放性和思想的多元性。同样是"依经立论",以儒学中不同的思想侧面出发,甚至会得出截然相反的观点。当人们以"明哲保身"为尺度来评价屈原其人时,自然会得出"非明智之器"的负面结论;而当人们以"杀身成仁,舍生取义"为评价标准时,又会认为屈原恰恰是忠臣义士的典范;这两个标准都是儒家学说的组成部分,由此可见先秦儒学内在的冲突、张力和丰富性。王逸所著《楚辞章句序》将屈原视作杀身成仁的忠臣典范,且将屈原作品看作儒家经典的嫡传子孙,似乎是对屈原其人其文的极力赞美,实则倒是彻底抹杀了屈原作品有别于儒家经典的异彩。王逸说:

且人臣之义,以忠正为高,以伏节为贤。故有危言以存国,杀身以成仁。是以伍子胥不恨于浮江,比干不悔于剖心,然后忠立而行成,荣显而名著。若夫怀道以迷国,详愚而不言,颠则不能扶,危则不能安,婉娩以顺上,逡巡以避患,虽保黄耇,终寿百年,盖志士之所耻,愚夫之所贱也。

今若屈原,膺忠贞之质,体清洁之性,直若砥矢,言若丹青,进不隐其谋,退不顾其命,此诚绝世之行,俊彦之英

---

① 郭绍虞主编:《中国历代文论选》第一册,上海:上海古籍出版社,2001年,第89页。

也。……

夫《离骚》之文，依托五经以立义焉。①

无论是对屈原其人，还是屈原其文，王逸均以儒家思想、儒家五经作为评价尺度。

与班固一样，王逸对屈原作品的艺术成就有极高评价，认为"屈原之词，诚博远矣。自终没以来，名儒博达之士，著造词赋，莫不拟则其仪表，祖式其模范，取其要妙，窃其华藻"②。在《离骚经序》中，王逸还总结了由《离骚》开启的香草美人传统：

《离骚》之文，依诗取兴，引类譬谕。故善鸟香草，以配忠贞；恶禽臭物，以比谗佞；灵修美人，以媲于君；宓妃佚女，以譬贤臣；虬龙鸾凤，以托君子；飘风云霓，以为小人。其词温而雅，而义皎而朗，凡百君子，莫不慕其清高，嘉其文采，哀其不遇，而悯其志焉。③

这实际上是对屈原作品极富原创性的隐喻、象征表现手法的探索与总结。王逸所阐释的香草美人传统，不仅深刻影响了此后的中国诗歌创作，也对中国历代诗论产生了持久影响。

王逸《远游序》云：

《远游》者，屈原之所作也。屈原履方直之行，不容于世。上为谗佞所谮毁，下为俗人所困极，章皇山泽，无所告

---

① 郭绍虞主编：《中国历代文论选》第一册，上海：上海古籍出版社，2001年，第149－150页。
② 郭绍虞主编：《中国历代文论选》第一册，上海：上海古籍出版社，2001年，第150页。
③ 郭绍虞主编：《中国历代文论选》第一册，上海：上海古籍出版社，2001年，第155页。

诉。乃深惟元一，修执恬漠，思欲济世，则意中愤然，文采秀发；遂叙妙思，托配仙人，与俱游戏，周历天地，无所不到，然犹怀念楚国，思慕旧故，忠信之笃，仁义之厚也。是以君子珍重其志而玮其辞焉。①

这里，王逸是从言志抒情和文采秀发两个方面肯定屈原《远游》的成就，已开陆机"诗缘情而绮靡"的前声。先秦儒家文论本来就有尚文、尚用两个方面的特征，与此同时，孔子又主张"辞达而已矣"，"巧言令色鲜矣仁"，"君子讷于言，敏于行"，即并不主张过于重视文采言辞，认为"尚文"只具备服务于"尚用"的工具价值，本身并无独立意义。而到了班固与王逸，却将屈原作品瑰玮绚丽的文采英华视作可以独立欣赏的对象，为文学自觉时代的到来埋下伏笔。

二

和扬雄后期以复古为手段追求"立言不朽"的思路迥乎不同的是，司马迁、王充等汉代文人强调的却是通过"自铸伟辞"实现"立言不朽"的目标。

在《史记·太史公自序》中，司马迁强调个人的情感郁结和坎坷遭遇对于文学创作的意义：

> 昔西伯拘羑里，演《周易》；孔子厄陈、蔡，作《春秋》；屈原放逐，著《离骚》；左丘失明，厥有《国语》；孙子膑脚，而论兵法；不韦迁蜀，世传《吕览》；韩非囚秦，《说难》《孤愤》；《诗》三百篇，大抵贤圣发愤之所为作也。

---

① 郭绍虞主编：《中国历代文论选》第一册，上海：上海古籍出版社，第156页。

此人皆意有所郁结，不得通其道也，故述往事，思来者。①

无论是个体独特的人生际遇还是因此产生的独特人生体验与独特情感，都是文章独特性的保证，而追求文章独特性的目的在于追求个人声名的不朽。在《报任安书》一文中，司马迁将这层意思阐发得更加充分：

> 所以隐忍苟活，函粪土之中而不辞者，恨私心有所不尽，鄙没世而文采不表于后也。古者富贵而名摩灭，不可胜记，唯俶傥非常之人称焉。……仆窃不逊，近自托于无能之辞，纲罗天下放失旧闻，考之行事，稽其成败兴坏之理，凡百三十篇，亦欲以究天人之际，通古今之变，成一家之言。草创未就，适会此祸，惜其不成，是以就极刑而无愠色。仆诚已著此书，藏之名山，传之其人通邑大都，则仆偿前辱之责，虽万被戮，岂有悔哉！②

立言不朽的渴望，是作为史官的司马迁在经受腐刑这一奇耻大辱之后还能隐忍苟活的精神支撑。怎样才能成就一番立言不朽的名山事业呢？司马迁和扬雄的思路颇为不同，其"发愤著书"说，实则是在强调"立言"与写作者个人独特的情感、境遇、个性、才华之间的密切相关性。虽然"言"的内容仍不离内圣功夫与外王事业，尤其与探究宇宙、历史、社会演变的内在规律及其相互作用有关，即"欲以究天人之际，通古今之变"，但最终目的还是旨在"成一家之言"，将作品不可替代的独特见地、个人色彩视作"立言不朽"的前提条件。司马迁绝非仅仅将自己看作

---

① ［汉］司马迁撰，［刘宋］裴骃集解：《史记》卷一百三十，北京：中华书局，1959年，第3300页。

② ［汉］班固撰，［唐］颜师古注：《汉书》卷六十二，北京：中华书局，1962年，第2733–2735页。

是历史的记录者、编纂者，而是隐以孔子编纂《春秋》之意编纂《史记》，希望《史记》如《春秋》一样，"上明三王之道，下辨人事之纪，别嫌疑，明是非，定犹豫，善善恶恶，贤贤贱不肖，存亡国，继绝世，补敝起废，王道之大者也"①。表面上看，司马迁与扬雄都在强调著述文章与内圣外王之业密不可分的关系，但扬雄走的是复古路线，而司马迁却走向了对于写作者独特生命体验与思想独创性的强调。

东汉思想家王充所著《论衡》进一步发挥了司马迁的观点，认为读书人的最高追求应该是成为鸿儒。王充所言鸿儒正是司马迁眼中能够"究天人之际，通古今之变，成一家之言"的著书立说者，他们的特点是敢于自铸伟辞，以自己独创性的篇章著述赢得身后不朽之名。从追求"三不朽"中的"立言不朽"出发，王充和司马迁一样，走向了对于文学独创性的强调。既然独创性是成为鸿儒的前提，王充当然无法容忍以成为古人影子为荣的好古倾向。因此，他在《论衡·超奇》中对时人好古贱今的风气进行了辛辣批评：

> 俗好高古而称所闻。前人之业，菜果甘甜；后人新造，蜜酪辛苦。……天禀元气，人受元精，岂为古今者差杀哉？优者为高，明者为上，实事之人，见然否之分者。②

《论衡·齐世》也说：

> 世俗之性，好褒古而毁今，少所见而多所闻。又见经传增贤圣之美，孔子尤大尧、舜之功。又闻尧、舜禅而相让，

---

① ［汉］司马迁撰，［刘宋］裴骃集解：《史记》卷一百三十，北京：中华书局，1959年，第3297页。
② ［汉］王充著，张宗祥校注，郑绍昌标点：《论衡校注》卷十三《超奇篇》，上海：上海古籍出版社，2013年，第283页。

汤、武伐而相夺。则谓古圣优于今，功化渥于后矣。夫经有褒增之文，世有空加之言，读经览书者所共见也。①

生在儒学早已定为一尊的时代，王充哪怕是对儒家圣贤与儒家经典也并不迷信，对儒家典籍的虚饰夸张、违背事实的一面仍保持警惕。这种不迷信圣贤与经典的态度，固然与王充的求真精神相通，但也表达了王充不甘屈居古人之下并试图自铸伟辞以成就鸿儒之梦的强烈渴望。

与古之贤圣竞争而不是成为他们的影子，至少是王充写作《论衡》的初衷之一。在好古成风的经学时代，追求独创性的《论衡》自然会为时人所诟病。在《论衡·自纪》篇中，王充针对时人"文不与前相似，安得名佳好，称工巧"②的尚古论调，为《论衡》的独创性进行辩护说：

> 饰貌以强类者失形，调辞以务似者失情。百夫之子，不同父母；殊类而生，不必相似；各以所禀，自为佳好。……文士之务，各有所从，或调辞以巧文，或辩伪以实事。必谋虑有合，文辞相袭，是则五帝不异事，三王不殊业也。美色不同面，皆佳于目；悲音不共声，皆快于耳。酒醴异气，饮之皆醉；百谷殊味，食之皆饱。谓文当与前合，是谓舜眉当复八采，禹目当复重瞳。③

在这段文字中，王充以三皇五帝、尧、舜、禹之间的鲜明差别为例，来为自己追求独创性进行辩护。从追求独创性出发，王充在

---

① ［汉］王充著，张宗祥校注，郑绍昌标点：《论衡校注》卷十八《齐世篇》，上海：上海古籍出版社，2013年，第384－385页。

② ［汉］王充著，张宗祥校注，郑绍昌标点：《论衡校注》卷三十《自纪篇》，上海：上海古籍出版社，2013年，第582页。

③ ［汉］王充著，张宗祥校注，郑绍昌标点：《论衡校注》卷三十《自纪篇》，上海：上海古籍出版社，2013年，第582页。

某种程度上挣脱了"明道、征圣、宗经"的儒家文艺观。但另一方面,王充以"为世用"作为衡量文章著述价值高低的标准则仍然秉承了孔门论文尚用的思路:"为世用者,百篇无害;不为用者,一章无补。"①

孔子奉行"述而不作,信而好古"的原则,导致儒家文论的确有好古的一面,但《周易》作为儒家五经之一,却强调阴阳二气的相摩相荡、相推相演及天道人事的变化不居并主张"与时偕进"。因此,从《周易》强调变化发展的思想出发,进而主张文章的新变与独创,也是儒家思想的题中之义。不过,儒家思想中的这一维度,常常被好古、复古倾向所压抑。司马迁、王充等人对于独创性的强调,虽然根植于儒家经典本身,却也为中国诗论突破儒家诗教传统,提供了理论依据。

三

到了魏晋时期,曹丕的《典论·论文》在论及文体特征时强调"诗赋欲丽",将追求强烈的美感视作诗赋创作的第一要务,预示了文学观念由经学时代向玄学时代的转变。在谈到文章价值时,虽然将"经国之大业"置于"不朽之盛事"之前,但接下来的具体阐释文字却只谈文章著述对于个人不朽的意义且大有将"立言"放在"立德""立功"之上的意思。儒家"三不朽"本将"立言"放在"立德""立功"之下,包括如此看重"立言"的司马迁,也是将"立言"视作追求"立德""立功"而不得的被动选择。曹丕却大唱反调,认为荣华富贵以及良史之辞都靠不住,唯有借助努力"成一家言",方可实现个体精神生

---

① 〔汉〕王充著,张宗祥校注,郑绍昌标点:《论衡校注》卷三十《自纪篇》,上海:上海古籍出版社,2013年,第582页。

命的不朽:

> 盖文章,经国之大业,不朽之盛事。年寿有时而尽,荣乐止乎其身,二者必至之常期,未若文章之无穷。是以古之作者,寄身于翰墨,见意于篇籍,不假良史之辞,不托飞驰之势,而声名自传于后。故西伯幽而演《易》,周旦显而制《礼》,不以隐约而弗务,不以康乐而加思。夫然则古人贱尺璧而重寸阴,惧乎时之过已。而人多不强力,贫贱则慑于饥寒,富贵则流于逸乐,遂营目前之务,而遗千载之功,日月逝于上,体貌衰于下,忽然与万物迁化,斯志士之大痛也。①

"立言"俨然成为实现"不朽之盛事"的首选,而若以诗赋的方式"立言",则追求"丽"是第一要务,这些观点与经学时代的诗教传统真是大相径庭。

到了晋代陆机的《文赋》,其文体论比曹丕的《典论·论文》更加完善。在论及诗赋的文体特征时,陆机云:"诗缘情而绮靡,赋体物而浏亮",看重的是诗歌的抒情特征和审美追求,与强调"声音之道与政通"的诗教传统已判然有别。

什么样的文章,在陆机看来才是美的文章呢?陆机以音乐为喻,提出了文章之美由低到高的五个审美层次,即应、和、悲、雅、艳,将"艳"视作高于"雅"的最高层级之美,体现了陆机对于文学作品审美价值的强烈追求:

> 诗缘情而绮靡。赋体物而浏亮。碑披文以相质。诔缠绵而凄怆。铭博约而温润。箴顿挫而清壮。颂优游以彬蔚。论精微而朗畅。奏平彻以闲雅。说炜晔而谲诳。虽区分之在

---

① [梁]萧统编,[唐]李善注:《文选》卷五十二,北京:中华书局,1977年,第720-721页。

兹,亦禁邪而制放。要辞达而理举,故无取乎冗长。①

或托言于短韵,对穷迹而孤兴。俯寂寞而无友,仰寥廓而莫承。譬偏弦之独张,含清唱而靡应。或寄辞于瘁音,言徒靡而弗华。混妍蚩而成体,累良质而为瑕。象下管之偏疾,故虽应而不和。或遗理以存异,徒寻虚而逐微。言寡情而鲜爱,辞浮漂而不归。犹弦幺而徽急,故虽和而不悲。或奔放以谐会,务嘈囋而妖冶。徒悦目而偶俗,故声高而曲下。寤《防露》与《桑间》,又虽悲而不雅。或清虚以婉约,每除烦而去滥,阙大羹之遗味,同朱弦之清氾。虽一唱而三叹,固既雅而不艳。②

当然,陆机在《文赋》中也强调了"禁邪而制放"即归乎雅正的创作原则,但只是点到为止。与《毛诗序》几乎将所有篇幅都用于阐明诗歌的政治教化功能迥异,陆机的《文赋》仅用最后一小段约占全文百分之五左右的文字言及文章与教化的关系:

济文武于将坠,宣风声于不泯。途无远而不弥,理无微而不纶。配沾润于云雨,象变化乎鬼神。被金石而德广,流管弦而日新。③

晋代思想家葛洪进一步发展了曹丕关于诗赋之"丽"、陆机关于文章之"艳"的观点,推崇繁富奥博、华艳雕饰之美。既然以繁富弘丽、铺张华艳为美,葛洪自然会得出《尚书》远不

---

① [晋]陆机著,金涛声点校:《陆机集》,北京:中华书局,1982年,第2页。

② [晋]陆机著,金涛声点校:《陆机集》,北京:中华书局,1982年,第3-4页。

③ [晋]陆机著,金涛声点校:《陆机集》,北京:中华书局,1982年,第5页。

及近世文章、《诗经》远不及汉魏及近世大赋的结论，这在"依经立论"的经学时代是绝对不可能出现的石破天惊之论。《抱朴子·钧世》篇云：

> 且夫《尚书》者，政事之集也，然未若近代之优文诏策军书奏议之清富赡丽也。《毛诗》者，华彩之辞也，然不及《上林》《羽猎》《二京》《三都》之汪濊博富也。
>
> ……
>
> 若夫俱论宫室，而奚斯路寝之颂，何如王生之赋灵光乎？同说游猎，而《叔畋》《卢铃》之诗，何如相如之言上林乎？并美祭祀，而《清庙》《云汉》之辞，何如郭氏《南郊》之艳乎？等称征伐，而《出车》《六月》之作，何如陈琳《武军》之壮乎？则举条可以觉焉。近者夏侯湛、潘安仁并作《补亡诗》——《白华》《由庚》《南陔》《华黍》之属，诸硕儒高才之赏文者，咸以古诗三百，未有足以偶二贤之所作也。
>
> 且夫古者事事醇素，今则莫不雕饰，时移世改，理自然也。至于属锦丽而且坚，未可谓之减于蓑衣；辎軿妍而又牢，未可谓之不及椎车也。……若舟车之代步涉，文墨之改结绳，诸后作而善于前事，其功业相次千万者，不可复缕举也。世人皆知之快于曩矣，何以独文章不及古邪？①

葛洪认为今胜于昔是人类文明发展的客观规律，文章著述也不例外。因此，繁缛华艳、富丽堂皇的汉大赋当然优于朴素无华的《诗经》。虽然葛洪得出这一惊人之论主要是基于朴素的历史进化论观点，但他显然非常重视诗赋的审美价值，并偏爱在扬雄看

---

① 郭绍虞主编：《中国历代文论选》第一册，上海：上海古籍出版社，2001年，第206-207页。

来"丽以淫"的辞人之赋,已严重偏离了儒家以政治教化为核心的诗学观念。

进入南朝,儒教衰落,佛教兴盛。杜牧形容当时寺庙林立的盛况云:"南朝四百八十寺,多少楼台烟雨中。"在这种思想风气的笼罩之下,南朝诗歌与政治教化之间的关联度进一步降低,四声八病、文笔区别、用事对仗等成为南朝文论探讨的热点。刘勰的《文心雕龙》正是为了矫正当时文坛一味追求新变、偏离雅正之路的弊病而作,因此开端三篇即是《原道》《征圣》《宗经》,以示追随儒家思想的论文宗旨。最后一篇《述志》,刘勰提及自己做的两个梦:一是梦见采摘五彩云,一是梦见追随孔子捧礼器而南,明确宣布自己对儒家先圣的认同态度。但即便如此,《文心雕龙》仍用了大量篇幅探讨具体的写作技巧,从艺术构思到谋篇布局再到声律对仗、用典夸饰。可以说,时人关心的种种创作技法问题,刘勰都逐一进行了深入细致的研究,并提出了独特中肯的见解。南朝文人对声律问题、用典问题、对仗问题的深入探讨,为唐代文学尤其是唐代格律诗的繁荣打下了坚实的基础。

不过,针对重视写作技巧、强调文学新变这一现象,南朝时期就已经有人提出了尖锐批评。刘勰的《文心雕龙》论诗宗旨归于雅正,本身就包含对时风的批评。更严厉的抨击来自南朝梁时的鸿胪卿裴子野,他在《雕虫论》中说:

> 古者四始六艺,总而为诗,既形四方之风,且彰君子之志,劝美惩恶,王化本焉。后之作者,思存枝叶,繁华蕴藻,用以自通。若悱恻芳芬,楚骚为之祖,靡漫容与,相如扣其音。由是随声逐影之俦,弃指归而无执。赋诗歌颂,百帙五车,蔡邕等之俳优,扬雄悔为童子。圣人不作,雅郑谁分。其五言为家,则苏、李自出,曹、刘伟其风力,潘、陆

固其枝叶。爰及江左,称彼颜、谢,箴绣鞶帨,无取庙堂。……自是闾阎年少,贵游总角,罔不摈落六艺,吟咏情性。学者以博依为急务,谓章句为专鲁。淫文破典,斐尔为功,无被于管弦,非止乎礼义。①

这篇文字立足于以劝美惩恶、王道教化为本的儒家诗教立场,对楚骚、汉赋到齐梁诗歌的"悱恻芳芬""吟咏情性""淫文破典"进行了全面批判,根本否定历代诗人的审美追求及诗歌技法探索的正当性。

钟嵘《诗品序》从推崇自然英旨出发,不仅尖锐批评了南朝诗人酷爱用典之弊,也批评了沈约等人提出的声律论对诗歌创作的束缚:

王元长创其首,谢朓、沈约扬其波,三贤或贵公子孙,幼有文辩。于是士流景慕,务为精密,襞积细微,专相陵架,故使文多拘忌,伤其真美。②

无论是着眼于自然真美,还是立足于儒家诗教,在钟嵘和裴子野看来,南朝文人耗费那么巨大的热情探讨声律问题、用典问题、对仗问题似乎都不具备合法性。

四

到了隋文帝时期,大儒王通站在儒家诗教的立场上全面否定了齐梁诗风,对南朝时期的声律论更是嗤之以鼻。王通的门生弟

---

① [清]严可均辑:《全梁文》卷五十三《雕虫论》,北京:商务印书馆,1999年,第575—576页。

② [清]何文焕辑:《历代诗话》,北京:中华书局,1981年,第5页。

子仿照《论语》体例将老师生前的言论编撰成《中说》,其中记载了一段王通的论诗主张:

> 李伯药见子而论诗,子不答。伯药退,谓薛收曰:吾上陈应、刘,下述沈、谢,分四声八病,刚柔清浊,各有端序,音若埙箎,而夫子不应,我其未达欤?薛收曰:吾尝闻夫子之论诗矣,上明三纲,下达五常。于是征存亡,辩得失,故小人歌之以贡其俗,君子赋之以见其志,圣人采之以观其变。今子营营驰骋乎末流,是夫子之所痛也,不答则有由矣。①

王通的意见代表了隋代在野读书人对齐梁诗风的批判态度。在王通眼里,诗歌的功能是"上明三纲,下达五常,征存亡,辩得失",完全回归了经学时代的诗学观念。与此同时,官方也对文风、诗风问题表达了看法。李谔《上隋高祖革文华书》将齐梁诗歌缘情绮靡的一面,视作淆乱政治的祸首,几乎罪不可赦。无论是王通还是李谔,均认为诗歌只有与儒家之道、三纲五常联系起来,才具备合法性。在这样的思维框架之下,齐梁诗风包括所有讲求艺术技巧和审美价值的文学作品及文学观念都成为批判对象。

初唐诗人一方面深受南朝诗风的影响,另一方面,又展开了对六朝诗风尤其是齐梁诗风的全面清算。王勃《上吏部裴侍郎启》云:

> 自微言既绝,斯文不振,屈宋导浇源于前,枚马张淫风于后;谈人主者以宫室苑囿为雄,叙名流者以沉酗骄奢为达。故魏文用之而中国衰,宋武贵之而江东乱;虽沈谢争

---

① [隋]王通著,[宋]阮逸注,秦跃宇点校:《文中子中说》卷二《天地篇》,南京:凤凰出版社,2017年,第11页。

鹜,适先兆齐梁之危;徐庾并驰,不能免周陈之祸。①

将诗风、文风与国运相勾连,要求诗风、文风为国家兴亡负责任,这是儒家文论一以贯之的思路。

初唐史家,对南北朝文学尤其是齐梁诗风虽多有批评,却也大多肯定了六朝文人在艺术技巧上的多方探索与成就。令狐德棻《周书·王褒庾信传论》云:

> 唯王褒、庾信,奇才秀出,牢笼于一代。……然则子山(指庾信)之文,发源于宋末,盛行于梁季,其体以淫放为本,其词以轻险为宗,故能夸目侈于红紫,荡心逾于郑、卫。②

但当令狐德棻说到对作文之道的一般看法时,不仅强调了诗文以表达情性为宗旨,更强调了文章写作理应追求从声律到色彩再到立意情韵的强烈美感:

> 原夫文章之作,本乎情性,覃思则变化无方,形言则条流遂广。……举其大抵,莫若以气为主,以文传意。考其殿最,定其区域,摭六经百氏之英华,探屈、宋、卿、云之秘奥,其调也尚远,其旨也在深,其理也贵当,其辞也欲巧。然后莹金璧,播芝兰,文质因其宜,繁约适其变。权衡轻重,斟酌古今,和而能壮,丽而能典,焕乎若五色之成章,纷乎犹八音之繁会。③

---

① 郭绍虞主编:《中国历代文论选》第二册,上海:上海古籍出版社,2001年,第8页。

② [唐]令狐德棻等撰:《周书》卷四十一,北京:中华书局,1971年,第744页。

③ [唐]令狐德棻等撰:《周书》卷四十一,北京:中华书局,1971年,第744–745页。

第一章 江西诗法形成的历史背景

魏徵的《隋书·文学传序》大体肯定了六朝文学杰出的艺术成就，并指出唐代文学的发展方向应该是将南朝文学的清绮与北朝文学的贞刚整合为一：

> 江左宫商发越，贵于清绮；河朔词义贞刚，重乎气质。气质则理胜其词，清绮则文过其意。理深者便于时用，文华者宜于咏歌。此其南北词人得失之大较也。若能掇彼清音，简兹累句，各去所短，合其两长，则文质彬彬，尽善尽美矣。①

但言及梁代文学，尤其是以萧纲、萧绎及徐陵、庾信为代表的淫放轻艳诗风时，魏徵仍对之进行了尖锐批判，认为是典型的亡国之音：

> 梁自大同之后，雅道沦缺，渐乖典则，争驰新巧。简文、湘东，启其淫放；徐陵、庾信，分路扬镳。其意浅而繁，其文匿而彩，词尚轻险，情多哀思。格以延陵之听，盖亦亡国之音乎！②

匪夷所思的是，尽管唐初的君王大臣们从"亡国之音"的角度对六朝文学多有反思批判，但他们自己的诗作却几乎完全笼罩在齐梁诗风的影响之下，而唐代以诗赋取士的科考制度，又大大激发了文人士子探讨诗艺、诗技的热情，讲究对仗、精于声律、绮错婉媚的上官体风行一时。据宋代诗论家魏庆之的《诗人玉屑》卷七记载，上官仪言诗有六对，分别是：正名对、同类对、连珠对、双声对、叠韵对、双拟对；又言诗有八对，分别

---

① ［唐］魏徵等撰：《隋书》卷七十六，北京：中华书局，1973年，第1730页。
② ［唐］魏徵等撰：《隋书》卷七十六，北京：中华书局，1973年，第1730页。

是：的名对、异类对、双声对、叠韵对、联绵对、双拟对、回文对、隔句对。日人遍照金刚编撰的《文镜秘府论》汇总唐人二十九种对，其中有六种注明出自元兢的《髓脑》。元兢所言六种对分别是平对、奇对、同对、字对、声对、侧对。元兢的对偶说，较之上官仪的对偶说，新奇而严密，但另一方面，却又更加宽泛了，比如"义别字对"的字对，"字义俱别，声作对"的声对，"字义俱别，形体半同"的侧对等。到了中唐的诗僧皎然，又提出八种对：邻近对、交络对、当句对、含境对、背体对、偏对、双虚实对、假对。对偶说发展到这一时期，从操作层面而言已经极其灵活。

　　唐代以诗赋取士，士人也习惯以诗会友、以诗应酬，随时随地进行诗歌技巧的反复训练。从初唐、盛唐一直到晚唐，这类讲论具体作诗技巧的诗格类著作大有市场，占据了唐代诗论的半壁江山，却又奇怪地不被时贤或后贤所重视。直到中国文学批评史这一学科创立之后，作为开山之作的陈中凡先生于1927年出版的《中国文学批评史》和郭绍虞先生于1934年、1947年陆续出版的《中国文学批评史》，均对论述作诗技巧的诗格类著作持鄙弃、忽略态度。在迄今为止出现的各种《中国文学批评史》著作中，只有罗根泽先生的《中国文学批评史》对这类诗格类著作给予了足够重视。这一现象，可以看作是中国古代文论思想中普遍存在的"道"对"技"、诗教传统对审美追求的轻忽鄙夷态度在当代的延续。

　　唐代诗歌的发展依托两重背景：一是南朝诗歌的绮靡缘情，二是北朝诗歌的质直言志。唐代诗歌的发展是两者的逐渐融合，正如魏徵所期待的那样，将江左的宫商发越、清绮之风与河朔的词义贞刚、重乎气质整合为盛世元音。唐代诗歌走出自己独特的道路，既伴随着对南朝诗歌的学习模仿，又伴随着对齐梁诗风的猛烈抨击。李白《古风》其一云：

> 大雅久不作，吾衰竟谁陈！
> 王风委蔓草，战国多荆榛。
> …………
> 正声何微芒，哀怨起骚人。
> 扬马激颓波，开流荡无垠。
> 废兴虽万变，宪章亦已沦。
> 自从建安来，绮丽不足珍。
> 圣代复元古，垂衣贵清真。
> …………
> 我志在删述，垂晖映千春。
> 希圣如有立，绝笔于获麟。①

李白一代诗仙，才气纵横，不喜拘束，他的诗学见解却与儒家诗教大致扣合，竟然以"志在删述"的孔圣人自我期许，推崇大雅、王风、正声，对建安以后的绮丽诗风颇不以为然。《古风》其三十五云：

> 一曲斐然子，雕虫丧天真。
> 棘刺造沐猴，三年费精神。
> 功成无所用，楚楚且华身。
> 大雅思文王，颂声久崩沦。
> 安得郢中质，一挥成斧斤。②

李白从儒家诗教和崇尚天真自然的审美趣味出发，否定了南朝文人对诗歌艺术技巧的不懈追求。以清新俊逸之词，抒写洒落不羁

---

① 詹锳主编：《李白全集校注汇释集评》卷二《古风》之一，天津：百花文艺出版社，1996年，第20—24页。
② 詹锳主编：《李白全集校注汇释集评》卷二《古风》之三十五，天津：百花文艺出版社，1996年，第173—174页。

的壮思奇情,是李白诗歌的显著特点。李白的天仙之词,的确是各种规矩绳墨难以束缚的。对诗歌创作的法度、规矩、绳墨的孜孜以求,并不符合李白想落天外、飘逸奔放的个性。从李白的这一天性出发,他不太可能对南朝文人在诗歌技巧方面的努力探索给予太高评价。豪放不羁、才气纵横的诗人,似乎普遍都不喜在具体的诗歌技巧上耗费过多功夫。李白和杜甫的区别,从某种程度上说正是苏轼和黄庭坚的区别。

被称为诗圣的杜甫,诗学思想与李白有不小差别。和李白再三强调"天然去雕饰"和回归《大雅》《离骚》传统不同,杜甫的基本见解是"别裁伪体亲风雅,转益多师是汝师"①。在杜甫眼里,道与技、诗教与审美、风雅传统与清词丽句绝非只能是相互对立、相互割裂、顾此失彼的二元对立关系,而是完全可以达到两全其美的整合状态。在《戏为六绝句》中,杜甫充分体现了地负海涵、容纳万有的王者气度:不离风雅之道,却又敢于"转益多师";批评齐梁诗风,却又充分肯定了仍受齐梁诗风影响的初唐四杰;既欣赏翡翠兰苕式的优美,又向往鲸鱼碧海般的壮阔。杜甫《偶题》一诗也表达了类似的诗学见解:

文章千古事,得失寸心知。作者皆殊列,名声岂浪垂?骚人嗟不见,汉道盛于斯。前辈飞腾入,余波绮丽为。后贤兼旧制,历代各清规。②

《解闷》十二首之七云:

---

① [唐]杜甫著,[清]杨伦笺注:《杜诗镜铨》卷九《戏为六绝句》,上海:上海古籍出版社,1980年,第399页。
② [唐]杜甫著,[清]杨伦笺注:《杜诗镜铨》卷十五《偶题》,上海:上海古籍出版社,1980年,第713页。

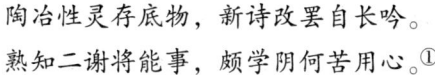

> 陶冶性灵存底物，新诗改罢自长吟。
> 熟知二谢将能事，颇学阴何苦用心。①

杜甫既重风雅传统，又绝不讳言在诗歌技巧上的反复淬炼、惨淡经营，从不将复古与创新、诗教与审美、道与技对立起来。杜甫诗论显示出前所未有的包容性、开放性，同时，又能巧妙平衡各种看似完全冲突的追求。无论是杜甫的诗歌创作还是诗学主张，均已显示出非同凡响的整合能力，而这一点，正是宋代文化的突出特征。

元稹《唐故工部员外郎杜君墓系铭并序》对杜甫诗歌博采众长并为后学开无数法门的一面做了非常到位的总结。他说：

> 予读诗至杜子美而知小大之有所总萃焉。……唐兴，官学大振，历世之文，能者互出。而又沈、宋之流，研练精切，稳顺声势，谓之为律诗。由是而后，文变之体极焉。然而莫不好古者遗近，务华者去实。效齐、梁则不逮于魏、晋，工乐府则力屈于五言，律切则骨格不存，闲暇则纤秾莫备。至于子美，盖所谓上薄风、骚，下该沈、宋，古傍苏、李，气夺曹、刘，掩颜、谢之孤高，杂徐、庾之流丽，尽得古今之体势，而兼人人之所独专矣。使仲尼考锻其旨要，尚不知贵其多乎哉？苟以为能所不能，无可不可，则诗人以来，未有如子美者！②

元稹在这篇文章中还对李白、杜甫进行了比较，对杜诗艺术成就的推崇显然在李白诗歌之上：

---

① [唐] 杜甫著, [清] 杨伦笺注：《杜诗镜铨》卷十七《解闷》之七, 上海：上海古籍出版社, 1980年, 第817页。
② [唐] 元稹撰, 冀勤点校：《元稹集》卷五十六, 北京：中华书局, 1982年, 第600-601页。

> 时山东人李白,亦以奇文取称;时人谓之李、杜。予观其壮浪纵恣,摆去拘束,模写物象,及乐府歌诗,诚亦差肩于子美矣。至若铺陈终始,排比声韵,大或千言,次犹数百,词气豪迈,而风调清深,属对律切,而脱弃凡近,则李尚不能历其藩翰,况堂奥乎?①

元稹论李、杜优劣,纯粹从艺术成就着眼,不涉及有关政治教化、道德伦理的考量。

与元稹更多关注杜诗在艺术层面的成就与创新不同,白居易《与元九书》则以儒家诗教为唯一尺度去审视杜诗,杜甫的诗圣地位瞬间变得岌岌可危:

> 唐兴二百年,其间诗人不可胜数。所可举者,陈子昂有《感遇诗》二十首,鲍防有《感兴诗》十五首。又诗之豪者,世称李、杜。李之作,才矣奇矣,人不逮矣,索其风雅比兴,十无一焉。杜诗最多,可传者千余首,至于贯串今古,觑缕格律,尽工尽善,又过于李。然撮其《新安吏》《石壕吏》《潼关吏》《塞芦子》《留花门》之章,"朱门酒肉臭,路有冻死骨"之句,亦不过三四十首。杜尚如此,况不逮杜乎!②

元稹、白居易之所以能在中唐诗坛独树一帜,一是受杜甫即事名篇的新题乐府启发而创作了大量新乐府;二是从学习杜甫"铺陈终始,排比声韵,大或千言,次犹数百,词气豪迈,而风调清

---

① [唐]元稹撰,冀勤点校:《元稹集》卷五十六,北京:中华书局,1982年,第601页。
② [唐]白居易著,顾学颉校点:《白居易集》卷四十五《与元九书》,北京:中华书局,1985年,第961-962页。

深，属对律切"① 的长篇排律入手，创作了《连昌宫词》《长恨歌》《琵琶行》等长于叙事、风情婉然的佳作。两人在评价杜甫诗歌时，一重审美，一重诗教，没能延续杜甫将诗歌的教化功能与审美功能加以完美整合的思路。尤其是白居易，由于将教化与审美视作无法融合的两种对立追求，故他自己的创作实践也呈现出分裂状态。在《与元九书》中，白居易谈到对自己诗歌创作的分类云：

> 自拾遗来，凡所适所感，关于美刺兴比者，又自武德讫元和因事立题，题为《新乐府》者，共一百五十首，谓之讽谕诗。又或退公独处，或移病闲居，知足保和，吟玩情性者一百首，谓之闲适诗。又有事物牵于外，情理动于内，随感遇而形于叹咏者一百首，谓之感伤诗。又有五言、七言、长句、绝句，自一百韵至两韵者四百余首，谓之杂律诗。……谓之讽谕诗者，兼济之志也；谓之闲适诗，独善之义也。故览仆诗，知仆之道焉。其余杂律诗，或诱于一时一物，发于一笑一吟，率然成章，非平生所尚者，但以亲朋合散之际，取其释恨佐欢。②

在白居易看来，诗歌或为兼济，或为独善，或服务于儒家诗教，或服务于娱乐审美，各司其职，无法整合，于是重新回归到杜甫之前将诗歌的娱乐审美功能与儒家诗教传统对立起来的思路上。

中晚唐诗坛有影响的诗人和诗派，均受到杜甫的影响。元稹、白居易学杜，取其长于铺叙、风情婉然、属对律切及讽谕现实政治的一面；韩愈学杜，发挥了杜诗雄奇劲健的一面；孟郊、

---

① ［唐］元稹撰，冀勤点校：《元稹集》卷五十六，北京：中华书局，1982年，第601页。

② ［唐］白居易著，顾学颉校点：《白居易集》卷四十五《与元九书》，北京：中华书局，1985年，第964-965页。

贾岛学杜，学其苦吟与寒瘦；李商隐学杜，则得杜诗幽微深婉之旨。无论是元、白还是韩、孟，都延续了杜甫以文为诗的破体倾向。不过，中晚唐诗人学杜，大多其取一端而发挥之。除了元稹对杜甫集大成的诗圣地位有充分认识之外，哪怕是白居易等人对杜甫诗歌也仍有诸多批评。直到两宋时期，杜甫作为诗圣的地位才得以完全确立，而江西诗法的出现，正是江西诗派学杜的成果。

五

随着科举制度的日渐完善，宋代文人有了相对公平、畅通的上升通道，读书人通过科考进入政治舞台的机会相比前代大幅度增加。印刷业和民间书院的发达，又为宋代文人的学者化提供了良好的客观条件。宋代文人常常是儒生、参禅者、士大夫、学者、诗人、古文家、辞赋家、画家、书法家等各种身份的合一体。因此，他们追求不朽的方式也常常整合了"立德""立功""立言"三个层面。就诗歌创作而言，宋代诗人有两个方面的诉求：既希望在唐音之后别开生面，又希望回归风雅传统以纠正晚唐五代诗风的卑弱。

在黄庭坚之前，宋代诗人在整合诗教传统与审美追求方面做出了诸多努力。西昆体诗人以李商隐为学习典范，在诗歌中大量用典，讲究诗歌技巧的锤炼，追求辞采纷披、声律谐婉和意象幽深，已开重视诗歌技巧和以才学为诗、以书卷为诗的倾向。但西昆诗人对于诗艺、诗技和诗歌审美价值的孜孜以求，却受到石介等人的猛烈抨击。石介认为，以杨亿为代表的西昆诗人只知缀风月，弄花草，雕章琢句，毁弃圣道，完全悖离了儒家的道统、文统，纯粹是风雅罪人。石介的论断虽然偏激，可是一旦有了悖离儒家诗教的嫌疑，西昆体也就失去了统治宋初诗坛的合法性，很快遭到诗坛的摈弃。不过,西昆诗人在诗歌技巧方面的大量探索,尤其是以书卷为诗的倾向,却为江西诗法的出现提供了理论准备。

作为宋诗风气真正开创者的梅尧臣,在整合诗教传统与审美追求方面,提出了自己的方案。他一方面极力主张回归风雅比兴的传统,另一方面又主张诗歌创作要意新语工,在艺术创新和诗歌技巧上穷思竭虑、惨淡经营。梅尧臣《答韩三子华韩五持国韩六玉汝见赠述诗》云:

> 圣人于诗言,曾不专其中。
> 因事有所激,因物兴以通。
> 自下而磨上,是之谓国风。
> 雅章及颂篇,刺美亦道同。
> 不独识鸟兽,而为文字工。
> 屈原作《离骚》,自哀其志穷。
> 愤世嫉邪意,寄在草木虫。
> 迩来道颇丧,有作皆言空。
> 烟云写形象,葩卉咏青红。
> 人事极谀诣,引古称辨雄。
> 经营唯切偶,荣利因被蒙。
> 遂使世上人,只曰一艺充。
> 以巧比戏弈,以声喻鸣桐。
> 嗟嗟一何陋,甘用无言终!
> 然古有登歌,缘辞合徵宫。
> 辞由士大夫,不出于瞽矇。[1]

---

[1] 郭绍虞主编:《中国历代文论选》第二册,上海:上海古籍出版社,2001年,第237页。

这首"以文为诗"倾向非常显著的五古，集中阐发了梅尧臣回归比兴美刺传统的诗学主张，以纠正当时诗坛流连于声律对偶、烟云葩卉的卑弱风气，倡导"士大夫"之诗，深恐诗人的雕章琢句、吟风弄月使诗歌沦为与对弈抚琴一样的"艺"而远离了"道"。梅尧臣对回归风雅传统的强调，正是出于对诗歌沦为无关轻重的玩赏之物以及诗人沦为俳优的担心。只有回归风雅传统，诗歌创作才可能与"立德""立功"的圣贤事业、王道教化、政治事功联系起来，才可能摆脱"只曰一艺充"的卑微地位，追求"立言不朽"才具备了基本前提。其《寄滁州欧阳永叔》云：

> 仲尼著《春秋》，贬骨常苦笞。
> 后世各有史，善恶亦不遗。
> 君能切体类，镜照嫫与施。
> 直辞鬼胆惧，微文奸魄悲。
> 不书儿女书，不作风月诗。
> 唯存先王法，好丑无使疑。
> 安求一时誉，当期千载知。[①]

这首诗虽然是对欧阳修撰史著文宗旨的表彰，但也透露了梅尧臣渴望以文劝善惩恶、"存先王法"的雄心，而这一雄心最终的目标是"当期千载知"，即以"立言"的方式实现个体精神生命的不朽。

回归风骚传统，只是保证了诗歌表现内容的重要性。这对实现"立言不朽"的目标而言，仍然远远不够。梅尧臣在强调以《诗经》《离骚》为学习典范的同时，又极其重视诗歌的艺术创

[①] 郭绍虞主编：《中国历代文论选》第二册，上海：上海古籍出版社，2001年，第241页。

新与诗艺的精进,这是"立言"不朽的第二条保障。宋诗的出路,不仅是重回诗教传统,而且也必须在唐音之后别开生面。梅尧臣的思路,是于苦涩平淡处做文章,追求一种老树着新花的老境之美。其《依韵和晏相公》云:

> 因吟适情性,稍欲到平淡。
> 苦辞未圆熟,刺口剧菱芡。①

《读邵不疑学士诗卷杜挺之忽来因出示之且伏高致辄书一时之语以奉呈》云:"作诗无古今,唯造平淡难。"② 欧阳修《六一诗话》云:"圣俞平生苦于吟咏,以闲远古淡为意,故其构思极艰。"③ 梅尧臣诗风的闲远古淡,绝非率意而为的产物,而是惨淡经营的结果,所谓"看似寻常最奇崛,成如容易却艰辛"。宋调的这一特色,在梅尧臣这里已有突出表现。欧阳修曾作《水谷夜行》一诗评价梅尧臣的诗歌风格说:

> 梅翁事清切,石齿漱寒濑。
> 作诗三十年,视我犹后辈。
> 文词愈精新,心意虽老大,
> 有如妖韶女,老自有余态。
> 近诗尤古硬,咀嚼苦难嘬。
> 又如食橄榄,真味久愈在。④

---

① 郭绍虞主编:《中国历代文论选》第二册,上海:上海古籍出版社,2001年,第242页。
② 郭绍虞主编:《中国历代文论选》第二册,上海:上海古籍出版社,2001年,第242页。
③ [清]何文焕辑:《历代诗话》,北京:中华书局,1981年,第265页。
④ [清]何文焕辑:《历代诗话》,北京:中华书局,1981年,第268页。

江西诗法与宋金元文论

清寒古硬,含蓄隽永,看似老成实则妖韶——梅尧臣诗歌所呈现出的独特艺术风貌,真正开辟了宋诗的新国度,也为江西诗法的出现奠定了基础。欧阳修在《六一诗话》中记载了梅尧臣的论诗主张:

> 圣俞尝语余曰:"诗家虽率意,而造语亦难,若意新语工,得前人所未道者,斯为善也。必能状难写之景,如在目前,含不尽之意,见于言外,然后为至矣。"①

主张回归风雅传统的梅尧臣,对诗歌的审美价值也非常重视,强调在诗歌创作中应立意新颖、语言工致,并将"状溢目前"之"秀"与"意余言外"之"隐"结合起来作为诗歌的审美理想,非常符合外儒内道的中国文人对于一唱三叹、回味无穷、涵泳不尽之美的偏好。

到黄庭坚,宋人学杜已成风气。但如何学杜呢?苏轼曾经说,他最受杜甫影响的是"未尝一饭忘君"。从这一角度学杜,自然没错,可也大大轻忽了杜诗在艺术上为后学开无数法门、辟无数蹊径的重大价值。黄庭坚学杜,一方面继承了杜甫"别裁伪体亲风雅"的一面,强调回归诗教传统;另一方面又继承了杜甫"转益多师是吾师"的一面,既重学问、重书卷,又重法度、重创新。可以说,在西昆派、梅尧臣、欧阳修、王安石、苏轼等人持续不断的理论探索的基础上,黄庭坚通过学杜更好地整合了诗教传统与审美追求,由此产生的江西诗法,充分体现了宋代诗论整合教化诉求、审美诉求、创新诉求、尊古诉求等种种看似龃龉难安、相互矛盾的各种诉求的强大平衡能力。黄庭坚不仅学杜,也学陶。学杜,重在法度;学陶,又重在超越法度。不仅如此,

---

① [清]何文焕辑:《历代诗话》,北京:中华书局,1981年,第267页。

黄庭坚在谈到杜甫时,虽然对杜诗的斤斧绳墨津津乐道,反复教导后学要体会杜诗韩文的安排布置、炼字烹句、用典用事的苦心孤诣,但又反对雕琢过甚,推崇自然浑成境界,认为杜甫到夔州之后、韩愈贬潮洲之后的诗文"皆不烦绳削而自合矣",才是最为理想的创作状态。可以说,黄庭坚诗论与在此基础上产生的江西诗法,体现了诗教传统与审美追求包括不同的审美趣味之间更高层次的整合倾向。

第二节 儒学复古思潮与宋代理学的兴起

晚唐五代,天下板荡,儒学衰落,士风卑弱浇薄,整个社会的政治、文化、道德秩序全面崩溃。大宋王朝建立之后,为维系并巩固大一统的政治局面,重建纲常伦理及道德文化秩序,成为当务之急。怎么重建呢?以修身、齐家、治国、平天下为宗旨的儒家学说,为家国一体的大一统君权社会,提供了重建政治文化与道德秩序的现成方案。因此,继中唐儒学复兴思潮之后,宋代儒学复古思潮的再度汹涌,成为历史的必然选择。

与中唐儒学复古思潮一样,宋代儒学复古思潮首先服务于政治变革的需要。范仲淹、欧阳修既是儒学复古运动也是庆历新政的领袖。影响之于文学,就是对于韩愈、柳宗元古文的再发现及对于唐代古文运动的效仿学习,并由此引发相较于唐代古文运动更加广泛的宋代古文运动。在柳开、石介、孙复、欧阳修的大力倡导之下,韩愈的地位得以凸显,落实到文学创作中,就是反复强调文章的明道功能,强调文统与道统的合一。离开了"道",无论文章著述有多么强烈的美感,也不过是浮花浪蕊、淫巧之辞,不具备合法性。在儒学复古思潮的席卷之下,宋代文人对于

"道"的具体理解虽千差万别，却已无法离开"道"来单独谈论"文"。

宋代理学的兴起，既是针对晚唐五代儒学衰落的局面而发，也是针对先秦儒学缺乏本体论根据与形而上层面的哲学思辨等致命缺陷所做出的重大理论变革。宋代理学吸收、整合了道家、佛教的思辨方式与思想成果，构筑了天人合一的儒学本体论、宇宙观和政治哲学，使儒学不再仅仅只是关注王道教化、道德伦理的一套仁政及修身方案，而是成为具有强烈思辨色彩、弥纶天地之道的完整哲学体系。在这一过程中，宋代文人的理性思辨能力得到充分训练和大幅提升，促成了宋代文学崇尚理致、理趣、哲思的普遍倾向。

江西诗派的众多诗人，均与理学家有深入交往。吕本中不仅出身理学世家，本人也是南宋时期重要的理学家。曾几、杨万里均有理学著作传世，作为江西诗派开创者的黄庭坚也是理学中人，朱熹对他评价甚高。理学家认为天地万物都蕴藏着天道天理，任何事物与现象背后都有着决定其变化发展的内在规律、内在法度。按照这一逻辑，文学创作必然也有着与天理天道相呼应的内在之法。所谓江西诗法，其实就是以黄庭坚为代表的江西诗派在诗歌创作领域努力探究天理天道的成果。可以说，正是由于宋代理学的兴起，宋代文人问道穷理的思辨兴趣与思辨能力才大大增强，不仅增加了宋诗的思辨色彩和尚议论、尚理趣的倾向，也增加了宋代文人对于诗歌法度的探索热情，促成了大量探索诗法的诗话类著作的诞生。

一

宋朝建立后，统治者总结晚唐五代的兴亡教训，认为藩镇割据、武人跋扈是造成中央政权衰落乃至灭亡的根本原因。因此，

第一章 江西诗法形成的历史背景

"佑文抑武"成为宋王朝最为重要的国策,不仅大大提高了文人的地位,也促成了整个社会的尚文风气。据陈岩肖《庚溪诗话》记载:

> 太宗皇帝既辅艺祖皇帝创业垂统,暨登宝位,尤留意斯文。每进士及第,赐闻喜宴,必制诗赐之,其后累朝遵为故事。①

> 真宗皇帝听断之暇,唯务观书。每观一书毕,即有篇咏,命近臣赓和……可谓好文之主也。②

> 仁宗皇帝当持盈守成之世,尤以斯文为急。每进士闻喜宴,必以诗赐之。③

和太宗皇帝重视诗赋歌咏不同,到宋真宗,更重儒教经学。科举考试的重点,也由诗赋四六的写作,转向儒家经典。在真宗朝,以杨亿、钱惟演、刘筠等馆阁大臣创作的诗歌为代表的西昆体风靡天下,主导了宋初诗坛的风气。但西昆派诗人对于文辞华美的追求,与宋真宗重视儒教六经的倾向,已有某种偏离。大中祥符二年,即公元1009年,宋真宗颁布《诫约属辞浮艳令欲雕印文集转运使选文士看详诏》,虽然主要针对西昆派诗人相互唱和之诗存在语涉宫中秘事的犯忌之事,但诏书明确批评杨亿等人的诗作"辞涉浮华""学攻异端""玷于名教",明显可以看到宋真宗以儒学复兴为手段改变文风、重建文纲的企图。宋真宗颁布的这

---

① 丁福保辑:《历代诗话续编》,北京:中华书局,1983年,第162页。

② 丁福保辑:《历代诗话续编》,北京:中华书局,1983年,第162-163页。

③ 丁福保辑:《历代诗话续编》,北京:中华书局,1983年,第163页。

一纸诏书,已透露了大宋王朝的最高统治者试图以复古求变革、整顿文风以重续道统、文统的设想。陆游《跋西昆酬唱集》云:

> 祥符中,尝下诏禁文体浮艳,议者谓是时馆中作宣曲诗。宣曲见《东方朔传》。其诗盛传都下,而刘杨方幸,或谓颇指宫掖。又二妃皆蜀人,诗中有"取酒临邛远"之句。赖天子爱才士,皆置而不问,独下诏讽切而已。①

石介站在儒家道统、文统的立场对于西昆派的激烈批判,离不开真宗朝由上而下的儒学复兴这一大背景。

宋代理学的兴起,是宋代儒学复古思潮推动下的产物。面对晚唐五代以来儒教衰落、道释二家轮番争胜的局面,宋代儒者要想振兴儒学并维系儒学作为主流意识形态的地位,就必须对更多停留于道德伦理、政治事功层面的旧儒学进行全面改造。正是在这一背景下,代表宋代新儒学最高理论成就的宋代理学应运而生。理学思想虽然以儒家经典为基本依据,却也广泛吸收整合了道家、佛教的思维方式与思想成果,对传统儒学进行了重大改造与补充,建构了具有强烈思辨色彩的庞大哲学体系。同时,又将儒家的道德伦理、纲常秩序上升到天道天理的本体论高度,为维系大一统的君权社会提供了更加充分的理论支持。

儒学复古思潮与理学的兴起,直接促成了道统、文统合一观念的流行与宋代古文运动的展开。道统、文统合一的观念来自于唐代古文运动,"文以明道""文以贯道"成为韩愈、柳宗元等唐代古文家文论思想的核心。宋代古文运动的展开,伴随着对于韩愈的再发现。韩愈等人所领导的唐代古文运动,是中唐时期广泛的儒学复兴运动的组成部分,致力于在安史之乱后重建政教大

---

① 郭绍虞主编:《中国历代文论选》第二册,上海:上海古籍出版社,2001年,第245页。

本和纲常秩序，以谋求大唐帝国的中兴。通过对于安史之乱包括之后朝政乱象的反思，中唐文人普遍认为，儒教衰落、道统中断，是肇祸之因。救治的方案，当然是恢复儒家道统。韩愈在《原道》中理出了一条传承有序的道统谱系：

> 斯吾所谓道也，非向所谓老与佛之道也。尧以是传之舜，舜以是传之禹，禹以是传之汤，汤以是传之文武周公，文武周公传之孔子，孔子传之孟轲，轲之死，不得其传焉。荀与扬，择焉而不精，语焉而不详。由周公而上，上而为君，故其事行；由周公而下，下而为臣，故其说长。①

从承继儒家道统以救危局的宗旨出发，韩愈、柳宗元等人都强调写作古文的目的不是为了追求文章之美，而是为了明儒家之道。李汉在《昌黎先生集序》中也说："文者，贯道之器也。"② 古文成了明道、贯道的工具，文统与道统合而为一，这一观念既秉承了经学时代明道、征圣、宗经的儒家正统文艺观，又开启了宋代理学家文论的先声。不过，与宋代理学家文论不同的是，韩愈虽然以道统、文统当仁不让的传承者自居，但他也追求文章的卓拔不群、雄奇险怪，骨子里仍是不脱文人本色，渴望以瑰丽之文博不朽之名。对于这一点，朱熹有过深刻分析，认为韩愈真正关心的是写出好文章，明道的目的是为了充实文章的内容，只是写出好文章的手段之一。与韩愈同时的裴度在《寄李翱书》中就曾批评过李翱及其老师韩愈写作古文和时人写作骈文并无本质差别，都是"以文为意"甚至"以文为戏"，偏离了"文以明道"的正轨。他说：

---

① ［唐］韩愈撰，马其昶校注：《韩昌黎文集校注》卷一《原道》，上海：上海古籍出版社，1986年，第18页。
② ［唐］李汉撰：《昌黎先生集序》，［唐］韩愈撰，马其昶校注：《韩昌黎文集校注》卷首，上海：上海古籍出版社，1986年，第1页。

> 观弟近日制作,大旨常以时世之文,多偶对俪句,属缀风云,羁束声韵,为文之病甚矣,故以雄词远志,一以矫之。则是以文字为意也。且文者,圣人假之以达其心,达则已,理穷则已,非故高之、下之、详之、略之也。……故文之异,在气格之高下,思致之浅深,不在其磔裂章句,䭿废声韵也。……昌黎韩愈,仆识之旧矣,中心爱之,不觉惊赏。然其人信美材也!近或闻诸侪类云:恃其绝足,往往奔放,不以文立制,而以文为戏。可矣乎,可矣乎?①

韩愈的文人本色,使之对于文学之美及文章的独创性仍然有着强烈追求,以瑰奇之文博不朽之名的渴望时时流露于笔端,而这一点正是宋代理学家最终将韩愈逐出道统谱系的根本原因。

中唐儒学复兴运动,最终并未挽救大唐帝国的衰落局面,文人士大夫对于恢复儒家道统、文统以振衰起弊的热情也随着唐王朝的日薄西山而归于消歇。到五代时期,天下板荡,政权更替迅速,整个社会的伦理纲常秩序彻底崩溃,传统道德观念完全沦丧,儒家道统、文统均遭遇重创。随着儒学衰落,骈俪文取代古文成为晚唐五代文章的主流。

大宋王朝建立之初,文坛仍然盛行"五代体"的靡丽文风,后来又产生了以义山诗为学习典范的西昆体。不过,宋真宗已经有意开始推尊儒家经典而摈落浮华文风,不仅下诏书对西昆派诗人进行了诫饬,而且科举考试内容也由之前的重艺文而转向重经史。就士大夫阶层而言,入宋之初,即有柳开以韩愈、柳宗元为学习典范,提倡通过习古文而明古道,并效法韩愈,梳理出一条清晰的道统、文统合二为一的传承脉络。他在

---

① [清]董诰等编:《全唐文》卷五百三十八,北京:中华书局,1983年影印本,第5462页。

《应责》一文中说:

> 欲行古人之道,反类今人之文,譬乎游于海者,乘之以骥,可乎哉?苟不可,则吾从于古文。吾以此道化于民,若鸣金石于宫中,众岂曰丝竹之音也,则以金石而听之矣。……吾之道,孔子、孟轲、扬雄、韩愈之道,吾之文,孔子、孟轲、扬雄、韩愈之文也。①

继柳开之后,尹师鲁和穆修也开始提倡古文。到欧阳修主持文坛之际,宋代古文运动得以全面展开。穆修一生以古文名家,学习典范也是韩、柳,但与韩愈对身后之名的执着追求恰恰相反,穆修反复强调古文创作旨在明儒家之道而绝非图身后之名。穆修论文和后来的石介类似,在在关心的都是如何更好地阐发圣人之道,尖锐批评试图以"立言"的方式成就个人声名进而达到不朽的想法,认为好名还是好道,区分出了君子与小人。穆修的这一论文宗旨,受到与他同时的正统儒学"三先生"胡瑗、孙复、石介的影响。胡瑗是儒学大师,撰写了《中庸议》《春秋要义》等多部经学著作,其理论贡献是对"性""情"关系的深入剖析,主张以"性"导"情",归于仁爱,承袭并发挥了韩愈弟子李翱《复性书》中的许多观点。孙复的治学路径虽然与胡瑗不同,但两人均以恢复儒学道统为己任。在孙复看来,道统与文统应该是合二为一的整体,离开了儒家道统,儒家文统也不复存在,道统实则成为文统的统辖者。石介在"三先生"中,有关文学思想的论述最多。不过,石介论文与胡瑗、孙复的基本思路并无二致,都体现了北宋初期道学家文论的特色,所著《怪说》三篇,批佛老、斥西昆,努力重续儒学的道统、文统,将圣

---

① 陶秋英编选,虞行校订:《宋金元文论选》,北京:人民文学出版社,1984年,第8页。

人之道、儒家经典视作衡量文章价值的唯一尺度。石介论文,不仅上承韩愈"文以明道""文以贯道"的宗旨,也与胡瑗、孙复论文的口吻神似。石介完全否定文学审美价值的偏激之论,正是对宋真宗推尊儒教、整顿文纲以夯实大一统帝国的文化根基这一治国方略的积极回应,而儒学复古思潮与理学的兴起,则为大宋王朝重整纲常秩序提供了充分的学理支持。虽然石介将韩愈列为道统、文统的承继者,尊韩的倾向非常明显,但他并未如韩愈一样时时流露对文学之美及文学独创性的强烈追求,而是处处将文章视作传扬儒家之道的工具,论文宗旨明显体现了道学家的特点而非文学家的本色。

二

宋代古文运动的真正兴盛,离不开北宋中叶的政治领袖、文化领袖欧阳修的大力倡导与身体力行。苏轼《六一居士集序》评价欧阳修的思想文化贡献说:

> 自汉以来,道术不出于孔子而乱天下者多矣。晋以老庄亡,梁以佛亡,莫或正之。五百余年而后得韩愈,学者以愈配孟子,盖庶几焉。愈之后三百有余年,而后得欧阳子,其学推韩愈、孟子以达于孔氏,著礼乐仁义之实以合于大道。其言简而明,信而通,引物连类,折之于至理,以服人心,故天下翕然师尊之。①

苏轼是蜀学的代表人物,虽然也尊孔尚儒,但其论道说理又夹杂了许多释、老之学的成分,经常遭遇理学家们的批评非议。即便

---

① 陶秋英编选,虞行校订:《宋金元文论选》,北京:人民文学出版社,1984年,第171–172页。

如此，苏轼在评价他人创作时，却非常看重文章与儒家之道的渊源关系。评价欧阳修时，苏轼重在梳理欧阳修与儒家道统、文统的承续关系；评价韩愈，苏轼则重在肯定韩氏"文起八代之衰，道济天下之溺"① 即重振儒家文统、道统的历史功绩。

欧阳修集文坛领袖、学术领袖与政治领袖于一身，符合一般文人士大夫对于"立德、立功、立言"三不朽的想象。对欧阳修而言，古文写作，不仅是"立言"的需要，更是"立德""立功"的手段与助力。因此，欧阳修特别强调"明道""为道"之于古文创作的重要性。其《答吴充秀才书》云：

> 夫学者，未始不为道，而至者鲜焉。非道之于人远也，学者有所溺焉尔。盖文之为言，难工而可喜，易悦而自足。世之学者，往往溺之，一有工焉，则曰：吾学足矣。甚者至弃百事不关于心，曰：吾文士也，职于文而已。此其所以至之鲜也。②

欧阳修显然不赞成读书人仅以文士自居。他的理想，其实是同时成就"立德、立功、立言"的三不朽之业，修成一番经天纬地的圣贤事业。

几乎与宋代古文运动同步，古文家、理学家和政治家的文论渐呈三家分流之势：古文家追求立言不朽，理学家追求立德不朽，政治家则追求立功不朽。古文家文论以苏轼为代表，而苏轼又是蜀学的代表人物；理学家文论以周敦颐、二程为代表，他们又是濂洛之学的创始人；政治家文论以王安石为代表，他同时是新学的创始人。表面上看，三者的区分显而易见：古文家最为关

---

① 陶秋英编选，虞行校订：《宋金元文论选》，北京：人民文学出版社，1984年，第157页。
② 陶秋英编选，虞行校订：《宋金元文论选》，北京：人民文学出版社，1984年，第78页。

心的还是把文章写好,强调文章与"立德""立功"相关联,仍然是为了充实文章的内容,提升文章的价值,增加"立言"不朽的可能性;理学家更关心的是穷理问道本身,最关心的是"立德"不朽,文章不过是载道的工具,即便肯定文章之美,看重的也是这种美感对于更好地载道、传道所发挥的工具意义;政治家文论的关注中心则是如何"立功"以不朽。在他们看来,文章必须有补于世,为政治事功服务,只要适于用,文章美丑无关紧要。不过,正如蜀学、濂洛之学、新学之间并不存在真正的鸿沟巨堑一样,古文家、理学家、政治家的文论之间也多有相互补充、相互呼应、相互渗透之处,三者其实都重视道德性命之学和儒家经典,并均试图对旧儒学进行改造以适应大宋王朝重建纲常伦理、文化秩序的需要。

苏洵作为蜀学的创始人,重视文章的自然天成之美,反对刻意雕琢、为文而文。这一点,对苏轼、苏辙均有影响。苏轼《江行唱和集序》云:

> 夫昔之为文者,非能为之为工,乃不能不为工也。山川之有云雾,草木之有华实,充满勃郁而见于外,夫虽欲无有,其可得耶!自闻家君之论文,以为古之圣人有所不能自已而作者,故轼与辙为文至多,而未尝敢有作文之意。①

不敢有作文之意,并非不重视文章,恰恰是为了写出如天机云锦一般妙手偶得的上乘之作。苏轼《答谢民师书》对孔子所云"辞达而已矣"做了新的解释:

> 所示书教及诗赋杂文观之熟矣,大略如行云流水,初无定质,但常行于所当行,常止于所不可不止,文理自然,姿

---

① 陶秋英编选,虞行校订:《宋金元文论选》,北京:人民文学出版社,1984年,第167页。

态横生。孔子曰:"言之不文,行而不远。"又曰:"辞达而已矣。"夫言止于达意,即疑若不文,是大不然。求物之妙,如系风捕影,能使是物了然于心者,盖千万人而不一遇也,而况能使了然于口与手者乎?是之谓辞达。辞至于能达,则文不可胜用矣。①

在苏轼看来,"辞达而已矣"既包括作家对于万事万物的深刻洞察与理解,又包括高超的文字表达能力,实则已进入能够自如把握天地之道与创作规律的自由境界。苏轼对孔子之言所作的新诠释,彰显了以"立言"为追求的古文家本色。

从总的倾向看,苏轼论文,尽管也会强调"立德""立功",但关注的重点还是如何写出好的文章。其《答张文潜书》云:

> 子由之文实胜仆,而世俗不知,乃以为不如。其为人,深不愿人知之;其文如其人,故汪洋澹泊,有一唱三叹之声,而其秀杰之气,终不可没。……文字之衰,未有如今日者也! 其源实出于王氏。王氏之文,未必不善也,而患在于使人同己。自孔子不能使人同。颜渊之仁,子路之勇,不能以相移;而王氏欲以其学同天下。地之美者,同于生物,不同于所生;惟荒瘠斥卤之地,弥望皆黄茅白苇,此则王氏之同也。②

无论是对苏辙为人的肯定还是对王安石"患在于使人同己"的批评,关注重心均落脚于他们对文章及文坛风气产生的影响。

在《文说》中,苏轼对自己的文章进行了评价,重点关注

---

① 陶秋英编选,虞行校订:《宋金元文论选》,北京:人民文学出版社,1984年,第163页。

② 陶秋英编选,虞行校订:《宋金元文论选》,北京:人民文学出版社,1984年,第168页。

的也是文章的艺术风格与艺术造诣：

> 吾文如万斛泉源，不择地而出，在平地滔滔汩汩，虽一日千里无难。及其与山石曲折，随物赋形而不可知也。所可知者，常行于所当行，常止于不可不止，如是而已。其他虽吾亦不能知也。①

苏辙受儒学复古风气及理学影响更深，但他年轻时所作《上枢密韩太尉书》一文，却将山川之助和广泛的人生阅历视作"养气"的手段，而"养气"的最终目标仍指向"立言"。既然从苏洵开始，三苏均以"不敢有作文之意"相标榜，以随物赋形、文理自然、姿态横生为审美追求，因此，他们论文极少在具体的写作技巧上多做探究，而是更重视作家品格、学养、阅历等文外功夫，而一切文外功夫都服务于"立言"不朽之业。

与苏、黄同时的吕南公虽然文学成就不算高，但他明确表示自己的志向就是"以文学自立"。这里的文学包含文章与学问两个方面，而吕南公更关心的还是"文字之事"，算得上是古文家文论的代表。其《与汪祕校论文书》云：

> 古之人以为道在己而言及人，言而非其序，则不足以致道治人。是故不敢废文。……盖言以道为主，而文以言为主。当其所值时事不同，则其心气所到，亦各成其言，以见于所序，要皆不违乎道而已。……盖古人之于文，知由道以充其气，充气然后资之言，以了其心。则其序文之体，自然尽善，而不在准仿。②

---

① 郭绍虞主编：《中国历代文论选》第二册，上海：上海古籍出版社，2001年，第310页。
② 陶秋英编选，虞行校订：《宋金元文论选》，北京：人民文学出版社，1984年，第193页。

吕南公强调文章的意义在于"致道治人",似乎综合了理学家和政治家的文论,但若细细体会,可以发现,吕南公在在关心的还是如何写作尽善尽美且具有独创性的文章。在他看来,"立德""立言"之业均远不及治国安邦的政治才干、政治事功有价值,经学家、道学家和文人的价值差不多,前者没有理由轻视后者,而他自己的志向就是要做一个以锦绣文章安身立命之人:

> 陆淳岂不明《春秋》,希声岂不明《易》,祝钦明岂不明"三礼",然此徒于当时治乱为有补乎否也?而后生方倚此论功,不自信其心,以思自古文学道德之变,而更纷纷轻视文人。且文章岂足为儒者之功?即能之,固不必恃。然解诂人轻之,亦错矣。……某不佞,少年时浪事慷慨,欲以文学自立,二十有余,犹不得其绪,以为能事止于时文而已。盖至于二十四五,然后克有所见,于《列》《庄》见道之书,于"六经"见道之训,于百家见道之所以文而文之所以得,于十八代史见道之所以变,沉酣而演绎之。窃以诚心自许,私尝以为文字之事,虽使圣人复生,不得废吾所是。①

为了"以文学自立",吕南公初习时文,后习古文,通过研习"六经"《列子》《庄子》之书及十八代史,以究天人之道,以成"文字之事"。吕南公道出了不少宋代古文家的真实心声:无论是细读儒家经典还是广泛阅读诸子百家十八代史,最终都落实到"文字之事"上,即渴望以"立言"的方式获得个体精神生命的永恒。

宋代另一古文大家曾巩在《南齐书目录序》中说:

---

① 陶秋英编选,虞行校订:《宋金元文论选》,北京:人民文学出版社,1984年,第195页。

> 尝试论之：古之所谓良史者，其明必足以周万事之理，其道必足以适天下之用，其智必足以通难知之意，其文必足以发难显之情，然后其任可得而称也。①

曾巩之所以对于史家的个人修养提出如此高的要求，就是为了保障所撰史书的质量并增加传之久远的可能性。曾巩又说："盖史者，所以明夫治天下之道也；故为之者，亦必天下之材，然后其任可得而称也。"② 史家的责任绝非仅仅只是尽可能忠实地记录一段历史，而是要借此揭示"治天下之道"，这就把"立言"与"明道"联系起来了。曾巩《寄欧阳舍人书》云：

> 夫铭志之著于世，义近于史，而亦有与史异者。盖史之于善恶无所不书；而铭者，盖古之人有功德材行志义之美者，惧后世之不知，则必铭而见之。……后之作铭者，常观其人，苟托之非人，则书之非公与是，则不足以行世而传后。……然则孰为其人，而能尽公与是欤？非畜道德而能文章者无以为也。③

撰写铭志之类的文章与撰写史书相似，作家的道德修养决定了其判断是非曲直的能力，也最终决定了铭志文章的价值。曾巩的这一观点显然发挥了孔子"有德者必有言"的主张，将作家的道德修养视作决定文章高下的决定因素，与理学家的文论颇多相似之处。

作为宋代理学早期的代表人物，周敦颐似乎并不轻视文辞之

---

① 陶秋英编选，虞行校订：《宋金元文论选》，北京：人民文学出版社，1984年，第139页。

② 陶秋英编选，虞行校订：《宋金元文论选》，北京：人民文学出版社，1984年，第140页。

③ 陶秋英编选，虞行校订：《宋金元文论选》，北京：人民文学出版社，1984年，第135页。

美。但我们注意到,周敦颐不过是将文辞之美视作了更好地传扬儒家之道的工具。周敦颐《通书·文辞》云:

> 文所以载道也,轮辕饰而人弗庸,徒饰也。况虚车乎?文辞,艺也;道德,实也。笃其实而艺者书之;美则爱,爱则传焉,贤者得以学而至之,是为教。故曰:"言之无文,行之不远。"然不贤者,虽父兄临之,师保勉之,不学也;强之,不从也。不知务道德而第以文辞为能者,艺焉而已。①

在周敦颐看来,文章只是载道工具而已。文辞之美如果能够服务于广泛传扬儒家之道的需要固然值得褒奖,但如果离开了明儒家之道的宗旨,单纯追求文辞之美则没有任何意义,不过是上不得台面的"艺"罢了。

理学家程颐的观点看上去比周敦颐更加偏激,他甚至得出"作文害道"的结论,将文章家视作理学家的对立面:

> 问:作文害道否?
> 曰:害也。凡为文不专意则不工,若专意则志局于此,又安能与天地同其大也?《书》云:"玩物丧志",为文亦玩物也。吕与叔有诗云:"学如元凯方成癖,文似相如始类俳。独立孔门无一事,只输颜氏得心斋。"此诗甚好。古之学者,惟务养情性,其他则不学。今为文者,专务章句,悦人耳目;既务悦人,非俳优而何?曰:古者学为文否?曰:人见"六经",便以为圣人亦作文,不知圣人亦抒发胸中所自蕴,自成文耳。所谓有德者必有言也。曰:游、夏称文学,何也?曰:游、夏亦何尝秉笔学为词章也。且如"观乎天文以

---

① 郭绍虞主编:《中国历代文论选》第二册,上海:上海古籍出版社,2001年,第283页。

察时变,观乎人文以化成天下",此岂词章之文也?①

程颐并不否定以明道为宗旨的文章,但他彻底否定了以词章之美为追求并能够带来审美愉悦的一切文章,认为由道德而文章才是正途,专务章句者不过是玩物丧志。文章不是不能存在,但探究天地圣人之道是唯一正当的宗旨,在此之外的一切审美追求都不过是旨在悦人眼目、令人不齿的俳优之举,必须加以摈弃。

王安石、司马光分别是新党、旧党的领袖,他们的政治观点虽然迥乎不同,但都是宋代政治家文论的代表人物,其文论思想的核心就是强调文章应该为政治事功服务。王安石《上人书》云:

> 尝谓文者,礼教治政云尔。其书诸策而传之人,大体归然而已。而曰"言之不文,行之不远"云者,徒谓辞之不可以已也,非圣人作文之本意也。……且所谓文者,务为有补于世而已矣;所谓辞者,犹器之有刻镂绘画也。诚使巧且华,不必适用;诚使适用,亦不必巧且华。要之以适用为本,以刻镂绘画为之容而已。不适用,非所以为器也;不为之容,其亦若是乎?否也。然容亦未可已也,勿先之其可也。②

在这篇书信中,王安石关心的是文章是否有补于世,是否能对现实政治产生影响。适用与否,是衡量文章价值高低的首要尺度。在有补于世的前提下,追求文章之美才具备了合法性。王安石《与祖择之书》云:

> 治教政令,圣人之所谓文也;书之策,引而被之天下之

---

① 郭绍虞主编:《中国历代文论选》第二册,上海:上海古籍出版社,2001年,第284页。

② 陶秋英编选,虞行校订:《宋金元文论选》,北京:人民文学出版社,1984年,第144页。

民,一也。圣人之于道也,盖心得之;作而为治教政令也,则有本末先后,权势制义,而一人之于极。其书之策也,则道其然而已矣。①

这里,王安石强调一切政治事功都无法离开圣人之道这一根基,因此,强调文章需有补于世并与治教政令紧密关联,实则仍是在强调"文以明道"。如此一来,政治家的文论与理学家的文论又难分泾渭了。

和王安石一样,司马光论文也重视政治事功和明圣人之道,其《答陈充祕校书》云:

> 足下书所引古今传道者,自孔子及孟、荀、杨(扬)、王、韩、孙、柳、张、贾才十人耳。若语其文,则荀、杨(扬)以上不专为文;若语其道,则恐王、韩以下,未得与孔子并称也。若论学古之人,则又不尽于此十人者也。孔子自称"述而不作",然则孔子之道,非取诸己也,盖述三皇、五帝、三王之道也。三皇、五帝、三王,亦非取诸己也,钩探天地之道,以教人也。故学者苟志于道,则莫若本之于天地,考之于先王,质之于孔子,验之于当今,四者皆冥合无间,然后勉而进之,则其智之所及,力之所胜,虽或近或远,或小或大,要为不失其正焉。足下必欲求道之真,则莫若以孔子为的而已。②

孔子之道,本身就是三皇、五帝、三王之道,处处与礼乐刑政、王道教化相关。因此,宋代政治家的文论最终还是脱离不了以明

---

① 陶秋英编选,虞行校订:《宋金元文论选》,北京:人民文学出版社,1984年,第146页。

② 陶秋英编选,虞行校订:《宋金元文论选》,北京:人民文学出版社,1984年,第124页。

儒家之道作为文章服务于政治事功的前提。

总之,虽然宋代古文家、理学家、政治家的文论各有偏重,从"立言""立德""立功"三个不同的方向追求个人精神生命的不朽,但三者又相互补充、相互影响、相互渗透,与宋代读书人往往兼具文人、儒生、士大夫的身份一样,常常是难以分割的整体。在儒学复古思潮和理学兴起的背景之下,无论是古文家、理学家还是政治家的文论,最终都将圣人之道、儒家经典视作了一切文章、一切立论的思想根基与理论源头,并常常具有强烈的哲学思辨色彩。

三

宋代儒学复古思潮与理学的兴起,对宋代诗论的影响也非常显著。中唐儒学复兴运动,本来就催生了韩孟诗派与元白诗派,特别是白居易的诗歌理论,将儒家政教文艺观推向极致,不仅主张恢复采诗官制度以"观诗知政",而且直接将诗歌当成了上呈君主的谏书。

刘克庄《后村诗话》云:"本朝诗惟宛陵为开山祖师。宛陵出,然后桑濮之哇淫稍熄,风雅之气脉复续,其功不在欧、尹之下。"[①] 从刘克庄的评价看,梅尧臣作为宋调的开山祖师,最为重要的贡献在于他续上了已经中断很久的风雅气脉,使宋代诗歌归于雅正。

石介对宋代文学尤其是西昆体的批评,完全是道学家诗论的先声。他在《上赵先生书》中说:

> 今之为文,其主者不过句读妍巧,对偶的当而已;极美

---

① 吴文治主编:《宋诗话全编》第八册,南京:凤凰出版社,1998年,第8369页。

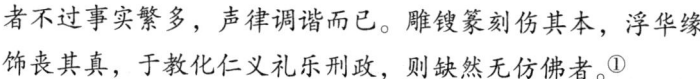

者不过事实繁多，声律调谐而已。雕镂篆刻伤其本，浮华缘饰丧其真，于教化仁义礼乐刑政，则缺然无仿佛者。①

其《上蔡副枢密书》云：

> 今夫文者，以风云为之体，花木为之象，辞华为之质，韵句为之数，声律为之本，雕镂为之饰，组绣为之美，浮浅为之容，华丹为之明，对偶为之纲，郑、卫为之声。浮薄相扇，风流忘返；遗两仪、三纲、五常、九畴而为之文也，弃礼乐、孝悌、功业、教化、刑政、号令而为之文也。②

这里所说到的"文"，更多是指诗歌，尤其是指当时风靡天下的西昆体。石介主张诗歌创作应该摈弃一切浮华，放弃对于音律辞藻之美的追求，以儒家之道、礼乐教化为本，远离郑卫淫哇之声。

理学家邵雍《伊川击壤集序》开篇即引用《毛诗序》的说法：

> 伊川翁曰：子夏谓"诗者，志之所之也。在心为志，发言为诗。情动于中而形于言，声成文而谓之音"。是知怀其时则谓之志，感其物则谓之情，发其志则谓之言，扬其情则谓之声，言成章则谓之诗，声成文则谓之音。然后闻其诗，听其音，则人之志情可知之矣。③

不过，邵雍诗论已上升到本体论的高度来论述诗学问题，绝不仅仅只是对汉代儒家诗论的简单重复，而是显示出宋代理学的强烈

---

① 陶秋英编选，虞行校订：《宋金元文论选》，北京：人民文学出版社，1984年，第61页。
② 陶秋英编选，虞行校订：《宋金元文论选》，北京：人民文学出版社，1984年，第66－67页。
③ 陶秋英编选，虞行校订：《宋金元文论选》，北京：人民文学出版社，1984年，第116页。

思辨精神。在邵雍看来，诗歌虽然难免会表达情感，但诗人却不能成为情感的奴隶，而应明心见性，以性导情，最终由性达于天道。邵雍说：

> 近世诗人，穷戚则职于怨憝，荣达则专于淫佚。身之休戚，发于喜怒；时之否泰，出于爱恶。殊不以天下之大义而为言者，故其诗大率溺于情好也。噫！情之溺人也甚于水。古者谓水能载舟，亦能覆舟，是覆载在水也，不在人也。载则为利，覆则为害，是利害在人也，不在水也。①

陆机《文赋》将诗歌的文体特征锁定为抒情和审美，而这两点均成为宋代理学家攻击的对象。邵雍特别指出了"溺于情好"的危险性，他不仅主张诗歌要表现"天下之大义"，更要求诗人不为情好所"溺"，能够驾驭情感而不是为情感所控制。

诗歌的本质和功用到底是什么呢？邵雍的看法显然与陆机有天壤之别。他在《伊川击壤集序》中接着说：

> 性者，道之形体也，性伤则道亦从之矣。心者，性之郭郛也，心伤则性亦从之矣。身者，心之区宇也，身伤则心亦从之矣。物者，身之舟车也，物伤则身亦从之矣。②

邵雍理出了一条由物及身、由身及心、由心及性、由性及道的递进悟道链条，这有点类似于禅宗的渐修悟道之路，而诗歌则成为这一循序渐进式悟道过程的见证。不难发现，在这一思维链条上，居然没有"情"的位置。旧儒学本来是充分认识到了诗歌是"情动于中而形于言"的产物，而对理学家邵雍而言，虽然

---

① 陶秋英编选，虞行校订：《宋金元文论选》，北京：人民文学出版社，1984年，第116页。

② 陶秋英编选，虞行校订：《宋金元文论选》，北京：人民文学出版社，1984年，第117页。

不会明确否定诗歌的抒情功能,但他真正的意思其实是认为只有扫除一切情感遮蔽,才能明心见性、抵达天道。邵雍此论,显然借鉴了老庄哲学的思想成果和思维方式,不同的只是先秦道家将人类一切智识情感均视作了通向天道的障碍,而邵雍所要排除的只是情感对心性的扰乱。由此可见,宋代理学对道家思想的借鉴整合,已大大改写了旧儒学的面貌。邵雍《观物外篇》云:"任我则情,情则蔽,蔽则昏矣;因物则性,性则神,神则明矣。"①以性代替情,以性引导情,是邵雍诗论不同于旧儒学的重要变化,但又与荀子《乐论》以道制欲的观点有相通之处,只是更具本体论色彩。邵雍心中最为理想的悟道方式并非递进式悟道,而是摈弃一切中间障碍、情感遮蔽的即目会心式悟道,类似于禅宗的顿悟:

> 是知以道观性,以性观心,以心观身,以身观物;治则治矣,然犹未离乎害者也。不若以道观道,以性观性,以心观心,以身观身,以物观物;则虽欲相伤,其可得乎?若然,则以家观家,以国观国,以天下观天下,亦从而可知矣。②

可见,作为理学家的邵雍,其诗学主张不仅借鉴了道家也借鉴了禅宗的思想成果与思维方式。

邵雍在《伊川击壤集序》中回顾总结自己的诗歌创作经历及体会时说:

> 予自壮岁,业于儒术,谓人世之乐,何尝有万之一二,而谓名教之乐,固有万万焉。况观物之乐,复有万万焉。虽

---

① 郭绍虞主编:《中国历代文论选》第二册,上海:上海古籍出版社,2001年,第279页。

② 陶秋英编选,虞行校订:《宋金元文论选》,北京:人民文学出版社,1984年,第117页。

> 死生荣辱，转战于前，曾未入于胸中，则何异四时风花雪月，一过乎眼也。诚为能以物观物，而两不相伤者焉。盖其间情累都忘去尔，所未忘者，独有诗焉。然而虽曰未忘，其实亦若忘之矣。何者？谓其所作异乎人之所作也。所作不限声律，不沿爱恶，不立固必，不希名誉，如鉴之应形，如钟之应声。其或经道之余，因闲观时，因静照物，因时起志，因物寓言，因志发咏，因言成诗，因咏成声，因诗成音。是故哀而未尝伤，乐而未尝淫。虽曰吟咏情性，曾何累于性情哉？①

在邵雍看来，只有情累都忘，方能内心澄明，洞见蕴藏于天地万物之中的天道；而体认天道，才是理学家眼中诗歌创作的真正价值所在。虽然邵雍间接否定了诗歌的抒情功能，但他将诗歌视作明心见性、问道穷理的工具，却又大大增加了诗歌的理致、理趣与哲思，对宋调的形成有着积极的推动作用。邵雍的《谈诗吟》云：

> 诗者人之志，非诗志莫传。
> 人和心尽见，天与意相连。
> 论物生新句，评文起雅言。
> 兴来如宿构，未始用雕镌。②

诗歌看上去是由抒发人的情感入手，但有价值的诗歌，却是要挣脱情感的束缚，由情感到心性最终走向天道。

程颐虽然算不上一位诗人，但他也从理学家的立场发表了他

---

① 陶秋英编选，虞行校订：《宋金元文论选》，北京：人民文学出版社，1984年，第117页。

② 郭绍虞主编：《中国历代文论选》第二册，上海：上海古籍出版社，2001年，第280页。

第一章 江西诗法形成的历史背景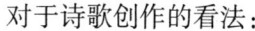

对于诗歌创作的看法：

> 或问：诗可学否？
>
> 曰：既学时须是用功方合诗人格，既用功，甚妨事。古人诗云："吟成五个字，用破一生心。"又谓"可惜一生心，用在五字上"。此言甚当。先生尝说王子真曾寄药来，某无以答他，某素不作诗，亦非是禁止不作，但不欲为此闲言语。且如今言能诗无如杜甫，如云："穿花蛱蝶深深见，点水蜻蜓款款飞。"如此闲言语道出做甚。某所以不尝作诗。今寄谢王子真诗云："至诚通化药通神，远寄衰翁济病身。我亦有丹君信否？用时还解寿斯民。"①

程颐承认要想把诗写好，需要用功耗时、反复打磨，绝非一蹴而就之事，但也正是这个原因，诗歌创作对于明道穷理更是一种妨碍。即便是被宋代诗人视作诗圣的杜甫，在程颐看来，其诗作也多有不涉经世济民、教化天道的闲言语，更遑论其余！因此，除了那些以宣扬儒家之道、理学思想为宗旨的诗作之外，程颐明确反对读书人将心思精力耗费于诗歌创作。而他自己偶一为之的诗作，则无异于理学讲义。程颐的诗学主张，代表了宋代理学家对于文学创作最为极端的态度。影响所及，宋代诗歌好发议论而陷于理窟并沦为理学讲义的情况并不鲜见，进而成为宋诗的痼疾之一。

江西诗法的兴起，与宋代儒学复古思潮及理学兴起有很大关系。有宋一代，江西人文兴盛，也是理学重要的发源地，许多理学大家都与江西结缘。周敦颐的理学思想，创立于江西。程颐、程颢的父亲程大中对周敦颐颇为仰慕，让二程拜周为师。可以

---

① 郭绍虞主编：《中国历代文论选》第二册，上海：上海古籍出版社，2001年，第284-285页。

说，濂洛之学的产生均与江西有关。南宋时期，江西南安（即今天的江西大余）知军林寿公在当年周、程传习理学的地方创建"周程书院"。景定四年（1263），宋理宗赵昀亲书"道源书院"四字赐予南安。宋乾道年间，南安教授郭见义主持修建了合祀周敦颐与"二程"的"三先生祠"。南安为"道学之源"即宋代理学发祥地的看法，至少在南宋时期已成朝野共识。自周敦颐在赣南创立理学以后，许多非江西籍的理学家也纷纷来到江右讲学传道，理学在江西得到了更加广泛的传播和持续发展，比如二程门下的著名弟子杨时就曾于赣州任上传习洛学并撰写了理学著作《养气说》，吸引了大批江西学子追随其后。宋代理学的集大成者朱熹虽出生于福建，但其祖籍为江西婺源，并在江西南昌等地做过官，也曾在庐山脚下的白鹿洞书院讲过学。宋代理学另一重要分支心学的创始人陆九渊为江西金溪人。

江西诗派的开山宗祖黄庭坚为江西修水人，深受理学思想浸染，与诸多理学家交往甚密，且身体力行，品德文章均受到理学大师们的盛赞。江西诗派后期的核心人物吕本中对江西诗法多有修正，他的曾祖吕公著、祖父吕希哲包括他本人及其后代吕祖谦，都是理学大家，吕氏一门实际上是有宋一代的理学世家，且每代几乎都与江西诗派有深刻渊源，成为江西诗派与理学之间的重要纽带。同属江西诗派的汪革、饶节、谢逸三人均为吕本中祖父吕希哲的弟子门生。南宋初年江西诗派的重要人物曾几也是理学家，稍后的杨万里、赵蕃等人均为精研理学的江西派诗人。

儒学复古风气尤其是理学的兴起，让宋代诗人不仅普遍主张回归风雅之道、重续诗教传统，而且对于探索诗歌创作背后所蕴含的天理天道充满了执着的热情。宋代理学抛开烦琐的注经训诂传统，吸收道、释两家的思想成果和思维方式，大胆将旧儒学改造为具有本体论高度的庞大哲学体系。这一开天辟地的创新精神，又为宋代诗歌告别唐音走向宋调提供了持续的思想动力。正是由于江西诗派与宋代儒学尤其是宋代理学之间存在着深刻的渊源,江西诗法自然也就全面呈现了儒学复古风气与理学思想对宋代诗学的多元影响。

第三节 两宋文人的参禅之风

中国文人与佛教的不解之缘由来已久。魏晋玄学,似乎只是道家学说与儒家学说的整合,但在《世说新语》中,我们时常可以看到高僧支道林与文人士大夫谈玄论道的身影,外来佛学与本土玄学之间的相互浸染、相互影响由此可见一斑。南朝时期,最高统治者普遍佞佛,梁武帝萧衍本人就是佛门弟子,佛教与中国本土文化日益融合,文人士大夫精通内典者比比皆是。南朝诗人谢灵运就对佛典有深入研究,并将禅境带入诗境;《文心雕龙》的作者刘勰则长期追随当时的高僧大德僧祐,晚年正式剃度出家。到了唐代,汉传佛教有了更大发展,而整合了老庄哲学及玄学思想的禅宗,到中晚唐时期,成为汉传佛教的主流。到了两宋时期,文人参禅论道之风极盛,无论是理学还是文学甚至包括整个宋代文化,无一不受宋代文人参禅之风的深刻影响。如果离开两宋文人禅悦之风的长期熏染浸润,江西诗法的产生与发展是难以想象的。

一

唐代佛教非常发达,上自帝王下至民众,礼佛风气极盛。玄奘西去印度取经,带回了大量佛教经典,大唐王朝举国家之力组织学者高僧对这些篇幅浩繁的佛经进行翻译,促成了唐代佛学的繁荣局面。武则天朝，佛教有更大发展，文人士大夫礼佛参禅的风气也更加普遍。山水田园派诗人王维、常建，均将禅境化入诗境，为盛唐诗歌带来了深幽、静谧而空灵的禅趣。安史之乱后，文人士大夫试图通过复兴儒学来挽救大唐王朝的衰颓之势，在这一背景下，以韩愈等人为代表的中唐文人对佛教多有攻击，认为佛教不过是夷狄之法，和圣人之道、祖宗之法本不相符，对巩固大一统的封建统治有害无益。元和十四年（819），唐宪宗敕迎佛骨于法门寺，引发举国狂热。这一现象引起韩愈的极度不安，撰写了差点招来杀身之祸的《谏迎佛骨表》，将佛教视作了圣人之道、儒家纲常的对立面。韩愈站在维系儒家之道的立场上对佛教的激烈抨击，引起奉佛甚恭的唐宪宗的震怒，差点被杀，后经多方说情，被贬为远在岭南的潮洲刺史。韩愈一生力排佛老，尤其是力斥佛教，主要目的是为了解决中唐以来的社会危机，试图以复兴儒学、承续儒家道统的方式来加强中央政权的统治，实现儒家的政治理想。韩愈在《原道》中细致分析了佛教对儒家纲常和社会民生的巨大危害：

> 今其法曰："必弃而君臣，去而父子，禁而相生养之道，以求其所谓清净寂灭者。"呜呼！其亦幸而出于三代之后，不见黜于禹汤文武周公孔子也；其亦不幸而不出于三代之前，不见正于禹汤文武周公孔子也。……今也欲治其心，而外天下国家者，灭其天常，子焉而不父其父，臣焉而不君其君，民焉而不事其事。……今也举夷狄之法，而加之先王之教之上，几何其不胥而为夷也。①

唐武宗时期，开始了全国范围内大规模的毁佛灭佛运动，而其思

---

① ［唐］韩愈撰，马其昶校注：《韩昌黎文集校注》卷一《原道》，上海：上海古籍出版社，1986年，

想渊源则来自于中唐儒学复兴运动对佛教的清算。

尽管韩愈、柳宗元、白居易、元稹等中唐文人均以复兴儒家之道为己任,但他们又同时与方外之人有着密切交往。白居易晚年隐居洛阳之时,更是自号香山居士,受佛教思想影响甚深。与此同时,中唐诗僧皎然等人,站在整合儒、道、释三家思想的立场上,撰写了多部有理论价值的诗学著作。皎然《诗式》"文章宗旨"条云:

> 康乐公早岁能文,性颖神澈,及通内典,心地更精,故所作诗,发皆造极,得非空王之道助邪?①

皎然认为,其先祖谢灵运的诗歌之所以能够"发皆造极",与其精通佛典,精研佛理,得空王之道的相助有关。"重意诗例"条云:

> 两重意已上,皆文外之旨。若遇高手如康乐公,览而察之,但见情性,不睹文字,盖诗道之极也。向使此道尊之于儒,则冠"六经"之首;贵之于道,则居众妙之门;崇之于释,则彻空王之奥;但恐徒挥其斤而无其质,故伯牙所以叹息也。②

这节诗论,借用了儒、道、释三家的术语和立场,已透露三教合流的思想倾向。在"复古通变体"条目中,皎然借用佛教术语来论诗,且试图将儒学立场也整合其中:

> 又复变二门,复忌太过,诗人呼为膏肓之疾,安可治也?如释氏顿教学者,有沉性之失,殊不知性起之法,万象

---

① [清]何文焕辑:《历代诗话》,北京:中华书局,1981年,第29-30页。
② [清]何文焕辑:《历代诗话》,北京:中华书局,1981年,第31-32页。

皆真。夫变若造微，不忌太过，苟不失正，亦何咎哉！如陈子昂复多而变少，沈、宋复少而变多。今代作者不能尽举，吾始知复变之道，岂惟文章乎？在儒为权，在文为变，在道为方便。①

佛教发展到唐代，从得道方式上分为顿、渐二教，所谓顿教，指速疾证悟佛理真道者。从这个意义上说，强调渐修功夫的北宗禅属于渐教，而强调顿悟的南宗禅属于顿教。而所谓"方便"，出自《维摩诘所说经》"以无量方便，饶益众生"，是典型的佛家语，意为权宜②。皎然《诗式》以佛家语论诗的倾向由此可见一斑。

不仅是作为诗僧的皎然注意到了诗境与禅境的沟通之处且常常以佛家语论诗，位极人臣的中唐文人权德舆也注意到了佛教与文学的关系，充分肯定禅境对诗境的启发助益之功。他在《送灵澈上人庐山回归沃洲序》中说：

> 吴兴长老昼公（即皎然）掇六义之清英，首冠方外，入其室者，有沃洲灵澈上人。上人心冥空无而迹寄文字，故语甚夷易，如不出常境，而诸生思虑，终不可至。其变也，如松风相韵，冰玉相叩，层峰千仞，下有金碧，耸鄙夫之目，初不敢视。三复则淡然天和，晦于其中，故睹其容览其词者，知其心不待静而静。……静得佳句，然后深入空寂，万虑洗然，则向之境物，又其稊稗也。③

佛家认为：灵台清静，静能生慧，慧能生智；同时，戒能生定，

---

① 郭绍虞主编：《中国历代文论选》第二册，上海：上海古籍出版社，2001年，第78页。

② 郭绍虞主编：《中国历代文论选》第二册，上海：上海古籍出版社，2001年，第82页。

③ 郭绍虞主编：《中国历代文论选》第二册，上海：上海古籍出版社，2001年，第89页。

定能生慧，戒、定、慧既是贪、嗔、痴三毒的解脱之道，也是佛陀留给众生的顿悟之方。儒家也有相似说法，《礼记·大学》云：

> 大学之道，在明明德，在亲民，在止于至善。知止而后有定，定而后能静，静而后能安，安而后能虑，虑而后能得。物有本末，事有终始。知所先后，则近道矣。①

至于道家，更是大讲清静无为、涤除玄览。禅定之境，与儒家、道家的观照、修为方式有诸多相通之处。中唐以后，以禅宗为代表的汉传佛教本身就是整合了儒家、道家、道教等本土思想资源的产物。因此，以禅境入诗，以禅语说诗，对于唐代文人而言并无方枘圆凿的不适感。

二

儒、道、释三教合流的文化整合趋势在两宋时期表现得更加突出，这也是宋代文化在唐代文化的高峰之后又能别开生面、后来居上的原因。晚唐五代儒教衰落，礼崩乐坏，维系社会基本秩序的纲常伦理逐一解体。宋王朝统一天下之后，重建纲常伦理秩序，成为保持社会稳定和维系大一统局面所必须完成的工作。儒家学说为这一重建工作提供了现成方案，宋代儒学复古运动因此应运而生。和中唐儒学复兴运动中韩愈的激烈排佛一样，宋代儒学复古运动，也伴随着对佛教的排斥攻击。在北宋前期的文人士大夫看来，儒教的衰落，纲常伦理的崩解，是主张绝亲去君的佛法横行中国的恶果，欲复儒学，必先排佛教。孙复、石介、李

---

① ［清］阮元校刻：《十三经注疏·礼记正义》卷六十，北京：中华书局，1980年，第1673页。

觐、欧阳修等人都曾著书撰文,对作为夷狄之说的佛学进行不遗余力的批判,以正本清源,重树儒家道统、文统的权威。不过,随着北宋中叶以来文化整合趋势的形成,尤其是宋代理学为摆脱汉唐经学烦琐训诂的传统而借鉴佛老之学对旧儒学进行大规模的改造更新之后,儒、道、释三教合流已成不可阻拦的历史潮流。文人士大夫在笃信儒学以践行圣人之道的同时,又以释老之学为勘破生死的解脱之方,二者并行不悖地在"世间法"和"出世间法"两个层面完成了对宋代文人士大夫精神世界的建构。儒佛两家虽然思想迥异,一为"世间法",一为"出世间法",但正是这种差异使两者得以相互补充、相互成全,共同构筑了整合之道。

在认识到佛教中自有一番天地、自有一种高深的智慧之后,文人士大夫与禅僧之间的交往日益增多,而禅僧也以研习经史、广结文人学士为荣。熙宁之后,儒学与禅学不再是二元对立的敌对关系,而是相互影响、相互渗透、相互补充。苏轼、张耒均以为儒佛虽异,实则殊途同归,都是天地大道的一部分,完全不必相互攻击。《石林诗话》的作者叶梦得认为,佛学儒学本可相互借鉴、相互启发,用不着刻意在两者之间制造鸿沟,为佛所用则为佛,为儒所用则为儒,化儒为佛或是化佛为儒,均无可厚非。

禅宗呵佛骂祖、不执着于文字、重活泼体验、重心性证悟的"活处观理"方式,为宋代文人摆脱汉唐经学的束缚,从全新的角度重新理解儒学经典并重构全新的儒学景观,提供了广阔的前景,为儒学的自我更新、自我拓展带来了丰富的思想资源与更多的可能性。宋代理学的兴起,从某种意义上说,正是宋代读书人借鉴禅宗视角、禅宗思维重构儒学的结果。通过援禅入儒,援儒入禅,无论是儒学还是禅学都出现了崭新的气象,促成了北宋中叶之后文人士大夫参禅风气的极盛局面。宋代文坛的大文人、大诗人几乎都精通禅学,比如欧阳修、司马光、王安石、苏轼、苏辙、黄庭坚、秦观、陈师道、徐俯、韩驹等人都是有案可查的参禅名人,熙宁之后,以"居士"为名号者更是俯拾即是。如果说唐代文人对儒释道三家思想的整合大多还只是停留在潜意识层面的话,那么,熙宁之后文人士大夫对禅宗思维方式的借鉴常常就是有意选择、主动探索的结果。因此,宋代文人的参禅问道往往不只是单纯的精神修为,而是进一步演变成深入的学术探讨,很多人对禅学的研究已经达到极高的理论水准。比如新学的创始人王安石,就曾著有《维摩诘经注》《楞严经解》《华严经解》,对佛教的研究不仅加深了王安石的佛学造诣,也为他建构"新学"体系提供了更多思想参照。熟谙佛典佛理的苏轼,不仅将禅思、禅理、禅趣、禅境大量带入文学创作和艺术创作之中,而且他所标榜的"蜀学"也时常以禅说儒,受到理学家们的诸多批评,认为他说得高妙处往往离儒入禅,根本算不上醇儒。其实,自命为醇儒的理学家们,沾溉于禅学之处亦甚多。与蜀学似乎水火不容的洛学当家人之一程颢,在创立自己的学说之前,曾数十年出入释老。程门另一著名弟子游酢在答吕本中问儒释差异时,力主儒生应广研佛经以真正辨析儒佛两家的异同所在。在游酢看来,哪怕是要排佛、斥佛,阅读佛书,研究佛理,都是必不可少的功课。否则,对佛教的攻击不仅完全说不到点子上,有时候所攻击者恰与佛学的观点一致,岂不是成了笑柄?

宋代理学家之所以要努力变旧儒学为新理学而不是一味复古,与晚唐五代以来儒学对文人士大夫包括普通民众的吸引力大大减弱有关。自汉武帝采纳董仲舒的建议实行"罢黜百家,独尊儒术"的国策以来,儒学成为中国读书人精神世界的第一书写者,长期占据主流意识形态的核心位置。不过,随着佛学的日益兴盛,旧儒学的吸引力在持续下降。相比释老之学,旧儒学最致命的弱点在于缺乏"出世间法"的重要维度,其本体论、形而上层面的理论架构水平远远不及老庄哲学,更不能与佛学相媲美，亟须借鉴释老之学的理论框架与思想成果进行更新换代。无论是主张儒生广研佛典，还是主张以禅宗视角重释儒经，都是为了弥补旧儒学的不足，创建具有强大理论竞争力、吸引力的新儒学，以收拾晚唐五代以来儒教日益衰落的颓局。我们甚至可以说，宋代理学本身就是儒、释、道三教合流所孕育出的思想成果。

三

宋代文人禅悦之风的日渐盛行，使得以禅入诗、以禅参诗渐成风气，"以禅论诗"更成为熙宁以后宋代诗坛越来越普遍的现象。

作为继欧阳修之后的文坛领袖，苏轼以禅论诗的倾向已非常明显。其《送参寥师》一诗以参寥禅师的诗歌创作为例，说明禅心对诗心的启发之功以及禅境对诗境的沾溉之力，与此同时，苏轼又就禅法、诗法的相互关系与韩愈进行了一次超越时空的对话：

> 上人学苦空，百念已灰冷。
> 剑头惟一映，焦谷无新颖。
> 胡为逐吾辈？文字争蔚炳。
> 新诗如玉雪，出语便新警。
> 退之论草书，万事未尝屏。
> 忧愁不平气，一寓笔所骋。
> 颇怪浮屠人，视身如丘井。
> 颓然寄澹泊，谁与发豪猛？
> 细思乃不然，真巧非幻影。
> 欲令诗语妙，无厌空且静。

> 静故了群动，空故纳万境。
> 阅世走人间，观身卧云岭。
> 咸酸杂众好，中有至味永。
> 诗法不相妨，此语更当请。①

参寥即道潜，为北宋禅宗的云门六世禅师，与苏轼及苏门四学士多有交游，相互唱和之作颇多。苏轼认为，参寥的禅学造诣和禅学修养，为其文学创作带来了生机与灵感，造就了诗歌明澈新警的艺术魅力。针对韩愈认为学佛之人缺乏丰富热烈的情感而难以产生创作激情的说法，苏轼提出了完全不同的看法，认为禅法与诗法大可相互补充、相互淬厉、相互生发，禅法是艺术创作之友而非艺术创作之敌。

苏轼这番话是针对韩愈《送高闲上人序》一文而发。韩愈虽然与禅师僧人颇多交往，但他一生以儒家道统、文统的承续者自居，辟佛排佛甚力。就艺术创作而言，韩愈在《送孟东野序》中提出了著名的"不平则鸣"说，认为只有内心充满郁勃不平之气和强烈激荡的情感，才会产生创作冲动，才能创作出有价值、有分量、有感染力的作品。在韩愈看来，禅师僧侣摒弃了七情六欲，已心如古井，内心不起任何波澜，又如何可能产生激烈动荡的情感呢？因此，他不相信以草书闻名于世的高闲上人真能达到狂放不羁的张旭所能达到的艺术境界。在这篇《送高闲上人序》中，韩愈说：

> 往日张旭善草书，不治他伎。喜怒窘穷、忧悲愉佚、怨恨思慕、酣醉无聊不平，有动于心，必于草书焉发之。……今闲之于草书，有旭之心哉？不得其心而逐其迹，未见其能

---

① 郭绍虞主编：《中国历代文论选》第二册，上海：上海古籍出版社，2001年，第303－304页。

旭也。为旭有道，利害必明，无遗锱铢，情炎于中，利欲斗进，有得有丧，勃然不释，然后一决于书，而后庶可几也。今闲师浮屠氏，一死生，解外胶。是其为心，必泊然无所起；其于世，必淡然无所嗜。泊与淡相遭，颓堕委靡，溃败不可收拾。则其于书，得无象之然乎？然吾闻浮屠人善幻，多伎能，闲如通其术，则吾不能知矣。①

既然艺术创作的冲动与艺术创作的质量，均离不开内心的不平之气与强烈的情感，说空说静的禅法自然与诗法两相妨碍。通过比较韩愈和苏轼对禅法、诗法关系的不同理解，我们可以清晰地看到宋代文人相比唐代文人具有更加自觉、更加融通的文化整合意识。同样是主张文以明道，韩愈重在划清儒、释界限而宋代文人却力求打通儒、释壁垒；同样是赠送禅僧的文字，韩愈强调艺术创作与禅心禅法两相妨碍，而苏轼则深信禅境不仅能别开诗境而且禅法与诗法相通相生。宋代文人打破一切壁垒进行文化整合的气魄，在苏轼这首《送参寥师》中，得到了充分体现。

叶梦得的《石林诗话》干脆直接借用禅宗论云间三种语来形容杜甫诗歌的三种境界：

> 禅宗论云间有三种语：其一随波逐浪句，谓随物应机，不主故常；其二为截断众流句，谓超出言外，非情识所到；其三为函盖乾坤句，谓泯然皆契，无间可伺其深浅，以是为序。余尝戏谓学子言，老杜诗亦有此三种语，但先后不同："波漂菰米沉云黑，露冷莲房坠粉红"为函盖乾坤句；以"落花游丝白日静，鸣鸠乳燕青春深"为随波逐浪句；以"百年地僻柴门迥，五月江深草阁寒"为截断众流句。若有

---

① ［唐］韩愈撰，马其昶校注：《韩昌黎文集校注》卷四《送高闲上人序》，上海：上海古籍出版社，1986年，第270-271页。

第一章 江西诗法形成的历史背景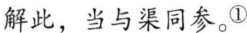

解此,当与渠同参。①

叶梦得提到的云门三种语出自云门宗德山缘密禅师。叶梦得对禅学颇有研究,也熟悉禅宗演变的历史,对云门宗尤为偏好,借用云门宗禅师的话头来形容杜诗境界,自然得心应手。我们看到,叶梦得的以禅论诗,绝非直接套用禅家语的原意,而是自出机杼,别有发挥,借助禅家语来跳出思维惯性,以见出杜诗的新天地,刷新对杜诗的理解。和理学家借用禅宗思维方式和思想成果以获得对儒学的新见一样,宋代诗论家们正是通过借用禅家话头、禅学视角,不仅打通了诗禅界限,也获得了对于诗歌创作的全新理论洞见。

四

两宋时期,最能代表宋诗特点的诗歌流派当然非江西诗派莫属,以开山祖师黄庭坚为代表的江西诗人最为完美地将禅学、诗学与理学融合为一。江西诗派的代表诗人,几乎无一例外地深受禅悦之风的浸染;以禅论诗,亦成为江西诗法最为突出的特征之一。

江右一带,不仅是理学之源,也是南宗禅极盛之地。早在南朝和隋唐时期,江西及周边地区就已成为禅宗的重要传播地。五祖弘忍传法于六祖惠能,惠能南下,传法于韶州曹溪,自此,南宗禅在南方一带蓬勃发展。惠能门下的行思和怀让都在南方弘法。行思选择了江西吉安,怀让去了湖南,衍化成南宗禅的两大宗门。行思传衣钵于石头希迁,去了湖南;怀让传马祖道一,来到江西;"江西主马祖,湖南主石头"的局面由此形成。到晚唐

---

① [清]何文焕辑:《历代诗话》,北京:中华书局,1981年,第406-407页。

— 137 —

五代，两大宗派均声势壮大，并先后衍生出云门宗、法眼宗、曹洞宗、沩仰宗、临济宗等分支。发展到北宋时期，沩仰宗、法眼宗和曹洞宗日益衰落，主要的禅宗流派为云门宗与临济宗。临济宗门下的慧南于景祐三年回到江西修水，开创了对江西士人影响甚巨的黄龙一派。

到黄庭坚生活的时代，江西境内禅寺遍布，名僧如云，参禅之风无处不在。黄庭坚的家乡就在江西修水，为黄龙派的发祥地。黄庭坚自己回忆说，幼时常随一心礼佛的祖母进出禅寺。二十四岁时黄庭坚就曾作《戏赠慧南禅师》，而慧南禅师正是黄龙派的开山宗祖。元丰六年，黄庭坚作《发愿文》，完全是以佛家的戒律来自我要求。据吴曾《能改斋漫录》卷八记载：

> 山谷尝自赞其真曰："似僧有发，似俗无尘。作梦中梦，见身外身。"盖亦取诗僧淡白写真诗耳。淡白云："已觉梦中梦，还同身外身。堪叹余兼尔，俱为未了人。"①

《五灯会元》记载了黄庭坚与祖心禅师之间借孔子之语参禅悟道的故事。祖心问庭坚《论语》中孔子所云"吾无隐乎尔"应作何解？庭坚作解，祖心曰："不是！不是！"一日，两人同行山间，正值岩桂盛开，祖心问："闻木樨华香么？"答曰："闻。"祖心曰："吾无隐乎尔。"庭坚由此大悟。这个开悟故事的有趣之处在于，祖心是以儒说禅，借孔子语开悟弟子悟禅法玄机。儒禅互证，以禅论儒，以儒参禅，为宋代理学的兴起和宋代禅宗的发达均带来了新的生机与新的可能性，顺应了有宋一代文化整合的大趋势。

---

① 傅璇琮编：《古典文学研究资料汇编·黄庭坚和江西诗派卷》，北京：中华书局，1978年，第103页。

江西诗派的诗人中,对禅学深自有得者比比皆是,不少人本身就已皈依禅门,比如徐俯是临济宗杨歧派克勤禅师的法嗣,惠洪为临济宗黄龙派宝峰克文的法嗣。陈师道不仅自号后山居士,且在其《别宝讲主》一诗中自称"重参二祖禅";晁冲之与临济宗黄龙派的法一禅师过从甚密;吕本中、韩驹、曾几、汪藻等一大批江西派诗人都曾与临济宗杨歧派禅师宗杲交往频繁并向他请教禅法;杨万里则时时将赵州禅挂在嘴边,对参禅之事深为迷恋。由于江西派诗人及其诗论家们深谙禅法、禅理及禅门典籍,熟悉禅家话头、禅门掌故和禅宗独特的悟道方式,因此,以禅论诗成为江西派诗人的普遍风气,也成为江西诗法的重要标志。吕本中所作《江西宗派图》,正是效法禅宗传灯录的方式,将黄庭坚直接影响下、有相似理论主张和艺术追求的诗人群体予以归纳、梳理,并将其命名为江西宗派,列出宗主与法嗣。由此可见,熙宁之后禅悦之风在文人士大夫中间的盛行,已经改写了宋代诗论家们的观察视角,宋代诗论从此也就无法摆脱禅宗思维方式的深刻影响。

第四节 从唐音到宋调

在盛唐诗歌的高峰之后,宋代诗歌应如何走出自己独特的道路呢?这是摆在宋代诗人面前的难题。其实,每朝每代,诗家都面临相同的难题。初唐诗坛亦笼罩在前代诗歌的影响之下,也经历了由学习模仿到确立唐代诗歌自己的独特气质这样一个长期探索的过程。对于每一个时代的诗歌创作而言,虽然以前代诗人为学习典范是无法省略的阶段,但唯有创造出无法被替代、无法被忽略、仅仅属于自己时代的诗歌风貌,方完成了一代诗人的历史使命。明代早中期诗坛为了纠正宋诗偏颇，采纳严羽在《沧浪诗话》中提出的建议，"以盛唐为法，不做开元、天宝以下人物"，结果却导致了明代诗坛绵延近百年的复古模拟之风，长期无法确立明代诗歌自己的面貌。相比明代诗坛，宋代诗坛虽然也是以宗唐起步，但很快就不再满足于一味复古，而是将学古视作创新的起点，将创新视作学古的归宿，最终形成了完全有别于唐音的宋调，成为继盛唐诗歌的高峰之后中国诗歌的另一高峰。在这一过程中，江西诗法的出现与日益完善，为宋调的最终确立做出了重要贡献。换言之，江西诗法集中体现了宋代诗人试图在唐音之外别开生面、别立诗国的艰苦努力。

一

在盛唐诗歌的高峰之后，诗人如何确立自己的独特性呢？这个问题，也是中唐诗人所面临的难题。元稹在《唐故工部员外郎杜君墓系铭并序》一文中，其实已经给出了自己的答案，即以杜诗为学习典范，从杜诗"铺陈终始，排比声韵，大或千言，次犹数百，词气豪迈，而风调清深，属对律切"[①] 这一点入手并加以发挥，从而形成长于叙事、长于铺陈、浅切通俗、圆转流丽并善状风情物色的元和体。

盛唐诗歌尤其是李白、杜甫诗歌的经典地位，并非确立于宋代，而是在中唐时期就已经成为诗坛共识。元稹虽然对杜甫的评价更高，但也忘不了单独将李白与杜甫做一番比较。韩愈在《调张籍》一诗中说："李、杜文章在，光焰万丈长。不知群儿愚，

---

① ［唐］元稹撰，冀勤点校：《元稹集》卷五十六，北京：中华书局，1982年，第601页。

那用故谤伤？蚍蜉撼大树，可笑不自量。"① 在《荐士》一诗中，韩愈也将李、杜并列："国朝盛文章，子昂始高蹈。勃兴得李杜，万类困陵暴。"② 韩愈自己的诗歌以雄奇险怪见长，融合了李白诗歌的洒脱不羁、想落天外与杜甫诗歌的沉郁雄浑，但最有特色处在于尚奇好怪和以文为诗，这也是韩孟诗派的共同特点。李白诗作为"天仙之辞"，是恢宏热烈、激越飞腾的盛唐诗最杰出的代表，而沉郁顿挫、精于锻炼、众法皆备的杜甫诗才真正为后学启示了无数门径。可以说，正是从学杜入手，中唐诗歌才得以摆脱盛唐诗歌的羁绊而独辟蹊径，并最终自成格局。

对元白诗派而言，新乐府与讽谕诗当然主要学习的是杜甫诗歌指陈时事、忧国忧民的一面，而元稹的名作《连昌宫辞》与白居易的名篇《琵琶行》《长恨歌》以及两人相互唱和、炫才使气、以诗代文的长篇排律，主要发挥的是杜诗长于婉转叙事、曲折铺陈的特点。元白诗派长于叙事铺陈，长于表现城市风物、男欢女爱、日常生活的特点，又与中唐以来古文运动与唐传奇的兴盛息息相关。中唐古文运动最终导致单行散体的古文取代了骈文的统治地位，古文句式的灵活多变，大大增强了文章的叙事功能，为唐传奇的兴盛铺垫了文体基础。而唐传奇的发达，又为元白诗派创作风情婉然的叙事诗，带来了题材、灵感与可以借鉴的多种艺术手法，促进了诗歌内容和表现手法的通俗化、日常化倾向。元稹创作的《莺莺传》、白居易的弟弟白行简创作的《李娃传》，均为唐传奇中的杰作，白居易的《长恨歌》则配有陈鸿的《长恨歌传》，也是一篇唐传奇中的佳构。元白诗歌强大的叙事

---

① 郭绍虞主编：《中国历代文论选》第二册，上海：上海古籍出版社，2001年，第131页。

② 郭绍虞主编：《中国历代文论选》第二册，上海：上海古籍出版社，2001年，第129页。

功能和通俗化倾向，是打破诗歌、散文、传奇界限和雅俗界限带来的新气象，而这一点，得益于元白学杜所受到的启发。

杜甫诗歌之所以被后人称为诗史，与杜诗具有的强烈叙事性分不开。早在先秦时期，《尚书·尧典》就提出了"诗言志"的主张，成为中国诗论的开山纲领，和古希腊的模仿说大异其趣。《诗经》作为中国诗歌的典范，虽然也有诸如《生民》《公刘》这类叙事诗，但绝大多数还是抒情言志之作。《诗经》之后，在中国诗歌发展史上，抒情言志之诗的比重大大高于叙事诗，尤其是文人士大夫之诗，更是主要以抒情言志见长而不是以叙事铺陈见长。虽然晋代诗人陆机的《文赋》对诗歌的看法有了革命性变化，以"诗缘情而绮靡"代替了"诗言志"，重新定义了诗歌的文体特征，但仍然强调诗歌对作者内在情志的表现而不是强调诗歌对外在世界的刻画与还原，诗歌的叙事性、戏剧性仍然被忽略。汉乐府和南北朝乐府的叙事性、戏剧性在民间文学的滋养下得到长足发展。东汉末年出现的《孔雀东南飞》是中国文学史上第一篇长篇叙事诗，与北朝时期另一长篇叙事诗《木兰辞》被后人誉为"乐府双璧"，在中国诗歌长于抒情言志的传统之外，又开辟了一条追求叙事性、戏剧性的创作道路。乐府诗歌长于叙事的特点，到了唐代诗人那里，得到了发扬光大。王勃的《采莲曲》和卢照邻的《长安古意》以及王维的《老将行》均受到乐府民歌的深刻影响，有着强烈的叙事性和戏剧性，完全偏离了占据中国诗歌正统地位的"诗言志""诗缘情"的诗歌传统。其实，从东汉末年开始，文人士大夫对来自民间的乐府诗就充满了兴趣，创作了大量模仿民间乐府诗的拟乐府。到六朝时期，这一风气更是愈演愈烈，包括宫体诗的形成，都与统治阶层包括文人墨客对乐府诗的喜爱与模仿有关，只是宫体诗人所仿效的主要是表现男欢女爱、离愁别绪的南朝乐府而对粗犷奔放、金戈铁马的北朝乐府缺乏兴趣。到了唐代，诗人们更是自觉从历代乐府民歌中寻找艺术灵感与创新之路。杜甫创作了大量"即事名篇，无复依傍"的新题乐府以表现广泛的社会生活与重大的政治事件、历史变迁，其中《兵车行》《丽人行》、"三吏""三别"、《丹青引》均以叙事性、戏剧性见长，五四时期的胡适甚至将杜甫的"三吏""三别"视作精彩的短篇小说。以元稹、白居易、张籍、王建为代表的元白诗派大量创作新乐府和诸如《连昌宫词》《长恨歌》《琵琶行》这样的长篇叙事诗，正是从杜甫诗歌的叙事性、戏剧性入手来学习杜甫，并借鉴融合了唐传奇的小说手法，走出了一条和盛唐诗歌完全不同的追求通俗化、日常化、戏剧化的创作道路。

　　杜甫曾说："新诗改罢自长吟"，"颇学阴何苦用心"（《解闷五首之四》），"为人性僻耽佳句，语不惊人死不休"（《江上值水如海势聊短述》），表明了他对苦吟与锤炼诗歌技巧的重视，并已透露出好作惊人之语的某种端倪。韩孟诗派学杜，和元白诗派不同，主要不是在诗歌的叙事性、戏剧性、通俗化、日常化方面做文章，而是瞄准杜甫强调苦吟、讲究炼字、追求奇险的一面猛下功夫，成就了以苦吟及尚奇好怪为特征的诗歌流派。韩愈、孟郊、贾岛、李贺、卢仝、刘叉等人，虽然具体的诗歌风格千差万别，但却都以苦吟著称，是杜甫所谓"语不惊人死不休"的践行者。怎么能够创造惊人之语呢？除了苦吟、反复锤炼推敲字句、追求险语奇语之外，以古文笔法甚至是以小说笔法入诗，是造就惊人之语、奇险之境的又一手段。杜甫诗歌已经出现了好发议论、以古文章法结构长篇诗作的倾向。到了韩愈，不仅在长篇诗作的布置开阖上取法于古文，更是将古文句法运用于诗歌创作，打破诗文界限，将杜甫"以文为诗"的潜在倾向发展成为韩派诗派的一大特色。卢仝则以日常口语入诗，将严肃的诗歌创作变成了毫无章法的信口乱道，完全打破了雅俗界限以及诗歌语言与日常口语的界限，虽然因此破坏了诗歌自身的艺术规定性和起码的美感,但也将"以文为诗"推向极致,是中唐诗人在盛唐之后为别求新路所做的大胆艺术尝试。

我们不妨说,正是元白诗派、韩孟诗派所代表的中唐诗人以学杜入手进行的各种大胆探索促成了中唐诗歌的自成格局、别开生面,也为有别于唐音的宋调的最终产生,早早埋下了历史的伏笔。

二

北宋早期的诗坛,笼罩在晚唐五代诗歌的影响之下。对于任何一个王朝而言,在建立之初受到历史惯性、文化惯性的左右,都是无法避免的宿命。学习前人的创作,是形成自己风格的前提。宋初诗家,仍然是以唐诗为学习典范,或学中唐,或学晚唐,最有影响力的是以义山诗为学习典范的西昆派诗人。这群诗人以杨亿、刘筠、钱惟演为代表,都是当时的馆阁大臣,学问深厚,地位显赫,也颇有政声。所谓"西昆体",得名于由他们相互唱和、相互切磋之作编纂而成的一部诗集《西昆酬唱集》。这部诗集成书之后,很快风行天下,成为时人效法的对象。一时之间,北宋诗坛成为西昆体的天下,追求诗歌的音韵谐美、对仗工丽、辞藻华美、用典繁复,尤其是追求典雅雍容的盛世气象以润色鸿业,成为西昆派诗人的标志。后世诗论家对西昆体多有批评,认为西昆派诗人虽然以义山诗为典范,却未能学到义山诗的精纯之处,徒得其色泽和好掉书袋、堆砌典故的皮毛而已,将北宋初期的诗坛引入了歧途。不过,西昆派诗人虽然未得义山诗的真髓,更未能在学义山诗的基础上自做活计,但他们对诗歌技巧的重视以及大量用典、以学问为诗的倾向,却为宋调的形成,做了前期铺垫。

欧阳修是江西人,为西昆派之后北宋文学革新运动的领袖人物，在政治上和范仲淹一样主张变革，是庆历新政的主持者之一，曾累官至翰林学士、枢密副使、参知政事，并提掖了曾巩、苏轼、苏辙、王安石等大批文坛后进。我们可以说，无论是欧阳修的诗歌理论还是诗歌创作，都体现了由唐音向宋调转变的过渡色彩。欧阳修本人的艺术个性，实则更偏于唐音，但他有意进行多方艺术探索，试图实现由唐音向宋调的转变。无论是古文写作还是诗歌创作，欧阳修都以韩愈为宗，这当然和宋初文人包括道学家们对韩愈的再发现有关，但也是欧阳修出于力求在盛唐诗歌的高峰之后为宋代诗歌另辟蹊径的考虑。欧阳修二十四岁中进士之后，曾在西昆派诗人、时任西京留守的钱惟演幕府里任职，开始了与古文家尹洙、诗人梅尧臣等人的师友唱和，后来又与石介交往甚密，因此他对西昆派及其反对者的文学主张都非常熟悉，有意站在更高的层面上为宋诗寻找出路。西昆派学晚唐的李商隐，走向浮靡华艳、堆砌典故的歧途，欧阳修则进一步上溯到中唐的韩愈，希望于韩诗中找到"惟陈言之务去"的新变之路。他的《凌溪大石》《石篆》《紫石砚屏歌》等诗作，明显是在模仿韩愈的《赤藤杖歌》，具备了韩诗想象奇特、造语生新的特点，而他的大量长篇诗作，"以文为诗"的倾向非常明显，好说理，好议论，以散文句式入诗，秉承和发挥了韩愈诗歌的特点。与此同时，欧阳修又有着天才自放、旷达洒脱的一面，为人刚直，不拘细行，性格气质与李白颇类似，因此，欧阳修对李白评价甚高，而不甚喜杜甫，极力推尊李白"清风朗月不用一钱买，玉山自倒非人推"（《襄阳歌》）之句。朱熹曾评价欧阳修的作品流于"浅"。从欧阳修对李白诗歌的评价中，我们可以看到，清浅畅达、平易疏朗的语言风格，本来就是欧阳修的追求之一。欧阳修以韩愈诗和李白诗为学习典范，但却变韩愈诗的生僻险怪为清新自然，变李白诗的奔放不羁为温丽含蓄，于圆融轻快、俊逸朗畅中别见一番迂徐有致、深婉不迫之美。欧阳修的诗歌，既学李白，又学韩愈，一头连接盛唐，一头继续中唐的变调，呈现出宋诗在摆脱唐音束缚、确立自身独特性的过程中所经历的种种曲折。

刘克庄的《后村诗话》将梅尧臣视作宋代诗歌真正的开山祖师，是宋调发端的标志性人物。梅尧臣之所以能够在宋代诗坛占据这一重要地位，离不开身为文坛领袖、政坛领袖的欧阳修在不同场合的大力褒扬。当时的诗坛，苏舜钦与梅尧臣齐名，苏诗豪迈而梅诗古淡，在评价苏、梅诗作时，欧阳修表面上不分轩轾，实则更偏爱梅诗，隐约将其视作宋诗真正的发展方向。在《六一诗话》中，欧阳修用了不少篇幅评论梅尧臣的诗歌并大量转述梅尧臣的诗歌主张，对梅诗的激赏之情溢于言表：

> 梅圣俞尝于范希文席上赋河豚鱼诗云："春洲生荻芽，春岸飞杨花。河豚当是时，贵不数鱼虾。"河豚常出于春暮，群游水上，食絮而肥。南人多与荻芽为羹，云最美。故知诗者，谓只破题两句，已道尽河豚好处。圣俞平生苦于吟咏，以闲远古淡为意，故其构思极难。此诗作于尊俎之间，笔力雄赡，顷刻而成，遂为绝唱。①

梅尧臣的苦吟，上承韩孟诗派的作风，而韩孟诗派的苦吟，又是学杜的结果。欧阳修的诗歌虽宗韩愈，却不喜由苦吟而来的艰涩雕琢，故对梅尧臣这首即兴之作评价甚高，因为它同时满足了欧阳修对平淡自然和"以文为诗"这两个方面的要求。更重要的是，梅尧臣的诗歌具有一种韩孟诗派、元白诗派都不曾有过的古淡闲远气质。欧阳修敏锐地看到，正是梅尧臣而不是苏舜钦，赋予了宋诗迥异于唐音的鲜明个性。事实上，苏舜钦诗歌的豪迈奔

---

① ［清］何文焕辑：《历代诗话》，北京：中华书局，1981年，第265页。

放相比梅尧臣诗歌的闲远古淡,与欧阳修本人的创作个性更加接近,故欧阳修在比较苏、梅诗歌的艺术风格时,反复强调两者实在难分高下,但字里行间又显然对梅诗更加推崇,就是因为隐约看到了梅诗对于宋诗走出唐音影响而自成格局所具有的重要意义。让我们来仔细品味一番欧阳修对苏舜钦、梅尧臣诗歌的评论与比较:

> 圣俞、子美齐名于一时,而二家诗体特异。子美笔力豪隽,以超迈横绝为奇;圣俞覃思精微,以深远闲淡为意;各极其长,虽善论者不能优劣也。余尝于《水谷夜行》诗略道其一二云:"子美气尤雄,万窍号一噫。有时肆颠狂,醉墨洒滂霈。譬如千里马,已发不可杀。盈前尽珠玑,一一难拣汰。梅翁事清切,石齿漱寒濑。作诗三十年,视我犹后辈。文词愈精新,心意虽老大,有如妖韶女,老自有余态。近诗尤古硬,咀嚼苦难嘬。又如食橄榄,真味久愈在。苏豪以气轹,举世徒惊骇。梅穷独我知,古货今难卖。"语虽非工,谓粗得其仿佛,然不能优劣之也。①

在欧阳修笔下,苏舜钦的诗歌超迈横绝、笔力豪隽、气势夺人,如千里骏马奔腾而出,颇具李白诗歌的盛唐气象;梅尧臣的诗作却精微深远、闲淡古硬,有老树着新花之美,于筋骨处见思致,于咀嚼后留余味。欧阳修之所以反复表示无法在苏、梅二人之间分出高下优劣,一是因为他本人的风格更倾向于苏舜钦而又隐约感觉宋诗真正的出路在梅尧臣,二是因为欧阳修作为文坛领袖本来就有包容百家的气度,三是透露了此时的宋代诗坛仍然未能真正确定宋诗的发展方向,仍然在唐音与潜在的宋调之间摇摆不

---

① [清]何文焕辑:《历代诗话》,北京:中华书局,1981年,第267-268页。

定、难以抉择。

作为宋调的真正开启者，梅尧臣的诗歌创作有着明确的理论自觉。他在《依韵和晏相公》一诗中说："因吟适情性，稍欲到平淡。苦辞未圆熟，刺口剧菱芡。"① 《读邵不疑学士诗卷》云："作诗无古今，唯造平淡难。"② 梅尧臣古淡闲远的诗歌风格的形成，与他对韩孟诗派的深入研习分不开。在《读蟠桃诗寄子美永叔》一诗中，梅尧臣说：

> 韩孟于文词，两雄力相当。
> 偶以怪自戏，作诗惊有唐。
> 篇章缀谈笑，雷电击幽荒。
> 众鸟谁敢和，鸣凤呼其凰。
> 孟穷苦累累，韩富浩穰穰。
> 穷者啄其精，富者烂文章。
> 发生一为宫，擎敛一为商。
> 二律虽不同，合奏乃锵锵。
> 天之产奇怪，希世不可常。
> 寂寥二百年，至宝埋无光。
> 郊死不为岛，圣俞发其藏。③

在这首诗中，梅尧臣表达了对韩孟诗派的高度认同，并将欧阳修比作韩愈，将自己比作孟郊。与欧阳修不同，梅尧臣并没有将盛唐之音视作膜拜对象，对李白诗似乎也缺乏兴趣，他将目光锁定

---

① 郭绍虞主编：《中国历代文论选》第二册，上海：上海古籍出版社，2001年，第242页。

② 郭绍虞主编：《中国历代文论选》第二册，上海：上海古籍出版社，2001年，第242页。

③ 郭绍虞主编：《中国历代文论选》第二册，上海：上海古籍出版社，2001年，第240页。

于以险怪、苦吟著称的韩孟诗派,一心一意要接续中唐诗人在学杜基础上衍生出的唐音变调。而宋调的形成,正是宋代诗人追随中唐诗人的学杜之路而另辟蹊径的结果。

三

在欧阳修之后,苏轼成为北宋文坛的领袖。苏、黄诗风的风靡天下,标志着宋调对唐音的全面取代。《唐宋诗醇》评价苏诗云:"地负海涵,不名一体","能驱驾杜、韩,卓然自成一家,而雄视百代"[①]。的确,苏轼诗在某种程度上和杜诗一样显示了博采众长、雄视百代的王者气象,但我们很难将其与古淡闲远的梅尧臣诗视为同调,也很难将其与生新奇崛瘦硬的山谷诗相提并论。不过,东坡诗突出表现了"以才学为诗、以议论为诗、以文字为诗"的宋诗特点。苏轼屡屡打破诗文界限、诗词界限、诗画界限和儒、道、释三家的思想界限,是宋代文化的整合趋势最杰出的表达者。

苏轼学诗的典范,不仅仅限于盛唐。虽然他认为李、杜诗歌已达极境,但又认为物极必反,万事万物一旦发展到顶点,就已埋下衰落的征兆。换言之,苏轼对宋诗唯李、杜马首是瞻的倾向,保持了必要的警惕,并不主张宋诗继续沿着盛唐的路径发展,而是希望在盛唐之后别创新途。因此,苏轼在推崇李、杜的同时,又追根溯源,主张学习汉魏两晋诗歌的天成自得、高风绝尘。他在《书黄子思诗集后》一文中说:

予尝论书,以谓钟、王之迹,萧散简远,妙在笔画之外。至唐颜、柳,始集古今笔法而尽发之,极书之变,天下

[①] 郭绍虞主编:《中国历代文论选》第二册,上海:上海古籍出版社,2001年,第302页。

翕然以为宗师。而钟、王之法益微。

至于诗亦然。苏、李之天成，曹、刘之自得，陶、谢之超然，盖亦至矣。而李太白、杜子美以英玮绝世之姿，凌跨百代，古今诗人尽废；然魏、晋以来高风绝尘，亦少衰矣。李、杜之后，诗人继作，虽间有远韵，而才不逮意。独韦应物、柳宗元发纤秾于简古，寄至味于淡泊，非余子所及也。唐末司空图崎岖兵乱之间，而诗文高雅，犹有承平之遗风，其论诗曰："梅止于酸，盐止于咸，饮食不可无盐梅，而其美常在咸酸之外。"盖自列其诗之有得于文字之表者二十四韵，恨当时不识其妙，予三复其言而悲之。①

苏轼不仅以禅论诗，而且在这篇文章中也以书法论诗，这与陆机《文赋》以音乐喻文学创作的思路相似，更与宋代文人屡屡以破体方式进行艺术创新的思路相通。不仅如此，苏轼还主张将两种完全相反的艺术风格融为一体，所谓"发纤秾于简古，寄至味于淡泊"，以创造极具内在张力的审美空间。苏轼对司空图的激赏，源于司空图诗歌的承平气象与其所处乱世之间的鲜明对照形成的强大张力，也源于司空图诗论对曲折回环、美在咸酸之外的丰富诗意的追求。在《评韩柳诗》一文中，苏轼云：

柳子厚诗在陶渊明下，韦苏州上；退之豪放奇险则过之，而温丽靖深不及也。所贵乎枯淡者，谓其外枯而中膏，似淡而实美，渊明、子厚之流是也。若中边皆枯淡，亦何足道。佛云："如人食蜜，中边皆甜。"人食五味，知其甘苦者皆是，能分别其中边者，百无一二也。②

---

① 陶秋英编选，虞行校订：《宋金元文论选》，北京：人民文学出版社，1984年，第170页。
② 陶秋英编选，虞行校订：《宋金元文论选》，北京：人民文学出版社，1984年，第175页。

苏轼晚年尤嗜柳子厚、陶渊明诗，看中的是其"外枯而中膏，似淡而实美"的艺术张力，且此处以佛家语论诗歌鉴赏，别具只眼与新意。

"以文为诗""以诗为词""以词为诗""以文为词"等各种"破体"尝试，为宋代文学带来了广阔的创新空间，而苏轼不仅是"以诗为词"的率先践行者，同时又极力主张打破诗画界限，为诗歌和绘画创作带来了更多可能性。苏轼《书摩诘蓝田烟雨图》云："味摩诘之诗，诗中有画；观摩诘之画，画中有诗。"①在苏轼看来，诗画相通，且都以天工清新为尚，应避免刻意雕琢而失去了自然天成之美。如何创新呢？苏轼提出的方案，不仅是打破文体界限、打破不同艺术门类的界限，而且也应打破新旧界限、雅俗界限，以故生新、化俗为雅，于习见寻常处别出手眼，保持艺术创新与自然天成之间的平衡，既不流于陈腐，又能避免好奇务新所带来的雕琢之病。其《题柳子厚诗》云：

诗须要有为而作，用事当以故为新，以俗为雅。好奇务新，乃诗之病。柳子厚晚年诗极似陶渊明，知诗病者也。②

苏轼所言"以故为新，以俗为雅"，本来仅仅只是诗歌创作中用事用典的技巧，经黄庭坚进一步发挥后，却成为宋诗追求新变的重要策略，并成为江西诗法的基本原则。

苏轼对韩愈的评价甚高，我们似乎有理由相信，他和欧阳修一样，试图回到中唐儒学复古运动的逻辑起点，为有宋一代的文化建构寻找到一条有别于盛唐的道路。其《潮州韩文公庙碑》如此评价韩愈云：

---

① 郭绍虞主编：《中国历代文论选》第二册，上海：上海古籍出版社，2001年，第305页。
② 陶秋英编选，虞行校订：《宋金元文论选》，北京：人民文学出版社，1984年，第175页。

> 匹夫而为百世师，一言而为天下法；是皆有以参天地之化，关盛衰之运。其生也有自来，其逝也有所为矣，故申、吕自岳降，而傅说为列星，古今所传，不可诬也！……自东汉以来，道丧文弊，异端并起。历唐贞观、开元之盛，辅以房、杜、姚、宋而不能救。独韩文公起布衣，谈笑而麾之，天下靡然从公，复归于正。盖三百年于此矣。文起八代之衰，道济天下之溺；忠犯人主之怒，而勇夺三军之帅。此岂非参天地，关盛衰，浩然而独存者乎？①

韩愈以道自任，以文名世，被苏轼视为实现了"立德""立功""立言"三不朽的典范，这实际上也是苏轼自己的人生志向。在《六一居士集叙》中，苏轼借助对欧阳修道德文章、政治事功的高度评价，透露了自己的远大抱负：

> 自汉以来，道术不出于孔氏，而乱天下者多矣。晋以老庄亡，梁以佛亡，莫或正之。五百余年而后得韩愈，学者以愈配孟子，盖庶几焉。愈之后三百余年，而后得欧阳子，其学推韩愈、孟子以达于孔氏，著礼乐仁义之实，以合于大道。其言简而明，信而通，引物连类，折之于至理，以服人心，故天下翕然尊之。……宋兴七十余年，民不知兵，富而教之。至天圣、景祐极矣；而斯文终有愧于古，士亦因陋守旧，论卑而气弱。自欧阳子出，天下争自濯磨，以通经学古为高，以救时行道为贤，以犯颜纳谏为忠。至嘉祐末，号称多士，欧阳子之功为多。②

---

① 陶秋英编选，虞行校订：《宋金元文论选》，北京：人民文学出版社，1984年，第157页。
② 陶秋英编选，虞行校订：《宋金元文论选》，北京：人民文学出版社，1984年，第171-172页。

第一章 江西诗法形成的历史背景

苏轼仰慕韩愈、欧阳修的道德文章及政治事功,将韩愈比作孟子,将欧阳修比作韩愈,曲折表达了追随韩愈、欧阳修的道德文章之意,对自己的身份定位集儒生、学者、士大夫、文人墨客于一身,而对王安石新学的攻击则落脚在"以佛老之似,乱周孔之实"的层面,俨然一副醇儒口吻。苏轼《王定国诗叙》云:

> 太史公论《诗》,以为"国风好色而不淫,小雅怨悱而不乱"。以余观之,是特识变风变雅尔,乌睹诗之正乎!昔先王之泽衰,然后变风发乎情;虽衰而未竭,是以犹止于礼义,以为贤于无所止者而已。若夫发于性,止于忠者,其诗岂可同日而语哉?古今诗人众矣,而杜子美为首,岂非以其流落饥寒,终身不用,而一饭未尝忘其君也欤?……而定国归至江西,以其岭外所作诗数百首寄余,皆清平丰融,蔼然有治世之音。①

苏轼最为赞赏的是清平丰融的治世之音,而非作为乱世之音的变风变雅,这一主张完全继承了自《荀子·乐论》《礼记·乐记》《毛诗序》以来的儒家文艺观。

虽然苏轼和理学家一样以儒家之道的继承者自居,但他对佛老之学的兴趣和造诣绝不在王安石之下。苏轼批评王安石的新学以释老之说改造周孔之学,其实,以苏轼为代表的"蜀学"又何尝不是如此?包括苏轼对孔子"辞达而已矣"的解读,也是在做翻案文章,以自己对文学创作个中三昧的体会来重新建构孔子之说,实为借孔子之言达苏轼之意,实现了对儒家文艺观的更新,可以说是宋代文论"以故为新"的理论生成方式的具体

---

① 陶秋英编选,虞行校订:《宋金元文论选》,北京:人民文学出版社,1984年,第173页。

体现。

宋代文人强烈的创造精神和质疑精神,在苏轼的文论、诗论中处处可见。好古而不泥古、尚今而不媚今,成为苏轼文论、诗论的特点之一。他在《题〈文选〉》中说:

> 舟中读《文选》,恨其编次无法,去取失当。齐梁文章衰陋,而萧统尤为卑弱,《文选引》斯可见矣。如李陵、苏武五言皆伪,而不能去。观《渊明集》,可喜者甚多,而独取数首。以知其余人忽遗者甚多矣。渊明《闲情赋》,正所谓国风好色而不淫,正使不及《周南》,与屈宋所陈何异?而统乃讥之,此乃小儿强作解事者。①

萧统所编《昭明文选》在宋代早已成为经典,而苏轼对萧统和《文选》的批评却不遗余力。《记少游论诗文》云:

> 秦少游言,人才各有分限。杜子美诗冠古今,而无韵者殆不可读;曾子固以文名天下,而有韵者辄不工。此未易以理推之也。②

虽然是在转述秦少游的看法,但也传达出了苏轼不迷信盛唐、不附和时人的独立精神。正是以这种独立精神为内在动力,宋代诗歌必然会由唐音的附庸变为独立不倚的宋调。

宋调以苏、黄诗风为代表,苏轼类似于李白,而黄庭坚类似于杜甫。很多后世的诗论家认为,黄庭坚之所以能够成为宋代最大的诗歌流派——江西诗派的开山祖师,对宋代诗坛的实际影响远远超过苏轼,就是因为苏轼的诗歌创作靠的是天分,故无法可

---

① 陶秋英编选,虞行校订:《宋金元文论选》,北京:人民文学出版社,1984年,第175页。

② 陶秋英编选,虞行校订:《宋金元文论选》,北京:人民文学出版社,1984年,第175页。

依,而黄庭坚的诗歌创作不仅靠天分,更离不开法度,且黄庭坚又乐于指示后学具体的学诗门径,故有法可依、有阶梯可循,有门径可入,容易成为后学膜拜的对象。苏轼论文,其实也不全是高蹈之论。比如他在《记欧阳公论文》中,就转述了欧阳修以功夫深浅论作文三昧的平实之论:

> 顷岁,孙莘老识欧阳文忠公,尝乘间以文字问之。云:"无它术,唯勤读书而多为之,自工。世人患,作文字少,又懒读书,每一篇出,即求过人,如此少有至者。疵病不必待人指摘,多作自能见之。"此公以其尝试者告人,故尤有味。①

苏轼通过转述欧阳修的话,强调写作的诀窍不过是多读书、多练笔、多修改,只要功夫到家了,文章自然就写好了。幻想不读书不练笔不修改就能写出好文章,不过是世人愚蠢的妄念。这番话与后来江西诗派的劲旅吕本中强调勤学苦练为文学创作的唯一悟入之法,思路如出一辙。欧阳修是苏轼的老师,而黄庭坚又是苏门四学士之一。以黄庭坚为开山祖师的江西诗派对读书穷理的强调,虽然与宋代理学的影响紧密相关,但也是欧阳修以来宋代文人重视学问书卷的结果。陈师道的《后山诗话》曾经记载了苏轼对孟浩然的评价,认为襄阳诗韵高才短,而所谓才短,即指学问不大、见识不够、胸中所积累的书卷不多。苏轼虽然看重艺术天分,反对为文而文,推崇自然天成之美,但却和黄庭坚一样重视读书穷理、学问书卷。他的诗奔放流畅、清新明快,却也大量用典,而且所用典故涉及经史子集、佛道典藏、禅宗话头、稗官野史、小说家言,充满理趣、谐趣和哲思,充分体现了宋代诗歌

---

① 陶秋英编选,虞行校订:《宋金元文论选》,北京:人民文学出版社,1984年,第174页。

以议论为诗、以才学为诗的倾向,是典型的学人之诗而非诗人之诗,是典型的宋调而非唐音的余响。无论是诗歌创作还是诗歌理论,苏轼都有一种熔冶万物、整合万有的倾向,而这一点,正是宋调及其熙宁以来宋代诗论的特点,为江西诗法的出现做足了前期铺垫与理论准备。

第二章 黄庭坚与江西诗法的初步形成

黄庭坚是苏门四学士之一，和苏轼一样是全才型的文化巨匠，是宋代首屈一指的诗人、词人、书法家，精研儒学、禅学、诗学，既是理学家的门生师友，且其孝行被列入二十四孝，又是禅宗黄龙派的衣钵传人，无论是为人还是为文，都颇受理学家朱熹、陆九渊、魏了翁的称道。作为苏轼的门生兼挚友，黄庭坚的诗歌风格却与苏轼迥异，而他的诗学思想也呈现出与苏轼不同的色彩。黄庭坚生前虽然喜欢指示后学作诗门径、作文规矩，但我们看不出他有开宗立派的任何考虑，江西诗派的得名完全是吕本中等人的事后追认。不过，无法否认的是，有宋一代，的确存在以黄诗、杜诗为学习典范的诗歌流派，且这一诗歌流派形成了与其创作实践相呼应的诗学体系，即江西诗法，它对宋调的形成与繁荣发挥了积极的建构作用。而江西诗法的倡始者，当然是江西诗派的开创者黄庭坚。

第一节 诗法与学问

到黄庭坚在北宋文坛崭露头角的时代，杜甫的诗圣地位已经得到确认，"宗杜"成为宋代诗坛的普遍风气。诗宗杜甫，当然并不新鲜，中唐诗坛就是从宗杜开启了确立自身独特性的旅程。到了宋代，西昆派宗李商隐，王禹偁宗白居易，梅尧臣学孟郊、贾岛，欧阳修宗韩愈，其实都是在间接宗杜，因为李商隐、白居易、孟郊、贾岛、韩愈的诗歌创作，都是从不同角度学习杜诗的成果。到了苏轼，虽然对杜诗评价甚高，其诗歌创作也如杜甫一样有地负海涵、容纳万有的王者气象，但他对杜甫的学习主要还是其忧国忧民、未尝一饭忘君的儒者情怀，而对杜诗的艺术技巧并未进行深入细致的剖析探讨。受儒家诗教的影响，六朝之前的中国诗论一直讳言诗艺诗技，重点探讨的往往是诗歌表现的内容及诗歌在政治教化之业中应该承担的使命，而对诗歌生产的方式及手段，却认为是属于无关紧要的"艺"的范畴，断不能太过重视，否则诗歌创作就沦为与博弈无异的一艺而已。失去了与政治事功、圣人之道、诗教传统的关联性，诗歌也就失去了尊贵性。六朝文论的最大贡献之一，就是对文学技巧的深入探讨，对文学生产过程、生产手段的全面剖析，而这一点，恰恰成为唐宋儒学复古运动集中攻击之处。在宋代儒学复古之风的影响下，从诗技、诗艺入手学习义山诗的西昆派诗人，成为浮艳诗风的代名词，最终被宋代诗坛所抛弃。

"宗杜"如果仅仅只是从儒者气象入手，很容易流于儒家诗教的老调重弹，而从诗艺诗技入手"宗杜"，在理学兴起的时代，又容易遭到诟病，失去合法性。黄庭坚与理学家过从甚密，深受理学思想影响，且以人品高洁和孝行著称，其人其文均受到理学大师们的高度评价，这为他从不同层面"宗杜"拓展出了更多自由空间。黄庭坚的"宗杜"，恰恰是从西昆派学义山诗的路径入手，侧重于解剖杜诗的创作过程，重点学习的是杜甫实现创作意图的方式与手段。苏轼和黄庭坚的诗歌创作，代表了宋调的最高峰，但苏轼更像李白，无论是宗盛唐、宗晚唐抑或是尊汉魏六朝诗歌，他都是天马行空，得其神情即可，对章法、句法、律法、对法等具体诗技诗艺并没有进行过多探究，主张文学创作应随物赋形、不主故常，崇尚"冲口出常言，法度去前轨"式的自由挥洒，而不执着于对所谓斤斧、规矩、绳墨的刻意以求。苏轼曾借用欧阳修的话，将多读书、多练笔、多修改视作锤炼文字功夫的关键，也提出过"以故为新，以俗为雅"的用典原则，但从未如黄庭坚那样花那么多心思探讨诗艺诗技，并指示后学具体的写作门径。苏轼和李白类似，属于师心自任、不受拘束的诗仙；黄庭坚则和杜甫仿佛，是要为后学立法度、开门径的诗圣。而如何掌握作文作诗的法度呢？黄庭坚给出的方法是多读书，多穷理，多积累学问，这固然与苏轼、欧阳修的观点相似，但黄庭坚对多读书的强调，超过了同时代的任何人。这虽然来自于杜甫"读书破万卷，下笔如有神"之说的启发，但更多地是受西昆派诗人大量用典、大掉书袋并通过精研义山诗来领悟作诗技巧的影响，只是黄庭坚将诗技诗艺视作通向自然浑成之境的阶梯，不取西昆的华辞丽藻、粉泽涂抹。同样是用昆体功夫，黄庭坚所追求的境界却与西昆派迥然有别，一取华艳，一取浑成，文学趣味相去甚远。

黄庭坚对诗歌技法的重视，实则也继承了六朝文论的精神。他在《与王立之四帖》中说：

> 刘勰《文心雕龙》、刘子玄《史通》，此两书曾读否？所论虽未极高，然讥弹古人，大中文病，不可不知也。[1]

黄庭坚显然是看过刘勰的《文心雕龙》，并对之评价颇高。这在古文全面取代骈文、六朝文学被视作偏离儒家诗教传统的反面典型的时代，尤其难能可贵。在黄庭坚之后，江西诗派中一度占据领袖地位的徐师川曾经上溯杜甫而学六朝诗歌，实与黄庭坚的潜在影响分不开。黄庭坚的诗作与诗论虽然以宗杜为核心，但他往

---

[1] 吴文治主编：《宋诗话全编》第二册，南京：凤凰出版社，1998年，第957页。

往能追根溯源，回到国风楚辞、汉魏六朝的传统来学习诗歌创作的经验与技巧，并无多少门户之见；对于唐代其他诗人甚至包括同时代的欧阳修、梅尧臣、苏轼、王安石等人的创作经验，黄庭坚也多有研究与借鉴，体现了杜甫"不薄今人爱古人，清词丽句必为邻"的开放气度。其《与郭英发帖三》云："所作乐府，辞藻殊胜，但此物须兼缘情绮靡、体物浏亮，乃能感动人耳。"①黄庭坚对于乐府诗的看法，明显是陆机《文赋》所云"诗缘情而绮靡，赋体物而浏亮"的翻版。所谓"宗杜由西昆"，并不是说黄庭坚只是机械效法西昆派诗人学义山诗的方式而学杜甫，更不是说黄庭坚仅仅只是杜诗的模仿者，而是指黄庭坚对于杜诗为代表的前代经典的学习，沿袭了六朝文论重视文章法度、文学技巧的思路。这一思路其实也是杜甫诗论的一部分，并在西昆派诗人那里发扬光大，只是在宋代儒学复古思潮和宋代理学的影响之下被压抑了而已。

在黄庭坚看来，所有的规矩、法度、斤斧，只是通向"平淡而山高水深"的浑成自然之境的阶梯。因此，他在给高子勉的一首诗中说："拾遗句中有眼，彭泽意在无弦"，将强调句眼的杜甫和意在无弦的陶渊明并列，既表达了对法度的重视，又表达了对超越于法度之上的自由之境的向往。在黄庭坚的诗论中，我们一再看到他对隐逸诗人之宗陶渊明的激赏态度绝不在杜甫之下，而对韩文杜诗包括东坡作品的激赏，也都侧重于后期那些自然浑厚、老成持重的作品。诗歌创作如何从严守法度到达超越法度的自由境界呢？黄庭坚给出的答案仍然是多读书，多积累知识，多研习学问。可以说，正是黄庭坚的诗学主张，率先肯定了以才学为诗的创作倾向，为宋代诗坛"学人之诗"全面取代"诗人之

---

① 吴文治主编：《宋诗话全编》第二册，南京：凤凰出版社，1998年，第969页。

诗"提供了理论支持。

一

无论是品评他人诗文还是自述创作甘苦，黄庭坚总是念念不忘诗法、文法、句法、章法。其《奉答谢公静与荣子邕论狄元规孙少述诗长韵》云：

> 谢公遂如此，宰木已三霜。
> 无人知句法，秋月自澄江。
> 二子学迈俗，窥杜见牖窗。
> 试斫郢人鼻，未免伤手创。
> 蟹胥与竹萌，乃不美羊腔。
> 自往见谢公，论诗得濠梁。
> 世方尊两耳，未敢筑受降。
> 丹穴凤凰羽，风林虎豹章。
> 小谢有家法，闻此不听将。①

孔子曾说："诗可以兴，可以观，可以群，可以怨"，所谓"群"，即群居相互切磋之意。宋代诗歌，有大量相互唱和之作，充分发挥了"诗可以群"的功能，而在以诗会友的过程中，讨论、切磋、比拼诗艺诗技，成为重要内容。黄庭坚的这首诗还原了宋代文人以诗会友、讨论句法和体悟杜诗创作技巧的情景，由此可见对句法及杜诗的重视，在黄庭坚的时代，已成诗坛风气。北宋文人穷究文法、诗法之风，在黄庭坚的《送谢公定作竟陵主簿》一诗中也有反映：

---

① ［宋］黄庭坚著，［宋］任渊、史容、史季温注：《山谷诗集注》卷四，上海：上海古籍出版社，2003年，第107页。

> 谢公文章如虎豹，至今斑斑在儿孙。
> 竟陵主簿极多闻，万事不理专讨论。①

《易传》云："修辞立其诚。"扬雄《法言》云："言为心声，书为心画。"儒家诗论自古以来就主张"观诗知政""以诗讽谏""知人论世"，看重的是诗歌与作者内心世界的真实联系及其政治教化功用，对诗歌创作的艺术手法并不在意。而山谷一改历代儒生立足儒家诗教立场品评诗歌高下的惯例，总是先从诗作的章法、句法、用字、用律等角度入手来考察作者的艺术功力及作品的艺术水准。比如黄庭坚《晚泊长沙示秦处度范元实用寄明略和父韵五首》之五云："少游五十策，其言明且清。笔墨深关键，开阖见日星。陈友评斯文，如钟磬鼓笙。"②《次韵奉答文少激纪赠二首》其一云："诗来清吹拂衣巾，句法词锋觉有神。"③《次韵文潜立春日三绝句》之二云："传得黄州新句法，老夫端欲把降幡。"④《荆南签判向和卿用予六言见惠次韵奉酬四首》云："覆却万方无准，安排一字有神。更能识诗家病，方是我眼中人。"⑤《答何静翁书》云："所寄诗，醇淡而有句法。所论史事，不随世许可明于己者；而论古人，语约而意深。文章之法度盖

---

① [宋]黄庭坚著，[宋]任渊、史容、史季温注：《山谷诗集注》卷四，上海：上海古籍出版社，2003年，第106页。

② [宋]黄庭坚著，[宋]任渊、史容、史季温注：《山谷诗集注》卷十九，上海：上海古籍出版社，2003年，第468页。

③ [宋]黄庭坚著，[宋]任渊、史容、史季温注：《山谷诗集注》卷十三，上海：上海古籍出版社，2003年，第326页。

④ [宋]黄庭坚著，[宋]任渊、史容、史季温注：《山谷诗集注》卷十七，上海：上海古籍出版社，2003年，第427页。

⑤ [宋]黄庭坚著，[宋]任渊、史容、史季温注：《山谷诗集注》卷十六，上海：上海古籍出版社，2003年，第398-399页。

当如此。"①《答王子飞书》云：

> 陈履常正字，天下士也。读书如禹之治水，知天下之络脉有开有塞，而至于九州涤源、四海会同者也。其作诗渊源，得老杜句法，今之诗人不能当也。至于作文，深知古人之关键，其论事，救首救尾，如常山之蛇，时辈未见其比。②

在求学问道的过程中，山谷对文章技巧也表现出超乎寻常的关注。这与唯恐落入"有意为文"之嫌疑的三苏，形成鲜明对照。《跋子瞻木山诗》云：

> 往尝观明允《木假山记》，以为文章气旨似庄周、韩非，恨不得趋拜其履舄间，请问作文关纽。③

如何用字用典，如何安排诗歌的章法、句法、声律，往往成为黄庭坚评论他人诗作的第一视角，弥补了儒家诗论以"经夫妇，成孝敬，厚人伦，美教化"等政治教化功能作为评价诗歌高下之唯一尺度的理论盲点。正因为采用了儒家诗论所缺乏的维度来评价古今诗人，以儒者自居的黄庭坚屡屡能见人之所未见，发人之所未发。其《跋雷太简梅圣俞诗》云：

> 余闻雷太简才气高迈，观此诗信如所闻也。梅圣俞与余妇家有连，尝悉见其平生诗。如此篇是得意处，其用字稳实，句法刻厉而有和气，他人无此功也。④

---

① 吴文治主编：《宋诗话全编》第二册，南京：凤凰出版社，1998年，第942页。

② 吴文治主编：《宋诗话全编》第二册，南京：凤凰出版社，1998年，第942页。

③ 吴文治主编：《宋诗话全编》第二册，南京：凤凰出版社，1998年，第947页。

④ 吴文治主编：《宋诗话全编》第二册，南京：凤凰出版社，1998年，第947页。

《跋欧阳元老诗》云:

> 此诗入陶渊明格律,颇雍容。使高子勉追之,或未能;然子勉作唐律五言数十韵,用事稳帖,置字有力,元老亦未能也。①

《跋高子勉诗》云:

> 高子勉作诗以杜子美为标准,用一事如军中之令,置一字如关门之键,而充之以博学,行之以温恭,天下士也。②

黄庭坚的评诗标准,是对儒家诗教和六朝文论的整合。刘勰在《文心雕龙·知音》中提出了考察文学作品优劣高低的六个角度,每一个角度,都关乎艺术技巧、艺术功力与作品的艺术水准:

> 是以将阅文情,先标六观:一观位体,二观置辞,三观通变,四观奇正,五观事义,六观宫商。斯术既形,则优劣见矣。③

刘勰的"六观说"涉及作品的表现形式、语言技巧、继承创新、用典、声律等方方面面的内容,均是立足于艺术层面对作品进行的分析考察,与政治事功、王道教化关系不大。黄庭坚并非不讲儒家诗教,只是他认为文章法度、文学技巧与儒家诗教并非二元对立的存在,而是完全可以整合为一、相互成全。深谙理学又大谈诗法的黄庭坚,体现了宋代文人容纳万有的气度,同时却又坚

---

① 吴文治主编:《宋诗话全编》第二册,南京:凤凰出版社,1998年,第950页。

② 吴文治主编:《宋诗话全编》第二册,南京:凤凰出版社,1998年,第950页。

③ [梁]刘勰著,范文澜注:《文心雕龙注》,北京:人民文学出版社,2006年,第715页。

守儒者立场，处处以儒者自居，而这一点既承续了刘勰《文心雕龙》的影响，又受到杜甫"别雅伪体亲风雅，转益多师是吾师"之论的启发。

二

章法、句法、用典、声律、诗眼、句眼，既然对诗歌创作的成败具有如此关键的作用，那么，如何才能掌握它们呢？黄庭坚开出的药方是多读书，尤其是《国风》《楚辞》、杜诗韩文等经典之作。强调读书的重要性，也不是什么新见，杜甫所言"读书破万卷，下笔如有神"早就开了强调诗人多读书的先河。问题是，黄庭坚将读书问学，视作决定诗人成败的第一要素，已暗中悖离了"诗人之诗"的写作传统。换言之，在黄庭坚看来，胸罗万卷诗书，是进入诗歌创作的先决条件。如果不好好读书，就无法领悟文学创作的内在艺术规律，无法掌握文章法度，也就无法写出有品质的作品。怎么读书呢？黄庭坚给出了非常具体的建议，即读书必须深入精博，对作品的篇章结构、开阖布置、用字用典用律，均应详尽考察、细心琢磨，从中体会、领悟艺术创作的个中三昧。其《论作诗文》云：

> 词意高胜，要从学问中来尔。……始学诗，要须每作一篇，辄须立一大意，长篇须曲折三致焉，乃为成章耳。读书要精深，患在杂博。因按所闻，动静念之，触事辄有得意处，乃为问学之功……作诗句要须详略，用事精切，更无虚字也。如老杜诗，字字有出处，熟读三五十遍，寻其用意处，则所得多矣。①

---

① 吴文治主编：《宋诗话全编》第二册，南京：凤凰出版社，1998年，第963页。

在山谷看来，研习学问，是诗人的必修课。《书圣庚家藏楚词》云：

> 章子厚尝为余言："《楚词》盖有所祖述。"余初不谓然。子厚遂言曰："《九歌》盖取诸'国风'，《九章》盖取诸'二雅'，《离骚经》盖取诸'颂'。"余闻斯言也，归而考之，信然。顾尝叹息斯人妙解文章之味。此其于翰墨之林千载也，但颇以世故废学耳，惜哉！①

章子厚对《楚词》与《诗经》内在联系与渊源的考察研究，体现的是学者功夫而不是诗家本色，可在山谷看来，却是"妙解文章之味"的证明。宋调成立的标志之一，就是诗人的学者化，这与黄庭坚等诗坛领袖的反复倡导大有关系。山谷五十九岁时所作《答洪驹父书》将这层意思表达得最为明白透彻：

> 寄诗语意老重，数过读，不能去手，继以叹息，少加意读书，古人不难到也。诸文亦皆好，但少古人绳墨耳，可更熟读司马子长、韩退之文章。
>
> 凡作一文，皆须有宗有趣，终始关键，有开有阖；如四渎虽纳百川，或汇而为广泽，汪洋千里，要自发源注海耳。
>
> 老夫绍圣以前，不知作文章斧斤，取旧所作读之，皆可笑。绍圣以后，始知作文章，但以老病惰懒，不能下笔也。外甥勉之，为我雪耻。
>
> ……
>
> 所寄《释权》一篇，词笔纵横，极见日新之效。更须治经，深其渊源，乃可到古人耳。青琐祭文，语意甚工，但用字时有未安处。自作语最难，老杜作诗，退之作文，无一

---

① 吴文治主编：《宋诗话全编》第二册，南京：凤凰出版社，1998年，第964页。

第二章 黄庭坚与江西诗法的初步形成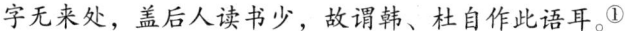

字无来处,盖后人读书少,故谓韩、杜自作此语耳。①

不懂文章的绳墨斧斤、开阖布置、章法结构,就无法创作出好的作品;而掌握文章法度,又需要从读书精博中来;不深入研读古人文章,也就无法领悟作文规矩,无法明白杜诗韩文的字句出处、个中深意。既然好文章从法度中来,法度又从学问中来,那么,学问高低也就成为决定诗人艺术成就高低的先决条件。

黄庭坚诗论崇尚学问的倾向,早在钟嵘的《诗品序》中就成为被讨伐的对象。在钟嵘看来,诗歌创作以吟咏情性为宗旨,应该是即目会心的产物。如果追求字字有来历,在诗歌中大掉书袋、大量用典,必然造成堆砌填塞之病,严重影响表达情性的效果,损害作品的自然英旨。虽然钟嵘主要从推崇自然真美的角度反对用典,但实际上也暗含着区分学人与诗人之意,即认为做学问与诗歌创作是两码事儿,不能混为一谈。北齐颜之推的《颜氏家训·文章》篇同样试图区分做学问与文学创作的差别:

学问有利钝,文章有巧拙。钝学累功,不妨精熟;拙文研思,终归蚩鄙。但成学士,自足为人;必乏天才,勿强操笔。②

钟嵘、颜之推的观点,开了严羽《沧浪诗话》"诗有别材,非关书也"之论的先声,而严羽此番议论正是针对苏、黄与江西诗派以学问为诗的倾向而发。

意识到黄庭坚以学问为诗的创作倾向者,不仅仅只有严羽。

---

① 陶秋英编选,虞行校订:《宋金元文论选》,北京:人民文学出版社,1984年,第187页。

② 郭绍虞主编:《中国历代文论选》第一册,上海:上海古籍出版社,2001年,第351页。

宋人魏泰《临汉隐居诗话》对此早有诟病：

> 黄庭坚作诗得名，好用南朝人语，专求古人未使之事，又一二奇字，缀葺而成诗。自以为工，其实所见之僻也。①

方回《桐江集·刘元晖诗评》云：

> 黄专用经史雅言、晋宋清谈、《世说》中不紧要字，融液为诗。

清人翁方纲《复初斋文集·跋山谷手录杂事墨迹》也指出黄庭坚好录汉晋典故的目的，无非是为诗文创作储备材料：

> 所录皆汉、晋间事，预储为诗文材料。②

魏泰、方回、翁方纲对黄庭坚及江西诗派的评价相去甚远，但他们都看到了黄庭坚积累书卷作为诗材的特点。

黄庭坚《毕宪父诗集序》云：

> 河南毕公宪父以事功知名，治郡甚得民，所去民思之；然不知其能诗也。……庭坚实始以吏事至于庐陵，奉簿领上府，比他吏屡得燕见，听说条理，贯穿六艺百家，下至《安成》《虞初》之记，射匿、候岁、种鱼、相蚕之篇，鼻嚏、耳鸣之占，劾召鬼物之书，无不口讲指画，使疑者冰开，虚心者满怀，归而未尝不叹也。今观公诗，如闻问答之声，如见待问之来。按其笔，语皆有所从来，不虚道，非博极群书者不能读之昭然。③

---

① ［清］何文焕辑：《历代诗话》，北京：中华书局，1981年，第327页。

② 郭绍虞主编：《中国历代文论选》第二册，上海：上海古籍出版社，2001年，第319页。

③ 吴文治主编：《宋诗话全编》第二册，南京：凤凰出版社，1998年，第940页。

毕宪父的诗歌名不见经传，黄庭坚对其诗作的艺术价值不置可否，却极其赞赏毕宪父的博极群书，激赏毕诗的学问深厚。与钟嵘、颜之推不同，黄庭坚并未将文学天分与研习学问视作截然不同、相互妨碍的才能，而是试图将两者整合为文学创作的共同动力。杜甫在《戏为六绝句》中曾说："不薄今人爱古人，清词丽句必为邻。"① 黄庭坚继承、发扬了杜甫博采众长、涵盖万有的思路，既重天才又重学问，融诗人之诗与学人之诗为一体，充分体现了宋代文学和宋代文论打破文类界限的文化整合趋势。

那么，黄庭坚诗论崇尚读书、崇尚学问的倾向，是不是一种倒退呢？固然，黄庭坚的确强调作诗作文应该向杜诗韩文学习，力求每字每句皆有来历，也崇尚在诗歌中大量用典，但黄庭坚对学问的强调实则包含着在前人经典中领悟艺术技巧、创作规律、文章法度的意思。换句话说，黄庭坚主张诗人们要读书精博，更多还是旨在通过遍参、精研前人经典而悟出文学创作的个中三昧，追寻的正是诗之"别材""别趣"。他在《与王庠周彦书》中说：

> 所寄诗文，反覆读之，如对谈笑也。意所主张，甚近古人，但其波澜枝叶不若古人尔。意亦是读建安作者之诗与渊明、子美所作，未入神尔。②

《跋书柳子厚诗》云：

> 予友生王观复作诗有古人态度，虽气格已超俗，但未能

---

① ［唐］杜甫著，［清］杨伦笺注：《杜诗镜铨》卷九《戏为六绝句》，上海古籍出版社，1980年，第399页。
② 郭绍虞主编：《中国历代文论选》第二册，上海：上海古籍出版社，2001年，第317页。

> 从容中玉佩之音,左准绳、右规矩尔。意者读书未破万卷,观古人之文章未能尽得其规摹及所总览笼络,但知玩其山龙黼黻成章耶?①

黄庭坚给王彦周开出的药方,是精读建安作者与陶渊明、杜甫的诗作,观其波澜枝叶,得其精髓神情;给王观复开出的药方,则是读破万卷书,领悟诗歌创作的准绳规矩,重点体会古人文章的总体思路与章法结构,而不是仅仅只是赏玩文采而已。王构《修辞鉴衡》引《名贤诗话》云:

> 黄鲁直自黔南归,诗变前体,且云:"须要唐律中作活计,乃可言诗,以少陵渊蓄云萃,变态百出,虽数十百韵,格律益严,盖操制诗家法度如此。"②

黄庭坚《与王观复书三首之一》云:

> 所送新诗,皆兴寄高远,但语生硬不谐律吕,或词气不逮初造意时。此病亦只是读书未精博耳。长袖善舞,多钱善贾,不虚语也。③

由此可见,黄庭坚时常以诗人之眼而不是以学人之眼去看待读书精博的价值,希望在深入研习前人作品的基础上,领悟诗家法度、作文准绳,这与学者通过读书积累学问、求真问道的目的有着根本差别。

---

① 吴文治主编:《宋诗话全编》,南京:凤凰出版社,1998年,第945-946页。

② 郭绍虞主编:《中国历代文论选》第二册,上海:上海古籍出版社,2001年,第318页。

③ 吴文治主编:《宋诗话全编》第二册,南京:凤凰出版社,1998年,第943页。

三

黄庭坚一方面重视诗歌创作的法度规矩，另一方面却又仅仅将斤斧绳墨视作通向自然天成之境的阶梯，所谓"随心所欲不逾矩"的自由境界才是黄庭坚的最高追求。其《奉和文潜赠无咎篇末多见及以既见君子云胡不喜为韵》云：

> 龟以灵故焦，雉以文故翳。
> 本心如日月，利欲食之既。
> 后生玩华藻，照彩终没世。
> 安得八纮置，以道猎众智。①

法度不管如何重要，如果不能由艺而道，终归一艺而已，上不得台面。因此，黄庭坚虽然"宗杜由西昆"，却一再批评时人的雕章琢句、文风华艳，推崇浑厚自然、朴拙奇崛之美，并以陶渊明的无意为文、李白的不主故常来平衡"宗杜"造成的法度森严之失。即便是杜甫、韩愈，黄庭坚最为推崇的还是他们后期那些老成浑厚、绚烂之极归于平淡的作品。

黄庭坚《送谢公定作竟陵主簿》云：

> 谢公文章如虎豹，至今斑斑在儿孙。竟陵主簿极多闻，万事不理专讨论。涧松无心古须鬣，天球不琢中粹温。②

在黄庭坚看来，谢公定热衷于讨论诗法，是为了成就诗作"天球不琢中粹温"的自然浑成之美。为了避免重蹈西昆派诗人由切磋

---

① ［宋］黄庭坚著，［宋］任渊、史容、史季温注：《山谷诗集注》卷四，上海：上海古籍出版社，2003年，第91页。
② ［宋］黄庭坚著，［宋］任渊、史容、史季温注：《山谷诗集注》卷四，上海：上海古籍出版社，2003年，第106页。

诗技而导致浮艳诗风的覆辙，黄庭坚总是试图在重视技巧与无意为文之间寻找平衡。《赠高子勉》之四云：

> 拾遗句中有眼，彭泽意在无弦。
> 顾我今六十老，付公以二百年。①

黄庭坚一方面极其推崇杜诗的规矩俱备，另一方面却又时时不忘表彰陶渊明的无意为文，以此防止由"宗杜"而滑向拘泥法度、死守规矩的误区。黄庭坚的理想，是将"拾遗句中有眼"与"彭泽意在无弦"整合为一，借助有法之"艺"，通向无法之"道"。纵观山谷诗论，我们不难发现，看似重视诗歌法度的黄庭坚，只是将诗技、诗艺视作通向自由之境的阶梯而已。一旦得鱼即可忘筌，一旦得兔即可忘蹄，一旦抵达超越于法度之上的自由之境，作为阶梯的法度、规矩，自然可以弃之不顾。

相比"拾遗句中有眼"，黄庭坚其实更欣赏"彭泽意在无弦"。其《跋子瞻和陶诗》云：

> 子瞻谪岭南，时宰欲杀之。
> 饱吃惠州饭，细和渊明诗。
> 彭泽千载人，东坡百世士。
> 出处虽不同，风味乃相似。②

《与欧阳元老书》云：

> 寄示东坡岭外文字，今日方眼遍读，使人耳目聪明，如

---

① ［宋］黄庭坚著，［宋］任渊、史容、史季温注：《山谷诗集注》卷十六，上海：上海古籍出版社，2003年，第396页。

② ［宋］黄庭坚著，［宋］任渊、史容、史季温注：《山谷诗集注》卷十七，上海：上海古籍出版社，2003年，第416页。

第二章 黄庭坚与江西诗法的初步形成

清风自外来也。①

渊明诗和苏轼的岭外文字，之所以得到黄庭坚的激赏，就是因为它们如清风扑面，自然真率，已远远超越了雕章琢句的层次。晚年的黄庭坚，极力推崇陶渊明"不烦绳削而自合"的诗歌境界，每每对有意为诗、有意求奇的诗歌创作现象进行批评检讨。其《题意可诗后》云：

> 宁律不谐，而不使句弱；用字不工，不使语俗——此庾开府之所长也，然有意于为诗也。至于渊明，则所谓"不烦绳削而自合"。虽然，巧于斧斤者多疑其拙，窘于检括者辄病其放。孔子曰："宁武子其智可及也，其愚不可及也。"渊明之拙与放，岂可为不知者道哉！②

黄庭坚这段话经常被后来的研究者们所引用，认为"宁律不谐，而不使句弱；用字不工，不使语俗"是山谷的夫子自道，也是江西诗法的重要内容。但我们只要稍微注意一下这段话的前后文，就不难发现，山谷此言实则是在总结庾信诗歌创作的特点，而他自己对此并不以为然，认为庾信有刻意出奇、有意为诗的嫌疑，离陶渊明"不烦绳削而自合"的境界还相差很远。他特别提到，陶渊明诗的拙与放，看似"愚不可及"，却是最有价值之处，最值得学习体会。后人之所以将"宁律不谐，而不使句弱；用字不工，不使语俗"误判为黄庭坚本人的诗学主张，是因为山谷的诗歌创作本来就具备这一特点。由此，我们可以将山谷对庾信"有意为诗"的批评，视作某种自

---

① 吴文治主编：《宋诗话全编》第二册，南京：凤凰出版社，1998年，第942页。

② 吴文治主编：《宋诗话全编》第二册，南京：凤凰出版社，1998年，第948页。

我检讨与反省。

黄庭坚《论诗》云:"谢康乐、庾义城之于诗,炉锤之功不遗力也,然陶彭泽之墙数仞,谢、庾未能窥者,何哉?盖二子有意于俗人赞毁其工拙,渊明直寄焉耳。"① 山谷认为,谢灵运和庾信虽然"炉锤之功不遗力"却连陶诗的门径都未窥见一分,原因就在于谢、庾二人有意为诗、有意于俗人毁誉,而陶渊明已达不计荣辱、直抒胸臆的自由境地,两者不可同日而语。魏泰与王若虚都曾批评黄庭坚好名好胜,认为山谷诗刻意出奇、刻意求变,目的就是试图与苏轼一争高下。但我们若细读山谷诗论,不难发现,黄庭坚一方面重视诗歌法度,另一方面却一再对有意为诗、刻意求奇的创作倾向进行尖锐批评,将无意为诗、无意毁誉、无意雕琢的自由创作状态视作最高理想。其《书陶渊明诗后寄王吉老》云:

> 血气方刚时,读此诗如嚼枯木;及绵历世事,如决定无所用智,每观此篇,如渴饮水,如欲寐得啜茗,如饥啖汤饼。今人亦有能同味者乎?但恐嚼不破耳!②

宋诗从梅尧臣开始,本来就有追求古淡、老成、筋骨之美的倾向,而陶渊明诗的似淡实腴、外枯内膏,则非常符合宋代文人崇尚老境美的审美趣味。山谷暮年对陶诗的别有会心,不仅出于宋代文人对平淡老境之美的一贯偏爱,也是对自己年轻时炫才争胜、刻意为文的反省。

---

① [宋]黄庭坚著:《山谷外集》卷九《论诗》,《影印文渊阁四库全书》本。
② [宋]黄庭坚著:《山谷外集》卷九《书陶渊明诗后寄王吉老》,《影印文渊阁四库全书》本。

四

如何达到超越于法度之上的自由之境呢？黄庭坚给出的方案，仍然是多读书，仍然是通过精研前人的作品去领悟如何洗去铅华、如何由艺而道、如何自然天成的方法。

黄庭坚晚年极重超越于法度之上的自然浑成之境。但在山谷看来，由清丽不凡到语意浑厚，从绚烂之极到归于平淡，靠的还是"熟读元献、景文笔墨"的读书功夫。《书王观复乐府》云：

> 观复乐府长短句清丽不凡，今时士大夫及之者鲜矣。然须熟读元献、景文笔墨，使语意浑厚，乃尽之。①

领悟作诗为文的法度、规矩从读书精博中来，领悟"不烦绳削而自合"的"无意为文"之境，同样要从读书精博中来。山谷《与王观复书三首之一》云：

> 南阳刘勰尝论文章之难云："意翻空而易奇，文征实而难工。"此语亦是。沈、谢辈为儒林宗主，时好作奇语，故后生立论如此。好作奇语，自是文章病，但当以理为主，理得而辞顺，文章自然出群拔萃。观杜子美到夔州后诗，韩退之自潮州还朝后文章，皆不烦绳削而自合矣。②

如何医治文学创作中的"好作奇语"之病呢？黄庭坚的建议是细读精研"杜子美到夔州后诗，韩退之自潮州还朝后文章"，以领会"不烦绳削而自合"的创作极境。《与王观复书三首之

---

① 吴文治主编：《宋诗话全编》第二册，南京：凤凰出版社，1998年，第955页。

② 郭绍虞主编：《中国历代文论选》第二册，上海：上海古籍出版社，2001年，第322页。

二》云：

> 所寄诗多佳句，犹恨雕琢功多耳。但熟观杜子美到夔州后古律诗，便得句法简易，而大巧出焉。平淡而山高水深，似欲不可企及，文章成就，更无斧凿痕，乃为佳作耳。①

洗去斧凿之痕，由人工雕琢达于"平淡而山高水深"的天工大巧，依靠的还是"熟观杜子美到夔州后古律诗"的读书功夫。无论是为了掌握诗技、诗法，还是为了领会超越于法度之上的天工之境，读书精博、饱参细研都是必不可少的功夫。

黄庭坚认为，杜甫诗的精妙之处，不在法度俱备，而在于"无意于文"，而杜诗的"无意于文"，也是精研熟读《国风》《雅》《颂》《离骚》《九歌》的结果。其《大雅堂记》云：

> 子美诗妙处，乃在无意于文，夫无意而意已至，非广之以《国风》《雅》《颂》，深之以《离骚》《九歌》，安能咀嚼其意味，闯然入其门耶？②

黄庭坚的这一思路，也是作为"学人之诗"的宋调得以确立的思想基础。曾经追随江西诗派后期重要诗人曾几学习诗法的陆游，虽然对江西诗法多有批评、纠偏与补充，但他在《何君墓表》一文中发表的观点仍然深受黄庭坚诗论的影响：

> 诗岂易言哉？一书之不见，一物之不识，一理之不穷，皆有憾焉。同此世也，而盛衰异；同此人也，而壮老殊。一卷之诗有淳漓，一篇之诗有善病，至于一联一句，而有可玩者，有可疵者，有一读再读至十百读，乃见其妙者，有初悦

---

① 郭绍虞主编：《中国历代文论选》第二册，上海：上海古籍出版社，2001年，第324页。

② 吴文治主编：《宋诗话全编》第二册，南京：凤凰出版社，1998年，第941页。

可人意,熟味之使人不满者。大抵诗欲工,而工亦非诗之极也。锻炼之久,乃失本旨,斫削之甚,反伤正气。虽曰名不可幸得,以名求诗,又非知诗者。组丽足以移人,夸大足以盖众,故论久而后公,名久而后定。呜呼艰哉!①

在这段文字中,陆游主要表达了两层意思:一是主张诗人应读书精博并广泛研究、积累学问,所谓"一书之不见,一物之不识,一理之不穷,皆有憾焉",完全是以学者的素质来要求诗人;二是反对诗歌创作的刻意求工、锻炼斫削,所谓"大抵诗欲工,而工亦非诗之极也。锻炼之久,乃失本旨,斫削之甚,反伤正气"。这两层意思,都是黄庭坚诗论的核心观点,也是江西诗法的重要内容。

张表臣的《珊瑚钩诗话》,是一部属于江西诗派的著名诗话著作,进一步阐发了黄庭坚反对"破碎琱锼""怪险蹶趋"而崇尚"含蓄天成""平夷恬淡"的诗学主张。张表臣说:

> 篇章以含蓄天成为上,破碎琱锼为下。如杨大年西昆体,非不佳也,而弄斤操斧太甚,所谓七日而混沌死也。以平夷恬淡为上,怪险蹶趋为下。如李长吉锦囊句非不奇也,而牛鬼蛇神太甚,所谓施诸廊庙则骇矣。②

黄庭坚论诗重法度、重学问,"宗杜由西昆"的倾向非常明显,但和"杨大年西昆体"不同的是,山谷"宗杜由西昆"最终追求的是由艺而道、无意为文、不计毁誉的自由之境。而在这一艰难的艺术探索过程中,黄庭坚认为,不管是旨在掌握文学创作的法度还是旨在超越文学创作的法度,作为学者基本素养的读书、

---

① 陶秋英编选,虞行校订:《宋金元文论选》,北京:人民文学出版社,第271页。

② [清]何文焕辑:《历代诗话》,北京:中华书局,1981年,第455页。

问学、穷理功夫对诗家而言都是必不可少的。黄庭坚的这一诗学主张,不仅勾画出了江西诗法的基本面貌,也进一步强化了宋调作为"学人之诗"的特点。

第二节 创新别途:"破体"与"以故为新,以俗为雅"

从欧阳修、梅尧臣开始,宋代诗人即有意走出一条不同于盛唐之音的道路。欧、梅二人有意学习中唐韩孟诗派的"以文为诗",将散文的句式章法、议论说理大量运用到古体诗中,为笼罩在晚唐五代浮艳诗风影响下的北宋诗坛带来了新的气息。不过,宋代诗歌的真正繁荣,还是在苏轼、王安石、黄庭坚这一批文化巨匠登上文坛之后。苏轼、王安石都是天才型的诗人,对探讨、总结具体的诗艺、诗技缺乏兴趣,虽然两人的诗歌均是宋调的杰出代表,但因为不易从中找到学习门径与作文绳墨,反不及黄庭坚对后学的影响来得广大深刻。和苏轼兄弟对"有意为文"的刻意回避及王安石以"有补于世用"为衡量文章高下的单一尺度不同,黄庭坚经常与师友讨论、切磋诗法、诗艺,并从不吝惜向后学示以文学创作的规矩门径,大谈特谈章法、句法、诗眼、声律、用事等文学技巧层面的问题,不避"有意为文"的嫌疑,是江西诗派和江西诗法的真正开启者。

宋代诗歌如何确立自身的独特面目呢?以苏、黄、王为代表的宋代诗人,实则是从两个方面着手来确立宋调:其一为打破文体界限,即所谓"以文为诗""以史为诗",通过借用其他文体的艺术手法,为诗歌创作带来新的活力;其二为"以故为新,以俗为雅",即通过打破新旧界限、雅俗界限,为宋代诗歌拓展出新的艺术表现空间。作为"学人之诗"的宋调,在"以故为新"的层面着力最多。所谓"以故为新",意味着诗人的学者化,学者的诗人化,即将胸中万卷诗书都化作诗材,诗歌创作成为不同时空的学者、诗人之间的情感对话和思想交锋。

《孟子·万章下》云:"孟子谓万章曰:一乡之善士,斯友一乡之善士;一国之善士,斯友一国之善士;天下之善士,斯友天下之善士。以友天下之善士为未足,又尚论古之人。颂其诗,读其书,不知其人,可乎?是以论其世也,是尚友也。"① 孟子认为,读书实际上是与前代圣贤交友的一种方式,是读者与作者之间通过文字进行的情感交流与精神对话。刘勰《文心雕龙·知音》也将文学批评视作了一场读者与作者之间的心灵对话:

> 夫缀文者情动而辞发,观文者披文以入情,沿波讨源,虽幽必显。世远莫见其面,觇文辄见其心。岂成篇之足深,患识照之自浅耳。夫志在山水,琴表其情,况形之笔端,理将焉匿。②

不过,无论是孟子还是刘勰,都是在讨论文学鉴赏、文学批评的过程。中国文论一直都认为诗歌创作是感物而动、情动于中而形于言的产物,所谓在心为志,发言为诗,诗歌表现的对象无非是内在之情志和外在之天地万物。当然,陆机的《文赋》已将研习前代经典、先贤文章视作创作冲动的来源之一:

> 伫中区以玄览,颐情志于典坟。……咏世德之骏烈,诵先人之清芬;游文章之林府,嘉丽藻之彬彬。慨投篇而援

---

① [宋]朱熹撰:《孟子集注·万章章句下》,济南:齐鲁书社,1992年,第153页。
② [梁]刘勰著,范文澜注:《文心雕龙注》,北京:人民文学出版社,2006年,第715页。

笔，聊宣之乎斯文。①

陆机并不是单纯将积累学问看作是文章家应该具备的个人素养，而是将阅读前人经典视为激发创作灵感的重要途径。

如何处理继承与创新的关系，是历代文论都在关注的问题，而至少在六朝诗歌中，堆砌典故就已成为普遍现象。以苏、黄为代表的宋代诗人也喜欢在诗歌中大量用典，喜欢化用前人的陈言陈句入诗，从表面上看，这似乎只是前人这一倾向的自然延续，并无多少新鲜之处。但如果我们仔细分析，就不难发现，黄庭坚等人所说的"以故为新"，实际上是将前人作品甚至整个文化传统视作了一个广阔的对话场域，在这个场域中，作家和历代先贤不断进行思想碰撞，激发出种种创作灵感，寻找到种种诗材诗料，将复古变成创新的跳板与手段。在宋代之前，历代读书人也曾幻想能够饱读诗书、学富五车，但即便是晚唐五代印刷术诞生的初期，绝大多数读书人能够找到的图书仍然只有手卷本，想要获得一册书籍绝非易事。随着印刷技术的迅速发展与不断改良，宋代印书业进入繁荣期，大量图书的印刷出版，为文人士子实现"读破万卷书"的梦想创造了条件。固然，在宋代之前，历代儒生都有研习前代经典的习惯，学问大家层出不穷，可诗人的普遍学者化，还是到宋代才出现的现象，这就为宋代诗歌由"诗人之诗"转向"学人之诗"做好了物质准备。宋代诗歌"以才学为诗"的倾向受到张戒、严羽等人的激烈批评，到了明代前后七子那里更是成为下劣诗歌的代名词，但到了重视考据、重视书卷、重视研究学问的清代，宋诗再次成为诗坛宠儿。清代诗人的学者化倾向与宋代相比有过之而无不及，由此开启了清代最有影响力的诗歌流派——宋诗派。而有清一代最有影响力的古文流派——

---

① ［晋］陆机著，金涛声点校：《陆机集》，北京：中华书局，1982年，第1页。

第二章　黄庭坚与江西诗法的初步形成

桐城派也处处强调学问书卷、考据功夫，实则均是宋调"以才学为诗"的创作倾向在清代文坛的回响。公平地说，虽然"以故为新，以俗为雅"的创新手法，为宋代诗歌带来了某种程度的艺术失范，但也正是通过大胆打破新旧界限、雅俗界限，尤其是通过全面激活诗人与文化传统、历代经典、历代先贤之间的动态关系，宋代诗歌终于走出了一条有别于唐音的自我更新之路。在宋调自我确立的过程中，黄庭坚的创作实践与理论探索都发挥了重要的建构作用。

一

有宋一代的文化整合趋势在文学创作、艺术创作中的具体体现之一，即为"破体"的大行其道。尤其是到了苏、黄主领文坛的时代，强调"以文为诗""以史为诗""以诗为词""以词为诗""诗中有画，画中有诗"，以破体方式来完成艺术创新，已蔚然成风。

黄庭坚的诗歌创作与诗学主张均以"宗杜"为标志。但他到底是如何"宗杜"的呢？宋末元初的诗论大家方回对此有着精到见解。在《瀛奎律髓》中，方回评杜甫《春日江村》云：

> 自山谷始学老杜，而后山继之。"山谷学老杜而不为"，此后山之言也，未知不为如何？后山诗步骤老杜，而深奥幽远，咀嚼讽咏，一看不可了，必再看，再看不可了，必至三看、四看，犹未深晓何如者耶？曰：后山述山谷之言矣，譬之弈焉，弟子高师一着，始及其师。老杜诗所以妙者，全在阖辟顿挫耳，平易之中有艰苦。若但求其平易，而不从艰苦求之，则轻率下笔，不过如元、白之宽耳。学者当思之。[①]

[①] ［元］方回选评，李庆甲集评校点：《瀛奎律髓汇评》卷十，上海：上海古籍出版社，2005年，第324页。

按照方回的看法,杜诗的精髓"全在阖辟顿挫耳,平易之中有艰苦",无论是黄庭坚还是陈师道,"宗杜"的方式都是从艰苦中求平易,且极其重视杜诗的布置开阖、节奏旋律。

秦观与黄庭坚一样,也是苏门四学士之一。秦观之婿范温所作《潜溪诗眼》,是一部典型的有关江西诗法的诗话著作。通过详尽分析杜甫《赠韦见素》、韩愈《原道》以及《尚书·尧典》的篇章结构、开阖布置、命意曲折,范温呈现了如何通过精读前人经典以考察作文法度尤其是文章布置安排之法的过程,是对黄庭坚文学思想的精彩阐发与运用:

> 山谷言文章必谨布置,每见后学,多告以《原道》命意曲折。后予以此概考古人法度,如杜子美《赠韦见素诗》云:"纨绔不饿死,儒冠多误身。"此一篇立意也,故使人静听而具陈之耳。自"甫昔少年日",至"再使风俗淳",皆儒冠事业也。自"此意竟萧条",至"蹭蹬无纵鳞",言误身如此也。则意举而文备。故已有是诗矣,然必言其所以见韦者,于是有厚愧真知之句。所以真知者,谓传诵其诗也。然宰相职在荐贤,不当徒爱人而已,士故不能无望,故曰:"窃效贡公喜,难甘原宪贫。"果不能荐贤则去之可也,故曰:"焉能心怏怏,只是走踆踆。"又将入海而去秦也。然其去也,必有迟迟不忍之意,故曰:"尚怜终南山,回首清渭滨。"则所知不可以不别,故曰:"常拟报一饭,况怀辞大臣。"夫如此是可以相忘于江湖之外,虽见素亦不得而见矣,故曰"白鸥没浩荡,万里谁能驯"终焉。此诗前贤录为压卷,盖布置最得正体,如官府甲第厅堂房室,各有定处,不可乱也。韩文公《原道》,与《书》之《尧典》盖如此,其他皆谓之变体可也。盖变体如行云流水,初无定质,出于精微,夺乎天造,不可以

第二章 黄庭坚与江西诗法的初步形成

> 形器求矣。然要之以正体为本,自然法度行乎其间。譬如用兵,奇正相生,初若不知正而径出于奇,则纷然无复纲纪,终于败乱而已矣。①

作为一部诗话类著作,范温在此处不仅分析了杜诗的篇章布置,也分析了韩愈《原道》和《尚书·尧典》的章法,透露了黄庭坚"以文为诗"的重点是借用古文的篇章安排、开阖布置来处理诗歌的结构。在黄庭坚之前,中国诗论以"诗言志""诗缘情"的表现说为主线,对诗歌的叙事性、戏剧性不甚重视,对诗歌的篇章结构、开阖布置更是鲜有涉及。中唐时期的元白诗派"以文为诗"的倾向主要表现为大大增强了诗歌的叙事性、戏剧性,但却缺乏相应的理论探讨。黄庭坚借用古文的开阖布置之法来处理诗歌的章法,造成了一波三折、腾挪变幻、云遮雾绕的艺术效果,为宋代诗歌带来有别于唐音的崭新气象,而黄庭坚对章法结构的重视,也成为江西诗法的特点之一。

山谷不仅有意借鉴古文章法来处理诗歌结构,也从杂剧的结构安排中获得关于诗歌章法处理的灵感。《王直方诗话》记载了黄庭坚以杂剧论诗歌章法的一段话:

> 山谷云:"作诗正如作杂剧,初时布置,临了须打诨,方是出场。"盖是读秦少章诗恶其终篇无所归也。②

同样的记载也出现在陈善《扪虱新语》下集卷一:

> 山谷尝言作诗正如作杂剧,初时布置,临了须打诨,方是出场。予谓杂剧出场,谁不打诨,只是难得切题可笑尔。

---

① 郭绍虞辑:《宋诗话辑佚》,北京:中华书局,1980年,第323–325页。

② 郭绍虞辑:《宋诗话辑佚》,北京:中华书局,1980年,第14页。

山谷盖是读秦少章诗,恶其终篇无所归,故有此语。①

在黄庭坚看来,诗歌的章法结构大可借鉴古文、杂剧的章法结构,应该布置谨严、有开有阖、首尾相救。一旦诗歌的章法结构出了问题,终篇文字将无所归宿,诗歌创作也就归于失败。

以史笔入诗,以史法作诗,同样是山谷通过"破体"方式实现诗歌新变的尝试。这来自于杜甫以史笔入诗的启发。黄庭坚《次韵伯氏寄赠盖郎中喜学老杜之诗》云:

> 老杜文章擅一家,国风纯正不敧斜。
> 帝阍悠邈开关键,虎穴深沉探爪牙。
> 千古是非存史笔,百年忠义寄江花。
> 潜知有意升堂室,独抱遗编校舛差。②

黄庭坚读杜诗,读出了"千古是非存史笔"的不同凡响,诗与史,在杜诗这里融合为一个不可分割的整体,成就了一代"诗史"。受此启发,山谷也常常"诗有史法",有意打破诗法与史笔的界限。曾季貍《艇斋诗话》云:"山谷《浯溪碑》诗有史法,古今诗人不至此也。"③

以"破体"的方式实现文学创新,在有宋一代成为风气。苏轼"以诗为词"为曲子词的创作带来了全新气象,而黄庭坚也是"以诗为词"的代表人物。吴曾《能改斋漫录》卷十六《乐府》记载了晁无咎对山谷词的评价:

---

① 傅璇琮:《古典文学研究资料汇编·黄庭坚和江西诗派卷》,北京:中华书局,1978年,第75页。
② [宋]黄庭坚著,[宋]任渊、史容、史季温注:《山谷诗集注·山谷诗外集补卷四》,上海:上海古籍出版社,2003年,第1308页。
③ 丁福保辑:《历代诗话续编》,北京:中华书局,1983年,第296页。

> 晁无咎评本朝乐章，不具诸集，今载于此云："……黄鲁直间作小词，固高妙，然不是当行家语，是著腔子唱好诗。"①

李清照的《论词》强调曲子词"别是一家"，反对"以诗为词"，力主"尊体"以防范"破体"带来的词体失范，由此可见当时"以诗为词"的破体尝试对北宋文坛造成的冲击。打通文类界限、文体界限的"破体"尝试，成为江西诗法的重要生成方式之一。

二

江西诗派的代表人物吕本中在《童蒙诗训》中说：

> 自古以来，语文章之妙，广备众体，出奇无穷者，唯东坡一人。极风雅之变，尽比兴之体，包括众作，本以新意者，唯豫章一人。此二人当永以为法。②

苏、黄不仅是有宋一代最为杰出的诗人，更为关键的是，他们的"出奇无穷""本以新意"，真正促成了宋调对唐音的全面取代。

黄庭坚之后的宋代诗话大多对山谷诗自出新意、别创宋调的历史贡献评价甚高。胡仔《苕溪渔隐丛话》简略梳理了一番从陆机、韩愈到宋祁再到黄庭坚有关文学创新的议论：

> 宋子京《笔记》曰："文章必自名一家，然后可以传不朽。若体规画圆，准方作矩，终为人之臣仆。古人讥屋下架屋，信然。陆机曰：'谢朝花于已披，启夕秀于未振。'韩

---

① 傅璇琮：《古典文学研究资料汇编·黄庭坚和江西诗派卷》，北京：中华书局，1978年，第105页。
② 郭绍虞辑：《宋诗话辑佚》，北京：中华书局，1980年，第604页。

愈曰：'惟陈言之务去。'此乃为文之要。"苕溪渔隐曰："学诗亦然，若循习陈言，规摹旧作，不能变化，自出新意，亦何以名家。鲁直诗云：'随人作计终后人。'又云：'文章最忌随人后。'诚至论也。"①

陈善《扪虱新语》也评论说：

> 欧阳公诗，犹有国初唐人风气。公能变国朝文格，而不能变诗格，及荆公、苏、黄辈出，然后诗格遂极于高古。②

罗大经《鹤林玉露》云：

> 江西自欧阳子以古文起于庐陵，遂为一代冠冕，后来者莫能与之抗；其次莫如曾子固、王介甫，皆出欧门，亦皆江西人。老苏所谓"执事之文非孟子之文，而欧阳子之文"也。朱文公谓江西文章如欧阳永叔、王介甫、曾子固，做得如此好，亦知其鬴鬴不可尚已。至于诗，则山谷倡之，自为一家，并不蹈古人町畦。象山云："豫章之诗，包含欲无外，搜抉欲无袐，体制通古今，思致极幽眇，贯穿驰骋，工夫精到，虽未极古之源委，而其植立不凡，斯亦宇宙之奇诡也，开辟以来能自表见于世若此者，如优钵昙华，时一现耳。"杨东山尝谓余云："丈夫自有冲天志，莫向如来行处行。"岂惟制行，作文亦然。如欧公之文，山谷之诗，皆所谓不向如来行处行者也。③

---

① ［宋］胡仔纂集，廖德明校点：《苕溪渔隐丛话》前集卷四十九，北京：人民文学出版社，1984年，第333页。

② 傅璇琮：《古典文学研究资料汇编·黄庭坚和江西诗派卷》，北京：中华书局，1978年，第75页。

③ ［宋］罗大经撰，王瑞来点校：《鹤林玉露》，北京：中华书局，1983年，第284 – 285页。

所谓"莫向如来行处行",即意味着不甘随人脚跟、不愿"随人作计"的独创精神。

刘克庄在《江西诗派小序》中,甚至将黄庭坚视为"本朝诗家宗祖",看重的也是山谷诗对宋诗新变的引领之功:

> 至六一、坡公,巍然为大家数,学者宗焉。然二公亦各极其天才笔力之所至而已,非必锻炼勤苦而成也。豫章稍后出,会萃百家句律之长,究极历代体制之变,蒐猎奇书,穿穴异闻,作为古律,自成一家,虽只字半句不轻出,遂为本朝诗家宗祖,在禅学中比得达磨,不易之论也。①

刘克庄将黄庭坚而不是欧阳修、苏轼视为"本朝诗家宗祖",主要原因有二:其一,山谷诗的成就靠的是"锻炼勤苦","虽只字半句不轻出",不仅为后学示范了苦吟功夫和严谨的创作态度,也昭示了森严的法度;其二,山谷诗能够"会萃百家句律之长,究极历代体制之变,蒐猎奇书,穿穴异闻,作为古律,自成一家",学古而不泥古,在博采众长的基础上求新出奇、另辟蹊径,为宋诗开辟了新的诗国。严羽在《沧浪诗话》中也说:

> 近代诸公,乃作奇特解会,遂以文字为诗,以才学为诗,以议论为诗,夫岂不工,终非古人之诗也。②

所谓"终非古人之诗",恰恰是从反面充分肯定了以苏、黄为代表的宋代诸公自出己意、别创新声的努力。而苏、黄别创新声最为重要的手段是"以故为新,以俗为雅"。

苏轼和黄庭坚都提出过"以故为新,以俗为雅"的创作原则。苏轼《题柳子厚诗》云:

---

① 丁福保辑:《历代诗话续编》,北京:中华书局,1983 年,第 478 页。
② [清] 何文焕辑:《历代诗话》,北京:中华书局,1981 年,第 688 页。

> 诗须要有为而作，用事当以故为新，以俗为雅。好奇务新，乃诗之病。柳子厚晚年诗，极似陶渊明，知诗病者也。①

不过，苏轼的"以故为新，以俗为雅"只是针对在诗歌中如何用典的问题而发，而且前不忘强调"诗须有为而作"，后不忘强调"好奇务新，乃诗之病"，即艺术创新需要服务于现实事功且不能损害诗歌的自然天成之美。苏轼虽然重视创新，但他同时又反对有意求奇，推崇"风水相遭，自然成文"，因此对于韩愈诗的雄奇险怪颇不以为然。其《评韩柳诗》云：

> 柳子厚诗在陶渊明下、韦苏州上。退之豪放奇险则过之，而温丽靖深不及也。所贵乎枯淡者，谓其外枯而中膏，似淡而实美，渊明、子厚之流是也。②

在《答谢民师书》一文中，苏轼对扬雄的"好为艰深之辞"也提出了激烈批评：

> 扬雄好为艰深之辞，以文浅易之说，若正言之则人人知之矣。此正所谓雕虫篆刻者，其《太玄》《法言》皆是类也，而独悔于赋，何哉？终身雕篆而独变其音节，便谓之经，可乎？③

黄庭坚对扬雄的评价则完全不同。《山谷外集》卷一三《读书呈几复二首》云：

---

① 陶秋英编选，虞行校订：《宋金元文论选》，北京：人民文学出版社，1984年，第175页。

② 陶秋英编选，虞行校订：《宋金元文论选》，北京：人民文学出版社，1984年，第175页。

③ 陶秋英编选，虞行校订：《宋金元文论选》，北京：人民文学出版社，1984年，第163页。

第二章　黄庭坚与江西诗法的初步形成

> 身入群经作蠹鱼，断编残简伴闲居。
> 不随当世师章句，颇识扬雄善读书。①

对皓首穷经而又能自出新意的扬雄充满了激赏。

苏、黄在文学观念、审美趣味上的差异，造成了两者所言"以故为新，以俗为雅"的根本不同。黄庭坚《再次韵杨明叔并序》云：

> 庭坚老懒衰堕，多年不作诗，已忘其体律。因明叔有意斯文，试举一纲而张万目。盖以俗为雅，以故为新，百战百胜，如孙吴之兵，棘端可以破敌；如甘蝇飞卫之射。此诗人之奇也，明叔当自得之。公眉山人，乡先生之妙语，震耀一世。我昔从公得之为多，故今以此事相付。②

山谷自称是从苏轼处得到"以俗为雅，以故为新"的写作秘诀，但如果我们将两者稍做比较，不难发现，黄庭坚已将"以俗为雅，以故为新"从苏轼所言的用典技巧扩大到"举一纲而张万目"的根本原则。整个江西诗法，实则都与"以俗为雅，以故为新"这八字原则相关。"以故为新"，打破了艺术创作过程中的新旧界限；"以俗为雅"，则旨在打破雅俗界限。这与"破体"创新的思路，如出一辙。

"以故为新，以俗为雅"的提法，实则不始于苏轼，而始于宋调的开创者梅尧臣。据江西诗派的代表诗人陈师道所撰《后山诗话》云：

> 闽士有好诗者，不用陈语常谈。写投梅圣俞。答书曰：

---

① 吴文治主编：《宋诗话全编》第二册，南京：凤凰出版社，1998年，第958页。

② [宋]黄庭坚著，[宋]任渊、史容、史季温注：《山谷诗集注》卷十二，上海：上海古籍出版社，2003年，第303页。

"子诗诚工,但未能以故为新,以俗为雅尔。"①

从上下文看,梅尧臣所言"以故为新,以俗为雅",与他崇尚古淡之美的艺术趣味有关。梅尧臣对闽士的劝导,包含几层意思:其一是反对尚奇好怪;其二是对"陈语常谈"的重视;其三是主张打通新旧、雅俗的界限,以此作为文学创新的增长点。何谓"陈语常谈"?梅尧臣此处没有明说,但至少与前代典籍、先贤文章所代表的文化传统有关,与诗人的学养积累、胸中书卷有关。对于"陈语常谈"的尊重,意味着梅尧臣对书本学问的尊重。梅尧臣的这一思路已与黄庭坚非常接近,透露了宋代诗歌由诗人之诗向学人之诗转变的端倪。

苏轼所言"以故为新,以俗为雅"与梅尧臣又有不同,落实到了诗歌中的用事技巧这一非常具体的层面,不再是泛泛之谈。诗歌中大量用典,正是诗人学者化的表现之一。苏轼受父亲苏洵推崇"风水相遭,自然成文"之观点的影响,一直强烈反对有意为文、刻意为文,很少谈论非常具体的写作技巧与诗歌法度,而且不管是在诗词歌赋还是在绘画书法的创作中,苏轼作品都以摆脱拘束、随物赋形、任意挥洒为特征。就是这样一位天才型的艺术大家,却偏偏对诗歌创作中的"用事"即掉书袋的技巧感兴趣,可见这一时期的宋代诗坛崇尚学问、崇尚书卷的风气。在这一风气的影响之下,本来就重视法度、重视书本的黄庭坚,将苏轼所言"以故为新,以俗为雅"的用事技巧扩大、上升为诗歌创作的根本原则,当然是情理之中的事情。黄庭坚敏锐地看到,宋诗想要在唐音之外别开生面,最大的创新空间恰恰在于对文化传统、对"陈语常谈"的有效利用和全面激活上。如何重构诗人与文化传统、历代先贤之间的动态关系并从中找到创

---

① [清]何文焕辑:《历代诗话》,北京:中华书局,1981年,第314页。

作素材与创作灵感呢？黄庭坚又提出了两种非常具体的方法：其一为点铁成金，其二为夺胎换骨。

三

何谓"点铁成金"？黄庭坚在《答洪驹父书》一文中做了简要阐发：

> 自作语最难，老杜作诗，退之作文，无一字无来处，盖后人读书少，故谓韩、杜自作此语耳。古之能为文章者，真能陶冶万物，虽取古人之陈言入于翰墨，如灵丹一粒，点铁成金也。①

"点铁成金"，看上去只是"取古人之陈言入于翰墨"，不免有剽窃之嫌，但我们不能忽视的是黄庭坚对"古之能为文章者，真能陶冶万物"的强调。诗人、文章家只有具备这种"陶冶万物"的能力，方可将"古人之陈言"转化为自己作品的血肉，让已经日渐陈旧的文字在新的语境中焕发出生机与光彩。对于一再强调文学新变、不甘随人作计的黄庭坚而言，主张"点铁成金"绝非是为了替抄袭剽窃前人之作找一块遮羞布，而是将"点铁成金"视作实现"以故为新"的具体创作手法。"点铁成金"的核心思想，是"夺他人之酒杯，浇自己之块垒"，借古人之陈言，达今人之新意。在运用"点铁成金"的创作手法时，作者必须具备驱使、驾驭万卷诗书的学问与才力，否则就没有办法"陶冶""点化"古人陈言为我所用。中唐诗僧皎然在其撰写的《诗式》中，就曾提到作者的才力学问不够而贸然复古的危险：

---

① 陶秋英编选，虞行校订：《宋金元文论选》，北京：人民文学出版社，1984年，第187－188页。

> 后辈若乏天机，强效复古，反令思扰神沮。何则？夫不工剑术，而欲弹抚干将太阿之铁，必有伤手之患，宜其诫之哉！①

其实，皎然所言"复古"即黄庭坚所言"以故为新"。可见，早在中唐时期，如皎然这样的诗论家已经认识到以"复古"的方式进行艺术创新是一件非常困难的事情，需要作者具备非同寻常的学问、天分、才力，否则不仅无法使古人为我所用，反而"必有伤手之患"，成为"复古"的牺牲品。黄庭坚所言"点铁成金"，不仅要求作者胸罗万卷诗书，而且进一步要求作者有自由驾驭、点化古人陈言的才力气魄，最终的目的绝不是为了"复古"，而是以"复古"的方式实现文学创新。在这一过程中，创作者始终是主动点化"古人陈言"为我所用的积极建构者，而绝不是跟在古人身后亦步亦趋的模仿者。

何谓"夺胎换骨"？惠洪《冷斋夜话》卷一转述了黄庭坚对"夺胎法""换骨法"的定义，并举了不少例子来阐发惠洪本人对"夺胎法""换骨法"的具体理解：

> 山谷云：诗意无穷，而人之才有限，以有限之才，追无穷之意，虽渊明、少陵，不得工也。然不易其意而造其语，谓之换骨法；窥入其意而形容之，谓之夺胎法。如郑谷《十日菊》曰："自缘今日人心别，未必秋香一夜衰。"此意甚佳，而病在气不长。西汉文章雄深雅健者，其气长故也。……山谷作《登达观台》诗曰："瘦藤拄到风烟上，乞与游人眼界开。不知眼界阔多少，白鸟去尽青天回。"凡此之类，皆换骨法也。顾况诗曰："一别二十年，人堪几回别。"其诗简拔，

---

① 郭绍虞主编：《中国历代文论选》第二册，上海：上海古籍出版社，2001年，第78页。

而立意精确。舒王作与故人诗云:"一日君家把酒杯,六年波浪与尘埃。不知乌石江边路,到老相逢得几回。"乐天诗曰:"临风杪秋树,对酒长年身。醉貌如霜叶,虽红不是春。"东坡南中诗云:"儿童误喜朱颜在,一笑哪知是醉红。"凡此之类,皆夺胎法也。①

按照惠洪的转述,无论是黄庭坚所言"夺胎法"还是"换骨法",实则都是有意借鉴古人的构思,重新组织新鲜的语言对原有诗意加以深化拓展。葛立方《韵语阳秋》卷二对诗家的所谓"换骨法"也有举例说明:

> 诗家有换骨法,谓用古人意而点化之,使加工也。李白诗云:"白发三千丈,缘愁似个长。"荆公点化之,则云:"织成白发三千丈。"刘禹锡云:"遥望洞庭湖翠水,白银盘里一青螺。"山谷点化之云:"可惜不当湖水面,银山堆里看青山。"孔稚圭《白苎歌》云:"山虚钟磬彻。"山谷点化之,云:"山空响管弦。"卢仝诗云:"草石是亲情。"山谷点化之,云:"小山作朋友,香草当姬妾。"学诗者不可不知此。②

葛立方对"换骨法"的理解,和惠洪所转述的黄庭坚对"夺胎法""换骨法"的定义非常类似,都是指诗人通过对古人诗意的借鉴与点化,在前人诗作的基础上移宫换羽、移花接木,最终将古人诗意转化为自己作品的血肉,实际上也就是通过"以故为新"的方式达成创新目标。无论是"夺胎法"还是"换骨法",对诗人的学问积累及驾驭他人诗作供我驱使的才力气魄都提出了

---

① 傅璇琮编:《古典文学研究资料汇编·黄庭坚和江西诗派卷》,北京:中华书局,1978年,第32页。
② 傅璇琮编:《古典文学研究资料汇编·黄庭坚和江西诗派卷》,北京:中华书局,1978年,第92页。

极高要求。

对惠洪转述的山谷所言"换骨法""夺胎法",宋代诗论家吴曾在《能改斋漫录》卷十《议论》中提出了质疑,认为"一洗万古凡马空"的黄庭坚,将文学创新视作生命,怎么可能如三流诗人一般,教人以蹈袭模仿之法呢?吴曾说:

> 洪觉范《冷斋夜话》曰:"山谷云:'诗意无穷,而人之才有限。以有限之才,追无穷之意,虽少陵、渊明,不得工也。然不易其意而造其语,谓之换骨法;规模其意形容之,谓之夺胎法。'"予尝以觉范不学,故每为妄语。且山谷作诗,所谓"一洗万古凡马空",岂肯教人以蹈袭为事乎?唐僧皎然尝谓:"诗有三偷:偷语最是钝贼,如傅长虞'日月光太清'、陈后主'日月光天德'是也;偷意事虽可罔,情不可原,如柳浑'太液微波起,长杨高树秋',沈佺期'小池残暑退,高树早凉归'是也;偷势才巧意精,略无痕迹,盖诗人偷狐白裘手,如嵇康'目送归鸿,手挥五弦',王昌龄'手携双鲤鱼,目送千里雁'是也。"夫皎然尚知此病,孰谓学如山谷,而反以不易其意与规模其意,而遂犯钝贼不可原之情耶?①

在吴曾看来,所谓"换骨法""夺胎法",不过是皎然在《诗式》中所言"诗有三偷"中的"偷语""偷意"之法,已犯"钝贼不可原之情",连皎然都"尚知此病",扫尽凡言的一代诗宗黄庭坚又如何会犯这么低级的错误呢?吴曾看上去是在维护山谷的清誉,实则是无法接受以黄庭坚为代表的江西诗派通过"点铁成金""夺胎换骨"的方式进行文学创新的基本思路,本质上是无

---

① 傅璇琮编:《古典文学研究资料汇编·黄庭坚和江西诗派卷》,北京:中华书局,1978年,第104页。

法接受"诗人之诗"向"学人之诗"的蜕变。

四

　　黄庭坚所言"以俗为雅",实则是主张打破语言、文体的雅俗界限以实现艺术创新。江西诗法非常重视诗歌的篇章结构,这是之前历代诗论严重忽略的一环。清代戏剧家李渔撰写的《闲情偶寄》有关戏曲理论的部分,首次提出了"结构第一"的主张,认为严谨有序、天衣无缝、曲折跌宕的篇章结构,是决定戏剧创作成败的第一要素。黄庭坚以杂剧的布置手法来处理诗歌的章法,形成了意断脉连、大开大合、一波三折的章法特征,造成了山谷诗起伏跌宕、出其不意的戏剧效果。从某种意义上说,江西诗法中有关诗歌章法布置的部分,正是黄庭坚学习杂剧创作手法、有意识地"以俗为雅"的成果。与此同时,苏轼、黄庭坚等人及江西诗派又时时以日常口语、市井俗语、各地方言包括稗官野史、小说家言入诗,充分体现了"以俗为雅"的创新勇气,打破了诗歌创作的俗套陈规而别开生面,创造了有别于悠悠唐音的独特审美效果。"以俗为雅"的趣味,也影响到黄庭坚曲子词的创作,尤其是部分艳情词几乎通篇使用市井俗语,达到令人瞠目结舌的地步,颇受时人诟病。

　　不过,"以俗为雅"的重点还是落在"为雅"的层面。苏轼在诗歌创作中的"以俗为雅",表现为大胆将以前的诗人摒弃不用的俗语、方言以及佛经、道书、稗官野史中的典故,信手拈来,融液为诗。"用俗"只是出奇制胜的手段,"以俗为雅"才是真正目的。山谷一直看重作品的不同流俗、超拔脱尘。黄庭坚《跋东坡乐府》云:

　　　　"缺月挂疏桐,漏断人初定。时见幽人独往来,缥渺孤鸿影。惊起却回头，有恨无人省。拣尽寒枝不肯栖，寂寞沙洲冷。"东坡道人在黄州时作。语意高妙，似非吃烟火食人语，非胸中有万卷书，笔下无一点尘俗气，孰能至此？①

其《与党伯舟帖八》云：

> 承惠新颂三篇，极叹用心精苦也。然诗颂要得出尘拔俗，有远韵而语平易，不知曾留意寻此等师匠楷模否？②

对宋代诗人而言，如果仅仅只是在诗歌中运用前代诗人已用得过熟过滥的"雅言"，反倒会流于俗滑。为了追求"不俗"，宋代诗人另辟蹊径，从不能登大雅之堂的街谈巷议、方言俚语、鄙谚小说、佛经道书中撷取诗材，经过诗人的气度胸襟加以冶炼陶铸，反倒获得生新拔俗的艺术效果。

有关黄庭坚"以俗为雅"的艺术尝试，在宋人诗话中多有记载。《漫叟诗话》（阙名）云：

> 谚云："去家千里，勿食萝摩枸杞。"山谷尝赋道院枸杞诗云："去家尚勿食，出家安用许。"时同赋者服其用事精确。③

这里虽然是在赞扬山谷用事精确，但此诗的用事，实则是对民间谚语的化用。陈岩肖《庚溪诗话》卷下云：

> 本朝诗人，与唐世相元，其所得各不同，而俱自有妙处，不必相蹈袭也。至山谷之诗，清新奇峭，颇道前人未尝

---

① 吴文治主编：《宋诗话全编》第二册，南京：凤凰出版社，1998年，第947页。

② 吴文治主编：《宋诗话全编》第二册，南京：凤凰出版社，1998年，第970页。

③ 傅璇琮编：《古典文学研究资料汇编·黄庭坚和江西诗派卷》，北京：中华书局，1978年，第109页。

道处，自为一家，此其妙也。至古体诗，不拘声律，间有歇后语，亦清新奇峭之极也。①

陈岩肖提到的，则是黄庭坚对歇后语的运用为诗歌带来的清新奇峭之气。

当然，也有批评苏轼、黄庭坚未能成功运用俗语者，比如张戒的《岁寒堂诗话》就认为苏、黄"喜用俗语"却"安排勉强"，损害了诗歌的自然之美：

> 世徒见子美诗之粗俗，不知粗俗语在诗句中最难；非粗俗，乃高古之极也。自曹、刘死，至今一千年，惟子美一人能之……近世苏、黄亦喜用俗语，然时用之，亦颇安排勉强，不能如子美胸襟流出也。②

在张戒看来，苏、黄和杜甫一样"喜用俗语"，却无法如杜甫一样自由地驾驭"粗俗语"，尽管花费了许多力气，仍然无法化粗俗为高古，这实际上是在暗示苏、黄无法实现其"以俗为雅"的创作初衷。不过，张戒的评论也从反面印证了黄庭坚在诗歌创作中"喜用俗语"的倾向。"以俗为雅"的艺术创新手法当然不起于宋代，杜甫的诗歌创作就是"以俗为雅"的典范，但将这一创新手法提升到诗学理论的层面，还是梅尧臣、苏轼以来宋代诗人的贡献，而黄庭坚将"以俗为雅"上升为诗歌创作的基本原则之一，更是丰富了宋代诗学的内容，为江西诗法的形成进一步夯实了基础。

黄庭坚曾用杂剧的结构布置来向后学示范诗歌的章法处理技

---

① 傅璇琮编：《古典文学研究资料汇编·黄庭坚和江西诗派卷》，北京：中华书局，1978年，第94页。

② 丁福保辑：《历代诗话续编》，北京：中华书局，1983年，第450－451页。

巧。据陈善《扪虱新语》下集卷一记载："山谷尝言作诗正如作杂剧，初时布置，临了须打诨，方是出场。"① 随着宋代市井文化的日益发达，杂剧、话本、曲子词等通俗文艺也渗透进文人士大夫的日常生活，对其文学观念发挥着潜在影响。杂剧重在故事性、戏剧性，结构安排、情节处理的严谨缜密对作品的成败至为关键。黄庭坚以杂剧的布置安排来示范诗歌的章法技巧，本身就是打通雅俗界限的理论尝试。

第三节 诗学与儒学、禅学的融合

晚唐五代，经历了一个礼崩乐坏、儒学衰落、天下大乱的黑暗时期。到了宋王朝一统天下之后，摆在统治阶层和文人士大夫面前的一个重要使命就是重建道德文化秩序，这一历史要求促成了北宋时期儒学复古思潮的汹涌和理学的兴起。与此同时，随着文人士大夫参禅论道之风的日益盛行，援禅入儒、援儒入禅成为一时风气，禅宗的思维方式与思想成果不仅成为宋代学人建构理学的重要思想资源，也带来了整个儒家学说由重视外在政治事功向重视内在心性修养的转变。从宋代开始，儒学的升级版"理学"，不再仅仅只是一门入世之学，也成为本体论意义上的天理之学、心性之学，并成为文人士大夫磨炼存养功夫的最好教材。

黄庭坚一生既以儒生自居，也以禅师自许，其诗学思想受到理学与禅学的双重塑造。受理学思想的影响，黄庭坚相信天地万物、日常人伦都不能离了一个理字，都可从中见出天理流行。因此，诗歌创作也必然有其天理、有其法度，对诗法的探索，成为

---

① 傅璇琮编：《古典文学研究资料汇编·黄庭坚和江西诗派卷》，北京：中华书局，1978年，第75页。

第二章 黄庭坚与江西诗法的初步形成

探索天理的一部分,自然也就获得合法性。另一方面,黄庭坚非常重视"理"在诗文创作中的位置,认为文章"但当以理为主,理得而辞顺,文章自然出群拔萃"①。我们知道,在宋代之前,中国诗论以"诗言志"与"诗缘情"为主流观点,对于诗歌的理趣、理致、哲思的重视,实为诗学受理学影响的产物。北宋时期的理学家周敦颐、邵雍、程颢,都喜欢吟风弄月,但理学家们写诗的目的与一般诗人不同,哪怕是抒发情感,也是为了表现天理的随处充溢之乐和与道同体的圣贤气象。受此影响,黄庭坚不仅在其诗歌创作中重视呈现万物自得之理,也在其诗论中将"理"放在一个核心位置。

宋代理学对黄庭坚诗论最大的影响,体现在作家修养论方面。黄庭坚一再强调精研儒家经典并践行儒家之道是一个诗人最为根本的修养,"治气养心"的重要性远远超过了烹字炼句的重要性并决定了诗歌创作的最终成就,而参禅问道也是另一种"治气养心"的功夫,与儒者的明心见性功夫并行不悖。禅学对黄庭坚诗论最为明显的影响,当然是"以禅论诗"。他所提出的"点铁成金""夺胎换骨"等诗歌创作手法,均直接或间接来自禅宗公案或禅宗话头,而他对于读书精博和规矩法度的强调,类似于对禅家所言"遍参诸方"的渐修功夫的强调,而他对于"不烦绳削而自合"之境的追求,则类似于对禅家所言顿悟之境的追求。

诗学与理学、禅学的融合,是北宋中期之后宋代诗论的重要特征,同样反映了宋代文化走向整合的大趋势。黄庭坚无论是对诗学还是对理学、禅学,均有深入研习体认,对诗家、儒者、禅师的三重身份都有深刻认同,他的诗论因此最为突出地体现了诗

---

① 陶秋英编选,虞行校订:《宋金元文论选》,北京:人民文学出版社,1984年,第183页。

学与理学、禅学融合的特征。

一

从孔子开始，儒家文论一直强调"有德者必有言"，将作者的内在品德视作文章的源头与根本。《孟子·尽心上》云：

> 君子所性，仁义礼智根于心。其生色也，睟然见于面、盎于背、施于四体，四体不言而喻。①

《礼记·乐记》云：

> 诗言其志也，歌咏其声也，舞动其容也。三者本于心，然后乐器从之。是故情深而文明，气盛而化神，和顺积中而英华发外，唯乐不可以为伪。②

作家内心的面貌决定了文章的面貌，创作者内在品质的高下决定了文章品质的高下，这一观点，基本上成为汉代文人的共识。东汉学者王充在《论衡·超奇》篇中说：

> 有根株于下，有荣叶于上，有实核于内，有皮壳于外。文墨辞说，士之荣叶皮壳也。实诚在胸臆，文墨著竹帛，外内表里，自相副称，意奋而笔纵，故文见而实露也。③

晚唐五代是一个社会大动荡的时代，儒学衰落，天下大乱，整个社会的道德伦理、文化秩序全面崩溃。宋王朝建立之后，复

---

① [宋]朱熹撰：《孟子集注·尽心章句上》，济南：齐鲁书社，1992年，第194页。

② [清]阮元校刻：《十三经注疏·礼记正义》卷三十八，北京：中华书局，1980年，第1536页。

③ [汉]王充著，张宗祥校注，郑绍昌标点：《论衡校注》卷十三《超奇篇》，上海：上海古籍出版社，2013年，第280页。

兴儒学、重建道德文化秩序就成为文人士大夫的历史使命。对于北宋文人而言，完成这一历史使命实际上是有章可循的，中唐时期以韩愈等人为代表的文人士大夫就曾掀起过一场声势浩大、旨在拯救大唐王朝的儒学复古运动，唐代古文运动包括唐代新乐府运动，实际上即是这一儒学复古运动在文学层面的延伸。北宋时期的古文运动，始于对韩愈的再发现，而北宋诗歌的由唐转宋也与效法韩愈诗歌"以文为诗"的创新手法有关。韩愈文论的核心观点其实就是对孔子"有德者必有言"之说的进一步发挥，强调对儒家之道的深入体认践行是文学创作的根本所在。在《答李翊书》一文中，韩愈说：

> 将蕲至于古之立言者，则无望其速成，无诱于势利，养其根而俟其实，加其膏而希其光。根之茂者其实遂，膏之沃者其光晔。仁义之人，其言蔼如也。①

内在的仁义是根本，外在的文章只是从内在的根本中生长出来的果实枝叶而已。因此，读书人想要追求"立言以不朽"，只能"养其根而俟其实"，从根本处入手。韩愈此论，已经开了二程及朱熹等理学家以为"道本文末，道文一体"的先声，将外在之"文"视作内在之"德"的自然体现，而不是将文章与道德视作二物。既然作家的内在精神、内在道德修养是决定文章优劣的根本，那么，对于文学创作而言，最为重要的不是进行艺术技巧的训练，而是作家治气养心和践行圣人之道的功夫。

作为北宋时期诗文革新运动的领袖人物，欧阳修不仅在诗歌创作上以韩愈诗歌为典范，在文论思想上也承续了韩愈

---

① ［唐］韩愈撰，马其昶校注：《韩昌黎文集校注》卷三，上海：上海古籍出版社，1986年，第169页。

的思路，将创作者的内在道德修养以及对儒家之道的体认践行功夫视作决定文章高下的根本力量。欧阳修《答乐秀才第一书》云：

> 闻古人之于学也，讲之深而信之笃，其充于中者足，而后发乎外者大以光。譬夫金玉之有英华，非由磨饰染濯之所为，而由其质性坚实，而光辉之发自然也。《易》之《大畜》曰："刚健笃实，辉光日新。"谓夫畜于其内者实，而后发为光辉者日益新而不竭也。故其文曰："君子多识前言往行，以畜其德。"此之谓也。①

内在笃实，方能有外在的光辉，而内在笃实靠的是养气治心的功夫。如何养气治心呢？当然离不开对于儒学经典的深入研习，离不开通过治经而达成的对儒家义理的深入体认并踏实践行。读书、治经的功夫，因此成为文学创作者不可或缺的修养。

苏轼、苏辙深受老师欧阳修的影响，非常重视作家的治经功夫和对儒家之道的体认践行。苏轼《与滕达道六十八首》之二十一（《苏轼文集》卷五十一）云：

> 某闲废无所用心，专治经书。一二年间，欲了却《论语》《书》《易》，舍弟已了却《春秋》《诗》。虽拙学，自谓颇正古今之误，粗有益于世，瞑目无憾。

在《江行唱和集序》中，苏轼说：

> 夫昔之为文者，非能为之为工，乃不能不为之为工也。山川之有云雾，草木之有华实，充满勃郁而见于外，夫虽欲无有，其可得耶！自闻家君之论文，以为古之圣人有所不能

---

① 陶秋英编选，虞行校订：《宋金元文论选》，北京：人民文学出版社，1984年，第82页。

自己而作者,故轼与弟辙为文至多,而未尝敢有作文之意。①

之所以"未尝敢有作文之意",一则是出于对自然天成之美的推崇,二则是因为将作家内在情志的充满郁勃视作创作的根本,故功夫不在外而在内,外在的"作文之意"对创作者而言也就失去了意义。

二

宋代理学家文论蔚为壮观。北宋时期周敦颐的"文以载道"说,邵雍"以物观物,情累都忘"的诗论,程颐的"为文害道"说,都对北宋时期的诗歌理论产生了重大影响。

周敦颐《通书·文辞》云:

> 文所以载道也,轮辕饰而人弗庸,徒饰也。况虚车乎?文辞,艺也;道德,实也。笃其实而艺者书之;美则爱,爱则传焉,贤者得以学而至之,是为教。故曰:"言之无文,行之不远。"……不知务道德而第以文辞为能者,艺焉而已。②

周敦颐将文章视作载道的工具,实际上是将文与道视作二物。和韩愈、欧阳修"文道一体"的思路并不相同。

相比而言,认为"作文害道"的程颐倒是承袭了从孔子"有德者必有言"到《礼记·乐记》"和顺积中,英华发外"再到韩愈"仁义之人,其言蔼如"的思路。《二程语录》卷十一记载了程颐与其门人之间的一段对话:

---

① 陶秋英编选,虞行校订:《宋金元文论选》,北京:人民文学出版社,1984年,第167页。
② 郭绍虞主编:《中国历代文论选》第二册,上海:上海古籍出版社,2001年,第283页。

> 曰:"古者学为文否?"曰:"人见六经,便以为圣人亦作文,不知圣人亦摅发胸中所蕴,自成文耳,所谓'有德者必有言'也。"曰:"游、夏称文学,何也?"曰:"游、夏亦何尝秉笔学为词章也?且如'观乎天文以察时变,观乎人文以化成天下',此岂词章之文也?"①

程颐的意思是"有德者必有言",古之圣人明道养心、内在充满,自然发为文章,根本不需要"学为文"。词章之文,是刻意为文的结果,不是"胸中所蕴"的自然流溢,故无论如何卖弄辞藻,也毫无价值可言。在二程看来,万物之本都是"道",都是性理、天理,对于写作者而言也不例外,最为根本的决定一切的功夫就是"明心见性"、洞察天理、践行天道的存养功夫。这种功夫做足了,个体的内在生命充盈着与道同体的自得怡然之乐,发为言辞,自然就是天下之至文。虽然如此蔑视重技巧、重美感的词章之文,但既然理学家认为万事万物都是天理流行的体现,那么,诗歌创作自然也应该有其"理",有其法度。因此,程颐又说:"既学诗须是用功方合诗人格,既用功,甚妨事。"②程颐虽说学诗会妨碍体认践行天理的正事儿,但却承认了"既学诗须是用功方合诗人格",实则是承认了诗歌创作自有其规矩、技巧,需要下苦功夫学习才能掌握。

理学家虽然普遍认为学诗甚妨事,但如果诗歌创作是为了表现万物自得、天理流行之趣及圣贤气象,价值就不同了。北宋时期的另一位理学家邵雍所作《伊川击壤集序》云:

> 《击壤集》,伊川翁自乐之诗也。非唯自乐,又能乐时

---

① 郭绍虞主编:《中国历代文论选》第二册,上海:上海古籍出版社,2001年,第284页。

② 陶秋英编选,虞行校订:《宋金元文论选》,北京:人民文学出版社,1984年,第285页。

与万物之自得也。①

邵雍此处所言"自乐"与"乐时与万物之自得也",指的都是天理流行、与道同体之乐,与一般意义上的"诗缘情"根本不同。在这篇为自己的诗集所作的序言中,邵雍大谈心性天道,体现了理学家诗论的鲜明特点:

> 性者,道之形体也,性伤则道亦从之矣。心者,性之郭郭也,心伤则性亦从之矣。身者,心之区宇也,身伤则心亦从之矣。物者,身之舟车也,物伤则身亦从之矣。是知以道观性,以性观心,以心观身,以身观物,治则治矣,然犹未离乎害者也。不若以道观道,以性观性,以心观心,以身观身,以物观物,则虽欲相伤,其可得乎?②

邵雍在这里讲的其实还是诗人的心性修养功夫,而在邵雍看来,这才是保证诗歌不至于沦为"溺于情好"的下劣之诗的根本。

既然理学家认为万事万物都离不开一个"理"字,都是天理流行的表现,那么,万物有法、万物含理,就成为必然的结论,这就为理学家承认诗法的存在留下了缺口。宋代理学家大多认为:一方面,万事万物都是"天理"的表现,诗文创作也自有其理其法;但另一方面,凡事都有轻重缓急,文章毕竟是末事,不值得在诗法、诗技这些无关宏旨的琐屑之事上多下功夫。

三

黄庭坚与理学家的渊源颇深,他以"光风霁月"四字评价

---

① 陶秋英编选,虞行校订:《宋金元文论选》,北京:人民文学出版社,1984年,第116页。
② 陶秋英编选,虞行校订:《宋金元文论选》,北京:人民文学出版社,1984年,第117页。

理学大师周敦颐的人品胸襟，为朱熹所激赏，成为后世学者一致认可的对周敦颐"圣贤气象"的定评。黄庭坚与范祖禹意气相投，范祖禹则和程颐相交甚厚，且黄庭坚、程颐都与灵源惟清禅师过从甚密，两人均有援禅入儒的相似学术取向。

南宋学者黄震《黄氏日钞》卷六十五对黄庭坚的道德人品、学问文章都有极高评价，且全面梳理了山谷与理学之间的关系，认为黄庭坚看上去嗜佛老、好谈禅，实则是孝友忠信的笃行君子，算得上是难得一见的醇儒：

> 涪翁孝友忠信，笃行君子人也。世但见其嗜佛老，工嘲咏，善品藻书画，遂以苏门学士例目之。今愚熟考其书，其论著虽先《庄子》而后《语》《孟》，至晚年自刊其文，则欲以合于周、孔者为内集，不合于周、孔者为外集。其说经虽尊荆公而遗程子，至他日议论人物，则谓周茂叔人品最高，谓程伯淳为平生所欣慕。方苏门与程子学术不同，其徒互相攻诟，独涪翁超然其间，无一语党同。方荆公欲挽俞清老削发半山，涪翁亦屡谏不容，且识《列子》为有禅语，而谓普通中事本不从葱岭来。此其天资高明，不缁不磷，岂苏门一时诸人可望哉！况公虽以流落无聊，平生好交僧人，游戏翰墨，要不过消遣世虑之为，而究其所能垂芳百世者，实以天性之忠孝，吾儒之论说；至若禅家句眼不可究诘其是非者，等于戏剧，于公岂徒无益而已哉！读涪翁之书，而不于其本心之正大不可泯没者求之，岂惟不足知涪翁，亦恐自误。①

南宋时期的理学大家魏了翁在《黄太史文集序》中，也将

---

① 傅璇琮编：《古典文学研究资料汇编·黄庭坚和江西诗派卷》，北京：中华书局，1978年，第170页。

第二章 黄庭坚与江西诗法的初步形成

黄庭坚的道德文章视作处处符合理学标准的典范:

> 公年三十有四,上苏长公诗,其志已荦荦不凡,然犹是少作也。迨元祐初,与众贤彙进,博文学德,大非前比。元祐中末,涉历忧患。极于绍圣、元符以后,流落黔戎,浮湛于荆、鄂、永、宜之间,则阅理益多,落华就实,直造简远,前辈所谓黔州以后句法尤高;虽然,是犹其形见于词章者然也。元祐史笔,守正不阿,迨章、蔡用事,摘所书王介甫事,将以瑕众正而矜焉,公于是有黔戎之役。……然自今诵其遗文,则虑澹气夷,无一毫憔悴陨获之态,以草木文章发帝杼机,以花竹和气验人安乐,虽百岁之相后,犹使人跃跃兴起也。……荆江亭以后诸诗,又何其恢广而平实,乐不至淫,怨不及怼也。①

魏了翁之所以如此推崇黄庭坚荆江亭以后诸诗,在于它们"恢广而平实,乐不至淫,怨不及怼",这些特点正切合了儒家"温柔敦厚"的诗教传统。

北宋时期党争激烈,诗祸叠起,在这一背景下,黄庭坚批评苏轼好骂,主张回归"温柔敦厚"的诗教传统,自有其复杂的含义。黄庭坚《答洪驹父书》云:

> 《骂犬文》虽雄奇,然不作可也。东坡文章妙天下,其短处在好骂,慎勿袭其轨也。②

《书王知载朐山杂咏后》云:

> 诗者,人之情性也,非强谏争于廷,怨忿诟于道,怒邻

---

① 傅璇琮编:《古典文学研究资料汇编·黄庭坚和江西诗派卷》,北京:中华书局,1978年,第145页。
② 陶秋英编选,虞行校订:《宋金元文论选》,北京:人民文学出版社,1984年,第187页。

骂坐之为也。其人忠信笃敬，抱道而居，与时乖逢，遇物悲喜，同床而不察，并世而不闻；情之所不能堪，因发于呻吟调笑之声，胸次释然，而闻者亦有所劝勉，比律吕而可歌，列干羽而可舞，是诗之美也。其发为讪谤侵陵，引颈以承戈，披襟而受矢，以快一朝之忿者，人皆以为诗之祸，是失诗之旨，非诗之过也。①

虽然黄庭坚主张回归"温柔敦厚"的诗教传统有全身避祸的现实考虑，但对诗人"忠信笃敬，抱道而居，与时乖逢，遇物悲喜"的内圣功夫的强调，则是以儒者自居的黄庭坚以理学立场论及诗人修养的必然结论。

黄庭坚尽管与佛门禅宗结缘颇深，但儒家经典、儒学思想，仍然是他精神世界的第一书写者，而他所建构的自我身份认同主要还是儒者。《与洪驹父书六首》之四云："君子之事亲，当立身行道，扬名于后，文章直是太仓之一稊米耳。"《答洪驹父书三首》之三云："文章最为儒者末事。"② 黄庭坚对外甥洪驹父的文学才能一直评价颇高，对其诗文创作多有指点，但却认为洪驹父的第一身份并非文人而是君子、儒者。对于君子、儒者而言，"立身行道"的价值远远高于"文章"的价值，通过"立身行道"的途径"扬名于后"才是光耀门楣、事亲尽孝的最高境界。黄庭坚的这一看法，其实就是儒家的孝道观与儒家"三不朽"观念的综合。山谷一生的立身行事，其实主要还是以儒家思想为指南。

既然以儒者、君子自居，黄庭坚很自然地将学问的最终目的落实到内圣功夫上。在理学思想的影响之下，黄庭坚所谓的"内

---

① 陶秋英编选，虞行校订：《宋金元文论选》，北京：人民文学出版社，1984年，第186页。

② 陶秋英编选，虞行校订：《宋金元文论选》，北京：人民文学出版社，1984年，第188页。

圣"功夫，其实就是"自见其性""尽己之性"的明心见性功夫。《答秦少章帖六》之四云：

> 学问之本，以自见其性为难。诚见其性，坐则伏于几，立则垂于绅，饮则列于樽彝，食则形于笾豆，升车则鸾和与之言，奏乐则钟鼓为之说，故见己者无适而不当。至于世俗之事，随人有工拙者，君子虽欲尽心，夫有所不暇。①

《颐轩诗六首并序》云：

> 是谓观其自养，尽己之性也。《诗》云："如切如磋，如琢如磨。"求尽性而已。②

先秦儒家将内圣功夫与外王事业合而为一，在重视内圣功夫的同时，又非常重视外在的政治事功、王道教化。宋代理学当然也重视外王事业，但比起旧儒学而言，向内转的趋势非常明显，即宋代理学充分吸纳了佛老之学的理论成果，弥补了旧儒学在本体论和心性观上的缺失，为文人士大夫提供了有别于佛老之学的另外一条获得精神超越、内心安宁的内养方式。

站在理学和儒者的立场，黄庭坚将作家的内圣功夫，视作文学创作的根基所在。其《跋所写答小邢止字韵诗并和晁张八诗与徐师川》云：

> 邢居实，字惇夫。才气过人，未尝友不如己者。治经行己，未尝一日不用其心，使之成就可畏也。③

---

① ［宋］黄庭坚著：《山谷别集》卷十六《答秦少章帖六》之四，《影印文渊阁四库全书》本。
② ［宋］黄庭坚著，［宋］任渊、史容、史季温注：《山谷诗集注》卷十一，上海：上海古籍出版社，2003年，第262页。
③ 吴文治主编：《宋诗话全编》第二册，南京：凤凰出版社，1998年，第949页。

文章虽然是"儒者末事",但即便是要将这一"儒者末事"做好,也离不开"治经行己"的存养功夫。其《跋范文正公诗》云:

> 范文正公在当时诸公间第一品人也,故余每于人家具尺牍寸纸,未尝不爱赏弥日,想见其人。所谓"先天下之忧而忧,后天下之乐而乐",此文正公饮食起居之间先行之,而后载于言者也。①

第一品人物必然有第一品文章与之内外呼应。范仲淹之所以能够写出"先天下之忧而忧,后天下之乐而乐"这样的第一流文字,不在于雕章琢句的技巧有多么高明,而在于气度胸襟的横绝一世。为此,黄庭坚谆谆告诫后学:为文之道,忠信孝友、持心恺悌是根本;只有根深固蒂,才能枝叶光辉。其《答何斯举书四》之四云:

> 观斯举诗句,多自得之。他日七八少年皆当压倒老夫,但须得忠信孝友,深根固蒂,则枝叶有光辉矣。②

其《书张仲谋诗集后》云:

> 余观仲谋之诗,用意刻苦,故语清壮;持心恺悌,故声和平。③

对于诗才出众的外甥洪驹父,山谷寄予了厚望。但值得注意的是,山谷虽然一再与洪驹父讨论作文门径、作诗法度,却希望外

---

① 吴文治主编:《宋诗话全编》第二册,南京:凤凰出版社,1998年,第952页。
② 吴文治主编:《宋诗话全编》第二册,南京:凤凰出版社,1998年,第956页。
③ 吴文治主编:《宋诗话全编》第二册,南京:凤凰出版社,1998年,第956页。

甥不要以诗文骄人,而是立志成为"舜、禹、颜渊"那样的圣贤。其《与洪驹父书六首》云:

> 得见书札已眼明,及见诗,叹息弥日,不谓便能入律如此!可谓江南泽中产此千里驹也。然望甥不以今所能者骄稚人,而思不如舜、禹、颜渊也。①

重视诗歌法度、诗歌技巧的黄庭坚,却一再提醒后学晚生,切不可忘了诗歌创作的根本,这根本即为孝友忠信、六经义味。其《与韩纯翁宣义书二首》云:"如子苍之诗,今不易得,要是读书数千卷,以忠义孝友为根本,更取六经之义味灌溉之耳。"②尽管追求学问本身就是山谷强调读书精博的动机之一,不过,在黄庭坚看来,治经的主要目的还是为了"治心养性"。存养功夫到家了,文章自然出类拔萃,这就俨然是理学家的口吻了。

四

无论是文章的根本,还是文章的法度,在山谷看来,儒家经典都是渊源所在。《山谷别集》卷五《答王周彦书》云:

> 孔子之学周公,孟子之学孔子,自尧舜而来至于三代,贤杰之人材聚云翔,岂特周公而已?至于孔孟之学不及于周公者,盖登太山而小天下,观于海者难为水也。企而慕者高而远,虽其不逮,犹足以超世拔俗矣,况其集大成而为醇乎醇者邪?周彦之为文,欲温柔敦厚,孰先于《诗》乎?疏

---

① 吴文治主编:《宋诗话全编》第二册,南京:凤凰出版社,1998年,第957页。
② 吴文治主编:《宋诗话全编》第二册,南京:凤凰出版社,1998年,第958页。

> 通知远，孰先于《书》乎？广博易良，孰先于《乐》乎？洁净精微，孰先于《易》乎？恭俭庄敬，孰先于《礼》乎？属辞比事，孰先于《春秋》乎？读其书，诵其文，味其辞，涵泳乎渊源精华，则将沛然决江河而注之海，谁能御之？①

山谷谆谆教导王周彦，想要学文有得，必须全面效法儒家圣贤与儒家经典。不仅修炼内圣功夫离不开儒家经典，哪怕是学习写作技巧，也不离开对于儒家经典的细研深读。在这段文字中，山谷谈论儒家经典，立足点不在内圣功夫而在文章法度，重在"读其书，诵其文，味其辞，涵泳乎渊源精华"，将儒学经典、孔孟之文视作了文章法度的源头。黄庭坚的"治经"之术，不仅要领悟圣人之道，还要学习圣人之文，实则是整合了儒者与文人的追求。

黄庭坚对于文章绳墨、诗歌法度的强调，一直颇受后人诟病。但如果我们将其放在宋代理学兴起的背景下加以审视，就容易理解了。天地万物，道理最大；宇宙乾坤，日常人伦，无一不是天理流行的表现；万事万物，都离不开一个"理"字，都自有其内在的法度、规则。基于以上这些宋代理学的基本命题，重视诗歌法度、文章绳墨就获得了前所未有的合法性。事实上，无论是二程还是朱熹，都承认作诗作文有法度、有规则，只有花大力气掌握了这些法度，才算是学会了吟诗作文。只是理学家们普遍认为，诗歌法度、文章绳墨虽然也算是天理的一部分，却是微不足道，甚至是可以忽略不计的部分，不值得在这些毫末之理上浪费精力而妨碍了对于天理、性理的主体部分进行探索体认。虽然如此，宋代理学家们却承认诗法文法的客观存在，且当邵雍、朱熹等理学家以诗人的立场来评价诗歌创作时，立马就表现出他们对于句法、炼字等诗歌技巧的重视，显示出他们对于诗歌内在

---

① 吴文治主编：《宋诗话全编》第二册，南京：凤凰出版社，1998年，第962-963页。

法度、规则的尊重，这种尊重实际上是对天理流行的另一种肯定。邵雍《论诗吟》云：

> 何故谓之诗？诗者言其志。
> 既用言成章，遂道心中事。
> 不止炼其辞，抑亦炼其意。
> 炼辞得奇句，炼意得余味。①

讲究炼辞炼意，追求诗歌余味，已经是诗家意思而不是理学家的论调了。

朱熹《答巩仲至》云：

> 记文甚健，说尽事理，但恐亦当更考欧、曾遗法，料简刮摩，使其清明峻洁之中，自有雍容俯仰之态，则其传当愈远，而使人愈无憾矣。②

朱熹此处关注的纯粹是文学技巧、词章之法。在《清邃阁论诗》中，朱熹论及李白诗，也是从诗歌法度着眼："李太白诗，非无法度，乃从容于法度之中，盖圣于诗者也。"③ 朱熹《清邃阁论诗》批评陈与义的诗，亦从句法处着眼：

> 古人诗中有句，今人诗更无句，只是一直说将去，这般诗一日作百首也得。如陈简斋诗"乱云交翠壁，细雨湿青林"，"暖日薰杨柳，浓阴醉海棠"，他是甚么句法。④

---

① 郭绍虞主编：《中国历代文论选》第二册，上海：上海古籍出版社，2001年，第280页。
② 郭绍虞主编：《中国历代文论选》第二册，上海：上海古籍出版社，2001年，第411页。
③ 郭绍虞主编：《中国历代文论选》第二册，上海：上海古籍出版社，2001年，第412页。
④ 郭绍虞主编：《中国历代文论选》第二册，上海：上海古籍出版社，2001年，第412页。

当朱熹以诗人立场对诗歌进行评论时,他对句法、章法等诗歌法度的重视不在黄庭坚之下。作为宋代理学集大成者的朱熹,他的诗人立场与理学家立场实际上不可能截然分开。这里透露的消息是:在理学的框架中,诗歌法度、文章绳墨,本来就是天理的一部分,尽管是微不足道的一部分,却有其合法性。

正是因为万事万物都是天理流行的表现,主张诗文创作应该明义理、重理趣、重哲思,就成为题中应有之义。张耒《答李推官书》云:

> 六经以下,至于诸子百氏、骚人辩士论述,大抵皆将以为寓理之具也。是故理胜者文不期工而工……故学文之端,急于明理。夫不知为文者无使复道,如知文而不务理,求文之工,世未尝有是也。①

黄庭坚《与王观复书三首之一》云:

> 好作奇语,自是文章病,但当以理为主,理得而辞顺,文章自然出群拔萃。②

诗歌创作如果以探索万物之"理"为宗旨,必然带来"以议论为诗,以才学为诗"的倾向,造成诗歌以筋骨思致见长而不是以情韵丰神取胜,而这正是宋调有别于唐音的突出标志。

五

北宋时期,江西不仅是理学的发源地,也是禅宗极盛之

---

① 陶秋英编选,虞行校订:《宋金元文论选》,北京:人民文学出版社,1984年,第225页。
② 郭绍虞主编:《中国历代文论选》第二册,上海:上海古籍出版社,2001年,第322页。

第二章　黄庭坚与江西诗法的初步形成

地。禅宗发展到北宋,主要两大支派为云门宗与临济宗,而临济宗门下的黄龙派始创于江西修水一带,江西修水正是黄庭坚的出生地。虽然黄庭坚从小接受的正统教育不出儒学范围,但我们不可小觑长期浸润于浓厚的佛教氛围之中对黄庭坚精神世界的影响。从青年时代起,黄庭坚就与黄龙派的开山祖师慧南禅师有交往,后成为黄龙祖心禅师的弟子。山谷虽然立身行事以儒者自居,但禅宗禅法所提供的解脱之道也成为他另一精神归宿。

在山谷的诗歌文章中,我们时时可以看到禅师僧徒的身影以及佛法禅学的影响。黄庭坚《书王荆公赠俞秀老诗后》云:

秀老盖金华俞紫芝,道意淳熟。然建隆昭庆道人谓:"秀老百事过人,病在好说俗禅。"秀老以为知言也。秀老作《唱道歌》十首,欲把手牵一切人同入涅槃场,虽未见策名释迦之室,然林下水边,幽人衲子往往歌之以遣意于万物之表,厌而饫之,使自趋之,功亦过半矣。来者未知秀老。观荆公所赠六诗,可知其人品高下也。初,僧仁择刻六书于扬州禅智寺真觉堂,而秀老弟紫琳清老又欲刻之东阳涵碧亭。嘉其伯仲清尚,故书。①

从山谷的这段文字,我们可以更加直观地想象当时的文人士大夫与幽人衲子之间活跃交往的情景。黄庭坚在进行诗歌创作时,有时会直接化用禅师偈语。据胡仔《苕溪渔隐丛话》前集卷四十八记载:

《正法眼藏》云:"石头一日问药山,曰:子近日作么生?山曰:皮肤脱落尽,唯有真实在。"鲁直《别杨明叔》

---

① 吴文治主编:《宋诗话全编》第二册,南京:凤凰出版社,1998年,第950–951页。

诗云:"皮毛剥落在,惟有真实尽。"全用药山禅语也。①

禅师高僧的看法,甚至会决定黄庭坚的文学创作走向。陈善《扪虱新语》上集卷三就记录了这样一则佚事:

> 黄鲁直初作艳歌小词,道人法秀谓其以笔墨诲淫,于我法中,当堕泥犁之狱。鲁直自是不复作。②

对于佛法的熟悉,也激发了黄庭坚的奇思妙想:

> 山谷尝约释氏法,作士大夫食时五观。此亦古人一饭不忘君、终食不违仁之意。近时士大夫乃多效浮屠家以钵盂而食,食时谓之展钵,无乃好奇之过。③

对于前来问道求学的后生晚辈,山谷则儒、道、释三教兼而论之,兼而教之,而不是将佛学视作与儒学对立的夷狄之学加以摈除。葛立方《韵语阳秋》卷十二云:

> 柳展如,东坡外甥也,不问道于东坡,而问道于山谷。山谷作八诗赠之,其间有"寝兴与时俱,由我屈伸肘;饭羹自知味,如此是道否"之句,是告之以佛理也。其曰:"咸池浴日月,深宅养灵根。胸中浩然气,一家同化元。"是告之以道教也。"圣学鲁东家,恭惟同出自,乘流去本远,遂有作书肆。"是告之以儒道也。④

---

① [宋]胡仔纂集,廖德明校点:《苕溪渔隐丛话》前集卷四十八,北京:人民文学出版社,1984年,第329页。
② 傅璇琮编:《古典文学研究资料汇编·黄庭坚和江西诗派卷》,北京:中华书局,1978年,第73-74页。
③ 傅璇琮编:《古典文学研究资料汇编·黄庭坚和江西诗派卷》,北京:中华书局,1978年,第74页。
④ 傅璇琮编:《古典文学研究资料汇编·黄庭坚和江西诗派卷》,北京:中华书局,1978年,第93页。

六

以禅论诗、以禅论文的倾向，在山谷的文字中随处可见。其《题意可诗后》云：

> 渊明之拙与放，岂可与不知者道哉？道人曰："如我按指，海印发光，汝暂举心，尘劳先起。"说者曰："若以法眼观，无俗不真；若以世眼观，无真不俗。"渊明之诗，要当一丘一壑者共之耳。①

陶渊明的诗，本来与佛教扯不上什么关系，但精通佛典禅学的山谷却信手拈来，以禅家语喻渊明诗，倒是自有一番亲切中肯的况味。其《跋欧阳公红梨花诗》云：

> 观欧阳文忠公在馆阁时《与高司谏书》语气，可以折冲万里；谪居夷陵，诗语豪壮不挫，理应如是。文人或少拙而晚工；至文忠，少时下笔便有绝尘之句，此释氏所谓"朝生王子，一日出生，一日富贵"者耶？②

在此段文字中，山谷以佛家语形容欧阳修的创作状态，自然而贴切。若不是对佛典了然于心，山谷不可能在不经意间将佛典运用得如此得心应手。黄庭坚《拙轩颂》云："头上安头，屋下盖屋，毕竟巧者有余，拙者不足。"③ 所谓头上安头，是指重复累

---

① 郭绍虞辑：《宋诗话辑佚·王直方诗话》，北京：中华书局，1980年，第5页。
② 吴文治主编：《宋诗话全编》第二册，南京：凤凰出版社，1998年，第952页。
③ 郭绍虞主编：《中国历代文论选》第二册，上海：上海古籍出版社，2001年，第345页。

赘，山谷借此以喻诗歌创作因循古人、抄袭重复之弊，而这种说法来源于禅宗语录。《传灯录》云："元安示众曰：今有一事，问汝等，若道是，即头上安头，若道不是，即斩头求活。"①

禅宗的思维方式与思想成果对黄庭坚的诗论多有启发。禅宗的参禅途径主要分渐修、顿悟两种。北宗重渐修，南宗重顿悟，顿渐二宗分道扬镳，各自为政。北宋时期，儒、道、释三教合流之势已成定局，黄庭坚在其诗论中也顺应了这一文化整合的大趋势，努力整合顿渐二宗不同的思维方式，在诗歌创作中既重视遍参诸方的渐修功夫，又重视豁然贯通的顿悟境界。黄庭坚所言诗歌创作的渐修功夫，主要是指通过读书精博而掌握作诗的法度、技巧；而顿悟之境，则是超越于法度之上、"不烦绳削而自合"的自由境界。在黄庭坚看来，渐修功夫绝不可少，它是通向顿悟之境的阶梯；顿悟之境则为渐修功夫指明了向上一路的目标与归宿，同样不可或缺。江西诗法后来的发展历程，充分体现了黄庭坚渐顿合流的思路：既强调遍参、饱参的渐修功夫与诗歌法度，又重视"中的""悟入""活法"等向上一路的顿悟之境。

除了将禅宗参禅悟道的基本模式引入诗论之外，黄庭坚又广泛借用了禅宗话头来论述具体诗法。黄庭坚《赠高子勉》云：

> 拾遗句中有眼，彭泽意在无弦。
> 顾我今六十老，付公以二百年。②

山谷此处所言"句眼"，后来成为江西诗法的关键词之一，实来自于禅家语。其《跋法帖》云：

---

① 郭绍虞主编：《中国历代文论选》第二册，上海：上海古籍出版社，2001年，第345页。
② ［宋］黄庭坚著，［宋］任渊、史容、史季温注：《山谷诗集注》卷十六，上海：上海古籍出版社，2003年，第396页。

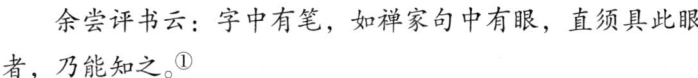

> 余尝评书云：字中有笔，如禅家句中有眼，直须具此眼者，乃能知之。①

《自评元祐间字》云：

> 用笔不知擒纵，故字中无笔耳。字中有笔，如禅家句中有眼，非深解宗趣，岂易言哉！②

所谓"句中有眼"，用于书法，指用笔的精彩传神处；用于诗歌，指诗句中的紧要关键文字。当然，讲究诗眼、句眼，与晋代画家顾恺之"画龙点睛"的故事也有某种内在关联，并非只是禅门的独家秘诀，但至少黄庭坚本人明确提到他所言"句中有眼"是对禅家语的借用。以禅论诗，实在是山谷有意为之的结果。

黄庭坚《答洪驹父书》云：

> 自作语最难，老杜作诗，退之作文，无一字无来处，盖后人读书少，故谓韩、杜自作此语耳。古之能为文章者，真能陶冶万物，虽取古人之陈言入于翰墨，如灵丹一粒，点铁成金也。③

所谓"点铁成金"，原指道教的炼丹术，本来属于道教术语，但却被禅宗一再借用。在黄庭坚所处的文化语境下，"点铁成金"成为广泛出现于禅宗语录的禅家语。禅家所言"点铁成金"，实则指通过禅师的"至理一言"而"点凡成圣"，使弟子门生得以

---

① ［宋］黄庭坚著：《豫章黄先生文集》卷二八《跋法帖》，《四部丛刊》本，台北：商务印书馆，1967年。

② ［宋］黄庭坚著：《豫章黄先生文集》卷二九《自评元祐间字》，《四部丛刊》本，台北：商务印书馆，1967年。

③ 陶秋英编选，虞行校订：《宋金元文论选》，北京：人民文学出版社，1999年，第187-188页。

开悟。黄庭坚借用"点铁成金"这一禅家常用语,来比喻"取古人之陈言入于翰墨"、使古人陈言在新的语境中重焕生机的创作手法,将"以故为新"的创新原则落到实处。如果说"古人之陈言"是铁,那么,将其锻造成金者就是创作者本人。表面上看,黄庭坚所言"点铁成金"是倡导在文学创作中大量化用前人陈言,故不免有剽窃之嫌,但事实上,黄庭坚更为看重的是作家"陶冶万物"的能力,即作家"以故为新"、翻陈出新的悟性与创造力。而这一点,正是禅家所言"点铁成金"的深意所在。

"夺胎法"和"点铁成金"一样,在江西诗法中占据了重要地位。惠洪《冷斋夜话》卷一云:

> 山谷言:诗意无穷而人才有限;以有限之才追无穷之思,虽渊明、少陵不得工也。不易其意而造其语,谓之换骨法;规摹其意形容之,谓之夺胎法。①

无论是"夺胎法"还是"换骨法",都有袭取前人诗意而移花接木、别出手眼之意。如果说"点铁成金"落脚于点化前人字句,那么,"夺胎换骨"则落脚于点化前人诗意,均是实现"以故为新"的具体技巧与手段。"夺胎"之说出自佛教典籍。所谓"夺胎",即死后夺他人之胎而转世。黄龙悟新禅师与黄庭坚同为黄龙祖心禅师的法嗣,两人经常在一起参禅论道,"夺胎而生"的说法对黄庭坚而言自然也不会陌生。

"以禅论诗"是江西诗法的突出特征,也是宋人论诗的普遍现象。唐代诗人刘禹锡、皎然、齐己等人就已开"以禅论诗"的先河,而到了苏东坡、黄庭坚的时代,"以禅入诗""以禅论诗"则蔚然成风。从表面上看,苏轼的"以禅论诗"更重"禅

---

① 郭绍虞主编:《中国历代文论选》第二册,上海:上海古籍出版社,2001年,第321页。

悟",而黄庭坚的"以禅论诗"更重"禅律",故江西诗派的"以禅论诗"多体现为对于句眼、诗眼及"点铁成金""夺胎法""换骨法"等具体诗歌技巧的探究总结。不过,如果我们从总体上来审视黄庭坚的诗论,不难发现黄庭坚不过是将"禅律"视作通向"禅悟"的阶梯,将作为渐修功夫的"诗法"视作通向"不烦绳削而自合"的顿悟之境的门径。黄庭坚和苏轼的差别,只在于对"禅律""诗律"这一阶梯门径的重视程度上,而他们对于"惮悟""顿悟"之后那种"冲口出常言,法度去前轨"的自由创作状态的推崇则是共同的。

我们必须注意的是,尽管黄庭坚的诗论处处可见"以禅论诗"的迹象,但很多时候,黄庭坚仅仅只是顺手借用了自己所熟悉的禅家语来打比方而已,并非是从禅学角度来重构诗学。另一方面,禅宗本来就是佛学本土化的产物,其中很多术语来自道家、道教甚至儒学。我们在谈论黄庭坚诗学受禅学影响的同时,不能忽略禅学本身的质地并不纯粹,它也吸纳了道家、道教、儒学的思维方式与思想成果。

总之,黄庭坚的诗论非常典型地反映了宋代诗论的特点,呈现出诗学、儒学与禅学的融合之势,初步奠定了江西诗法的总体框架,进一步夯实了宋调的诗学基础,为有宋一代最大的诗歌流派即江西诗派登上历史舞台做了充分的理论铺垫。

第三章 江西诗派后学对江西诗法的发展与修正

虽然江西诗派经由吕本中的《江西宗派图》方得以正式命名,但在黄庭坚晚年,以宗杜宗黄、重视书卷与诗歌法度为特征的诗歌流派事实上已经形成。受黄庭坚诗学主张的影响,北宋后期出现了大量江西诗派的诗话著作,比如陈师道的《后山诗话》,范温的《潜溪诗眼》,王直方的《王直方诗话》,惠洪的《冷斋夜话》、李錞的《李希声诗话》,洪刍的《洪驹父诗话》,蔡启的《蔡宽夫诗话》,蔡居厚的《诗史》等等,它们都直接继承和发展了黄庭坚的观点,进一步阐发与丰富了江西诗法。

到吕本中的时代,宗杜、宗黄之风盛极一时,江西诗派实则占据了当时诗坛的霸主地位。与此同时,江西诗法的弊端也日益显现。吕本中一方面对江西诗派这一诗歌流派加以正式命名,相当于进行了事后追认,另一方面又试图对江西诗法在发展过程中逐渐暴露出的种种缺陷进行修正。

江西诗派的重要诗人及诗论家徐俯、韩驹、吕本中、吴可等人,均发展了黄庭坚"以禅论诗"的倾向,引入"中的""饱参""悟入""活法"等禅学概念论诗,对江西诗法进行了重要补充。

南宋诗人杨万里、陆游、姜夔等人的诗歌创作,都经历了一番"循江西门径入"到"破江西藩篱出"的蜕变过程。他们既深受江西诗法的影响浸润,又对江西诗法的弊端有深入洞察与反省,或试图以晚唐诗的情思婉转弥补江西末流的生硬枯涩,或力求以诗外功夫助力诗内功夫。在认同与批判的反复纠结中,杨万里等人完成了对于江西诗法的补充修正。

第一节 北宋后期江西诗派诗话对黄庭坚诗论的继承发展

北宋后期出现了不少江西诗派的诗话,它们的共同特点是宗杜宗黄,重视诗歌创作的法度,又崇尚自然天成之美,从不同层面继承、扩充了黄庭坚的诗论,进一步勾画出了江西诗法的基本面貌。

北宋僧人惠洪撰写的十卷本《冷斋夜话》,虽有夸诞、伪造之弊,却也记录了黄庭坚有关"夺胎法""换骨法"的重要观点,并主张诗歌创作贵在天趣与含蓄,作诗当"沛然从肺腑中流出","不见斧凿痕",对江西诗法多有补充。因南宋时期胡仔编撰的《苕溪渔隐丛话》对《冷斋夜话》多有引用,它在后世名头不小,算得上是一部涉及江西诗法的重要诗话著作,但惠洪本人的诗歌风格难以归入江西诗派,故我们在这一节重点分析的是陈师道的《后山诗话》与范温的《潜溪诗眼》这两部真正意义上的江西派诗话对黄庭坚诗论的继承与发展。

一

陈师道在江西诗派中的地位非比寻常。他和黄庭坚一样,为苏门六君子之一,与黄庭坚的诗歌创作旨趣甚为相投,明确表示以山谷诗为学习典范。元代诗论家方回,将黄庭坚、陈师道和南宋诗人陈与义,列为江西诗派三宗,由此可见后学对陈师道的推尊程度。陈师道不仅在诗歌创作上宗杜、宗黄,对黄庭坚的诗论也多有继承与发挥,其所撰《后山诗话》虽然篇幅极短,却与黄庭坚诗论一起,共同绘制出了江西诗法的大体面貌。

陈师道在北宋诗坛的名气很大,甚至可以与黄庭坚并驾齐驱。他为什么要率先树起宗黄的旗帜呢?关于这一点,我们在《后山诗话》中或许可以找到答案。陈师道说:

> 黄诗、韩文,有意故有工,左、杜则无工矣。然学者先黄后韩,不由黄、韩而为左、杜,则失之拙易矣。①

在黄庭坚的时代,宗杜已成诗坛风气。如何宗杜呢?陈师道认为,杜甫诗已达到不求工而工的最高境界,学者无法一步登天,只能通过宗黄而宗杜。山谷有意为诗达到的工巧,是宗杜的阶梯,这个阶梯不能省略。一旦省略,学者就没有机会系统接受有关诗歌技巧的真正训练,难免失之拙易。换言之,在陈师道眼里,宗黄是宗杜的必经之路,而宗杜才是宗黄的最终归宿。

在黄庭坚之前,欧阳修作为北宋诗文革新运动的领袖人物,对杜诗虽然评价不低,却更倾向于以韩愈诗、李白诗为效法对象。这在黄庭坚和陈师道看来是不可理喻的选择:

> 欧阳永叔不好杜诗,苏子瞻不好司马《史记》,余每与黄鲁直怪叹,以为异事。②

韩愈诗本来就是从宗杜出发而自成一家,宗韩而不宗杜,无异于舍本逐末,令人大惑不解。宋代诗歌一路走来,经历了宗义山、

---

① [宋]陈师道撰:《后山诗话》,[清]何文焕辑:《历代诗话》,北京:中华书局,1981年,第305页。
② [宋]陈师道撰:《后山诗话》,[清]何文焕辑:《历代诗话》,北京:中华书局,1981年,第303页。

宗乐天、宗韩愈、宗刘禹锡、宗李白等一系列选择，而黄庭坚、陈师道对于宗杜的反复确认，实则是从诗学理论上真正确认了宋代诗歌有别于唐音的发展方向。陈师道说：

> 学诗当以子美为师，有规矩故可学。退之于诗，本无解处，以才高而好尔。渊明不为诗，写其胸中之妙尔。学杜不成，不失为工。无韩之才与陶之妙，而学其诗，终为乐天尔。①

陈师道看重的是杜诗"有规矩故可学"，而韩之才，陶之妙，更大程度上属于先天禀赋的范围，没有办法通过后天训练得其神髓，实际上是不可学之物。陈师道并非是在否定不可学之诗，恰恰相反，他认为无阶梯可循的李白诗与规矩俱备的杜甫诗，两者旗鼓相当、不分轩轾：

> 余评李白诗，如张乐于洞庭之野，无首无尾，不主故常，非墨工椠人所可拟议。吾友黄介读《李杜优劣论》曰："论文正不当如此。"余以为知言。②

陈师道之所以选择宗杜而不是宗太白，最大的理由就是杜诗有规矩可循，有法度可依，示后学以作诗门径。比起黄庭坚，陈师道更是非常直白地将掌握诗歌法度、锤炼诗歌技巧，视作诗歌创作的重中之重，并将宗杜宗黄的重点落实到诗法、诗技的层面。

　　诗歌创作讲究法度技巧，当然不始于杜甫。之所以取法杜甫而不是其他诗人，包含着取法乎上的意思。杜甫《戏为六绝句》自称"别裁伪体亲风雅，转益多师是吾师"，既博采众长，

---

① ［宋］陈师道撰：《后山诗话》，［清］何文焕辑：《历代诗话》，北京：中华书局，1981年，第304页。
② ［宋］陈师道撰：《后山诗话》，［清］何文焕辑：《历代诗话》，北京：中华书局，1981年，第312页。

重视诗歌技巧的精益求精,又不偏离风雅之道,的确可以同时满足后学在审美与遵循儒家诗教这两个层面的追求。杜甫对讲究诗歌技巧锤炼的六朝诗歌颇有好感,从中沾溉甚多。在陈师道的时代,也有人主张通过宗杜进一步回溯到六朝诗歌的传统中,去学习诗歌技巧。这条路行不行得通呢?陈师道对此是有思考的。他说:

> 余登多景楼,南望丹徒,有大白鸟飞近青林,而得句云:"白鸟过林分外明。"谢朓亦云:"黄鸟度青枝。"语巧而弱。老杜云:"白鸟去边明。"语少而意广。余每还里,而每觉老,复得句云"坐下渐人多",而杜云"坐深乡里敬",而语益工。乃知杜诗无不有也。①

在陈师道看来,杜诗固然有借用六朝诗人现成字句与诗意处,但一经杜甫点化,就能达到点铁成金、化腐朽为神奇的效果,与原作已不可同日而语。既然"杜诗无不有也",又何必退而求其次,去效法"语巧而弱"的六朝诗呢?

陈师道借用山谷之言,批评王安石晚年的诗歌因为"学二谢"而偏离了诗歌创作的正道,从而导致"格高而体下""失于巧"的遗憾局面:

> 鲁直谓荆公之诗,暮年方妙,然格高而体下。如云:"似闻青秧底,复作龟兆坼。"乃前人所未道。又云:"扶舆度阳焰,窈窕一川花。"虽前人亦未易道也。然学二谢,失于巧尔。②

---

① [宋] 陈师道撰:《后山诗话》,[清] 何文焕辑:《历代诗话》,北京:中华书局,1981年,第315页。
② [宋] 陈师道撰:《后山诗话》,[清] 何文焕辑:《历代诗话》,北京:中华书局,1981年,第306页。

第三章 江西诗派后学对江西诗法的发展与修正

至于唐代其他诗人,或不可学,或不值得学,都无法与杜诗比肩:

> 世称杜牧"南山与秋色,气势两相高"为警绝。而子美才用一句,语益工,曰"千崖秋气高"也。①

陈师道甚至以苏轼为例,说明取法对象选择不精对诗歌创作带来的负面影响:

> 苏诗始学刘禹锡,故多怨刺,学不可不慎也。晚学太白,至其得意,则似之矣。然失于粗,以其得之易也。②

陈师道认为,苏诗早年宗刘禹锡,出现了怨刺之言,偏离了儒家诗教传统,故不可取;苏诗晚年宗李太白,虽得其意味,却失之率易粗放,少了精微工致,仍有缺憾。陈师道一方面毫不客气地批评苏轼选择刘禹锡、李太白为取法对象发生的偏差,另一方面又两次引用苏轼的话以证明杜甫的诗圣地位:

> 苏子瞻云:"子美之诗,退之之文,鲁公之书,皆集大成者也。"③

> 子瞻谓杜诗、韩文、颜书、左史,皆集大成者也。④

既然未能"宗杜"的苏轼都不得不承认杜诗的"集大成"地位,"宗杜"主张的正当性、必要性也就不言而喻了。

---

① [宋]陈师道撰:《后山诗话》,[清]何文焕辑:《历代诗话》,北京:中华书局,1981年,第307页。
② [宋]陈师道撰:《后山诗话》,[清]何文焕辑:《历代诗话》,北京:中华书局,1981年,第306页。
③ [宋]陈师道撰:《后山诗话》,[清]何文焕辑:《历代诗话》,北京:中华书局,1981年,第304页。
④ [宋]陈师道撰:《后山诗话》,[清]何文焕辑:《历代诗话》,北京:中华书局,1981年,第309页。

二

那么,如何宗黄、宗杜呢?陈师道在《后山诗话》中首先强调了读书穷理、积累书卷对诗歌创作的重要性。他转述苏轼评价孟浩然的话说:"子瞻谓孟浩然之诗,韵高而才短,如造内法酒手而无材料尔。"① 所谓"韵高而才短",并非是指孟浩然缺乏创作天分,而是指他的学问不够,胸中积累的书卷不够。宋调和唐音最为重要的区别之一,就是前者更倾向于学人之诗,而后者更倾向于诗人之诗。《后山诗话》也引述了黄庭坚强调学问书卷的类似观点:

> 鲁直与方蒙书:"顷洪蜺送令嗣二诗,风致洒落,才思高秀,展读赏爱,恨未识面也。然近世少年,多不肯治经术及精读史书,乃纵酒以助诗,故诗人致远则泥。想达源自能追琢之,必皆离此诸病,漫及之尔。"②

其次,陈师道对于黄庭坚提出的"以故为新,以俗为雅"的诗歌创新方式,深表认同。在《后山诗话》中,陈师道找到了一条佐证,来支持这一主张:"闽士有好诗者,不用陈语常谈。写投梅圣俞,答书曰:'子诗诚工,但未能以故为新,以俗为雅尔。'"③ 梅尧臣为宋调的开山祖师,由他率先提出"以故为新,以俗为雅"的创新路径,别有一番意味。在《后山诗话》中,

---

① [宋]陈师道撰:《后山诗话》,[清]何文焕辑:《历代诗话》,北京:中华书局,1981年,第308页。
② [宋]陈师道撰:《后山诗话》,[清]何文焕辑:《历代诗话》,北京:中华书局,1981年,第311页。
③ [宋]陈师道撰:《后山诗话》,[清]何文焕辑:《历代诗话》,北京:中华书局,1981年,第314页。

第三章 江西诗派后学对江西诗法的发展与修正

陈师道记载了两件佚事,来说明北宋诗坛"以俗为雅"的风气。其一是苏轼运用俗语的例子:

> 熙宁初,有人自常调上书,迎合宰相意,遂丞御史。苏长公戏之曰:"有甚意头求富贵,没些巴鼻使奸邪。"有甚意头、没些巴鼻,皆俗语也。①

其二是无名之辈运用俗谚的例子:

> 某守与客行林下,曰:"柏花十字裂。"愿客对。其倅晚食菱,方得对云:"菱角两头尖。"皆俗谚全语也。②

尽管宗杜、宗黄的重点落实在诗歌技法的层面,但对陈师道而言,重视法度斤斧并非意味着重视作品外在形式的华美、精巧、圆熟以致流于格调卑弱。相反,陈师道所看重的恰恰是杜甫、黄庭坚以拙朴救巧华、以粗僻救弱俗的别开生面。由此,他进一步发挥了黄庭坚"以故为新,以俗为雅"的创新思路,提出了更多的诗歌创新原则,即所谓"宁拙毋巧,宁朴毋华,宁粗毋弱,宁僻毋俗,诗文皆然"。③

第三,陈师道对于杜甫、黄庭坚等人以"破体"方式实现文学创新的思路表现出复杂的态度。其实,在陈师道看来,即使黄庭坚本人对"破体"也持矛盾态度。《后山诗话》记载了山谷对韩愈"以文为诗"、杜甫"以诗为文"的批评:

> 黄鲁直云:"杜之诗法出审言,句法出庾信,但过之尔。

---

① [宋]陈师道撰:《后山诗话》,[清]何文焕辑:《历代诗话》,北京:中华书局,1981年,第306页。
② [宋]陈师道撰:《后山诗话》,[清]何文焕辑:《历代诗话》,北京:中华书局,1981年,第314页。
③ [宋]陈师道撰:《后山诗话》,[清]何文焕辑:《历代诗话》,北京:中华书局,1981年,第311页。

> 杜之诗法，韩之文法也。诗文各有体，韩以文为诗，杜以诗为文，故不工尔。"①

记载黄庭坚这段议论，显然表明了陈师道与黄庭坚的"尊体"倾向。但在别的条目中，陈师道似乎又试图证明，正是"破体"的大胆尝试，为文学创新提供了重要动力。比如，陈师道记载了龙图学士孙觉对韩愈名作《淮西碑》的评价：

> 龙图孙学士觉，喜论文，谓退之《淮西碑》，叙如《书》，铭如《诗》。②

而范仲淹的名作《岳阳楼记》和欧阳修的名作《醉翁亭记》，也都打破了文体界限，或以传奇体入古文，或以赋体入古文：

> 范文正公为《岳阳楼记》，用对语说时景，世以为奇。尹师鲁读曰："传奇体尔。"传奇，唐裴铏所著小说也。退之作记，记其事尔；今之记乃论也。少游谓《醉翁亭记》亦用赋体。③

陈师道举《淮西碑》《岳阳楼记》及《醉翁亭记》的例子，实际上是肯定了"破体"尝试为文学创作带来的活力与生机。在"破体"与"尊体"之间，陈师道很难真正做出取舍。即便是在陈师道对"破体"尝试进行口诛笔伐之时，仍然隐藏着对"破体"引发的文学新变的欣赏之情：

> 退之以文为诗，子瞻以诗为词，如教坊雷大使之舞，虽

---

① [宋]陈师道撰：《后山诗话》，[清]何文焕辑：《历代诗话》，北京：中华书局，1981年，第303页。
② [宋]陈师道撰：《后山诗话》，[清]何文焕辑：《历代诗话》，北京：中华书局，1981年，第306页。
③ [宋]陈师道撰：《后山诗话》，[清]何文焕辑：《历代诗话》，北京：中华书局，1981年，第309页。

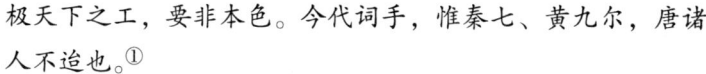

极天下之工，要非本色。今代词手，惟秦七、黄九尔，唐诸人不迨也。①

一方面，陈师道批评韩愈的"以文为诗"与苏轼的"以诗为词"打破了文体界限，破坏了诗与词有别于其他文体的艺术规定性，不再"本色"；另一方面，却又高度肯定了韩愈之诗、苏轼之词"极天下之工"，非庸音凡曲所能企及。陈师道充分意识到，打破文体界限的"破体"尝试，在宋代文坛，已经成为普遍现象："苏子瞻词如诗，秦少游诗如词。"② 事实上，黄庭坚以古文章法、杂剧结构来处理诗歌的章法，本来就是对杜甫、韩愈"以文为诗"倾向的进一步发挥，而与黄庭坚同为苏门四学士之一的晁补之也曾指责山谷的曲子词是在"着腔子唱好诗"。陈师道的诗论，沿袭了黄庭坚对于"破体"的矛盾态度，体现了江西诗法内在的紧张与矛盾。

在"破体""尊体"之间难以去取的陈师道，对宋代诗歌愈演愈烈的新变之风，实际上保持着警惕的态度。尽管陈师道率先树起了宗黄旗帜，但陈师道对黄庭坚仍然有所批评。我们甚至可以说，正是陈师道本人，开启了对于宋调的反思之风。在陈师道看来，山谷诗最大的问题就是"过于出奇"，远不及杜诗"遇物而奇"的自然天成，这一判断甚至影响到金代文论大家王若虚对山谷的评价。陈师道说：

> 唐人不学杜诗，惟唐彦谦与今黄亚夫庶、谢师厚景初学之。鲁直，黄之子、谢之婿也。其于二父，犹子美之于审言也。然过于出奇，不如杜之遇物而奇也。三江五湖，平漫千

---

① [宋]陈师道撰：《后山诗话》，[清]何文焕辑：《历代诗话》，北京：中华书局，1981年，第309页。

② [宋]陈师道撰：《后山诗话》，[清]何文焕辑：《历代诗话》，北京：中华书局，1981年，第312页。

里,因风石而奇尔。①

这当然不仅仅只是山谷诗存在的问题,也是宋代诗歌普遍存在的弊端,即有意求好出奇:

> 诗欲其好,则不能好矣。王介甫以工,苏子瞻以新,黄鲁直以奇。而子美之诗,奇常、工易、新陈莫不好也。②

刻意求好,反不能好;刻意求奇,反不能奇;而这正是追求新变的宋代诗歌潜在的危机。基于这一观点,陈师道对黄庭坚深为赞赏的扬雄也提出了批评:

> 扬子云之文,好奇而卒不能奇也,故思苦而词艰。善为文者,因事以出奇,江河之行,顺下而已。至其触山赴谷,风抟物激,然后尽天下之变。子云惟好奇,故不能奇也。③

这就类似于苏轼的文学主张了。我们不妨说,从陈师道的《后山诗话》开始,调和苏轼与黄庭坚的诗学主张,就已经成为江西诗派理论家的基本思路之一,而陈师道对黄庭坚"过于出奇"的批评和对杜甫"诗圣"地位的一再强调,为张戒等人以杜诗作为批评苏、黄诗风及江西诗法的尺度,埋下了伏笔。

三

范温是苏门四学士之一秦观的女婿,虽然未被吕本中列入江

---

① [宋]陈师道撰:《后山诗话》,[清]何文焕辑:《历代诗话》,北京:中华书局,1981年,第307页。
② [宋]陈师道撰:《后山诗话》,[清]何文焕辑:《历代诗话》,北京:中华书局,1981年,第306页。
③ [宋]陈师道撰:《后山诗话》,[清]何文焕辑:《历代诗话》,北京:中华书局,1981年,第309页。

西诗派,但其撰写的《潜溪诗眼》却是一部极其典型的有关江西诗法的诗话著作。以江西诗派最为看重的"诗眼"命名自己的著作,本身就意味着范温对于江西诗法的强烈认同。与陈师道的《后山诗话》不同,《潜溪诗眼》尽管条目不多,但几乎每一条都对所涉及的理论问题进行了深入阐述而不是点到为止,不仅旁征博引、追根溯源,而且每每能自出机杼、别有新见。到《潜溪诗眼》,江西诗法才真正有了丰满的血肉。

黄庭坚诗论最为突出的特点,是对于具体的诗歌法度、创作技巧的重视,这也是山谷宗杜的入手之处。《潜溪诗眼》既以"诗眼"命名,当然不能轻忽"炼字""句法""章法"等诗歌技巧层面的问题。和黄庭坚一样,范温认为,要想领悟诗歌创作的法度,必须取法乎上,以杜诗为学习典范。为了进一步厘清杜甫诗歌的艺术渊源,《潜溪诗眼》梳理了杜诗与建安诗歌及沈佺期、宋之问诗歌之间的传承关系。《潜溪诗眼》第四条"诗宗建安"云:

> 建安诗辩而不华,质而不俚,风调高雅,格力遒壮。其言直致而少对偶,指事情而绮丽,得风雅骚人之气骨,最为近古者也。一变而为晋宋,再变而为齐梁。唐诸诗人,高者学陶、谢,下者学徐、庾。惟老杜、李太白、韩退之早年皆学建安,晚乃各自变成一家耳。如老杜《崆峒》《小麦熟》《人生不相见》《新安》《石壕》《潼关吏》《新婚》《垂老》《无家别》《夏日》《夏夜欢》,皆全体作建安语。[①]

建安诗歌以"辩而不华,质而不俚,风调高雅,格力遒壮"取胜,杜诗"宗建安",意味着"风雅骚人之气骨"实为杜诗技巧

---

① 郭绍虞辑:《宋诗话辑佚》卷上,北京:中华书局,1980年,第315页。

的归宿所在。黄庭坚虽然重视诗歌法度，但法度不过是通向无法之境的阶梯而已。范温对于杜诗"宗建安"的强调，似乎也是意在防止后学片面夸大诗歌技巧的功用。

在范温看来，杜甫不仅远绍建安，也近宗初唐，若仅从其律诗的布置法度着眼，则全学沈佺期。杜甫对初唐诗歌颇有好感，其《戏为六绝句》曾大力表彰过初唐四杰的成就，元稹也评价杜诗"下该沈、宋"。在《潜溪诗眼》第八条"杜诗学沈佺期"中，范温举例说明杜诗蹈袭沈诗之处：

> 古人学问必有师友渊源，汉杨恽一书，迥出流辈，则司马迁外孙故也。杜审言已工诗，沈佺期、宋之问等，同在儒馆为交游，故老杜律诗布置法度，全学沈佺期，更推广集大成耳。沈云："雪白山青千万里，几时重谒圣明君？"杜云："云白山青万余里，愁看直北是长安。"沈云："人如天上坐，鱼似镜中悬。"杜云："春水船如天上坐，老年花似雾中看。"是皆不免蹈袭前辈，然前后杰句，亦未易优劣也。①

范温此意本山谷，只是推演更繁而已。山谷、范温皆宗杜，为什么反倒要刻意去搜寻杜诗蹈袭前辈的证据呢？其实，山谷、范温这么做的目的，无非是借杜诗为"点铁成金""夺胎换骨"的诗歌创作手法正名，即为江西诗法正名。当然，江西诗法的建构过程，本来就与黄庭坚及江西诸君子宗杜的历程相始终。

江西诗派最为看重的"诗眼""句眼"，即一首诗或一句诗的神采灵魂所在，必须通过"炼字"的方式获得，"炼字"遂成为江西派诗人的基本功。以"诗眼"命名的《潜溪诗眼》自然少不了对于"炼字"功夫的论述。第十一条"炼字"云：

---

① 郭绍虞辑：《宋诗话辑佚》卷上，北京：中华书局，1980年，第318页。

> 世俗所谓乐天《金针集》，殊鄙浅，然其中有可取者，"炼句不如炼意"，非老于文学不能道此。又云："炼字不如炼句"，则未安也。好句要须好字，如李太白诗："吴姬压酒唤客尝"，见新酒初熟，江南风物之美，工在"压"字。老杜《画马》诗："戏拈秃笔扫骅骝"，初无意于画，偶然天成，工在"拈"字。柳诗："汲井漱寒齿"，工在"汲"字。工部又有所喜用字，如"修竹不受暑"，"野航恰受两三人"，"吹面受和风"，"轻燕受风斜"，"受"字皆入妙。老坡尤爱"轻燕受风斜"，以谓燕迎风低飞，乍前乍却，非"受"字不能形容也。至于"能事不受相促迫"，"莫受二毛侵"，虽不及前句警策，要自稳惬尔。①

对于炼字烹句的重视，不始于江西。正如范温所言，托名白居易所作《金针集》之类唐代诗格类著作，虽然大多鄙陋浅俗，但对此已有不少论述。江西诗派诗论家们对于"炼字"的重视，也延续了唐代诗格类著作对于形而下层面的具体写作技巧的重视态度。不过，范温所言"炼字"，绝非一味依靠苦吟，而是需要反映和琢磨盛唐诗歌尤其是杜甫诗歌遣词用字的精微之处，从中慢慢体会如何"炼字"稳惬、用字精到。换言之，"炼字"功夫的修成，离不开"宗杜"，离不开对于杜诗的深味精研。受这一思路影响，宋代出现了大量有关杜诗研究、杜诗注释的著述，著述者的动机之一就是以此考察杜诗的"炼字"功夫，为后学提供诗歌创作的"炼字"典范。

对"句法"之学的重视，是江西诗论的标志之一。重视诗歌法度的黄庭坚，本来就喜谈"句法"。《潜溪诗眼》第二十三条"句法"云：

---

① 郭绍虞辑：《宋诗话辑佚》卷上，北京：中华书局，1980年，第321-322页。

> 句法之学,自是一家工夫。昔尝问山谷:"耕田欲雨刈欲晴,去得顺风来者怨。"山谷云:"不如'千岩无人万壑静,十步回头五步坐。'"此专论句法,不论义理,盖七言诗四字三字作两节也。此句法出《黄庭经》,自"上有黄庭下关元"已下多此体。张平子《四愁诗》句句如此,雄健稳惬。至五言诗亦有三字二字作两节者。老杜云:"不知西阁意,肯别定留人。"肯别邪?定留人邪?山谷尤爱其深远闲雅,盖与上七言同。①

黄庭坚论诗,有时只讲句法,不讲义理。此时的山谷,是作为诗家的山谷,而不是作为儒者的山谷。范温言句法,秉承了山谷的思路,既指诗家对句式结构的独特安排,又指独特的句式结构所创造的独特艺术效果。借助高超的句法处理功夫,范温希望达到的艺术效果,一是雄健稳惬,二是深远闲雅。从孔子开始,儒家文论的主流观点是"有德者必有言","和顺积中,英华发外",认为创作是一个由内而外、自然涌现的过程。黄庭坚一方面深受儒家思想尤其是理学思想的影响,强调诗人的内在修养对文学创作的决定意义;另一方面则非常重视外在艺术形式的处理功夫,试图借助句法安排,由外而内地塑造独特的诗歌风格,实现自己独特的艺术追求。

范温通过山谷的言传身教所体会到的句法安排功夫,绝非蹈空之论,而是落实到可以操作的具体细节层面。《潜溪诗眼》第二十四条"杜诗高处"云:

> 老杜《谢严武》诗云:"雨映行宫辱赠诗。"山谷云:"只此'雨映'两字,写出一时景物,此句便雅健。"余然

---

① 郭绍虞辑:《宋诗话辑佚》卷上,北京:中华书局,1980年,第330-331页。

后晓句中当无虚字。后诵淮海小词云:"杜鹃声里斜阳暮。"公曰:"此词高绝。但既云斜阳,又云暮,则重出也。欲改斜阳作帘栊。"余曰:"既言孤馆闭春寒,似无帘栊。"公曰:"亭传虽未必有帘栊,有亦无害。"余曰:"此词本模写牢落之状。若曰帘栊,恐损初意。"先生曰:"极难得好字,当徐思之。"然余因此晓句法不当重叠。①

什么是句法处理的功夫?亲炙山谷教导的范温给出了两点具体建议:一是句无虚字,以追求诗句雅健;二是句法不当重叠,以避免意重文复的累赘。在范温看来,句法处理的功夫往往等同于"炼字"功夫,甚至通过"点铁成金"就能安排妥当。《潜溪诗眼》第二十七条"句法以一字为工"云:

> 句法以一字为工,自然颖异不凡,如灵丹一粒,点铁成金也。②

《潜溪诗眼》对于诗歌章法的论述尤其引人注目。黄庭坚之前的中国诗论,对于炼字烹句的论述并不鲜见,但对于诗歌的章法结构,却罕有论及。"以文为诗"的创作倾向其实从中唐就开始了,韩愈以散文句式入诗,元、白诗歌则大量借用古文和唐传奇的叙事铺陈手法。不过,韩孟诗派和元白诗派都未能从理论上对"以文为诗"的创作手法进行总结。到了北宋时期,欧阳修、梅尧臣尤其是苏东坡、黄山谷"以文为诗"的倾向更加突出,此时的"以文为诗"不仅仅是借用古文的句式,更是借用了古文的章法。对此,黄庭坚有着明确的理论自觉,曾多次论及如何

---

① 郭绍虞辑:《宋诗话辑佚》卷上,北京:中华书局,1980 年,第 331 页。

② 郭绍虞辑:《宋诗话辑佚》卷上,北京:中华书局,1980 年,第 333 页。

以古文的结构章法来处理诗歌的结构章法。范温对此心领神会。《潜溪诗眼》第九条"律诗法同文章"云：

> 古人律诗亦是一片文章，语或似无伦次，而意若贯珠。……《闻官军收河南河北》诗云："剑外忽传收蓟北，初闻涕泪满衣裳。"夫人感极则悲，悲定而后喜，忽闻大盗之平，喜唐室复见太平。顾视妻子，知免流离，故曰："却看妻子愁何在？"其喜之至也，不知手之舞之，足之蹈之，故曰："漫卷诗书喜欲狂。"从此有乐生之心，故曰："白日放歌须纵酒。"于是率中原流寓之人同归，以青春和暖之时即路，故曰："青春作伴好还乡。"言其道途则曰："欲从巴峡穿巫峡。"言其所归则曰："便下襄阳到洛阳。"此盖曲尽一时之意，惬当众人之情，通畅而有条理，如辩士之语言也。①

中国诗论一直以"诗言志""诗缘情"的表现说为主流观点，影响所及，甚至中国戏曲长期以来也重在抒情言志，而忽略了全剧的结构安排。到了清代，戏曲理论家李渔在其《闲情偶寄·戏曲部》中才首次提出了"结构第一"的主张。反观黄庭坚的诗歌理论，对章法结构的重视就显得格外具有前瞻性。

范温独具慧眼，在《潜溪诗眼》中对诗歌章法结构的关注远远超过了对炼字、句法的关注，且花了大量篇幅以黄庭坚的章法论为依据，对杜诗韩文的章法结构进行了详尽剖析。第十四条"山谷言诗法"云：

> 山谷言文章必谨布置；每见后学，多告以《原道》命意曲折。后予以此概考古人法度，如杜子美《赠韦见素》

---

① 郭绍虞辑：《宋诗话辑佚》卷上，北京：中华书局，1980年，第319－320页。

诗云:"纨绔不饿死,儒冠多误身",此一篇立意也,故使人静听而具陈之耳;自"甫昔少年日",至"再使风俗淳",皆儒冠事业也;自"此意竟萧条",至"蹭蹬无纵鳞",言误身如此也,则意举而文备。①

第十五条"命意用事"云:

诗有一篇命意,有句中命意。如老杜上韦见素诗,布置如此,是一篇命意也。至其道迟迟不忍去之意,则曰:"尚怜终南山,回首清渭滨";其道欲与见素别,则曰:"常拟报一饭,况怀辞大臣",此句中命意也。盖如此然后顿挫高雅。②

如此重视诗歌的命意曲折、谋篇布局,尤其是从理论层面充分肯定以古文章法处理诗歌章法的艺术新变,是《潜溪诗眼》高出当时许多诗话的出彩之处,也是江西诗法的出彩之处。

四

《尚书·尧典》云:"帝曰:夔!命女典乐,教胄子:直而温,宽而栗,刚而无虐,简而无傲。"③ 孔子云:"《关雎》乐而不淫,哀而不伤。"④ 儒家文论,一直重视中和之美,主张凡事不走极端,在完全相反的情感、气质、审美趣味之间保持平衡。

---

① 郭绍虞辑:《宋诗话辑佚》卷上,北京:中华书局,1980年,第323-324页。
② 郭绍虞辑:《宋诗话辑佚》卷上,北京:中华书局,1980年,第325-326页。
③ 郭绍虞主编:《中国历代文论选》第一册,上海:上海古籍出版社,2001年,第1页。
④ [宋]朱熹撰:《论语集注·八佾第三》,济南:齐鲁书社,1992年,第26页。

这一思想不仅直接导致以"温柔敦厚"为基本内容的儒家诗教的建立，也将辩证思维带给了中国诗论。当然，《周易》及《老子》均为中国诗论的辩证思维提供了充分的哲学依据。随着文化整合趋势的日益加剧，宋代诗人打破思维惯性、整合相异相反艺术风格的能力也日益增强。苏东坡、黄庭坚的诗论对这一现象均有深入思考，而范温的《潜溪诗眼》更是将平衡、整合相异相反的艺术风格的能力，视作诗歌新变的契机和诗人非凡创造力的标志，同时也是评价诗歌优劣的尺度。

《潜溪诗眼》第十二条"形似语与激昂语"云：

> 形似之语，盖出于诗人之赋，"萧萧马鸣，悠悠旆旌"是也；激昂之语，盖出于诗人之兴，"周余黎民，靡有子遗"是也。古人形似之语，如镜取形，灯取影也。故老杜所题诗，往往亲到其处，益知其工。激昂之言，孟子所谓"不以文害辞，不以辞害志"，初不可形迹考，然如此乃见一时之意。余游武侯庙，然后知《古柏》诗所谓"柯如青铜根如石"，信然，决不可改。此乃形似之语。"霜皮溜雨四十围，黛色参天二千尺。云来气接巫峡长，月出寒通雪山白"，此激昂之语，不如此则不见柏之大也。文章固多端，警策往往在此两体耳。①

形似之语，相当于"诗人之赋"；激昂之语，相当于诗人旨在宣泄情感的夸张之辞。两者一实一虚，一冷静一激昂，本不相通，杜甫的《古柏》却将两者融为一体，大大提升了作品的内在张力，使之卓尔不凡。《潜溪诗眼》第十三条"诗贵工拙相半"云：

---

① 郭绍虞辑：《宋诗话辑佚》卷上，北京：中华书局，1980年，第322页。

第三章 江西诗派后学对江西诗法的发展与修正

> 老杜诗凡一篇皆工拙相半,古人文章类如此。皆拙固无取,使其皆工,则峭急而无古气,如李贺之流是也。然后世学者,当先学其工者,精神气骨,皆在于此。如《望岳》诗云:"齐鲁青未了",《洞庭》诗云:"吴楚东南坼,乾坤日夜浮。"语既高妙有力,而言东岳与洞庭之大,无过于此。后来文士极力道之,终有限量,益知其不可及。《望岳》第二句如此,故先云:"岱宗夫何如?"《洞庭》诗先如此,故后云:"亲朋无一字,老病有孤舟。"使《洞庭》诗无前两句,而皆如后两句,语虽健,终不工。《望岳》诗无第二句,而云"岱宗夫何如",虽曰乱道可也。今人学诗多得老杜平慢处,乃邻女效颦者。①

诗歌皆拙不可取,流于平慢;诗歌皆巧不可取,流于峭急。只有由工而拙,拙而能工,工拙相半,方可达到杜诗高妙有力之境。

在重视诗歌整合相异相反风格的同时,范温强调了"文章当理"的重要性,明显脱胎于黄庭坚所言文章"但当以理为主"之说。《潜溪诗眼》第十六条"杜诗巧而能壮"云:

> 世俗喜绮丽,知文者能轻之。后生好风花,老大即厌之。然文章论当理与不当理耳,苟当于理,则绮丽风花同入于妙;苟不当理,则一切皆为长语。上自齐梁诸公,下至刘梦得、温飞卿辈,往往以绮丽风花累其正气,其过在于理不胜而词有余也。老杜云:"绿垂风折笋,红绽雨肥梅。岸花飞送客,樯燕语留人",亦极绮丽,其模写景物,意自亲切,所以妙绝古今。其言春容闲适则有"穿花蛱蝶深深见,点水

---

① 郭绍虞辑:《宋诗话辑佚》卷上,北京:中华书局,1980年,第322-323页。

蜻蜓款款飞"，"落花游丝白日静，鸣鸠乳燕青春深"。言秋景悲壮则有"蓝水远从千涧落，玉山高并两峰寒"，"无边落木萧萧下，不尽长江滚滚来"。……皆出于风花，然穷尽性理，移夺造化。①

绮丽风花，如何才能不累正气？关键在于是否"当于理"。在诗歌创作中，若能够"当于理"，则天地正气与绮丽风花这两种看似截然相反的事物仍然可以水乳交融，形成妙不可言的诗境。杜诗之所以妙绝古今，正是因了即便是在描写绮丽风花之时，仍可"穷尽性理，移夺造化"。杜诗"巧而能壮"，固然离不开诗歌技艺的精湛高妙，更离不开"穷尽性理，移夺造化"的功夫，绮丽风花遂成为"天理流行"的另一种美妙表达。这已完全是宋代理学家的口吻了。江西诗法深受宋代理学的影响而呈现出重理致、重理趣的倾向，由此可见一斑。

五

范温的《潜溪诗眼》进一步发展了黄庭坚"以禅论诗"的倾向，主张学诗者"先以识为主，如禅家所谓正法眼者"，特别强调"悟入"的重要性，已开严羽诗论的先声。同时，范温认为包括诗歌在内的一切艺术创造的最高境界为"韵"，"有余意之谓韵"，"韵"乃黄庭坚的"悟入"之门："盖古人之学，各有所得，如禅宗之悟入也。山谷之悟入在韵，故关辟此妙，成一家之学，宜乎取捷径而径造也。"②"悟入"这一禅家语，从此成为

---

① 郭绍虞辑：《宋诗话辑佚》卷上，北京：中华书局，1980年，第326－327页。

② 郭绍虞辑：《宋诗话辑佚》卷上，北京：中华书局，1980年，第374页。

第三章 江西诗派后学对江西诗法的发展与修正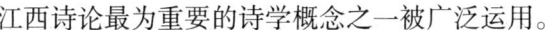

江西诗论最为重要的诗学概念之一被广泛运用。

《潜溪诗眼》第一条"樱桃诗"比较了老杜《樱桃诗》与韩愈《赐樱桃诗》的高下优劣:

> 老杜《樱桃诗》云:"西蜀樱桃也自红,野人相赠满筠笼。数回细写愁仍破,万颗匀圆讶许同。"此诗如禅家所谓信手拈来,头头是道者。直书目前所见,平易委曲,得人心所同然,但他人艰难,不能发耳。……其感兴皆出于自然,故终篇道丽。韩退之有《赐樱桃诗》云:"汉家旧种明光殿,炎帝还书《本草经》。岂似满朝承雨露,共看转赐出青冥。香随翠笼擎偏重,色照银盘写未停。食罢自知无补报,空然惭汗仰皇扃。"盖学老杜前诗,然搜求事迹,排比对偶,其言出于勉强,所以相去甚远。若非老杜在前,人亦安敢轻议?①

在评价老杜《樱桃诗》时,范温借用了禅家的话头:"此诗如禅家所谓信手拈来,头头是道者。"老杜诗和禅家语本来扯不上什么关系,范温信手拈来"以禅论诗",既反映了他对禅学的熟悉程度及北宋文人的禅悦之风,也彰显了江西诗法的本色。

《潜溪诗眼》第七条"学诗贵识"云:

> 山谷言学者若不见古人用意处,但得其皮毛,所以去之更远。如"风吹柳花满店香",若人复能为此句,亦未是太白。至于"吴姬压酒劝客尝","压酒"字他人亦难及。"金陵子弟来相送,欲行不行各尽觞",益不同。"请君试问东流水,别意与之谁短长?"至此乃真太白妙处,当潜心焉。故学者要先以识为主,如禅家所谓正法眼者。直须具此眼

---

① 郭绍虞辑:《宋诗话辑佚》卷上,北京:中华书局,1980年,第314页。

目,方可入道。①

所谓"学诗贵识",是对诗人的艺术鉴赏力提出了要求,本来也是历代诗论家的常谈。但与前人不同的是,范温借用了禅学的认知框架来重新解读"识"的重要性,所谓"学者要先以识为主,如禅家所谓正法眼者"。

《潜溪诗眼》第十九条"柳子厚诗"云:

> 识文章者,当如禅家有悟门。夫法门百千差别,要须自一转语悟入。如古人文章直须先悟得一处,乃可通其他妙处。向因读子厚《晨诣超师院读禅经》诗一段,至诚洁清之意,参然在前,"真源了无取,妄迹世所逐,微言异可冥,缮性何由熟"。真妄以尽佛理,言行以尽薰修,此外亦无词矣。"道人庭宇静,苔色连深竹",盖远过"竹径通幽处,禅房花木深"。"日出雾露余,青松如膏沐",予家旧有大松,偶见露洗而雾披,真如洗沐未干,染以翠色,然后知此语能传造化之妙。"淡然离言说,悟悦心自足",盖言因指而见月,遗经而得道,于是终焉。②

此段文字处处借用禅语佛理论诗,重熟参,更重悟入。范温认为,正如禅家有无数令人眼花缭乱的悟门一样,古今诗文无数,悟门也无数,"直须先悟得一处,乃可通其他妙处"。换言之,范温主张以熟参精研的方式"悟入",只有真正"悟入"一处文章,方可处处贯通、豁然开朗。熟参精研古人文章,成为"悟入"文学创作个中三昧的前提与桥梁。范温借鉴了禅门"顿"

---

① 郭绍虞辑:《宋诗话辑佚》卷上,北京:中华书局,1980年,第317页。

② 郭绍虞辑:《宋诗话辑佚》卷上,北京:中华书局,1980年,第328页。

第三章 江西诗派后学对江西诗法的发展与修正

"渐"二宗的看法,既重"悟入",又重熟参,上承黄庭坚"以禅论诗"的余绪,下开严羽诗论的先河,为江西诗法带来更加浓厚的禅学色彩。

如此注重"悟入"的范温,既然以宗黄为旗帜,当然得思考黄庭坚的"悟入"之门。范温的思考结果是"山谷之悟入在韵",由此引入"韵"这一概念,作为诗歌创作包括一切艺术创造的极境,为江西诗法注入了新鲜的内容。《潜溪诗眼》第二十九条"论韵"首先从黄庭坚所言"书画以韵为主"谈起:

> 王偁定观好论书画,常诵山谷之言曰:"书画以韵为主。"予谓之曰:"夫书画文章,盖一理也。然而巧,吾知其为巧;奇,吾知其为奇;布置关阖,皆有法度;高妙古淡,亦可指陈。独韵者,果何形貌耶?"定观曰:"不俗之谓韵。"余曰:"夫俗者,恶之先;韵者,美之极。书画之不俗,譬如人之不为恶。自不为恶至于圣贤,其间等级固多,则不俗之去韵也远矣。"定观曰:"潇洒之谓韵。"予曰:"夫潇洒者,清也;清乃一长,安得为尽美之韵乎?"定观曰:"古人谓气韵生动,若吴生笔势飞动,可以为韵乎?"予曰:"夫生动者,是得其神;曰神则尽之,不必谓之韵也。"定观曰:"如陆探微数笔作狻猊,可以为韵乎?"余曰:"夫数笔作狻猊,是简而穷其理;曰理则尽之,亦不必谓之韵也。"定观请余发其端,乃告之曰:"有余意之谓韵。"[1]

何谓"韵"?范温先后否定了"不俗之谓韵""潇洒之谓韵""气韵生动"之谓韵、"简而穷理之谓韵"等四种对"韵"的定

---

[1] 郭绍虞辑:《宋诗话辑佚》卷上,北京:中华书局,1980年,第372-373页。

义，认为"有余意之谓韵"，这非常符合范温之前的中国诗论崇尚"言有尽而意无穷""象外之象，味外之味，景外之景"的审美趣味，似乎也并无什么真正的独到之处。不过，从范温接下来对"韵"的深入阐发中，我们越来越明显地感觉到，范温所谓的"韵"，绝非仅仅只是"有余意"这么简单，而是包含对宋调"绚烂之极归于平淡"的老境美的肯定：

> 且以文章言之，有巧丽，有雄伟，有奇，有巧，有典，有富，有深，有稳，有清，有古。有此一者，则可以立于世而成名矣；然而一不备焉，不足以为韵，众善皆备而露才用长，亦不足以为韵。必也备众善而自韬晦，行于简易闲淡之中，而有深远无穷之味，观于世俗，若出寻常。至于识者遇之，则暗然心服，油然神会。测之而益深，究之而益来，其是之谓矣。其次一长有余，亦足以为韵。故巧丽者发之于平淡，奇伟有余者行之于简易，如此之类是也。①

在范温笔下，陶渊明的诗正是"绚烂之极归于平淡"、以"韵"取胜的典范：

> 惟陶彭泽体兼众妙，不露锋芒，故曰：质而实绮，癯而实腴，初若散缓不收，反覆观之，乃得其奇处。夫绮而腴，与其奇处，韵之所从生，行乎质与癯，而又若散缓不收者，韵于是乎成。②

陶诗悠远之"韵"的产生，倚赖于内在之绮腴，出之以外在之质癯，所谓老树着新花之美，构成一种内外冲突的审美紧张，带

---

① 郭绍虞辑：《宋诗话辑佚》卷上，北京：中华书局，1980年，第373页。

② 郭绍虞辑：《宋诗话辑佚》卷上，北京：中华书局，1980年，第373页。

给人层次丰富的审美体验。从范温对陶诗之"韵"的论述中我们可以看到,范氏所言之"韵"实则即是宋调有别于唐音之美。将"韵"视作诗歌创作的最高境界,从某种意义上说即是对宋调有别于唐音的独特审美追求的高度认可。

"韵"与法度之间的关系如何呢?范温云:"夫惟曲尽法度,而妙在法度之外,其韵自远。"① 将"韵"与"法度"联系起来,再次彰显了江西诗论的本色。所谓"夫惟曲尽法度,而妙在法度之外",实则即范温之后江西诗派的另一位诗论家吕本中所言的"活法",且吕本中论诗也大谈"悟入",与范温的观点颇多扣合之处。范温认为,对于山谷而言,"韵"即"悟入"之门:

> 盖古人之学,各有所得,如禅宗之悟入也。山谷之悟入在韵,故关辟此妙,成一家之学,宜乎取捷径而径造也。如释氏所谓一超直入如来地者,考其戒、定、神通,容有未至,而知见高妙,自有超然神会、冥然吻合者矣。②

范温将"韵"与禅家的"悟入"关联在一起,"韵"成为"悟入"之门,由韵而悟的结果如同"释氏所谓一超直入如来地者",可以略过"戒、定、神通"的阶梯一步登天,直接进入黄庭坚所言"不烦绳削而自合"的最高境界。重视法度绳墨的黄庭坚,最为向往的文学创作境界却是超越于法度之上、平淡而山高水深之境。范温对黄庭坚由"韵"而"悟"的判断,是对黄庭坚诗论中这一层面的呼应。显然,范温对山谷诗学的这一理论呼应是在禅学提供的思维框架和话语体系之中展开的。正是范温的《潜溪诗眼》,深化了江西诗法与禅学的结盟关系。

---

① 郭绍虞辑:《宋诗话辑佚》卷上,北京:中华书局,1980年,第374页。

② 郭绍虞辑:《宋诗话辑佚》卷上,北京:中华书局,1980年,第374页。

第二节　吕本中对江西诗法的补充与修正

江西诗派的正式命名，是由江西诗派后期的代表人物吕本中完成的。胡仔《苕溪渔隐丛话》前集卷四十八云：

> 吕居仁近时以诗得名，自言传衣江西，尝作《宗派图》，自豫章以降，列陈师道、潘大临、谢逸、洪刍、饶节、僧祖可、徐俯、洪朋、林敏修、洪炎、汪革、李錞、韩驹、李彭、晁冲之、江端本、杨符、谢薖、夏倪、林敏功、潘大观、何觊、王直方、僧善权、高荷，合二十五人，以为法嗣，谓其源流皆出豫章也。其《宗派图序》数百言，大略云："唐自李、杜之出，崐耀一世，后之言诗者，皆莫能及。至韩、柳、孟郊、张籍诸人，激昂奋厉，终不能与前作者并。元和以后至国朝，歌诗之作或传者，多依效旧文，未尽所趣。惟豫章始大出而力振之，抑扬反覆，尽兼众体，而后学者同作并和，虽体制或异，要皆所传者一，予故录其名字，以遗来者。"①

吕本中以江西诗派的衣钵传人自居，且将"源流皆出豫章"视作江西中人最为显著的标志，"宗杜"这一特征则被相对淡化，只是将李、杜并列为唐代诗歌的最高峰而已。在谈及宗黄的原因时，吕本中特别提到"元和以后至国朝，歌诗之作或传者，多依效旧文，未尽所趣"，即认为李、杜之后的诗歌创作一直未能真正另辟诗国，而只有到了黄庭坚，宋代诗歌才终于走出了自己的

---

① ［宋］胡仔纂集、廖德明校点：《苕溪渔隐丛话》前集卷四十八，人民文学出版社，1984年，第327-328页。

第三章 江西诗派后学对江西诗法的发展与修正

道路,"惟豫章始大出而力振之,抑扬反覆,尽兼众体",成为杜甫之后又一位诗歌创作的集大成者,并为后学开无数门径,影响了大批同时或其后的诗人,"而后学者同作并和,虽体制或异,要皆所传者一"。

吕本中不仅完成了对于江西诗派的最后命名,也对江西诗法进行了重要补充与修正。江西诗派发展到吕本中的时代,屋下架屋、死守法度、格局日窄的弊端日渐突出,吕本中提出"活法"说予以纠偏补失,且在宗杜、宗黄之外,又主张"遍考精取,悉为吾用",极大地扩充了诗歌创作的取法范围。领会"活法"的关键在于"悟入",而"悟入"的关键则在于功夫勤惰,如此一来,吕本中所言"活法"就落到了实处,不再是玄虚蹈空之论。无论是"活法"还是"悟入"都借用了禅家语,体现了江西诗论"以禅论诗"的鲜明特征,而"悟入"靠"工夫",则是将渐修功夫视作顿悟之境的必由之路,与黄庭坚将规矩、绳墨视作通向"不烦绳削而自合"之境的阶梯门径,实则沿袭了相同的思路。作为理学家的吕本中,虽然重视诗歌创作的技巧法度,却又强调诗人的治心养气功夫与承续儒家诗教是决定诗歌高下的根本,"无意为文"的境界高于"有意为文"的境界,所谓"活法""悟入"仅针对后者而发,至于"无意为文"之境,已不属于诗歌法度所能覆盖的范围。和黄庭坚一样,吕本中将禅学、理学融入诗学,重视学问赅博对创作的意义,充分肯定了以江西诗派为代表的宋调的新变价值,不仅继承发扬了黄庭坚的诗学思想,也吸纳了徐师川等江西派诗人的诗学主张,以"活法""悟入"说为江西诗法注入了更多新鲜内容。

一

南宋诗论家曾季貍在其《艇斋诗话》中总结黄庭坚之后江

西诗派几位代表人物的论诗宗旨时说:"后山论诗说换骨,东湖论诗说中的,东莱论诗说活法,子苍论诗说饱参,入处虽不同,然其实皆一关捩,要知非悟入不可。"① 无论是"换骨""中的""活法"还是"饱参",都不过是门径,关键在于"悟入",这就颇有"以禅论诗"的意味了。

可以说,到了吕本中的时代,"以禅论诗"成为诗坛更加普遍的现象。吴可《学诗诗》云:

> 学诗浑似学参禅,竹榻蒲团不计年。
> 直待自家都了得,等闲拈出便超然。
>
> 学诗浑似学参禅,头上安头不足传。
> 跳出少陵窠臼外,丈夫志气本冲天。
>
> 学诗浑似学参禅,自古圆成有几联?
> 春草池塘一句子,惊天动地至今传。②

吴可认为学诗与参禅相似,虽需要"竹榻蒲团不计年"的渐修功夫,但最终要达成的目标却是"直待自家都了得,等闲拈出便超然"的一朝顿悟。"头上安头"语出《传灯录》:"元安示众曰:今有一事,问汝等,若道是,即头上安头,若道不是,即斩头求活。"③ 黄庭坚《拙轩颂》云:"头上安头,屋下盖屋,毕竟巧者有余,拙者不足。"④ 头上安头,谓事物之重复,此处借指

---

① 丁福保辑:《历代诗话续编》,北京:中华书局,1983 年,第 296 页。
② [宋] 魏庆之编:《诗人玉屑》卷一,上海:上海古籍出版社,1978 年,第 8 页。
③ 郭绍虞主编:《中国历代文论选》第二册,上海:上海古籍出版社,2001 年,第 345 页。
④ 郭绍虞主编:《中国历代文论选》第二册,上海:上海古籍出版社,2001 年,第 345 页。

作诗因袭古人。吴可不仅借用禅家语论诗,且将禅宗呵佛骂祖、"学我者死"的创新精神贯彻于诗论之中,与苏、黄诗歌及诗论追求新变的精神一脉相承。在吴可撰写的《藏海诗话》中,也有一段"以禅论诗"的记载:

> 凡作诗如参禅,须有悟门。少从荣天和学,尝不解其诗云:"多谢喧喧雀,时来破寂寥。"一日于竹亭中坐,忽有群雀飞鸣而下,顿悟前语。自尔看诗,无不通者。①

此处吴可强调的是"悟门""顿悟",而这段文字所言"悟门"不再是积累书卷、遍参诸方的渐修功夫,而是直证直寻、俯观仰察的当下超悟,以此修正江西诗法对纸上学问的过分重视。

吴可的《学诗诗》在当时即引起了诗坛的注意,龚相与赵蕃都有和诗。龚相《学诗诗》云:

> 学诗浑似学参禅,悟了方知岁是年。
> 点铁成金犹是妄,高山流水自依然。
>
> 学诗浑似学参禅,语可安排意莫传。
> 会意即超声律界,不须炼石补青天。
>
> 学诗浑似学以禅,几许搜肠觅句联。
> 欲识少陵奇绝处,初无言句与人传。②

龚相的《学诗诗》更强调诗人之"悟",而对"点铁成金""搜肠觅句"已透露出明显的批评之意,认为宗杜不能流于字法、句法等外在的形式而应领略杜诗内在的"奇绝处",显然有纠正江

---

① 丁福保辑:《历代诗话续编》,北京:中华书局,1983年,第340–341页。
② [宋]魏庆之编:《诗人玉屑》卷一,上海:上海古籍出版社,1978年,第9页。

西诗法偏颇的意思。

江西诗派的重要诗人韩驹在其《赠赵伯鱼》一诗中说：

> 学诗当如初学禅，未悟且遍参诸方。
> 一朝悟罢正法眼，信手拈出皆成章。①

未悟之前，固然要"遍参诸方"，但若"一朝悟罢正法眼"，则所有阶梯即可撤去，进入"信手拈出皆成章"的自由挥洒之境。韩驹此论，已开后来严羽《沧浪诗话》"妙悟"说的先声。可以说，江西诗派的诗人与诗论家们对于江西诗法的不断补充修正，使得江西诗法本身已越来越多地蕴含着自我否定的因素。

作为江西诗派最为重要的诗人及诗论家之一，吕本中进一步发展了黄庭坚以来江西诗论的"以禅论诗"倾向。据张戒《岁寒堂诗话》记载：

> 往在桐庐见吕舍人居仁，余问："鲁直得子美之髓乎？"居仁曰："然。""其佳处焉在？"居仁曰："禅家所谓死蛇弄得活。"②

所谓"死蛇弄得活"即黄庭坚所言"以故为新"，吕本中借用此禅家话头肯定山谷对杜诗陈句的巧妙点化运用。

吕本中最为突出的贡献是提出了"活法"说。"活法"一词，显然与宋代文字禅所言"但参活句，莫参死句"的话头有关。吕本中认为，掌握"活法"靠的是"悟入"，"悟入"又靠的是平时长期不懈的渐修功夫，这一思路更是来自于禅宗。

---

① 郭绍虞主编：《中国历代文论选》第二册，上海：上海古籍出版社，2001年，第348页。
② 丁福保辑：《历代诗话续编》，北京：中华书局，1983年，第463页。

第三章　江西诗派后学对江西诗法的发展与修正

二

"活法"说，出自吕本中的《夏均父集序》一文，具体是指"规矩备具，而能出于规矩之外；变化不测，而亦不背于规矩"，不仅与禅学的思维方式有关，也继承了苏轼"吾文如万斛泉源，不择地皆可出……常行于所当行，常止于不可不止"① 的说法，力求在谨守法度与自由抒写之间寻找到完美的平衡：

> 学诗当识活法。所谓活法者，规矩备具，而能出于规矩之外；变化不测，而亦不背于规矩也。是道也，盖有定法而无定法，无定法而有定法。知是者，则可以与语活法矣。谢元晖有言，"好诗转圆美如弹丸"，此真活法也。近世惟豫章黄公，首变前作之弊，而后学者知所趣向，毕精尽知，左规右矩，庶几至于变化不测。然余区区浅末之论，皆汉、魏以来有意于文者之法，而非无意于文者之法也。子曰："兴于诗，诗可以兴，可以观，可以群，可以怨；迩之事父，远之事君，多识于鸟兽草木之名。"今之为诗者，读之果可使人兴起其为善之心乎？果可使人兴、观、群、怨乎？果可使人知事父、事君而能识鸟兽草木之名之理乎？为之而不能使人如是，则如勿作。②

按照吕本中的理解，山谷诗的妙处在于既能"左规右矩"，又能"变化不测"，而江西诗法发展到吕本中的时代，"规矩备具"这一层是做到了，但"变化不测"这一面却大有缺憾。吕本中之

---

① 陶秋英编选，虞行校订：《宋金元文论选》，北京：人民文学出版社，1984年，第174页。
② 郭绍虞主编：《中国历代文论选》第二册，上海：上海古籍出版社，2001年，第367页。

所以提出"活法"一说，即有意在"规矩备具"的前提之下，增加"变化不测"的分量，以纠正江西末流死守法度、格局渐小的拘泥之弊。不过，作为理学家的吕本中又强调，"活法"之说，仅仅只是"有意于文者之法"，"而非无意于文者之法也"。当吕本中以理学家身份谈诗论文时，他更看重的是"无意于文"而非"有意于文"。所谓"无意于文"，即以儒家之道为旨归而并不在意作品的审美价值，这方面最典型的作品就是《诗经》，诗人们考虑的重心绝非诗歌创作的技巧法度，而是如何使诗歌发挥兴观群怨、事父事君、多识于鸟兽草木之名的功用。在吕本中看来，对这类"无意于文"的诗歌创作而言，谈"活法"就没什么意义。

怎样才能掌握在有法与无法之间、规矩与变化之间的"活法"呢？吕本中认为关键在于"悟入"，而"悟入"之门即在于"工夫"的浅深勤惰。只要功夫到家，自然可以悟入"活法"，并不玄妙。吕本中在《童蒙诗训》中说："作文必要悟入处，悟入必自工夫中来，非侥幸可得也。如老苏之于文，鲁直之于诗，盖尽此理也。"[①] 将悟入"活法"的根源，归结到反复训练、勤用功夫的层面，体现了脚踏实地、平易近人的切实作风，褪去了禅学"顿悟"说的神秘色彩。对于"工夫"的强调，在吕本中的诗论中随处可见。《童蒙诗训》云：

> 文字频改，工夫自出。近世欧公作文，先贴于壁，时加窜定，有终篇不留一字者。鲁直长年多改定前作，此可见大略。如《宗室挽诗》云："天网恢中夏，宾筵禁列侯"，后乃改云："属举左官律，不通宗室侯。"此工夫自不同矣。[②]

[①] ［宋］吕本中著：《童蒙诗训》，郭绍虞辑：《宋诗话辑佚》下册，北京：中华书局，1980年，第594页。

[②] ［宋］吕本中著：《童蒙诗训》，郭绍虞辑：《宋诗话辑佚》下册，北京：中华书局，1980年，第586页。

第三章 江西诗派后学对江西诗法的发展与修正

诗家所谓"工夫",不过就是文字上的反复推敲与修改,下的是踏实的苦功,并无任何捷径可走。吕本中认为诗歌的精妙在于熟能生巧、勤学苦练,讲的也是最平实不过的道理:

> 叔用尝戏谓余云:"我诗非不如子,我作得子诗,只是子差熟耳。"余戏答云:"只熟便是精妙处。"叔用大笑,以为然。①

吕本中《与曾吉甫论诗第一帖》云:

> 宠谕作诗次第,此道不讲久矣,如本中何足以知之。或励精潜思,不便下笔;或遇事因感,时时举扬;工夫一也。……要之,此事须令有所悟入,则自然越度诸子。悟入之理,正在工夫勤惰间耳。如张长史见公孙大娘舞剑,顿悟笔法。如张者,专意此事,未尝少忘胸中,故能遇事有得,遂造神妙;使他人观舞剑,有何干涉。非独作文学书而然也。和章固佳,然本中犹窃以为少新意也。近世次韵之妙,无出苏、黄,虽失古人唱酬之本意,然用韵之工,使事之精,有不可及者。②

是否可以悟入"活法",取决于功夫勤惰。如果能够"专意此事,未尝少忘胸中",则不难"遇事有得,遂造神妙"。吕本中以对诗歌创作渐修功夫的反复强调,不仅消解了"悟入"这一禅学概念的玄虚色彩,也使其"活法"说从诗学理论层面落实到了具体的创作实践层面。

---

① [宋]吕本中著:《紫微诗话》,[清]何文焕辑:《历代诗话·紫微诗话》,北京:中华书局,1991年,第362页。

② [宋]胡仔纂集,廖德明校点:《苕溪渔隐丛话》前集卷四十九,北京:人民文学出版社,1984年,第332-333页。

三

江西诗派以宗杜、宗黄为标志，但发展到吕本中的时代，由于师法范围日趋狭窄，江西末流出现了死守法度、缺乏波澜和变化的弊端。吕本中《与曾吉甫论诗第二帖》云：

> 近世江西之学者，虽左规右矩，不遗余力，而往往不知出此，故百尺竿头，不能更进一步，亦失山谷之旨也。①

如何纠正这一偏颇呢？吕本中提出的解决方案即扩大诗歌创作的师法范围，不仅要上溯至《诗经》《礼记》《论语》《左传》《庄子》《列子》《楚辞》及西汉文章的传统，也要广泛吸纳汉魏六朝诗歌、唐代诗歌的艺术经验。在宗杜、宗黄的前提下，尤其要以"规摹广大、学者难依"的东坡、太白诗为学习典范，以便"澡雪滞思"、拓宽眼界，以增加诗歌"变化不测"的一面。

吕本中《与曾吉甫论诗第一帖》云：

> 宠谕作诗次第，此道不讲久矣，如本中何足以知之。或励精潜思，不便下笔；或遇事因感，时时举扬；工夫一也。古之作者，正如是耳。惟不可凿空强作，出于牵强，如小儿就学，俯就课程耳。《楚辞》、杜、黄，固法度所在，然不若遍考精取，悉为吾用，则姿态横出，不窘一律矣。如东坡、太白诗，虽规摹广大，学者难依，然读之使人敢道，澡雪滞思，无穷苦艰难之状，亦一助也。②

---

① ［宋］胡仔纂集，廖德明校点：《苕溪渔隐丛话》前集卷四十九，北京：人民文学出版社，1984年，第333页。
② ［宋］胡仔纂集，廖德明校点：《苕溪渔隐丛话》前集卷四十九，北京：人民文学出版社，1984年，第332－333页。

第三章 江西诗派后学对江西诗法的发展与修正

宗杜、宗黄是江西诗派最为鲜明的特征。吕本中并不否定宗杜、宗黄的必要性,认为《楚辞》、杜、黄均为"法度所在",轻忽不得,但如果仅限于宗杜、宗黄却是不够的,"然不若遍考精取,悉为吾用,则姿态横出,不窘一律矣"。吕本中试图将东坡诗论与山谷诗论进行整合,既强调法度,又强调变化,而这正是其"活法"说的核心内容。

吕本中《与曾吉甫论诗第二帖》云:

> 诗卷熟读,深慰寂寞。……其间大概皆好,然以本中观之,治择工夫已胜,而波澜尚未阔,欲波澜之阔去,须于规模令大,涵养吾气而后可。规摹既大,波澜自阔,少如治择,功已倍于古矣。试取东坡黄州以后诗,如《种松》《医眼》之类,及杜子美歌行及长韵近体诗看,便可见。若未如此,而事治择,恐易就而难远也。退之云:"气,水也;言,浮物也;水大,则物之浮者,大小毕浮。气之与言,犹是也。气盛,则言之长短,与声之高下皆宜。"如此,则知所以为文矣。曹子建《七哀诗》之类,宏大深远,非复作诗者所能及,此盖未始有意于言语之间也。①

文中所谓"治择工夫",属于诗歌法度的层面;而"波澜尚未阔",是指曾吉甫的诗歌创作缺乏变化和气势,吕本中提出的解决之道是"须于规模令大,涵养吾气而后可"。说到养气,不免让人想起孟子所谓"我善养吾浩然之气"。对"养气"的强调,倒是切合吕本中理学家的身份。不过,吕本中这里提到的诗人"养气"功夫,并非孟子所言带有强烈儒家伦理道德色彩的思想修养,而是指诗人通过遍考精取之后获得的识力。吕

---

① [宋]胡仔纂集,廖德明校点:《苕溪渔隐丛话》前集卷四十九,北京:人民文学出版社,1984年,第333页。

本中提出的具体"涵养吾气"的门径是"试取东坡黄州以后诗，如《种松》《医眼》之类，及杜子美歌行及长韵近体诗看"，这又纯粹是诗家口吻而非理学家面目了。如果"养气"功夫到家，则可达到韩愈所言"气胜言宜"之境。至于曹植的《七哀诗》，"宏大深远，非复作诗者所能及，此盖未始有意于言语之间也"，已入"无意为文"之境。这在吕本中看来，也就不在其诗歌理论所能涵盖的范围之内了。认为"无意为文"之境高于"有意为文"之境，是苏、黄的共识，吕本中吸纳了这一思想，以纠正江西诗派"有意为文"造成的刻意雕琢、拘泥法度之弊。

在《童蒙诗训》中，吕本中明确提出既宗黄又宗苏的学诗门径：

> 自古以来语文章之妙，广备众体，出奇无穷者，唯东坡一人；极风雅之变，尽比兴之体，包括众作，本以新意者，唯豫章一人。此二者当永以为法。①

这当然是针对江西末流的弊端而发，同时也是对江西诗法的强力扩容。吕本中甚至将苏轼诗与杜甫诗相提并论：

> 老杜歌行，最见次第出入本末。而东坡长句，波澜浩大，变化不测，如作杂剧，打猛诨入，却打猛诨出也。《三马赞》"振鬣长鸣，万马皆瘖"，此记不传之妙。学文者能涵泳此等语，自然有入处。②

老杜歌行，"最见次第出入本末"，是法度俱备的杰作；而东坡

---

① ［宋］吕本中著：《童蒙诗训》，郭绍虞辑：《宋诗话辑佚》下册，北京：中华书局，1980年，第604页。

② ［宋］吕本中著：《童蒙诗训》，郭绍虞辑：《宋诗话辑佚》下册，北京：中华书局，1980年，第590页。

长句波澜浩大,是"变化不测"的典型。黄庭坚在宋代诗坛的地位类似于杜甫,苏轼则类似于李白。吕本中的言下之意即认为江西诗派包括整个宋代诗歌的发展方向应是对李、杜、苏、黄艺术经验的整合,其中李太白、苏东坡代表了艺术创作中变化不测的一面,而杜少陵、黄山谷代表了艺术创作中法度俱备的一面,两者缺一不可。吕本中将东坡长句在章法处理上的变化莫测与杂剧的结构方式相类比,也透露了他对"破体"及"以俗为雅"的宋诗新变尝试持有相当开放的态度。

法度俱备与变化不测并重的思路,实则就是吕本中"活法"说的具体化,在吕本中诗论中处处都有体现。吕本中对《庄子》与《左传》的并重,即是对法度与变化的并重:

> 读《庄子》令人意宽思大敢作。读《左传》便使人入法度,不敢容易。此二书不可偏废也。近世读东坡、鲁直诗亦类此。①

不过,法度与变化,两者也有先后次第,应先遵法度,后求变化:

> 韩退之文浑大广远难窥测,柳子厚文分明见规模次第,初学者当先学柳文,后熟读韩文,则工夫自见。②

在诗歌创作中,要做到既法度俱备又变化不测,关键在于遍考精取。在遍考精取的过程中,诗家之"识"非常重要,这一点犹以黄庭坚为典范:

> 渊明、退之诗,句法分明,卓然异众,惟鲁直为能深识

---

① [宋]吕本中著:《童蒙诗训》,郭绍虞辑:《宋诗话辑佚》下册,北京:中华书局,1980年,第592页。
② [宋]吕本中著:《童蒙诗训》,郭绍虞辑:《宋诗话辑佚》下册,北京:中华书局,1980年,第602页。

之。学者若能识此等语,自然过人。①

对诗家"识力"的强调,是严羽《沧浪诗话》的要点之一,在吕本中诗论中实已埋下伏笔。

吕本中花了大量笔墨从不同侧面论述诗歌创作在宗杜、宗黄的基础上广搜博取、遍参诸方的重要性。他转述苏门四学士之一张文潜的话说:"但把秦汉以前文字熟读,自然滔滔地流也。"②《童蒙诗训》第一则"学者先读古诗及曹诗"即云:

> 读《古诗十九首》及曹子建诗,如"明月入我牖,流光正徘徊"之类,诗皆思深远而有余意,言有尽而意无穷也。学者当以此等诗常自涵养,自然下笔不同。③

诗人只有遍考前作,细参不同诗家的不同句法,诗歌创作才能出类拔萃:

> 前人文章各自一种句法。如老杜"今君起舵春江流,予亦江边具小舟","同心不减骨肉亲,每语见许文章伯"。如此之类,老杜句法也。东坡"秋水今几竿"之类,自是东坡句法。鲁直"夏扇日在摇,行乐亦云聊",此鲁直句法也。学者若能遍考前作,自然度越流辈。④

被苏、黄认为缺乏学问书卷的孟浩然诗也成为吕本中表彰的对象:

---

① [宋]吕本中著:《童蒙诗训》,郭绍虞辑:《宋诗话辑佚》下册,北京:中华书局,1980年,第588页。

② [宋]吕本中著:《童蒙诗训》,郭绍虞辑:《宋诗话辑佚》下册,北京:中华书局,1980年,第605页。

③ [宋]吕本中著:《童蒙诗训》,郭绍虞辑:《宋诗话辑佚》下册,北京:中华书局,1980年,第585页。

④ [宋]吕本中著:《童蒙诗训》,郭绍虞辑:《宋诗话辑佚》下册,北京:中华书局,1980年,第586页。

> 浩然诗："挂席几千里，名山都未逢；泊舟浔阳郭，始见香炉峰。"但详看此等语，自然高远。如此诗亦可以为高远者也。①

吕本中认为，诗家遍考精取的对象，不仅局限于以李杜苏黄为代表的唐宋诗歌，还应上溯到先秦汉魏，尤其是儒家经典："大概学诗，须以《三百篇》《楚辞》及汉、魏间人诗为主，方见古人妙处，自无齐、梁间绮靡气味也。"②《尚书》《诗经》《论语》《左传》《礼记》《文选》诸诗、西汉文章，统统是诗家需要用功琢磨的对象：

> 《载驰》诗反覆说尽情思，学者宜考。《蒹葭》诗说得事理明白，尤宜致思也。③

> 《论语》《礼记》文字简淡不厌，非《左氏》所可及也。④

> 古人文章一句是一句，句句皆可作题目，如《尚书》可见。后人文章累千百言不能就一句事理。只如《选》诗有高古气味。自唐以下，无复此意。此皆不可不知也。⑤

> 文章大要须以西汉为宗，此人所可及也。至于上面一

---

① ［宋］吕本中著：《童蒙诗训》，郭绍虞辑：《宋诗话辑佚》下册，北京：中华书局，1980年，第588页。
② ［宋］吕本中著：《紫微诗话》，［清］何文焕辑：《历代诗话》，北京：中华书局，1981年，第361页。
③ ［宋］吕本中著：《童蒙诗训》，郭绍虞辑：《宋诗话辑佚》下册，北京：中华书局，1980年，第595页。
④ ［宋］吕本中著：《童蒙诗训》，郭绍虞辑：《宋诗话辑佚》下册，北京：中华书局，1980年，第598页。
⑤ ［宋］吕本中著：《童蒙诗训》，郭绍虞辑：《宋诗话辑佚》下册，北京：中华书局，1980年，第605页。

等,则须审己才分,不可勉强作也。如秦少游之才,终身从东坡步骤次第,上宗西汉,可谓善学矣。①

东坡云:"意尽而言止者,天下之至文也。"然而言止而意不尽,尤为极至,如《礼记》《左传》可见。②

吕本中在《童蒙诗训》中所言对儒家经典、西汉文章的遍考精研,考察重点不在儒家义理而在文章法度。吕本中实际上将儒家经典与西汉文章,均视作"悟入"活法的门径,彰显的是诗家眼光而非理学家本色。

吕本中对唐宋以来近世文字的重视,令人印象深刻。韩、柳、欧、苏包括曾巩的文章,均成为"悟入"诗歌活法的门径,隐含着吕本中对宋调"以文为诗"新变倾向的充分认可:

近世文字如曾子固诸序,尤须详味。曾子固文章纡余委曲,说尽事情,加之字字有法度,无遗恨矣。③

老苏尝自言升里转斗里量,因闻此遂悟文章妙处。文章纡余委曲,说尽事理,惟欧阳公为得之。至曾子固加之,字字有法度,无遗恨矣。文章有本末首尾,元无一言乱说,观少游五十策可见。④

学文须熟看韩、柳、欧、苏,先见文字体式,然后更考古人用意下句处。学诗须熟看老杜、苏、黄,亦先见体式,

---

① [宋]吕本中著:《童蒙诗训》,郭绍虞辑:《宋诗话辑佚》下册,北京:中华书局,1980年,第605页。
② [宋]吕本中著:《童蒙诗训》,郭绍虞辑:《宋诗话辑佚》下册,北京:中华书局,1980年,第601-602页。
③ [宋]吕本中著:《童蒙诗训》,郭绍虞辑:《宋诗话辑佚》下册,北京:中华书局,1980年,第600-601页。
④ [宋]吕本中著:《童蒙诗训》,郭绍虞辑:《宋诗话辑佚》下册,北京:中华书局,1980年,第601页。

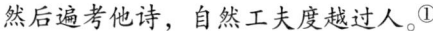

然后遍考他诗,自然工夫度越过人。①

学者须做有用文字,不可尽力虚言。有用文字,议论文字是也。议论文字,须以董仲舒、刘向为主,《礼记》《周礼》及《新序》《说苑》之类,皆当贯串熟考,则做一日便有一日工夫。近世文字如曾子固诸序尤须详味。②

黄庭坚的"以文为诗",与韩愈等人"以文为诗"最大的不同,是有意借用古文章法来处理诗歌章法,这在范温的《潜溪诗眼》中有充分论述。吕本中在其《童蒙诗训》中主张诗家从《尚书》《左传》《论语》《礼记》《庄子》及西汉文章、宋代古文家的文章中考察章法结构及字句法度,明显继承了黄庭坚、范温等人的诗论主张,既是对宋调的肯定,也是对江西诗法的充实整固。

四

吕本中谈及具体的诗歌技巧与诗歌法度时,更具江西况味。
江西诗法的核心追求,在于诗歌的新变。在吕本中的诗论中,随处可见对于文学独创性的要求。《童蒙诗训》云:

陆士衡《文赋》云:"立片言以居要,乃一篇之警策。"此要论也。文章无警策则不足以传世,盖不能竦动世人。如老杜及唐人诸诗,无不如此。但晋、宋间人,专致力于此,故失于绮靡而无高古气味。老杜诗云:"语不惊人死不休。"

---

① [宋] 吕本中著:《童蒙诗训》,郭绍虞辑:《宋诗话辑佚》下册,北京:中华书局,1980年,第603页。
② [宋] 吕本中著:《童蒙诗训》,郭绍虞辑:《宋诗话辑佚》下册,北京:中华书局,1980年,第603页。

所谓惊人语,即警策也。①

失去了独创性,诗歌就失去了生命力,立言不朽、传之后世的愿望自然也就落空。但过于在技法上用功夫,又容易失于绮靡,无高古气味,流于卑弱,同样会妨碍"传世"。吕本中坦言,江西诗法对烹字炼句的重视,实来自于杜甫。

"江西诗法"的出现,以宋代诗人试图摆脱唐音影响而自立门户的心理需要为背景。吕本中将山谷诗的新变,视作江西"宗黄"的重要理由之一:

> 或称鲁直"桃李春风一杯酒,江湖夜雨十年灯",以为极至。鲁直自以此犹砌合,须"石吾甚爱之,勿使牛砺角,牛砺角尚可,牛斗残我竹",此乃可言至耳。然如鲁直《百里大夫冢诗》与《快阁诗》,已自见成就处也。②

山谷的名句"桃李春风一杯酒,江湖夜雨十年灯"比"石吾甚爱之,勿使牛砺角,牛砺角尚可,牛斗残我竹"要脍炙人口得多,吕本中却同意黄庭坚本人的看法,盛赞后者"乃可言至耳",原因就在于后者才真正体现了宋调的独特风味,而前者更具唐音的风华韵致。由此可见,吕本中实际上将文学新变视作了宋诗的生命线。

在吕本中看来,缺少变化、规摹旧作,是诗歌创作、文学发展的死路,也是江西诗派的死路。他说:

> 老杜诗云:"诗清立意新。"最是作诗用力处,盖不可循习陈言,只规摹旧作也。鲁直云"随人作诗终后人",又

---

① [宋]吕本中著:《童蒙诗训》,郭绍虞辑:《宋诗话辑佚》下册,北京:中华书局,1980年,第587页。
② [宋]吕本中著:《童蒙诗训》,郭绍虞辑:《宋诗话辑佚》下册,北京:中华书局,1980年,第590页。

云"文章切忌随人后",此自鲁直见处也。近世人学老杜多矣,左规右矩,不能稍出新意,终成屋下架屋,无所取长。独鲁直下语,未尝似前人而卒与之合,此为善学。如陈无己力尽规摹,已少变化。①

江西诗派的危机在于,哪怕是曾与黄庭坚齐名的陈无己,其诗歌创作"力尽规摹,已少变化"。到了吕本中的时代,"近世人学老杜多矣,左规右矩,不能稍出新意,终成屋下架屋,无所取长"。江西诗派本以宗杜、宗黄为标志,而无论杜甫还是黄庭坚都极其重视诗歌创作的独出机杼、波澜变化,不屑随人作计。吕本中之所以在"法度俱备"之外又极其重视"变化不测",其实也是旨在强调文学创新的非凡意义。《童蒙诗训》特别肯定了老杜、苏、黄诗的新变:"老杜歌行与长韵律诗,后人莫及;而苏、黄用韵下字用故事处亦古所未到。"② 苏、黄以用事、押韵为工,遭遇了与吕本中同时的张戒及后来的严羽猛烈的批判,认为这一特点使得宋代诗歌偏离了"诗言志"及"吟咏情性"的正道,走上了"以文字为诗,以才学为诗"的歧途。而在吕本中看来,正是苏、黄诗歌的这一大胆新变,才成就了宋代诗歌的独特性,成就了宋调无可取代的价值。对此,江西派诗人徐俯也有论及:"徐师川言:作诗自立意,不可蹈袭前人。"③

正如吕本中将"悟入"活法的门径落实到"工夫勤惰间",对于诗歌新变,吕本中也将其落实到非常具体的诗法诗技层面。

---

① [宋]吕本中著:《童蒙诗训》,郭绍虞辑:《宋诗话辑佚》下册,北京:中华书局,1980年,第596页。

② [宋]吕本中著:《童蒙诗训》,郭绍虞辑:《宋诗话辑佚》下册,北京:中华书局,1980年,第597页。

③ [宋]吕本中著:《紫微诗话》,[清]何文焕辑:《历代诗话》,北京:中华书局,1981年,第361页。

比如他在论及咏物诗如何避免直露黏滞时,就借用了禅宗"绕道说法"的思路,主张仅以喻体指代所咏之物,绝不说破,以增加咏物诗的含蓄蕴藉之美,颇具操作性:

> "雕虫蒙记忆,烹鲤问沉绵",不说作赋而说雕虫,不说寄书而说烹鲤,不说疾病而云沉绵;"颂椒添讽味,禁火卜欢娱",不说节岁但云颂椒,不说寒食但云禁火,亦文章之当妙也。①

吕本中以李商隐诗和黄庭坚诗为例,说明如何在咏物诗中运用这一创作手法:

> 义山《雨诗》"摵摵度瓜园,依依傍水轩",此不待说雨,自然知是雨也。后来鲁直、无己诸人,多用此体,作咏物诗不待分明说尽,只仿佛形容,便见妙处。如鲁直《茶蘼诗》云:"露湿何郎试汤饼,日烘荀令炷炉香。"②

这一创作手法,固然增加了咏物诗深婉不迫的含蓄气质,但若运用不当,往往将咏物诗弄成了押韵的谜语。此类非常具体的创作手法,虽是江西诗法的重要组成部分,但必须纳入支撑江西诗法的整体诗学框架之中去理解并灵活运用,才不会沦为庸滥的死法。

吕本中在《童蒙诗训》中也记载了黄庭坚之外江西诗派其他诗人的论诗主张,比如谢无逸对杜诗的评价:

> 谢无逸语汪信民云:"老杜有自然不做底语到极至处者,有雕琢语到极至处者:如'丹青不知老将至,富贵于我如浮

---

① [宋]吕本中著:《童蒙诗训》,郭绍虞辑:《宋诗话辑佚》下册,北京:中华书局,1980年,第587页。

② [宋]吕本中著:《童蒙诗训》,郭绍虞辑:《宋诗话辑佚》下册,北京:中华书局,1980年,第590-591页。

云',此自然不做底语到极至处者;如'金钟大镛在东序,冰壶玉衡悬清秋',此雕琢语到极至处者也。"①

黄庭坚"宗杜",既重杜诗法度俱备的一面,更重杜诗"不烦绳削而自合"的一面,而江西诗法正是致力于整合自然与雕琢这两种看似完全相反的面向。谢无逸通过对杜诗的细读精研,体会到"老杜有自然不做底语到极至处者,有雕琢语到极至处者",两者完全可以并存。

不讳言具体的诗歌技巧,是江西诗论显著的特征。在《童蒙诗训》中,吕本中借江西诗派其他诗人之口,屡屡论及诗歌的开阖布置、句法安排、响字活字的处理等技法层面的问题:

> 潘邠老语饶德操云:作长诗须有次第本末,方成文字,譬如做客,见主人须先入大门,见主人升阶就坐说话乃退。今人作文字都无本末次第,缘不知此理也。②

> 徐师川云:"作诗回头一句最为难道,如山谷诗所谓'忽思钟陵江十里'之类是也。他人岂如此,尤见句法安壮。山谷平日诗多用此格。"③

> 潘邠老言七言诗第五字要响。如"返照入江翻石壁,归云拥树失山村"。"翻"字,"失"字,是响字也。五言诗第三字要响。如"圆荷浮小叶,细麦落轻花"。"浮"字,"落"字,是响字也。所谓响者,致力处也。予窃以为字字

---

① [宋]吕本中著:《童蒙诗训》,郭绍虞辑:《宋诗话辑佚》下册,北京:中华书局,1980年,第586页。
② [宋]吕本中著:《童蒙诗训》,郭绍虞辑:《宋诗话辑佚》下册,北京:中华书局,1980年,第596页。
③ [宋]吕本中著:《童蒙诗训》,郭绍虞辑:《宋诗话辑佚》下册,北京:中华书局,1980年,第597页。

当活,活则字字自响。①

在吕本中看来,懂得诗法还不够,还必须知道诗病:

> 学古人文字,须得其短处。如杜子美诗,颇有近质野处。如《封主簿亲事不合诗》之类是也。东坡诗有汗漫处,鲁直诗有太尖新、太巧处,皆不可不知。东坡诗如"成都画手开十眉""楚山固多猿,青者黠而寿",皆穷极思致,出新意于法度,表前贤所未到。然学者专力于此,则亦失古人作诗之意。②

无论是杜甫、苏轼还是黄庭坚,都被吕本中视为最上一乘的学习典范,但这段文字恰恰指出了这三家的诗病,吕本中不盲从、不迷信权威的精神由此可见一斑。事实上,无论是徐俯还是韩驹,都并不愿意被人视为江西中人,拒绝随人作计、传人衣钵,希望能自成一家。从陈无己的《后山诗话》开始,江西派诗人就已经对黄庭坚"好奇太甚"的一面进行了批评。吕本中则不仅批评"鲁直诗有太尖新、太巧处",甚至对当时已诗圣化了的杜甫也有批评,"如杜子美诗,颇有近质野处"。由此我们可以看到,江西诗法在宋代一直处于发展变化的流动状态,它不断地进行自我整合、自我扩容甚至自我批判、自我否定。张戒、严羽等人对江西诗派、江西诗法的严厉批评,实则在江西诗派文论的内部早已萌芽。

---

① [宋]吕本中著:《童蒙诗训》,郭绍虞辑:《宋诗话辑佚》下册,北京:中华书局,1980年,第587页。

② [宋]吕本中著:《童蒙诗训》,郭绍虞辑:《宋诗话辑佚》下册,北京:中华书局,1980年,第591页。

第三章 江西诗派后学对江西诗法的发展与修正

五

宋调有别于唐音的显著特点之一，是变诗人之诗为学人之诗。作为宋调的代表人物，黄庭坚曾反复强调学问书卷及内在修养对于诗歌创作的决定意义，极其重视诗人读书穷理、涵养心性的功夫，这当然也是受宋代理学、禅学影响的结果。出身理学世家的吕本中，本人亦为理学家，同时深谙禅学佛典，对山谷诗论重视学问书卷和内在心性修养的一面自然高度认同。他转述黄庭坚的话以强调"学问"对诗词创作的极端重要性：

> 诗词高深要从学问中来。后来学诗者虽时有妙句，譬如合眼摸象，随所触体，得一处，非不即似，要且不足。若开眼，全体也，其合古人处，不待取证也。①

对于用事精当、表露学问的诗作，吕本中褒扬有加：

> 晁伯禹载之，学问精确，少见其比，尝作《昭灵夫人祠诗》云："杀翁分我一杯羹，龙种由来事杳冥。安用生儿作刘季？暮年无骨葬昭灵。"②

从孔子开始，儒家文论一直强调"有德者必有言"，所谓"和顺积中，英华发外"。作为理学家的吕本中，认为作者内在精神世界的充溢会自然而然流淌出好的文字，因此作文不用勉强也不可勉强，而内在的充溢又取决于学问的赅博：

> 作文不可强为，要须遇事乃作，须是发于既溢之余，流

---

① ［宋］吕本中著：《童蒙诗训》，郭绍虞辑：《宋诗话辑佚》下册，北京：中华书局，1980年，第595－596页。

② ［宋］吕本中著：《紫微诗话》，［清］何文焕辑：《历代诗话》，北京：中华书局，1981年，第360页。

于已足之后，方是极头，所谓即溢已足者，必从学问该博中来也。①

学问功夫，则服务于涵养心性的需要：

> 学问功夫全在浃洽涵养，蕴蓄久之，左右采择，一旦冰释理顺，自然逢原矣。非如世人强袭取之，揠苗助长，苦心极力，卒无所得也。②

当吕本中从理学家的角度立论时，文学技巧对诗歌创作而言成了次要之物，诗人求学问道的功夫和内在的心性修养才是重中之重。《童蒙诗训》中有一段文字纯粹是在表彰宋代理学家们的文学立场：

> 吕与叔尝作诗云："文如元凯徒称僻，赋似相如止类俳。唯有孔门无一事，只传颜氏得心斋。"横渠《读诗诗》云："置心平易始知诗。"杨中立云："知此诗，则可以读《三百篇》矣。"③

从理学家的立场来看待文学创作，所有的华辞丽藻、雕章琢句都是等而下之的存在，一切文字不过是明心见性、洞悉天理的工具而已。

人品决定诗品。诗人内在的识见、胸襟、气度、品格是决定诗歌高下优劣最为根本的力量。这是理学家诗论的基本立场。从这一立场出发，吕本中在其诗论中一再强调人品对诗品的决定

---

① ［宋］吕本中著：《童蒙诗训》，郭绍虞辑：《宋诗话辑佚》下册，北京：中华书局，1980年，第603页。

② ［宋］吕本中著：《紫微杂说》，吴文治主编：《宋诗话全编》第三册，南京：凤凰出版社，1998年，第2904页。

③ ［宋］吕本中著：《童蒙诗训》，郭绍虞辑：《宋诗话辑佚》下册，北京：中华书局，1980年，第594页。

第三章 江西诗派后学对江西诗法的发展与修正

作用：

> 高秀实茂华，人物高远，有出尘之姿，其为文称是。尝和余《高邮道中诗》，有"中途留眼占星聚，一宿披颜觉雾收"之句，便觉余诗急迫，少从容闲暇处。①

> 杨十七学士应之国宾力行苦节，学问赡博，而弘致远识，特异流俗。尝题所居壁云："有竹百竿，有香一炉，有书千卷，有酒一壶，如是足矣。"伊川正叔先生尝以为交游中惟杨应之有些英气。②

这一立场发展到极端，甚至会将诗歌创作与求学问道视作此消彼长、二元对立的关系：

> 汪信民革，尝作诗寄谢无逸云："问讯江南谢康乐，溪堂春木想扶疏。高谈何日看挥麈，安步从来可当车。但得丹霞访庞老，何须狗监荐相如？新年更励于陵节，妻子同锄五亩蔬。"饶德操节见此诗，谓信民曰："公诗日进，而道日远矣。"盖用功在彼而不在此也。③

饶节是江西诗派诗人，后遁入空门。虽然饶节此处所言之"道"很有可能是指佛理禅旨，但"公诗日进，而道日远"这一判断的内在逻辑却与北宋理学大家程颐"作文害道"之说如出一辙。

不过，吕本中似乎并不同意饶节"公诗日进，而道日远"

---

① ［宋］吕本中著：《紫微诗话》，［清］何文焕辑：《历代诗话》，北京：中华书局，1981年，第360页。
② ［宋］吕本中著：《紫微诗话》，［清］何文焕辑：《历代诗话》，北京：中华书局，1981年，第372页。
③ ［宋］吕本中著：《紫微诗话》，［清］何文焕辑：《历代诗话》，北京：中华书局，1981年，第360页。

这一极端的观点。他的基本看法,还是认为"有德者必有言",道的精进,会带来诗歌创作的精进,两者相互促进,并不矛盾。有意思的是,吕本中用以说明这一观点的例子正是饶节本人:

> 江西诸人诗,如谢无逸富赡,饶德操萧散,皆不减潘邠老大临精苦也。然德操为僧后,诗更高妙,殆不可及。尝作诗劝余专意学道云:"向来相许济时功,大似频伽饷远空。我已定交木上座,君犹求旧管城公。文章不疗百年老,世事能排双颊红。好贷夜窗三十刻,胡床趺坐究幡风。"①

削发为僧后的饶节,虽专意学道,并声称"我已定交木上座""文章不疗百年老",然而"诗更高妙,殆不可及",对于佛道禅理的体认越深,反而越发提升了诗歌的品质。吕本中的这一观点,虽与程颐"为文害道"之说稍有出入,但却符合理学家们将道视作文章根本的基本思路。

吕本中强调学问书卷与心性修养对诗歌创作的决定意义,一方面是对黄庭坚诗论的继承发展,另一方面则是来自其理学家的眼光与立场,同时也符合宋调"以学问为诗,以议论为诗"的创作实际。相比唐音,宋调以思致、理趣、筋骨见长,这与宋代理学向诗学的渗透不无关系。黄庭坚、吕本中等人对于学问书卷、心性修养的极端重视,是从诗歌理论层面对宋调的充分肯定。

吕本中既是江西诗法重要的继承者、总结者,也是江西诗法重要的补充者、修正者甚至是批评者。在江西诗法的发展历程中,吕本中起到了承上启下的关键作用。

---

① [宋]吕本中著:《紫微诗话》,[清]何文焕辑:《历代诗话》,北京:中华书局,1981年,第363页。

第三节　杨万里对江西诗法的承续与变革

杨万里，字廷秀，号诚斋，是南宋时期著名的诗人、学者与政治家，和陆游、尤袤、范成大并称为"中兴四大诗人"，不仅创造了以描写自然景物见长、浅近活泼、清新自然、风趣幽默的诚斋体，而且有《诚斋诗话》等众多诗论文字传世，是南宋时期卓有建树的诗歌理论家。杨万里的诗歌理论，正如他的诗歌创作一样，从江西诗法入，又能从江西诗法出，试图以晚唐的精工与余味，弥补江西诗派的不足，并以强调独创和师法自然来矫正江西诗派过于重视书卷、法度之弊。杨万里看上去似乎相当程度地否定了江西诗法，走上了南宋后期以晚唐为法的四灵诗人和江湖诗人的道路，但若仔细辨析，我们不难发现，杨万里的诗论与江西诗法之间存在着千丝万缕、无法割裂的关系。与其说杨万里是江西诗法的批判否定者，不如说他是江西诗法强有力的承续者与变革者。

一

杨万里本人即江西人，他撰写的《江西宗派诗序》将相似的艺术风味而不是诗人的籍贯作为判别是否属于江西诗派的主要依据。他说："江西宗派诗者，诗江西也，人非皆江西也。人非皆江西，而诗曰江西者何？系之也。系之者何？以味不以形也。"[①] 所谓"以味不以形"，是指江西诗派的诗作虽外在形貌千

---

① 陶秋英编选，虞行校订：《宋金元文论选》，北京：人民文学出版社，1984年，第285页。

差万别,但内在风味和烹制手段却高度相似:

> 东坡云:"江瑶柱似荔子。"又云:"杜诗似《太史公书》。"不惟当时哄然,阳应曰诺而已,今犹哄然也。非哄然者之罪也,舍风味而论形似,故应哄然也。形焉而已矣,高子勉不似二谢,二谢不似三洪,三洪不似徐师川,师川不似陈后山,而况似山谷乎?味焉而已矣,酸咸异和,山海异珍,而调胹之妙,出乎一手也。似与不似,求之可也,遗之亦可也。①

杨万里所言"调胹之妙,出乎一手"到底是指什么?我以为,正是指江西诗法。江西诗派的诗人,从黄山谷到陈后山再到徐师川、三洪、二谢、高子勉,所创作的诗歌从外在形貌看皆不同,内在风味却神似,如同出自同一位烹调大师之手,靠的就是大同小异的烹饪手段,即"江西诗法"。

"江西诗法"绝非僵化庸滥的诗歌创作手法,而是通向"江西风味"的桥梁与阶梯。正是借助"江西诗法",江西诗派之诗显示出与"世俗之作"完全不同的气质风味:

> 大抵公侯之家有阀阅,岂惟公侯哉,诗家亦然。窭人子崛起委巷,一旦纡以银黄,缨以端委,视之,言公侯也,貌公侯也。公侯则公侯乎尔,遇王谢子弟,公侯乎?江西之诗,世俗之作,知味者当能别之矣。②

虽然"江西诗法"成为造就"江西风味"的功臣,但杨万里对"江西诗法"的思考却并未到此止步。在他看来,"江西诗

---

① 陶秋英编选,虞行校订:《宋金元文论选》,北京:人民文学出版社,1984年,第285页。

② 陶秋英编选,虞行校订:《宋金元文论选》,北京:人民文学出版社,1984年,第285页。

第三章　江西诗派后学对江西诗法的发展与修正

法"的形成,离不开唐之李、杜和宋之苏、黄,"四家者流,一其形,二其味,二其味,一其法也"①。苏、李之诗,如同"列子之御风也",代表了无所倚待、"神于诗者"之境;杜、黄之诗,如同"灵均之乘桂舟、驾玉车也",代表了有所倚待、"圣于诗者"之境;杨万里的理想,是"合神与圣",将苏、李之境与杜、黄之境整合为一,以此完成对"江西诗法"的承续与改造。因此,他在《江西宗派诗序》一文中接着说:

> 盍尝观夫列御寇、楚灵均之所以行天下者乎?行地以舆,行波以舟,古也。而子列子独御风而行,十有五日而后反,彼其于舟车,且乌乎待哉!然则舟车可废乎?灵均则不然,饮兰之露,餐菊之英,去食乎哉!芙蓉其裳,宝璐其佩,去饰乎哉!乘吾桂舟,驾吾玉车,去器乎哉!然未始有待乎舟车者也。今夫四家者流,苏似李,黄似杜;苏、李之诗,子列子之御风也;杜、黄之诗,灵均之乘桂舟、驾玉车也。无待者神于诗者欤?有待者而未尝有待者,圣于诗者欤?嗟乎!离神与圣,苏、李,苏、李乎尔!杜、黄,杜、黄乎尔!合神与圣,苏、李不杜、黄,杜、黄不苏、李乎?②

杨万里将杜、黄、苏、李合而为一的思路,正是吕本中"活法"说的翻版。

杨万里的这一思路,在其《诚斋诗话》中也有体现:

> 七言长韵古诗,如杜少陵《丹青引》《曹将军画马》《奉先县刘少府山水障歌》等篇,皆雄伟宏放,不可捕捉。

---

①　陶秋英编选,虞行校订:《宋金元文论选》,北京:人民文学出版社,1984年,第285页。
②　陶秋英编选,虞行校订:《宋金元文论选》,北京:人民文学出版社,1984年,第285-286页。

学诗者于李、杜、苏、黄诗中,求此等类,诵读沉酣,深得其意味,则落笔自绝矣。①

宗杜宗黄,是江西诗派最为显著的标志。杨万里早年学诗本来就是从江西入手,因此,他大体也认可"宗杜"这条道路。如何宗杜呢?杨万里这里强调的不是如何学习杜诗的字法、句法、章法,而是体味其"雄伟宏放,不可捕捉"的气度。诗人学习的对象不再仅落实到杜甫、黄庭坚,而是扩大到了苏轼、李白。这当然也不是什么新鲜的观点,而是在吕本中"活法"说的基础上接着说。

二

杨万里对江西诗派、江西诗法,评价颇高,终其一生,都没有真正了断和江西的缘分。对于同时代其他诗人宗山谷、宗江西诗派的创作倾向,杨万里每每大加褒扬。《跋萧彦毓梅坡诗集》云:

> 西昌有客学南昌,衣钵真传快阁旁。
> 坡底诗人梅底醉,花为句子蕊为章。
> 想渠蹋月枝枝瘦,赠我盈编字字香。
> 若画江西后宗派,不愁擒贼不擒王。②

《书黄庐陵伯庸诗卷》云:"句法何曾问外人,单传山谷当家春。"③

---

① 丁福保辑:《历代诗话续编》,北京:中华书局,1983年,第139页。

② 吴文治主编:《宋诗话全编》第六册,南京:凤凰出版社,1998年,第5962页。

③ 吴文治主编:《宋诗话全编》第六册,南京:凤凰出版社,1998年,第5963页。

第三章 江西诗派后学对江西诗法的发展与修正

杨万里悲叹黄庭坚、陈师道死后诗坛的寂寥,希望后学能够成为江西诗派的传灯人,《咏李天麟秋怀五绝句》其二云:"双井无人后山死,只今谁子定得灯。"① 当他灯下阅读山谷诗时,沉醉、倾慕、感慨之情更是溢于言表:

> 天下无双双井黄,遗编犹作旧时香。
> 百年人物今安在,千载功名纸半张。
> 使我诗编如许好,关人身世亦何尝。
> 地炉火暖灯花喜,且只移家住醉乡。②

在杨万里的心理感受中,江西风味的诗句甚至带着扑面而来的香气,散发出难以抵挡的艺术魅力。其《题徐衡仲西窗诗编》云:

> 江东诗老有徐郎,语带江西句子香。
> 秋月春花入牙颊,松风涧水出肝肠。
> 居仁衣钵新分似,吉甫波澜并取将。③

对黄庭坚"以故为新,以俗为雅""以文为诗"、诗禅结合的艺术创新手法和诗论主张,杨万里深表赞同。"以故为新,以俗为雅""以文为诗""诗禅结合",落实到具体诗歌技巧的层面,则是"点铁成金""夺胎换骨""翻案法"及融化俗语、经史语入诗。杨万里在《诚斋诗话》和《诚斋集》中花了不少篇幅对这些率先由黄庭坚提出的江西诗法原初内容做了进一步阐发补充,特别是借用了禅家的"翻案法"来深化对"以故为新"

---

① 吴文治主编:《宋诗话全编》第六册,南京:凤凰出版社,1998年,第5955页。
② 吴文治主编:《宋诗话全编》第六册,南京:凤凰出版社,1998年,第5956页。
③ 吴文治主编:《宋诗话全编》第六册,南京:凤凰出版社,1998年,第5958页。

创新手法的理解,创造性地将"以故为新"与"以禅论诗"结合起来。

杨万里在品评、鉴赏名家诗作时,对"以故为新,夺胎换骨"的创作手法,有一种特别的敏感:

> 庾信《月》诗云:"渡河光不湿。"杜云:"入河蟾不没。"唐人云:"因过竹院逢僧话,又得浮生半日闲。"坡云:"殷勤昨夜三更雨,又得浮生尽日凉。"杜《梦李白》云:"落月满屋梁,犹疑照颜色。"山谷《簟诗》云:"落日映江波,依稀比颜色。"退之云:"如何连晓语,只是说家乡。"吕居仁云:"如何今夜雨,只是滴芭蕉。"此皆用古人句律,而不用其句意,以故为新,夺胎换骨。①

令人印象深刻的是,杨万里将"以故为新,夺胎换骨"定义为"用古人句律,而不用其句意",和黄庭坚当初将"夺胎换骨"视为借他人诗意而不借他人诗语的看法并不相同,但核心意思并没有改变,都是指灵活地化用他人作品的诗意、句律为己所用,夺他人之酒杯,浇自己之块垒,翻陈出新,以"夺胎换骨"的创作手法,实现"以故为新"的艺术效果。

在诗歌创作中,实现"以故为新"的另一重要手段是"点铁成金",即运用前人作品中的现成字句入诗,如灵丹一点,点铁成金,不仅使古人陈言在新的诗歌语境中焕发光彩,也大大增加了诗作的历史景深与意义空间。而"点铁成金"手法运用的娴熟得当,在于"诵诗之多"与"择字之精",和日本中所言是否能够"悟入"活法全在"功夫勤惰之间",其实是一个意思:

---

① [宋]杨万里著:《诚斋诗话》,丁福保辑:《历代诗话续编》,北京:中华书局,1983年,第148页。

第三章 江西诗派后学对江西诗法的发展与修正

  凡以初学诗者,须学古人好语,或两字,或三字。如山谷《猩猩毛笔》:"平生几两屐,身后五车书。""平生"二字出《论语》;"身后"二字,晋张翰云"使我有身后名";"几两屐",阮孚语;"五车书",庄子言惠施。此两句乃四处合来。又"春风春雨花经眼,江北江南水拍天",春风春雨,江北江南,诗家常用。杜云:"且看欲尽花经眼。"退之云:"海气昏昏水拍天。"此四字合三字,入口便成诗句,不至生硬。要诵诗之多,择字之精,始乎摘用,久而自出肺腑,纵横出没,用亦可,不用亦可。①

杨万里特别强调,积累"古人好语"是初学诗者必不可少的功夫,这是学习模仿的过程,也是禅家所谓"遍参诸方"的渐修过程。一旦渐修功夫到家,"久而自出肺腑,纵横出没,用亦可,不用亦可",就达到了超越于法度之上的自由挥洒之境。

  以禅家公案好作翻案文章为喻,杨万里对于"以故为新"的理解达到了新的深度。他认为"以故为新"的实质是"翻尽古人公案",看似在处处模仿古人,实则是在随时反叛古人、反叛传统:

  唐律七言八句,一篇之中,句句皆奇,一句之中,字字皆奇,古今作者皆难之。予尝与林谦之论此事。谦之慨然曰:"但吾辈诗集中,不可不作数篇耳。如老杜《九日》诗云:'老去悲秋强自宽,兴来今日尽君欢。'不徒入句便字字对属。又第一句顷刻变化,才说悲秋,忽又自宽,以'自'对'君'甚切,君者君也,自者我也。'羞将短发还吹帽,笑倩旁人为正冠。'将一事翻腾作一联,又孟嘉以落帽为风流,少陵以不

---

① [宋]杨万里著:《诚斋诗话》,丁福保辑:《历代诗话续编》,北京:中华书局,1983年,第140-141页。

落为风流,翻尽古人公案,最为妙法。"①

擅长在诗歌创作中"翻尽古人公案"者,不仅仅有"圣于诗"的江西始祖杜甫,也有"神于诗"的苏东坡:

> 东坡《煎茶诗》云:"活水还将活火烹,自临钓石汲深清。"第二句七字而具五意:水清,一也;深处清,二也;石下之水,非有泥土,三也;石乃钓石,非寻常之石,四也;东坡自汲,非遣卒奴,五也。"大瓢贮月归春瓮,小杓分江入夜瓶。"其状水之清美极矣。分江二字,此尤难下。"雪乳已翻前处脚,松风仍作泻时声。"此倒语也,尤为诗家妙法,即少陵"红稻啄余鹦鹉粒,碧梧栖老凤凰枝"也。"枯肠未易禁三碗,卧听山城长短更。"又翻却卢仝公案。仝吃到七碗,坡不禁三碗。山城更漏无定,长短二字,有无穷之味。②

最终,杨万里将诗家的用事用典、"点铁成金""夺胎换骨"均归入到"翻案法"之中,"翻却古人公案"成为"以故为新"的不二法门。换个说法,"以故为新"的目标绝非为了袭旧,而是为了出新,所以必须处处和古人捣乱,不能甘心去做古人的影子。在杨万里看来,江西诗派的开山祖师黄庭坚是擅用"翻案法"的典范:

> 诗家用古人语,而不用其意,最为妙法。如山谷《猩猩毛笔》是也。猩猩喜着屐,故用阮孚事。其毛作笔,用之钞书,故用惠施事。二事皆借人事以咏物,初非猩猩毛笔事

---

① [宋]杨万里著:《诚斋诗话》,丁福保辑:《历代诗话续编》,北京:中华书局,1983年,第140页。

② [宋]杨万里著:《诚斋诗话》,丁福保辑:《历代诗话续编》,北京:中华书局,1983年,第140页。

也。《左传》云:"深山大泽,实生龙蛇。"而山谷《中秋月》诗云:"寒藤老木被光景,深山大泽皆龙蛇。"……此皆翻案法也。予友人安福刘浚字景明,《重阳诗》云:"不用茱萸仔细看,管取明年各强健。"得此法矣。①

关于何为"夺胎法"、何为"换骨法",惠洪《冷斋夜话》转述山谷之言是否属实、是否准确,历来有诸多争论。杨万里并没有深入考证"夺胎换骨"之说的来历、真伪、具体内涵,而是试图从总体上把握实现"以故为新"这一艺术追求的关键所在,即"翻案法"。无论是江西诗法关注的用典用事还是"点铁成金""夺胎换骨",本质上均旨在"翻尽古人公案",以实现"以故为新"的目的,绝非为了变成古人的影子。

杨万里自诩其诗为诗人之诗,但他对于"以文为诗"的创作倾向,仍然抱着充分肯定的态度。他赞美杜诗"有用文语为诗句者,尤工",也不反对以经语入诗,"诗句固难用经语,然善用者,不胜其韵",并认为"用法家吏文语为诗句者,所谓以俗为雅"。在杨万里看来,"以文为诗"的破体尝试,是实现"以俗为雅"的重要手段,实现了不同文体之间的融合,为诗歌创作带来了更多活力与可能性,是宋调形成的基础之一:

诗句固难用经语,然善用者,不胜其韵。②

诗有实字而善用之者,以实为虚。杜云:"弟子贫原宪,诸生老伏虔。""老"字盖用"赵充国请行,上老之"。有用文语为诗句者,尤工。杜云:"侍臣双宋玉,战策两穰苴。"

---

① [宋]杨万里著:《诚斋诗话》,丁福保辑:《历代诗话续编》,北京:中华书局,1983年,第141页。
② [宋]杨万里著:《诚斋诗话》,丁福保辑:《历代诗话续编》,北京:中华书局,1983年,第147页。

盖用如"六五帝,四三王"。有用法家吏文语为诗句者,所谓以俗为雅。坡云:"避谤诗寻医,畏病酒入务。"如前卷僧显万探支阄入,亦此类也。①

所谓"以俗为雅","俗"只是手段,"雅"才是目的。因此,杨万里认为,虽然点化俗语入诗会带来全新的诗歌景观,但"俗"仍然应该有一个分寸,即"亦须曾经前辈取镕,乃可因承尔"。未尝经过前辈"取镕"的俗语俗字俗典,就不能轻率乱用,否则"俗"则"俗"矣,却不能化俗为雅,故必须谨慎。杨万里《答卢谊伯书》云:

惟诗似未甚进,盖体未宏放,句未锻炼,字未汰择。借使一两联可观,要之未可摘诵,令人洞心骇目也。如"成败萧何"等语,此不应收用。诗固有以俗为雅,然亦须曾经前辈取镕,乃可因承尔。……以俗为雅,彼固未肯引里母田妇而坐之于平王之子、卫侯之妻之列也。何也?彼固有所甚靳而不轻也。②

山谷论诗尤忌俗,这也是江西诗论的共同特点。山谷所言"以俗为雅",并非是追求"俗",恰恰相反,是为了出奇制胜,由俗而雅,雅自不俗。换言之,到了宋代,传统意义上的所谓"雅"已流于庸滥,江西诗法的"以俗为雅",正是为了避开"雅"的俗套而独辟蹊径,借用生新之"俗"以创造生新之"雅"。

"以禅论诗"是江西诗法的重要特征,杨万里的诗论,也染上了"以禅论诗"的浓重色彩。《戏用禅观答曾无逸问山谷

---

① [宋]杨万里著:《诚斋诗话》,丁福保辑:《历代诗话续编》,北京:中华书局,1983年,第148页。

② 吴文治主编:《宋诗话全编》第六册,南京:凤凰出版社,1998年,第5964页。

语》云：

> 前说人间无漏仙，后说世上无眼禅。
> 衲子若全信佛理，生天定在灵运前。①

《送分宁主簿罗宏材秩满入京》一诗，甚至直接将"诗客参江西"比作"禅客参曹溪"：

> 要知诗客参江西，政似禅客参曹溪。
> 不到南华与修水，于何传法更传衣。②

杨万里以为，诗家须"参透江西社"，方能豁然开朗、顿悟诗法，这是典型的夫子自道。其《和周仲容春日二律句》之二云：

> 诗非一家苦，句岂十分清。
> 参透江西社，无灯眼亦明。③

"参悟""传灯"之说，均来自禅家语，是标准的"以禅论诗"了。

三

杨万里和吕本中一样，不仅是江西诗法的承续者，更是江西诗法的补充者与修正者。江西诗派从开山祖师黄庭坚开始，就轻视晚唐，认为晚唐诗格调卑下，靡丽轻浅，绝不可学。但黄庭坚"宗杜由西昆"，学老杜的方式和西昆派诗人一样从"法度"入

---

① 吴文治主编：《宋诗话全编》第六册，南京：凤凰出版社，1998年，第5961页。

② 吴文治主编：《宋诗话全编》第六册，南京：凤凰出版社，1998年，第5962–5963页。

③ 吴文治主编：《宋诗话全编》第六册，南京：凤凰出版社，1998年，第5955页。

手，而西昆派的效法对象正是晚唐诗人李商隐。江西诗派对于诗法的重视，与晚唐诗人对于诗法的讲究，两者之间有着潜在的因果关联。

和吕本中以"活法"救江西诗法弊端的思路不同，杨万里重新发现了晚唐诗歌的价值，试图以晚唐诗法救江西诗法之失。在杨万里看来，晚唐诗含蓄蕴藉，深婉不迫，好色而不淫，怨诽而不乱，是《国风》《小雅》的精神嫡传。要深入体会风雅传统并真正悟到诗家三昧，晚唐诗歌是最好的悟入门径。同时，由于晚唐以诗取士，讲究诗歌技巧、严守诗歌法度成为彼时风气，故晚唐诗也以精工圆转见长，是典型的诗人之诗而非学人之诗，正好可以纠正江西诗派过于重视学问书卷的偏颇。

对于"轻薄晚唐"的时风，杨万里颇不以为然。《和段季承左藏惠四绝句》其一云：

个个诗家各筑坛，一家横割一江山。
只知轻薄唐将晚，更解攀翻晋以还！①

他自己的学诗路径，则是由江西诸家转向王安石，之后转向晚唐。《答徐子材谈绝句》描述这一历程说：

受业初参且半山，终须投换晚唐间。
《国风》此去无多子，关捩挑来只等闲。②

杨万里认为，《国风》代表了最为正大的诗歌传统，但诗家须循序渐进，不可一蹴而就。在慢慢接近风雅传统的过程中，"晚唐"是最为关键的一环，离《国风》只有一步之遥。因此，学

---

① 周汝昌选注：《杨万里选集》，上海：上海古籍出版社，1979年，第148页。

② 郭绍虞主编：《中国历代文论选》第二册，上海：上海古籍出版社，2001年，第399页。

第三章 江西诗派后学对江西诗法的发展与修正

诗者"终须投换晚唐间","晚唐"这一悟门无法忽略、不可跳过。杨万里身体力行,随时将晚唐诗作为饱参精研的对象。《读唐人及半山诗》云:

> 不分唐人与半山,无端横欲割诗坛。
> 半山便遣能参透,犹有唐人是一关。①

激赏"晚唐异味"并为晚唐诗歌鸣不平的文字,在杨万里的作品中随处可见。其《读笠泽丛书》云:

> 笠泽诗名千载香,一回一读断人肠。
> 晚唐异味同谁赏,近日诗人轻晚唐。②

《跋吴箕秀才》云:"晚唐异味今谁嗜?耳孙下笔参差是。"③《诚斋诗话》云:"五七字绝句最少,而最难工,虽作者亦难得四句全好者,晚唐人与介甫最工于此。"④ 对于晚唐诗的"锻炼之工",杨万里颇为欣赏,认为诗到晚唐,才真正秉持了"以诗为诗"的原则,凸显了诗家本色;反观时人之诗,已不再是诗人之诗,而是将"深博之学,雄隽之文"改装为诗,脱离了诗歌创作的正道。《黄御史集序》云:

> 诗至唐而盛,至晚唐而工。盖当时以此设科而取士,士皆争竭其心思而为之,故其工后无及焉。时之所尚,而患无其才者非也。诗非文比也,必诗人为之;如攻玉者必得玉工

---

① 吴文治主编:《宋诗话全编》第六册,南京:凤凰出版社,1998年,第5956页。

② 吴文治主编:《宋诗话全编》第六册,南京:凤凰出版社,1998年,第5960页。

③ 吴文治主编:《宋诗话全编》第六册,南京:凤凰出版社,1998年,第5961页。

④ [宋]杨万里著:《诚斋诗话》,丁福保辑:《历代诗话续编》,北京:中华书局,1983年,第141页。

焉,使攻金之工代之琢,则窳矣。而或者挟其深博之学,雄隽之文,于是隳栝其伟辞以为诗,五七其句读,而平上其音节,夫岂非诗哉?至于晚唐之诗,则窾而诽之曰:"锻炼之工,不如流出之自然也。"谁敢违之乎?①

如果说早年的杨万里对于"以文为诗"、以才学为诗的倾向大体是持肯定态度的话,那么后期的杨万里则认为"诗非文比也,必诗人为之",相当于否定了作为"学人之诗"的宋调的合法性。

杨万里并非反对诗人积累书卷、研习学问,他只是反对在诗歌中大掉书袋、卖弄学问。杨万里理想的诗歌,应去词去意,不见文字但睹性情,含蓄深婉,回味悠长,虽巧于锻炼却看不到用力的痕迹。杨万里认为,"《三百篇》之后,此味绝矣,惟有晚唐诸子差近之",言下之意,自然是力倡晚唐。其《颐庵诗稿序》云:

夫诗,何为者也?尚其词而已矣。曰:善诗者去词。然则尚其意而已矣?曰:善诗者去意。然则去词去意,则诗安在乎?曰:去词去意,而诗有在矣。然则诗果焉在?曰:尝食夫饴与茶乎?人孰不饴之嗜也,初而甘,卒而酸;至于茶也,人病其苦也,然苦未既,而不胜其甘。诗亦如是而已矣。昔者暴公谮苏公,而苏公刺之,今求其诗,而无刺之之词,亦不见刺之之意也。乃曰:"二人从行,谁为此祸?"使暴公闻之,未尝指我也,然非我其谁哉?外不敢怒,而其中愧死矣。《三百篇》之后,此味绝矣,惟晚唐诸子差近之。《寄边衣》曰:"寄到玉关应万里,戍人犹在玉关西。"《吊战场》曰:"可怜无定河边骨,犹是春闺梦里人。"《折杨柳》曰:"羌笛何须怨杨柳,春光不度玉门关。"《三百

---

① 吴文治主编:《宋诗话全编》,南京:凤凰出版社,1998年,第5968页。

篇》之遗味,黯然犹存也。①

杨万里不是没有看到晚唐诗歌缺乏李杜诗歌雄浑之气的缺陷,但江西诗派的缺憾不是阔大豪隽而是精工深婉,故以晚唐补江西之失算得上是对症下药。《周子益训蒙省题诗序》云:

> 唐人未有不能诗者,能之矣,亦未有不工者,至李杜极矣。后有作者,蔑以加矣。而晚唐诸子虽乏二子之雄浑,然"好色而不淫""怨诽而不乱",犹有《国风》《小雅》之遗音。无他,专门以诗赋取士而已。诗又其专门者也,故夫人而能工之也。……吾倩陈履常,示予以其友周子益《训蒙》之编,属联切而不束,词气肆而不荡,婉而庄,丽而不浮,骎骎乎晚唐之味矣。②

杨万里倡导学晚唐,真的是要否定江西吗?《双桂老人诗集后序》云:

> 读双桂老人冯子长诗,其清丽奔绝处已优入江西宗派;至于惨淡深长处则浸淫乎唐人矣。近世此道之盛者,莫盛于江西。然知有江西者不知有唐人,或者左唐人以右江西,是不惟不知唐人,亦不可谓知江西者。虽然不知唐人,犹知江西,江西之道亦复莫之知焉,是可叹也。③

从这段文字我们不难看到,杨万里并非将江西与晚唐(此处引文中的唐人指晚唐诗人)视作非此即彼的二元对立关系,而是认为

---

① 周汝昌选注:《杨万里选集》,上海:上海古籍出版社,1979年,第293页。
② 陶秋英编选,虞行校订:《宋金元文论选》,北京:人民文学出版社,1984年,第289页。
③ 吴文治主编:《宋诗话全编》第六册,南京:凤凰出版社,1998年,第5967页。

江西与晚唐本有诸多相通之处。若是不知晚唐诗风,则意味着既不知江西诗派,亦不知江西之道即江西之法。正因为江西诗法与晚唐诗风暗通款曲,有着紧密难分的精神关联,故二者大可整合为一,为宋代诗歌开辟出新的发展道路。杨万里评价双桂老人冯子长之诗,"其清丽奔绝处已优入江西宗派,至于惨淡深长处则浸淫乎唐人矣",实现了晚唐与江西的融合,这也正是杨万里推崇晚唐的动机所在。换言之,杨万里推崇晚唐,绝非是为了推翻江西诗法,而是为了以"晚唐异味"补充并修正江西诗法,以弥补江西末流之弊,并试图为宋代诗歌带来新的面向。南宋画家赵孟坚《彝斋文编》卷三云:

> 窃怪夫今之言诗者,江西、晚唐之交相诋也。彼病此冗,此訾彼拘,胡不合杜、李、元、白、欧、王、苏、黄诸公而并观。诸公众体该具弗拘,一也。可古则古,可律则律,可乐府杂言则乐府杂言,初未闻举一而废一也。今之习江西、晚唐者,谓拘一耳,究江西、晚唐亦未始拘也。①

赵孟坚的时代,晚唐体压倒江西体占据诗坛主流,而赵孟坚合江西、晚唐于一炉的思路,早在杨万里那里就已开先声。

四

宗杜宗黄,学江西学半山学晚唐,对杨万里而言,都只是阶梯而不是目的。杨万里认为,诗人的最高追求应是自立门户、自成一家。反对随人作计,主张艺术创新,其实也是黄庭坚诗论的重点。杨万里对诗歌独创性的强调,虽与禅宗呵佛骂祖的作风有

---

① 傅璇琮编:《古典文学研究资料汇编·黄庭坚和江西诗派卷》,北京:中华书局,1978年,第168页。

关,但更多体现了江西诗法的内在精神。江西诗法真正要成就的正是宋代诗歌的新变。在《见苏仁仲提举书》一文中,杨万里以唐代诗人韦应物的一则佚事为例,说明模仿他人只是一条死路,是否自出机杼决定了诗歌的巧拙高下:

> 韦苏州之诗,天下之所同美也。客有效韦公之体以见公者,而公不悦。既而以己平生之诗见公,而公悦之。当其效人之诗体以求合于人,自以为巧矣,而其巧适所以为拙。则夫舍己以徇于人与夫信己以俟于人,其巧拙未易以相过也。①

宗江西、宗晚唐,都不过是遍参诸方的渐修功夫,这个功夫在"悟"之前当然不能省略。可如果总是停留在遍参诸方的阶段,学诗仍然没有"透脱",没有悟入,那么,离杨万里所要追求的目标尚有万里之遥。《和李天麟二首》云:

> 学诗须透脱,信手自孤高。
> 衣钵无千古,丘山只一毛。
> 句中池有草,字外目俱蒿。
> 可口端何似,霜螯略带糟。
>
> 句法天难秘,工夫子但加。
> 参时且柏树,悟罢岂桃花。
> 要共东西玉,其如南北涯!
> 肯来谈个事?分坐白鸥沙。②

这两首诗充满禅趣,第二首的"参时且柏树,悟罢岂桃花"用

---

① 吴文治主编:《宋诗话全编》,南京:凤凰出版社,1998年,第5963页。
② 周汝昌选注:《杨万里选集》,上海:上海古籍出版社,1979年,第42页。

了两个禅宗公案的典故，是典型的"以禅论诗"。在杨万里看来，遍参诸方的渐修功夫对诗家而言只是第一步，第二步则进入舍筏登岸、得鱼忘筌的"顿悟"之境。杨万里在此想要说明的是，遍参诸方、模仿他人不过是悟入诗道的门径与阶梯，一旦真正了悟，则信手拈来，头头是道，门径与阶梯即可废去。这与严羽《沧浪诗话》的观点已十分接近，即在抵达"透彻之悟"后，前人书卷不再作为诗材保留在自己的诗歌创作之中，诗歌只是吟咏情性而不是承载学问的工具。不过，严羽对苏、黄不满的重要原因之一，是他们变尽古风，而杨万里却是诗歌新变的肯定者与践行者。

诗人如果能够在"遍参诸方"之后顿悟诗道，走向"信手自孤高"的第二个阶段，那么，必然有一天会告别前期所有的模仿对象。《跋徐恭仲省干近诗》云：

> 传派传宗我替羞，作家各自一风流。
> 黄陈篱下休安脚，陶谢行前更出头。①

杨万里的《诚斋荆溪集序》记录了自己从"遍参诸方"到辞别诸家、大悟诗道的学诗历程：

> 予之诗，始学江西诸君子，既又学后山五字律，既又学半山老人七字绝句，晚乃学绝句于唐人，学之愈力，作之愈寡。尝与林谦之屡叹之。谦之云："择之之精，得之之艰，又欲作之不寡乎？"予喟曰："诗人盖异病而同源也，独予乎哉？"
>
> 故自淳熙丁酉之春上塈壬午止，有诗五百八十二首，其寡盖如此。其夏之官荆溪，阅讼牒，理邦赋，惟朱墨之为

---

① 周汝昌选注：《杨万里选集》，上海：上海古籍出版社，1979年，第165页。

第三章 江西诗派后学对江西诗法的发展与修正

亲,诗意时往目来于予怀,欲作未暇也。戊戌三朝时节,赐告,少公事,是日即作诗,忽若有寤,于是辞谢唐人及王、陈、江西诸君子,皆不敢学,而后欣如也。试令儿辈操笔,予口占数首,则浏浏焉无复前日之轧轧矣。自此每过午,吏散庭空,即携一便面,步后园,登古城,采撷杞菊,攀翻花竹,万象毕来,献予诗材,盖麾之不去,前者未雠,而后者已迫,涣然未觉作诗之难也。盖诗人之病,去体将有日矣。方是时,不惟未觉作诗之难,亦未觉作州之难也。①

杨万里的顿悟诗道,看上去是一次对诗歌传统的彻底反叛,"是日即作诗,忽若有寤,于是辞谢唐人及王、陈、江西诸君子,皆不敢学,而后欣如也",而他理解的诗材不再是苏、黄所看重的学问书卷,而是从书斋走向了自然万象、天地江山,"万象毕来,献予诗材,盖麾之不去,前者未雠,而后者已迫,涣然未觉作诗之难也"。其实,江西诗法的内在精神,何尝不是对唐音所代表的诗歌正统的反叛?杨万里最终以"辞谢唐人及王、陈、江西诸君子"等一切学习典范的方式,实现了自立门户的新变愿望,创造了清新活泼、风趣幽默、大量运用口语俗语的诚斋体,真正将江西诗法所谓"以俗为雅""翻案法"与"活法"运用到极致,从理论与实践两个层面丰富了江西诗法的内涵。

在杨万里之前,江西诗法多来自于对前人创作经验的总结与发挥,更多是一种书斋里的纸上功夫。杨万里创造性地将"师法自然万象"补充到江西诗法之中,为江西诗法增加了全新的维度。《下横山滩头望金华山四首》其一云:

---

① 周汝昌选注:《杨万里选集》,上海:上海古籍出版社,1979年,第285—286页。

> 山思江情不负伊，雨姿晴态总成奇。
> 闭门觅句非诗法，只是征行自有诗。①

在杨万里看来，诗人若想要真正领悟"诗法"，靠的不是"闭门觅句"，而是从书斋走向广袤的外部世界。山川江河、天地万象，为诗家提供了取之不尽、用之不竭的诗思诗材和创作灵感，所谓"山思江情不负伊，雨姿晴态总成奇"描绘的正是诗人通过自由撷取天地万物为无穷诗材而灵感奔涌的喜悦之情。《和昌英主簿叔社雨》云："起来聊觅句，句在眼中山。"② 杨万里一再强调，诗人的诗本不是前人诗卷，而是生生不息、变幻万千的天地自然。《跋陆务观剑南诗稿二首》其一云：

> 今代诗人后陆云，天将诗本借诗人。
> 重寻子美行程旧，尽拾灵均怨句新。③

天地万物为诗家提供了最好的诗本，游历征行也让诗人真正领悟到了杜诗楚辞的妙处，但杨万里并不否定锤炼字句的功夫对诗歌创作的价值，只是认为灵感的降临常常是等闲得之，与苦思无关。《晚寒题水仙花并湖山三首》其三云：

> 炼句炉锤岂可无，句成未必尽缘渠。
> 老夫不是寻诗句，诗句自来寻老夫。④

虽然烹字炼句的功夫不可少，但仅仅借助诗歌技法进行创作

---

① 周汝昌选注：《杨万里选集》，上海：上海古籍出版社，1979年，第161页。

② 吴文治主编：《宋诗话全编》第六册，南京：凤凰出版社，1998年，第5954页。

③ 吴文治主编：《宋诗话全编》第六册，南京：凤凰出版社，1998年，第5958页。

④ 周汝昌选注：《杨万里选集》，上海：上海古籍出版社，1979年，第182页。

是远远不够的,诗思诗材的最大宝库仍是宇宙自然、天地万物。《亘店雨作四首》其三云:

> 诗人长怨没诗材,天遣斜风细雨来。
> 领了诗材还又怨,问天风雨几时开。①

此诗以幽默风趣的笔调描绘了诗人与天地万物的对话,说明流转不息、生气蓬勃的大自然才是引发创作灵感的无尽源泉。苏轼、黄庭坚都曾强调,诗材的积累即是书卷的积累,而江西诗法探讨的重点也落脚于如何"以故为新",即如何将胸中的万卷诗书点化为诗人笔下的诗思诗材。杨万里对"师法自然"和诗人游历征行的"诗外功夫"的再三强调,很好地补充了之前的江西诗法相对忽略的维度。杨万里的诗论,看似对江西诗法多有否定,实则他不仅是江西诗法的承续者,更是江西诗法的补充者、修正者。

---

① 吴文治主编:《宋诗话全编》第六册,南京:凤凰出版社,1998年,第5961页。

第四章　江西诗法在宋代文坛激起的反响

从北宋中后期以来，由黄庭坚开启的江西诗派逐渐占据了宋代诗坛的主导地位，江西诗法也随之风行天下，在宋代文坛激起持续而强烈的反响。此后，无论是宋代诗论还是宋代词论，无论是对江西诗派持批评还是褒扬的态度，都无法回避江西诗法的影响。

与黄庭坚同时、属于新党的魏泰在其《临汉隐居诗话》中率先对黄庭坚的诗歌创作进行了批评：

> 黄庭坚喜作诗得名，好用南朝人语，专求古人未使之事，又一二奇字，缀葺而成诗，自以为工，其实所见之僻也。故句虽新奇，而气乏浑厚。吾尝作诗题其编后，略云："端求古人遗，琢抉手不停。方其拾玑羽，往往失鹏鲸。"盖谓是也。①

这里已经包含了对于江西诗法所主张的"以故为新""以才学为诗""以用事为工""以补缀奇字为诗"等创作手法的尖锐批评。不过，对于苏、黄诗风及江西诗法最为全面激烈的否定还是来自张戒的《岁寒堂诗话》与严羽的《沧浪诗话》，两者都认为以苏、黄诗风为代表的宋调完全偏离了诗歌发展的正道，而江西诗法无疑是促成宋调风靡天下的重要力量，必须予以深入解剖与批判。张戒开出的药方是回归"诗言志"的风雅

---

① ［清］何文焕辑：《历代诗话》，北京：中华书局，1981年，第327页。

第四章 江西诗法在宋代文坛激起的反响

传统,而严羽开出的药方则是从学人之诗回归诗人之诗的抒情传统。令人匪夷所思的是,即便是如张戒、严羽这样对苏、黄诗风和江西诗法持激烈批评态度的诗论家,如果细致分析他们的诗歌主张,不难发现他们与苏、黄及江西诸君子的诗学见解仍然有着诸多暗通款曲之处,仍然无法摆脱江西诗法的潜在影响。

宋代词论在北宋时期的主流观点还是强调词"别是一家",与诗相比,有着独特的艺术规定性。无论是陈师道、晁补之还是李清照等人,都批评了"以诗为词"的破体倾向,认为如此一来就混淆了诗词界限,破坏了词的本色。黄庭坚本人并不反对以诗为词,曾高度评价东坡词不食人间烟火,如果不是胸中有万卷书、无半点尘俗气,道不出如此高妙绝尘之语。即使是强调词"别是一家"的李清照,也非常看重曲子词的典重雅致,主张在词中用典用事,铺张学问,可以明显看到重视书卷学问的黄庭坚诗论对北宋词论的间接影响。到了南宋时期,"以诗为词"的东坡词受到王灼、胡寅等人的高度评价,认为其价值远远高于格调不高但本色当行的柳永词,包括"以文为词"的稼轩词也受到范开、刘辰翁等人的极力推崇,显示出南宋词论对破体尝试的充分认可,而这一点与江西诗法的风行天下不无关系,江西诗法本身就包含着对"以文为诗"等一系列破体尝试的大胆肯定。宋末元初的词论家张炎所撰《词源》及沈义父所撰《乐府指迷》则将理论探索的重点放在曲子词创作的具体技法上,他们对于用事、字面、句法、章法等具体创作技巧的重视与探讨,与黄庭坚及江西诸君子的诗论有着极为相似的内在逻辑理路,受到江西诗法的深刻影响与塑造。

第一节　张戒《岁寒堂诗话》与江西诗法

张戒是南宋初期的诗论家,与江西诗派的重要诗人吕本中、陈与义均有交往,且曾在一起讨论过诗歌创作的相关问题,但对于以苏、黄诗风为代表的宋调,张戒从"诗言志"的风雅传统出发,首次给予了全面激烈的批判,认为苏、黄以用事押韵为工,为诗人中一害,使得风雅扫地,将宋诗带离了"以言志为本"的正常轨道。张戒认为,黄庭坚"宗杜"并未真正得其精髓,而是不幸走入"以补缀奇字为诗"的歧途,偏离了杜诗"别裁伪体亲风雅"的基本方向。如何纠正以苏、黄诗风为代表的宋调出现的这一巨大偏差呢?张戒开出的药方并不新鲜,即主张诗歌创作应老老实实回归"言志"本位,以《国风》《楚辞》及温柔敦厚的诗教传统为指南,校正目前诗歌发展的偏颇。张戒偶尔会肯定黄庭坚学杜有得,甚至认为"子美之诗,得山谷而后发明",并不否定江西诗派"宗杜"的正当性、合理性,他的《岁寒堂诗话》也花了不少篇幅论述杜诗横绝古今的地位与价值,这些观点明显受到江西诗论的影响。不过,张戒敏锐地看到,山谷诗"以用事为工"的学人之诗倾向,始于颜延之而极于杜子美。正是在诗圣杜甫的强力影响之下,宋调开启了"以用事为工"的风气。因此,张戒痛斥山谷"以用事为工"乃诗人中一害,实则也是在曲折批评杜甫的"以用事为工",暗中消解了杜诗的神圣光环。与此同时,张戒将从先秦《诗经》到宋代的诗歌发展史分成六个阶段,认为学诗者应循序渐进、追根溯源并逐级参悟。虽然张戒对唐代诗歌尤其是李白、杜甫、韩愈评价颇高,但他认为,要想与李、杜抗衡,必须上溯到汉魏诗歌并最

第四章 江西诗法在宋代文坛激起的反响

终回到《国风》《楚辞》所代表的风骚传统中才有出路,这又开启了严羽所谓"入门须正,立志须高"之论的先声。

一

在《岁寒堂诗话》中,张戒表示了对宋代诗歌发展现状的强烈质疑。张戒的中心意思是,诗到苏、黄,或者"以用事为博",或者"以押韵为工",虽然在用事押韵的具体创作技巧层面已达极致,却不过是"诗人中一害",完全偏离了自《三百篇》以来"诗言志"的根本,偏离了风雅传统,出了大问题,必须予以纠正。他说:

> 诗以用事为博,始于颜光禄而极于杜子美。以押韵为工,始于韩退之而极于苏黄。然诗者,志之所之也。情动于中而形于言,岂专意于咏物哉?子建"明月照高楼,流光正徘徊",本以言妇人清夜独居愁思之切,非以咏月也,而后人咏月之句,虽极其工巧,终莫能及。渊明"狗吠深巷中,鸡鸣桑树颠",本以言郊居闲适之趣,非以咏田园,而后人咏田园之句,虽极其工巧,终莫能及。故曰"言之不足,故长言之。长言之不足,故咏叹之。咏叹之不足,故不知手之舞之,足之蹈之"。后人所谓含不尽之意者此也,用事押韵,何足道哉!苏、黄用事押韵之工,至矣尽矣,然究其实,乃诗人中一害,使后生只知用事押韵之为诗,而不知咏物之为工,言志之为本也,风雅自此扫地矣。①

张戒追根溯源,认为"诗以用事为博,始于颜光禄而极于杜子

---

① [宋]张戒著:《岁寒堂诗话》,丁福保辑:《历代诗话续编》,北京:中华书局,1983年,第452页。

美",而诗歌创作"以押韵为工",则"始于韩退之而极于苏黄"。换言之,北宋诗坛的宗杜、宗韩风气,为宋代诗歌最终偏离"诗言志"的方向并误入"只知用事押韵之为诗"的歧途,已早早埋下了伏笔。尽管张戒对杜甫、韩愈的诗歌成就有着极高评价,但他并不讳言,苏、黄诗歌以"用事押韵之工"为追求的创作倾向,正来自于作为学习典范的杜诗、韩诗本身。这其实已经包含着对于杜诗、韩诗的隐晦批评。不管是"诗以用事为博",还是"以押韵为工",其实着眼点都落在诗歌创作的具体技法层面,属于形而下的绳墨与斤斧,而这也正是江西诗法探究的重点。因此,张戒将苏、黄在"用事押韵之工"上的极致追求,视作"诗人中一害",且认为这一作风最为恶劣的影响是"使后生只知用事押韵之为诗,而不知咏物之为工,言志之为本,风雅自此扫地矣",批评的锋芒不仅指向苏、黄诗风,更是指向受苏、黄诗风深刻影响的江西诗派及江西诗法。

由此,张戒做出了一个可谓石破天惊的大胆论断:"自汉魏以来,诗妙于子建,成于李杜,而坏于苏黄。"苏黄是宋调的代表,否定了苏黄,也就相当于否定了宋调和促成宋调蓬勃发展的江西诗法:

> 《国风》《离骚》固不论,自汉魏以来,诗妙于子建,成于李杜,而坏于苏黄。余之此论,固未易为俗人言也。子瞻以议论作诗,鲁直又专以补缀奇字,学者未得其所长,而先得其所短,诗人之意扫地矣。……《诗序》云:"情动于中而形于言,言之不足,故嗟叹之。"子建李杜皆情意有余,汹涌而后发者也。刘勰云:"因情造文,不为文造情。"若他人之诗,皆为文造情耳。①

---

① [宋]张戒著:《岁寒堂诗话》,丁福保辑:《历代诗话续编》,北京:中华书局,1983年,第455–456页。

第四章 江西诗法在宋代文坛激起的反响

"子瞻以议论作诗,鲁直又专以补缀奇字"到底意味着什么,会被张戒视作"诗人之意扫地"的始作俑者?"以议论作诗",首先意味着"以文为诗",即对诗文界限的突破;其次意味着以才学为诗,看重的是诗人的论辩说理能力。事实上,杜甫也存在"以议论作诗"的情况,但杜甫的"以议论作诗"从未偏离诗歌言志抒情的宗旨,而苏轼的"以议论作诗"不仅打破了诗文界限,也进一步加剧了宋代诗歌"以才学为诗"的倾向。"专以补缀奇字"则意味着"以文字为诗",在雕章琢句的文字技巧上苦下功夫,这一批评指向黄庭坚,更直指江西诗法。无论是"以文为诗""以才学为诗"还是"以文字为诗",宋诗都严重偏离了诗歌抒情言志的传统,从诗人之诗最终滑向了学人之诗、匠人之诗。在张戒看来,苏轼、黄庭坚的诗歌创作之所以会出现如此严重的问题,是因为他们忘记了诗歌是"情动于中而形于言""情意有余,汹涌而后发"的产物,忘记了刘勰所言"因情造文,不为文造情"的创作原则,将关注重点放在了才学与技巧的层面。

在张戒生活的时代,江西诗派占据了诗坛的主导地位,江西诗法更是风行天下。因此,张戒对于苏、黄诗风的批评更多集矢于黄庭坚。张戒并不否定杜甫的诗圣地位,也并不否定江西诗派"宗杜"的合法性,但他认为,即便是江西诗派的开山祖师黄庭坚,仍然未能"升子美之堂",甚至将山谷名播天下的佳句"落木千山天远大,澄江一道月分明"贬为小儿语:

> 山谷《登快阁》诗云:"落木千山天远大,澄江一道月分明。"此但以远大分明之语为新奇,而究其实,乃小儿语也。山谷晚作《大雅堂记》,谓子美死四百年,后来名世之士,不无其人,然而未有能升子美之堂者,此论不为过。[①]

---

① [宋]张戒著:《岁寒堂诗话》,丁福保辑:《历代诗话续编》,北京:中华书局,1983年,第457页。

张戒之所以对山谷诗如此苛评，颇有"擒贼先擒王"之意，旨在对江西诗派及江西诗法的弊端进行一番彻底清算。

张戒并非真的要全盘否定黄庭坚。事实上，张戒有时对山谷诗评价颇高，甚至说"子美之诗，得山谷而后发明"，将黄庭坚视作发扬光大杜诗的第一功臣。有趣的是，当他和吕本中见面论诗之时，却咬住山谷诗未得"子美之髓"的话题不松口，针对吕本中的辩护词反复进行驳难，非让吕氏同意他对山谷诗做出的这一否定性判断才肯罢休：

> 韩退之之文，得欧公而后发明。陆宣公之议论，陶渊明、柳子厚之诗，得东坡而后发明。子美之诗，得山谷而后发明。后世复有扬子云，必爱之，诚然诚然。往在桐庐见吕舍人居仁，余问："鲁直诗得子美之髓乎？"居仁曰："然。""其佳处焉在？"居仁曰："禅家所谓死蛇弄得活。"余曰："活则活矣，如子美'不见旻公三十年，封书寄与泪潺湲。旧来好事今能否？老去新诗谁与传'。此等句鲁直少日能之。'方丈涉海费时节，玄圃寻河知有无。桃源人家易制度，橘州田土仍膏腴。'此等句鲁直晚年能之。至于子美'客从南溟来'，'朝行青泥上'，《壮游》《北征》，鲁直能之乎？如'莫自使眼枯，收汝泪纵横。眼枯却见骨，天地终无情'，此等句，鲁直能到乎？"居仁沉吟久之曰："子美诗有可学者，有不可学者。"余曰："然则未可谓之得髓矣。"①

吕本中为江西诗派承前启后的重要诗论家，他试图以苏轼、李白诗的波澜阔大、变化不测来纠正江西末流"屋下架屋"、拘守死法的弊端，并提出"活法"说对江西诗法进行了重要修正与补

---

① [宋]张戒著：《岁寒堂诗话》，丁福保辑：《历代诗话续编》，北京：中华书局，1983年，第463页。

充。吕、张会面,张戒向吕本中提出的问题是:"鲁直诗得子美之髓乎?"我们知道,宗杜、宗黄是江西诗派最为显著的标志,张戒这一提问,充满了挑衅色彩,因为若贬低甚至否定黄庭坚的学杜成绩,相当于从根本上否定了江西诗派的宗杜根基,实际上也是对江西诗法的贬低甚至否定。针对张戒的提问,吕本中首先给出了一个非常肯定的答案,即认为"鲁直诗得子美之髓"是无可置疑的。张戒接着追问:"其佳处焉在?"吕本中的回答很有意思:"禅家所谓死蛇弄得活。"这当然是典型的以禅论诗,也是江西诗论的显著特征之一。吕本中借用禅家话头,含蓄地赞美黄庭坚能通过诸如"点铁成金""夺胎换骨"等艺术手段灵活地学习杜诗,使古人陈言在新的语境中重新焕发活力,实现"以故为新"的艺术效果,即"死蛇弄得活"。在张戒步步紧逼、穷追不舍的连续发问下,吕本中最后只好承认:"子美诗有可学者,有不可学者",相当于变相接受了张戒对山谷诗未能"得子美之髓"的判断。张戒在记载这段争论之前,却说"子美之诗,得山谷而后发明",前后观点之间的矛盾显而易见。我们不妨大胆揣测一下,张戒真正要否定的并非苏、黄,而是苏、黄影响下的江西诗风与江西诗法。

从《岁寒堂诗话》的其他两段文字中,我们可以窥见张戒内心对山谷诗的"宗杜"成绩及其作为江西诗派宗祖地位的由衷肯定:

> 往在柏台,郑亨仲、方公美诵张文潜《中兴碑》诗,戒曰:"此弄影戏语耳。"二公骇笑,问其故,戒曰:"'郭公凛凛英雄才,金戈铁马从西来。举旗为风偃为雨,洒扫九庙无尘埃。'岂非弄影戏乎?'水部胸中星斗文,太师笔下蛟龙字',亦小儿语耳。如鲁直诗,始可言诗也。"二公以为然。

> 作粗俗语仿杜子美,作破律句仿黄鲁直,皆初机尔。必欲入室升堂,非得其意则不可。张文潜与鲁直同作《中兴碑》诗,然其工拙不可同年而语。鲁直自以为入子美之室,若《中兴碑》诗,则真可谓入子美之室矣。①

张文潜即张耒,和黄庭坚一样,为苏门四学士之一。两人同作《中兴碑》诗,但在张戒看来,张耒的《中兴碑》诗不过是"弄影戏语""小儿语",鄙陋幼稚,上不得台面,"如鲁直诗,始可言诗也"。而在言及诗歌创作的学习典范时,张戒耐人寻味地将杜甫与黄庭坚相提并论:"作粗俗语仿杜子美,作破律句仿黄鲁直,皆初机尔。必欲入室升堂,非得其意则不可。"这几乎完全是针对江西后学在说法了,告诉他们如何宗杜、宗黄,才能"入室升堂"。虽然不忘嘲讽"鲁直自以为入子美之室",张戒却又毫不含糊地肯定黄庭坚的《中兴碑》诗"则真可谓入子美之室矣"。可见,将苏、黄视作"诗人之意扫地矣""风雅自此扫地矣"的罪魁祸首,张戒真正要针对的并非是东坡诗、山谷诗本身,而是由苏、黄所开启的江西诗派与江西诗法。正是江西诗法的广行天下,使得宋代诗歌严重偏离了言志抒情的诗歌本色,走上了"以议论为诗""以用事为博""以补缀奇字为诗"的道路,从诗人之诗变为学人之诗、匠人之诗。显然,张戒对宋代诗歌自苏、黄以来发生的这一系列新变,大体持否定的态度。

二

如何应对由苏黄诗风、江西诗法直接促成的宋诗畸变呢?张戒提出的解决方案主要有四条:其一,必须"以言志为本",回

---

① [宋]张戒著:《岁寒堂诗话》,丁福保辑:《历代诗话续编》,北京:中华书局,1983年,第463页。

归风雅传统；其二，必须"免落邪思"，即应符合儒家诗教、儒家伦理纲常的要求；其三，强调诗歌应"情真、味长、气胜"、韵高、有余蕴且词婉意微、不迫不露，既能"状难写之景如在目前"，又能"含不尽之意见于言外"；其四，强调诗歌的风格取决于诗人的内在气质，是由内而外自然涌现的结果，人的品质决定了诗歌的品质。这四条解决方案，均不涉及任何具体的诗歌法度与创作技巧，体现了张戒反对预设法式的基本思路，与重在探讨诗技诗艺的江西诗法形成鲜明对照，旨在纠正江西之弊的意图呼之欲出。

"诗人之本意"到底应该是什么呢？针对宋调出现的偏颇，张戒明确提出"言志乃诗人之本意"，认为诗歌创作只有不偏离言志抒情的宗旨，方能"其情真，其味长，其气胜，视《三百篇》几于无愧"，否则极易沦为"雕镌刻镂"的匠人，无法使诗歌获得深长的意味：

> 言志乃诗人之本意，咏物特诗人之余事。古诗、苏、李、曹、刘、陶、阮本不期于咏物，而咏物之工，卓然天成，不可复及。其情真，其味长，其气胜，视《三百篇》几于无愧，凡以得诗人之本意也。潘、陆以后，专意咏物，雕镌刻镂之工日以增，而诗人之本旨扫地尽矣。谢康乐"池塘生春草"，颜延之"明月照积雪"，谢玄晖"澄江静如练"，江文通"日暮碧云合"，王籍"鸟鸣山更幽"，谢真"风定花犹落"，柳恽"亭皋木叶下"，何逊"夜雨滴空阶"，就其一篇之中，稍免雕镌，粗足意味，便称佳句，然比之陶阮以前苏李古诗曹刘之作，九牛一毛也。大抵句中若无意味，譬之山无烟云，春无草树，岂复可观。阮嗣宗诗，专以意胜；陶渊明诗，专以味胜；曹子建诗，专以韵胜；杜子美诗，专以气胜。然意可学也，味亦可学也，若夫韵有高下，

气有强弱，则不可强矣。此韩退之之文，曹子建、杜子美之诗，后世所以莫能及也。①

张戒在这里提出的《诗三百》之后的诗歌典范有"古诗、苏、李、曹、刘、陶、阮"及杜甫诗，其中，阮籍诗专以意胜，陶潜诗专以味胜，曹植诗专以韵胜，杜甫诗专以气胜，意味可学，气韵不可学。因此，张戒将探讨的重点放在如何使诗歌有意味的层面。张戒认为，"大抵句中若无意味，譬之山无烟云，春无草树，岂复可观"。那么，诗歌创作如何可以做到有意味呢？这又回到张戒之前的观点，即诗人不能忘记"言志乃诗人之本意，咏物特诗人之余事"，应避免陷入"专意咏物，雕镌刻镂之工日以增"的陷阱。表面上看，张戒此言是针对六朝诗人一味追求诗歌技巧和咏物之工而发，实质上仍是针对江西诗派与江西诗法"以文字为诗"的倾向提出的修正案。

诗人之工，只在一时情味，绝不可预设法式。江西诗法，不管是死法还是活法，都存在着预设法式的嫌疑，自然会将诗歌创作引向歧途。在张戒看来，解决之方，是"中的"：

"萧萧马鸣，悠悠旆旌"，以"萧萧""悠悠"字，而出师整暇之情状，宛在目前。此语非惟创始之为难，乃中的之为工也。荆轲云："风萧萧兮易水寒，壮士一去兮不复还。"自常人观之，语既不多，又无新巧，然而此二语遂能写出天地愁惨之状，极壮士赴死如归之情，此亦所谓中的也。古诗"白杨多悲风，萧萧愁杀人"，"萧萧"两字，处处可用，然惟坟墓之间，白杨悲风，尤为至切，所以为奇。乐天云："说喜不得言喜，说怨不得言怨。"乐天特得其粗尔。此句

---

① ［宋］张戒著：《岁寒堂诗话》，丁福保辑：《历代诗话续编》，北京：中华书局，1983年，第450页。

用"悲""愁"字,乃愈见其亲切处,何可少耶?诗人之工,特在一时情味,固不可预设法式也。①

"中的"之说早在江西诗派诗人徐俯的诗论就已反复出现,可以说是江西诗论的关键词之一。曾季貍《艇斋诗话》云:

> 后山论诗说换骨,东湖论诗说中的,东莱论诗说活法,子苍论诗说饱参,入处虽不同,然其实皆一关捩,要知非悟入不可。②

所谓"中的",即正中目标,与先秦儒家六艺之一的射箭术有关,但也广泛运用于禅宗公案。在禅学典籍中,常将语言喻为箭锋,将禅旨喻为靶的,言中禅旨或言下悟禅即为"中的"。徐俯以禅论诗,借用禅家所谓"中的",指通过对前人诗句的语言辨析而悟得诗艺真谛。虽然沿用了江西诗论的"中的"一词,但张戒所言"中的"与徐俯重在参悟诗艺的"中的"相去甚远,这主要有两层意思:其一,是指通过细致体味《诗经》《古诗十九首》等前人经典,悟到诗歌创作是即目会心、情动辞发的产物;其二,是指诗人在创作过程中,能一语中的,运用语言文字准确无误地捕捉"一时情味"。张戒所言"中的"与江西诗论所言"中的"不同,恰恰是在反对通过前人诗句去悟出具体的诗艺诗技,反对预设法式,是对江西诗法的反拨而不是认同。

张戒主张回归温柔敦厚的诗教,首先意味着诗歌创作应"发乎情,止乎礼义"。诗歌固然是对"一时情味"的抒写,但却不能逾越儒家伦理纲常的基本要求。从这一原则出发,张戒对唐代

---

① [宋]张戒著:《岁寒堂诗话》,丁福保辑:《历代诗话续编》,北京:中华书局,1983年,第453页。
② [宋]曾季貍著:《艇斋诗话》,丁福保辑:《历代诗话续编》,北京:中华书局,1983年,第296页。

诗人"无礼于其君"、有违臣子恭顺之道的诗作进行了激烈批评:

> 往年过华清宫,见杜牧之、温庭筠二诗,俱刻石于浴殿之侧,必欲较其优劣而不能。近偶读庭筠诗,乃知牧之之工,庭筠小子,无礼甚矣。刘梦得《扶风歌》、白乐天《长恨歌》及庭筠此诗,皆无礼于其君者。庭筠语皆新巧,初似可喜,而其意无礼,其格至卑,其筋骨浅露,与牧之诗不可同年而语也。其首叙开元胜游,固已无稽,其末乃云"艳笑双飞断,香魂一哭休",此语岂可以渎至尊耶?人才气格,自有高下,虽欲强学不能,如庭筠岂识风雅之旨也?①

以轻艳笔调描写九五之尊的情爱生活,在张戒看来,不仅气格卑下,也完全违反了君尊臣卑的基本伦理,与风雅之旨背道而驰。

虽然张戒曾说"诗以用事为博,始于颜光禄而极于杜子美",实际上是在暗示宋诗出现的偏颇与杜甫本人的创作倾向不无关系,但张戒并未否定杜甫的诗圣地位,只是反对黄庭坚及江西诗派"宗杜由西昆"的学杜路径,即从诗技、诗艺入手的宗杜模式。张戒认为,杜诗最有价值之处不在法度完备,而在于"微而婉,正而有礼",充分发挥了孔子所言"兴观群怨"、事父事君的社会作用,是儒家诗教与风雅之旨最为完美的体现:

> 至于杜子美,则又不然,气吞曹刘,固无与为敌,如放归鄜州而云"维时遭艰虞,朝野少暇日。顾惭恩私被,诏许归蓬荜",新婚戍边而云"勿为新婚念,努力事戎行。罗襦不复施,对君洗红妆",《壮游》云"两宫各警跸,万里遥相望",《洗兵马》云"鹤驾通宵凤辇备,鸡鸣问寝龙楼晓",

---

① [宋]张戒著:《岁寒堂诗话》,丁福保辑:《历代诗话续编》,北京:中华书局,1983年,第461-462页。

> 凡此皆微而婉，正而有礼，孔子所谓"可以兴，可以观，可以群，可以怨。迩之事父，远之事君"者。如"刺规多谏诤，端拱自光辉"，"俭约前王礼，风流后代希"，"公若登台辅，临危莫爱身"，乃圣贤法言，非特诗人而已。①

张戒以杜甫的《哀江头》为例，并与白居易的《长恨歌》、元稹的《连昌宫词》进行对比，说明杜诗独步千古的最大原因不在创作技巧的完备精湛、变化莫测，而在于深得风雅之旨，"其词婉而雅，其意微而有礼"，能够"发乎情，止乎礼义"，谨守为臣之道，从不逾越君臣之礼，体现了纯正的儒者风范：

> 杨太真事，唐人吟咏至多，然类皆无礼。太真配至尊，岂可以儿女语亵之耶？惟杜子美则不然，《哀江头》云："昭阳殿里第一人，同辇随君侍君侧。"不待云"娇侍夜""醉和春"，而太真之专宠可知，不待云"玉容""梨花"，而太真之绝色可想也。至于言一时行乐事，不斥言太真，而但言辇前才人，此意尤不可及。……其词婉而雅，其意微而有礼，真可谓得诗人之旨者。《长恨歌》在乐天诗中为最下，《连昌宫词》在元微之诗中乃最得意者，二诗工拙虽殊，皆不若子美诗微而婉也。元白数十百言，竭力摹写，不若子美一句，人才高下乃如此。②

张戒之所以对白居易的名篇《长恨歌》评价如此之低，就是因为它以平常人家的儿女语描写君王的爱情故事，在张戒看来甚为放肆无礼，是对至尊的亵渎冒犯，严重逾越了君臣界限，违背了

---

① ［宋］张戒著：《岁寒堂诗话》，丁福保辑：《历代诗话续编》，北京：中华书局，1983年，第453页。
② ［宋］张戒著：《岁寒堂诗话》，丁福保辑：《历代诗话续编》，北京：中华书局，1983年，第457页。

儒家伦理纲常的基本要求,与杜甫在处理类似题材时的含蓄节制、"微而婉"相比,高下立见。

由此出发,张戒对黄庭坚进行了激烈批评。尽管山谷诗以奇崛瘦硬的面目示人,但在张戒看来,追求新变、过于重视法度技巧本身就意味着"冶容太甚",是另一种意义上的雕镌刻镂、粉泽涂抹,"读之足以荡人心魄",违背了孔子"诗无邪"的要求,和六朝颜鲍徐庾、唐李义山一起,被张戒判定为"邪思之尤者":

> 孔子曰:"诗三百,一言以蔽之,曰:'诗无邪。'"世儒解释终不了。余尝观古今诗人,然后知斯言良有以也。《诗序》有云:"诗者,志之所之也。在心为志,发言为诗。情动于中,而形于言。"其正少,其邪多。孔子删诗,取其思无邪者而已。自建安七子、六朝、有唐及近世诸人,思无邪者,惟陶渊明、杜子美耳,余皆不免落邪思也。六朝颜鲍徐庾,唐李义山,国朝黄鲁直,乃邪思之尤者。鲁直虽不多说妇人,然其韵度矜持,冶容太甚,读之足以荡人心魄,此正所谓邪思也。①

张戒认为,黄庭坚"虽不多说妇人",但将过多精力用于追求诗歌的艺术新变,且作品对读者而言具有"足以荡人心魄"的强烈审美冲击力,实质上与妇人以冶容魅惑他人无异。张戒主张回归诗教传统的保守立场,决定了他难以容忍脱离风雅之旨的技巧追求与审美追求,决定了他将山谷诗所代表的宋诗新变视作邪思。

黄庭坚宗杜,最让张戒不满之处,是山谷过于重视杜诗的法度、技巧而忽略了诗歌的教化功能,在张戒看来,这也正是山谷

---

① [宋]张戒著:《岁寒堂诗话》,丁福保辑:《历代诗话续编》,北京:中华书局,1983年,第465页。

第四章 江西诗法在宋代文坛激起的反响

诗无法与老杜诗"同年而语"的根本原因:

> 鲁直专学子美,然子美诗读之,使人凛然兴起,肃然生敬,《诗序》所谓"经夫妇,成孝敬,厚人伦,美教化,移风俗"者也,岂可与鲁直诗同年而语耶?①

张戒引用《毛诗大序》的观点,将诗歌是否能够承担政治教化的功能视作评价诗歌价值高下的重要尺度。张戒认为,以这一尺度衡量老杜诗与鲁直诗,两者显然存在着巨大差距。

儒家诗教和风雅传统对于诗歌创作的要求不仅体现在内容层面,也体现在审美层面,所谓"温柔敦厚""主文而谲谏",要求诗歌具有深婉不迫、含蓄蕴藉的艺术风味。在张戒看来,《国风》在艺术表现上最为突出的特点是"其词婉,其意微,不迫不露",正体现了儒家诗教和风雅传统对诗歌创作的审美要求,这一审美要求因此成为张戒评价诗人的另一尺度:

> 《国风》云:"爱而不见,骚首踟蹰。""瞻望弗及,伫立以泣。"其词婉,其意微,不迫不露,此其所以可贵也。《古诗》云:"馨香盈怀袖,路远莫致之。"李太白云:"皓齿终不发,芳心空自持。"皆无愧于《国风》矣。杜牧之云:"多情却是总无情,惟觉尊前笑不成。"意非不佳,然而词意浅露,略无余蕴。元白张籍,其病正在此,只知道得人心中事,而不知道尽则又浅露也。后来诗人能道得人心中事者少尔,尚何无余蕴之责哉。②

无论是儒家思想、道家思想还是后来传入中土的佛教思想,都为

---

① [宋]张戒著:《岁寒堂诗话》,丁福保辑:《历代诗话续编》,北京:中华书局,1983年,第465页。
② [宋]张戒著:《岁寒堂诗话》,丁福保辑:《历代诗话续编》,北京:中华书局,1983年,第454页。

中国文人崇尚诗歌的含蓄蕴藉、一唱三叹之美，提供了充分的哲学根据。张戒正是从儒家诗教出发，对诗歌创作提出了追求余蕴、避免词意浅露的审美要求。对中国文人而言，固然会要求诗歌能道得人心中事、眼前景，但仅仅做到这一点是不够的，还须在此基础上有涵泳不尽的悠长余味。元稹、白居易的诗歌从晚唐开始就遭遇一系列批评，主要集矢于两点：一是描写艳情，在内容上有悖于儒家之道；二是词意浅露，一览无余，缺乏含蓄蕴藉之美，不能满足深受儒、道、释三家思想影响的中国文人普遍的审美趣味。张戒延续了前人的思路，批评杜牧诗"意非不佳，然而词意浅露，略无余蕴"，批评元、白、张籍"只知道得人心中事，而不知道尽则又浅露也"，但我们应该看到，张戒这一思路的内在根据是儒家诗教与风雅传统。

能够依靠诗歌技巧和预设法式，抵达理想中的诗歌境界吗？张戒的回答是否定的。诗歌是"情动于中而形于言"的产物，诗人内在的精神气质决定了诗歌的风貌，人的境界决定了诗歌的境界：

> 诗文字画，大抵从胸臆中出，子美笃于忠义，深于经术，故其诗雄而正。李太白喜任侠，喜神仙，故其诗豪而逸。退之文章侍从，故其诗文有廊庙气。①

其实，从黄庭坚开始，江西诗论一直都强调诗人治心养气、明心见性的功夫对诗歌创作的决定意义，但与此同时，江西诗论又非常重视具体的诗艺诗技，从未轻视诗歌创作的法度、绳墨、斤斧，将其视作从诗人内在的精神世界抵达理想的诗歌境界的阶梯。张戒旗帜鲜明地反对"预设法式"，明显是针对江西诗法而

---

① ［宋］张戒著：《岁寒堂诗话》，丁福保辑：《历代诗话续编》，北京：中华书局，1983年，第458－459页。

发,否定了可以借助"江西诗法"创作出上乘的诗歌作品。在张戒看来,杜甫诗"雄而正",靠的不是法度森严、诗技精湛,而是"笃于忠义,深于经术"的结果,李白诗"豪而逸"则是"太白喜任侠,喜神仙"的自然表达,韩愈诗文"有廊庙气"则与其"文章侍从"的身份、心态高度相关。

三

按照张戒的思路,自苏、黄诗风尤其是江西诗法风行天下之后,宋代诗歌的发展出现了重大偏差,纠正这一偏差的方法是将宋诗重新拉回"诗言志"的轨道,回归诗教传统和风雅之旨,摈弃宋调"以用事为博""以押韵为工""以议论为诗"、以"补缀奇字"为尚的新变作风,使宋代诗歌从学人之诗重新转向诗人之诗。如此一来,张戒是否也会随之否定江西诗派的学诗路径呢?自然,反对预设法式的张戒,对黄庭坚及江西诗派"宗杜由西昆"的学杜路径必然会持反对态度,但张戒并不反对宗杜,甚至对黄庭坚学杜有得之处也多有肯定。事实上,虽然反对从"预设法式"的层面学习杜甫诗歌及一切前代经典,张戒仍然和江西诗派一样主张宗杜并将学习范围扩大到整个唐代诗歌。

在唐代诗人中,杜甫占据了至高无上的地位,到张戒的时代,这一点已成为诗坛共识。虽然对杜诗"以用事为博"颇有微词,但张戒对杜甫独步千古的诗圣地位从无异议。他说:

> 子美诗奄有古今,学者能识《国风》、骚人之旨,然后知子美用意处,识汉魏诗,然后知子美遣词处。至于掩颜谢之孤高,杂徐庾之流丽,在子美不足道耳。[①]

---

① [宋]张戒著:《岁寒堂诗话》,丁福保辑:《历代诗话续编》,北京:中华书局,1983年,第451页。

要真正体会杜诗的妙处，学者不仅要"能识《国风》、骚人之旨"，而且还要"识汉魏诗"，至于六朝诗歌的艺术经验，对杜甫而言根本不值一提。单从这段文字看，张戒其实已经将杜诗推尊到凌驾于整个诗歌传统之上的神圣位置，对杜甫的赞美甚至超过了"宗杜"的黄庭坚与江西诸君子。

既然杜诗"奄有古今"，占据了诗歌发展的巅峰位置，那么，不难想象，在张戒眼里，宋代诗人由"宗杜"而生出的"以俗为雅"和杜诗对粗俗语的运用相比，难免相形见绌、不尽如人意：

> 世徒见子美诗多粗俗，不知粗俗语在诗句中最难，非粗俗，乃高古之极也。自曹刘死至今一千年，惟子美一人能之。……近世苏、黄亦喜用俗语，然时用之亦颇安排勉强，不能如子美胸襟流出也。子美之诗，颜鲁公之书，雄姿杰出，千古独步，可仰而不可及耳。①

子美之诗，"雄姿杰出，千古独步"，宋代诗歌"宗杜"自然成为最合理、最明智的选择。"奄有古今"的杜诗不仅是博采众长的集大成者，也为后学开无数法门。但杜甫之后，无论是唐人还是宋人，面对杜诗，都只能取其一偏，无法窥其全豹：

> 王介甫只知巧语之为诗，而不知拙语亦诗也。山谷只知奇语之为诗，而不知常语亦诗也。欧阳公诗专以快意为主，苏端明诗专以刻意为工，李义山诗只知有金玉龙凤，杜牧之诗只知有绮罗脂粉，李长吉诗只知有花草蜂蝶，而不知世间一切皆诗也。惟杜子美则不然，在山林则山林，在廊庙则廊庙，遇巧则巧，遇拙则拙，遇奇则奇，遇俗则俗，或放或

---

① ［宋］张戒著：《岁寒堂诗话》，丁福保辑：《历代诗话续编》，北京：中华书局，1983年，第450－451页。

第四章 江西诗法在宋代文坛激起的反响

收,或新或旧,一切物,一切事,一切意,无非诗者。故曰"吟多意有余",又曰"诗尽人间兴",诚哉是言。①

以杜甫的纵横才力,大千世界的一切事物、一切境遇、一切意兴、一切巧语、拙语、奇语、常语、俗语,均可化为笔下的锦绣诗句,"在山林则山林,在廊庙则廊庙,遇巧则巧,遇拙则拙,遇奇则奇,遇俗则俗,或放或收,或新或旧,一切物,一切事,一切意,无非诗者"。正是批评杜甫"以用事为博"的张戒,将杜诗推尊到一个新的高度,为杜诗的经典化添砖加瓦,并证明了宋诗"宗杜"的必然性与正当性。

张戒不仅主张"宗杜",也主张广泛地学习唐代诗歌。吕本中、杨万里、尤袤、陆游、姜夔等人对江西诗法的补充修正,都是从不断拓展学习典范开始的。自元稹率先对李白、杜甫进行比较以来,李杜优劣一直是诗坛讨论的热点话题。到了宋代,杜甫的诗圣地位逐渐获得公认,对李白的评价却分歧很大。江西诗派内部,对李白的评价也各不相同。不过,到了江西诗派发展的后期,为了对江西诗法进行补充修正,李白诗歌的价值日益凸显。杨万里在《江西宗派诗序》中就认为苏轼相当于李白,而黄庭坚相当于杜甫,正如李杜不分优劣一样,苏、黄也不应当分优劣。张戒与吕本中大约同时,相当于杨万里、陆游、尤袤等人的长辈,姜夔又是杨万里等人的晚辈。张戒作为江西诗派之外的诗论家,吕本中作为江西诗派内部的诗论家,不约而同地对江西末流进行了尖锐批评,而且都试图以扩大学诗典范的方式来纠正江西之弊。基于这一思路,张戒在对李杜进行比较时,自然会持一种不分优劣、兼收并蓄的观点:

---

① [宋]张戒著:《岁寒堂诗话》,丁福保辑:《历代诗话续编》,北京:中华书局,1983年,第464页。

> 至于李杜,尤不可轻议。欧阳公喜太白诗,乃称其"清风明月不用一钱买,玉山自倒非人推"之句。此等句虽奇逸,然在太白诗中,特其浅浅者。鲁直云:"太白诗与汉魏乐府争衡",此语乃真知太白者。王介甫云:"白诗多说妇人,识见污下。"介甫之论过矣。孔子删诗三百五篇,说妇人者过半,岂可亦谓之识见污下耶?元微之尝谓自诗人以来,未有如子美者,而复以太白为不及,故退之云:"不知群儿愚,那用故谤伤。"退之于李杜但极口推尊,而未尝优劣,此乃公论也。①

以学习李白、苏轼来平衡学习杜甫、黄庭坚出现的偏颇,是吕本中的观点,也是张戒的观点。

不仅李白诗是宋代诗歌在"宗杜"之外的另一选择,其他唐代诗人也颇有值得学习之处,这其中既包括盛唐诗人王维、韦应物,也包括中唐诗人韩愈、柳宗元,甚至也包括晚唐诗人李商隐。对于王维、韦应物的诗歌创作,张戒甚为欣赏:"韦苏州诗,韵高而气清。王右丞诗,格老而味长。"② 更令人意外的是,对于"以议论为诗"的倡始者韩愈,张戒同样给予了高度评价:

> 韩退之诗,爱憎相半。爱者以为虽杜子美亦不及,不爱者以为退之于诗本无所得,自陈无己辈皆有此论。然二家之论俱过矣。以为子美亦不及者固非,以为退之于诗本无所得者,谈何容易耶?退之诗,大抵才气有余,故能擒能纵,颠倒崛奇,无施不可。放之则如长江大河,澜翻汹涌,滚滚不穷;收之则藏形匿影,乍出乍没,姿态横生,变怪百出,可

---

① [宋]张戒著:《岁寒堂诗话》,丁福保辑:《历代诗话续编》,北京:中华书局,1983年,第451页。

② [宋]张戒著:《岁寒堂诗话》,丁福保辑:《历代诗话续编》,北京:中华书局,1983年,第459页。

第四章 江西诗法在宋代文坛激起的反响

喜可愕,可畏可服也。①

相反,对于苏轼极力推崇的柳宗元诗,张戒反倒认为实不及韩愈诗:

> 柳柳州诗,字字如珠玉,精则精矣,然不若退之之变态百出也。使退之收敛而为子厚则易,使子厚开拓而为退之则难。意味可学,而才气则不可强也。②

从黄庭坚开始,江西诗论对晚唐诗多有贬斥,认为晚唐诗过于雕琢、气卑格下,而张戒则肯定了晚唐诗的价值:

> "地险悠悠天险长,金陵王气应瑶光。休夸此地分天下,只得徐妃半面妆。"李义山此诗,非夸徐妃,乃讥湘中也。义山诗佳处,大抵类此。咏物似琐屑,用事似僻,而意则甚远,世但见其诗喜说妇人,而不知为世鉴戒。③

张戒此论,实已开启杨万里、姜夔等人整合江西、晚唐而别开生面的思路。

张戒在《岁寒堂诗话》中曾屡次对中唐诗人白居易进行批评,但即便是批评,背后仍然包含着对白居易其诗其人的肯定:

> 梅圣俞云:"状难写之景,如在目前。"元微之云:"道得人心中事。"此固白乐天长处,然情意失于太详,景物失于太露,遂成浅近,略无余蕴,此其所短处。如《长恨歌》虽播于乐府,人人称诵,然其实乃乐天少作,虽欲悔而不可

---

① [宋] 张戒著:《岁寒堂诗话》,丁福保辑:《历代诗话续编》,北京:中华书局,1983年,第458-459页。
② [宋] 张戒著:《岁寒堂诗话》,丁福保辑:《历代诗话续编》,北京:中华书局,1983年,第459页。
③ [宋] 张戒著:《岁寒堂诗话》,丁福保辑:《历代诗话续编》,北京:中华书局,1983年,第461页。

追者也。……如《琵琶行》虽未免于烦悉，然其语意甚当，后来作者，未易超越也。①

世言白少傅诗格卑，虽诚有之，然亦不可不察也。元白、张籍诗，皆自陶阮中出，专以道得人心中事为工，本不应格卑，但其词伤于太烦，其意伤于太尽，遂成冗长卑陋耳。比之吴融、韩偓俳优之词，号为格卑，则有间矣。若收敛其词，而少加含蓄，其意味岂复可及也。苏端明子瞻喜之，良有由然。皮日休曰："天下皆汲汲，乐天独恬然。天下皆闷闷，乐天独舍旃。仕若不得志，可为龟鉴焉。"此语得之。②

白居易诗的好处在于既能如梅圣俞所云"状难写之景，如在目前"，又能如元微之所云"道得人心中事"，能够做到这两条的诗人其实已屈指可数了，遗憾之处只在于"情意失于太详，景物失于太露，遂成浅近，略无余蕴"，若能"收敛其词，而少加含蓄，其意味岂复可及也"。尽管苏轼颇受白居易诗歌的影响，但也曾以"元轻白俗"评价元、白的诗歌创作。张戒虽然对元、白多有批评，却又充分认识到元、白诗歌的价值，并没有一概否定。

黄庭坚曾说："要须唐律中作活计，乃可言诗。"事实上，张戒完全认可黄庭坚的这一看法，主张在宗杜之外，尽可能广泛地取法于唐诗，包括他曾批评过的元稹诗：

元微之《戏赠韩舍人》云："玉磬声声彻，金铃个个

---

① ［宋］张戒著：《岁寒堂诗话》，丁福保辑：《历代诗话续编》，北京：中华书局，1983年，第458页。

② ［宋］张戒著：《岁寒堂诗话》，丁福保辑：《历代诗话续编》，北京：中华书局，1983年，第459页。

圆。高疏明月下，细腻早春前。"此律诗法也。五言律诗，若无甚难者，然国朝以来，惟东坡最工，山谷晚年乃工。山谷尝云："要须唐律中作活计，乃可言诗。"①

作为率先对苏黄诗风发起猛烈攻击的张戒，其诗论主张既有意与苏、黄及江西诸君子对立，同时又与之相通相融，呈现了张戒诗论与苏、黄及江西诗论之间错综复杂的关系。

四

尽管对宋调及江西诗法进行了全面而激烈的批评，但张戒对于宋诗的发展仍然寄予厚望，希望宋代诗人能够"与李杜争衡"。"国朝诸人"如何才能"与李杜争衡"呢？张戒否定了苏、黄及江西诗派的"新变"之路，提出"与李杜争衡"的方式在于追根溯源、逆流而上，一步一步、循序渐进地回到汉魏诗歌及风骚传统中，在诗歌发展的源头处汲取永不枯竭的灵感：

> 国朝诸人诗为一等，唐人诗为一等，六朝诗为一等，陶阮、建安七子、两汉为一等，《风》《骚》为一等，学者须以次参究，盈科而后进，可也。……鲁直自言学子美。人才高下，固有分限，然亦在所习，不可不谨，其始也学之，其终也岂能过之。屋下加屋，愈见其小，后有作者出，必欲与李杜争衡，当复从汉魏诗中出尔。②

按照诗歌发展的历史阶段将诗歌分为五等，要求"学者须以次参

---

① [宋]张戒著：《岁寒堂诗话》，丁福保辑：《历代诗话续编》，北京：中华书局，1983年，第462－463页。
② [宋]张戒著：《岁寒堂诗话》，丁福保辑：《历代诗话续编》，北京：中华书局，1983年，第451－452页。

究，盈科而后进"，已开严羽《沧浪诗话》以时代先后论诗歌风格及等级的先声。黄庭坚及江西诗派"宗杜"当然没错，"唐律中作活计"也没有错，但仅仅这样就想达到"与李杜争衡"的目的是远远不够的，原因在于"人才高下，固有分限，然亦在所习，不可不谨，其始也学之，其终也岂能过之。屋下加屋，愈见其小，后有作者出，必欲与李杜争衡，当复从汉魏诗中出尔"。南宋后期的诗论家严羽在其《沧浪诗话·诗辩》中对张戒这一观点做了完全禅学化的改造，但基本意思与张戒并无多少差别，算是对张戒此说的遥相呼应：

> 试取汉魏之诗而熟参之，次取晋宋之诗而熟参之，次取南北朝之诗而熟参之，次取沈、宋、王、杨、卢、骆、陈拾遗之诗而熟参之，次取开元、天宝诸家之诗而熟参之，次独取李、杜二公之诗而熟参之，又取大历十才子之诗而熟参之，又取元和之诗而熟参之，又尽取晚唐诸家之诗而熟参之，又取本朝苏、黄以下诸家之诗而熟参之，其真是非自有不能隐者。……夫学诗者以识为主，入门须正，立志须高；以汉魏晋盛唐为师，不作开元天宝以下人物。……故曰：学其上仅得其中；学其中斯为下矣。又曰：见过于师，仅堪传授；见与师齐，减师半德也。①

严羽与张戒的差别，一是以禅论诗，二是主张功夫须从上做下，和张戒所言追根溯源、逆流而上的倒推式参悟法，学诗次第正好相反。虽然有这两点差别，但严羽的基本思路显然受到张戒的强烈影响。

张戒以时代先后划分诗歌等级并认为最好的诗歌在风骚传统

---

① ［宋］严羽著：《沧浪诗话·诗辩》，［清］何文焕辑：《历代诗话》，北京：中华书局，1981年，第687页。

的源头这一观点，实质上有着浓厚的复古主义色彩。按照这一思路，当然会得出包括诗歌在内的艺术创造"一代不如一代"的保守结论，这也就解释了张戒对宋调的新变持根本否定态度的原因：

> 乙卯冬，陈去非初见余诗，曰："奇语甚多，只欠建安六朝诗耳。"余以为然。及后见去非诗全集，求似六朝者，尚不可得，况建安乎？词不逮意，后世所患。邹员外德久尝与余阅石刻，余问："唐人书虽极工，终不及六朝之韵，何也？"德久曰："一代不如一代，天地风气生物，只如此耳。"言亦有理。①

这种无法接受诗歌新变的保守态度发展到最后，张戒提出了更加极端的主张，认为苏、黄诗，唐人声律诗，六朝诗，都是妨碍宋诗自我超越的习气，需将这些习气一层一层地洗净之后，宋诗才有可能一步一步地接近曹、刘、李、杜诗的境界：

> 段师教康昆仑琵琶，且遣不近乐器十余年，忘其故态，学诗亦然。苏、黄习气净尽，始可以论唐人诗。唐人声律习气净尽，始可以论六朝诗。镌刻之习气净尽，始可以论曹刘李杜诗。②

无论是苏黄习气、唐人声律习气还是六朝诗，在张戒眼里，它们都代表了"镌刻之习气"，只有洗净一切"镌刻之习气"，宋诗才有凤凰涅槃、重获新生的希望。而江西诗法，正是宋诗"镌刻之习气"的产物，自然在清除洗净之列。从复古主义立场出发，

---

① [宋]张戒著：《岁寒堂诗话》，丁福保辑：《历代诗话续编》，北京：中华书局，1983年，第464页。
② [宋]张戒著：《岁寒堂诗话》，丁福保辑：《历代诗话续编》，北京：中华书局，1983年，第455-456页。

张戒否定了江西诗法对宋诗健康发展的意义与价值，甚至也连带否定了一切旨在追求审美效果的诗歌技法。

南宋初期，正是苏黄诗风及江西诗法风靡天下之际，张戒率先提出了措辞激烈的反对意见，对苏黄诗风所代表的宋调及江西诗法的弊病进行了全面反思，并提出了纠正宋诗发展偏颇的完整方案。到南宋后期，严羽的《沧浪诗话》对苏黄诗风及江西诗法的剖析批判均达到了全新的理论高度，自称"其间说江西诗病，真取心肝刽子手"，而张戒的《岁寒堂诗话》显然对严羽诗论起到了先导和铺垫的作用。

第二节　严羽诗论与江西诗法

严羽是南宋后期卓有建树的诗论家，他的诗论主张对后世诗歌与诗论都产生了深远影响，其"第一义之悟"成为明代前后七子拟古主义的先声，其"透彻之悟"则成为清代王士禛"神韵说"的滥觞。在张戒的《岁寒堂诗话》以及吕本中、杨万里等人对江西诗法予以补充修正的基础上，严羽对苏黄诗风及江西诗派、江西诗法进行了全面深入的理论清算，首次对有关诗与书、诗与理的千古公案做出清楚了断，其对宋调的反思批判，相比张戒而言也更为尖锐，并从此开启了中国文论史上绵延不绝的唐音宋调之争。

匪夷所思的是，自称"其间说江西诗病，真取心肝刽子手"的严羽，其诗论主张却处处可见脱胎于江西诗法的深刻痕迹。无论是"以禅论诗"，还是"以盛唐为法"，抑或是难以在"第一义之悟"与"透彻之悟"之间达到平衡，都可在江西诗论中找到源头。严羽否定了江西诗派甚至基本否定了整个宋调，却并没

第四章 江西诗法在宋代文坛激起的反响

有真正抛弃江西诗法,而是将其整合进自己的诗论中,形成了颇具张力和内在冲突的新的诗学理论。我们很难说,严羽诗论到底是江西诗法的传承者、修正者还是江西诗法的掘墓人。

一

以禅论诗,在宋代诗论中是非常普遍的现象,江西诗法中"点铁成金""夺胎换骨""翻案法""饱参""悟入""中的""活法"等概念,无一不是来自禅家的话头。严羽《沧浪诗话·诗辩》非常突出的特点是"以禅论诗"。他在《答吴景仙书》中说:

> 仆之《诗辩》……以禅喻诗,莫此清切。……我叔谓说禅,非文人儒者之言。本意但欲说得诗透彻,初无意于为文,其合文人儒者之言与否,不问也。①

尽管江西诗派的诗论家们擅长"以禅论诗",但严羽所谓"以禅论诗"绝非江西翻版,也绝非如之前的诗论家们那样只是枝枝叶叶地借鉴禅家语来论诗,而是借用了一整套禅学话语体系来架构自己的诗学理论。

《诗辩》是《沧浪诗话》的第一篇,也是严羽诗论的重头戏,集中体现了严羽"以禅论诗"的特点。《诗辩》开篇即通过密集使用诸如"大小乘""南北宗""正法眼"等一系列禅宗术语,为其诗学理论的展开提供了一个禅学化的外在框架与舞台:

> 禅家者流,乘有小大,宗有南北,道有邪正。学者须从最上乘,具正法眼,悟第一义。若小乘禅,声闻、辟支果,

---

① [宋]严羽撰:《答吴景仙书》,[清]何文焕辑:《历代诗话》,北京:中华书局,1981年,第706页。

皆非正也。①

接下来，严羽借用禅家语，提出了"妙悟"说，并将诗家的"妙悟"分为"第一义之悟"和"透彻之悟"：

> 论诗如论禅，汉魏晋与盛唐之诗，则第一义也。大历以还之时，则小乘禅也，已落第二义矣。晚唐之诗，则声闻、辟支果也。学汉魏晋与盛唐诗者，临济下也。学大历以还之诗者，曹洞下也。大抵禅道惟在妙悟，诗道亦在妙悟。且孟襄阳学力下韩退之远甚，而其诗独出退之之上者，一味妙悟而已。惟悟乃为当行，乃为本色。然悟有浅深，有分限，有透彻之悟，有但得一知半解之悟。汉魏尚矣，不假悟也。谢灵运至盛唐诸公，透彻之悟也；他虽有悟者，皆非第一义也。②

禅宗中的南宗重顿悟，北宗重渐修，到了宋代，随着文化整合趋势的进一步加强，顿、渐二宗趋于融合。严羽所谓"第一义之悟"类似于北宗的"渐修"，"透彻之悟"类似于南宗的"顿悟"。严羽通过"妙悟"这一概念，试图将相去甚远的"第一义之悟"与"透彻之悟"加以整合。

何谓诗家的"妙悟"？严羽并没有加以定义，只举了一个例子来说明"大抵禅道惟在妙悟，诗道亦在妙悟"的道理："且孟襄阳学力下韩退之远甚，而其诗独出退之之上者，一味妙悟而已。"③北宋古文运动的兴起，是从对韩愈的再发现开始的，柳

---

① ［宋］严羽撰：《沧浪诗话·诗辩》，［清］何文焕辑：《历代诗话》，北京：中华书局，1981年，第686页。
② ［宋］严羽撰：《沧浪诗话·诗辩》，［清］何文焕辑：《历代诗话》，北京：中华书局，1981年，第686页。
③ ［宋］严羽撰：《沧浪诗话·诗辩》，［清］何文焕辑：《历代诗话》，北京：中华书局，1981年，第686页。

第四章 江西诗法在宋代文坛激起的反响

开、石介等人均将韩愈视为儒家道统与文统的承续者；欧阳修作为北宋诗文革新运动的领袖人物，其诗歌创作也以韩愈诗为典范；苏轼晚年虽然认为韩愈诗远不及柳宗元诗的温丽靖深，但早年以"文起八代之衰，道济天下之溺"评价韩愈，仍然将其视作道统、文统的双重继承者。张戒《岁寒堂诗话》则将韩愈诗列为唐代诗歌的第三位，地位仅次于杜甫诗、李白诗。至于孟浩然诗，至少在苏、黄的时代并没有引起多少重视。陈师道《后山诗话》云："子瞻谓孟浩然之诗，韵高而才短，如造内法酒手而无材料尔。"① 此处所谓"才短"，主要是指孟诗窘于诗材，缺乏书卷学问，不符合"以才学为诗"的宋调趣味。严羽的观点恰恰与苏轼相反，认为孟浩然的学力虽远不及韩愈，但孟诗却在韩诗之上，靠的就是"一味妙悟而已"。如此看来，严羽所谓"妙悟"当然与才力学问的关系不大了。到底什么是"妙悟"？严羽没有直说，但接下来的这句话却透露了其中的玄机：

惟悟乃为当行，乃为本色。②

严羽所谓"本色"是指诗之为诗的独特艺术规定性，对"本色"的强调，是对宋代诗人"以文为诗"等破体尝试的否定；所谓"当行"，是指作者应是写诗的内行，不能越位，不能以文人学者的外行身份进行诗歌创作。"本色""当行"连用，既是指"妙悟"的内容应是诗家三昧，又强调"悟"者的立场应是诗家而非文人学者。因此，严羽提出的"妙悟"说，尽管内涵不甚清晰，但有一点是可以肯定的，即通过"一味妙悟"创作而成的诗歌，一定是"诗人之诗"而非"学人之诗"或"匠人之

---

① ［宋］陈师道著：《后山诗话》，［清］何文焕辑：《历代诗话》，北京：中华书局，1981年，第308页。

② ［宋］严羽撰：《沧浪诗话·诗辩》，［清］何文焕辑：《历代诗话》，北京：中华书局，1981年，第686页。

诗"。

严羽又将"妙悟"分为"第一义之悟"与"透彻之悟",我们也可以理解为这是"妙悟"的两个阶段:即由"第一义之悟"的饱参渐修之后,进入"透彻之悟"的顿悟之境。"第一义之悟"含有"取法乎上""入门须正,立志须高"之意,严羽指出了一条井然有序、由上至下的参悟路径:

> 试取汉魏之诗而熟参之,次取晋宋之诗而熟参之,次取南北朝之诗而熟参之,次取沈、宋、王、杨、卢、骆、陈拾遗之诗而熟参之,次取开元、天宝诸家之诗而熟参之,次独取李、杜二公之诗而熟参之,又取大历十才子之诗而熟参之,又取元和之诗而熟参之,又尽取晚唐诸家之诗而熟参之,又取本朝苏黄以下诸家之诗而熟参之,其真是非自有不能隐者。倘犹于此而无见焉,则是野狐外道蒙蔽其真识,不可救药,终不悟也。①

本来"妙悟"是诗人极具个人色彩的对于诗道的独特体验与感悟,而严羽此处所言"第一义之悟"却一笔抹杀了悟入"诗道"的个体差异,设计了一条在他看来不容置疑、人人必须遵循的标准化的学诗道路:

> 夫学诗者以识为主,入门须正,立志须高;以汉魏晋盛唐为师,不作开元天宝以下人物。若自退屈,即有下劣诗魔入其肺腑之间,由立志之不高也。行有未至,可加工力。路头一差,愈骛愈远,由入门之不正也。故曰:学其上仅得其中;学其中斯为下矣。又曰:见过于师,仅堪传授;见与师齐,减师半德也。工夫须从上做下,不可从下做上。先须熟

---

① [宋]严羽撰:《沧浪诗话·诗辩》,[清]何文焕辑:《历代诗话》,北京:中华书局,1981年,第686-687页。

读《楚辞》，朝夕讽咏，以为之本，及读《古诗十九首》、乐府四篇、李陵、苏武汉魏五言，皆须熟读，即以李杜二集枕藉观之，如今人之治经，然后博取盛唐名家，酝酿胸中，久之自然悟入。虽学之不至，亦不失正路。此乃是从顶颈上做来，谓之向上一路，谓之直截根源，谓之顿门，谓之单刀直入也。①

何谓"入门须正，立志须高"？严羽给出了标准答案，即必须按照他所指示的学诗路径由上而下地入手学诗，不允许有丝毫偏差，大体原则是"以汉魏晋盛唐为师，不作开元天宝以下人物"，否则，就会"有下劣诗魔入其肺腑之间"。学诗的门径不能有偏差，"路头一差，愈骛愈远，由入门之不正也"；学诗的先后顺序也不能出现偏差，"工夫须从上做下，不可从下做上"。如此规范化、标准化的学诗程式，人人可以照本宣科、依葫芦画瓢，其实既不需要依靠个人独特眼光的"识"，也不需要诗家充满个体经验的"悟"，与严羽所言"夫学诗者以识为主"和"大抵禅道惟在妙悟，诗道亦在妙悟"自相矛盾。

禅宗发展到宋代，顿渐二宗渐趋融合，遍参诸方的渐修功夫与豁然开朗的顿悟境界，本来就可以是参禅的两个阶段，两者本不冲突矛盾。严羽借用禅宗话语系统来建构其诗学理论，提出诗家的"妙悟"说，又将诗家"妙悟"分为"第一义之悟"与"透彻之悟"，本欲在其诗学主张中也整合渐顿二宗，将遍参诸方的渐修功夫视作顿悟的前提，即"第一义之悟"为"透彻之悟"的前提。但严羽在具体的论述中，不仅时常前后矛盾，而且由于"第一义之悟"成为缺乏弹性与灵活性的标准化学诗程式，实际上未能为"透彻之悟"的介入留下任何空间。与此同时，

---

① [宋]严羽撰：《沧浪诗话·诗辩》，[清]何文焕辑：《历代诗话》，北京：中华书局，1981年，第687页。

"透彻之悟"似乎又脱离了所谓"第一义之悟"的烦琐程式，如严羽所举孟浩然诗一样，与诗人的才学并无多少关涉，而是依靠极具个人色彩的天赋经验"直截根源，谓之顿门，谓之单刀直入也"。在《沧浪诗话》中，严羽努力将"第一义之悟"与"透彻之悟"整合为一："此乃是从顶颔上做来，谓之向上一路，谓之直截根源，谓之顿门，谓之单刀直入也。"① 但这一努力终归失败，"第一义之悟"与"透彻之悟"实际上已严重分裂。从某种意义上说，"第一义之悟"代表了宋人的学诗路径，重法度、重规矩；"透彻之悟"，在严羽看来，则显然是盛唐诗人学诗有得的关键，更重诗家极具个人色彩的天赋、见识与经验。严羽猛批宋调和江西诗法，推尊唐音与"一味妙悟"，却将"妙悟"分为"第一义之悟"与"透彻之悟"，试图将"第一义之悟"说成是"透彻之悟"必不可少的阶段与前提，暗含着调和宋调与唐音的企图。不过，如果我们仔细辨析《沧浪诗话·诗辩》的文字，不难发现，严羽始终未能将"第一义之悟"与"透彻之悟"加以完美整合，正如他无法将诗人之诗的唐音趣味与学人之诗的宋调风貌加以完美整合一样。

二

以《沧浪诗话》为代表的严羽诗论还有一个显著特征，即"以盛唐为法"。黄庭坚开启的江西诗派以"宗杜"为重要标志，何尝不是"以盛唐为法"？而江西诗派、江西诗法，恰恰是《沧浪诗话》最主要的攻击目标，如何解释这其中的矛盾与背后的逻辑呢？黄庭坚与江西诸君子"宗杜"是不错，但杜诗不仅为中

---

① [宋]严羽撰：《沧浪诗话·诗辩》，[清]何文焕辑：《历代诗话》，北京：中华书局，1981年，第687页。

第四章 江西诗法在宋代文坛激起的反响

唐诗歌开出无数法门,实际上也是宋调形成的基础。严羽之所以强调"以盛唐为法"并推崇"透彻之悟",正是为了通过推尊唐音而否定宋调,矛头直指造就并推动了宋调繁荣的江西诗派、江西诗法。

在推尊唐音的同时,严羽提出了"别材""别趣"说,希望以此了断有关诗与书、诗与理的千年公案。诗与书的关系,实际上就是诗与学问书卷的关系;诗与理的关系,实际上就是诗与说理、议论、哲学思辨的关系。重视学问书卷和议论说理,显然是东坡诗、山谷诗所代表的宋调最为显著的特征,也是唐音与宋调的分界线。因此,严羽提出"别材""别趣"的目的,无非是重新倡导唐音,试图使宋代诗歌从"学人之诗"回归"诗人之诗"的正轨:

> 夫诗有别材,非关书也;诗有别趣,非关理也。然非多读书,多穷理,则不能极其至,所谓不涉理路不落言筌者上也。诗者,吟咏情性也,盛唐诸人,惟在兴趣;羚羊挂角,无迹可求。故其妙处,透彻玲珑,不可凑泊。如空中之音,相中之色,水中之月,镜中之象,言有尽而意无穷。①

所谓"诗有别材,非关书也",是指诗家使用的诗材,和学者研究的对象相去甚远;若以学问书卷为诗,那就偏离了诗家的本分;因此,不能将诗家功夫和学问家的功夫混为一谈。所谓"诗有别趣,非关理也",是指诗歌自有属于诗歌的独特趣味,这其实是一种审美趣味,和理学家的问道穷理功夫大相径庭。那么,是不是说,诗家就不需要多读书多穷理呢?严羽在严格区分诗歌创作与做学问之间的差异之后,却又提醒诗家"然非多读书,多

---

① [宋]严羽撰:《沧浪诗话·诗辩》,[清]何文焕辑:《历代诗话》,北京:中华书局,1981年,第688页。

穷理,则不能极其至",意为要想达到诗歌创作的最高境界,多读书、多穷理仍是诗家的必修课。不过,多读书、多穷理只是为了提升诗家的心性修养与胸襟见识,绝非是为了在诗歌中卖弄学问、大掉书袋、大讲道理。读书穷理的功夫,必须借助于对诗家心性气度的塑造与改变,间接地对诗歌创作发挥影响,这种影响应该云淡风轻、不着痕迹,"所谓不涉理路不落言筌者上也",而绝不能如宋代诗人一样直接在诗歌创作中卖弄读书穷理的功夫。诗歌的"别材""别趣"到底是什么?严羽给出了答案:诗之"别材"无关乎书卷学问,而是"吟咏情性";诗之"别趣"绝非大发议论、大讲道理、落入理窟,而是充满了盎然兴味的"兴趣",是诗人兴会淋漓、兴会神到即诉诸艺术直觉的产物。"吟咏情性"与"惟在兴趣",即是诗歌创作的"别材"与"别趣"。严羽以盛唐诗人为例,说明当诗歌具备了"别材""别趣"之后所呈现出的审美特征:首先是"羚羊挂角,无迹可求","故其妙处,透彻玲珑,不可凑泊",即诗歌在洗去了学问书卷包括法度绳墨、雕镂刻镂等一切人为痕迹之后,呈现出一片澄澈、一片空灵之美;其次,此类诗歌如"空中之音,相中之色,水中之月,镜中之象"一般可望而不可即,为读者留下巨大的审美想象空间,具有"言有尽而意无穷"的涵泳不尽之美。

  以这样的标准来衡量作为"学人之诗"的宋调,当然完全不合格。由此,严羽发起了对于宋调的猛烈批判:

    近代诸公乃作奇特解会,遂以文字为诗,以才学为诗,以议论为诗;夫岂不工,终非古人之诗也,盖于一唱三叹之音,有所歉焉。且其作多务使事,不问兴致,用字必有来历,押韵必有出处,读之反覆终篇,不知着到何处。其末流甚者,叫噪怒张,殊乖忠厚之风,殆以骂詈为诗。诗而至

第四章 江西诗法在宋代文坛激起的反响

此,可谓一厄也。①

近代诸公主要是指苏、黄及江西诸君子,其诗歌创作出现的偏差为"以文字为诗,以才学为诗,以议论为诗",其实即是指宋调重技巧法度、重书卷学问的倾向。严羽并非不承认苏、黄及江西诸君子在诗歌创作上取得的成就,只是遗憾于宋调"终非古人之诗也,盖于一唱三叹之音,有所歉焉"。黄庭坚及江西诗派"其作多务使事,不问兴致,用字必有来历,押韵必有出处,读之反覆终篇,不知着到何处",既罔顾诗之"别材",亦罔顾诗之"别趣"。"其末流甚者,叫噪怒张,殊乖忠厚之风,殆以骂詈为诗",即江西末流已经完全违背了温柔敦厚的儒家诗教,更是等而下之了。黄庭坚曾批评苏轼"好骂","以骂詈为诗"之风实导源于苏轼,可见严羽的矛头所向不仅是黄庭坚及江西诸君子,也包括苏轼。由此,严羽得出与张戒如出一辙的结论:"诗而至此,可谓一厄也。"

宋诗是否真的一无可取了呢?严羽认为,宋初诗人的创作尤有"合于古人者",学唐似唐,未脱正轨。宋诗之所以出现严重偏差,是从东坡、山谷追求诗歌新变开始的:

> 然则近代之诗无取乎?曰有之,我取其合于古人者而已。国初之诗,尚沿袭唐人,王黄州学白乐天,杨文公、刘中山学李商隐,盛文肃学韦苏州,欧阳公学韩退之古诗,梅圣俞学唐人平淡处。至东坡、山谷始自出己意以为诗,唐人之风变矣。山谷用工尤为深刻,其后法席盛行,海内称为江西宗派。②

---

① [宋]严羽撰:《沧浪诗话·诗辩》,[清]何文焕辑:《历代诗话》,北京:中华书局,1981年,第688页。

② [宋]严羽撰:《沧浪诗话·诗辩》,[清]何文焕辑:《历代诗话》,北京:中华书局,1981年,第688页。

在严羽看来，北宋初年，无论是王禹偁还是西昆体的代表诗人杨亿、刘筠以及盛文肃、欧阳修包括被喻为宋调真正开启者的梅尧臣，"尚沿袭唐人"，因此颇有可取之处。东坡、山谷的罪过在于"始自出己意以为诗，唐人之风变矣"。其中，黄庭坚的罪过更大，"山谷用工尤为深刻，其后法席盛行，海内称为江西宗派"。宋代诗歌真正形成自己有别于唐音的独特风貌，正受惠于苏、黄的勇于新变。而在严羽看来，苏、黄所追求的诗歌新变，促使宋代诗歌由诗人之诗演化为学人之诗或匠人之诗，彻底告别了"吟咏情性"的诗之"别材"与"惟在兴趣"的诗之"别趣"，已严重偏离了诗歌发展的常规正轨，必须予以纠正。

如何纠正宋诗发展的这一严重偏颇呢？仅仅宗唐就可以了吗？在严羽生活的时代，为纠正江西末流之弊，诗尚晚唐已成风气，但又造成了诗境狭小、诗意单薄、诗格卑下、缺乏雄浑壮阔之气的明显弱点，宋诗因此更加每况愈下：

> 近世赵紫芝、翁灵舒辈，独喜贾岛、姚合之诗，稍稍复就清苦之风。江湖诗人多效其体，一时自谓之唐宗。不知只入声闻、辟支之果，岂盛唐诸公大乘正法眼者哉？嗟乎！正法眼之无传久矣。唐诗之说未唱，唐诗之道或有时而明也。今既唱其体曰唐诗矣，则学者谓唐诗诚止于是耳，得非诗道之重不幸邪！故余不自量度，辄定诗之宗旨，且借禅以为喻，推原汉魏以来，而截然谓当以盛唐为法，虽获罪于世之君子，不辞也。①

在严羽看来，"诗人之诗"的杰出典范绝非中唐、晚唐诗歌，而是盛唐诗歌，故严羽断然主张诗家应"以盛唐为法，不作开元天

---

① ［宋］严羽撰：《沧浪诗话·诗辩》，［清］何文焕辑：《历代诗话》，北京：中华书局，1981年，第688页。

第四章 江西诗法在宋代文坛激起的反响

宝以下人物"。开元天宝以下诗歌,已滥入中唐风味,不仅格局、气度、风韵皆远不及盛唐诗,且已开"以文为诗"的"学人之诗"先河,为宋调的形成埋下伏笔。要想真正使宋代诗歌回归正轨,自然不能与"开元天宝以下人物"这些与宋调的最终形成有太多牵绊的各路诗家发生关涉。南宋晚期的永嘉四灵及江湖诗人,固然是想回到唐音,他们所宗法的晚唐贾岛、姚合之诗,也算是诗人之诗,却充满了衰飒清苦之气,无法与盛唐诗歌的盛唐气象相提并论,属于诗道中的旁门左道,故此风绝不可长,"今既唱其体曰唐诗矣,则学者谓唐诗诚止于是耳,得非诗道之重不幸邪!"无论是为了纠正苏黄诗风及江西之弊,还是为了纠正永嘉四灵及江湖诗人宗晚唐之弊,严羽认为,"截然谓当以盛唐为法",都是必须打出的旗号。

《沧浪诗话》中的《诗辩》是整个《沧浪诗话》甚至包括整个严羽诗论的重中之重。它猛烈批判攻击的对象到底是谁呢?严羽本人在其《答吴景仙书》一文中揭出了谜底:

> 仆之《诗辩》,乃断千百年公案,诚惊世绝俗之谈,至当归一之论。其间说江西诗病,真取心肝刽子手,以禅喻诗,莫此清切。是自家实证实悟者,是自家闭门凿破此片田地,即非傍人篱壁,拾人涕唾得来者。李杜复生,不易吾言矣。……仆意谓辩白是非,定其宗旨,正当明目张胆而言,使其词说沉着痛快,深切著明,显然易见,所谓不直则道不见,虽得罪于世之君子,不辞也。①

可见,《诗辩》真正的剑锋所指是江西诗病,而"截然以盛唐为法",在严羽看来,是他为医治江西诗病找到的灵丹妙药。

---

① 〔宋〕严羽撰:《答吴景仙书》,〔清〕何文焕辑:《历代诗话》,北京:中华书局,1981年,第706-707页。

三

如何才能真正救治已深入宋诗骨髓的江西诗病？严羽虽然提出了"截然以盛唐为法"的救治方案，但他显然认为仅仅被动地接受这一观点是不够的，学诗者必须通过对历代诗歌的博参精研，练就真正的"识"。若"识"不够，则"以盛唐为法"依然没有真正的归宿与准的，成为蹈空之论。严羽在《答吴景仙书》一文中批评其表叔吴景仙所撰《诗说》云：

> 我叔《诗说》，其文虽胜，然只是说诗之源流，世变之高下耳。虽取盛唐而无的。然使人知所趋向处，其间异户同门之说，乃一篇之要领。然晚唐、本朝谓其如此，可也。谓唐初以来至大历之诗异户同门，已不可矣，至于汉魏晋宋齐梁之诗，其品第相去，高下悬绝，乃混而称之，谓锱铢而较，实有不同处，大率异户而同门，岂其然乎？又谓韩柳不得为盛唐，犹未落晚唐，以其时则可矣。韩退之固当别论，若柳子厚五言古诗，尚在韦苏州之上，岂元、白同时诸公所可望耶？高见如此，毋怪来书有甚不喜分诸体制之说。我叔诚于此未了然也。①

严羽认为吴景仙的《诗说》严重缺乏"识"，"取盛唐而无的"，无法分辨不同时代、不同诗人的诗歌风格、诗歌体制，眉毛胡子一把抓，又如何可以辨析毫芒、分清优劣高下，真正有所取舍、有所抉择呢？

严羽自负为"参诗精子"，此说来自禅师妙喜自谓"参禅精

---

① ［宋］严羽撰：《答吴景仙书》，［清］何文焕辑：《历代诗话》，北京：中华书局，1981年，第707页。

子"的启发。只有练就卓越的识力,方可"辨尽诸家体制,然后不为旁门所惑",而练"识",靠的就是饱参精研,故严羽由强调识力转而强调参悟:

> 作诗正须辨尽诸家体制,然后不为旁门所惑。今人作诗差入门户者,正以体制莫辨也。世之技艺,犹各有家数,市缣帛者,必分道地,然后知优劣,况文章乎?仆于作诗不敢自负,至识则自谓有一日之长,于古今体制,若辨苍素,甚者望而知之。……又谓盛唐之诗"雄深雅健",仆谓此四字但可评文,于诗则用"健"字不得。不若《诗辨》"雄浑悲壮"之语为得诗之体也。毫厘之差,不可不辨。坡、谷诸公之诗,如米元章之字,虽笔力劲健,终有子路未事夫子时气象。盛唐诸公之诗,如颜鲁公书,既笔力雄壮,又气象浑厚,其不同如此。只此一字,便见我叔脚根未点地处也。……妙喜自谓"参禅精子",仆亦自谓"参诗精子"。尝谒李友山论古今人诗,见仆辨析毫芒,每相激赏,因谓之曰:"我论诗,若哪吒太子析骨还父,析肉还母。"友山深以为然。①

严羽所谓"识",是经过饱参精研即"第一义之悟"之后所获得的对诗歌风味、诗歌体制的精确辨识能力。从这个意义上说,严羽其实是在要求一流的诗家必须同时是一流的诗评家、诗论家。这何尝不是在要求诗人同时要兼具学者的素养呢?

如此重视"第一义之悟"与诗人之"识"的严羽,对于家数体制的重视绝不在江西诸君之下。在《沧浪诗话》的《诗体》《诗法》《诗评》等篇中,严羽花了大量篇幅来论述诸家体制、

---

① [宋]严羽撰:《答吴景仙书》,[清]何文焕辑:《历代诗话》,北京:中华书局,1981年,第707-708页。

诸家风味，算是在炫耀自己对诗歌的非凡识力。比如在《诗体》篇中，严羽先是按时代来分诗体：

> 以时而论，则有建安体，正始体，太康体，元嘉体，永明体，齐梁体，南北朝体，唐初体，盛唐体，大历体，元和体，晚唐体，本朝体，元祐体，江西宗派体。①

紧接着，又以诗人来划分诗体：

> 以人而论，则有苏李体，曹刘体，陶体，谢体，徐庾体，沈宋体，陈拾遗体，王杨卢骆体，张曲江体，少陵体，太白体，高达夫体，孟浩然体，岑嘉州体，王右丞体，韦苏州体，韩昌黎体，柳子厚体，韦柳体，李长吉体，李商隐体，卢仝体，白乐天体，元白体，杜牧之体，张籍王建体，贾浪仙体，孟东野体，杜荀鹤体，东坡体，山谷体，后山体，王荆公体，邵康节体，陈简斋体，杨诚斋体。②

值得注意的是，按时代划分的诗体，宋朝仅有"本朝体，元祐体，江西宗派体"三种，"本朝体"大而无当，含义不明，剩下的"元祐体，江西宗派体"均是宋调的代表，且均与黄庭坚及江西诗派有关；按人物划分的诗体，宋朝仅有"东坡体，山谷体，后山体，王荆公体，邵康节体，陈简斋体，杨诚斋体"七种，其中"山谷体""后山体""陈简斋体""杨诚斋体"直接与江西诗派、江西诗法相关，而"东坡体""王荆公体"也与江西诗派、江西诗法有着千丝万缕的联系。江西诗人、江西诗体、江西风味在严羽辨别诸家体制的文字中竟占据了如此突出的地

---

① ［宋］严羽撰：《沧浪诗话·诗体》，［清］何文焕辑：《历代诗话》，北京：中华书局，1981年，第689页。

② ［宋］严羽撰：《沧浪诗话·诗体》，［清］何文焕辑：《历代诗话》，北京：中华书局，1981年，第689－690页。

位,说明在严羽的潜意识深处,恰恰是认为彻底变唐音为宋调的苏、黄及江西诸君子,才是宋诗真正的代表。在《诗辩》篇中,严羽所称赞的学古似古、学唐似唐的宋初诗人,在其所言诸家体制的文字中,却杳无踪迹,未曾提及半字。严羽诗论内在的矛盾冲突,由此可见一斑。

严羽的识力,来自于饱参精研与"第一义之悟"。"第一义之悟"讲究的是"入门须正,立志须高",绝不能误入旁门左道。因此,严羽在《沧浪诗话·诗法》中强调:"看诗须着金刚眼睛,庶不眩于旁门小法。"[①] 通过饱参精研与"第一义之悟"所练就的"金刚眼睛"即洞见毫芒的卓越识力,是诗家的基本功,是进入诗歌创作不可或缺的前提条件,所谓"辨家数如辨苍白,方可言诗"[②]。严羽自负已练就了一双"金刚眼睛",表现在他能看清古往今来一切诗歌家数。在《沧浪诗话·诗评》中,严羽举了很多例子来证明自己的非凡识力:

> 大历以前,分明别是一副言语;晚唐分明别是一副言语;本朝诸公分明别是一副言语。如此见,方许具一只眼。

> 盛唐人有似粗而非粗处,有似拙而非拙处。

> 五言绝句,众唐人是一样,少陵是一样,韩退之是一样,王荆公是一样,本朝诸公是一样。

> 盛唐人诗,亦有一二滥觞晚唐者,晚唐人诗,亦有一二可入盛唐者,要当论其大概耳。

> 唐人命题,言语亦自不同。杂古人之集而观之,望其题

---

① [宋]严羽撰:《沧浪诗话·诗法》,[清]何文焕辑:《历代诗话》,北京:中华书局,1981年,第695页。
② [宋]严羽撰:《沧浪诗话·诗法》,[清]何文焕辑:《历代诗话》,北京:中华书局,1981年,第695页。

> 引而知其为唐人今人矣。
>
> 大历之诗,高者尚未失盛唐,下者渐入晚唐矣。晚唐之下者,亦堕野狐外道鬼窟中。
>
> 唐人与本朝人诗,未论工拙,直是气象不同。①

依靠"金刚眼睛"的非凡识力,严羽自诩在品鉴诗歌时能"辨析毫芒,析骨还肉",其"截然以盛唐为法"的救治宋诗发展偏颇的方案,正是建立在精确辨析诗歌家数与诗歌优劣的坚实基础之上,不容旁人置喙。

或许是担心练就识力的过程过于烦琐、过于消耗时间精力,严羽索性嚼饭予人,抛出一个"识"诗之真是非的简单方法:

> 诗之是非不必争,试以己诗置之古人诗中,与识者观之而不能辨,其真古人矣。②

严羽竟然根据仿古拟古的逼真程度,来判断诗歌的高下优劣,难怪受《沧浪诗话》深刻影响的明代前后七子会成为诗坛复古风气的造就者。严羽所谓"识",包括他一再强调的"第一义之悟",均有滑向复古主义的危险,对江西诗派、江西诗法的不满,在某种程度上其实是对文学新变的不满。

不过,我们不能因此给严羽诗论贴上复古主义的标签。事实上,严羽之所以对宋调攻击甚力,最重要的原因还是他认为宋调偏离了诗人之诗的传统。严羽并非反对宋代诗人的"尚理"倾向,也不反对诗歌"尚词",只是他理想中的诗歌应该"尚意兴而理在其中",而最高境界是如汉魏之诗那样"词理意兴,无迹可求":

---

① [宋]严羽撰:《沧浪诗话·诗法》,[清]何文焕辑:《历代诗话》,北京:中华书局,1981年,第695页。

② [宋]严羽撰:《沧浪诗话·诗法》,[清]何文焕辑:《历代诗话》,北京:中华书局,1981年,第695页。

第四章 江西诗法在宋代文坛激起的反响

> 诗有词理意兴。南朝人尚词而病于理,本朝人尚理而病于意兴,唐人尚意兴而理在其中。汉魏之诗,词理意兴,无迹可求。①

严羽所谓尚古好古,并非无的放矢,而是有明确针对性。他所推崇的诗歌风味大约有四类:一是气象浑成,难以句摘,以汉魏古诗和建安之作为代表;二是高古绝尘,有建安风骨,如阮籍《咏怀》之作;三是质朴而自然,如陶渊明诗;四是有盛唐气象的盛唐诗歌。由此可见,严羽之所以反对宋代诗歌的新变,并非是在反对新变本身,而是忧虑于这一新变造成的诗人之诗向学人之诗蜕变的后果。在严羽看来,诗人之诗的典范,一是汉魏古诗,二是盛唐之诗,对于晋代诗歌只取陶潜、阮籍、左思,对南朝诗歌则多有批评。严羽绝非真正以复古为尚,他要恢复的只是以"吟咏情性""惟在兴趣""气象混沌""质而自然""言有尽而意无穷"为追求的"诗人之诗"的传统:

> 汉魏古诗,气象混沌,难以句摘。晋以还方有佳句,如渊明"采菊东篱下,悠然见南山",谢灵运"池塘生春草"之类。谢所以不及陶者,康乐之诗精工,渊明之诗质而自然耳。

> 谢灵运之诗,无一篇不佳。

> 黄初之后,惟阮籍《咏怀》之作,极为高古,有建安风骨。

> 晋人舍陶渊明、阮嗣宗外,惟左太冲高出一时,陆士衡独在诸公之下。

---

① [宋]严羽撰:《沧浪诗话·诗评》,[清]何文焕辑:《历代诗话》,北京:中华书局,1981年,第696页。

> 建安之作,全在气象,不可寻枝摘叶。灵运之诗,已是彻首尾成对句矣,是以不及建安也。①

遍参诸方的目的,是获得"第一义之悟"和"透彻之悟"。由参生悟,由悟生识,由识而能辨析毫芒,精确品鉴诗歌的高下优劣,为诗家进入艺术创作铺垫坚实的基础。

如何评价严羽之"识"?至少,他对于唐代诗歌尤其是对李杜诗歌的评价极其精到,的确能够辨析毫芒、一语中的,显示出了非同凡响的"识"力:

> 子美不能为太白之飘逸,太白不能为子美之沉郁。

> 少陵诗法如孙吴,太白诗法如李广,少陵如节制之师。

> 少陵诗,宪章汉魏而取材于六朝。至其自得之妙,则前辈所谓集大成者也。

> 观太白诗者,要识真太白处。太白天材豪逸语,多率然而成者。学者于每篇中,要识其安身立命处可也。

> 太白发句,谓之开门见山。

> 人言太白仙才,长吉鬼才,不然。太白天仙之词,长吉鬼仙之词耳。

> 玉川之怪,长吉之瑰诡,天地间自欠此体不得。

> 高、岑之诗悲壮,读之使人感慨;孟郊之诗刻苦,读之使人不欢。②

---

① [宋]严羽撰:《沧浪诗话·诗评》,[清]何文焕辑:《历代诗话》,北京:中华书局,1981年,第696页。
② [宋]严羽撰:《沧浪诗话·诗评》,[清]何文焕辑:《历代诗话》,北京:中华书局,1981年,第697-698页。

严羽所重之"识",和苏、黄及江西诸君子强调的重学问书卷、穷理问道之"识",其实是有差别的。严羽之"识",仅仅只是对于诗歌风格、诗歌家数、诗家三昧之识,几乎不涉及"诗道"之外的"识"。因此,严羽练"识"的方式是饱参各代各家之诗,而并非如陆游在《何君墓表》一文中所言"诗岂易言哉?一书之不见,一物之不识,一理之不穷,皆有憾焉"[①]的那种儒者之"识"、学者之识。换言之,严羽所重之"识",仍是诗内功夫,这一点倒是与重视诗歌技法的黄庭坚及江西诗派颇有几分相通之处。

四

表面上看,严羽既摈弃了江西诗论重学问书卷的一面,也摈弃了江西诗论重诗家匠心、诗艺诗技的一面,似乎已完全不受江西诗法的任何影响。但事实上,严羽欲摈弃的只是学问书卷和诗家匠心的外在痕迹,他希望诗家能使笔下的一切诗材都融化为浑然天成、透彻玲珑、无可凑泊的诗歌意象,如羚羊挂角,无迹可求。严羽真的只重诗歌的气象浑厚、自然天成,不重诗歌法度、诗歌技巧吗?如果我们细读《沧浪诗话》中的《诗辩》《诗法》篇,会惊讶地发现,以江西诗病为批判靶子的严羽,竟然会关注诗歌的起结、句法、字眼这些江西诗论关注的重点问题,而他所言"下字贵响,造语贵圆"完全是拾了江西诗法的余唾,"须参活句,勿参死句"尽管来自禅宗话头,可也是江西诗派以禅论诗的旧说陈言。总之,严羽一方面处处与江西对峙抗衡,另一方面又难以摆脱江西诗法对其诗学理论的潜在影响。

---

① 陶秋英编选,虞行校订:《宋金元文论选》,北京:人民文学出版社,1984年,第271页。

严羽推崇的诗歌是"不涉理路不落言筌者",其妙处在于"透彻玲珑,不可凑泊"。说得直白点,就是诗歌的意象应空灵浑成,看不到任何人工雕琢、惨淡经营的痕迹。诗人在创作中既不卖弄技巧,又不卖弄学问,匠心技巧、学问书卷却已如盐着水、深藏其中了,只是已全部化为诗歌的浑厚气象,如同"羚羊挂角,无迹可求"。如何才可达到这样的诗歌境界呢?严羽给出的方法是"妙悟",而"妙悟"又分"第一义之悟"与"透彻之悟",前者有阶梯可循,后者依赖个人"顿悟",前者容易变成教条,后者容易流于玄虚。无论是"第一义之悟"还是"透彻之悟",相比江西诗法而言,都严重缺乏可操作性。借助江西诗法,学诗者可以实实在在地将"宗杜""宗黄"的目标落到实处,创作出颇具江西风味的诗歌。而如果仅凭"第一义之悟"与"透彻之悟",要想达到"透彻玲珑,不可凑泊"的诗歌之境,其实根本没有可以着手之处。最排斥诗歌创作中的工匠气和学究气的严羽,很难在其诗学理论和创作实践之间架起一座桥梁。一旦他试着将其立论颇高的诗学主张落实到具体的创作实践层面,不仅捉襟见肘、乏善可陈,且无论正说、反说,都处处受制于江西诗法的深刻影响。

严羽将"诗之法"分成五类:"诗之法有五:曰体制,曰格力,曰气象,曰兴趣,曰音节。"① 以这种方式对"诗法"进行分类,逻辑既混乱,内容又空泛,拿严羽自己的话说就是"不知着到何处"。匪夷所思的是,严羽和江西诸君子一样,认为诗歌创作需要下功夫的有三个方面:"其用工有三:曰起结,曰句法,曰字眼。"②

---

① [宋]严羽撰:《沧浪诗话·诗辩》,[清]何文焕辑:《历代诗话》,北京:中华书局,1981年,第687页。
② [宋]严羽撰:《沧浪诗话·诗辩》,[清]何文焕辑:《历代诗话》,北京:中华书局,1981年,第687页。

第四章　江西诗法在宋代文坛激起的反响

这三点，都是江西诗法关注的重心。在这三个方面，诗人具体应该怎么用功呢？严羽点到为止，没有展开。如果展开论述，那就成了江西诗法的另一个翻版，这对于痛斥江西诗病的严羽而言，岂不是成了笑话？不讲诗法，严羽的诗学主张多流于玄虚，难以落地；如果讲具体诗法，又极易步江西诗派后尘，沦为江西诗法的影子。为了避免这种进退维谷的尴尬局面，严羽虽然也论及诗法，但往往避实就虚，或大处着眼，或只破不立。一旦严羽试图从细节处讨论诗歌创作的技巧法度，江西诗法的气息也就扑面而来了。

严羽论诗法的一个重要特点是避实就虚，更多着眼于诗歌的体制、家数、格力、气象等形而上的层面。严羽关于诗歌风格的二分法很是精到，开启清代桐城派文论家姚鼐以阴柔、阳刚二分法划分文学风格的先河："其大概有二：曰优游不迫，曰沉着痛快。"① 在谈及"诗之极致"时，严羽说："诗之极致有一，曰入神。诗而入神，至矣，尽矣，蔑以加矣，惟李杜得之，他人得之盖寡也。"② 以"入神"描述"诗之极致"，正如严羽描绘盛唐诗的好处如"空中之音，相中之色，水中之月，镜中之象"一样，迷离恍惚，难以捉摸，虽然避免了江西诗法的板滞僵化之弊，却也远不如江西诗法那般切实可行。在《沧浪诗话》的《诗法》篇中，严羽再次强调本色当行的重要性："须是本色，须是当行。"③ 本色当行，既是指作品应该保持诗之为诗的本色，不能突破诗与其他文体之间的界限，又指创作者应是行家里手，是诗

---

① ［宋］严羽撰：《沧浪诗话·诗辩》，［清］何文焕辑：《历代诗话》，北京：中华书局，1981年，第687页。
② ［宋］严羽撰：《沧浪诗话·诗辩》，［清］何文焕辑：《历代诗话》，北京：中华书局，1981年，第687页。
③ ［宋］严羽撰：《沧浪诗话·诗法》，［清］何文焕辑：《历代诗话》，北京：中华书局，1981年，第693页。

人而非学者。但如何才能做到"须是本色,须是当行"呢?严羽语焉不详。一旦他指示具体门径,就不免落入江西诗法的藩篱之中。

为避免误入江西歧途,哪怕是说到具体诗法,严羽每每"破而不立"。针对江西诗论有关押韵用事皆有来历出处的观点,严羽主张:"押韵不必有出处,用事不必拘来历。"① 针对诗歌创作中出现的堆垛之病,严羽提出:"最忌骨董,最忌衬贴。"② 严羽所谓"诗法"有时是针对当时普遍存在的各类诗病而发:

> 语忌直,意忌浅,脉忌露,味忌短,音韵忌散缓,亦忌迫促。③

和江西诗法"以俗为雅"的旨趣不同,"去俗就雅"是严羽论诗法的要点之一:

> 学诗先除五俗:一曰俗体,二曰俗意,三曰俗句,四曰俗字,五曰俗韵。④

何谓俗体、俗意、俗句、俗字、俗韵呢?严羽未做任何解释。黄庭坚曾以"临大节而不夺"解释"不俗",将"不俗"与人格的高贵联系起来,彰显了山谷的儒者本色。相比之下,严羽论"学诗先除五俗"则流于空泛。《沧浪诗话》中的《诗法》篇还论及

---

① [宋]严羽撰:《沧浪诗话·诗法》,[清]何文焕辑:《历代诗话》,北京:中华书局,1981年,第694页。
② [宋]严羽撰:《沧浪诗话·诗法》,[清]何文焕辑:《历代诗话》,北京:中华书局,1981年,第694页。
③ [宋]严羽撰:《沧浪诗话·诗法》,[清]何文焕辑:《历代诗话》,北京:中华书局,1981年,第694页。
④ [宋]严羽撰:《沧浪诗话·诗法》,[清]何文焕辑:《历代诗话》,北京:中华书局,1981年,第693页。

第四章 江西诗法在宋代文坛激起的反响

诗歌创作中的语忌、语病问题：

> 有语忌，有语病。语病易除，语忌难除。语病古人亦有之，惟语忌则不可有。①

何谓语忌？何谓语病？严羽仍然含糊其词、语焉不详。

一旦严羽试图正面立论，将诗法落实到具体操作的层面，不管说得有多么精彩，则似乎立马就落入江西诗法的窠臼：

> 对句好可得，结句好难得；发句好尤难得。
> 发端忌作举止，收拾贵在出场。
> …………
> 下字贵响，造语贵圆。
> …………
> 诗难处在结裹，譬如番刀，须用北人结裹，若南人便非本色。
> 须参活句，勿参死句。②

这些主张，处处可以看到江西诗法的影子，甚至直接照搬了江西诸君子的旧说。对江西诗病痛加针砭的严羽，当他论及具体诗法时，不仅鲜有特见，且远不及江西诸君论江西诗法那般明白通透、切实可行。严羽的《沧浪诗话》很少谈及具体的诗歌技法，倒是颇懂得藏拙。

在《诗法》篇中，严羽论及学诗的三个阶段：

> 学诗有三节：其初不识好恶，连篇累牍，肆笔而成；既识羞愧，始生畏缩，成之极难；及其透彻，则七纵八横，信

---

① ［宋］严羽撰：《沧浪诗话·诗法》，［清］何文焕辑：《历代诗话》，北京：中华书局，1981年，第693页。

② ［宋］严羽撰：《沧浪诗话·诗法》，［清］何文焕辑：《历代诗话》，北京：中华书局，1981年，第694页。

手拈来，头头是道矣。①

严羽所论诗家学诗的蜕变过程，几乎就是杨万里论及自己学诗经历的翻版。无论是杨万里还是严羽都认为：诗家的蜕变，不仅依靠"遍参诸方"的渐修功夫，更要依靠上下求索之后的"识"与"悟"。杨万里既是江西诗法重要的承续者，同时也是江西诗法重要的修正者、变革者。严羽论"学诗有三节"与杨万里论学诗经历，两者的如出一辙或许只是巧合，但种种类似的迹象表明，严羽诗论不仅是江西诗法的对立面，在某种程度上，也是江西诗法的继承人。两者的关系错综复杂，既彼此对立，却又是你中有我、我中有你。

第三节　江西诗法对宋代词论的影响

《花间集》作为第一部文人词集，奠定了词为艳科的传统。进入宋代，曲子词经历了一系列的发展演变，呈现出多样化的风格特征，大大突破和改写了"词为艳科"的传统，对宋代词论提出挑战。苏、黄诗风尤其是江西诗法的风行天下，为宋词创作带来重要影响，比如"以诗为词""以文为词"的破体倾向，越来越密集的用典和融化前人诗句入词，重视"句法""字面""虚字""起句""过处""结句"的处理等等。

以李清照为代表的北宋词论家，多强调词"别是一家"，反对"以诗为词""以文为词"等破体尝试，却又主张在曲子词中用事用典，推崇雅正典重的风格，实已突破"词为艳科"的陈

---

① ［宋］严羽撰：《沧浪诗话·诗法》，［清］何文焕辑：《历代诗话》，北京：中华书局，1981年，第694页。

第四章 江西诗法在宋代文坛激起的反响

见,在审美趣味上向诗歌的风雅传统靠近,这可以说是另一意义上的"以诗为词"。到南宋时期,无论是王灼还是胡寅,都极力推崇东坡词的高情远致,将柳永词的市井气息视作曲子词创作的野狐禅。王灼的《碧鸡漫志》主张诗词一家、诗词同源,充分肯定了"以诗为词"的合法性。到南宋末年,范开、刘辰翁均对辛弃疾"以文为词"的创作倾向倍加赞赏,显示了宋代词论对破体倾向的进一步宽容。宋元之交的张炎、沈义父,除了在其词学著作中强调曲子词的协律与骚雅之外,更从"句法""字面""虚字""过处""结句""用事"等角度大谈特谈曲子词的具体创作技巧,受江西诗法的影响更加显著。

一

宋调有别于唐音的重要特点之一,就是更为大胆、更为普遍地以破体的方式进行艺术创新。具体就江西诗法而言,如何以古文的句法、章法来处理诗歌的句法、章法,成为非常重要的探讨内容。受宋调"以文为诗"的破体倾向影响,从苏轼开始,宋词也出现"以诗为词"的破体现象。如何认识并评价这一现象,遂成为宋代词论关注的热点。

陈师道《后山诗话》云:

> 退之以文为诗,子瞻以诗为词,如教坊雷大使之舞,虽极天下之工,要非本色。今代词手,惟秦七黄九尔,唐诸人不逮也。①

陈师道和黄庭坚一样,是苏门四学士之一,也是江西诗派最为重

---

① [宋]陈师道著:《后山诗话》,[清]何文焕辑:《历代诗话》,北京:中华书局,1981年,第309页。

要的诗人之一。从这段话可以看出,他对于"退之以文为诗,子瞻以诗为词"颇不以为然,认为不管这种破体尝试如何可使诗词创作"极天下之工",仍然"要非本色",不是正道。陈师道自己的诗歌创作既宗杜又宗黄,而杜甫和黄庭坚都是借鉴古文章法处理诗歌章法的高手。陈师道此论,可以看作是江西诸君子的一种自我反思。在追求新变和尊重传统之间,历代文人都曾试图加以平衡,希望可以两全其美。当宋诗、宋词的破体之风愈演愈烈时,有人出来主张尊体,以维系每一种文体特有的艺术规定性,避免文学创作的严重失范,这不仅合理,而且十分必要。

宋代词家反对"以诗为词"、强调词"别是一家"的尊体之论,以李清照的《论词》为代表。李清照认为诗、词之间的文体界限主要表现在音律方面,批评以晏殊、欧阳修、苏轼为代表的"以诗为词"倾向和以王安石、曾巩为代表的"以文为词"倾向:

> 晏元献、欧阳永叔、苏子瞻,学际天人,作为小歌词,直如酌蠡水于大海,然皆句读不葺之诗尔,又往往不协音律者。何耶?盖诗文分平侧,而歌词分五音,又分五声,又分六律,又分清浊轻重。且如近世所谓《声声慢》《雨中花》《喜迁莺》,既押平声韵,又押入声韵。《玉楼春》本押平声韵,又押上去声,又押入声。本押仄声韵,如押上声则协,如押入声,则不可歌矣。王介甫、曾子固,文章似西汉,若作一小歌词,则人必绝倒,不可读也。①

无论是"以诗为词"还是"以文为词",都违背了曲子词的创作重在协律且便于演唱的基本要求,违背了词之为词的艺术规定性,将词与诗与文混为一谈。在李清照看来,从外在艺术形式上

---

① [宋]胡仔纂集,廖德明校点:《苕溪渔隐丛话》后集卷三十三,北京:人民文学出版社,1984年,第254页。

打破诗、词、文的界限，会造成曲子词创作的严重失范，也就一笔抹杀了曲子词有别于诗、更有别于文的独特艺术价值，故她断然宣称曲子词"乃知别是一家"①，旗帜鲜明地主张尊体，反对破体。

不过，李清照对"以诗为词"的破体尝试，其实有着更加复杂矛盾的态度，并非看上去那么简单。曲子词原本就是花间樽前、歌筵舞席之上的娱宾遣兴之作，即便是《花间集》这样一部经过大大雅化的文人词集，也不过是奠定了"词为艳科"的传统。以艳词写艳情，充满市井风味，方为曲子词在协律之外的本色。但强调曲子词"别是一家"的李清照，却批评晚唐五代词"郑卫之声日炽，流靡之变日烦"②，完全是以风雅正声的标准来要求曲子词的创作：

> 自后郑卫之声日炽，流靡之变日烦。……
> 五代干戈，四海瓜分豆剖，斯文道熄。独江南李氏君臣尚文雅，故于"小楼吹彻玉笙寒"，"吹皱一池春水"之词，语虽奇甚，所谓亡国之音哀以思也！③

将晚唐五代词一律斥之为"郑卫之声""流靡之变"与"亡国之音"，实际上是要求曲子词的创作应该符合儒家诗教传统，这何尝不是另一种意义上的"以诗为词"？

北宋词人柳永精通音律，不仅严格遵循了"按谱填词"的创作原则，且不断创制出新的词调尤其是慢词长调，可以说是

---

① ［宋］胡仔纂集，廖德明校点：《苕溪渔隐丛话》后集卷三十三，北京：人民文学出版社，1984年，第254页。

② ［宋］胡仔纂集，廖德明校点：《苕溪渔隐丛话》后集卷三十三，北京：人民文学出版社，1984年，第254页。

③ ［宋］胡仔纂集，廖德明校点：《苕溪渔隐丛话》后集卷三十三，北京：人民文学出版社，1984年，第254页。

李清照所谓词"别是一家"的词学理念在艺术实践上的最好体现者。匪夷所思的是，李清照在充分肯定柳永词"变旧声作新声"及协音律的同时，却率先批评柳词"词语尘下"："逮至本朝，礼乐文武大备，又涵养百余年，始有柳屯田永者，变旧声作新声，出《乐章集》。大得声称于世，虽协音律，而词语尘下。"① 什么样的词，才符合李清照的审美要求呢？除了协乐之外，还有五点：一为高雅，二为浑成，三为典重，四为铺叙，五为故实：

> 又有张子野、宋子京兄弟，沈唐、元绛、晁次膺辈继出，虽时时有妙语，而破碎何足名家！……又晏苦无铺叙。贺苦少典重。秦则专主情致，而少故实。譬如贫家美女，非不妍丽，而终乏富贵态。黄即尚故实，而多疵病，譬如良玉有瑕，价自减半矣。②

除了要求"协乐""铺叙"之外，其余"高雅""浑成""典重""故实"等四点要求，在传统意义上都是对雅正之诗而不是对侧艳之词的审美要求。尤其是对词"尚故实"的要求，实际上是在主张曲子词应该大量用典，与苏轼、黄庭坚及江西诸君子重学问书卷的论诗主张如出一辙。

胡仔的《苕溪渔隐丛话》转述《复斋漫录》记载苏门四学士之一的晁无咎对东坡词、山谷词的评价说：

> 东坡词，人谓多不谐音律，然居士词横放杰出，自是曲中缚不住者。黄鲁直间作小词，固高妙，然不是当家语，自

---

① ［宋］胡仔纂集，廖德明校点：《苕溪渔隐丛话》后集卷三十三，北京：人民文学出版社，1984年，第254页。

② ［宋］胡仔纂集，廖德明校点：《苕溪渔隐丛话》后集卷三十三，北京：人民文学出版社，1984年，第254页。

第四章　江西诗法在宋代文坛激起的反响

是着腔子唱好诗。①

和李清照一样，晁无咎也主本色当行之说，要求曲子词应保持曲子词自身的艺术规定性，批评东坡词、山谷词都犯了"着腔子唱好诗"即"以诗为词"的毛病。不过，颇令人玩味的是，晁无咎在为柳永词辩护时，并不是为其市井题材和尘俗气息辩护，而是指出柳永词不减唐人高致处，以此证明柳永词的"不俗"：

> 世言柳耆卿曲俗，非也。如《八声甘州》云："渐霜风凄紧，关河冷落，残照当楼。"此唐人语，不减高处矣。②

无论是李清照还是晁无咎，均以诗之"高致"要求曲子词，不能容忍曲子词的尘俗气，这其实是从审美趣味上打破诗词界限的表现。

作为江西诗派的开创者，黄庭坚如此评价苏轼《卜算子·黄州定慧院寓居作》一词：

> 语意高妙，似非吃烟火食人语，非胸中有万卷书，笔下无一点尘俗气，孰能至此！③

黄庭坚显然对苏轼此词的绝去尘俗、孤高凄清之境极其叹服，且认为东坡词之所以能够达到如此境界，一是由于苏轼"胸中有万卷书"，二是由于苏轼"笔下无一点尘俗气"，而这两点本是黄庭坚诗论也包括整个江西诗论对诗人素养的要求。黄庭坚以此作为衡量词人、词作高下优劣的标准，相当于在评价尺度上打破了

---

① ［宋］胡仔纂集，廖德明校点：《苕溪渔隐丛话》后集卷三十三，北京：人民文学出版社，1984年，第253页。
② ［宋］胡仔纂集，廖德明校点：《苕溪渔隐丛话》后集卷三十三，北京：人民文学出版社，1984年，第253页。
③ 邓子勉编：《宋金元词话全编》，南京：凤凰出版社，2008年，第117页。

诗词界限,甚至是否定了诗词差别,从而变相肯定了苏轼"以诗为词"的创作倾向。

二

南宋词论家王灼所撰写的《碧鸡漫志》,是宋代最为重要的词学理论著作。通过对曲子词的起源进行追溯,王灼认为,曲子词不过是诗歌的一个分支,诗词同源同体,诗在诞生之初就带有歌的性质,诗歌的音乐性源远流长,因此不能将词与诗视作两途:

> 或问歌曲所起,曰:天地始分而人生焉,人莫不有心,此歌曲所以起也。《舜典》曰:"诗言志,歌永言,声依永,律和声。"《诗序》曰:"在心为志,发言为诗,情动于中而形于言。言之不足,故嗟叹之;嗟叹之不足,故永歌之;永歌之不足,不知手之舞之,足之蹈之。"《乐记》曰:"诗言其志,歌咏其声,舞动其容:三者本于心,然后乐器从之。"故有心则有诗,有诗则有歌,有歌则有声律,有声律则有乐歌。永言,即诗也,非于诗外求歌也。①

> 盖隋以来,今之所谓曲子者渐兴,至唐稍盛,今则繁声淫奏,殆不可数。古歌变为古乐府,古乐府变为今曲子,其本一也;后世风俗益不及古,故相悬耳。而世之士大夫,亦多不知歌词之变。②

---

① 邓子勉编:《宋金元词话全编》,南京:凤凰出版社,2008年,第569页。
② 邓子勉编:《宋金元词话全编》,南京:凤凰出版社,2008年,第570页。

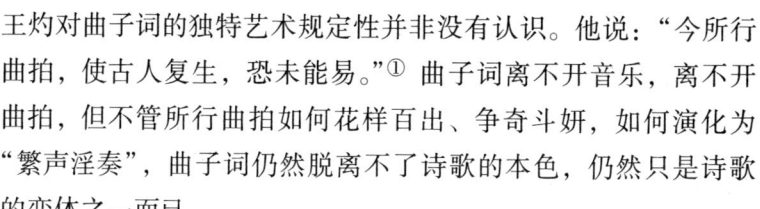

第四章 江西诗法在宋代文坛激起的反响

王灼对曲子词的独特艺术规定性并非没有认识。他说:"今所行曲拍,使古人复生,恐未能易。"① 曲子词离不开音乐,离不开曲拍,但不管所行曲拍如何花样百出、争奇斗妍,如何演化为"繁声淫奏",曲子词仍然脱离不了诗歌的本色,仍然只是诗歌的变体之一而已。

既然曲子词与诗歌同源同体,本为一家,诗与词之间自然不存在什么鸿沟深堑,苏轼"以诗为词"也就不再是对曲子词创作传统的冒犯,而是具有了天然的合法性:

> 东坡先生以文章余事作诗,溢而作词曲,高处出神入天,平处尚临镜笑春,不顾侪辈。或曰:"长短句中诗也。"为此论者,乃是遭柳永野狐涎之毒。诗与乐府同出,岂当分异?②

王灼此处所言"乐府",指曲子词。从陈师道的《后山诗话》开始,对苏轼"以诗为词"的创作倾向,人们普遍持有的看法是:无论借助这一创新手法达到如何高妙的艺术境界,仍然不是当家语,仍然破坏了曲子词的本色。王灼的《碧鸡漫志》却提供了一种颠覆性的看法,即诗词同源,"岂当分异?"之前将东坡词视作"长短句中诗"的论者,"乃是遭柳永野狐涎之毒"。王灼认为,诗词本一体,诗词本一家,批评苏轼"以诗为词"本身就是伪命题。何谓"柳永野狐涎"呢?南宋俞文豹《吹剑续录》称:

> 东坡在玉堂日,有幕士善讴,因问:"我词何如柳七?"

---

① 邓子勉编:《宋金元词话全编》,南京:凤凰出版社,2008 年,第 576 页。

② 邓子勉编:《宋金元词话全编》,南京:凤凰出版社,2008 年,第 576 页。

对曰:"柳郎中词,只合十七八女郎,执红牙板,歌'杨柳岸,晓风残月'。学士词,须关西大汉,执铁绰板,唱'大江东去'。"公为之绝倒。①

从这段记载我们不难看到,时人普遍以柳永词为本色当行,以东坡词为词中异数,甚至连苏轼本人潜意识里也持这一看法,故单单要他人将自己的词作与柳永词相比较。王灼不仅未将东坡词视作词中另类,反而将其视作词中极品,却将本色当行的柳永词视作了"野狐涎":

> 柳耆卿《乐章集》,世多爱赏该洽,序事闲暇,有首有尾,亦间出佳语,又能择声律谐美者用之,惟是浅近卑俗,自成一体,不知书者尤好之。予尝以比都下富儿:虽脱村野,而声态可憎。前辈云:"《离骚》寂寞千年后,《戚氏》凄凉一曲终。"《戚氏》,柳所作也。柳何敢知——世间有《离骚》,惟贺方回、周美成时时得之。贺《六州歌头》《望湘人》《吴音子》诸曲,周《大酺》《兰陵王》诸曲,最奇崛。或谓深劲乏韵,此遭柳氏野狐涎吐不出者。歌曲自"淡烟细雨"绳墨后来作者,愚甚矣。故曰:不知书者,尤好耆卿。②

所谓"野狐涎",是指柳永词"浅近卑俗,自成一体,不知书者尤好之",如"都下富儿:虽脱村野,而声态可憎"。换言之,王灼鄙弃柳词的原因,是其市井气息过于浓厚,缺乏高情远韵与书卷气,雅化程度不够。自李清照的《论词》开始,宋代词论

---

① 邓子勉编:《宋金元词话全编》,南京:凤凰出版社,2008年,第1398页。
② 邓子勉编:《宋金元词话全编》,南京:凤凰出版社,2008年,第578页。

第四章　江西诗法在宋代文坛激起的反响

家就批评柳永词"词语尘下",试图以风雅传统改变曲子词自诞生以来所蒙受的"郑卫之声"的恶名,走上雅正之路。王灼通过对诗词发展演变历史的追根溯源,为诗词同源之说提供了理论支持,也为苏轼等人"以诗为词"的创作倾向提供了合法性证明。

本来被视为词中另类的东坡词,在王灼这里,俨然成了化解"柳永野狐涎之毒"的灵丹妙药,成为曲子词创作的新典范:

> 长短句虽至本朝盛,而前人自立,与真情衰矣。东坡先生非心醉于音律者,偶尔作歌,指出向上一路,新天下耳目,弄笔者始知自振。今少年妄谓东坡移诗律作长短句,十有八九不学柳耆卿则学曹元宠,虽可笑,亦毋用笑也。①

东坡词的好处在于格高韵远,"以诗为词",敢于新变,拓展出曲子词创作的新天地,即"指出向上一路,新天下耳目,弄笔者始知自振",使曲子词的创作有机会摆脱柳永词"浅近卑俗"的市井尘俗风味,从此走向雅化之路。"以诗为词",既然是进一步促成曲子词雅化的重要手段,反对浅近卑俗并倡导雅正之风的王灼,自然没有理由反对。

对江西诸君子的"以诗为词",王灼从未以本色当行的理由提出质疑。相反,他批评江西诗派诗人谢无逸的曲子词创作"字字求工,不敢辄下一语,如刻削通草人,都无筋骨,要是力不足",不仅完全采用了诗家的批评标准,而且这一评价标准重视作品的筋骨力道,已染江西之风:

> 陈无己所作数十首,号曰"语业",妙处如其诗,但用意太深,有时僻涩。陈去非、徐师川、苏养直、吕居仁、韩

---

① 邓子勉编:《宋金元词话全编》,南京:凤凰出版社,2008年,第578页。

> 子苍、朱希真、陈子高、洪觉范佳处亦各如其诗。王辅道、履道善作一种俊语,其失在轻浮;辅道夸捷敏,故或有不缜密。李汉老富丽而韵平平。舒信道、李元膺思致妍密,要是波澜小。谢无逸字字求工,不敢辄下一语,如刻削通草人,都无筋骨,要是力不足。然则独无逸乎?曰:类多有之,此最著者尔。①

在王灼看来,除了需要按谱填词之外,曲子词在其他方面与诗歌毫无二致,因此,不妨借鉴诗歌的评价体系来评价曲子词的创作,诗学即是词学,诗歌的审美要求也可直接移植为曲子词的审美要求。王灼的《碧鸡漫志》甚至将荆轲刺秦王的慷慨悲歌视作曲子词的审美传统之一:

> 荆轲入秦,燕太子丹及宾客送至易水之上。高渐离击筑,轲和而歌,为变徵之声,士皆涕泪。又前为歌曰:"风萧萧兮易水寒,壮士一去兮不复还。"复为羽声慷慨,士皆瞋目,发上指冠。轲本非声律得名,乃能变徵换羽于立谈间,而当时左右听者亦不愤愤。今人苦心造成一新声,便作几许大知音矣。②

苏轼的"以诗为词",是从创作实践上打破诗词界限,从而带来曲子词的新变。王灼的《碧鸡漫志》,则是从词学理论上打破诗词界限,为宋代词学带来新变。

南宋词论家胡寅《题酒边词》一文,和王灼的观点类似,同样尊苏贬柳,并将曲子词视为"古乐府之末造",与诗同源,

---

① 邓子勉编:《宋金元词话全编》,南京:凤凰出版社,2008年,第577页。

② 邓子勉编:《宋金元词话全编》,南京:凤凰出版社,2008年,第571页。

因此,也摆脱不了风骚传统的制约:

> 词曲者,古乐府之末造。古乐府者,诗之傍行也。诗出于《离骚》《楚词》,而《离骚》者,变风变雅之怨而迫、哀而伤者也;其发乎情则同,在止乎礼义则异。名之曰曲,以其曲尽人情耳。①

胡寅将"曲"解释为"曲尽人情",根本不提曲子词与音乐曲拍之间的关系,只是将其看作是"变风变雅"的一部分,和《诗经》中"变风""变雅"的区别只在于"发乎情"却可以不"止乎礼义",突破了儒家诗教的束缚。正是这种突破,使之长期无法登大雅之堂:

> 其去《曲礼》则益远矣。然文章豪放之士,鲜不寄意于此者,随亦自扫其迹,曰谑浪游戏而已也。②

苏轼的"以诗为词",彻底改变了曲子词游走于歌儿舞女、花间樽前的卑微地位,使之获得了与诗歌一样的逸怀浩气,改写了曲子词的艳科命运:

> 及眉山苏氏,一洗绮罗香泽之态,摆脱绸缪宛转之度,使人登高望远,举首高歌,而逸怀浩气超然乎尘垢之外。于是《花间》为皂隶,而柳氏为舆台矣。③

在胡寅笔下,苏轼并非曲子词本色当行的破坏者,正相反,恰恰由于东坡词"逸怀浩气超然乎尘垢之外",为曲子词最终得以由

---

① 邓子勉编:《宋金元词话全编》,南京:凤凰出版社,2008年,第545页。
② 邓子勉编:《宋金元词话全编》,南京:凤凰出版社,2008年,第545页。
③ 邓子勉编:《宋金元词话全编》,南京:凤凰出版社,2008年,第546页。

俗入雅，创造了可能性。

作为江西诗法的衣钵传人之一，陆游对苏轼勇于突破曲子词的艳科传统，将"天风海雨逼人"的诗家壮阔之境带给曲子词的新变尝试，极表赞叹。其《跋东坡七夕词后》云：

> 昔人作七夕诗，率不免有珠栊绮疏惜别之意。惟东坡此篇，居然是星汉上语，歌之曲终，觉天风海雨逼人。学诗者当以是求之。①

陆游建议学诗者当以东坡词为学习典范，从东坡词想落天外、声势夺人中获得启发和灵感。陆游无视传统意义上诗词创作在立意及审美方面的差异化要求，与李清照所强调的词"别是一家"的观点，已相去甚远了。

曲子词发展到辛稼轩，不仅打破了词与诗的界限，也进一步打破了词与文的界限。刘辰翁《辛稼轩词序》云：

> 词至东坡，倾荡磊落，如诗如文，如天地奇观，岂与群儿雌声学语较工拙；然犹未至用经用史，牵雅颂入郑卫也。自辛稼轩前，用一语如此者必且掩口。及稼轩横竖烂漫，乃如禅宗棒喝，头头皆是；又如悲笳万鼓，平生不平事并厄酒，但觉宾主酣畅，谈不暇顾。②

刘辰翁不仅以禅论词，而且对辛词"用经用史，牵雅颂入郑卫"的破体尝试及雅化、学者化倾向均极表赞赏，与江西诗法的内在逻辑一脉相承。

---

① 邓子勉编：《宋金元词话全编》，南京：凤凰出版社，2008年，第827页。

② 邓子勉编：《宋金元词话全编》，南京：凤凰出版社，2008年，第1585–1586页。

三

宋末词论家张炎是南宋初年大将张俊的六世孙,号玉田。他所撰写的《词源》,包括"句法""字面""虚字""用事"等部分,明显受到江西诗法的影响与启发。南宋初年张戒的《岁寒堂诗话》曾说:"诗人之工,特在一时情味,固不可预设法式也。"① 而江西诗法,虽然以形而上层面的诗道为基石,但有一部分的确就是具体切实、可以直接付之创作实践的"预设法式"。江西诗派的开创者黄庭坚,虽然以儒者自居,并将"平淡而山高水深"的超越法度之境视作更高的诗歌境界,却从不讳言诗歌创作的法度绳墨,从未将探讨具体可行的创作技法视作有悖诗教传统的禁区。黄庭坚之后,江西诗派诸君子,又从多个角度对江西诗法进行了丰富补充与修正变革,江西诗法得以风行天下。受此影响,以张炎的《词源》及沈义父的《乐府指迷》为代表的宋末词论,不仅以诗之雅正浑成、清空骚雅的审美标准要求于曲子词,而且敢于名正言顺地深入探讨曲子词的具体创作技巧,以行家里手的身份为后学提供了大量颇具操作性的曲子词创作技法。

张炎在《词源》的序言中说:

> 古之乐章、乐府、乐歌、乐曲,皆出于雅正。粤自隋、唐以来,声诗间为长短句,至唐人则有《尊前》《花间集》。迨于崇宁,立大晟府,命周美成诸人讨论古音,审定古调,沦落之后,少得存者。由此八十四调之声稍传;而美成诸人又复增演慢曲、引、近,或移宫换羽为三犯、四犯之曲,按

---

① 丁福保辑:《历代诗话续编》,北京:中华书局,1983年,第453页。

> 月律为之,其曲遂繁。美成负一代词名,所作之词,浑厚和雅,善于融化诗句,而于音谱且间有未谐,可见其难矣。作词者多效其体制,失之软媚而无所取。此惟美成为然,不能学也。所可仿效之词,岂一美成而已!旧有刊本《六十家词》,可歌可诵者,指不多屈。中间如秦少游、高竹屋、姜白石、史邦卿、吴梦窗,此数家格调不侔,句法挺异,俱能特立清新之意,删削靡曼之词,自成一家,各名于世。作词者能取诸人之所长,去诸人之所短,象而为之,岂不能与美成辈争雄长哉!①

张炎论词的宗旨于此序中可见一斑:重音律,重雅正,重句法,推崇周邦彦精通音律、擅制新声及美成词的"浑厚和雅,善于融化诗句",却批评效法美成词体制者"失之软媚而无所取",主张词家"能特立清新之意,删削靡曼之词,自成一家"。

在《词源》最后的《杂论》部分,张炎再度强调了他以"雅正之音"要求曲子词创作的论词旨趣:

> 词欲雅而正,志之所之,一为情所役,则失其雅正之音;耆卿、伯可不必论,虽美成亦有所不免;如"为伊泪落",如"最苦梦魂,今宵不到伊行",如"天便教人霎时得见何妨",如"又恐伊寻消问息,瘦损容光",如"许多烦恼,只为当时,一饷留情",所谓淳厚日变成浇风也。②

要求曲子词的创作不能"为情所役",否则就有失雅正,变淳厚为浇风,这一论调几乎就是理学家邵雍诗论的翻版。邵雍《伊川

---

① [宋]张炎著,夏承焘校注:《词源注》,《词源注 乐府指迷笺释》,北京:人民文学出版社,1963年,第9页。
② [宋]张炎著,夏承焘校注:《词源注》,《词源注 乐府指迷笺释》,北京:人民文学出版社,1963年,第29页。

击壤集序》云:"近世诗人……殊不以天下大义而为言者,故其诗大率溺于情好也。噫!情之溺人也甚于水。"① 移诗论为词论,将对诗歌的雅正要求移植于曲子词,实际上已从评价尺度上打破了诗词界限。

其实,从李清照开始,宋代词论家就普遍以诗之雅正要求于曲子词的创作,这在宋代词论中不算是特见。张炎之特见为推崇以姜白石词为代表的清空之美,批评吴梦窗词的质实晦昧。张炎《词源》"清空"条云:

> 词要清空,不要质实;清空则古雅峭拔,质实则凝涩晦昧。姜白石词如野云孤飞,去留无迹。吴梦窗词如七宝楼台,眩人眼目,碎拆下来,不成片段。此清空质实之说。梦窗《声声慢》云:"檀栾金碧,婀娜蓬莱,游云不蘸芳洲。"前八字恐太涩。如《唐多令》云:"何处合成愁,离人心上秋;纵芭蕉不雨也飕飕。都道晚凉天气好,有明月,怕登楼。前事梦中休,花空烟水流,燕辞归客尚淹留。垂柳不萦裙带住,谩长是,系行舟。"此词疏快却不质实。如是者集中尚有,惟不多耳。白石词如《疏影》《暗香》《扬州慢》《一萼红》《琵琶仙》《探春》《八归》《淡黄柳》等曲,不惟清空,又且骚雅,读之使人神观飞越。②

吴文英词秾丽绵密、大量用典,以至于过于堆垛、词意晦涩,这在张炎看来即为"质实";而姜夔词疏快朗畅,擅长融化典故,"如野云孤飞,去留无迹"。这类似于严羽所推崇的诗歌境界:

---

① 陶秋英编选,虞行校订:《宋金元文论选》,北京:人民文学出版社,1984年,第116页。
② [宋]张炎著,夏承焘校注:《词源注》,《词源注 乐府指迷笺释》,北京:人民文学出版社,1963年,第16页。

"如羚羊挂角，无迹可求。"张炎并非反对用典。以他所推崇的白石词为例，并非不爱用典，只是如盐着水，用得不着痕迹而已。我们要注意的是张炎对白石词的评价："不惟清空，又且骚雅。"始终不忘将曲子词的创作与诗歌的骚雅传统挽结在一起。吴文英词的质实之弊，与江西诗法对"以故为新"、用典用事的重视不无关系。张炎以清空救质实，未尝不是对江西诗法造成的宋词日益书卷化的纠偏。

虽然《词源》花了大量篇幅讨论曲子词的具体作法，但并非意味着张炎是想画地为牢，提倡死法。相反，张炎不止一处提到曲子词的创新问题。《词源》"意趣"条云："词以意为主，不要蹈袭前人语意。"① 《词源·杂论》盛赞姜夔《暗香》《疏影》二词为千古绝唱，其中最重要的原因即为两词能"自立新意"，自出机杼，而不是模仿他人：

> 诗之赋梅，惟和靖一联而已；世非无诗，不能与之齐驱耳。词之赋梅，惟姜白石《暗香》《疏影》二曲，前无古人，后无来者，自立新意，真为绝唱。②

那么，曲子词想要"自立新意"，达到清空、骚雅、"如野云孤飞，去留无迹"之境，是否有门径阶梯可循呢？儒家文论从孔子开始即认为"有德者必有言"，似乎只要内在充盈，自然而然会流淌为文章，诗歌也是"情动于中而形于言"的产物，"在心为志，发言为诗"，不需要经过写作技巧的系统训练与反复推敲。儒家文论，很多时候讳言文学技巧，认为谈论技法，会让文章写作沦为一艺；文人士大夫若是重视雕章琢句，更是

---

① ［宋］张炎著，夏承焘校注：《词源注》，《词源注 乐府指迷笺释》，北京：人民文学出版社，1963年，第18页。

② ［宋］张炎著，夏承焘校注：《词源注》，《词源注 乐府指迷笺释》，北京：人民文学出版社，1963年，第29-30页。

自甘堕落,类似于俳优之行,令人不齿。六朝文论的最大贡献,就是打破了儒家文论的这一偏见,对文学的内部规律以及具体的写作技巧进行了大量探索,取得了长足的理论进展。黄庭坚本人对六朝文论颇有好感,多次提及陆机的《文赋》、刘勰的《文心雕龙》以及钟嵘的《诗品》。黄庭坚试图将理学、禅学、诗学融合为一,敢于探讨诗歌技巧、诗歌法度、诗歌绳墨这些为传统儒家文论所鄙弃之"艺",从而促成了江西诗法的形成。与江西诸君子类似,张炎不仅提出了自己对于曲子词的独特审美理想,也花了大量功夫探讨实现其审美理想的具体门径与手段。

《词源》"制曲"条,论及慢词的创作步骤:首先是根据题目选择曲名;其次是命意;其三是考虑开头结尾、谋篇布局;其四是选韵述曲,处理协乐音律的问题;第五步则是查漏补缺("试思前后之意不相应,或有重叠句意,又恐字面粗疏");第六步进入反复修改、锻炼、打磨的阶段:

> 作慢词看是甚题目,先择曲名,然后命意;命意既了,思量头如何起,尾如何结,方始选韵,而后述曲。最是过片不要断了曲意,须要承上接下……词既成,试思前后之意不相应,或有重叠句意,又恐字面粗疏,即为修改;改毕净写一本,展之几案间,或贴之壁,少顷再观,必有未稳处,又须修改;至来日再观,恐又有未尽善者;如此改之又改,方成无瑕之玉。倘急于脱稿,倦事修择,岂能无病,不惟不能全美,抑且未协音声。作诗者且犹旬锻月炼,况于词乎!①

---

① [宋]张炎著,夏承焘校注:《词源注》,《词源注 乐府指迷笺释》,北京:人民文学出版社,1963年,第13页。

这几乎就是一篇要言不烦的"慢词"写作指南,极具可操作性,明显脱胎于江西诗法。

江西诸君子喜谈诗之章法结构、炼字炼句、"句法""字面""虚字""用事"等极其具体的创作手法和写作技巧。《词源》移花接木,以江西之眼论曲子词的创作技巧,紧紧扣住词家具体的艺术实践立论,但求切实平易,避免蹈空之谈。如《词源》"字面"条云:

> 句法中有字面,盖词中一个生硬字用不得,须是深加锻炼,字字敲打得响,歌诵妥溜,方为本色语。如贺方回、吴梦窗皆善于炼字面,多于温庭筠、李长吉诗中来。字面亦词中之起眼处,不可不留意也。①

所谓"句法",所谓"一个生硬字用不得,须是深加锻炼,字字敲打得响"均是来自于江西诸君子的陈说旧论。张炎所言"句法中有字面",则类似于江西诗法所言"诗眼",是"词中之起眼处",关系到一首词在艺术表现上的成败,马虎不得。如何才能做到如贺方回、吴梦窗一般"善于炼字面"呢?张炎给出的答案是"多于温庭筠、李长吉诗中来",这不就是江西诗法中的"以故为新""点铁成金"吗?

张炎谈及曲子词中的虚字用法,重在一个"活"字:

> 词与诗不同;词之句语有二字三字四字至六字七八字者,若堆叠实字,读且不通,况付之雪儿乎?合用虚字呼唤,单字如"正""但""甚""任"之类,两字如"莫是""还又""那堪"之类,三字如"更能消""最无端""又却是"之类,此等虚字,却要用之得其所,若能尽用虚字,句

---

① [宋] 张炎著,夏承焘校注:《词源注》,《词源注 乐府指迷笺释》,北京:人民文学出版社,1963年,第15页。

第四章 江西诗法在宋代文坛激起的反响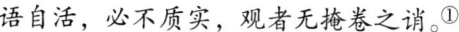

语自活,必不质实,观者无掩卷之诮。①

为什么如此重视曲子词中的虚字运用呢?在张炎看来,只有擅于巧妙地运用虚字,"句语"方可"活"起来,才不会质实。换言之,虚词的运用,即为词家创造清空之境的关键所在。张炎并不否定词与诗的差别,认为协乐可歌尤为曲子词的本色,绝不可轻忽,故诗法与词法各有侧重,不可完全等同。在张炎之前,江西诸君子早就屡屡谈及巧用虚字为诗中活字、响字、句眼,张炎以虚字促成"句语自活"的观点并非新见,仍然是沿袭了江西诗法的衣钵。不同的只是,张炎将曲子词中虚字运用造成的"句语自活",视作通向清空之境的捷径。

南宋词愈演愈烈的书卷化、案头化倾向,与大量用事不无关系。主张回到曲子词协乐可歌本色的张炎,并不反对用事。《词源》"用事"条云:

> 词用事最难,要体认着题,融化不涩。如东坡《永遇乐》云:"燕子楼空,佳人何在,空锁楼中燕!"用张建封事。白石《疏影》云:"犹记深宫旧事,那人正睡里,飞近蛾绿。"用寿阳事。又云:"昭君不惯胡沙远,但暗忆江南江北。想佩环月夜归来,化作此花幽独。"用少陵诗。此皆用事不为事所使。②

张炎主张曲子词的用事应该"体认着题,融化不涩",这与他所推崇的清空疏快词风有关。我们注意到,在张炎所举曲子词用事精到的例子中,即有化用杜甫诗入词的例子,而融化杜诗为己

---

① [宋]张炎著,夏承焘校注:《词源注》,《词源注 乐府指迷笺释》,北京:人民文学出版社,1963年,第15页。
② [宋]张炎著,夏承焘校注:《词源注》,《词源注 乐府指迷笺释》,北京:人民文学出版社,1963年,第19页。

诗，本为江西常例。

《杂论》部分，张炎借禅论词：

> 词之作必须合律，然律非易学，得之指授方可；若词人方始作词，必欲合律，恐无是理，所谓"千里之程，起于足下"，当渐而进可也；正如方得离俗为僧，便要坐禅守律，未曾见道，而病已至，岂能进于道哉？①

以禅论诗，是江西诗法的重要特征之一。虽然不能判定张炎的以禅论词即来自于江西诗法的影响，但我们至少可以说，张炎词论与江西诗法在借用禅家语立论这一点上，颇有相似性。

"诗眼"乃全诗的活络处，着力处，出彩处，是江西诗法关注的重点。张炎以"字眼"代替"诗眼"，论及曲子词创作中紧要"字眼"的处理技巧：

> 词之语句，太宽则容易，太工则苦涩。如起头八字相对，中间八字相对，却须用功着一字眼，如诗眼亦同；若八字既工，下句便合稍宽，庶不窒塞；约莫宽易，又着一句工致者，便觉精粹。此词中之关键也。②

正如"诗眼"的处理为诗中关键一样，"字眼"的处理，也为词中关键，"却须用功着一字眼，如诗眼亦同"。在曲子词的创作中，句法的处理，"字眼"的锻炼，都是关键，都须用功费心，半点懈怠不得。

在《杂论》部分，力主曲子词须协乐可歌、本色当行的张炎，却对"以诗为词"的东坡词并无贬抑，反而对苏轼善于檃括

---

① [宋]张炎著，夏承焘校注：《词源注》，《词源注 乐府指迷笺释》，北京：人民文学出版社，1963年，第26页。

② [宋]张炎著，夏承焘校注：《词源注》，《词源注 乐府指迷笺释》，北京：人民文学出版社，1963年，第26页。

第四章 江西诗法在宋代文坛激起的反响

前人诗作入词深表叹服:

> 东坡词如《水龙吟》咏杨花、咏闻笛,又如《过秦楼》《洞仙歌》《卜算子》等作,皆清丽舒徐,高出人表;《哨遍》一曲,檃括《归去来辞》,更是精妙,周、秦诸人所不能到。①

"《哨遍》一曲,檃括《归去来辞》,更是精妙",指的正是东坡词擅长点化前人诗意、诗境、诗句,通过"点铁成金""夺胎换骨"的创作手法,达到"以故为新"的艺术效果。对此,张炎显然持高度认同的态度,甚至认为通过"点铁成金"达到的词之"精妙",连周邦彦、秦观这样的词中大家都难以企及。

虽然张炎极力推尊姜夔词的清空以救梦窗词的质实、堆垛、晦涩之弊,但张炎的最高理想还是博采众长,自成一家。梦窗词实渊源于美成词,美成词在宋代词坛地位甚高,全面满足了李清照在《论词》一文中对曲子词提出的审美要求。张炎推尊白石词,并非是要否定美成词的艺术成就,只是希望以"白石骚雅句法润色之",使曲子词的创作更上一层楼:

> 美成词只当看他浑成处,于软媚中有气魄,采唐诗融化如自己者,乃其所长;惜乎意趣却不高远。所以出奇之语,以白石骚雅句法润色之,真天机云锦也。②

在张炎眼中,美成词的好处在于"浑成",在于软媚中"有气魄",而且能够"采唐诗融化如自己者"。无论是"浑成",还是"有气魄",在传统意义上都是对诗歌的审美要求。所谓

---

① [宋]张炎著,夏承焘校注:《词源注》,《词源注 乐府指迷笺释》,北京:人民文学出版社,1963年,第30页。

② [宋]张炎著,夏承焘校注:《词源注》,《词源注 乐府指迷笺释》,北京:人民文学出版社,1963年,第30页。

"采唐诗融化如自己者",则完全符合江西诗派"以故为新"的创作理念,相当于江西诗法中的"点铁成金""夺胎换骨"。为避免美成词"意趣却不高远"的遗憾,张炎提出的解决方案是"以白石骚雅句法润色之",如此,方可成就曲子词中的"天机云锦"。张炎此处提到"骚雅句法",一是可以看到诗之骚雅传统已成为张炎衡量曲子词高下的当然标准,二是可以看到江西诗法及其背后的思维方式为张炎论词提供了新的观察视角。

张炎词论固然是继承了李清照词论重协乐可歌,重雅正浑成和用典用事的一面,同时提出了清空之说以救质实之弊,但他在论及有关曲子词创作的具体技法时,却处处受到江西诗法的影响与启发。毫不夸张地说,正是江西诗法,为张炎讨论曲子词创作的具体技法提供了大致的理论框架与基本的理论术语。

四

和张炎推尊姜夔不同,南宋末年另一词论家沈义父,论词首尊周邦彦。沈义父在《乐府指迷》中大谈曲子词创作中具体细节的处理技巧,如起句、过处、结句、咏物用事、字面、语句须用代字、造句、押韵、去声字、句上虚字、用事使人姓名、句中韵、词腔、大词小词作法、赋词初填熟腔、咏物忌犯题字等等,与江西诗法重视具体创作技巧的探讨相类。

在"论词四标准"条中,沈义父明言,他之所以要撰写《乐府指迷》,就是要为后学指点迷津,以金针度人,示人以曲子词创作的法度门径:

余自幼好吟诗。壬寅秋,始识静翁于泽滨。癸卯,识梦窗。暇日相与唱酬，率多填词。因讲论作词之法，然后知词之作难于诗。盖音律欲其协，不协则成长短句之诗；下字欲其雅，不雅则近乎缠令之体；用字不可太露，露则直突而无深长之味；发意不可太高，高则狂怪而失柔婉之意。思此，则知其所以难。子弟辈往往求其法于余，姑以得之所闻，条列下方，观于此，则思过半矣。①

这四条标准，其一是协音律，以此和诗划出界线；其二是下字要"雅"，以此和缠令这种街头说唱划出界线；其三是"用字不可太露"，追求"深长之味"，在审美趣味上和缠令这类通俗艺术拉开距离；其四是"发意不可太高，高则狂怪而失柔婉之意"，在审美趣味上又和言志之诗拉开距离。这四条标准，都是针对曲子词发展过程中愈演愈烈的破体倾向而发，尊体的意味强烈。在沈义父看来，曲子词必须协乐可歌，不能发意太高，否则就滑向了诗；不能太俗，否则，就滑向了缠令。

在《乐府指迷》"清真词所以冠绝"条中，沈义父表明了自己论词尊清真的旨趣：

> 凡作词，当以清真为主。盖清真最为知音，且无一点市井气，下字运意，皆有法度，往往自唐、宋诸贤诗句中来，而不用经史中生硬字面，此所以为冠绝也。学者看词，当以《周词集解》为冠。②

沈义父推尊清真词的理由有三点：其一，"清真最为知音"，这一点保证了清真词的协乐可歌，不致偏离词之本色，最为沈义父

---

① [宋]沈义父著，蔡嵩云笺释：《乐府指迷》，《词源注 乐府指迷笺释》，北京：人民文学出版社，1963年，第43页。

② [宋]沈义父著，蔡嵩云笺释：《乐府指迷》，《词源注 乐府指迷笺释》，北京：人民文学出版社，1963年，第44-45页。

所看重；其二，"且无一点市井气"，保证了清真词的雅正，也符合宋词的雅化趋势；其三，"下字运意，皆有法度，往往自唐、宋诸贤诗句中来，而不用经史中生硬字面"，清真词的这一特点，与重视法度绳墨的江西诗派形成呼应，且擅于融化他人诗句入词，本身就是借鉴了江西诗法中的"点铁成金"手段，而"不用经史中生硬字面"则对曲子词的破体尝试进行了限制，避免进一步模糊词与文的界限，也是清真词尊体的表现。

借用古文的章法、句法来处理诗歌的章法、句法，是江西诗法的特见之一，这本身就是一种破体尝试。在江西诗法的影响之下，宋代词论尤其是南宋词论对"以诗为词""以文为词"的破体尝试越来越持宽容、欣赏的态度，王灼、胡寅等人甚至将"以诗为词"的东坡词视作曲子词创作的最高典范。李清照、张炎、沈义父的词论，都试图扭转曲"以诗为词""以文为词"的破体倾向，认为协乐可歌乃曲子词的本色，绝不可轻易加以破坏。与此同时，无论是李清照还是张炎、沈义父，却又以诗之雅正典重要求于曲子词，在审美标准上打破诗词界限，是另一种意义上的"以诗为词"。

《乐府指迷》"康柳得失"条云：

> 康伯可、柳耆卿音律甚协，句法亦多有好处。然未免有鄙俗语。①

重句法，是江西论调；不能容忍曲子词中"有鄙俗语"，则是以诗之雅正要求于词。

"梅川得失"条云：

> 施梅川音律有源流，故其声无舛误。读唐诗多，故语雅

---

① [宋]沈义父著，蔡嵩云笺释：《乐府指迷》，《词源注 乐府指迷笺释》，北京：人民文学出版社，1963年，第46页。

澹。间有些俗气,盖亦渐染教坊之习故也。亦有起句不紧切处。①

沈义父评论梅川词得失,一重音律,二重词家修养,三重雅正。"花翁得失"条云:

> 孙花翁有好词,亦善运意,但雅正中忽有一两句市井句,可惜。②

曲子词本来就诞生于秦楼楚馆、市井委巷,苏轼的"以诗为词"不仅是大胆的破体尝试,也进一步促成了曲子词的雅化倾向。和李清照、张炎一样,沈义父虽然主张尊体,却坚决反对曲子词的"俗气""教坊之习""鄙俗语""市井句",力主雅正。如何造就曲子词的雅正风格呢?沈义父提出的解决方案是多读唐诗,将唐诗中字面好而不俗者,融化入词:

> 要求字面,当看温飞卿、李长吉、李商隐及唐人诸家诗句中字面好而不俗者,采摘用之。③

以诗之雅正不俗严格要求于曲子词,实为审美标准上的"以诗为词";而造就雅正风格的具体办法,则是融化"唐人诸家诗句中字面好而不俗者"入词。以点化前人诗句的方式提升曲子词的格调与品质,不仅同样是"以诗为词",而且也是江西诗法中"点铁成金"这一创作手法的翻版。

《乐府指迷》"语句须用代字"条,更是与江西诗派劲旅吕

---

① [宋]沈义父著,蔡嵩云笺释:《乐府指迷》,《词源注 乐府指迷笺释》,北京:人民文学出版社,1963年,第52页。
② [宋]沈义父著,蔡嵩云笺释:《乐府指迷》,《词源注 乐府指迷笺释》,北京:人民文学出版社,1963年,第53页。
③ [宋]沈义父著,蔡嵩云笺释:《乐府指迷》,《词源注 乐府指迷笺释》,北京:人民文学出版社,1963年,第59页。

本中撰写的《童蒙诗训》提出的咏物诗技巧完全吻合。我们先来看沈义父的说法：

> 炼句下语，最是紧要。如说桃，不可直说破桃，须用"红雨""刘郎"等字；说柳，不可直说破柳，须用"章台""灞岸"等字。又用事，如曰"银钩空满"，便是书字了，不必更说书字；"玉箸双垂"，便是泪了，不必更说泪。如"绿云缭绕"，隐然鬐发；"困便湘竹"，分明是簟；正不必分晓，如教初学小儿，说破这是甚物事，方见妙处。往往浅学俗流，多不晓此妙用，指为不分晓，乃欲直捷说破，却是赚人与耍曲矣。如说情，不可太露。①

作为江西诗法的重要总结者、补充者，吕本中早就提出了类似观点。吕氏在论及以诗咏物如何避免直露黏滞时，借用了佛家"绕道说禅"的思路，主张仅以喻体指代所咏之物，绝不说破所咏为何物，以增加咏物诗的含蓄蕴藉之美，颇具操作性：

> "雕虫蒙记忆，烹鲤问沉绵"，不说作赋而说雕虫，不说寄书而说烹鲤，不说疾病而云沉绵；"颂椒添讽味，禁火卜欢娱"，不说节岁但云颂椒，不说寒食但云禁火，亦文章之当妙也。②

吕本中以李商隐诗和黄庭坚诗为例，说明如何在咏物诗中运用这一创作手法：

> 义山《雨诗》"撼撼度瓜园，依依傍水轩"，此不待说

---

① [宋] 沈义父著，蔡嵩云笺释：《乐府指迷》，《词源注 乐府指迷笺释》，北京：人民文学出版社，1963年，第61页。

② 郭绍虞辑：《宋诗话辑佚》下册，北京：中华书局，1980年，第587页。

雨，自然知是雨也。后来鲁直、无己诸人，多用此体，作咏物诗不待分明说尽，只仿佛形容，便见妙处。如鲁直《荼蘼诗》云："露湿何郎试汤饼，日烘荀令炷炉香。"①

沈义父几乎全盘照搬了吕本中的观点，借江西诗法的咏物之法论曲子词。沈义父所谓"炼字下语"，用力处全在如何"绕道说禅"，避免粘皮带骨，避免直接说破所咏之物，以追求咏物词的含蓄深婉之美。沈义父在"咏物忌犯题字"条目中又说：

> 咏物词，最忌说出题字。如清真梨花及柳，何曾说出一个梨、柳字？梅川不免犯此戒，如《月上海棠咏月出》，两个月字，便觉浅露。他如周草窗诸人，多有此病，宜戒之。②

咏物词避免黏滞直露，追求深婉不迫的风致，当然是不错的。但若一味强调咏柳不能说柳，咏月不能说月，写作技巧成为束缚词家创造力的定法死法，则不仅悖离了曲子词的创作规律，也悖离了江西诗法重在创新、重在活法的内在精神。

沈义父在《乐府指迷》中也曾谈及押韵是否有出处、句上虚字的运用、句法处理等江西诗法热衷讨论的细节问题。在"押韵"条中，沈义父说：

> 押韵不必尽有出处，但不可杜撰。若只用出处押韵，却恐窒塞。③

"句上虚字"条云：

---

① 郭绍虞辑：《宋诗话辑佚》下册，北京：中华书局，1980年，第590-591页。
② [宋]沈义父著，蔡嵩云笺释：《乐府指迷》，《词源注 乐府指迷笺释》，北京：人民文学出版社，1963年，第88页。
③ [宋]沈义父著，蔡嵩云笺释：《乐府指迷》，《词源注 乐府指迷笺释》，北京：人民文学出版社，1963年，第66页。

> 腔子多有句上合用虚字,如"嗟"字、"奈"字、"况"字、"更"字、"又"字、"料"字、"想"字、"正"字、"甚"字,用之不妨。如一词中两三次用之,便不好,谓之空头字。不若径用一静字,顶上道下来,句法又健,然不可多用。①

主张押韵用字必有来历,主张炼虚字为活字、响字,重视"句法",均为江西诗法的常谈。"大词小词作法"条云:

> 作大词,先须立间架,将事与意分定了。第一要起得好,中间只铺叙,过处要清新,最紧是末句,须是有一好出场方妙。小词只要些新意,不可太高远,却易得古人句,同一要炼句。②

如此重视慢词长调的篇章结构、开阖布置、起承转折,不能不说是黄庭坚、范温等人重视诗歌章法的余响,而重视小词的"炼句",也是拾了江西诗法的牙慧。

力求回归曲子词本色的沈义父,却无法容忍曲子词沾染任何市井气、鄙俗气和教坊习气,不允许曲子词须臾偏离属于言志之诗的雅正之道,并主张融化唐人诗句入词,实际上仍然响应了自苏轼以来"以诗为词"的新变要求,而他对于曲子词具体创作手法的深入探讨,则明显受到江西诗法的启发与影响。不过,由于对自己金针度人的本领过于自信,沈义父在《乐府指迷》中昭示后学之法,颇有"预设法式"的嫌疑,有些不免沦为定法、死法,反不及江西诸君子以"活法"救"定法"的思路,来得

---

① [宋]沈义父著,蔡嵩云笺释:《乐府指迷》,《词源注 乐府指迷笺释》,北京:人民文学出版社,1963年,第73页。

② [宋]沈义父著,蔡嵩云笺释:《乐府指迷》,《词源注 乐府指迷笺释》,北京:人民文学出版社,1963年,第84页。

第四章　江西诗法在宋代文坛激起的反响

灵活通达。

　　宋代词论的发展演变历程，一直与宋诗的新变之路及江西诗法的形成发展历程相始终。江西诗法对"破体"及"以故为新"的宋诗新变之路的推崇态度，也直接影响到宋代词论对"以诗为词"的"破体"尝试及词体雅化、书卷化的接纳度。正是在苏黄诗风、江西诗派、江西诗法的影响之下，宋代词论从审美标准、艺术规范等各个方面打破诗词界限，强调雅正，大谈创作技法并推尊"破体"及"以故为新"，完全改写了"词为艳科"的词学传统。

第五章　金元文论与江西诗法

金朝是女真族建立的北方少数民族政权，曾经与南宋王朝形成对峙关系；元朝是中国历史上首次由少数民族建立的大一统王朝。金代文论，以文学大家王若虚和元好问为代表，深受宋代文论的影响与塑造，并在张戒、严羽的基础上，从其他角度对江西诗派、江西诗法进行了进一步反思与批判；元代文论，相对沉寂，名家不多，不过，由宋入元的方回，却曲终奏雅，成为江西诗派、江西诗法乃至整个宋调的理论总结者。

第一节　王若虚对黄庭坚及江西诗法的批判

金朝虽为北方少数民族政权，但却秉承了中原文化的血脉，金代文坛也几乎笼罩在宋代文坛的影响之下。既然苏黄诗风、江西诗法是宋代文论热议的对象，金代文论自然也不会绕开这一话题。

王若虚，字从之，号慵夫，为金章宗承安二年的经义进士。作为金代文坛的领袖人物之一，王若虚的《论诗诗》《滹南诗话》《文辨》均对黄庭坚及江西诗法进行了尖锐批评，褒苏贬黄的倾向非常突出。张戒、严羽等人都是苏、黄并称，将苏、黄诗风视作宋诗新变的典型，而王若虚却将苏轼视作黄庭坚的对立面。与张戒、严羽不同，王若虚并不否定宋诗的新变，他集中火

第五章　金元文论与江西诗法

力批评黄庭坚与江西诗派,针对的是江西诗法造成的"经营过深""雕琢太甚"、刻意求奇的创作倾向。王若虚并不一味反对"以议论为诗,以才学为诗",也不一味批评在诗歌中大量用典、融化前人陈句的"以故为新"创作模式,只是他强调一切艺术新变必须以真实、自得为前提。在王若虚看来,只要是"如肺肝中流出"的自得之作,能如苏轼一样在创作中自由驾驭万千书卷而不是被书卷所驾驭,那么,以学问入诗也无妨。由于推崇圆转流畅、自然真率的诗歌风格,王若虚对白居易诗歌评价甚高。无论是褒苏还是褒白,其实都包含着对黄庭坚及江西诗法的批评态度。

一

同样是批评江西诗派与江西诗法,王若虚的角度与张戒、严羽明显不同,他立论的要点是主张诗歌创作须表现性情之真并以自得为贵。在金代文坛,李之纯、雷希颜、李天英等人,均推尊卢仝、李贺和黄庭坚,讲究诗律、句法,好作奇峭之语。对此,王若虚颇不以为然。据刘祁《归潜志》卷八记载:

> 兴定、元光间,余在南京,从赵闲闲、李屏山、王从之、雷希颜诸公游,多论为文作诗。……若王,则贵议论文字有体致,不喜出奇,下字止欲如家人语言,尤以助辞为尚。与屏山之纯学大不同。尝曰:"之纯虽才高,好作险句怪语,无意味。"亦不喜司马迁《史记》,云:"失支堕节多。""韩退之《原道》,如此好文字,末曰人其人火其书,太下字。……千古以来,惟推东坡为第一。"①

---

① [金]刘祁撰,崔文印点校:《归潜志》卷八,北京:中华书局,1983年,第88页。

王若虚为什么"不喜出奇,下字止欲如家人语言"呢?这与他论文论诗的基本旨趣有关,即崇尚真实与自得。而作者如果有意出奇,已落入有意为文、刻意雕镂的陷阱,不仅丧失了真实自然,也丧失了自得自在。"好作险句怪语",结果满纸是人为雕琢、用力过猛的痕迹,挤压了留给读者的想象空间,使得味外之味、言外之意无容身之地,作品当然也就"无意味"。所谓贵真,主要是指作品应表现性情之真、万事万物之真,不能有悖于人情物理、天地之道。所谓贵自得,即反对有意为文、雕镂刻镂,尤其反对写作者存了有意求好的争胜之心。

从贵真、贵自得的立场出发,王若虚对黄庭坚及江西诸君子进行了尖锐批判。其《论诗诗》小序云:"山谷于诗,每与东坡相抗,门人亲党遂谓过之。而今之作者,亦多以为然。予尝戏作四绝云。"① 从这段小序看,在王若虚所处的时代,认为山谷诗胜过东坡诗,是多数作者的共识,由此可以窥见江西诗派对金代诗坛的影响。王若虚这四首绝句,颇有擒贼先擒王的考虑,剑锋直指江西诗法的倡始者黄庭坚,集中火力批评黄庭坚有意与苏轼一争高下的求胜之心:

骏步由来不可追,汗流余子费奔驰。
谁言直待南迁后,始是江西不幸时?

信手拈来世已惊,三江衮衮笔头倾。
莫将险语夸勍敌,公自无劳与若争。

戏论谁知是至公,蜻蜓信美恐生风。
夺胎换骨何多样,都在先生一笑中。

文章自得方为贵,衣钵相传岂是真。

---

① 陶秋英编选,虞行校订:《宋金元文论选》,北京:人民文学出版社,1984年,第444页。

第五章 金元文论与江西诗法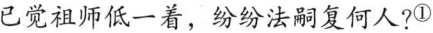

已觉祖师低一着,纷纷法嗣复何人?①

王若虚以"文章自得方为贵"为衡量诗歌高下的尺度,以为黄庭坚所开创的江西诗派将功夫放在刻意争胜求奇、以险语夸人的层面,使得黄庭坚及江西后学严重偏离了"哀乐之真,发乎性情"的诗歌创作正道。为求名争胜而在诗歌技巧上花样翻新、惨淡经营,是江西诗派"不幸"的根本原因,而"始作俑者"正是黄庭坚。在王若虚看来,苏轼对山谷诗的戏评,明显流露了其内心深处对黄庭坚以诗争胜的不屑。王若虚重新建构了苏、黄之间的关系,把黄庭坚塑造成了一位天分有限而又不自量力,悻悻然一心想与老师争名的可怜之辈,与大量相关史料呈现的苏、黄两人亦师亦友、惺惺相惜、患难与共的深挚情谊相去甚远。不管王若虚对苏、黄关系的重构有多么偏颇,但这四首绝句却旗帜鲜明地表达了王若虚"文章自得方为贵"的诗学观念及其对黄庭坚、江西诗派、江西诗法的基本看法。

在王若虚看来,黄庭坚对"文章贵自得"这一创作原则的严重悖离,体现在三个方面:其一,体现为不甘居人下的强烈争胜之心;其二,体现为诗歌风格上有意追求奇崛瘦硬和生新冷峭;其三,体现为诗歌技法上的翻新求奇。江西后学的膏肓之疾,也在于丢失了"自得"。"纷纷法嗣"的对象早已丧失了"自得"之趣,而模仿本身又进一步加重了不"自得"的痼疾,无异于雪上加霜。黄庭坚的反面是苏轼:"骏步由来不可追","信手拈来世已惊,三江衮衮笔头倾","公自无劳与若争","夺胎换骨何多样,都在先生一笑中"——信手拈来,任意挥洒,不屑争胜,何其从容淡定、自得自在!

在王若虚笔下,苏轼和黄庭坚的关系变得极其微妙,充满了

---

① 陶秋英编选,虞行校订:《宋金元文论选》,北京:人民文学出版社,1984年,第444页。

内在紧张。黄庭坚不仅暗自将苏轼视作了最大的竞争对手,处处较劲,有意争胜,而且每每对东坡诗颇有微词:

> 东坡《薄薄酒》二篇,皆安分知足之语,而山谷称其愤世嫉邪,过矣。或言山谷所拟胜东坡,此皮肤之见也。彼虽力加奇险,要出第二,何足多贵哉?且东坡后篇自破前说,此乃眼目,而山谷两篇,只是东坡前篇意,吾未见其胜之也。①

王若虚又引用《王直方诗话》的记载,来佐证黄庭坚好胜争强的性格:

> 《王直方诗话》云:"秦少游尝以真字题邢惇夫扇云:'月团新碾瀹花瓷,饮罢呼儿课《楚辞》。风定小轩无落叶,青虫相对吐秋丝。'山谷见之,乃于扇背作小草云:'黄叶委庭观九州,小虫催女献功裘。金钱满地无人费,百斛明珠蕙苡秋。'少游见之,复云:'逼我太甚。'"予谓黄诗语徒雕刻而殊无意味,盖不及少游之作。少游所谓相逼者,非谓其诗也,恶其好胜而不让耳。②

诗人之间的相互启发、相互切磋即孔子所言"诗可以群",本是再平常不过的事情。可在王若虚眼里,却变成黄庭坚争强好胜的又一罪证。在王若虚看来,一旦生出强烈的好胜之心、争锋之心,有了刻意求好、求奇的心思,便已经悖离了"文章贵自得"的宗旨,也就不战而败,落了下风。

王若虚认为,相比黄庭坚的刻意为文,苏轼早在年轻时代,

---

① [金]王若虚著:《滹南诗话》卷二,丁福保辑:《历代诗话续编》,北京:中华书局,1983年,第516页。

② [金]王若虚著:《滹南诗话》卷三,丁福保辑:《历代诗话续编》,北京:中华书局,1983年,第524页。

第五章 金元文论与江西诗法

就已经深谙"充满勃郁而见于外"、无意为文的创作真谛:

> 东坡《南行唱和诗序》云:"昔人之文,非能为之为工,乃不能不为之为工也。山川之有云雾,草木之有华实,充满勃郁而见于外,虽欲无有,其可得耶?故予为文至多,而未尝敢有作文之意。"时公年始冠耳,而所有如此,其肯与江西诸子终身争句律哉?①

果真如此吗?黄庭坚曾说:"拾遗句中有眼,彭泽意在无弦"②,"好作奇语,自是文章病"③,"平淡而山高水深,似欲不可企及,文章成就,更无斧凿痕,乃为佳作耳"④,"子美诗妙处,乃在无意于文,夫无意而意已至"⑤。事实上,重视斤斧绳墨,刻意求奇求变,只是黄庭坚诗歌创作及诗歌主张的一个方面而已。王若虚显然忽略了黄庭坚追求"无意于文""意在无弦"的一面,放大了黄庭坚及江西诸子"终身争句律"的狭隘偏颇,并人为割裂了苏轼与黄庭坚及江西诸子在诗学思想上的血缘关系。

王若虚习惯于将苏轼描绘为黄庭坚永远无法企及的对手,而江西诗法的诞生,似乎是黄庭坚用尽心力与苏轼争锋的结果:

> 东坡,文中龙也,理妙万物,气吞九州,纵横奔放,若游戏然,莫可测其端倪。鲁直区区持斤斧准绳之说,随其后

---

① [金]王若虚著:《滹南诗话》卷二,丁福保辑:《历代诗话续编》,北京:中华书局,1983年,第517页。
② [宋]黄庭坚著:《赠高子勉》,郭绍虞主编:《中国历代文论选》第二册,上海:上海古籍出版社,2001年,第320页。
③ [宋]黄庭坚著:《与王观复书》,陶秋英编选,虞行校订:《宋金元文论选》,北京:人民文学出版社,1984年,第183页。
④ [宋]黄庭坚著:《与王观复书第二首》,陶秋英编选,虞行校订:《宋金元文论选》,北京:人民文学出版社,1984年,第190页。
⑤ [宋]黄庭坚著:《大雅堂记》,郭绍虞主编:《中国历代文论选》第二册,上海:上海古籍出版社,2001年,第325页。

而与之争，至谓未知句法。东坡而未知句法，世岂复有诗人？而渠所谓法者，果安出哉？老苏论扬雄，以为使有孟轲之书，必不作《太玄》。鲁直欲为东坡之迈往而不能，于是高谈句律，旁出样度，务以自立而相抗，然不免居其下也，彼其劳亦甚哉，向使无坡压之，其措意未必至是。世以坡之过海为鲁直不幸，由明者观之，其不幸也旧矣。①

苏轼诗歌的确如王若虚所言有"气吞九州，纵横奔放"之势，黄庭坚则更重"斤斧准绳""句法""句律"。不过，以东坡诗的变化不测、纵横奔放来弥补江西末流拘于绳墨、格局狭小之弊，本来就是以吕本中为代表的江西诗派诗论家们的共识。从张戒的《岁寒堂诗话》到严羽的《沧浪诗话》，苏黄诗风更是作为一个不可分割的整体，成为有别于唐音之宋调的典型代表。王若虚则将山谷"高谈句律，旁出样度，务以自立而相抗"视作争胜心理的衍生物，造成了黄庭坚及江西诸君在诗歌创作上的根本失败。无论是在创作实践还是在诗学主张上，王若虚眼里的苏轼与黄庭坚都势若水火，根本无法相互调和，而黄庭坚走上"区区持斤斧准绳之说"的道路，悖离了文学创作求真实、求自得的根本原则，是黄庭坚的不幸，更是江西诗派的悲剧。

既然如此，王若虚当然会认为黄庭坚根本不足以与苏轼分庭抗礼，以黄配苏简直是笑话。王若虚对他眼中有意为诗、刻意争胜的产物——江西诗法更是评价甚低，认为它妨碍了诗歌的浑然天成、真率自然之美，让江西诗派走进了诗歌创作的死胡同：

山谷之诗，有奇而无妙，有斩绝而无横放，铺张学问以

---

① ［金］王若虚著：《滹南诗话》卷二，丁福保辑：《历代诗话续编》，北京：中华书局，1983年，第517-518页。

为富,点化陈腐以为新,而浑然天成,如肺肝中流出者,不足也。此所以力追东坡而不及欤?或谓论文者尊东坡,言诗者右山谷,此门生亲党之偏说,而至今词人多以为口实,同者袭其迹而不知返,异者畏其名而不敢非。善乎吾舅周君之论也,曰:"宋之文章至鲁直,已是偏仄处。陈后山而后,不胜其弊矣。人能中道而立,以巨眼观之,是非真伪,望而可见也。"若虚虽不解诗,颇以为然。近读《东都事略·山谷传》云:"庭坚长于诗,与秦观、张耒、晁补之游苏轼之门,号四学士,独江西君子以庭坚配轼,谓之苏黄。"盖自当时已不以是为公论矣。①

所谓"铺张学问以为富,点化陈腐以为新"即江西诗法中"以故为新"的创新手法,具体落实为"点铁成金""夺胎换骨"的创作技巧,促成了宋诗由诗人之诗演变为学人之诗。"以故为新"由宋调的开启者梅尧臣率先提出,苏东坡则以此作为诗歌用典的原则,到了黄庭坚手上才泛化为宋代诗人在广泛学习前人创作的基础上别出手眼、自立门户的重要新变手段。王若虚实际上是将"铺张学问以为富,点化陈腐以为新"视作"浑然天成,如肺肝中流出"的对立面。换言之,江西诗法是文章贵真、文章贵自得这一创作原则的对立面。

苏轼本人又是如何看待山谷诗的呢?王若虚把苏、黄之间以深厚情谊、相互激赏为前提的玩笑戏谑看得颇为严重:

> 王直方云:"东坡言鲁直诗高出古人数等,独步天下。"予谓坡公决无是词,纵使有之,亦非诚意也。盖公尝跋鲁直诗云:"每见鲁直诗,未尝不绝倒。然此卷语妙甚,能绝倒

---

① [金]王若虚著:《滹南诗话》卷二,丁福保辑:《历代诗话续编》,北京:中华书局,1983年,第518–519页。

者已是可人。"又云:"读鲁直诗,如见鲁仲连、李太白,不敢复论鄙事。虽若不适用,然不为无补于世。"又云:"如蝤蛑江瑶柱,格韵高绝,盘餐尽废,然多食则动风发气。"其许可果何如哉?①

王若虚既已认定东坡断断看不上鲁直诗,故一口咬定王直方所云"东坡言鲁直诗高出古人数等,独步天下"绝无可能,即便说过类似的话,也必非出自诚意。王若虚接下来所引苏轼对黄庭坚的评价,不过是挚友之间才可能发生的玩笑戏谑罢了,并无恶意的攻击否定,更何况,即便是在调笑之中也包含对山谷诗"格韵高绝"的高度评价。但王若虚却不这么看,认为苏轼对山谷诗冷嘲热讽,语含讥刺,实在评价不高,以此进一步坐实苏、黄在诗学观念上的对峙与冲突。

二

按照王若虚的理解,黄庭坚"开口论句法,此便是不及古人处"。一旦"以句法绳人",便注定无法自得,落入有意为文的牢笼,而"夺胎换骨、点铁成金之喻,世以为名言,以予观之,特剽窃之黠者耳"。对落实为此类具体诗歌创作手法的江西诗法,王若虚认为不过是剽窃之法而已,对达成自得、求真的目标,不但无补于事,反而增加更多障碍。

王若虚从"文章贵自得"出发,全盘否定了江西诗法:

> 古之诗人,虽趣尚不同,体制不一,要皆出于自得。至其辞达理顺,皆足以名家,何尝有以句法绳人者。鲁直开口

---

① [金]王若虚著:《滹南诗话》卷二,丁福保辑:《历代诗话续编》,北京:中华书局,1983年,第518页。

第五章　金元文论与江西诗法

论句法,此便是不及古人处。而门徒亲党以衣钵相传,号称法嗣,岂诗之真理也哉?①

黄庭坚论诗绝不仅仅只是"以句法绳人",江西诗法也不仅仅只是"句法"之类的具体诗技。将黄庭坚诗论及江西诗法的要点锁定为"以句法绳人",本身就是严重误读。王若虚主张诗歌创作应"辞达理顺",实与苏轼、黄庭坚同调,但将"句法"与"辞达理顺"对立起来,乃王若虚特见,准确地说是偏见。江西诗法不仅包括诸如句法、句律之类诗歌创作的具体技巧,也包括诗人修养、诗歌风格、继承与创新、审美追求、诗歌鉴赏、政治教化等多方面多层次的考量,已形成较为完整的诗学体系。王若虚主张"文章贵自得""辞达理顺"固然不错,黄庭坚诗论也从未提出过相反见解,但问题是如何实现"辞达理顺"呢?黄庭坚"开口论句法",正是试图寻找到实现"辞达理顺"的阶梯和门径。王若虚其实也会花功夫探讨文学创作的艺术规律,但他却认定黄庭坚"开口论句法,此便是不及古人处",即句法为定法死法,只会束缚诗人的手脚,成为"辞达理顺"的障碍。同时,王若虚认定"门徒亲党以衣钵相传,号称法嗣",其所传之物即江西诗法,不过是句法之类的定法死法,"岂诗之真理也哉?"

在王若虚看来,江西诗法斤斤于炼字炼句、字法句法句律这些琐屑之事,造成的后果是只见树木不见森林,有好句无好对,或有好对无好篇,破碎支离,难以卒章,从其"始作俑者"黄庭坚处即已暴露出这一弊端:

鲁直于诗,或得一句而终无好对,或得一联而卒不能成

---

① [金]王若虚著:《滹南诗话》卷三,丁福保辑:《历代诗话续编》,北京:中华书局,1983年,第523页。

篇，或偶有得而未知可以赠谁，何尝见古之作者如是哉？①

王若虚认为，江西诗法所言寻章摘句、烹字炼句之法，有碍诗人形成整体浑成的艺术构思，导致有句无联、有联无篇的情况大量出现，从根本上悖离了求真、贵自得的诗歌创作宗旨。刘勰的《文心雕龙》曾经把作家的创作分成两种情况：一是为情造文，二是为文造情。王若虚此处对黄庭坚及江西诗法的批评，与刘勰主张为情造文、反对为文造情的观点类似。换言之，王若虚认为江西诗法助长了为文造情、有意为诗的倾向，抽离了诗人的性情之真、哀乐之真。

至于江西诗法中最为人津津乐道的"夺胎换骨""点铁成金"，王若虚干脆斥之为"剽窃之黠者"：

鲁直论诗，有夺胎换骨、点铁成金之喻，世以为名言，以予观之，特剽窃之黠者耳。鲁直好胜，而耻其出于前人，故为此强辞，而私立名字。夫既已出于前人，纵复加工，要不足贵。虽然，物有同然之理，人有同然之见，语意之间岂容全不见犯哉？盖昔之作者，初不校此，同者不以为嫌，异者不以为夸，随其所自得而尽其所当然而已。至于妙处，不专在于是也，故皆不害为名家，而各传后世，何必如鲁直之措意邪？②

在唐代诗歌的高峰之后，宋代诗歌要走出自己的独特道路，面临巨大的挑战。"以故为新"是黄庭坚提出的诗歌新变方式之一，"夺胎换骨""点铁成金"都是翻陈出新、夺他人之酒杯

---

① ［金］王若虚著：《滹南诗话》卷三，丁福保辑：《历代诗话续编》，北京：中华书局，1983年，第523页。
② ［金］王若虚著：《滹南诗话》卷三，丁福保辑：《历代诗话续编》，北京：中华书局，1983年，第523-524页。

浇自己之块垒的重要手段。在诗歌创作中，如果要将"夺胎换骨""点铁成金"的创作手法运用得恰到好处，胸罗万卷诗书是前提条件，这就对诗人的学问提出了要求。王若虚对此却嗤之以鼻，认为黄庭坚不过是在粉饰自己剽窃古人的行径而已。王若虚也承认，由于"物有同然之理，人有同然之见"，语意之间的相犯相重实属正常现象，但"同者不以为嫌，异者不以为夸，随其所自得而尽其所当然而已"，既不必刻意求异更不必刻意求同，跟随作者之自得而自由抒写，如此而已。在王若虚看来，所谓"夺胎换骨""点铁成金"，纯属黄庭坚的私立名目，将古今诗人本出于无心的语意相犯变成了哗众取宠的创作秘方，为有意剽窃者提供了理论依据。王若虚对"夺胎换骨""点铁成金"的否定，实则是对江西诗派、江西诗法的全盘否定。王若虚并不否定宋诗的新变，只是他认为新变必须以求真、自得为前提。王若虚认为，苏轼虽然也喜在诗歌中用典并化用成语，但东坡诗于纵横浩瀚之中，仍有超妙自然的意境，这才是宋诗新变的正道。反之，黄庭坚所言诗法，或是执着于句法句律、炼字烹句，或是"夺胎换骨""点铁成金"这类有意"剽窃"之法，使宋诗新变脱离正轨，走向偏仄之处，不仅悖离了求真、自得的基本创作原则，也使宋诗新变走向歧途与末路。

王若虚还举了几位"江西之余派"的诗人点化前人诗句的例子，说明"夺胎换骨""点铁成金"这类创作手法所发挥的作用，不过是使"世之末作，方日趋于诡异"而已：

"且食莫踟蹰，南风吹作竹。"此乐天《食笋》诗也。朱乔年因之曰："南风吹起箨龙儿，戢戢满山人未知。急唤苍头断烟雨，明朝吹作碧参差。""年年乞与人间巧，不道人间巧更多。"此杨朴《七夕》诗也。刘夷叔因之曰："只

> 应将巧畀人间，定却向人间乞取。"此江西之余派，欲益反损，政堪一笑。而曾端伯以乔年为点化精巧，茅荆产以夷叔为文婉而意尤长。呜乎！世之末作，方日趋于诡异，而议者又从而簧鼓之，其为弊何所不至哉！①

本来意在"点铁成金"，却"欲益反损，政堪一笑"，促使诗歌创作走向"趋于诡异"的歧途，远离了雅正之道。

无独有偶，对山谷诗的评价，王若虚也用到"诡异"二字：

> 荆公有"两山排闼送青来"之句，虽用"排闼"字，读之不觉其诡异。山谷云"青州从事斩关来"，又云"残暑已促装"，此与排闼等耳，便令人骇愕。②

诡异的反面，是正大平易。王若虚以为，"夺胎换骨""点铁成金"不仅是"剽窃之黠"，而且也彰显了黄庭坚包括江西诸君子殚精竭虑、惨淡经营的创作态度，这种创作态度的背后实为争强好胜之心，故求奇崛而失常理，使诗歌流于诡异，"令人骇愕"。

那么，王若虚又是如何看待黄庭坚与江西诗派的宗杜呢？宗杜、宗黄是江西诗派的显著标志，王若虚却认为老杜与山谷、江西实无关涉：

> 史舜元作吾舅诗集序，以为有老杜句法，盖得之矣。而复云由山谷以入，则恐不然。吾舅儿时，便学工部，而终身不喜山谷也。若虚尝乘间问之，则曰："鲁直雄豪奇险，善为新样，固有过人者。然于少陵初无关涉，前辈以为得法

---

① ［金］王若虚著：《滹南诗话》卷三，丁福保辑：《历代诗话续编》，北京：中华书局，1983年，第524-525页。
② ［金］王若虚著：《滹南诗话》卷三，丁福保辑：《历代诗话续编》，北京：中华书局，1983年，第521页。

者,皆未能深见耳。"舜元之论,岂亦袭旧闻而发欤?抑其诚有所见也?更当与知者订之。①

史舜元为王若虚之舅周昂的诗集作序,认为周昂诗得"老杜句法",实以山谷诗为入门之径。对此,王若虚颇不以为然。周昂儿时便学杜甫诗,却终身不喜黄庭坚,且认为黄庭坚"于少陵初无关涉"。王若虚以此证明,老杜自老杜,山谷自山谷,学杜完全不必以学黄为阶梯为门径,这其实也是针对江西诗派而发的。

黄庭坚以宗杜自居,宋代诗论家也多认可山谷诗宗杜的骄人成绩,但王若虚却认为相比山谷,东坡倒是学到了杜诗的精髓,而山谷宗杜其实已误入歧途:

> 山谷自谓得法于少陵,而不许于东坡。以予观之,少陵,《典谟》也;东坡,《孟子》之流也;山谷则扬雄《法言》而已。②

苏轼在《答谢民师书》中说:"扬雄好为艰深之辞,以文浅易之说,若正言之则人人知之矣。此正所谓雕虫篆刻者,其《太玄》《法言》皆是类也,而独悔于赋,何哉?终身雕篆而独变其音节,便谓之经,可乎?"③ 极力推尊苏轼的王若虚应该不会不知道苏轼对扬雄《法言》的这番评价。王若虚将老杜诗喻为儒家正典,肯定了杜甫的诗圣地位;将东坡诗喻为《孟子》,已居诗中亚圣地位;将山谷诗喻为扬雄的《法言》,则是在讥刺黄庭坚

---

① [金]王若虚著:《滹南诗话》卷一,丁福保辑:《历代诗话续编》,北京:中华书局,1983年,第507页。
② [金]王若虚著:《滹南诗话》卷三,丁福保辑:《历代诗话续编》,北京:中华书局,1983年,第523页。
③ 陶秋英编选,虞行校订:《宋金元文论选》,北京:人民文学出版社,1984年,第163页。

和扬雄一样,"好为艰深之辞,以文浅易之说",无非是多了一些雕虫篆刻的伎俩而已。

王若虚对山谷诗的这一恶评,在其他地方也得到佐证。比如对山谷最为得意的《牧牛图》一诗,王若虚便认为看似奇峭,说破则空无一物,没有任何意味可言:

> 山谷《牧牛图》诗,自谓平生极至语,是固佳矣,然亦有何意味?黄诗大率如此,谓之奇峭,而畏人说破,元无一事。①

《猩猩毛笔》一诗是山谷咏物诗中最负盛名的作品,也是山谷另一得意之作,但在王若虚看来,《猩猩毛笔》用典牵强可笑,看似充满奇思妙想,实则空洞无物,如同俗子谜语,无甚可观之处:

> 《猩猩毛笔》云"身后五车书",按《庄子》,惠施多方,其书五车,非所读之书,即所著之书也,遂借为作笔写字,此以自赞耳。而吕居仁称其善咏物,而曲当其理,不亦异乎?只平生几两屐,细味之亦疏,而拔毛济世事,尤牵强可笑。以予观之,此乃俗子谜也,何足为诗哉?②

王若虚对山谷诗的这类评价,不正是苏轼讥讽扬雄"好为艰深之辞,以文浅易之说"的翻版吗?

朱弁在《风月堂诗话》中曾如此评价黄庭坚宗杜的方式与成就:

> 西昆体,句律太严,无自然态度。黄鲁直深悟此理,乃

---

① [金]王若虚著:《滹南诗话》卷三,丁福保辑:《历代诗话续编》,北京:中华书局,1983年,第522页。

② [金]王若虚著:《滹南诗话》卷三,丁福保辑:《历代诗话续编》,北京:中华书局,1983年,第522页。

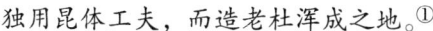

> 独用昆体工夫,而造老杜浑成之地。①

在朱弁看来,"昆体工夫"与"老杜浑成之地",两者本不相干,黄庭坚却成功地借助"昆体工夫"抵达了"老杜浑成之地",这正是山谷诗的异彩所在。朱弁对黄庭坚宗杜的这一看法,得到众多诗论家的认同。但王若虚却认为,"昆体功夫"与"老杜浑全之地",两者绝不可能相兼共存:

> 朱少章论江西诗律,以为用昆体功夫,而造老杜浑全之地。予谓用昆体功夫,必不能造老杜之浑全,而至老杜之地者,亦无事乎昆体功夫,盖二者不能相兼耳。②

我们注意到,王若虚将朱弁所言山谷诗泛化为"江西诗律"。换言之,王若虚剑锋所指不仅是黄庭坚也包括整个江西诗派,认为他们都幻想借助昆体功夫"造老杜浑全之地",却始终没能认识到,"用昆体功夫,必不能造老杜之浑全,而至老杜之地者,亦无事乎昆体功夫,盖二者不能相兼耳"。这是黄庭坚的悲剧,也是整个江西诗派的悲剧。那么,黄庭坚、江西诗派所用"昆体功夫"到底指什么呢?朱弁其实已经讲得很明白了,"西昆体句律太严,无自然态度",黄庭坚及江西诗派所用"西昆功夫"即为重句律句法、重用典用事、重炼字炼句、重点化前人成语的江西诗法。王若虚不仅全面否定了江西诗法,也全面否定了黄庭坚及江西诗派"宗杜"的方式和成就,将江西诗法视作"宗杜"有得的最大障碍。

---

① 傅璇琮编:《古典文学研究资料汇编·黄庭坚和江西诗派卷》,北京:中华书局,1978年,第84页。
② [金]王若虚著:《滹南诗话》卷三,丁福保辑:《历代诗话续编》,北京:中华书局,1983年,第524页。

三

王若虚否定了黄庭坚、江西诗派"宗杜"的成绩，也全面否定了江西诗法，是不是意味着他必然会同时否定以黄庭坚及江西诗派为代表的宋调呢？事实恰恰相反，王若虚充分肯定了宋诗在唐诗之后的"有以自立"，肯定了宋诗的新变：

> 近岁诸公，以作诗自名者甚众，然往往持论太高，开口辄以《三百篇》《十九首》为准。六朝而下，渐不满意。至宋人殆不齿矣。此固知本之说，然世间万变，皆与古不同，何独文章而可以一律限之乎？就使后人所作，可到《三百篇》，亦不肯悉安于是矣。何者？滑稽自喜，出奇巧以相夸，人情固有不能已焉者。宋人之诗，虽大体衰于前古，要亦有以自立，不必尽居其后也。遂鄙薄而不道，不已甚乎？少陵以文章为小技，程氏以诗为闲言语。然则凡辞达理顺，无可瑕疵者，皆在所取可也。①

对于文章新变，王若虚持有通达的态度，认为"世间万变，皆与古不同，何独文章而可以一律限之乎？"世间万物都在变化，文章新变是势之必然、理之必然、人情之必然，故宋诗新变合情合理。作为儒家经典之一的《周易》本来就持一种发展变化的观念，而孔子自称"述而不作，信而好古"，故儒家文论本身就包含了尊古和强调发展变化的两个相反维度。王若虚之所以对黄庭坚及江西诗法给予如此激烈的批评，并非是在反对宋诗新变，而只是反对试图以"昆体功夫"造"老杜浑成之地"的这类有意

---

① ［金］王若虚著：《滹南诗话》卷三，丁福保辑：《历代诗话续编》，北京：中华书局，1983年，第529页。

求奇、刻意求胜的新变。怎样的新变努力是值得肯定的呢？王若虚提出的评判标准看似并不苛刻："凡辞达理顺，无可瑕疵者，皆在所取可也。其余优劣，何足多较哉？"但所谓"辞达理顺"并不包括"诡异"、奇峭之辞，故王若虚所肯定的宋诗新变，指的是东坡诗而非山谷诗，更非江西诸君之诗。

王若虚并不反对文章之奇，只是他认为"善为文者因事出奇"，诗文之奇均为随物赋形、自然涌现的结果，若刻意求奇则终不能奇，只能落入"思苦而辞艰"的尴尬局面：

> 陈后山曰："扬子云之文好奇而卒不能奇，故思苦而辞艰。善为文者因事出奇，江河之行，顺下而已。至其触山赴谷，风搏物激，然后尽天下之变。子云虽奇故不能奇也。"此论甚佳，可以为后学之法。①

"好奇而卒不能奇"，同理，有意求巧则终不能巧。王若虚此处所针对的仍是黄庭坚及江西诸君子。在王若虚看来，江西诗法即为黄庭坚与江西诸君从诗歌外在形式上刻意求奇、刻意求巧的产物，因此导致了宋诗新变从此走向歧途：

> 吾舅周君德卿尝云：文章巧于外而拙于内者，可以惊四筵而不可适独坐，可以取口称而不可得首肯。至哉，其名言也。杜牧之云："杜诗韩笔愁来读，似倩麻姑痒处抓。"李义山云："公之斯文若元气，先时已入人肝脾。"此岂巧于外者之所能邪？②

黄庭坚及江西诗派追求诗歌新变并没有错，坏就坏在从诗歌的

---

① ［金］王若虚著：《文辨》，郭绍虞主编：《中国历代文论选》第二册，上海：上海古籍出版社，2001年，第446页。
② ［金］王若虚著：《文辨》，郭绍虞主编：《中国历代文论选》第二册，上海：上海古籍出版社，2001年，第448页。

外在形式上刻意求奇、苦心求巧、有意争胜。一旦刻意，一旦生出好胜之心，奇与巧都沦为意气之争的工具，与求真、自得、"辞达理顺"的创作宗旨便已背道而驰，此类新变也就失去了真正的价值。至此，我们忽然理解了为什么王若虚一定要将苏轼与黄庭坚视作宋代诗坛两种完全相反的存在：如果和张戒、严羽一样将苏黄诗风视为不可分割的整体，那么，全盘否定了黄庭坚及江西诗法，也就相当于连带否定了东坡诗，进而彻底否定了宋诗新变的合法性，这显然不符合王若虚对文学新变所持有的基本立场。若将东坡与山谷对立起来，则一方面可以对江西诗法进行毫不留情的批判，另一方面又为肯定宋诗的独特成就留下充分的余地。

山谷及江西诗法代表了宋诗新变的歧途，而东坡代表了宋诗新变的正道，故王若虚对苏轼的各种新变尝试均给予了高度评价，尤其是对苏轼"以诗为词"的破体尝试评价甚高：

> 陈后山谓子瞻以诗为词，大是妄论，而世皆信之，独茅荆产辨其不然，谓公词为古今第一。今翰林赵公亦云此，与人意暗合。盖诗词只是一理，不容异观。自世之末作，习为纤艳柔脆，以投流俗之好，高人胜士，亦或以是相胜，而日趋于委靡，遂谓其体当然，而不知流弊之至此也。文伯起曰："先生虑其不幸，而溺于彼，故援而止之，特立新意，寓以诗人句法。"是亦不然。公雄文大手，乐府乃其游戏，顾岂与流俗争胜哉！盖其天资不凡，辞气迈往，故落笔皆绝尘耳。①

其实，以打破文体界限的方式进行艺术创新，本为江西诗论的老

---

① [金] 王若虚著：《滹南诗话》卷二，丁福保辑：《历代诗话续编》，北京：中华书局，1983年，第517页。

生常谈。陈师道虽为江西诗派的重要诗人,却持尊体之说,故在《后山诗话》中曾批评苏轼"以诗为词"失了词之本色,但这并非江西诗派的主流观点。王若虚此处直斥陈后山"谓子瞻以诗为词,大是妄论"实有失公正,苏轼"以诗为词"在宋代文坛早已成为公认的事实,问题的关键在于如何评价这一事实。王若虚的观点很独特,认为"诗词只是一理,不容异观","以诗为词"的说法根本不能成立。这固然是在为苏轼辩解,却反而抹杀了东坡词对宋词新变的贡献。对于宋代文学普遍以破体的方式进行创新的"开廓横放",王若虚极为欣赏:

> 陈后山云:"退之之记,记其事耳;今之记乃论也。"予谓不然。唐人本短于议论,故每如此。议论虽多,何害为记?盖文之大体固有不同,而其理则一,殆后山妄为分别,正犹评东坡以诗为词也。且宋文视汉唐百体皆异,其开廓横放,自一代之变,而后山独怪其一二,何邪?[①]

正是出于对宋代文学"一代之变"的充分肯定,王若虚对于宋人各种破体尝试均表同情之理解,而这一点,其实已与黄庭坚同调。

苏轼的文章新变,之所以值得肯定,是因为"夫以一日千里之势,随物赋形之能,而理尽辄止,未尝以驰骋自喜",不勉强不刻意,不争胜不求奇,随意点染,横放超迈:

> 东坡自言其文如万斛泉源,不择地而滔滔汨汨,一日千里无难,及其与山石曲折,随物赋形,而不自知所之者。常行于所当行,而止于不可不止。论者或讥其太夸,予谓惟坡可以当之。夫以一日千里之势,随物赋形之能,而理尽辄

[①] [金]王若虚著:《文辨》,郭绍虞主编:《中国历代文论选》第二册,上海:上海古籍出版社,2001年,第447页。

止,未尝以驰骋自喜,此其横放超迈而不失为精纯也邪?①

相比之下,山谷诗虽然奇崛瘦硬、非同凡响,却时常留下刻意为之的痕迹,不仅有失自然超诣之趣,甚至求奇而害于理,以至于"自得""求真""辞达理顺"这些在王若虚看来最为根本的创作宗旨均落空:

> 山谷《题严溪钓滩》诗云:"能令汉家九鼎重,桐江波上一丝风。"说者谓东汉多名节之士,赖以久存,迹其本原,正在于子陵钓竿上来。予谓论则高矣,而风何与焉?尝质之吾舅周君,君笑曰:"想渠下此字时,其心亦必不能安也。"或曰诗人语不当如是论,曰:固也,然亦须不害于理乃可。②

在王若虚看来,抱着争胜之心的黄庭坚,在诗歌的斤斧绳墨上过分用力,故所言法度技巧多成定法死法,不仅束缚了创造力,也造成山谷诗的迂阔之气:

> 山谷《悯雨》诗云:"东海得无冤死妇,南阳应有卧云龙。""得无"犹言"无乃"耳,犹欠有字之意。卧云龙,真龙邪?则岂必南阳;指孔明邪?则何关雨事。若曰遗贤所以致旱,则迂阔甚矣。③

山谷诗的成就有目共睹,而江西诗法的风行天下,更是直接促成了宋调的成熟和发展。黄庭坚固然喜言诗歌技巧、诗歌法度,但他的诗歌主张包含着从形而上之道到形而下之技的完整思考,绝

---

① [金]王若虚著:《文辨》,郭绍虞主编:《中国历代文论选》第二册,上海:上海古籍出版社,2001年,第447-448页。

② [金]王若虚著:《滹南诗话》卷二,丁福保辑:《历代诗话续编》,北京:中华书局,1983年,第519页。

③ [金]王若虚著:《滹南诗话》卷三,丁福保辑:《历代诗话续编》,北京:中华书局,1983年,第521页。

第五章　金元文论与江西诗法

非是要示后学以死法定法。至于江西诗法，在形成发展的过程中，不断经过江西诸君子的丰富完善、补充修正，极具张力与弹性，与王若虚所理解的定法死法也相去甚远。作为宋代诗坛最为杰出的诗人之一，黄庭坚却从不讳言诗歌技法，并愿意指示后学以诗歌创作的门径阶梯，由此衍生出的江西诗法，接续上了六朝文论勇于探索文学技巧的精神脉络。王若虚对黄庭坚及江西诗法的批判，自有其精到之处，但将苏轼与黄庭坚对立起来，将江西诗法与宗杜对立起来，则充满了显而易见的歪曲与偏见。

四

　　王若虚之所以全面否定了江西诗法，是因为他认定江西诗法不过是刻舟求剑的定法死法，除了让诗家落入有意为诗、一心争胜的陷阱，别无意义。王若虚并非是要否定一切文章法度，他要否定的只是那些在他看来于表情达意有害无益的定法死法而已：

> 荆公谓东坡《醉白堂记》为韩、白优劣论，盖以拟伦之语差多，故戏云尔，而后人遂为口实。夫文岂有定法哉？意所至则为之题，意适然殊无害也。①

文学创作的法度技巧，均应服务于表情达意的需要，"意所至则为之题，意适然殊无害也"，文随意转，以意遣文，岂有定法？

　　在《文辨》中，王若虚曾说："或问文章有体乎？曰：无。又问无体乎？曰：有。然则果何如？曰：定体则无，大体须有。"② 这段文字虽然是在论文章之体，其实也折射出王若虚对

---

①［金］王若虚著：《文辨》，郭绍虞主编：《中国历代文论选》第二册，上海：上海古籍出版社，2001年，第447页。
②［金］王若虚著：《文辨》，郭绍虞主编：《中国历代文论选》第二册，上海：上海古籍出版社，2001年，第448页。

文章法度的基本看法，即：定法则无，大体须有。那么，何为王若虚眼中诗人应该遵循的基本法度呢？他引用其舅周昂的话来阐发自己的观点：

> 吾舅尝论诗云："文章以意为之主，字语为之役。主强而役弱，则无使不从。世人往往骄其所役，至跋扈难制，甚者反役其主。"可谓深中其病矣。又曰："以巧为巧，其巧不足，巧拙相济，则使人不厌。唯甚巧者，乃能就拙为巧，所谓游戏者，一文一质，道之中也。雕琢太甚，则伤其全。经营过深，则失其本。"又曰："颈联颔联，初无此说，特后人私立名字而已。大抵首二句论事，次二句犹须论事，首二句状景，次二句犹须状景，不能遽止。自然之势，诗之大略，不外此也。"其笃实之论哉。①

周昂所言文章法度，分成了三个层次：第一个层次，相当于一切文章写作所要遵循的基本原则，即"文章以意为之主，字语为之役"；第二个层次，则落实到如何以巧拙相济的方式实现作者特有审美理想这一更具体的层面；第三个层次，已细化到诗歌创作中颈联颔联、首二句次二句如何处理的问题。按照王若虚评价江西诗法的逻辑，周昂所言第一、第二层次的文章法度勉强可算大体之法，第三层次之法纯属定法死法。"大抵首二句论事，次二句犹须论事，首二句状景，次二句犹须状景，不能遽止。自然之势，诗之大略，不外此也"，如此讲论诗法，不仅缺乏创见，也实在比江西诗法要僵化板滞许多，却被王若虚称赞为"笃实之论"，一褒一贬之间，已尽显论者评价标准的自相矛盾。

王若虚转述其舅周昂论"文章以意为之主"这段话，几乎

---

① ［金］王若虚著：《滹南诗话》卷一，丁福保辑：《历代诗话续编》，北京：中华书局，1983年，第507页。

照搬了晚唐诗人杜牧《答庄充书》里的原文,且远没有杜牧阐发得那么精彩。我们来看看杜牧是如何阐发"文章以意为之主"的:

> 凡为文以意为主,以气为辅,以辞彩章句为之兵卫。未有主强盛而辅不飘逸者,兵卫不华赫而庄整者。四者高下圆折步骤随主所指,如鸟随凤,鱼随龙,师众随汤武,腾天潜泉,横裂天下,无不如意。苟意不先立,止以文彩辞句绕前捧后,是言愈多而理愈乱,如入阛阓,纷纷然莫知其谁,暮散而已。是以意全胜者,辞愈朴而文愈高;意不胜者,辞愈华而文愈鄙。是意能遣辞,辞不能成意。大抵为文之旨如此。①

照搬杜牧的观点甚至照抄杜牧的原文以为己说,若以王若虚苛责黄庭坚及江西诗法的逻辑,则必然将周昂此论视作剽窃。王若虚或许是没有读到杜牧此文,不仅未对周昂进行批评,反而大段引用其舅之说,试图以此阐明自己正面的诗学主张。令人遗憾的是,将黄庭坚及江西诗法批得体无完肤的王若虚,一旦要阐明自己正面的诗学主张,却显得力不从心、乏善可陈,多拾前人余唾。

当言及文章法度的第二个层次,即如何在创作中实现巧拙相济、文质相彰时,周昂之论颇精彩:

> 以巧为巧,其巧不足,巧拙相济,则使人不厌。唯甚巧者,乃能就拙为巧,所谓游戏者,一文一质,道之中也。雕琢太甚,则伤其全。经营过深,则失其本。②

---

① 郭绍虞主编:《中国历代文论选》第二册,上海:上海古籍出版社,2001年,第182页。
② [金]王若虚著:《滹南诗话》卷一,丁福保辑:《历代诗话续编》,北京:中华书局,1983年,第507页。

而这份精彩同样是针对江西之弊而发，持论重在"破"而非重在"立"。一旦试图将自己的诗学主张、审美追求落实到具体的创作技巧层面，即进入到诗歌法度的第三个层面时，周昂所言实为呆法、定法、死法，反而远不及江西诗法灵活机变。

王若虚论文重求真，即文章须表现性情之真、哀乐之真、物理事理之真，对文章求真的执着有时使得王若虚对形似的追求到了拘泥呆板的地步：

> 邵公济尝言迁史杜诗意不在似，故佳。此谬妄之论也。使文章无形体邪？则不必似；若其有之，不似则不是。谓其不主故常，不专蹈袭可矣；而云意不在似，非梦中语乎？①

王若虚恐怕很难欣赏严羽在《沧浪诗话》中描述的那种不涉理路、不落言筌、如镜花水月般无迹可求的诗歌境界。在杜甫之外，他最为欣赏的诗人一为苏轼，一为白居易，这三位诗人有一个共同的特点，即写情状物真切自然，呼之欲出。在王若虚看来，诗歌创作一旦悖离了求真求似的基本原则，也就不值一哂了。因此，王若虚所肯定的诗歌法度、诗歌技巧仅服务于"辞达理顺"的写作目标，意在求真、求似并合于理，却对形式层面的大胆突破与新变尝试缺乏兴趣。在他谈及陶潜《归去来辞》的章法结构时，欣赏的是其中规中矩、一丝不乱的逻辑条理，却对章法的变化不测缺乏想象力：

> 凡为文有遥想而言之者，有追忆而言之者，各有定所，不可乱也。《归去来辞》，将归而赋耳，既归之事，当想像而言之。今自问途而下，皆追录之语，其于畦径无乃窒乎？"已矣乎"云者，所以总结而为断也，不宜更及耘耔啸咏之

---

① ［金］王若虚著：《文辨》，郭绍虞主编：《中国历代文论选》第二册，上海：上海古籍出版社，2001年，第446页。

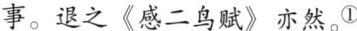

事。退之《感二鸟赋》亦然。①

由于过于求真、求似、求合乎常理，王若虚也就无法理解黄庭坚打破诗歌常规的形式探险所具有的价值，也无法理解江西诗法之于艺术新变的意义所在。在解构了山谷诗和江西诗法的价值之后，王若虚所立之法，或者为老生常谈，或者只是一些无关紧要的琐屑之法，反而沦为真正意义上的定法、死法。

第二节　元好问对苏黄诗风及江西诗法的反思

元好问，字裕之，号遗山，自幼聪慧，有"神童"之誉，金宣宗兴定五年进士及第，官至知制诰。继王若虚之后，元好问是宋金对峙时期北方文学的重要代表，为金代文坛的盟主，被誉为"一代文宗"，其丧乱诗奠定了他在中国诗歌史上的重要地位。元好问的诗学主张与王若虚多有相通之处，同样集矢于江西诗派与江西诗法，不同的只是元好问将苏黄诗风视作难以分割的整体来看待，认为宋代诗歌偏离古雅之道走向新变歧途，苏轼和黄庭坚均难辞其咎。与王若虚论诗贵真、贵自得有所不同，元好问以诗贵古雅为评价尺度，对苏黄诗风及江西诗法进行了激烈批判。有趣的是，元好问用于批判苏、黄诗风及江西诗派、江西诗法的理论依据往往正来自于苏、黄本人的文学主张。王若虚对于宋诗新变与江西诗法的矛盾态度，是通过将众善归于苏、众恶归于黄的方式得到处理，元好问却无法割裂苏、黄之间的有机联系，因此，元好问对苏、黄诗风代表的宋调及江西诗派、江西诗

---

①　[金] 王若虚著：《文辨》，郭绍虞主编：《中国历代文论选》第二册，上海：上海古籍出版社，2001年，第447页。

法的矛盾态度，显得尤其突出。

一

元好问诗论，其批评锋芒处处指向苏黄诗风、江西诗派与江西诗法。与其前辈诗论家王若虚尊苏贬黄的态度迥然不同，元好问将苏、黄诗风视作一个无法分割的整体来看待，认为苏轼和黄庭坚一样，应为宋代诗歌偏离古雅之道并走向新变歧途负责任。其《论诗三十首》之九云：

> 斗靡夸多费览观，陆文犹恨冗于潘。
> 心声只要传心了，布谷澜翻可是难。①

宗廷辅注：

> 先生固不满于晋人者，此则借论潘、陆，以箴宋人也。夫诗以言志，志尽则言竭。自苏、黄创为长篇次韵，于是牵于韵脚，不得不借端生议，勾留比附，而辞费矣。"口角澜翻如布谷"，东坡句也。②

这首诗应该是元好问在表达对宋调以议论为诗、以才学为诗的不满，而东坡与山谷创为"斗靡夸多费览观"的长篇次韵诗，牵于韵脚，勉强比附，借端生议，纯属为文造情，一如陆机文章的繁缛冗长，正是此种风气的始作俑者。

南宋晚期的诗论家刘克庄在《后村诗话》中说："元祐以后，诗人迭起，一种则波澜富而句律疏，一种则锻炼精而情性

---

① 陶秋英编选，虞行校订：《宋金元文论选》，北京：人民文学出版社，1984年，第457页。
② 郭绍虞主编：《中国历代文论选》第二册，上海：上海古籍出版社，2001年，第454页。

远,要之不出苏、黄二体而已。"① 东坡诗与山谷诗虽然代表了元祐以后宋代诗歌发展的两种不同走向,但却都是宋诗新变的突出代表。与王若虚部分肯定宋诗的新变不同,元好问既然从整体上否定了宋代诗人的新变努力,自然不会如王若虚那样唯独对东坡诗的新变褒扬有加。元好问《论诗三十首》之二十二云:

> 奇外无奇更出奇,一波才动万波随。
> 只知诗到苏、黄尽,沧海横流却是谁?②

元好问从姜夔有关诗之奇正辩证关系的论述引发开去,其实是为了否定宋诗的过于求变。姜夔如此看待诗歌创作中奇与正、法度与变化之间的关系:

> 波澜开合,如在江湖中,一波未平,一波已作。如兵家之阵,方以为正,又复是奇,方以为奇,忽复是正,出入变化,不可纪极,而法度不可乱。③

继吕本中提出"活法"说之后,由江西诗法入手的姜夔在其《白石道人诗说》中对"活法"说做了进一步阐发,既强调法度不乱,又强调变化莫测,以补江西末流拘守定法之失。元好问借姜夔之语讥讽苏、黄引领之下的宋诗已走向一味求新求奇的歧途,所谓"奇外无奇更出奇,一波才动万波随",看似出奇制胜、极尽诗家变幻手段,实际上却已促使宋诗走向穷途末路,"沧海横流",不可收拾。宗廷辅注:

---

① 吴文治主编:《宋诗话全编》,南京:凤凰出版社,1998年,第8372页。

② 陶秋英编选、虞行校订:《宋金元文论选》,北京:人民文学出版社,1984年,第458页。

③ [宋]姜夔著:《白石道人诗说》,[清]何文焕辑:《历代诗话》,北京:中华书局,1981年,第682页。

> 自苏、黄更出新意，一洗唐调，后遂随风而靡，生硬放佚，靡恶不臻，变本加厉，咎在作俑。先生慨之，故责之如此。①

元如问对"奇外无奇更出奇"的否定，实则是对苏、黄"更出新意，一洗唐调"的否定，是对宋诗新变之路的彻底否定。

元好问在《论诗三十首》中处处都在表达对远离古雅之风的新声的不满。相比工若虚对苏轼代表的宋诗新变路径多有肯定而言，元好问的诗学观念显得相对保守。元好问好古雅、反新变的论诗宗旨，在《论诗三十首》中俯拾即是。比如第二十三首：

> 曲学虚荒小说欺，俳谐怒骂岂诗宜？
> 今人合笑古人拙，除却雅言都不知。②

宗廷辅注：

> 此首专诋东坡。或疑其议东坡不应重叠如此，不知此乃先生宗旨所在，射人射马，擒贼擒王，所见既真，故不惮一再弹击也。③

而反对以俳谐怒骂为诗，正是黄庭坚诗论的重要主张之一。黄庭坚《书王知载朐山杂咏后》云：

> 诗者，人之情性也，非强谏争于廷，怨忿诟于道，怒邻骂坐之为也。其人忠信笃敬，抱道而居，与时乖逢，遇物悲喜，同床而不察，并世而不闻；情之所不能堪，因发于呻吟

---

① 郭绍虞主编：《中国历代文论选》第二册，上海：上海古籍出版社，2001年，第456-457页。
② 陶秋英编选，虞行校订：《宋金元文论选》，北京：人民文学出版社，1984年，第458页。
③ 郭绍虞主编：《中国历代文论选》第二册，上海：上海古籍出版社，2001年，第457页。

调笑之声，胸次释然，而闻者亦有所劝勉，比律吕而可歌，列干羽而可舞，是诗之美也。其发为讪谤侵陵，引颈以承戈，披襟而受矢，以快一朝之忿者，人皆以为诗之祸，是失诗之旨，非诗之过也。①

元好问对苏、黄诗风的批评，却受到山谷本人诗论的影响，颇有以子之矛攻子之盾的意思。当然，这首诗主要在批评苏轼以俳谐怒骂为诗，不庄不雅，以诗为戏，严重偏离了诗歌创作的雅正之道。

在元好问看来，一味追求新变而失之古雅，是东坡诗的原罪。《论诗三十首》之二十六云：

> 金入洪炉不厌频，精真那计受纤尘。
> 苏门果有忠臣在，肯放坡诗百态新？②

真金经过煅炼，本自精纯不受纤尘，然诗家古调，至苏而亡。清代诗论家潘德舆在《养一斋诗话》中如此解读这首绝句云：

> 明言苏门无忠直之言，故致苏诗竟出新态。

宗廷辅注：

> 新声创则古调亡，自苏、黄派行而唐代风流至是尽泯。……然东坡亦言："书之美者莫如颜鲁公，然书法之坏，自鲁公始；诗之美者莫如韩退之，然诗格之变，自退之始。"③

周寿昌《思益堂日札》云：

---

① 陶秋英编选，虞行校订：《宋金元文论选》，北京：人民文学出版社，1984年，第186页。
② 陶秋英编选，虞行校订：《宋金元文论选》，北京：人民文学出版社，1984年，第458页。
③ 郭绍虞主编：《中国历代文论选》第二册，上海：上海古籍出版社，2001年，第457页。

> 遗山《论诗》："苏门若有忠臣在，肯放坡诗百态新。"又云："只知诗到苏、黄尽，沧海横流却是谁。"是遗山于苏诗，颇存刺谬之意。然案遗山《洛阳》诗云："城头大匠论蒸土，地底中郎待摸金。"查初白云："摸金校尉，非中郎也，东坡误用，先生仍而不改。"夫遗山用典，尚承东坡之误，谓非服习东坡诗有素者乎？①

对于东坡诗，元好问一方面肯定其精纯不受纤尘的一面，却又遗憾于"诗家古调，至苏而亡"。元好问对"坡诗百态新"的批评，正如宗廷辅指出的那样，竟然以苏轼本人在《书黄子思诗集后》一文中所表达的思想为逻辑起点。在元好问对东坡诗的严厉批评背后，常常隐含着对苏轼的高度评价。其《东坡诗雅引》云：

> 近世苏子瞻绝爱陶、柳二家，极其诗之所至，诚亦陶、柳之亚。然评者尚以其能似陶、柳而不能不为风俗所移，为可恨耳。夫诗至于子瞻，而且有不能近古之恨，后人无所望矣。②

元好问肯定苏轼"绝爱陶、柳二家，极其诗之所至"，却感叹"有不能近古之恨"，对苏诗"百态新"极尽批评之能事，其论调却来自于苏轼论诗的旧说。

为什么元好问哪怕是在批评江西诗法时，也要将矛头指向苏轼？这倒是元好问看重苏轼的又一证明。东坡诗对金代诗人影响甚巨。就元好问本人而言，无论是诗歌创作还是诗歌见解，均颇受东坡沾溉。不过，以王若虚、元好问为代表的金代诗人也继承

---

① 郭绍虞主编：《中国历代文论选》第二册，上海：上海古籍出版社，2001年，第457-458页。
② 陶秋英编选，虞行校订：《宋金元文论选》，北京：人民文学出版社，1984年，第449页。

了自张戒、严羽以来的诗论家们对于江西诗派及江西诗法的批评态度。王若虚拼命强调苏轼与黄庭坚之间的本质差别,将苏轼与黄庭坚、江西诗派说成是判然有别甚至是二元对立的关系,将宋调好的一面均归于苏轼,将他眼中宋调与江西诗法的弊端均归于山谷,也就避免了去舍褒贬之间的矛盾冲突。元好问更多看到了苏、黄之间的相似性,认为江西诗风与江西诗法的弊端,"始作俑者"绝非仅黄山谷。黄庭坚本为苏门四学士之一,江西之弊当然与苏轼脱不了干系。在《论诗三十首》中,元好问似乎处处将批判矛头指向苏轼,实则是将苏轼看作了宋调的集大成者,同时,也将苏轼看作了江西诗派包括江西诗法的开山宗祖之一。匪夷所思的是,元好问在批评东坡诗对宋诗发展产生的负面影响时,竟然以黄庭坚、苏轼本人的论诗主张为理论依据。创作和理论之间的矛盾冲突,在苏轼这里有着突出表现。在诗歌创作中力求"百态新"的苏轼,却一再强调艺术法度越完备,艺术创作越新变,越会导致古调消亡,法度弛坏。换言之,苏轼在理论上常常是反对过于求新、求变、求奇的,浑然天成、萧散简远的诗家古调才是苏轼心目中艺术创作的高格。元好问对苏、黄诗风的激烈批判,实以苏、黄本人的诗论为逻辑起点。苏、黄作为宋诗新变的代表人物,在意识层面却往往好古雅、反新变,他们自己的言论有时恰恰是对宋调和江西诗法的自我解构。元好问《论诗三十首》采用的正是以子之矛攻子之盾的批评策略。

在《论诗三十首》之二十九中,元好问借用王安石的一句诗,讽刺江西诗派最为重要的诗人之一陈师道:

> 池塘春草谢家春,万古千秋五字新。
> 传语闭门陈正字,"可怜无补费精神"。[1]

---

[1] 陶秋英编选,虞行校订:《宋金元文论选》,北京:人民文学出版社,1984年,第458页。

给陈师道贴上"闭门觅句"标签的，不是别人，正是江西诗派的开山祖师黄庭坚。其《病起荆江亭即事十首》之七云："闭门觅句陈无己，对客挥毫秦少游。"① 闭门觅句，在此是夸赞，不是贬斥。《王直方诗话》第一五一条"陈无己咏刀镊工诗"云：

> 无己诗有"闭门十日雨，冻作饥鸢声"，大为山谷所爱。②

宗廷辅注：

> 诋后山。后山诗纯以拗朴取胜。"池塘生春草"，何等自然。③

元好问这首诗是从崇尚自然、自得的角度，批评陈师道的苦吟和闭门造车，同时，也是在变相批评江西诗法。无论是"点铁成金"还是"夺胎换骨"这类旨在实现"以故为新"这一创新目标的具体创作手法，如果要运用得当，都必须以读书精博为前提条件；在此基础上，诗人还必须擅长推陈出新，大做翻案文章；因此，很容易养成闭门造车、苦吟不已的创作习惯，阻断了诗人与外部世界的深刻联系，使诗歌创作丢失了现实生活这一源头活水。我们要注意的是，元好问为陈师道贴上的"闭门觅句"这一标签，仍然来自于山谷，但山谷表达的却是对陈师道潜心创作的欣赏之情，并无任何讽刺之意。

---

① ［宋］黄庭坚著，［宋］任渊、史容、史季温注：《山谷诗集注》，上海：上海古籍出版社，2003年，第358页。

② 郭绍虞辑：《宋诗话辑佚》上册，北京：中华书局，1980年，第57页。

③ 郭绍虞主编：《中国历代文论选》第二册，上海：上海古籍出版社，2001年，第459页。

第五章　金元文论与江西诗法

山谷从不讳言诗歌法度、诗歌技巧，对诗人闭门苦吟也颇为肯定。元好问持相反的观点，认为一旦闭门苦吟，势必只能于前人的书本和烹字炼句的琐屑技巧中讨生活，脱离了现实生活的实证实悟，诗歌创作不免走向唐临晋帖般的模拟，此乃诗家大忌，故其《论诗三十首》之十一云：

　　眼处心生句自神，暗中摸索总非真。
　　画图临出秦川景，亲到长安有几人？①

亲到长安与闭门苦吟并不矛盾，前者属于诗人平时的生活积累，后者属于诗人创作时的惨淡经营，两者完全可以并存。元好问重视"亲到长安"的诗外功夫固然不错，但由此否定"闭门觅句"的诗内功夫，将其视作导致模拟之风的罪魁祸首，并将诗内功夫与诗外功夫对立起来，却有违逻辑与常识。《论诗三十首》谈及元稹对杜诗的评价时也充满了类似偏见：

　　排比铺张特一途，藩篱如此亦区区。
　　少陵自有连城璧，争奈微之识碔砆。②

在元好问看来，学杜应立足于诗外功夫而不是诗内功夫，否则就是有眼无珠，落入有关"排比铺张"等不值一提的诗技诗艺藩篱，偏离了宗杜正道。而黄庭坚包括整个江西诗派正是试图以西昆功夫即诗内功夫（具体落实下来即江西诗法）造老杜浑成之地，在元好问看来不免和元稹一样不识好歹，捡了芝麻丢了西瓜，虽然宗杜，却误入偏仄琐细处，无法修成正果。

---

① 陶秋英编选，虞行校订：《宋金元文论选》，北京：人民文学出版社，1984年，第457页。
② 陶秋英编选，虞行校订：《宋金元文论选》，北京：人民文学出版社，1984年，第457页。

二

出于对苏、黄及江西诗派变尽古调的强烈不满,元好问在《论诗三十首》中对欧阳修、梅尧臣诗歌的古风犹存极表欣赏。其实欧、梅二人已开宋调先声,但比起苏、黄为代表的元祐诸人而言,欧、梅更多受到唐音的影响,更能契合元好问尚古雅的趣味。因此,元好问《论诗三十首》之二十七云:

> 百年才觉古风回,元祐诸人次第来。
> 讳学金陵犹有说,竟将何罪废欧、梅?①

王辟之《渑水燕谈录》云:

> 荆国王文公,以多闻博学为世宗师。……公之治经,尤尚解字,末流务为新奇,浸成穿凿。朝廷患之,诏学者兼用旧传注,不专治新经,禁援引《字解》。于是学者皆变所学,至于著书以诋公之学者,且讳称公门人。故(张)芸叟为挽词云:"今日江湖从学者,人人讳道是门生。"②

王安石之新学,本有务为新奇以致穿凿附会的倾向,不符合元好问论文、论学好古雅的倾向,故言"讳学金陵犹有说",但宋金诗坛专尚苏、黄与江西,连欧阳修、梅尧臣的诗歌也一并废弃不学,在元好问看来就不可理喻了。严羽《沧浪诗话》云:

> 国初之诗尚沿袭唐人:……欧阳公学韩退之古诗,梅圣俞学唐人平淡处。至东坡、山谷始自出己意以为诗,唐人之

---

① 陶秋英编选,虞行校订:《宋金元文论选》,北京:人民文学出版社,1984年,第458页。
② [宋]王辟之撰,吕友仁点校:《渑水燕谈录》,北京:中华书局,1981年,第126–127页。

风变矣。①

欧阳修、梅尧臣学唐诗而仍有唐人风致,只是到了东坡、山谷,"始自出己意以为诗,唐人之风变矣",这应该是宋金诗坛的共识。朱弁《曲洧旧闻》卷八云:

> 东坡诗文,落笔辄为人所传诵。每一篇到,欧阳公为终日喜。……一日与裴论文及坡公。叹曰:汝纪吾言,三十年后,世上人更不道着我也。崇宁、大观间,海外诗盛行,后生不复有言欧公者。②

看来,欧阳修不仅对苏轼诗文激赏不已,并早已预料到苏轼终有一天将彻底取代自己在文坛的影响力。对此,欧阳修颇感欣慰,从未表示出对东坡诗变唐音为宋调的半点不满。南宋诗坛因专尚苏、黄与江西诗法而废欧、梅之诗的情况,在陈振孙《直斋书录解题》中也得到佐证:

> 圣俞为诗,古淡深远,有盛名于一时。近世少有喜者,或加毁訾;惟陆务观重之,此可为知者道也。自世人竞宗江西,已看不入眼,况晚唐卑格方锢之时乎?少陵尚有窃议妄论者,其于宛陵何有?③

潘德舆《养一斋诗话》如此解读元好问这首绝句:

> 明言欧、梅甫能复古,而元祐苏、黄诸人次第变古。④

---

① [清] 何文焕辑:《历代诗话》,北京:中华书局,1981年,第688页。
② [宋] 朱弁撰,孔凡礼点校:《曲洧旧闻》,《师友谈记 曲洧旧闻 西塘集耆旧续闻》,北京:中华书局,2002年,第204-205页。
③ 郭绍虞主编:《中国历代文论选》第二册,上海:上海古籍出版社,2001年,第459页。
④ 郭绍虞主编:《中国历代文论选》第二册,上海:上海古籍出版社,2001年,第459页。

元好问不满于苏、黄,尤其是江西诗派者,是"以故为新,以俗为雅"的新变追求。在元好问看来,苏、黄及江西诸君子,始于学古,终于变古;始于学唐,终于废唐;不能如欧阳修、梅尧臣一样学古而有古风,学唐而有唐韵。苏、黄与江西诸君何尝不学唐?我们甚至可以说,江西诗法正来自于学杜的心得,深受杜诗创作技巧的启发。元好问不满于苏、黄的根本原因,是他们将学古、学唐最终变成了"自出己意"的前奏,即苏、黄"以故为新,以俗为雅"的创新追求。这在某种程度上沿袭了严羽的思路。严羽的《沧浪诗话》一方面强调诗歌创作的宗旨是"吟咏情性",但另一方面又将诗歌是否古雅、是否合于古调视作衡量诗歌优劣的标准,结果反倒助长了诗歌创作的复古模拟风气。元好问论诗贵自得,主张自然天成,但又崇尚古雅,反对新变,因此,他对"自出己意"的苏、黄诗尤其是江西诗派极其不满,最终反倒从"贵自得"走向"好古调"。

《论诗三十首》认为古雅也是杜诗最为重要的特征:

> 古雅难将子美亲,精纯全失义山真。
> 论诗宁下涪翁拜,未作江西社里人。[1]

《蔡宽夫诗话》云:

> 王荆公晚年亦喜义山诗,以为唐人知学老杜而得其藩篱,惟义山一人而已。[2]

元好问进一步发挥了王安石的看法,认为李商隐学杜得其精纯处,而山谷学杜只得其粗硬生拗处。黄庭坚及江西诗派,看似在

---

[1] 陶秋英编选,虞行校订:《宋金元文论选》,北京:人民文学出版社,1984年,第458页。

[2] 郭绍虞辑:《宋诗话辑佚》下册,北京:中华书局,1980年,第399页。

师法杜甫,实则与杜诗的古雅气质相去甚远,甚至与学杜深自有得的李商隐也无法同日而语。江西诗法尚拗字、拗律,这直接造就了黄庭坚等人瘦硬奇崛的诗歌风格,而这一点对元好问而言却难以接受。宗廷辅注:

> 查初白云:"涪翁生拗锤炼,自成一家,直得下拜。"此读宁为宁可之宁也,故为调停,非先生意。宁下者,岂下也。①

元好问论诗,固然受到苏轼、黄庭坚诗论的影响,但这种影响恰好为元好问批评苏、黄诗风及江西诗派、江西诗法提供了思想武器。以子之矛攻子之盾,是元好问经常采用的批评策略。一再批评苏、黄诸人次第变古的元好问,当然不会欣赏山谷诗的"生拗锤炼,自成一家",更不会因此认为黄庭坚值得下拜。

元好问《自题中州集后五首》之二云:"北人不拾江西唾,未要曾郎借齿牙。"② 拒绝成为江西社里人,拒绝拾江西余唾,包含着元好问有意挣脱宋调及江西诗法的影响而自成一家、自立门户的雄心,而他最为反感的江西诗法恰好是以山谷为代表的江西诗派不甘拾古人余唾、勇于新变的理论成果,这的确是一个悖论。

三

元好问对黄庭坚包括江西诗法的矛盾态度,在其《杜诗学引》一文中表达得颇为充分。在论及杜诗的特点时,元好问一方

---

① 郭绍虞主编:《中国历代文论选》第二册,上海:上海古籍出版社,2001年,第459页。
② 陶秋英编选,虞行校订:《宋金元文论选》,北京:人民文学出版社,1984年,第459页。

面似乎处处与山谷针锋相对,另一方面却又处处受到山谷诗论与江西诗法的潜在影响。他在文章中说:

> 窃尝谓子美之妙,释氏所谓学至于无学者耳。今观其诗,如元气淋漓,随物赋形,如三江五湖,合而为海,浩浩瀚瀚,无有涯涘;如祥光庆云,千变万化,不可名状;固学者之所以动心而骇目。及读之熟,求之深,含咀之久,则九经百氏古人之精华,所以膏润其笔端者,犹可仿佛其余韵也。①

元好问对杜甫的评价,很大程度上沿袭了黄庭坚的看法,认为"子美之妙,释氏所谓学至于无学者耳",强调了"九经百氏古人之精华"对杜诗的膏润之功,而杜诗用典用事的如盐着水、超妙无痕,也得益于杜甫融化万卷诗书的学力与功夫。受山谷论杜诗"无一字无来处"的启发,江西诗法对如何点化前人陈句、融化前人书卷入诗,亦着力甚多。元好问此处并没有正面评价江西诗法中那些旨在实现"以故为新"目标的诗歌技法,只是对杜诗的相关探索做了进一步剖析:

> 故谓杜诗为无一字无来处,亦可也;谓不从古人中来,亦可也。前人论子美用故事,有着盐水中之喻,固善矣,但未知九方皋之相马,得天机于灭没存亡之间,物色牝牡,人所共知者为可略耳。②

元好问认为杜诗无论是化用前人陈句,还是用事用典,最大的特点是如同"九方皋之相马,得天机于灭没存亡之间,物色牝牡,人所共知者为可略耳",即不沾不滞,融化无痕,如天机自动,

---

① 陶秋英编选,虞行校订:《宋金元文论选》,北京:人民文学出版社,1984年,第452页。
② 陶秋英编选,虞行校订:《宋金元文论选》,北京:人民文学出版社,1984年,第452页。

第五章 金元文论与江西诗法

不主故常。若以元好问评杜诗的这段话来衡量江西诗法,则百弊丛生:江西诗法示人以用事用典、点化前人陈句的规矩法度,本身就落了窠臼,留下刻意为之的人工痕迹,失了自然天机,从宗杜走向了宗杜的反面。

黄山谷深知子美,元好问深表钦佩。在《杜诗学引》中,元好问说:

> 先东岩君有言,近世唯山谷最知子美,以为今人读杜诗,至谓草木虫鱼,皆有比兴,如试世间商度隐语然者,此最学者之病。山谷之不注杜诗,试取《大雅堂记》读之,则知此公注杜诗已,意可为知者道,难为俗人言也。①

此处,元好问仍然是在以子之矛攻子之盾。黄庭坚《大雅堂记》云:

> 子美诗妙处,乃在无意于文,夫无意而意已至,非广之以《国风》《雅》《颂》,深之以《离骚》《九歌》,安能咀嚼其意味,阆然入其门邪?故使后生辈自求之,则得之深矣。……彼喜穿凿者弃其大旨,取其发兴于所遇林泉人物草木鱼虫,以为物物皆有所托,如世间商度隐语者,则子美之诗委地矣。②

黄庭坚对时人穿凿附会解杜诗,"以为物物皆有所托,如世间商度隐语者"极为不满,认为如此牵强附会、深加求索,只能使"子美之诗委地矣"。黄庭坚本人在《答洪驹父书》中又说:"老杜作诗,退之作文,无一字无来处,盖后人读书少,故谓韩、杜

---

① 陶秋英编选,虞行校订:《宋金元文论选》,北京:人民文学出版社,1984年,第452页。
② 郭绍虞主编:《中国历代文论选》第二册,上海:上海古籍出版社,2001年,第325页。

自作此语耳"①，这难道不是另一意义上的"喜穿凿者"吗？在元好问看来，尽管黄庭坚对时人评杜的穿凿附会有一针见血的精到批评，但正是山谷本人对杜诗"无一字无来处"的深加求索，催生了导致宋诗畸变的江西诗法，东坡、山谷实为江西之弊的始作俑者，故元好问虽极重苏、黄，却一定要擒贼先擒王，在《论诗三十首》中，展开了对苏、黄及江西诸君的猛烈攻击。

江西诗派宗杜、宗唐，元好问也宗杜、宗唐，两者的差别何在呢？元好问《杨叔能小亨集引》云：

> 唐诗所以绝出于《三百篇》之后者，知本焉尔矣。何谓本？诚是也。……故由心而诚，由诚而言，由言而诗也。三者相为一。情动于中而形于言，言发乎迩而见乎远，同声相应，同气相求，虽小夫贱妇孤臣孽子之感讽皆可以厚人伦、美教化，无它道也。……唐人之诗，其知本乎？何温柔敦厚，蔼然仁义之言之多也！幽忧憔悴，寒饥困惫，一寓于诗，而其厄穷而不悯，遗佚而不怨者，故在也。至于伤谗疾恶，不平之气不能自掩，责之愈深，其旨愈婉，怨之愈深，其辞愈缓。优柔餍饫，使人涵泳于先生之泽，情性之外，不知有文字，幸矣学者之得唐人为指归也。②

元好问提出宗唐的两条原则，一是"诚"，二是谨守"温柔敦厚"的诗教传统。这两层意思，尤其是第二条，颇为黄庭坚所看重，黄氏在很多文章中都曾论及。至于"修辞立其诚"的观点，语出《易传》，也是儒家文论的常调，稍有不同的只是元好问将"诚"视作诗之本，并认为唐人之诗"知本"的结果是"情性之

---

① 陶秋英编选，虞行校订：《宋金元文论选》，北京：人民文学出版社，1984年，第187页。

② 陶秋英编选，虞行校订：《宋金元文论选》，北京：人民文学出版社，1984年，第450－451页。

外,不知有文字"。宋调相比于唐音的一个突出特点,就是"以文字为诗";在极端的情况之下,严于法度的宋诗给人的印象恐怕是"文字之外,不知有情性",与元好问对唐人之诗的评价正好相反。根据元好问论诗的总体倾向,我们不妨大胆推测,无论是强调"诚为诗本",还是强调"温柔敦厚",实则都有针对性:前者意在防止诗之伪饰,针对江西诗法对诗人性情的遮蔽而发;后者针对以俳谐怒骂为诗的风气,而这一风气的始作俑者为苏轼。这两点,在元好问的《论诗三十首》中都能寻找到佐证。换言之,元好问从"诚为诗本"与温柔敦厚的诗教传统这两个角度宗唐,针对的正是苏黄诗风及江西诗法,并非无的放矢的泛泛而论。

四

元好问论诗,重真,重诚,重高雅,重刚健豪壮,重温柔敦厚的诗教。在此基础之上,元好问并不反对诗歌的"规矩准绳"。在其《陶然集诗序》一文中,元好问评论杨飞卿的诗歌说:

> 或病吾飞卿追琢功夫太过者,予释之曰:诗之极致,可以动天地,感鬼神;故传之师,本之经,真积之力久而有不能复古者。……盖秦以前,民俗醇厚,去先王之泽未远,质胜则野,故肆口成文,不害为合理。使今世小夫贱妇,满心而发,肆口而成,适足以污简牍,尚可辱采诗官之求取耶?故文字以来,诗为难;魏、晋以来,复古为难;唐以来,合规矩准绳尤难。[①]

[①] 陶秋英编选,虞行校订:《宋金元文论选》,北京:人民文学出版社,1984年,第446-447页。

江西诗法与宋金元文论

元好问这段话是在为朋友杨飞卿"追琢功夫太过"辩护。在元好问看来，先秦时期，"民俗醇厚，去先王之泽未远，质胜则野，故肆口成文，不害为合理"，所谓"在心为志，发言为诗"，淳厚的性情一旦落在纸面上就是一首天然好诗，根本不需要润色、打磨、锻炼。但时至今日，去先王之泽已远，世风早由淳厚变为浇薄，"使今世小夫贱妇，满心而发，肆口而成，适足以污简牍，尚可辱采诗官之求取耶？"① 因此，今世之诗，必须经过锤炼打磨，方可洗去尘俗污秽，复归古雅。换言之，为了追求"古雅"，让诗歌最大限度地体现先王之泽，今世之诗，既离不开"追琢功夫"，也离不开"规矩准绳"。

表面上看，这段文字颇令人疑惑。如此反感江西诗法的元好问，为什么又如此赞赏朋友杨飞卿诗的追琢功夫并如此重视唐以来诗歌创作的规矩准绳呢？元好问诗论真的与江西诗法如出一辙吗？

其实，在这篇文章中，元好问将两者的区别说得很清楚：同样是重视规矩准绳，元好问的目标是以此追求诗歌的古雅风格，而江西诗法却重在"以故为新，以俗为雅"的诗歌新变，而无论是求新还是尚俗，都与元好问所崇尚的古雅趣味背道而驰，自然难以容忍。尽管元好问诗论与黄庭坚诗论包括整个江西诗论有诸多相通之处，但黄庭坚、江西诸君与元好问借助"追琢功夫"与"规矩准绳"所要达到的目标，仍然有着本质不同。

在这篇文章中，元好问品评古今诗歌与诗论处处不离江西门径，有些地方甚至直接照搬了黄庭坚诗论的原话，在字面上却不提山谷和江西半字。他说：

> 夫因事以陈辞，辞不迫切，而意独至，初不为难。后世

---

① 陶秋英编选，虞行校订：《宋金元文论选》，北京：人民文学出版社，1984年，第446-447页。

以不得不难为难耳！古律歌行，篇章操引，吟咏讴谣，词调怨叹，诗之目既广，而诗评诗品诗说诗式，亦不可胜读。大概以脱弃凡近、澡雪尘翳、驱驾声势、破碎阵敌、囚锁怪变、轩豁幽祕、笼络今古、移夺造化为工，钝滞僻涩、浅露浮躁、狂纵淫靡、诡诞琐碎、陈腐为病。"毫发无遗恨"，"老去渐于诗律细"，"佳句法如何"，"新诗改罢自长吟"，"语不惊人死不休"，杜少陵语也。"好句似仙堪换骨，陈言如贼莫经心"，薛许昌语也。"乾坤有清气，散入诗人脾，千人万人中，一人两人知"，贯休师语也。"看似寻常最奇崛，成如容易却艰难"，半山翁语也。"诗律伤严近寡恩"，唐子西语也。①

江西诗法对字法、句法、章法、律法、苦吟的重视，来自于老杜诗与老杜诗论的启发。元好问并非反对一切诗技诗艺，他反对的只是江西诗法这类促使宋诗废弃唐音、自出己意的"追琢功夫"与"规矩准绳"。

在元好问看来，诗家不是不可以谈艺论技的。问题的关键在于，形而下之"技"不过是通向形而上之"道"的手段与阶梯，"技"必须要进于"道"才有意义与价值。如果片面重"技"，在"技"的层面费尽心思、孜孜以求，"技"反而会成为进于"道"的妨碍，并终将沦为琐屑僵化、束缚诗人创造力的定法、死法。因此，元好问在这篇《陶然集诗序》中又接着说：

> 虽然，方外之学，有为道日损之说，又有学至于无学之说，诗家亦有之。子美夔州以后，乐天香山以后，东坡海南

---

① 陶秋英编选，虞行校订：《宋金元文论选》，北京：人民文学出版社，1984年，第447页。

以后,皆不烦绳削而自合。非技进于道者能之乎?①

子美夔州以后诗,东坡海南以后诗,"皆不烦绳削而自合",这一评价来自黄庭坚。元好问显然非常认可黄庭坚的这一看法,并将这类"不烦绳削而自合"的诗歌,视作诗家"技进于道"的证明。所谓"方外之学",是指佛学。元好问以方外之学比拟诗家追求,明显受到苏、黄及江西诸君子包括严羽等人以禅论诗的影响。

与严羽不同,元好问认为,诗家圣处与方外者谈道,仍有如下区别:

> 诗家所以异于方外者,渠辈谈道不在文字,不离文字。诗家圣处不离文字,不在文字。唐贤所为,情性之外不知有文字云耳。以吾飞卿立之之卓,钻之之坚,得之之难,异时霜降水落,自见涯涘。吾见其溯石楼,历雪堂,问津斜川之下。万虑洗然,深入空寂,荡元气于笔端,寄妙理于言外。②

表面上看,元好问不过是在玩文字游戏:方外者谈道"不在文字,不离文字",而诗家圣处"不离文字,不在文字",除了颠倒了一下文字的前后顺序,对两者的评价完全相同。但如果我们细味此语,不难发现元好问对两者看法的重大差异:方外者谈道,首先是"不在文字",不得已,才选择了"不离文字",文字不过是登岸之筏、得鱼之筌,一旦登岸得鱼,筏筌即可废去;而诗家圣处,首先是"不离文字",对于文字表达技巧的关注重视,是诗家的本色,是诗家的出发点与立足处,"不离文字"之

---

① 陶秋英编选,虞行校订:《宋金元文论选》,北京:人民文学出版社,1984年,第447页。
② 陶秋英编选,虞行校订:《宋金元文论选》,北京:人民文学出版社,1984年,第447-448页。

后,才谈得上追求言外之意、味外之旨,才谈得上"不在文字"。由此我们看到,元好问所谓的"以禅论诗",恰恰是清醒地看到了诗禅之间的根本差异,避免了宋代诗论以禅论诗的迷离恍惚与蹈空之论。

在谈完诗禅差别之后,元好问突然插入一句看似十分突兀的话:"唐贤所为,情性之外不知有文字云耳。"[①] 我们知道,以禅论诗不始于宋代,唐代诗人也时有尝试,但以禅论诗的蔚然成风,离不开苏、黄及江西诸君子的推波助澜,而到了严羽的《沧浪诗话》,更是将以禅论诗发挥到极致,以禅学体系来建构诗学体系,并将以禅论诗作为批判江西之弊的武器。同为金代文坛的盟主,元好问与王若虚一样,其诗学旨趣有着北方少数民族特有的贞刚质实气质,不喜作蹈空玄虚之论,以禅论诗并不太符合他们的口味。元好问此处偶尔以禅论诗,无非是为了推崇"不烦绳削而自合"、技进于道的诗家极境,但与此同时,却不忘强调诗禅之间的本质区别,唯恐诗风沾染禅风,失了诗家本色。

诗学与禅学、理学的融合,是黄庭坚诗论包括整个江西诗论的显著特征。元好问并不否定禅学对诗学的启发之功,却并不以苏、黄及江西诸君子为榜样,而是将"唐贤所为,情性之外不知有文字"视作诗学受惠禅学的典范。对于诗家而言,"不离文字"只是起点,"不在文字"即味在咸酸之外、洗去一切人为雕琢的痕迹、"但见性情,不睹文字"才是终点。元好问对苏、黄在诗歌创作及诗歌理论上的非凡成就均有肯定,甚至比江西诸君子更加清楚地认识到黄庭坚对"技进于道"即"不烦绳削而自合"之境的追求。与此同时,在元好问眼里,苏、黄又是江西诗风及江西诗法的始作俑者,两人对由此导致的宋诗畸变负有不可

[①] 陶秋英编选,虞行校订:《宋金元文论选》,北京:人民文学出版社,1984年,第447页。

推卸的责任，因此，元好问在其诗论中才将批判矛头直指苏、黄而不仅仅只是江西诗派、江西诗法。

　　脱离了江西诗派宗苏、宗黄的故辙，金代诗歌应该向哪里去呢？元好问提出的方案是回到杜甫，回到唐音，回到"唐贤所为，情性之外不知有文字"的道路。这一主张，似乎又与以批判江西之弊、宋诗之失著称的严羽同调了。不过，虽然元好问偶尔也会借禅论诗，但他总的倾向仍然认为诗禅有别，既反对迷离玄虚之说，又不喜"严近寡恩"的诗律诗法，故他既有别于严羽，又不喜江西诗法。元好问试图在江西诗法和严羽诗论之间找到一个平衡：既重视法度绳墨、追琢功夫，但又不能以"文字为诗"；既强调"情性之外不知有文字"，但又不能落入镜花水月般的玄虚，而应以诚为本，以求真为贵。

　　总之，在苏、黄与江西诗派之后，元好问一心想要走出属于金代诗人自己的独特创作道路，不甘心拾江西的余唾牙慧，但其诗学主张又不可能绕开江西诗法的影响。正是受其强烈的影响和急于另辟蹊径的焦虑，元好问既无法认同苏、黄，又无法认同批判苏、黄的严羽，当然更不愿做"江西社里人"。他论诗贵自得，反模拟；主张自然天成，反对夸多斗靡；主张高雅，反对险怪俳谐怒骂；主张刚健豪壮，反对纤弱窘仄；主张真诚，反对伪饰。元好问所有正面的诗学主张其实都不新鲜，但他处处针对苏、黄诗风及江西诗法立说，无非是想纠正金代诗坛在江西诗风影响之下所发生的偏颇，突破江西及严羽诗论的藩篱。无论是在诗歌创作还是在诗歌理论上，元好问都不屑于拾他人的余唾，借他人的齿牙，而是希望自立门户，自辟蹊径，摆脱苏黄诗风所代表的宋调及江西诗法的影响。正如黄庭坚及江西诸君子借助江西诗法完成了对唐音的反动一样，元好问也试图通过对苏黄诗风、江西诗法的批判，完成对宋调的反动。所谓宗杜、宗唐，推崇古雅，应该视为元好问在宋调之外追求新变的一种理论尝试。

第五章 金元文论与江西诗法

第三节 方回对江西诗派、江西诗法的体系重构与理论总结

宋末元初的诗论家方回,通过其编选并点评的大型唐宋律诗选本《瀛奎律髓》,重新大力表彰了江西诗派与江西诗法,将其视作拯救宋末元初诗坛格卑、意浅弊病的良药,并提出了著名的"一祖三宗"说,将杜甫视作江西诗派之祖,将黄庭坚、陈师道、陈与义并列为江西诗派的三宗,在某种程度上弱化了黄庭坚的宗祖地位,而大大提升了陈师道、陈与义在江西诗派中的分量。

方回对整个宋代诗歌发展演变的过程进行了全面梳理,认为江西诗派和江西诗法的出现,是宋诗繁荣的标志。宋末江湖诗派与四灵诗派的流行,实则是以晚唐救江西之弊的必然结果。严羽的《沧浪诗话》已经对此进行了批评,认为只有以盛唐为法,才是纠偏起衰的正道。方回为宋末诗坛乱象开出的药方是重尊江西,他的理想是以黄庭坚、陈师道的瘦硬老成与梅尧臣的古淡、张耒的清畅、陈与义的恢张悲壮、吕本中的流动圆活、曾几的清劲洁雅相互救济,既不重蹈江西末流的覆辙,又能以此医治宋末以来晚唐诗派的靡弱卑俗之弊。无论是江西诗派还是江西诗法,虽然既宗杜又宗黄,但宗杜的方式实则由宗黄而来,江西末流只知宗黄而忘了宗杜,因此日益褊狭。方回特立杜甫为江西之祖,希望以杜诗的博大浩瀚救治江西末流的叠床架屋。故方回提出"一祖三宗"说,既是对江西诗派与江西诗法的表彰,又包含着对江西诗派与江西诗法的革新之意。

在江西诗法中,最为人们津津乐道者是"夺胎法""换骨

法"与"点铁成金"等"以故为新"的创作手法。但山谷诗在宗杜基础上有别于典型唐音的语断脉连、诗意腾挪也是江西诗法的精髓所在。方回在对江西诗法进行阐发的过程中别具只眼,重点关注的并非"夺胎换骨""点铁成金"的常谈,而是江西诗法中有关用事、拗字、章法、句法、律法、对法、炼字、诗眼等具体技巧,绝不避讳从诗技、诗艺的层面来剖析老杜诗以及黄庭坚、陈师道、陈与义等江西诸君子的诗作,丰富了人们对江西诗法的理解。尤其难得的是,方回看到了黄庭坚诗论的两面性:一方面重视法度,另一方面又追求平淡而山高水深的无法之境,而江西后学常常只重法度而无法领会黄庭坚超越法度的更深一层追求。不过,方回以为,格高平淡之境,需从艰苦处入手,这也是黄庭坚所开启的江西诗法内在的逻辑之一。

在方回看来,宗杜并非仅仅只模仿其形式,更重要的是"意会神合",即在宗杜的基础上开辟出诗家自己的道路,学杜而不泥杜,这样的"宗杜"才有出路。无论是严羽还是元好问,对黄庭坚及江西诗派批评最多的,都是他们学唐宗杜而最终自出己意、自成一家,偏离古调而自创新声。相比张戒、严羽,包括王若虚、元好问等人对江西诗法促成宋诗新变所持的保守态度,方回显然更能意识到江西诗法对宋诗的价值,对黄庭坚的求新求奇和由技进道、追求自然平淡的一面也有更深的理解,对宋调有别于唐音的独特价值有充分的肯定,显示了方回诗论的开放性。

与之前的诗论家不同,方回特别注意黄庭坚对"格高"的重视,因此提出"诗以格高为第一"作为对江西诗法的重要补充。造就诗作"格高"之境的根本是什么呢?方回认为,人品高,胸次大,学问深,决定了笔力的劲健程度,从而也就决定了诗歌品格的高下。以筋骨、力道、学问、胸襟见长的山谷诗、后山诗、简斋诗,完全符合方回"格高"的标准,因此被列为江西三宗。这其实也是宋调有别于唐音的特征。

第五章 金元文论与江西诗法

我们不妨说,方回作为宋末元初的诗论大家,是宋金元时期江西诗法最后的总结者、修正者与补充、完善者。通过由他本人选评的唐宋律诗选本《瀛奎律髓》,方回真正完成了对江西诗派的流派体系建构和对江西诗法的诗学体系建构。

一

方回的《瀛奎律髓》编成于元世祖至元二十年(1283)。从表面上看,方回编选此书的目的,不过是通过具体的诗歌评点分析,示后学以作诗门径、作诗技巧。但事实上,方回编选此书,有着更加宏伟的诗学追求。

从方回的家学渊源来看,方氏家族一直对《诗经》颇有研究。方回也不例外,故儒家的诗教传统及风雅传统成为方回诗学理论的底色。具体到对宋诗的评价,方回则深受南宋诗论家胡仔编撰的《苕溪渔隐丛话》的深刻启发。其《渔隐丛话考》曰:

> 回幼好之(《丛话》)。先君所藏川本在八叔父元圭家,回师也。昼夕窃观,学诗实自此始。后又求麻沙本观之,一再亡,一再买,不一本矣。①

胡仔《苕溪渔隐丛话》后集序云:

> 诗道迩来几熄,时所罕尚;余独拳拳于此者,惜其将坠,欲以扶持其万一也。②

方回编撰《瀛奎律髓》,其实也意在拯救日渐衰落的诗道,与胡

---

① [元]方回著:《桐江集》卷七,《续修四库全书》影印《宛委别藏》钞本,第466页。
② [宋]胡仔纂集,廖德明校点:《苕溪渔隐丛话》后集序,北京:人民文学出版社,1984年,第1页。

仔为同调。《苕溪渔隐丛话》有着鲜明的尊宋倾向，所罗列的大家、名家，大部分为宋代诗人。《瀛奎律髓》则无论是在入选诗人还是入选诗歌上，均以宋为主，体现了尊宋不废唐的明显倾向。方回最为著名的"一祖三宗"说，更是直接来源于胡仔诗论。胡仔在《苕溪渔隐丛话》中说：

> 近时学诗者，率宗"江西"，然殊不知"江西"本亦学少陵者也。故陈无己曰："豫章之学博矣，而得法于少陵，故其诗近之。"今少陵之诗，后生少年不复过目，抑亦失"江西"之意乎？"江西"平日语学者为诗旨趣，亦独宗少陵一人而已。余为是说，盖欲学诗者师少陵而友"江西"，则两得之矣。①

胡仔已经看到，江西末流之失在于只知宗黄不知宗杜，屋下架屋，取径狭窄，故亟须追根溯源，回到杜诗的源头。在胡仔此论的启发之下，方回以宗杜为核心，重新构架了江西诗派与江西诗法的基本框架，将杜甫视作江西之祖，而将黄庭坚降为与陈师道、陈与义同等地位的江西之宗。《瀛奎律髓》论诗歌技巧之处俯拾皆是，不过，方回论诗技重在新变，这一点也得益于胡仔。相比于中规中矩的律诗定体，胡仔在《苕溪渔隐丛话》中显然对变化无穷的"变体"更有好感：

> 律诗之作，用字平侧，世固有定体，众共守之。然不若明用变体，如兵之出奇，变化无穷，以惊世骇目。……凡此皆律诗之变体，学者不可不知。②

---

① ［宋］胡仔纂集，廖德明校点：《苕溪渔隐丛话》前集卷四十九，北京：人民文学出版社，1984年，第332页。
② ［宋］胡仔纂集，廖德明校点：《苕溪渔隐丛话》前集卷七，北京：人民文学出版社，1984年，第42-43页。

受此影响，本以事类分类的《瀛奎律髓》，却专列"拗字""变体"二类，对促成宋诗新变的技巧新变进行理论总结。

方回曾经坦言，促使其大悟诗道的师长，一为阮秀实，二为陈杰，二人均尊崇宋诗而不废唐诗。阮秀实的老师为江西诗派诗人赵蕃，赵氏对江西诗法颇有心得，又编选《唐人绝句》倡晚唐风调。陈杰乃理宗淳祐十年进士，诗宗江西。两位师长均重宋调、宗江西，以江西诗法传授于方回，同时，又深谙唐音之妙，为方回最终形成以江西为宗却又融通包容的诗学观打下了基础。

在《送俞唯道序》一文中，方回详尽追述了自己一生的学诗道路：先学过张文潜诗、王安石诗、梅尧臣诗，多方探索之后才立定心志学杜甫、黄庭坚、陈师道、陈与义诗。方回由此得出结论说：

> 大概律诗当专师老杜、黄、陈、简斋，稍宽则梅圣俞，又宽则张文潜，此皆诗之正派也。……但不当学姚合、许浑，格卑语陋，恢拓不前。唐二孟，近世吕居仁、尤、萧、杨、陆，俱可为助。饱读勤作，苦思屡改，则日异而月不同矣。①

在江西与晚唐这两条诗学道路之间，方回毫不犹豫地选择了江西之路。方回在《虚谷桐江续集序》中借他人之口说：

> 子之诗初学张宛丘，次学苏沧浪、梅都官，而出入于杨诚斋、陆放翁，后乃悔其腴而不癯也，恶其弱而不劲也，束之以黄、陈之深严而参之以简斋之开宏。②

---

① ［元］方回著：《桐江集》卷一，《续修四库全书》影印《宛委别藏》钞本，第376–377页。

② ［元］方回著：《桐江续集》卷三十二，《四库全书珍本初集》本，第12474页。

从方回所走过的学诗道路看,他的确是不折不扣的江西诗派殿军。略微不同的是,方回最后是以简斋诗为悟入之门,而在此之前,很少有人将简斋诗直接纳入江西麾下,更不用说将陈与义视作江西三宗之一了。

二

方回生活的年代,格调卑弱的晚唐派诗歌风行一时,江西末流也走向了粗豪叫嚣或拘守法度、取径日狭的穷途。方回以编选《瀛奎律髓》的方式来对江西诗派及江西诗法进行理论总结,一是旨在肯定宋调有别于唐音的新变独造之功,二是试图弥补晚唐诗派及江西末流之失,以挽救正在衰落的诗道。

与复古派尊古诗、贬律诗不同,方回旗帜鲜明地指出,律诗乃诗之精者。因此,整部《瀛奎律髓》所编选之诗均为律诗。以杜诗为中心,方回将唐宋律诗分为老杜派与"昆体"派两大类,老杜派又分为"晚唐派"与"江西派"两大支派。在方回看来,昆体派离杜诗太远,无甚价值;晚唐派虽格调卑弱,但毕竟是老杜派的支脉,若由贾岛上溯杜甫以自救,或是以江西诗法救之,均可绝处逢生;江西派则为老杜派的嫡传。方回不仅重新构架了江西诗派"一祖三宗"的完整体系,而且从中归纳出格高、平淡两大审美标准作为评选《瀛奎律髓》的基本尺度。

方回评选《瀛奎律髓》固然极重江西诗派,但他不仅将杜甫视为江西之祖,也将其视为晚唐诗派之祖,实则包含着以杜甫整合江西、晚唐诗派,打破门户偏见,博采众长之意。方回虽花了大量笔墨探讨诗技诗法,却绝不拘泥定法常法,而是极重诗法的变化莫测,提倡"活法",试图将诗学追求引向黄庭坚所云"不烦绳削而自合"的"无法"之境。

在方回之前,严羽在《沧浪诗话》中,或"以时而论",或

第五章 金元文论与江西诗法

"以人而论",较为完整地罗列了诗歌史上先后出现的各种诗歌体派,并特别对宋代诗歌的体派发展进行了简要梳理:

> 国初之诗尚沿袭唐人:王黄州学白乐天,杨文公、刘中山学李商隐,盛文肃学韦苏州,欧阳公学韩退之古诗,梅圣俞学唐人平淡处。至东坡、山谷始自出己意以为诗,唐人之风变矣。山谷用功尤为深刻,其后法席盛行,海内称为江西宗派。近世赵紫芝、翁灵舒辈,独喜贾岛、姚合之诗,稍稍复就清苦之风;江湖诗人多效其体。①

方回对宋代诗歌体派演变线索的基本看法,明显受到严羽的影响。其《送罗寿可诗序》云:

> 宋划五代旧习,诗有白体、昆体、晚唐体。白体如李文正、徐常侍昆仲、王元之、王汉谋。昆体则有杨、刘《西昆集》传世,二宋、张乖崖、钱僖公、丁崖州皆是。晚唐体则"九僧"最逼真……梅圣俞则唐体之出类者也。晚唐于是退舍。苏长公踵欧阳公而起。王半山备众体,精绝句、古五言或三谢。独双井专尚少陵,秦、晁莫窥其藩。张文潜自然有唐风,别成一家,惟吕居仁克肖。陈后山弃所学,学双井。黄致广大,陈极精微,天下诗人北面矣。立为江西派之说者,铨取或不尽然,胡致堂诋之。乃后陈简斋、曾文清为渡江之巨擘。乾、淳以来,尤、杨、范、陆、萧其尤也。道学宗师于书无所不通,于文无所不能,诗其余事,而高古清劲,尽扫余子,又有一朱文公。嘉定而降,稍厌"江西","永嘉四灵"复为"九僧"旧。②

---

① [清]何文焕辑:《历代诗话》,北京:中华书局,1981年,第688页。
② [元]方回著:《桐江续集》卷三十二,《四库全书珍本初集》本,第12470-12471页。

虽然深受严羽体派论的影响，但方回显然对宋代诗歌的新变尤其是江西诗派给予了高度评价，并系统梳理了江西诗派的流变过程，勾勒出了江西诗派形成发展的全貌，尊宋调、尊江西、宗杜、宗黄的论诗旨趣非常突出。

诞生于北宋中后期的江西诗派，应该算是中国诗歌史上第一个具有理论自觉的诗歌流派。从吕本中作《江西诗社宗派图》开始，江西诗派及江西诗法即成为宋金元时期诗论家们讨论的重点。胡仔《苕溪渔隐丛话》对吕本中撰写《江西诗社宗派图》的大致情况有较为详细的记录：

> 吕居仁近时以诗得名，自言传衣江西，尝作《宗派图》，自豫章以降，列陈师道、潘大临、谢逸、洪刍、饶节、僧祖可、徐俯、洪朋、林敏修、洪炎、汪革、李錞、韩驹、李彭、晁冲之、江端本、杨符、谢迈、夏倪、林敏功、潘大观、何觊、王直方、僧善权、高荷，合二十五人，以为法嗣，谓其源流皆出豫章也。其《宗派图序》数百言，大略云：唐自李杜之出，焜耀一世，后之言诗者皆莫能及。至韩、柳、孟郊、张籍诸人，激昂奋厉，终不能与前作者并。元和以后至国朝，歌诗之作或传者，多依效旧文，未尽所趣，惟豫章始大出而力振之，抑扬反复，尽兼众体，而后学同作并和，虽体制或异，要皆所传者一，予故录其名字，以遗来者。①

胡仔大力肯定由黄庭坚开始蔚为大观的宋诗新变，认为正是山谷诗改变了宋代诗歌发展的进程，使之由旧文变为新调。可以说，以黄庭坚为江西宗祖，是南宋诗坛的共识。刘克庄《茶山诚斋诗

---

① ［宋］胡仔纂集，廖德明校点：《苕溪渔隐丛话》前集卷四十八，北京：人民文学出版社，1984年，第327－328页。

选序》云:

> 余既以吕紫微诗附宗派之后,或曰:"派诗止此乎?"余曰:"非也。曾茶山赣人,杨诚斋吉人,皆中兴大家数。比之禅学,山谷初祖也,吕、曾南北二宗也,诚斋稍后出,临济德山也。初祖而下,止是言句,至棒喝出,尤径捷矣。"①

刘克庄以黄庭坚为江西初祖,而以吕本中、曾几为南北二宗,杨万里为临济德山,以禅论诗的倾向十分明显。无论是胡仔还是曾几,都认为不仅应宗黄,更应宗杜,宗杜才是江西诗法的核心。胡仔说:

> 近时学诗者率宗江西,然殊不知江西本亦学少陵者也。故陈无己曰:"豫章之学博矣,而得法于少陵,故其诗近之。"今少陵之诗,后生少年不复过目,抑亦失江西之意乎?江西平日语学者为诗旨趣,亦独宗少陵一人而已。余为是说,盖欲学诗者师少陵而友江西,则两得之矣。②

既宗黄又宗杜,"师少陵而友江西",才是胡仔的论诗宗旨。

在借鉴胡仔、严羽等人观点的基础上,方回勾勒出了以黄庭坚、陈师道、陈与义、吕本中、曾几、赵蕃、韩淲等人为核心的江西诗派系统,提出了著名的"一祖三宗"说,明显参照了禅宗统系的架构方式:

> 老杜诗为唐诗之冠。黄、陈诗为宋诗之冠。黄、陈学老杜者也。嗣黄、陈而恢张悲壮者,陈简斋也。流动圆活者,吕居仁也。清劲洁雅者,曾茶山也。七言律,他人皆不敢望

---

① 曾枣庄、刘琳主编:《全宋文》第 329 册,上海:上海辞书出版社,合肥:安徽教育出版社,2006 年,第 157 页。

② [宋]胡仔纂集,廖德明校点:《苕溪渔隐丛话》前集卷四十九,北京:人民文学出版社,1984 年,第 332 页。

> 此六公矣。①
>
> 爰及黄、陈,始宗老杜,而议者署为"江西派"。过江而后,吕居仁、陈去非、曾吉父皆黄、陈出也。②
>
> 呜呼!古今诗人当以老杜、山谷、后山、简斋四家为"一祖三宗",余可预配飨者有数焉。③

方回所架构的江西宗派体系,主次分明,清晰有序,为后人广泛接受,特别是"一祖三宗"说,得到后世诗论家的广泛认可,逐渐成为有关江西诗派的定论。

黄庭坚与江西诸君如何宗杜呢?南宋诗论家朱弁的《风月堂诗话》曾经评论以黄庭坚为代表的江西诗派试图以昆体功夫造老杜浑成之地。这一观点,得到很多诗论家的首肯,但方回却将昆体排除在老杜派之外,将江西与昆体视作水火不容的对立面。事实上,"昆体"诗人学李商隐,而李商隐又学杜有得,昆体与老杜,原本并不矛盾。据《蔡宽夫诗话》记载,王安石对义山诗极为推尊,"以为唐人知学老杜而得其藩篱,唯义山一人而已"④。叶梦得《石林诗话》也说:

> 唐人学老杜,唯商隐一人而已。虽未尽造其妙,然精密华丽,亦自得其仿佛。故国初钱文僖与杨大年、刘中山皆倾心师尊,以为过老杜,一时翕然从之,好事者次为《西昆

---

① [元]方回选评,李庆甲集评校点:《瀛奎律髓汇评》卷一,上海:上海古籍出版社,2005年,第42页。

② [元]方回著:《桐江续集》卷三十一,《四库全书珍本初集》本,第12452页。

③ [元]方回选评,李庆甲集评校点:《瀛奎律髓汇评》卷二十六,上海:上海古籍出版社,2005年,第1149页。

④ 郭绍虞辑:《宋诗话辑佚》卷下,北京:中华书局,1980年,第399页。

集》,所谓昆体者也。至欧阳文忠公始力排之。然宋吕公兄弟虽尊老杜,终不废商隐。王荆公亦与之,尝为蔡天启言:"学诗者,未可遽学老杜,当先学商隐。未有不能为商隐而能为老杜者。"①

方回因反感昆体诗而进一步否认了李商隐学杜的事实。为什么方回如此反感昆体诗呢?昆体诗典赡华丽、细密工巧,与方回"格高""平淡"的艺术追求背道而驰,同时,昆体诗叠用典故,成为文人士大夫炫耀博学的工具,与杜诗剥落浮华、沉郁顿挫的风味也大相径庭。因此,方回对精工富丽、大量用典、炫耀学问的昆体诗痛加批判,坚决将其排除于老杜派之外。方回也不是没有看到昆体诗好的一面。他说:

> 此昆体诗一变,亦足以革当时风花雪月小巧呻吟之病,非才高学博,未易到此。②

以苏、黄及江西诗派为代表的宋调,本来就有"以才学为诗"的倾向,强调诗家的博极穷书、学问渊深与诗歌技巧的精益求精,而这一风气的始作俑者实为西昆派诗人。虽然方回从诗歌体派上一刀斩断西昆与江西之间的内在联系,但在《瀛奎律髓》中,方回却花费了大量笔墨详尽论述江西诗法中作为"西昆功夫"的具体诗技。方回之所以不能容忍西昆,要点在于不能容忍西昆体对"格高""平淡"风格的破坏;在《瀛奎律髓》中大量论及"昆体功夫",则充分体现了方回对实现"格高""平淡"的艺术手段、艺术技巧的重视。《四库全书总目·紫微诗话提

---

① [元]马端临:《文献通考》卷二百三十三引,北京:中华书局,1986年,第1857页。
② [元]方回选评,李庆甲集评校点:《瀛奎律髓汇评》卷三,上海:上海古籍出版社,2005年,第134页。

要》云：

> 自方回等"一祖三宗"之说兴，而西昆、江西二派乃判如冰炭，不可复合。元好问题《中州集》末，因有"北人不拾江西唾，未要曾郎借齿牙"句，实末流相诟有以激之。①

所谓方回倡"一祖三宗"之说导致"西昆、江西二派乃判如冰炭，不可复合"这一判断，表面上看颇与方回的论诗宗旨相契合，却没有看到方回大谈具体的诗技诗法时对黄庭坚及江西诸君"宗杜由西昆"的认同态度。

三

方回不仅重新梳理并架构了清晰有序的江西诗派体系，而且还试图重建道技合一的江西诗法体系。所谓江西诗法，其实就是黄庭坚及江西诸君"宗杜由西昆"的产物，它不仅包括形而上层面的诗道，也包括形而下层面的诗技，若仅仅偏于一端，都绝非江西诗法的全貌。因此，方回在对江西诗法进行理论总结与阐发之时，尤其注意兼顾形而上之道与形而下之技、诗内功夫与诗外功夫，对诗家修养提出了极高要求。

在《瀛奎律髓》"论诗类"小序中，方回说：

> 诗人世岂少哉？而传于世者常少，由立志不高也，用心不苦也，读书不多也，从师不真也。喜为诗而终不传，其传不传，盖亦有幸不幸，而其必传者，必出乎前所云之四事。②

---

① ［清］纪昀等：《钦定四库全书总目》卷一百九十五《紫微诗话提要》，北京：中华书局，1997年，第2743页。

② ［元］方回选评，李庆甲集评校点：《瀛奎律髓汇评》卷三十六，上海：上海古籍出版社，2005年，第1434页。

怎样才能把诗歌写好？方回对诗家个人的素养提出了四重要求：一是立志高，二是用心苦，三是读书多，四是从师真。所谓"立志高"，首先指诗人志向的高远，体现在诗歌创作中，则指作品立意须高，不可卑弱。所谓"用心苦"，是指诗人在"立志高"的前提下，须在诗歌形式技巧上苦心经营。所谓"读书多"，则是指重视诗人读书穷理的功夫，要求诗人应该具备学者的素养。所谓"从师真"，类似于张戒、严羽所言"入门须正"之意，不能跟错老师，误入歧途。这四点，都是从诗家修养着眼，对黄庭坚诗论包括张戒、严羽诗论多有继承与发挥。

方回所建构的江西诗法体系，不仅纳入了诗家修养论，也纳入了诗歌气格论。方回理想中的诗歌气格，兼具"格高"与"平淡"，集中体现了宋调有别于唐音的审美追求。方回在《唐长孺艺圃小集序》中说：

> 诗以格高为第一。《三百五篇》，圣人所定，不敢以格目之。然风、雅、颂体三，比、兴、赋体三，一体自有一格，观者当自得之于心。自骚人以来，至汉苏、李，魏曹、刘，亦无格卑者。而予乃创为格高卑之论者，何也？曰：此为近世之诗人言之也。予于晋独推陶彭泽一人格高，足方嵇、阮；唐惟陈子昂、杜子美、元次山、韩退之、柳子厚、刘梦得、韦应物；宋惟欧、梅、黄、陈、苏长翁、张文潜。而又于其中以四人为格之尤高者：鲁直、无己，上配渊明、子美，为四也。……何以谓之格高？近人之学许浑、姚合者，长孺扫之如秕糠，而以陶、杜、黄、陈为师者也。①

方回所列举的"格高"诗人不少，但他认为"其中以四人为格

---

① ［元］方回著：《桐江续集》卷三十三，《四库全书珍本初集》本，第12489-12490页。

之尤高者",即陶渊明、杜甫、黄庭坚与陈师道。细味方回这段论述,不难发现,所谓"格高",不仅包括气格的高远,也包括诗风的平淡自然。格高、平淡,不仅成为方回评选《瀛奎律髓》的两大诗学标准,也成为他所总结的江西诗法在形而上层面的重要内容之一。

所谓"格高",与诗歌创作主体的关系甚大。方回认为,诗人的品德涵养与读书穷理的功夫,都是决定诗歌气格高下的关键所在。其《赠邵山甫学说》云:"学所以尽夫固有之性也,尽性在穷理,穷理在致知,致知之要莫切于读书。"[①] 创作主体的"格高",体现在诗歌创作中,则为高远深挚的情感和雄浑悲壮、瘦硬劲健的审美风格。

"格高"体现在审美风格上,有时也会以平淡出之。方回所谓平淡,绝非淡而无味、苍白贫乏,而是包含了各种矛盾冲突的因素,具有内在的审美张力,是似癯实腴、似淡实美、外枯内膏的平淡。在方回看来,这种平淡看似不加雕饰、等闲得之,其实必须经过呕心沥血的苦吟方可成就。这种由苦吟得来的平淡之美,以老杜、梅尧臣、陈师道的诗歌创作为代表。方回说:

> 老杜诗所以妙者,全在阖辟顿挫耳,平易之中有艰苦。若但学其平易,而不从艰苦求之,则轻率下笔,不过如元、白之宽耳[②]。

这种绚丽之极归于平淡的老境美,反映了宋调迥异于唐音的审美追求。在《瀛奎律髓》的评点文字中,方回对于这一极具宋调特色的平淡美总是情不自禁地流露出由衷的欣赏之情:

---

① [元]方回著:《桐江续集》卷三十,《四库全书珍本初集》本,第12442页。

② [元]方回选评,李庆甲集评校点:《瀛奎律髓汇评》卷十,上海:上海古籍出版社,2005年,第324页。

> 学诗者不可不深造黄、陈,摆落膏艳,而趋于古淡。①
>
> 梅诗淡而实丽。②
>
> 淡中藏美丽,虚处着工夫,力能排天斡地,此后山诗也。③

这正是宋代诗人所欣赏的平淡美:惨淡经营而出之以自然无痕,绚烂之极而落其华芬组丽。苏轼《与二郎侄书》云:

> 凡文字,少小时须令气象峥嵘,采色绚烂。渐老渐熟乃造平淡;其实不是平淡,绚烂之极也。汝只见爷伯而今平淡,一向只学此样,何不取旧日应举时文字看,高下抑扬,如龙蛇捉不住,当且学此。④

葛立方《韵语阳秋》卷一亦云:

> 大抵欲造平淡,当自组丽中来,落其华芬,然后可造平淡之境,如此则陶谢不足进矣。今之人多作拙易语,而自以为平淡,识者未尝不绝倒也。⑤

如此造就的平淡之美,方有涵泳不尽的深长滋味。而平淡之美的形成,不仅与诗人苦心孤诣的艺术追求有关,更以诗家恬淡的心

---

① [元]方回选评,李庆甲集评校点:《瀛奎律髓汇评》卷四,上海:上海古籍出版社,2005年,第158页。

② [元]方回选评,李庆甲集评校点:《瀛奎律髓汇评》卷十,上海:上海古籍出版社,2005年,第344页。

③ [元]方回选评,李庆甲集评校点:《瀛奎律髓汇评》卷十,上海:上海古籍出版社,2005年,第378页。

④ [宋]苏轼撰,孔凡礼点校:《苏轼文集》附《苏轼佚文汇编》,北京:中华书局,1986年,第2523页。

⑤ [清]何文焕辑:《历代诗话》,北京:中华书局,1981年,第483页。

境与深厚的学养为前提。无论是追求格高还是追求平淡,方回都强调了创作主体的心性修养及读书穷理的功夫所发挥的关键作用,而这一点也是自黄庭坚以来江西诗论的常谈。

  方回为什么如此强调"格高"与"平淡"呢?"格高""平淡"本来就是宋调有别于唐音的基本审美特征,将"格高""平淡"视作《瀛奎律髓》最为重要的两大诗学标准,本身就意味着方回对宋诗的极力推尊。格高之论、平淡之论皆非方回首创,但在方回之前,并无大型的律诗选本如《瀛奎律髓》一般以"格高""平淡"为首要诗学标准。"格高""平淡"更多属于古诗呈现的审美特征,方回以格高、平淡为选评律诗的标准,不仅旨在打破古诗、律诗的界限,以此提高律诗地位,更是对宋代诗人尤其是以黄庭坚、陈师道为代表的江西诗派以古诗手法创作律诗这一新变尝试的理论回应。方回的格高理论与平淡理论,也为江西诗法补充了审美追求、诗家修养等形而上层面的内容,增加了江西诗法的理论深度。

四

  方回所架构的江西诗派,不再以黄庭坚为初祖,而是以老杜为宗祖。在他看来,江西诗派的诗人,或如黄庭坚、陈与义等人那样直接宗杜,或如陈师道、吕本中、曾几、赵蕃等人那样通过宗黄而间接宗杜,总之,宗杜才是江西诗派的核心追求。江西诗派宗杜的结果,是形成了瘦硬劲健、拙朴平淡的审美风格。除了诗家的心性修养、才学书卷在起作用之外,江西诗派是如何通过宗杜而最终形成了自己独特的体派特征呢?弃西昆功夫如敝屣的方回,为了示后学以具体可行的学诗门径,不得不谈到江西诗派对杜诗技法的学习与发扬光大。

  方回承认,江西派诗歌的独特审美追求,主要是通过学习杜

第五章 金元文论与江西诗法

诗的章法、句法、字法、律法、对法等具体可行的诗歌技法实现的。江西诗派对杜诗技法的学习，不仅注意到常法，更注意学习其变体。比如，擅长学习杜诗独特句法者，非黄庭坚莫属；而擅长揣摩杜诗用虚字之妙者，以陈师道、陈与义、赵蕃为最；同时，杜诗七律用拗字，变化莫测，神出鬼没，被称为"吴体"，也是江西诗派的拿手好戏。方回批注说："此等句法（吴体）惟老杜多，亦惟山谷、后山多，在简斋亦然"①，"自山谷续老杜之脉，凡'江西派'皆得为此奇调（吴体）。汪彦章与吕居仁同辈行，茶山差后，皆得传授"②。正是由于深谙杜诗技法的变幻莫测，以黄庭坚、陈师道、陈与义、吕本中、曾几、赵蕃为代表的江西诸君，才能不拘定法，重在活法，学杜而自出己意，自成格局。江西末流学杜、学黄都偏离了轨道，学习技法，却拘泥定法死法，失了杜诗技法、黄诗技法重在创新变化的神髓所在。正如吕本中所云："近世江西之学者，虽左规右矩，不遗余力，而往往不知出此，故百尺竿头，不能更进一步，亦失山谷之旨也。"③秉承老杜、山谷之意旨，吕本中提出了著名的"活法"说：

> 学诗当识活法。所谓活法者，规矩具备而能出于规矩之外，变化不测而亦不背于规矩也。是道也，盖有定法而无定法，无定法而有定法，如是者则可以与语活法矣。④

---

① ［元］方回选评，李庆甲集评校点：《瀛奎律髓汇评》卷二十五，上海：上海古籍出版社，2005年，第1114页。
② ［元］方回选评，李庆甲集评校点：《瀛奎律髓汇评》卷二十五，上海：上海古籍出版社，2005年，第1126页。
③ ［宋］胡仔纂集，廖德明校点：《苕溪渔隐丛话》前集卷四十九，北京：人民文学出版社，1984年，第333页。
④ ［宋］刘克庄：《江西诗派小序》"吕紫微"条引，丁福保辑：《历代诗话续编》，北京：中华书局，1983年，第485页。

要造就方回最为推崇的格高平淡的诗歌风格，创作主体的心性修养、学问才力固然是重中之重，但治心养气、淬炼道德、积累学问是长期的诗外功夫，无捷径可走，其实供诗论家们探讨的空间并不大。反倒是从诗歌技巧入手，能为后学指示一些切实可行的学诗门径。方回所建构的江西诗法体系，既从诗歌本质、诗家修养、审美追求等高处着眼，又能从章法、句法、字法、律法、对法等细致入微处着手，详尽探讨了各类极具操作性的诗歌技法。

在方回看来，诗家要达到格高、平淡的诗歌境界，拗字、虚字、变体的运用是关键。在律诗中恰当运用近似古调的拗字，可使律诗产生近似古诗的独特美感，避免气格的卑弱。方回总结前人的经验之谈，强调拗字体格的运用对于成就律诗格高的意义。主张多用虚字，则避免了律诗的精巧过甚、拘执繁丽，使诗歌真力弥满、气韵流动、质朴有回味。以虚字为诗眼，更能使全诗平添抑扬顿挫、跌宕峭拔的美感：

"能"字、"每"字乃是以虚字为眼。非此二字，精神安在？[①]

其要妙在用虚字以斡实事，不可不细味也。[②]

虚字的运用，既避免了律诗过于整密秾丽，又增加了诗歌的豪宕劲健之美，使诗歌格高意远、淡而有味。而变体的运用，则是指在诗歌技法上打破常规，追求变化，不拘俗套，这对律诗创作达成格高平淡的目标也具有重要意义。在方回看来，宋末元初的晚唐诗派之所以流于格调卑弱，与其拘泥定法死法，一味求工整、

[①] ［元］方回选评，李庆甲集评校点：《瀛奎律髓汇评》卷四十二，上海：上海古籍出版社，2005年，第1530页。

[②] ［元］方回选评，李庆甲集评校点：《瀛奎律髓汇评》卷四十四，上海：上海古籍出版社，2005年，第1596页。

第五章 金元文论与江西诗法

贪对偶颇有关系：

> 学诗者若止如此赋诗，甚易而不难，得一句即撰一句对，而无活法，不可为训。①

> （刘沧）所以高于许浑者，无他，浑太工而贪对偶，刘却自然顿挫耳。②

> 每以许诗比较后山诗，乃知后山万钧古鼎，千丈劲松，百川倒海，一月圆秋，非寻常依平仄、俪青黄者所可望也。大抵工有余而味不足，即如人之为人，形有余而韵不足，诗岂在专对偶声病而已哉？近世学晚唐者，专师许浑七言，如"水声东去市朝变，山势北来宫殿高"之类，以为摹楷。老杜诗中有此句法，而无"东去""北来"之拘。③

方回所主张的变体，体现在对偶上，即破弃工对，趋于自然，尤其看重以情对景的轻重对，以造就拗峭顿挫的诗格与质朴简淡的诗风。

不过，方回深知，如果过分强调拗字、虚字、变体的运用，一味主张破弃偶对与声律，则会走向另一个极端，反倒不利于成就格高、平淡之境，故方回又倡圆熟，以补江西瘦硬生新之弊。清代学者纪昀批评虚谷"以生硬为高格，以枯槁为老境，以鄙俚粗率为雅音"④，实为对方回诗学主张的误读。在《瀛奎律髓》

---

① ［元］方回选评，李庆甲集评校点：《瀛奎律髓汇评》卷三，上海：上海古籍出版社，2005年，第111页。
② ［元］方回选评，李庆甲集评校点：《瀛奎律髓汇评》卷三，上海：上海古籍出版社，2005年，第115页。
③ ［元］方回选评，李庆甲集评校点：《瀛奎律髓汇评》卷十，上海：上海古籍出版社，2005年，第338页。
④ ［元］方回选评，李庆甲集评校点：《瀛奎律髓汇评》附录（一），上海：上海古籍出版社，2005年，第1826页。

中，方回倡"自然圆熟"之处并不少见：

圣俞诗淡而有味。此亦信手拈来，自然圆熟。①

文潜诗大抵圆熟自然。②

所谓圆熟，"非腐烂陈故之熟，取之左右逢其源是也"③。技法固然不能废弃，苦吟固然可贵，但任何技法都不能变为死法，而苦吟的至高之境是"信手拈来"，从有法到无法，而不是死于句下、拘执不化。

我们看到，比起宋金时期的诗论家，方回花费了更多精力、更多笔墨、更加详尽地探讨了诗歌创作的技法。在《瀛奎律髓》中，方回通过对所选唐宋律诗详加圈点涂抹与评论，为后学明示了有关章法、句法、字法、律法、对法等诸多方面的诗歌技法，使江西诗法落地生根，变成实实在在、直观可行的作诗门径。比如，方回在《瀛奎律髓》的诗歌评点中，总结了许多具有创新性的句法：缩两句为一句法（一句指事、一句设喻法），十字句法，交互照应法，"言其用不言其名"法，句中折旋法，一事贯穿法，等等。而方回论诗歌字法，最有创获者为诗眼论。

"诗眼""句眼"乃江西诗论常谈，并非方回首创，但将"诗眼"强调到好诗必不可少的程度，则由方回开其端。他说："未有名为好诗而句中无眼者。"④"诗眼"乃一篇之中画龙点睛、

---

① [元]方回选评，李庆甲集评校点：《瀛奎律髓汇评》卷十四，上海：上海古籍出版社，2005年，第513页。

② [元]方回选评，李庆甲集评校点：《瀛奎律髓汇评》卷二十九，上海：上海古籍出版社，2005年，第1297页。

③ [元]方回选评，李庆甲集评校点：《瀛奎律髓汇评》卷二十，上海：上海古籍出版社，2005年，第850页。

④ [元]方回选评，李庆甲集评校点：《瀛奎律髓汇评》卷十，上海：上海古籍出版社，2005年，第348页。

第五章 金元文论与江西诗法

警策出彩之字,须诗家上下求索、反复锻炼方可得之。实字、虚字皆可为诗眼。不过,方回最为会心处,还是如何使用虚字作为诗眼。他说:

> 凡为诗,非五字、七字皆实之为难,全不必实,而虚字有力之为难。"红入桃花嫩,青归柳叶新",以"入"字、"归"字为眼。"冻泉依细石,晴雪落长松",以"依"字、"落"字为眼。"榉柳枝枝弱,枇杷树树香",以"弱"字、"香"字为眼。凡唐人皆如此,贾岛尤精,所谓"敲门""推门",争微于一字之间是也。然诗法但止于是乎?惟晚唐诗家不悟,盖有八句皆景,每句中下一工字,以为至矣,而诗全无味。所以诗家不专用实句、实字,而或以虚为句,句之中以虚字为工,天下之至难也。①

相对于以实字为诗眼,以虚字为诗眼为诗歌带来了更多的变化顿挫、跌宕起伏,增强了诗歌的流动感和回味腾挪的空间,使得诗歌更具涵泳不尽的深长滋味。据吕居仁《童蒙诗训》记载,江西派诗人潘邠老论"响"字云:

> 七言诗第五字要响,如"返照入江翻石壁,归云拥树失山村","翻"字、"失"字是响字也。五言诗第三字要响,如"圆荷浮小叶,细麦落轻花","浮"字、"落"字是响字也。所谓响者,致力处也。②

潘邠老所谓"响字",即是方回所论"诗眼"。受潘邠老以响字为句眼的启发,方回强调诗眼应响亮而戒喑哑,但不同于潘氏将

---

① [元]方回选评,李庆甲集评校点:《瀛奎律髓汇评》卷四十三,上海:上海古籍出版社,2005年,第1547页。

② [宋]吕居仁著:《童蒙诗训》,郭绍虞辑:《宋诗话辑佚》,北京:中华书局,1980年,第587页。

句眼的位置固定化，方回认为诗眼的位置灵活多变，可使全篇飞腾出彩者即为诗眼，不拘虚实，不拘位置，显示了方回诗眼论的通达。

在诗歌对法方面，方回特别拈出所谓轻重对，即情景对。比如被方回列为江西三宗之一的陈与义所作《对酒》，其中四句"官里簿书无日了，楼头风雨见秋来。是非衮衮书生老，岁月匆匆燕子回"，即是典型的轻重对，方回对此叹赏不已，评论说：

> 此诗中两联俱用变体，各以一句说情，一句说景，奇矣。坡词有云："官事何时毕？风雨处，无多日。"即前联意也。后联即与前诗"世事纷纷""春阴漠漠"一联用意亦同，是为变体。学许浑诗者能之乎？此非深透老杜、山谷、后山三关不能也。①

换言之，在方回看来，陈与义之所以能将"轻重对"运用得炉火纯青，实则是由"深透老杜、山谷、后山三关"而来。老杜为江西之祖，山谷、后山为江西之宗，可见"轻重对"实为江西家法。

我们必须看到，方回是在重视诗歌本质的前提下讲论诗歌技法的。虽然在论及诗歌对法时，方回吸纳了不少唐代诗格论著作所论及的对偶法花样，不仅有舍本逐末之嫌，似乎也有落入死法、定法的危险，但方回从来不曾只谈诗歌技法而忽略了风雅传统、诗歌本质、诗家修养及审美追求。方回论诗歌技法，具有明显的重意倾向。比如在其对法论中，之所以如此偏好轻重对，就是因为这一看似并不工整的对仗法，不仅为诗歌带来艺术风格上的新变，也更能满足抒情达意的需要。清人查慎行颇能体会方回

---

① ［元］方回选评，李庆甲集评校点：《瀛奎律髓汇评》卷二十六，上海：上海古籍出版社，2005年，第1147页。

第五章 金元文论与江西诗法

细论诗歌技法的良苦用心:

> 诗以气格为主,字句抑末矣。然必句针字砭,方可进而语上,虚谷先生评诗之意以此,余之丹黄亦以此。①

方回虽详论诗歌技法,却唯恐作茧自缚、画地为牢,落入死法定法的陷阱之中,固极尊吕本中的活法说。他所看重的诗歌技法,如"拗字""虚字""变体"的运用,本身就是大胆突破定法、死法的产物。至元二十五年(1288),方回于所作《虚谷桐江续集序》一文中进一步提出了"无法"之说:

> 去岁适六十一矣,始悟平生六十年之非。所作诗滞碍排比,有模临法帖之病,翻然弃旧从新,信笔肆口,得则书之,不得亦不苦思而力索也。然后自信作诗不容有法。②

作诗无法之论,仍是江西诗法的题中应有之义,黄庭坚等人都曾强调诗歌创作的最高境界是"不烦绳削而自合"的无法之境。此论也是对江西诗派的灵魂人物吕本中、杨万里等人的活法说所做的进一步升华。

从黄庭坚开始,敢于深入探讨形而下层面的具体诗歌技法,一直是江西诗论的突出特点。受儒家文论影响,以儒者自居的正统文人,大多讳言诗歌技法,认为如此一来,不仅偏离了儒家诗教传统,也使诗歌创作沦为形而下层面的一技一艺,而创作者则沦为以诗技取悦于人的俳优。六朝时期,儒学衰落,文论家们对诗歌创作的探讨深入到诗歌技法的各个层面,为近体诗的产生铺垫了坚实的理论基础。唐代以诗赋取士,出现了大量探讨诗歌技

---

① 〔元〕方回选评,李庆甲集评校点:《瀛奎律髓汇评》卷一,上海:上海古籍出版社,2005年,第1页。
② 〔元〕方回:《桐江续集》卷三十二,《四库全书珍本初集》本,第12474页。

法的诗格类著作，这类著作因其局限于示人以作诗门径与具体技法，操作性极强却琐细破碎，缺乏完整系统的诗学思考，虽然成为士子应考的秘籍，却一直为人们所轻视。到了宋代，随着文化整合趋势的日益增强，诗学理论也走向整合，最有代表性的是黄庭坚诗论与江西诸君子的诗论。这些诗论不仅实现了诗学与禅学、理学的融合，也改变了儒家诗教与审美追求的二元对立关系，将形而上之道与形而下之技同时纳入诗学探讨的范围之内。方回的《瀛奎律髓》虽成书于元代，但作为江西诗法最后的完善者，仍然延续了黄庭坚以来江西诗论的整合倾向，试图建构一套体用兼备、道技合一的完整诗学体系。从某种意义上说，方回实现了他的初衷，成为江西诗法最有力的理论总结者。

参考文献

（汉）司马迁. 史记[M]. 北京：中华书局, 1959.

（汉）班固. 汉书[M]. 北京：中华书局, 1962.

（晋）陆机. 陆机集[M]. 北京：中华书局, 1982.

（梁）萧统. 文选[M]. 北京：中华书局, 1977.

（隋）王通. 文中子中说[M]. 南京：凤凰出版社, 2017.

（唐）令狐德棻, 等. 周书[M]. 北京：中华书局, 1971.

（唐）魏徵, 等. 隋书[M]. 北京：中华书局, 1973.

（唐）元稹. 元稹集[M]. 北京：中华书局, 1982.

（唐）白居易. 白居易集[M]. 北京：中华书局, 1985.

（唐）陈子昂. 陈子昂集[M]. 上海：上海古籍出版社, 2013.

（宋）黄庭坚. 豫章黄先生文集[M]. 《四部丛刊》本, 台北：商务印书馆, 1967.

（宋）魏庆之. 诗人玉屑[M]. 上海：上海古籍出版社, 1978.

（宋）王辟之. 渑水燕谈录[M]. 北京：中华书局, 1981.

（宋）刘克庄. 后村诗话[M]. 北京：中华书局, 1983.

（宋）罗大经. 鹤林玉露[M]. 北京：中华书局, 1983.

（宋）胡仔. 苕溪渔隐丛话（前集）[M]. 北京：人民文学出版社, 1984.

（宋）胡仔. 苕溪渔隐丛话（后集）[M]. 北京：人民文学出版社, 1984.

（宋）苏轼. 苏轼文集[M]. 北京：中华书局, 1986.

（宋）朱熹. 论语集注[M]. 济南：齐鲁书社，1992.

（宋）朱熹. 孟子集注[M]. 济南：齐鲁书社，1992.

（宋）任渊，史容，史季温. 山谷诗集注[M]. 上海：上海古籍出版社，2003.

（宋）朱弁. 曲洧旧闻[M]. 北京：中华书局，2002.

（金）刘祁. 归潜志[M]. 北京：中华书局，1983.

（元）马端临. 文献通考[M]. 北京：中华书局，1986.

（元）方回. 桐江集[M].《续修四库全书》影印《宛委别藏》钞本.

（元）方回. 桐江续集[M].《四库全书珍本初集》本.

（清）蔡嵩云. 乐府指迷[M]. 北京：人民文学出版社，1963.

（清）阮元. 十三经注疏[M]. 北京：中华书局，1980.

（清）何文焕. 历代诗话[M]. 北京：中华书局，1981.

（清）董诰，等. 全唐文[M]. 北京：中华书局，1983.

（清）王先谦. 庄子集解·庄子集解内篇补正[M]. 北京：中华书局，1987.

（清）纪昀，等. 钦定四库全书总目[M]. 北京：中华书局，1997.

（清）严可均. 全梁文[M]. 北京：商务印书馆，1999.

（清）杨伦. 杜诗镜铨[M]. 上海：上海古籍出版社，1980.

张宗祥. 论衡校注[M]. 上海：上海古籍出版社，2013.

范文澜. 文心雕龙注[M]. 北京：人民文学出版社，2006.

马其昶. 韩昌黎文集校注[M]. 上海：上海古籍出版社，1986.

夏承焘. 词源注[M]. 北京：人民文学出版社，1963.

傅璇琮. 古典文学研究汇编·黄庭坚和江西诗派卷[M]. 北京：中华书局，1978.

周汝昌. 杨万里选集[M]. 上海：上海古籍出版社，1979.

郭绍虞. 宋诗话辑佚[M]. 北京：中华书局，1980.

参考文献

丁福保. 历代诗话续编[M]. 北京：中华书局，1983.

陶秋英，虞行. 宋金元文论选[M]. 北京：人民文学出版社，1984.

詹锳. 李白全集校注汇释集评[M]. 天津：百花文艺出版社，1996.

李庆甲. 瀛奎律髓汇评[M]. 上海：上海古籍出版社，2005.

吴文治. 宋诗话全编（第1—10册）[M]. 南京：凤凰出版社，1998.

许忠. 宋明理学与中国文学[M]. 南昌：百花洲文艺出版社，1999.

郭绍虞. 中国历代文论选（第1—4册）[M]. 上海：上海古籍出版社，2001.

钱钟书. 宋诗选注[M]. 北京：生活·读书·新知三联书店，2002.

余英时. 士与中国文化[M]. 上海：上海人民出版社，2003.

陈来. 宋明理学[M]. 第二版. 上海：华东师范大学出版社，2004.

伍晓蔓. 江西宗派研究[M]. 成都：巴蜀书社，2005.

韦海英. 江西诗派诸家考论[M]. 北京：北京大学出版社，2005.

李春青. 诗与意识形态[M]. 北京：北京大学出版社，2005.

王琦珍. 黄庭坚与江西诗派[M]. 南昌：江西高校出版社，2006.

曾枣庄，刘琳. 全宋文[M]. 上海：上海辞书出版社，合肥：安徽教育出版社，2006.

邓子勉. 宋金元词话全编[M]. 南京：凤凰出版社，2008.

田金霞. 方回《瀛奎律髓》研究[M]. 北京：中国社会科学出版社，2015.

张健. 知识与抒情：宋代诗学研究［M］. 北京：北京大学出版社，2015.

郭绍虞. 中国文学批评史［M］. 北京：商务印书馆，2015.

张毅. 宋代文学思想史［M］. 北京：中华书局，2016.

周裕锴. 文字禅与宋代诗学［M］. 上海：复旦大学出版社，2017.

周裕锴. 宋代诗学通论［M］. 上海：上海古籍出版社，2019.

［日］东英寿. 复古与创新——欧阳修散文与古文复兴［M］. 王振宇，李莉，等，译. 上海：上海古籍出版社，2005.

［美］彼得·N. 格里高瑞. 顿与渐［M］. 冯焕珍，等，译. 上海：上海古籍出版社，2010.

后　记

　　从 2001 年起，我开始从事"中国文学批评史"的教学工作，至今已有 20 个年头。在长期的教学实践中，我对江西诗派及江西诗法对宋、金、元文论产生的深远影响有了越来越多的思考，形成了自己的一些想法，于是从 2019 年下半年开始动笔撰写这部《江西诗法与宋金元文论》，算是对自己多年来有关中国古代文论教学、科研心得的一次理论总结。本来以为，以自己对这一研究对象的熟稔程度，花半年时间就足以轻松完成本书的撰写工作，却不曾想仍然遭遇了很多困难，许多材料需要重新加以甄别梳理，许多观点需要重新加以调整修正。刘勰在《文心雕龙·序志》篇中说："有同乎旧谈者，非雷同也，势自不可异也；有异乎前论者，非苟异也，理自不可同也。同之与异，不屑古今，擘肌分理，唯务折衷。"这段话给了我不少心理安慰，使我不再苛求自己一定要标新立异，而是老老实实地忠实于自己的一隅之见去展开论述。

　　自苏、黄登上诗坛之后，江西诗法就已初具雏形并成为之后宋、金、元文论无法避开的热议话题。江西诗法，和宋代文化一样，有一种综合的趋势，试图整合各种相反的思想倾向与诗学思想。以江西诗法为切入点，实际上可以进一步梳理中国诗学的不同面向及其演变趋势，以此出发，达成对中国诗学发展脉络的总体理解。早在先秦两汉时期，儒家对《诗经》所做的诠释基本上是学者化的。我们甚至可以说，"诗言志"的传统与"学人之诗"脱不了干系，"诗缘情"的主张则是"诗人之诗"的理论基础。两者可以整合，也可以分裂为两种完全不同的诗歌发展走向。江西诗法试图将"学人之诗"与"诗人之诗"相整合，将"诗言志"与"诗缘情"相整合，将审美追求与儒家诗教相整合，这当然也伴随着宋代诗人的学者化历程和宋代诗人的创新野心。江西诗法，试图通过诗歌技法的训练和读书养心来创作诗歌，偏向于人工之美和后天的努力。由人工之极达于天工，是宋调的特征；追求自然天放的纵情而歌，是唐音的特色。江西诗法，从不避讳人为努力，就是要刻意求新、有意为工，从有意为文达到无意为文之境。江西诗法的整合趋势表现在各个层面：讲究技法，又不废诗教；讲究有意为诗，又将无意为诗之境视为最高追求；重视传统，又追求新变；在身份认同上，创作者既是诗人又是儒者，既是学问家又是佛门中人。江西诗法体现了宋代诗人的创新勇气，不仅大胆打破文体界限，进行大规模的破体尝试，又不断打破雅俗界限、新旧界限。所谓"以故为新"，实质上是大做翻案文章，与传统捣乱，而不是跟在传统背后亦步亦趋。所谓"以俗为雅"，恰恰是为了防止由于"雅"的格套化而导致的俗滥，以生新之"俗"冲洗陈旧之"雅"的腐气。江西诗法为中国诗歌带来了革命性变革，学者与诗人身份的合一，打破了常规的审美期待，甚至也打破了诗歌这一文体原有的艺术规定性。学者之诗与诗人之诗真的可以融合为一吗？有意为文，真的可以通向无意为文的境界吗？教化与审美真的可以兼顾吗？诗人，儒者，禅师，学问家，四种身份真的可以整合吗？宋调可以整合唐音吗？恐怕很难。江西诗法的野心虽难以实现，却塑造了宋调学人之诗的特色。

　　这本书终于完稿，首先要感谢我的导师曹顺庆先生。曹老师在川大为博士生开设"中国文学批评史"课程时，要求大家背诵中国古代文论的很多名篇，曾经给同学们很多压力，但也正是

后 记

得益于这迟来的基本功训练，大大深化了我对这一学科生动鲜活的感性认识。感谢周裕锴、项楚教授，当年旁听了两位先生的授课，对我颇有启发。感谢我所就职的四川省社会科学院提供了良好的科研条件，感谢文艺学所的历任所长和诸位同仁对我的支持，感谢我所授课的本院文艺学专业的同学们，在长期的教学科研工作中，我获得了撰写本书的灵感和动力。感谢责任编辑袁捷先生，他对本书提出了宝贵的修改意见，并进行了认真细致的校审工作，在版式设计上也极为用心，若没有他的辛勤付出，本书不可能这么快顺利出版。最后，我要感谢家人、朋友在写作过程中对我的不断督促与鼓励，没有他们温暖的支持，本书的完工恐怕遥遥无期。

由于本人水平有限，本书所发表的观点仅为一孔之见，肯定存在诸多盲点、疏漏与舛误，还望各位读者批评指正。

曾 平

2020 年 10 月 10 日于成都